Amira

Soheir Khashoggi

Amira

Traducción de Gemma Moral Bartolomé

RBA

Pérez Galdós, 36 bis, 08012 Barcelona

Proyecto gráfico y diseño de la cubierta: Idee
Fotografía de la cubierta: © AGE Photostock

ISBN: 84-473-2081-2
Depósito Legal: B-1638-2002

Impresión:
Printer industria gráfica, S. A.
Ctra. N-II, km 600
Quatre Camins, s/n. Sant Vicenç dels Horts (Barcelona)

Impreso en España - Printed in Spain

Este libro está dedicado a mis queridas hijas Samiha, Naela, Parida y Hana. No hubiera podido escribirlo sin vosotras. Gracias por ser tan buenas y cariñosas, y por vuestra infinita paciencia...

También deseo dedicarlo a la memoria de mi madre Samiha y de mi hermana Samira, que me inspiraron para escribir sobre los lazos especiales que unen a las mujeres de otros lugares y otras épocas, y sobre el amor que perdura después de la muerte.

AGRADECIMIENTOS

Quiero expresar mi más profundo afecto a Lillian Africano por su extraordinario trabajo para hacer posible este libro. Su motivación e interés y, sobre todo, su conocimiento del mundo árabe, han sido una contribución inapreciable. Gracias, Lillian, ha sido un auténtico placer trabajar contigo.

También me gustaría dar las gracias a mi maravillosa familia: a Adnan, por ser un hermano mayor fantástico, protector y amigo; a mi hermano Adil, por su apoyo y amor; a mi hermano Amr, por sus investigaciones y su extraordinario sentido del humor; y a mi hermana Assia, por su afecto. Soy afortunada por teneros a todos.

Gracias a todos mis amigos.

Mi sincero aprecio a Bob Shaheen por su ayuda, y a Barry por su aliento y amistad.

A mi agente Sterling Lord, que me ha ayudado a convertir este sueño en realidad, mi gratitud. Y a mi editora Natalia Aponte, gracias por guiarme y apoyarme.

Finalmente, a mi querida cuñada Layla Khashoggi, que leyó las primeras pruebas y me escribió una encantadora cita, mi cariño y mi gratitud.

AGRADECIMIENTOS

Devolvedme el antiguo entusiasmo,
devolvedme los ardientes anhelos perdidos,
los sueños gloriosos, ilusiones de la juventud,
el dulce espejismo que me atrajo hacia sí,
y se llevó la amarga verdad estéril.

William Wetmore Story
de *Girolamo, llamado el Florentino*

Hay un brillo trémulo y tentador en el horizonte de la vida. En él se halla la promesa del amor, la alegría del goce y la tranquilidad de la paz. Acércate con gran cuidado, pues es tan frágil como un espejismo.

L.K.

PRÓLOGO

Boston. El presente

El estudio en el que Barry Manning grababa su programa de radio —programa que a Jenna Sorrel desagradaba por principio, pero del que iba a ser la invitada al cabo de una hora— se hallaba en un almacén reformado de Commercial Street con vistas al puerto de Boston. Hacía años que Jenna no veía aquella manzana de edificios y le asombró comprobar cómo se había aburguesado. Cuando salió del taxi, se quedó tan prendada del encanto de los antiguos edificios orgullosamente restaurados que apenas prestó atención al coche azul que pasaba lentamente y al hombre pelirrojo que lo conducía y la miró distraídamente.

Sólo había dado tres pasos cuando reparó en que había visto antes a aquel hombre —esa misma mañana, cerca de su librería favorita en Newbury Street—, y que también entonces la había mirado del mismo modo casual y profesional.

Su primer impulso fue el de echar a correr. Volvió al taxi, abrió la puerta y se detuvo.

—¿Ha olvidado algo, señora? —El taxista, un joven haitiano, alzó la vista y dejó de escribir en su cuaderno de ruta.

—No, no. Me lo había parecido. —Parecía una idiota. Era una idiota, decidió. El coche azul siguió su marcha.

En otro tiempo, el miedo a que la siguieran había formado parte de la vida de Jenna igual que el comer o el dormir, pero los años pasaron sin que ocurriera nada y ya no recordaba la última vez que se había preocupado por el hombre que parecía estar siempre en la parada del autobús o por la mujer que parecía estar siempre paseando a su perro galés, o por el coche que parecía verse siempre en el espejo retrovisor. Hasta ahora.

Estaba segura de que era el mismo hombre que había visto cerca de la librería; casi segura. Pero ¿y qué si lo era? Boston no era tan grande. Cabía que una persona estuviera en Newbury Street por la mañana y en Commercial Street por la tarde. Sin embargo...

Calle adelante, el coche azul giró a la derecha y desapareció.

Jenna se quedó mirando en esa dirección durante unos instantes, luego respiró hondo un par de veces. Olvídalo, se dijo, no es nada. No ha ocurrido nada en quince años y no ocurre nada ahora.

Entró en el edificio. Había un guardia de seguridad sentado tras una mesa de caoba. Por un momento Jenna pensó en pedirle que estuviera atento por si aparecía un hombre pelirrojo. Olvídalo y relájate, se ordenó.

—Vengo al programa de Barry Manning —dijo tras firmar en el registro de entradas y salidas—. ¿Ha llegado un tal señor Pierce?

—¿Pierce? —El guardia repasó la hoja—. No, no lo veo.

Maldición. Jenna esperaba que Brad estaría allí para ayudarle a superar el miedo escénico —las mariposas empezaban ya a agitar sus menudas y frías alas—, pero aparentemente seguía enfadado. O quizá quería recordarle cómo era estar sola.

—¿Va a salir él en el programa? —preguntó el guardia.

—No. Sólo es... un amigo. Pero si viniera, dígale por favor dónde estoy. ¿Dónde es, por cierto?

—Tercer piso. Por aquí. —El guardia la acompañó al ascensor y apretó el botón.

Las oficinas de la organización Manning la sorprendieron por sus pequeñas dimensiones, y las pocas personas que las ocupaban parecían inmersas en una crisis. Por fin una mujer con unos auriculares colgándole del cuello como un estetoscopio se fijó en Jenna y se presentó como Courteney Cornmeyer, productora del programa.

—Estamos encantados de tenerla aquí —dijo, para después añadir con menos convicción—: Precisamente estaba leyendo su libro la otra noche.

Llevó a Jenna hacia la «habitación verde».

—Puede maquillarse aquí —dijo, señalando un tocador con espejo—, a menos que quiera cambiar de opinión y usar a Angela. Es muy buena.

—¡No! No, gracias —se apresuró a rectificar Jenna, dándose cuenta de que su vehemencia estaba fuera de lugar. Una sesión de maquillaje profesional hubiera estado bien, pero Jenna no quería que una extraña examinara su rostro y viera cosas que habían permanecido ocultas durante años.

—Como quiera —dijo la señora Cornmeyer con tono amable—. Siéntase en su casa. Volveré con Barry dentro de un momento.

Después de cerrar la puerta, Jenna se dejó caer en la silla tapizada del tocador, sacó su neceser del enorme bolso que llevaba y se inclinó hacia el espejo de tres lados. Primero se cepilló la espesa cabellera castaña. Dios, ¿otra vez las raíces? Al parecer tendría que teñirse cada quince días.

Fingirse otra persona era una dura tarea, pensó por enésima vez. Un esfuerzo constante. El cabello, las lentillas de color verde para ocultar los ojos castaños. Las mentiras.

Jenna se aplicó una espesa capa de maquillaje de base, tal como le habían enseñado a hacer; el programa de radio de Manning se hacía de cara al público y habría focos. Involuntariamente sus dedos acariciaron una delicada cicatriz que tenía sobre la ceja izquierda y luego otra junto a la raíz del pelo. La cirugía estética había hecho milagros arreglándole el rostro, pero no sin dejar leves huellas, además del recuerdo del hombre que había intentado destruir su belleza y su vida.

Tras dar un perfecto acabado mate a su tez aceitunada, Jenna se aplicó un colorete color canela y se pintó los ojos con una sombra gris. Terminó con rímel negro y pintalabios discreto.

Jenna sabía que era atractiva y que se conservaba bien; iba a cumplir los cuarenta, pero siempre le decían que aparentaba treinta y pocos. Unos minutos de hábil maquillaje y se convertía en una joven y bella treintañera.

Cruzó las manos, las descruzó y tamborileó con los dedos sobre las rodillas mientras esperaba. De repente tenía la boca seca y un nudo en el estómago. ¿Era sólo el miedo escénico lo que la ponía tan nerviosa? ¿O su pelea con Brad? ¿O la extraña sensación de que la seguían?

Se levantó, alisó las arrugas de su traje de cachemira color crema y salió al pasillo. Estuvo a punto de chocar con Courteney Cornmeyer, que llegaba seguida de un hombre bajo y de rostro redondo con la piel de un tono anaranjado. Su color hizo dudar a Jenna si comía demasiadas zanahorias o usaba una lámpara de rayos UVA defectuosa.

—La doctora Sorrel, supongo. Barry Manning. —El hombre tendió la mano. Al hacerlo, sus ojos grises la estudiaron de arriba abajo. Esta inspección hubiera sido abiertamente sexual en la mayoría de hombres, pero en él parecía más neutra, tal vez únicamente profesional—. ¿Qué te parece, CC? Nuestra distinguida invitada es la mayor autoridad internacional sobre los malos tratos que sufren las mujeres, el mal que acecha en los corazones de los hombres, etcétera, y sin embargo, aquí la tienes, pintada como una Escarlata O'Hara.

Jenna se dio cuenta de que era la voz lo que salvaba a Barry de ser una figura patética. Su cara redonda y el tono naranja de su piel lo asemejaban a una calabaza de Halloween. No medía más de metro sesenta y cinco —unos cinco centímetros menos que ella—, pero tenía una voz profunda, resonante, autoritaria. Al mismo tiempo, era casi una parodia de sí misma. ¿Cómo puede ofenderte nada de lo que diga, se preguntó, siendo como soy tan absurdamente autoritaria?

—¿No llevan maquillaje los hombres de su programa, señor Manning? —preguntó ella con una leve sonrisa maliciosa.

—Desde luego. Igual que yo. De hecho, jamás hemos tenido ningún invitado que se haya negado a maquillarse. ¿Cuándo fue, CC, hace tres semanas? Tuvimos aquí al jefe de los Ángeles del Infierno. No se quejó. Teniendo en cuenta lo que se lavan ésos, seguramente todavía va maquillado.

—Seguro que al jefe de los Ángeles del Infierno no le sugirió que parecía una Escarlata O'Hara.

—*Touché!* —exclamó Manning, con una carcajada algo afectada—. Parece que tenemos a una invitada ocurrente, CC.

—Cinco minutos para salir al aire —dijo Courteney—. Estaré en la cabina.

—Bien, ¿y ahora qué? —preguntó Jenna a Manning. Las mariposas aleteaban furiosamente—. ¿Hay algo que deba saber? Nunca he estado en la radio.

—¿Y en la tele?

—Tampoco.

—¡Ajá! Una virgen. Lo siento, es una manera de hablar. Pero descuide, no tiene ningún secreto. CC hará la cuenta atrás, se encenderá la luz roja, yo la presento, le hago preguntas sobre su libro, usted me habla del libro, haré más preguntas, usted las contestará, haré algunos comentarios y se acabará antes de que se dé cuenta. Tendremos un público de cuarenta personas. Sin duda ha estado en fiestas con más gente. De hecho, ése es el mejor modo de enfocarlo, como si fuera una fiesta en la que conoce a gente nueva que se interesa por lo que hace. No es más que una conversación. No es necesario que dé una conferencia.

—Muy bien —dijo Jenna, después de respirar hondo—. Adelante.

—¡Calma! Nos quedan cuatro minutos, una eternidad en este negocio, como sabría si alguna vez hubiera tenido que llenar todo ese tiempo hablando en directo. Déjeme hacerle una pregunta. ¿Qué hace una chica como usted en un lugar como éste? Quiero decir, ¿por qué mi programa? ¿Por qué no el de Donahue o el de alguno de esos tipos sensibles, incluso el de Larry King? —Manning sonrió, consciente de su fama como entrevistador agresivo, sobre todo con los invitados que creía merecedores de ese tratamiento.

Sin embargo, por primera vez desde que empezaran a hablar, Jenna tuvo la sensación de que Manning no representaba un papel, sino que realmente deseaba una respuesta.

—¿Conoce el dicho sobre predicar a los conversos? —preguntó—. Últimamente empiezo a pensar que es eso lo que he estado haciendo. Esta mañana he pronunciado un discurso en un simposio en Harvard ante psiquiatras, psicólogos y asistentes sociales, y todos sabían lo que iba a decir y estaban de acuerdo con ello de antemano, excepto en alguna objeción técnica aquí y allá. Pero su programa se emite a través de un centenar de emisoras...

—Ciento seis, y son más cada día.

—... la mayoría en áreas muy conservadoras. Muchos de sus oyentes no han oído jamás lo que tengo que decir, y muchos no estarán de acuerdo conmigo cuando lo oigan. Puede que no convierta a ninguno de ellos, pero al menos no será como predicar a los ya conversos. Por eso acepté la invitación para participar en su programa, aunque debo admitir que me lo pensé durante días.

Manning la miró con silenciosa e inesperada admiración, pero todo lo que dijo fue:

—Me encanta su voz. Podría dedicarse a esto. ¿De dónde es ese leve acento que tiene?

—Nací en Egipto, pero me crié en Francia. Me casé allí, y allí me quedé viuda muy joven. —Todo eran mentiras, pero las había repetido tan a menudo que habían acabado por adquirir un tinte de verdad—. Vine aquí hace quince años. —Eso era cierto.

—Un minuto para salir al aire —avisó Courteney a través de un altavoz de la pared.

De repente Barry Manning volvió a animarse como un boxeador reaccionando al oír la campana.

—Adelante, doctora —dijo, cogiendo a Jenna de la mano y esbozando su sonrisa de calabaza de Halloween—. Vamos a cambiar el mundo.

Barry Manning tenía razón en una cosa: terminó antes casi de que Jenna se diera cuenta. Le recordó los exámenes de la facultad: preguntas inesperadas, tiempo insuficiente para decir todo lo que quería y nula ocasión de desarrollar los temas en profundidad.

La situación en sí resultó desconcertante. No sabía qué esperaba —una especie de escenario, quizá—, pero encontró una cabina entre tabiques de cristal en cuyo interior se sentó con Manning junto a tres terminales de ordenador. En una cabina similar, separada de ellos únicamente por una mampara de cristal, Courteney y un ingeniero de sonido trabajaban con un equipo que a Jenna le pareció de una lanzadera espacial.

El público del estudio estaba sentado en sillas plegables dispuestas en filas perpendiculares a la cabina de emisión. Jenna buscó a Brad. No estaba allí. Alguien le prendió un micrófono diminuto a la solapa. El tema instrumental de funky blues que Barry Manning usaba como sintonía para su programa subió de volumen. El público aplaudió con entusiasmo cuando Manning apareció en la cabina. Unos breves comentarios de introducción, nombró a su invitada, «la doctora Jenna Sorrel, la famosa psicóloga y escritora de éxito», y dio paso a una serie de anuncios publicitarios pregrabados.

Mientras tanto, mostró a Jenna los monitores del ordenador. En cada uno de ellos se veía el nombre, ciudad e interés de un oyente que había llamado al programa y aguardaba ya para hablar con él.

—Tengo el mejor filtrador de llamadas al teléfono —dijo orgullosamente—. Separa el trigo de la paja. Solemos usar la paja.

Jenna lo miró sorprendida por aquella nota de cinismo, pero en los claros ojos de Manning sólo vio concentración.

—Muy bien. ¿Lista?

—Sí.

Courteney dio la entrada a Barry y éste, con un ejemplar del último libro de Jenna en la mano, *Prisiones del corazón: la negación de las mujeres*, volvió a presentarla como una autora de éxito.

Jenna quiso protestar, argumentando que sus libros se vendían bien para ser textos académicos, pero no eran *best sellers* ni mucho menos. Sin embargo Manning ya se había disparado.

—Bien, ¿y de qué trata este libro, doctora Sorrel? ¿De la dominación de los hombres sobre las mujeres? ¿De los malos tratos que infligen los hombres a las mujeres?

—Hasta cierto punto. Desde luego he escrito mucho sobre esos temas, pero *Prisiones del corazón* profundiza en preguntas que he oído muy a menudo, preguntas que parecen culpabilizar a la víctima: ¿Por qué las mujeres maltratadas no abandonan a los hombres que las maltratan? ¿Por qué no se limitan a huir y cobijarse en casa de unos amigos, de la familia, o incluso de un centro de asistencia? Son buenas preguntas, preguntas clave, y lo que yo he intentado demostrar en mi libro es que no hay respuestas sencillas. Lo que hacen las mujeres a menudo es negarlo. Algunas se aferran a esa situación durante años, bien por vergüenza, bien por miedo o por otras razones. El miedo, podría añadir, no es banal, sobre todo teniendo en cuenta la violencia perpetrada contra mujeres que sí han abandonado a quienes las maltrataban.

—Mmm. Déjeme hacerle una pregunta, doctora. Es evidente que es usted una mujer muy atractiva. ¿Le importa que se lo diga?

—En absoluto. —Era una especie de trampa, pensó ella.

—Evidentemente es usted muy atractiva, pero me he fijado en que no hay una foto suya en el libro. De hecho, he ido a la librería y he descubierto que ninguno de sus libros lleva una foto suya. ¿No es extraño en una escritora de éxito?

—Es un poco raro, sí. —Si podía evitarlo, Jenna no se dejaba fotografiar ni grabar en vídeo jamás, pero aunque Barry Manning se hubiera enterado de eso, era imposible que supiera el porqué, ¿no?

—¿Es una reivindicación feminista? ¿Quiere decir que a la gente no debería importarle qué aspecto tiene?

Pues claro que no sabía nada; sólo intentaba sacar alguna vaga conclusión.

—En realidad soy una de esas personas a las que no les agrada ser fotografiadas. Llámelo una pequeña fobia. Desde luego no es lo que una psicóloga suele admitir. —Jenna sonrió como aliviada de confesar aquel pecado menor.

—Psicóloga, cúrate a ti misma, ¿eh? —comentó Manning y soltó una carcajada profesional.

—Evidentemente. —Todo eran engaños.

Cuando dieron comienzo las preguntas del público y de los oyentes que llamaban por teléfono, Jenna sabía lo que podía esperar, pues había escuchado el programa de Manning durante una semana para prepararse. Aun así todo era demasiado rápido, demasiado superficial, sin tiempo para profundizar en los temas, porque Barry intentaba condensarlo todo en breves razonamientos.

Por supuesto no le formularon ninguna pregunta sobre el tema de su libro. Todo el mundo tenía sus propios intereses: el aborto, los homosexuales, Madonna, las palabras de la Biblia. Hubo incluso una alarmada pregunta sobre una chica que jugaba en el equipo de fútbol americano de un instituto de Nueva Jersey.

Un hombre rubicundo y de cabellos grises, vestido como si pasara por allí de camino hacia el campo de golf, le preguntó:

—Por lo que he oído tenemos otro gran escándalo sobre eso que llaman acoso sexual en el ejército, y al mismo tiempo están esas mujeres que protestan porque dicen tener derecho a entrar en combate. Pero si entran en combate y las capturan, le garantizo que van a ser sexualmente acosadas. Así que, ¿no están pidiendo lo mismo de lo que se quejan aquí?

—No estoy informada sobre temas militares —contestó Jenna—, de modo que no voy a entrar en el tema de las mujeres en el campo de batalla, pero veamos adonde conduce su lógica. Todos cuantos forman parte del ejército corren el riesgo de que los maten. ¿Quiere eso decir que no deberían quejarse si alguien les pega un tiro en su base, o en su ciudad natal? Y si protestan por ello, ¿quiere eso decir que no deberían permitirles entrar en combate?

—Pero usted admitirá —intervino Barry— que hay cierta incongruencia en las exigencias de las feministas.

—No, en absoluto —dijo Jenna.

Una voz con acento sureño preguntó por teléfono:

—Mi tío tenía una novia; vivían juntos, ¿comprende?, y ella era la beneficiaria de una póliza de seguros de mi tío. Y una noche lo mató a puñaladas mientras él dormía. Cuando la arrestaron, dijo que la maltrataba, y tenía unos pequeños moretones. Así que pagó una fianza y quedó libre. ¿Le parece bien eso?

—No conozco los hechos —dijo Jenna—, por lo que no puedo enmendar la plana a un juez y un jurado. Y aunque me sería muy difícil justificar la violencia, aun tratándose de una respuesta a la violencia, debo señalar que hemos hecho caso omiso de los malos tratos que sufren las mujeres durante demasiado tiempo, de modo que en ocasiones cometemos errores al intentar remediar esa injusticia.

Cuando el programa se acercó a su final, Jenna se sentía como si acabara de librar una batalla. Todo era precipitación, interpelaciones y réplicas, ruido y furia. Sin embargo, extrañamente sentía también que estaba ganando; ganándose al público de la emisora al menos.

Cuando Gary de Dubuque («¿O es Dubuque en Gary?», dijo Manning sarcásticamente) preguntó: «¿Es usted americana?», el público se removió incómodo en sus asientos.

—No nací aquí —replicó Jenna—, pero me hice ciudadana norteamericana hace unos cuantos años. —Contando una ristra de mentiras convincentes, pensó.

—¿Y eso le da derecho a decirle a los americanos cómo pensar, cómo vivir sus vidas? —preguntó el que llamaba. Entre el público se elevaron murmullos de protesta.

—No era consciente de estar diciendo nada de eso.

—Quiero decir, ¿por qué no se va a Rusia, o lo que queda de ella, y...?

Barry Manning pulsó el interruptor para cortar la llamada.

—Vuelve a Gary, Dubuque —dijo, y el público lo aclamó.

Jenna se esforzó en responder a sus preguntas y ellos reaccionaron aplaudiéndola. No se parecían en nada al público académico al que estaba acostumbrada, del tipo que escuchaba los mismos espantosos hechos con un aplauso cortés y luego comentaba el estudio de algún otro.

Cuando Jenna presentaba sus argumentos, se producían silencios atentos y reflexivos.

—En África siguen mutilando a las niñas en nombre de la pureza sexual. Millones de mujeres siguen luchando contra restricciones medievales en países fundamentalistas, y aquí, en Norteamérica, la violencia contra las mujeres está alcanzando proporciones terroríficas.

No obstante, Jenna sufrió la misma frustración de siempre. Era como si no pudiera llevar a sus oyentes más allá de cierto punto, como si no pudiera hacerles sentir lo que ella sentía; era como si hubiera cruzado un torrente y les hiciera señas desde el otro lado para que la siguieran, pero ellos no pudieran oír sus palabras ni descifrar sus gestos.

Justo cuando acababa el programa, una vehemente joven, estudiante universitaria, supuso Jenna, le hizo una última pregunta.

—Doctora Sorrel, ¿ha sido usted víctima, quiero decir usted personalmente, víctima del tipo de cosas de las que ha estado hablando?

Era una pregunta que había previsto y para la que tenía ensayada una respuesta, pero llegaba tarde, cuando estaba cansada, animada y frustrada a la vez, y la pilló por sorpresa. Por un momento, vio la posibilidad real de deshacerse de la carga de largos años de fingimiento.

¿Por qué no?, se dijo. Sería tan fácil contar la verdad delante de todos aquellos testigos, decirles quién era y cómo había llegado hasta allí, a tantos miles de kilómetros de su hogar.

Unos segundos bastaron para que esa fantasía atravesara las nubes de un miedo de muchos años, y unos segundos bastaron también para que las nubes se cerraran de nuevo; el tiempo justo para que aparentara haber hecho una pausa para reflexionar antes de ofrecer lo que en realidad era una respuesta ya preparada.

—Preferiría no hablar sobre mi vida privada. Soy una psicóloga en activo con un buen número de pacientes, y muy tradicional en lo que se refiere a la relación entre cliente y terapeuta. Creo que la terapia funciona mejor si el paciente no pierde tiempo y energías identificándose con lo que yo haya podido experimentar o rechazándolo.

Jenna miró a la joven que había hecho la pregunta, miró al público que la había seguido con interés hasta ese momento, y supo que no era suficiente.

—Puedo decirle —continuó— que en algunos de los países más ricos del mundo he visto cosas con mis propios ojos, he experimentado cosas que... —Se detuvo. ¿Qué podía decirles? ¿Cómo se sentía una mujer al ir cubierta de velos negros, o al perder la identidad siendo aún adolescente? ¿Qué se sentía al perder a una madre que no podía seguir viviendo como la esposa menos importante en su propia casa? ¿O al contemplar cómo una lluvia de piedras arrebata la joven vida de una amiga cuyo único pecado había sido amar fuera de las leyes creadas por los hombres? O... no, no podía hablarles de todo eso. No. En realidad no podía contarles nada.

Jenna notó con asombro la cálida humedad de las lágrimas resbalando por sus mejillas.

—Bien —dijo al fin—, todos hemos visto cosas, cosas terribles, tal vez como experiencia propia, o de nuestros vecinos, o desde luego en los periódicos cada día y en las noticias cada noche. Pero si hay algo que puedo asegurarles es que una cosa es ver con nuestros propios ojos y otra muy distinta ver, saber, sentir y comprender con el corazón. Y creo que sólo cuando aprendamos a comprenderlo de ese modo, con el corazón, si me perdonan un término tan poco científico en una psicóloga, sólo entonces aprenderemos a resolver de verdad todos los problemas de los que hemos hablado, en lugar de pelearnos como un millón de ejércitos privados sobre cada palabra, cada pensamiento y cada creencia que difiera de los nuestros.

Se produjo un largo silencio. Luego, justo cuando Barry Manning musitaba «Bien dicho, doctora», el público prorrumpió en aplausos.

Jenna dejó que aquella muestra de aprobación la envolviera. Estaba exhausta. Manning dio las gracias al público, anunció su siguiente programa y se despidió. Entró la sintonía y la luz que indicaba que estaban en el aire se apagó. Había terminado.

Jenna se dio la vuelta y se encontró con la mirada de Manning.

—Ha mentido —dijo, y su rostro de calabaza esbozó una sonrisa—. ¡Tranquila, doctora! No se ponga nerviosa. Quiero decir que no era virgen. Si usted es nueva en este juego, yo soy Meryl Streep.

—Creí que lo había estropeado todo al final.

—¿Bromea? Ha hecho que lloraran con usted. Ha nacido para esto.

Fuera de la cabina, el público parecía aguardar para abalanzarse sobre Jenna y Barry. Varios espectadores habían comprado el libro de Jenna allí mismo; su representante había enviado una docena, por si acaso. El primero en pedirle que le firmara su ejemplar fue el hombre con atuendo de golfista. La segunda fue la estudiante universitaria.

Mientras firmaba y aceptaba cumplidos, Jenna escudriñaba el estudio, esperanzada aún, pero no vio a Brad. No obstante, en un rincón cerca de la puerta, había un hombre moreno, de corta estatura, apoyado contra la jamba. Su pose era relajada, casual, pero tenía algo extrañamente familiar, algo que la hizo ponerse tensa.

Como si reaccionara al saberse observado, el hombre se enderezó, se sacudió la manga y salió. ¿Eran imaginaciones suyas el modo y la intensidad con que la miraba?, se dijo Jenna. Te estás volviendo majara, pensó. La pelea con Brad te ha dejado trastornada. Si sigues así, pronto necesitarás tratamiento.

Cuando la muchedumbre empezó a dispersarse, Barry se acercó a ella.

—¿Puedo invitarla a cenar, doctora? Hay un sitio estupendo en Commercial Street...

—Ojalá pudiera —se excusó Jenna, intentando parecer sincera, pese a que lo último que deseaba en el mundo era enfrentarse con más preguntas de Barry—. Pero estoy muy cansada... y mañana tengo que levantarme muy temprano.

—Otra vez será —dijo él, sin que pareciera muy decepcionado.

Intercambiaron unas frases insustanciales, una invitación para volver, promesas de mantenerse en contacto, y Jenna quedó libre, pero, ¿para hacer qué?

Un año atrás se hubiera apresurado a volver a casa o a su despacho para perderse en su trabajo. Después había llegado Brad, y con él, alguien con quien compartir triunfos y fracasos, alguien a quien acariciar y abrazar y a quien echar de menos. Basta, se dijo, piensas en él como si se hubiera marchado, y no es cierto. No puede ser cierto. Quedarme sola ahora, después de haber probado ese calor, esa intimidad... sería insoportable.

Una vez en el exterior, miró a un lado y otro de la calle, pero no vio nada sospechoso, nada fuera de lo común, tan sólo un día soleado y personas que se dirigían a sus asuntos. Un taxi se detuvo delante de ella, y subió a él con un hondo suspiro.

Los pocos conocidos que habían visto el apartamento de Jenna en Malborough Street lo consideraban lujoso. Era un espacioso dúplex en una mansión de piedra caliza del siglo pasado, con dos chimeneas, un tragaluz, una terraza llena de plantas y sencillos muebles contemporáneos mezclados con unas cuantas antigüedades orientales. Para ella —o más bien para la mujer que había sido, una mujer que había vivido en palacios— no era más que un apeadero cómodo y pintoresco.

Sin embargo, aquel día no era tan cómodo con los vestigios de la última noche recordándole cómo se habían torcido las cosas. Sobre la barra de laca china se hallaba la botella casi llena de Beaujolais que había llevado Brad. En sus brazos, el vino sabía a sol. Pero después de que Brad hubiera vuelto a proponerle matrimonio, y de que ella le hubiera dado la única respuesta que podía darle, el hechizo se había roto y se habían separado como extraños.

Jenna se sirvió un vaso de ese vino y bebió un sorbo, pero ya no sabía a sol y lo apartó. El apartamento estaba extrañamente silencioso, con una atmósfera opresiva, más que serena.

Deseó que su hijo, Karim, estuviera en casa, pese a que sus dieciocho años le daban ya un susceptible sentido de la independencia. Pero Karim se hallaba veraneando con unos amigos de la facultad en un crucero por las islas griegas, y pronto se alejaría de ella como un hombre adulto para seguir su propia vida.

Entonces se encontraría realmente sola. La autocompasión, la más ridícula de las emociones. Menuda psicóloga.

¿Por qué no podía Brad ser un poco más paciente?, pensó. ¿Por qué no podía confiar en su amor? De repente se echó a reír. Fue una risa áspera, amarga. ¿Acaso podía esperar confianza cuando ella misma no era capaz de darla? Llamaron a la puerta.

Jenna corrió a abrirla en un rapto de alegría.

—Oh, amor mío, yo...

El hombre que apareció en el umbral de la puerta no era Brad. Por un momento Jenna no lo reconoció pese a sus cabellos rojos, pues era más alto y fornido de lo que le había parecido en Newbury Street o en el coche azul en Commercial Street. Detrás de él había un hombre más bajo y moreno.

El hombre alto tenía los ojos azules como el hielo y pronunció dos palabras que helaron el alma de Jenna.

—¿Amira Badir?

—Debe... debe de haber algún error. —Se aferró con una mano al mueble del recibidor. Sin su apoyo tal vez hubiera caído.

—Lo dudo. —El hombre sacó una placa y un carnet—. INS. Servicio de Inmigración y Nacionalización. Tenemos que hacerle unas preguntas, señora Badir. Se las haremos en nuestra oficina. Coja su bolso y su abrigo.

Jenna obedeció, moviéndose como una autómata y con la boca

seca por el miedo. Sintiéndose como si estuviera en una mala película, siguió a los dos hombres del INS hasta su coche, el coche azul.

El hombre alto abrió la puerta de atrás, pero su gesto no tenía nada que ver con la cortesía. Era una orden.

Los dos hombres se sentaron delante; conducía el moreno. Las calles familiares del vecindario de Jenna se alejaron. Debía hacer algo, se dijo, pero ¿qué? Tenía los papeles de la nacionalización, y un pasaporte válido, pero a nombre de Jenna Sorrel.

Documentos falsos. Eso era un delito, pero ¿de qué calibre? ¿La meterían en la cárcel? ¿La deportarían? ¿A Al-Remal? Eso no, por favor. Sería como una condena a muerte. ¿Y Karim? ¿Qué le ocurriría a él?

Piensa, Jenna, piensa. Piensa, Amira. Un abogado. Necesito un abogado. La empresa de Brad tiene abogados. Los mejores. Docenas de abogados. Llama a Brad. Te permitirán una llamada, ¿o no? Quizá pueda arreglarse. Quizá al menos puedan ocultarlo a la prensa. Porque incluso en Al-Remal hay gente que lee el *New York Times*. Mi marido lee el *New York Times*.

Los dos hombres charlaban en el asiento de delante, ajenos a la desesperación de Jenna, como profesionales que hacían su trabajo. Jenna se fijó en el adhesivo del parabrisas. Era un coche de alquiler. Extraño. ¿Alquilan coches los organismos gubernamentales? Supongo que sí. Pero sobre sus cabezas vio letreros verdes. Estamos en la interestatal. Aeropuerto Logan, 500 metros. Estamos girando. De repente, una terrible sospecha se apoderó de ella.

—¿Por qué vamos al aeropuerto?

El hombre pelirrojo se volvió con un brillo de diversión en sus fríos ojos.

—Somos de Inmigración, señora. Trabajamos en el aeropuerto.

Oh. Bueno, tenía sentido. Pero...

El coche abandonó la principal vía de acceso al aeropuerto para tomar una carretera secundaria. Cruzaron una verja donde el hombre menudo habló con un guardia, luego rodaron sobre la pista del aeropuerto hacia un Gulfstream con distintivos particulares y los motores en marcha.

—Todo el mundo fuera —gritó el hombre alto para hacerse oír sobre el ruido de los motores—. Todos a bordo del bonito pájaro. —Ayudó a Jenna a bajar del coche y siguió sujetándola por el codo.

El hombre menudo se colocó al otro lado. Jenna empezó a sentir pánico.

—Un momento. Creía que íbamos a su oficina. ¿Para qué es este avión?

—Vamos a Nueva York —contestó el pelirrojo—. A visitar al director regional. Es usted importante, señora Badir.

Jenna no comprendía nada. ¿Así era como funcionaba la ley en Norteamérica? Llevaba allí quince años, había estado involucrada en docenas de casos en los que se había llamado a la policía, se habían presentado demandas y se habían hecho arrestos. Debería saber de esas cosas.

Llamaría a Brad. Tal vez le dejaran incluso llamarle desde el avión. Sin embargo, una vez dentro del elegante reactor, Jenna comprendió que no habría llamada alguna. Allí había algo terriblemente extraño. No sólo el hecho de ser la única pasajera, además, el piloto y el copiloto —los veía a través de la puerta abierta de la cabina— no eran norteamericanos. ¿Serían franceses? O... no podía ser.

Un hombre mayor con uniforme de asistente de vuelo se acercó a ella.

—¿Un café, señora? ¿Un refresco?

Era surrealista, una pesadilla.

—No quiero nada, salvo una explicación —propuso Jenna haciendo acopio de valor.

—Por supuesto —dijo el hombre cortésmente—. Alguien vendrá a explicárselo directamente, pero yo soy sólo el asistente de vuelo. ¿No desea que le traiga nada de beber?

—Sí, de acuerdo. Un agua Perrier.

—Sí, señora.

Cuando el hombre le llevó la botella, Jenna bebió casi con avidez. Estrés. Sed. Debería tener agua a disposición de los pacientes en la consulta. No se me había ocurrido antes.

El ruido de los motores cambió y Jenna tuvo una sensación de movimiento. Abrocharme el cinturón, pensó, tengo que abrocharme el cinturón. Notaba la cabeza y los párpados muy pesados. El asistente de vuelo la vigilaba de cerca con expresión preocupada.

De pronto se hizo la luz; lo veía tan claro que estuvo a punto de reírse de sí misma por haber imaginado que podría huir, que podía disfrutar de la libertad, el amor y la vida. Como en un sueño, imaginó a su marido, a Alí, lanzando su largo brazo hacia ella después de tantos años. Ah, Alí, con brazos de una longitud de mil millones de dólares que la habían atrapado para llevarla a casa, donde iba a morir.

Justo antes de dormirse, dos rostros flotaron en la oscuridad ante sus ojos: el de Karim y el de Brad.

PRIMERA PARTE

PRIMERA PARTE

[illegible]

AMIRA BADIR

Al-Remal (La Arena), a finales de los sesenta

Aun al sol líquido del mediodía, la prisión de Al-Masagin, con sus macizas puertas de hierro, se alzaba oscura y amenazante hacia el cielo. Una segunda mirada revelaba una abolladura en la puerta derecha a escasa distancia del suelo. Llevaba allí desde que la mayoría de gente recordaba.

Según las historias que había oído Amira, la había hecho una mujer cuyo marido había sido encarcelado de por vida. Enloquecida por el dolor, al menos eso decían las ancianas del lugar, la esposa se había puesto al volante del coche de su marido (acto prohibido por la ley), se había dirigido a la prisión y lo había estrellado contra las puertas. Los guardias habían abierto fuego y la joven esposa había conseguido la rápida entrada en el paraíso que ansiaba, para aguardar allí a su marido. Era una historia romántica, un testimonio del poder del amor, y Amira Badir, con sus trece años de edad, se la había creído a pies juntillas. El amor obligaba a las personas a hacer cosas extrañas y prohibidas.

Ahora ella aguardaba mientras Um Salih, la partera de la aldea, hacía sonar la pesada campanilla de cobre frente a la prisión, que emitió un sonido extrañamente melódico para un lugar tan sombrío.

Instantes después apareció un guardián vestido de caqui, como si hubiera estado esperando la llamada. La puerta se abrió dejando ver las oscuras fauces de Al-Masagin. El guardián indicó a Um Salih que entrara. Amira la siguió de cerca. El vestido barato de rayón floreado que asomaba bajo su *abeyya* negro le raspaba la piel y las toscas sandalias de cuero le rozaban los pies.

Estaba acostumbrada a los más finos tejidos; sus zapatos los hacía un fabricante italiano que sólo atendía a las familias más prominentes. Sin embargo, aquel día se suponía que era otra persona y no la hija de Omar Badir, uno de los hombres más ricos de Al-Remal, sino la sobrina de una partera aldeana.

Amira se había disfrazado antes de chico para ir al zoco, con *thobe* y *ghutra* blancos y gafas de sol. Vestida de igual forma había conducido el coche de su padre, la primera vez con ayuda de su hermano mayor, Malik. Éste lo hacía por el mero placer de quebrantar las normas; Amira lo hacía para disfrutar, siquiera unos minutos, de la libertad que se daba por supuesta al más pobre de los varones de Al-Remal.

Pero esta vez no se trataba de un juego; era un asunto de vida o muerte y, aún más importante, del honor de su familia. Si descubrían a Amira, sabía que ni siquiera las riquezas de su padre servirían para protegerla de unas consecuencias que temblaba al imaginar.

—Deja de arrastrar los pies, perezosa —le espetó Um Salih—. No hay nada que temer aquí.

La impertinencia, pensó Amira, pero recordó enseguida que debía actuar como una pobre muchacha que ayudaba a la partera, de modo que bajó la vista y murmuró una disculpa.

El guardián, un hombre corpulento de respiración jadeante, soltó una carcajada ronca.

—¿Nada que temer en Al-Masagin, madre? ¿No temes que te flagelen por mentirosa?

—Si se hubiera de flagelar a todos los mentirosos —replicó Um Salih—, ¿quién empuñaría el látigo?

El guardián soltó una nueva risotada.

¿Cómo podían charlar y reír en aquel lugar?, se preguntó Amira. Había intentado imaginar cómo sería la prisión, pero ni siquiera una pesadilla podía prepararla para el frío, la humedad y, lo peor de todo, la peste a sudor, sangre, vómitos, orina y excrementos. El hedor de la más absoluta desesperación. El hedor de la muerte inminente.

Desde que su mejor amiga, Laila, hija de un buen amigo de su padre, había sido arrestada, Amira había hecho aquel viaje con regularidad, disfrazada de criado para llevar comida y mensajes a Laila de parte de Malik. Pero el engaño que se disponía a realizar era el más difícil de todos. La vida del bebé de Malik, no nacido aún, dependía de ese engaño, y tal vez también la del propio Malik.

El ala de mujeres de la prisión estaba en total silencio excepto por el crujido de las pesadas botas del guardián y el susurro de las ropas de las dos mujeres. Un grito desgarrador resonó en los toscos muros de arenisca. Amira dio un respingo y se mordió el labio para reprimir un grito. Quería dar media vuelta y salir corriendo de aquel horrible sitio y no volver jamás, pero había hecho una promesa y la cumpliría.

—¿Ves la carga que ha echado sobre mis hombros la inútil de mi hermana? —se quejó Um Salih al guardián—. La chica quiere ser partera y se asusta de los gritos de una mujer de parto.

—Tampoco es música para mis oídos, madre —replicó el hombre, incómodo. Se detuvo frente a una puerta de madera con barrotes, dio la vuelta a una pesada llave en la herrumbrosa cerradura, abrió la puerta y se apartó para dejar paso a la partera.

Laila estaba medio sentada sobre un lecho de paja con la amplia túnica manchada de sangre y de fluidos propios del parto. Amira no la reconoció de inmediato. Laila apenas tenía diecinueve años, pero aparentaba el doble. Tenía los ojos vidriosos por el dolor y respiraba en bocanadas cortas y ásperas.

Um Salih dejó su cesta en el suelo, se arremangó y llamó a gritos al guardián para pedirle agua hirviendo.

—Caliente no, hirviendo, ¿me has oído? Y date prisa, la criatura no va a esperar a que vuelvas tranquilamente.

Cuando los pasos del guardián ya no se oían, Amira se quitó el velo y se llevó un dedo a los labios.

—No pronuncies mi nombre, Laila —susurró—. Se supone que soy la sobrina de Um Salih.

—¿Estás aquí realmente? —dijo Laila con voz ronca. Por primera vez un tenue rayo de esperanza iluminó sus ojos—. Salva a mi bebé —suplicó—. No dejes que se lo lleven. Por favor, por favor. Tienes que asegurarte de que tendrá una buena vida. Tienes que hacerlo.

—Lo prometo, lo prometo —susurró Amira, acariciando cariñosamente la frente de su prima—. Ya está todo planeado. Malik se ha encargado de todo, pero no digas su nombre, Laila, te lo suplico, ¡no digas su nombre!

La partera sacó un paño limpio de hilo de su cesta, sobre el que colocó el instrumental: un tubo de ungüento antibiótico, un tubo de lubrificante, paquetes de hierbas, una aguja e hilo quirúrgico y unas tijeras de acero inoxidable.

Vació el contenido de un paquete de hierbas en un vaso pequeño y añadió agua de una botella que llevaba consigo.

—Toma —dijo, tendiendo el vaso a Amira—. Dáselo poco a poco. Procura que no beba de golpe, o lo vomitaría.

Pese a la advertencia, Laila deglutió la mezcla de hierbas con avidez, desesperada por hallar alivio a sus sufrimientos.

Instantes después arqueaba la espalda y del interior de su garganta surgía un vagido largo y penetrante que erizó el vello de la nuca a Amira. Era el sonido del dolor, el alivio y un pesar indescriptible. Amira cogió la mano de su prima.

—Aprieta —dijo—. Cuando notes el dolor, aprieta con fuerza. —Con la mano libre, pasó un paño húmedo por el rostro de Laila y sus labios cuarteados.

Amira había visto ya otro parto, el de una criada sudanesa, Bahia. Pero aquélla le había parecido una ocasión de regocijo, a pesar de los gritos de dolor.

El sufrimiento de Laila parecía mucho más intenso, pura y brutal agonía sin el menor atisbo de alegría; como si pudiera haber alegría en un agujero inmundo como aquél.

—¿No puedes darle nada, Um Salih?

La partera miró hacia la puerta. El guardián había vuelto a esfumarse tras llevarles el agua. Como todos los hombres, consideraba que las cosas femeninas —el parto, la menstruación— eran impuras.

—Sí, podría darle algo, pero con las drogas las mujeres dicen cosas, gritan nombres, de sus maridos y de otros. Algunas veces les llaman pidiendo ayuda, pero suelen maldecirlos por los dolores. Y siempre son muy bulliciosas, lo bastante para que se entere la prisión entera.

Laila volvió a arquear la espalda y apretó la mano de Amira, hundiendo las uñas en su blanda carne.

—¡Dios, ten piedad, Dios, ten piedad de mí! —gritó.

—Tranquila, tranquila, todo va a salir bien —le dijo Amira en un arrullo, imitando la voz apaciguadora que usaba su madre cuando ella o Malik estaban enfermos, pero con los ojos suplicaba a Um Salih: «Haz algo, por favor. Haz algo.»

—Las hierbas la ayudarán un poco, pero tendrá que soportar lo que Dios quiso que las mujeres soportasen.

A medida que las contracciones se hacían más fuertes, Laila parecía debilitarse. Su piel se tornó de color marfil.

—¿Va a morir, Um Salih?

—Esta noche no, niña, esta noche no.

No, esa noche no, pensó Amira. Al día siguiente. Laila moriría al día siguiente, lapidada en la sucia y pequeña plaza frente a la prisión. Sólo la diminuta vida que llevaba en su interior había preservado su vida hasta entonces. Una vez se la quitaran, también le arrebatarían su propia vida. ¿Y por qué? ¿Por amar a Malik? ¿Por no amar al viejo cruel y tullido que era su marido por imposición? ¿Por qué?

—No llores, niña. Ahora no debes llorar. Nos espera un duro trabajo y una larga noche.

El parto siguió su curso. El tormento de Laila era peor de lo que Amira había imaginado. La luz de la única bombilla de la celda vacilaba cuando un generador chisporroteaba en algún lugar del exterior, y luego volvía a funcionar. Amira sintió más de una vez que estaba atrapada en una pesadilla, que pronto se despertaría y todo volvería a ser como antes.

Laila había sido la heroína de Amira desde que podía recordar, más como una admirada hermana mayor que una amiga. Y Amira era la favorita de Laila a pesar de la diferencia de edad. Pasaban más tiempo juntas que cualquier otra persona. También Malik estaba con ellas con frecuencia.

¿Se amaban Malik y Laila ya entonces, no como adultos, claro, sino del modo en que lo describen los poetas, con un amor escrito en el alma y las estrellas? Desde luego a Laila no pareció importarle nunca que también Malik fuera más joven que ella, casi dos años. Pero Malik siempre había parecido mayor de lo que era en realidad.

Nada de todo aquello tenía importancia más allá de los muros de los jardines donde jugaban, reían, se contaban secretos y soñaban. Cuando Laila tenía quince años —con poco tiempo que perder, en opinión de sus padres—, su padre concertó su matrimonio con uno de sus socios en los negocios. Era un hombre de cincuenta y dos años, famoso por su afición al Corán, a la caza y el dinero, aunque no necesariamente en ese orden.

Durante un tiempo después de la boda, Laila halló el modo de que ella y Amira estuvieran juntas. La primera vez que apareció inesperadamente en casa de Amira, anunció con una sonrisa maliciosa:

—Mi marido cree que hoy estoy en casa de mi madre.

—¿Pero no se enfadará si descubre que le has mentido? —preguntó Amira, consciente como siempre de las muchas reglas que gobernaban la existencia de una mujer.

—Seguramente. —Laila bostezó, como si la ira de su marido no fuera motivo de preocupación.

—¿Pero por qué no le has dicho simplemente que venías aquí?

—insistió Amira, maravillada por la indiferencia de Laila—. Al fin y al cabo, nuestros padres son buenos amigos, y seguro que tu marido...

—Amira, Amira —dijo Laila con un suspiro de impaciencia—, no seas cría. Una esposa aprende pronto que una mentira complace a su marido mucho más que la verdad. Por ejemplo, ¿para qué decirle a Mahmoud que estoy aquí, o en otro lugar, si a él le hace feliz creer que visito a mi madre a menudo como una hija devota?

Al ver el ceño de su amiga, Laila sonrió tristemente.

—Al fin y al cabo —añadió—, cuando viene a mi cama por la noche, cuando me manosea y me pellizca y gruñe y gime, ¿le digo que parece un viejo simio, y que huele como si lo fuera? ¿O —hizo una pausa para dar mayor efecto a sus palabras— finjo que me honra con sus atenciones horribles y repugnantes?

Amira no tenía respuesta.

Pese a los velos y a los muros que separaban a los hombres de las mujeres, el sexo no era un secreto en Al-Remal, ni siquiera para los niños, pero las palabras de Laila sobre su vida marital hicieron que pareciera algo antinatural, siniestro incluso. Más desagradable aún era la suposición de que en aquel asunto, como en todos los demás, la mujer debía obediencia al marido.

Dos años después de su matrimonio, al marido de Laila lo derribó su caballo durante una cacería. Al caer se destrozó un hueso de la espina dorsal y quedó paralizado de cintura para abajo. Laila lloró y se lamentó públicamente como buena esposa, pero en privado pareció alegrarse de su discapacidad —escandalizando a Amira nuevamente—, porque significaba el fin de algunas de sus exigencias como marido. Pero, mientras antes era al menos una figura vital, el marido de Laila se convirtió en un viejo malhumorado y quejicoso que exigía los constantes cuidados de Laila como enfermera y criada personal.

La primavera siguiente, cuando Malik volvió a casa de vacaciones del Victoria College, el selecto internado al estilo británico de El Cairo al que había sido enviado, Laila utilizó a Amira como intermediaria para concertar un encuentro secreto con él. Amira sabía que estaba prohibido; pese a haber pasado la infancia juntos, no podían estar solos sin el conocimiento y aprobación del marido de Laila, pero ¿cómo podía estar realmente mal una cosa así? Fue el primero de muchos encuentros, y aunque a Malik le faltaban dos meses apenas para la graduación, hallaba una razón tras otra para visitar a su familia todos los fines de semana.

Después, por motivos que Amira no podía imaginar, hubo una

temporada en la que Laila se volvió más reservada que de costumbre. Y una mañana, cuando Amira fue a visitarla con la esperanza de animarla, el criado que la recibió en la puerta la despachó comunicándole con tono glacial que el nombre de Laila no volvería a pronunciarse en aquella casa. No pudiendo enterarse de nada más, Amira no tuvo más remedio que sacar el tema a colación esa noche, durante la cena.

—¿Ha muerto? —preguntó tímidamente.

El rostro rubicundo de su padre se volvió carmesí.

—¡Está peor que muerta! —bramó—, aunque desde luego morirá. Esa mujer —no usaría el nombre de Laila— espera un hijo. ¡Que no es de su marido! ¡Ha atraído la vergüenza sobre sí y el deshonor a su familia! ¡Sólo hay un final justo para una mujer semejante!

El castigo para el acto cometido por Laila era la muerte.

—Empuja —ordenó la partera, metiendo una mano enguantada en las entrañas de Laila para tocar el cuello del útero con los dedos—. Ya toco la cabeza. Un poco más y todo habrá terminado.

—Rezo por que sea un niño —dijo Laila entre jadeos—. Rezo por que no sufra nunca como yo, por que no tenga que pasar por lo que ha de pasar una mujer.

Amira buscó palabras de consuelo. ¿Qué podía decirle a Laila que alejara de ella el espectro de la muerte, siquiera unos instantes?

—Valor —musitó—, valor, querida Laila. —¿Pero tendría ella el valor de soportar aquello, una sucia celda carcelaria, marginada de la sociedad, abandonada por familiares y amigos, sabiendo que el hijo al que le daba la vida ni siquiera llegaría a conocerla?

Amira parpadeó para reprimir las lágrimas; no tenía derecho a llorar. No era su vida la que estaba a punto de concluir.

—Empuja otra vez —ordenó la partera, apretando el abdomen de Laila con las manos.

Instantes después apareció una cabeza y luego unos hombros, expertamente guiados por Um Salih. Había terminado. Era una niña con una mata de pelo negro y negros ojos almendrados.

Igual que su madre, pensó Amira, arrobada ante la maravilla de una nueva vida, olvidando las circunstancias momentáneamente, deseando que su madre pudiera ver a la niña, pero eso no ocurriría; el secreto era demasiado peligroso. Fuera de aquella celda, sólo Malik sabría de quién era hija.

Um Salih tapó la boca a la niña para impedir que llorara y se la entregó a Amira. Tal como le habían dicho que hiciera, Amira metió una bola de algodón en la pequeña boca, rezando para que aquella precaución no causara ningún daño a la pequeña. Envolvió al bebé en una manta y lo depositó en brazos de Laila.

Laila abrazó a su hija y acarició su carita —la frente, la nariz diminuta, el mentón partido y las delicadas orejas— como si quisiera grabar la imagen del bebé en su mente. Fue sólo un instante, no había tiempo para más.

A una seña de Um Salih, Amira volvió a coger el bebé con cuidado. Sacó un bulto pequeño de la cesta de la partera y colocó a la recién nacida en su lugar.

Con rapidez y destreza, Um Salih extrajo la placenta y limpió a la joven madre.

—Sálvala, Amira. Ocurra lo que ocurra, debes salvarla. —Laila la miraba con ojos febriles y su voz era apenas audible.

—Lo haré —prometió Amira—. Lo haré. —Abrazó a su amiga sabiendo que era la última vez—. Adiós, Laila. Adiós. Dios te lleve a su seno.

—Adiós, Amira. No me olvides.

—Jamás te olvidaré.

Laila cerró los ojos y se dejó caer sobre la paja, exhausta.

Um Salih desenvolvió el bulto de la cesta. Contenía un niño con un tono de piel púrpura azul, que había muerto a media mañana. Entre los pobres de la rica Al-Remal, a menudo los bebés no sobrevivían al parto. A Um Salih no le había costado encontrar aquel niño muerto. Era hijo de su sobrina y con unas cuantas monedas y un poco de persuasión había comprado su cadáver.

La anciana humedeció el cadáver con agua y luego lo untó con sangre de la placenta. Lo colocó junto a Laila y lo cubrió con un paño blanco de hilo.

—¡Guardia! —llamó. Se oyeron pasos acercarse desde el otro extremo del corredor—. Mi trabajo ha terminado —le comunicó Um Salih—. El niño está muerto. Alá se lo ha llevado. —Apartó el paño.

El guardián lo miró sólo un momento.

—Mejor así —dijo, pero no había crueldad en su voz.

Um Salih señaló a Amira bruscamente.

—Tráeme mis cosas, inútil.

—Sí, tía.

Abandonaron la prisión. Amira sentía deseos de echar a correr y rezaba para que el bebé pudiera respirar, pero no llorara. Sin embargo, Um Salih se movía despacio, como la viva imagen de una anciana que había completado su ardua tarea y que no tenía prisa ninguna. Por supuesto, siempre que no hicieran nada para llamar la atención, ningún guardia querría mirar en la cesta que no contenía más que cosas impuras, cosas de mujeres. Amira adaptó su paso al de la partera y la puerta de la prisión se cerró a sus espaldas.

DOLOR

La hora de caminata hasta la aldea de Um Salih fue como una marcha de miles de kilómetros. Había anochecido y el aire era frío. Amira no había estado tan cansada en toda su vida. El bebé de Laila rompió a llorar tan pronto le sacaron el algodón de la boca, como si quisiera compensar el silencio obligado de sus primeros instantes de vida.

Amira quiso detenerse para consolar al bebé y descansar un rato, pero Um Salih insistió en que siguieran andando.

—Necesita leche materna. Hay alguien esperando para dársela.

—No podemos dejarla llorar —insistió Amira—. Seguro que puedes hacer algo para que se sienta mejor.

Recordando tal vez que Amira era la hija de Omar Badir, Um Salih cedió. Mojó un pañuelo, lo empapó en azúcar y se lo ofreció al bebé para que chupara. El dulzor y el contacto de una mano humana parecieron calmar y consolar al bebé, que minutos después estaba de nuevo en la cesta, profundamente dormido.

A las afueras de la aldea, un Porsche plateado brillaba a la luz de la luna. Cuando las mujeres se acercaron, Malik fue a su encuentro. Él, que solía ser tan atildado —Amira se burlaba de él a menudo por su vanidad— iba sin afeitar y con el pelo alborotado, y parecía que hubiera dormido sin quitarse la *galabaya* de color blanco roto del más fino algodón egipcio. Abrazó a Amira durante largo rato.

—Estaba tan preocupado... —dijo sin más preámbulos—. Temía que te hubieran descubierto, que te hubiesen hecho prisionera... qué sé yo. No me lo habría perdonado nunca si te hubiera ocurrido algo a ti, pero aquí estás por fin. ¿Cómo está Laila? ¿Y el bebé, qué hay del bebé? ¡Dímelo rápido, por amor de Dios!

Haciendo caso omiso de la pregunta sobre Laila, pues, ¿cómo podía estar en aquellas circunstancias?, Um Salih levantó la tapa de la cesta.

—Es una niña sana, señor. Será una gran belleza, se lo prometo.

Malik cogió a su hija y acarició su rostro tal como había hecho su madre.

—La llamaré Laila —dijo, más para sí mismo que para las dos mujeres—. Lo haré todo por ella. Todo y más. Todo lo que hubiera hecho, lo que debería haber hecho por Laila.

—No pienses en eso ahora, hermano —dijo Amira—. No podías hacer nada. —Era cierto.

Cuando el delito de Laila salió a la luz, Malik quiso confesar.

—También yo he pecado —dijo—. ¿Por qué he de salvarme yo cuando ella va a morir? Nos amamos juntos; es justo que muramos juntos.

Pero, a través de Amira, Laila le había prohibido confesar. «Dar tu vida no salvará la mía. Será un sacrificio inútil. Y lo que es peor, convertiría a nuestro hijo en huérfano. No lo permitiré.»

Durante las terribles semanas en que Laila languideció en Al-Masagin, Malik se paseaba de un lado a otro y rugía como un animal enjaulado.

—No puedo permitir que esto suceda, Amira. ¿Qué clase de hombre se esconde cuando la mujer que ama está en peligro?

—Un hombre sabio, en este caso —dijo Amira, intentando persuadir a su hermano de que la supervivencia no equivalía a la cobardía—. ¿En qué ayudarías a Laila si te suicidaras?

Sin embargo, Malik se negaba a aceptar lo que parecía inevitable, e ideaba planes temerarios que comentaba con su primo y mejor amigo, Farid. ¿Podían ser sobornados los jueces?

—Con las sumas que tú podrías reunir, no —replicó Farid—. Y aunque ninguno de ellos se sentiría insultado si le ofreciera una suma principesca, el riesgo de proponer un soborno insuficiente sería muy grave, primo.

Malik cedió al juicio de su primo. Dentro de la familia Badir se daba por sentado que, pese a su afición por las bromas y juegos, Farid había heredado el intelecto de su padre Tarik, un eminente matemático. Así pues, fue Farid quien mantuvo a Malik con los pies sobre la tierra después del juicio y del inevitable veredicto, cuando ya sólo se le ocurrió asaltar la prisión, huir al aeropuerto y escapar en un reactor del que se apoderaría por la fuerza.

A pesar de que tenía unos cuantos amigos lo bastante leales, y locos, para ayudarle en semejante empresa, Farid señaló que ninguno de ellos era piloto, y aunque podía hallarse a un piloto dispuesto a correr peligros por dinero, ninguno se arriesgaría a que lo derribaran las Reales Fuerzas Aéreas de Al-Remal por proteger a una adúltera.

Al final, todo se había reducido a aquel momento en el desierto, en que el oro tintineaba con un pálido brillo amarillo bajo la luz de la luna, al pasar de las manos de Malik a las de Um Salih.

—Gracias, señor. Mil bendiciones. —La anciana partera se llevó la mano a la frente en señal de respeto.

Amira contuvo una sonrisa al recordar las impertinencias e insultos de la anciana en la prisión. No siendo ya necesario representar un papel para los guardias, Um Salih volvía a ser una humilde campesina en presencia de la riqueza y el poder.

Malik respondió con igual cortesía y siguió interesándose por las disposiciones que había tomado para su hija.

—¿La nodriza que has elegido es una mujer sana?

—Oh, sí, señor, desde luego. Es mi sobrina Salima.

—¿Una sobrina inventada o verdadera? —preguntó Amira maliciosamente, recordando su papel.

—Silencio, Amira. ¡Qué vergüenza! —Volviéndose hacia la anciana, Malik se disculpó—. Te pido perdón, Um Salih. Algunas veces mi hermana olvida sus buenos modales.

La partera inclinó la cabeza levemente en un gesto digno de una princesa real.

—Como decía, señor, mi sobrina dio a luz ayer, pero, ay, su hijo, el niño que hemos dejado en la prisión, no sobrevivió al parto. Es una desgracia... hace años que ella y su marido intentan tener un hijo. Pero le aseguro que, aparte de esta circunstancia, mi sobrina es fuerte y saludable. Esta niña tendrá la mejor leche y los mejores cuidados, se lo aseguro.

—Vendré por ella tan pronto como me sea posible. Puede que sean unos meses, puede que un año. Pero no te preocupes, yo me ocuparé de ti y de tu familia mientras viva.

—Todo se hará como desea, señor. No tiene nada que temer de esta humilde servidora.

Amira sabía que eso era cierto. Malik mantendría su palabra, de eso estaba segura. Pero aunque algo le ocurriera y su oro dejara de llegar, Um Salih no podría contar jamás la historia de lo que había sucedido en la prisión de Al-Masagin, pues sería la muerte para ella.

Era hora de marcharse, pero la mirada de Malik se había prendado amorosamente de su hija dormida.

—¿Quiere cogerla en brazos, señor? —La partera sacó al bebé de la cesta y lo depositó en los brazos de su padre.

Malik la sostuvo en silencio con los ojos negros brillantes.

Amira y la partera guardaron también silencio, como de mutuo acuerdo, mientras padre e hija compartían su primer contacto bajo el cielo del desierto.

—Hablo en serio, ¿sabes? —dijo Malik, más tarde, cuando él y Amira se alejaron en el coche—. Será mi sol, mi luna y mis estrellas.

Amira estudió el rostro de su hermano. Le pareció más viejo, más curtido que unos meses atrás. Las lágrimas se habían desbordado y corrían por sus mejillas. Pero Malik no había llorado jamás, pensó Amira, ni siquiera cuando era un niño.

—No podrá ser en Al-Remal, claro —dijo él tras un silencio—. Me iré al exilio, seré un expatriado. No sé si volveré algún día. —Fijó en su hermana una mirada penetrante—. Algún día tal vez tengas que tomar esta misma decisión.

Cuando se acercaron a la puerta de su casa, Malik apagó el motor.

—Ve por detrás. La puerta está abierta. Lo he arreglado con Bahia. Te quiere, Amira... no ha querido oír ni hablar del dinero que le he ofrecido. Ve a su habitación de la planta baja. Así no te oirá nadie. Te espera con un camisón. Cámbiate allí y luego vete a tu habitación. Si alguien se despierta, dile que no podías dormir. Bahía lo confirmará.

Parecía muy fácil engañar a sus padres. Amira nunca les había dicho una mentira realmente importante, pero descubrió que estaba dispuesta a empezar a hacerlo.

—¿Y tú? ¿No vienes conmigo?

Malik negó con la cabeza.

—Demasiado sospechoso. Me quedaré fuera una hora más. Siempre podría decir que estaba con mis amigos. —Sonrió, aunque su rostro seguía estando triste—. Para mí es diferente, ya lo sabes.

Sí, Amira lo sabía. Malik estaba de vacaciones, y aunque pasara toda la noche fuera de casa, a su padre no le importaría. Cuando Amira abría la puerta del coche, Malik le cogió la mano.

—He hecho una promesa, hermanita. A mí mismo y a Alá. Ahora te la hago a ti: Jamás volveré a sufrir esta impotencia. Jamás volveré a ser demasiado débil para salvar a alguien a quien ame. Recuérdalo.

Poco después, Amira se hallaba en su lecho. A pesar de que la mugre de la prisión se le había pegado a la piel, no se atrevió a ducharse, pero el camisón estaba limpio y las sábanas olían a lavanda.

No podré dormirme, pensó. Si cierro los ojos, veré el rostro de Laila, y aquella horrible celda.

Sin embargo, Amira durmió profundamente, sin pesadillas, y no abrió los ojos hasta que la criada sudanesa, Bahia, la despertó.

—Te he traído una bandeja —anunció con una sonrisa de complicidad en la que brillaba el oro. En la bandeja había un tazón de humeante té, pan tostado, un plato de olivas y una porción de queso fresco.

—Gracias, Bahia. Y gracias por...

—Silencio, niña. Cuanto menos me digas, menos sabré y por menos tendré que responder.

—¿Y Malik, sigue dormido también?

—Oh, no, tu hermano estaba en la cocina cuando me levanté. Por su aspecto diría que no ha dormido en toda la noche. Pero ¿qué puedo saber yo? —Una vez más la sonrisa de complicidad—. Ahora está con tu padre en el despacho grande. Con la puerta cerrada.

Amira se incorporó de golpe. Algo importante ocurría, y estaba convencida de que tenía algo que ver con el bebé. Pero ¿qué podía estar discutiendo Malik con su padre? Olvidando el desayuno, se lavó rápidamente y tras peinarse apenas los espesos cabellos negros, se vistió deprisa y bajó las escaleras.

La puerta del despacho estaba cerrada, en efecto. Amira aplicó la oreja, pero sólo oyó un murmullo de voces masculinas. ¿Se atrevería? Sí. Conteniendo la respiración, hizo girar el pomo suavemente y luego entreabrió la puerta. Se oyó un crujido. Amira se quedó paralizada, pero la conversación no se interrumpió.

—No soy un niño —decía Malik—. Soy un hombre, y tengo edad suficiente para saber lo que quiero. No me interesa estudiar derecho internacional ni empresariales. Así que, ¿para qué malgastar tu dinero y mi tiempo en la Sorbona? Quiero abrirme camino en el mundo real, como hiciste tú.

Amira contuvo el aliento, esperando una explosión, pero ésta no se produjo. No obstante, se preguntó, ¿cómo podía Malik volver la espalda a las maravillas de una universidad europea, cuando ella hubiera dado cualquier cosa por estar en su lugar?

—Una meta admirable, hijo mío.

¿Era un sarcasmo?

—Y, exactamente, ¿en qué tipo de negocios has decidido entrar, como hombre que eres?

—Transporte marítimo —replicó Malik, como si hubiera reflexionado largamente sobre el asunto—. Pero no soy estúpido, padre. Sé que no podré hacer mucho sin tu ayuda, y por eso te pido un favor, un favor que no olvidaría jamás. ¿Hablarías con tu amigo Onassis? ¿Podrías pedirle que me diera empleo en algún sitio? En cualquiera. Estoy dispuesto a trabajar y a aprender. Como tú.

—Ah.

Amira estaba segura de que su padre sonreía. ¿Cuántas veces había contado la historia de sus inicios como comerciante en sedas a los diecisiete años sin formación académica digna de ese nombre? Su éxito lo conocía el reino entero.

—Pero eso fue en otra época, hijo mío —dijo Omar con un tono más afable que autoritario—. Hoy en día, la educación universitaria puede ser muy útil para un hombre... algunos opinan que incluso necesaria.

—Sabes perfectamente que no soy buen estudiante, padre. Tú mismo lo has dicho más de una vez. Tengo el diploma del Victoria. Todo lo que pueda necesitar lo aprenderé, te lo prometo. —Se produjo una pausa. Amira imaginó a Malik dibujando aquella sonrisa suya que pocos podían resistir—. Además, ¿no estás criticando siempre a los hijos de tantos amigos tuyos que van a universidades europeas? Te he oído decir que sólo se licencian en casinos y prostíbulos. Supongo que sabrás apreciar mi deseo de hacer algo mejor.

Omar se echó a reír. Amira oyó el sonido de marcar un número de teléfono y luego una conversación en inglés.

—Onassis tiene un puesto en el que podrías aprender —dijo Omar al término de la conversación—. No es en París... —Hizo una pausa. ¿Era una invitación a las protestas de Malik?—. Ni siquiera en Atenas. Es en Marsella.

—Sea donde sea, lo acepto. Gracias, padre.

—Te dará una oportunidad, pero eso es todo. Tendrás que ganarte tu posición.

—Lo haré.

—Bien.

Amira oyó el chirrido de movimiento de sillas y se alejó, pero tan pronto Omar se fue a su oficina, abordó a su hermano. Bahía tenía razón, se dijo, Malik no había dormido. A pesar de haberse afeitado y de llevar una túnica nueva, tenía los ojos inyectados en sangre y cansados.

—Te he oído hablar con padre. ¿Por qué le has dicho que no quieres ir a la Sorbona? Eso no es cierto, tú sabes que no es cierto.

—Ahora lo es, hermanita —dijo él, mesándose los cabellos—. Tengo responsabilidades, ¿recuerdas? Es un sacrificio muy pequeño... —Dejó la frase sin concluir; su emoción era un recordatorio de lo que pronto iba a ocurrir.

Tenían toda una mañana ante ellos. ¿Qué se podía hacer en un día así? ¿Qué se podía decir?

Amira quería estar con su hermano, pero él eligió la soledad y se encerró en su cuarto. Ella intentó dedicarse a lo de costumbre, pero cuando empezó a leer un libro, no halló sentido a las palabras, y cuando decidió ayudar a Bahia en la cocina, se sintió como si fuera a estallar por dentro.

Sin embargo, las horas pasaban implacables. A la una, después de la plegaria del mediodía, Laila iba a morir.

Justo antes de las once, Malik irrumpió en la habitación de Amira.

—No puedo soportarlo más, me voy. Quiero estar cerca de ella.

—No, Malik, no lo hagas. Alguien podría sospechar...

—Nadie sospechará nada. No seré más que un niño rico en busca de un poco de morbo. —Su voz estaba preñada de amargura.

—Entonces voy contigo.

—Ni hablar. No es espectáculo para una chica, una niña.

—No era una niña para ver el interior de la prisión de Al-Masagin anoche. ¿Ya lo has olvidado? —Malik me necesita, pensaba—. Tal como está ahora, ¿quién sabe lo que podría decir o hacer?

Discutieron. Malik le prohibió que fuera y ella lo desafió.

—Si no me llevas contigo, iré por mis propios medios.

Malik no replicó y ella tomó su silencio por consentimiento.

Mucho antes de que el sol alcanzara su cenit, Amira salió de la casa a hurtadillas con su disfraz de chico en una bolsa. Retomando los pasos de la noche anterior, corrió hacia el coche de Malik, donde se puso *thobe* y *ghutra* blancos y las gafas de sol.

La plaza yerma se cocía al fuerte sol del día; en su centro había un grueso poste de madera. Alguien —¿quién?, se preguntaba Amira— había apilado un montón de piedras blancas de río, grandes y lisas, a unos cuantos pasos del poste.

Al principio Amira creyó que debía haber algún error, un indulto, pues, aparte de un par de policías, la plaza estaba desierta.

Luego vio las docenas, los cientos de personas apiñadas a la sombra de las puertas y muros de la prisión. Reconoció a varios amigos de su padre y de Malik, pero la mayoría parecían ser pobres, y una cantidad considerable eran mujeres.

El sol del mediodía quemaba los muros de piedra caliza de Al-Masagin cuando sacaron a Laila, con los ojos vendados, y la ataron al poste. A una docena de metros, se hallaban alineados sus familiares, tan rígidos como estatuas. La ley les obligaba a estar allí; los hombres, para compartir la vergüenza y el deshonor de Laila; las mujeres, para ser testigos de lo que podría ocurrirles fácilmente si se desviaban del camino correcto.

Amira se sintió a punto de desmayarse, pero cuando miró a Malik y vio su terrible aspecto —la tez pálida, las facciones desencajadas por el dolor—, recobró el valor.

Amira cogió la mano de su hermano y la apretó con fuerza. Malik susurraba algo, y Amira comprendió que estaba rezando. Un funcionario leyó una declaración del delito y la sentencia. Luego, a una señal que Amira no vio, el hermano mayor de Laila se adelantó con una piedra del tamaño de un puño en la mano. De repente, cuando se hallaba a unos pasos de su hermana, la arrojó con todas sus fuerzas apuntando directamente a la cabeza.

Esta imagen se grabó a fuego en la mente de Amira. ¿Había arrojado la piedra con semejante fuerza por odio, por la vergüenza que Laila había hecho caer sobre su familia, o por amor, para matarla instantáneamente y ahorrarle lo que vendría luego?

Fuera cual fuese su intención, falló; en el último segundo, Laila volvió la cabeza como si buscara a alguien —Amira hubiera jurado que miraba directamente a Malik— y la piedra no le dio de lleno.

Brotó la sangre. Laila se ladeó, luego volvió a enderezarse y sacudió la cabeza como para despejarla. Entonces se produjo un sonido como el gruñido de un perro furioso desatado.

La muchedumbre se lanzó hacia adelante, debatiéndose por llegar a la pila de rocas. De repente una lluvia de piedras voló por la plaza como una bandada de pájaros asustados. Amira vio con horror que las mujeres eran los más feroces verdugos; lanzaban maldiciones cuando arrojaban la piedra y luego corrían por otra.

Durante unos segundos, Laila se retorció, primero hacia un lado, luego hacia el otro, como si intentara evitar a sus invisibles atacantes; luego se desplomó todo lo que le permitían sus ataduras, y las rocas golpearon su cuerpo con ruido sordo, haciendo que su cabeza se balanceara de un modo espantoso. Todo terminó tan bruscamente como una tormenta en el desierto, con una última roca perdida rodando por tierra.

Un hombre salió de la prisión. Aplicó un estetoscopio al pecho destrozado de Laila y asintió en dirección a un grupo de guardias, que rápidamente volvieron a introducir el cuerpo en la prisión, sin siquiera cubrirlo. En cierta forma, aquella última vejación destrozó el corazón de Amira. ¿Acaso no iba a tener Laila un entierro decente?

La multitud se dispersó; su colérico rugido había enmudecido.

Apretando aún la mano de Malik, Amira lo sacó de la plaza. La mirada de su hermano era inexpresiva; no veía, se movía como un autómata. Cuando llegaron al coche, Amira lo soltó y, llevándose las manos al estómago, se inclinó para vomitar en el polvo.

Malik no pareció darse cuenta. Con la vista al frente, giró la llave del contacto; el coche se puso en marcha y cuando Malik pisó a fondo el acelerador enfiló la carretera dando bandazos. Durante el trayecto de vuelta a casa, sólo dijo con ira glacial:

—Nunca más. Lo juro.

MALIK

1970

El avión se ladeó; una de sus alas apuntó hacia el cielo azul, la otra hacia el desierto caqui. Cielo y desierto. Al-Remal.

Una noche en Marsella —en un café lleno de humo, de marineros y de algún turista ocasional en busca del «ambiente»—, un conocido de Malik por negocios, un norteamericano de mediana edad que había bebido lo suyo, se puso sentimental y sentencioso.

—Voy a deciros algo, muchachos —informó al grupo que ocupaba su mesa—. Todos estáis lejos de casa y creéis que vais a ganar un montón de pasta para volver millonarios, pero no podéis. No podéis volver a casa. Lo dijo un famoso escritor. No recuerdo cuál, pero no he oído nada más cierto en mi vida.

—¿Qué significa? —preguntó Malik. El comentario no tenía sentido para él.

—Significa que no puedes volver a casa, maldita sea, por mucho que quieras. —El bebedor reiteró que la cita era de un famoso escritor, norteamericano también, al parecer, e intentó explicar su significado para sí mismo, pero seguía sin tener sentido.

Uno del grupo, un joven libanés políglota, intentó traducir la idea al árabe. También Malik lo intentó, pero descubrieron que no se podía hacer. Tal vez el dicho fuera cierto en Norteamérica, pero no en Al-Remal, ni en el mundo árabe. Un árabe siempre podía volver a casa, y casi siempre lo hacía, por muy lejos que se hubiera ido y por mucho tiempo que hubiera pasado.

Sin embargo, más adelante Malik pensó a menudo en lo que había dicho el hombre, y acabó por ver que en cierto modo podía aplicarse a él. No se trataba de que algún día pudiera volver a casa como extranjero —concepto que tampoco tenía sentido—, sino que Al-

Remal podía ser demasiado familiar, como un *thobe* que no le sentara bien o ropas de cama que se enredaran en torno al cuerpo.

Así se sentía entonces, y así se había sentido desde el día en que mataron a Laila. Nunca más. No podía pensar en Laila sin recordar aquellas palabras, aquel juramento a sí mismo y a Dios. No podía pensar en la Laila que había amado sin imaginar a la Laila que amaba ahora. ¿Caminaría ya aquel bebé que abrazara en el desierto? ¿Pronunciaría alguna palabra? ¿Lo reconocería? Había pasado más de un año.

Si todo salía como lo había planeado, se dijo, no volvería a separarse de la niña. La azafata tuvo que recordarle que se abrochara el cinturón para aterrizar.

Farid le aguardaba en la puerta. Siendo adolescente, Malik no había visto jamás un espejo de cuerpo entero, pues en Al-Remal se consideraban impíos e idólatras, pero Francia estaba lleno de ellos, incluyendo uno en el circo en el que se había visto más bajo y ancho de lo que era. Ver a su primo, que se le parecía mucho, pero era más achaparrado, era un poco como aquel espejo.

Farid le besó para darle la bienvenida.

—Que la paz de Dios esté contigo, primo.

—Y contigo, primo. ¿Está bien tu padre?

—Sí, gracias a Dios, y tu padre también. —Una vez satisfechas las formalidades, Farid se apartó de su primo para mirarlo como si examinara un paño en el zoco.

—Veo que te has convertido en un infiel, primo, o al menos en un diplomático.

Malik volvió las palmas de las manos hacia arriba fingiendo no comprender.

—Tu *complet*, tu traje —explicó Farid, usando las palabras extranjeras, porque no existía término árabe para ese atuendo—. Comoquiera que se llamen estos asombrosos harapos.

Malik se había puesto el *ghutra* en el avión, pero había decidido no cambiarse el traje por un *thobe*. De hecho, la combinación de *ghutra* y ropa europea se había puesto de moda en los últimos tiempos entre los diplomáticos árabes en Occidente.

—Estos harapos me cuestan el salario de un mes, primo —exageró Malik.

Farid palpó el tejido y asintió tristemente.

—Ay, los cristianos te han robado, primo.

Pese a sus protestas, Malik se dio cuenta de que su primo admiraba la exótica vestimenta.

Farid hizo señas a un mozo palestino para que se hiciera cargo del equipaje de Malik. El aeropuerto parecía más concurrido de lo que Malik recordaba. Cuando su primo le hizo pasar por el mostrador de aduanas con un saludo al agente encargado, Malik sintió pena por los hombres de negocios extranjeros que debían vaciar el contenido de sus maletas. Que el cielo los ayudara, pensó, si habían sido tan temerarios —o ignorantes— como para llevar consigo licores o revistas *Playboy*.

Aquí y allá vio guardias del rey con armas automáticas y *ghutras* a cuadros verdes —el color del Islam—, que vigilaban a los civiles acordonados. Se dio cuenta de que nunca se había fijado en ellos antes; formaban parte del decorado. Supuso que estaban allí para intervenir si ocurría algo, si alguien hacia sonar la alarma.

El coche de Farid era un Buick de dos o tres años de antigüedad, un sueño para la mayoría de remalíes, pero que no denotaba demasiado éxito en un hombre de la familia de Farid.

—Estoy en lista de espera para un Lincoln Continental nuevo —explicó su dueño, y añadió alegremente—: Espero poder pagarlo cuando llegue.

Enfiló la carretera del aeropuerto sin mirar apenas, haciendo caso omiso de la bocina de un camión que hubo de desviarse y pasó a escasos centímetros del Buick.

—¿Has tenido un buen vuelo? —preguntó a Malik—. Tengo entendido que esos reactores son muy seguros.

Malik replicó que el vuelo había sido muy bueno y que, efectivamente, según la opinión generalizada, las nuevas aeronaves era muy fiables.

—Háblame de Francia — pidió Farid.

Malik se recostó en su asiento. Ya no estaba en Europa, se recordó a sí mismo, y sería de muy mala educación abordar directamente el asunto que ambos tenían en mente.

Respondió pacientemente a las preguntas de Farid sobre el clima en Francia, la comida francesa y, sobre todo, las mujeres francesas. Los dos primeros temas fueron fáciles, pero el tercero era más personal; Malik hizo unos cuantos comentarios vagos que su primo pudiera interpretar a su satisfacción, y luego cambió de tema.

—¿Qué es todo este tráfico, Farid? Parecen los Campos Elíseos.

La carretera del aeropuerto parecía realmente atiborrada; al menos había una docena de coches a la vista en todo momento. No hacía mucho que encontrar tres coches en kilómetro y medio era todo un acontecimiento.

—Es el petróleo, primo. Cada día es más importante, como ya

sabes; mana dinero como en la fuente del palacio real mana el agua. Vamos a ser todos ricos, si Dios quiere.

—Si Dios quiere, y que un poco de ese dinero me salpique en Francia.

—¿Y qué tal te van los negocios allí, primo? —preguntó Farid, acercándose a lo importante—. ¿Te va bien trabajando para el viejo pirata griego?

—Bastante bien —Malik se echó a reír; no era la primera vez que oía describir así a su patrón—, bastante bien, y Dios mediante, aún me irá mejor algún día, pero quizá no sea trabajando para Onassis.

—¿Mejor que a Onassis, primo? —preguntó Farid, enarcando una ceja.

—No he dicho eso. —Sin entrar en detalles, Malik explicó que, trabajando en el transporte marítimo en un lugar como Marsella, algunas veces conocía a clientes potenciales con necesidades especiales—. Cargas delicadas, ¿comprendes, primo?, que Onassis no aceptaría jamás porque políticamente sería peligroso para él si las cargas fueran... interceptadas. Alguien tan importante como él depende no sólo de sus clientes, sino también de la buena voluntad de los gobiernos de todo el mundo. Esa buena voluntad vale muchos millones.

Farid volvió las palmas de las manos hacia arriba sobre el volante para indicar que todo aquello era tan obvio que hasta un niño lo entendería.

—Como comprenderás, primo —continuó Malik, sonriendo para sus adentros—, lo que un cliente así necesita no es un petrolero de Onassis. Necesita un vapor mercante, un viejo caballo de batalla, anodino y matriculado en, digamos, Panamá.

—¿Onassis permite ese tipo de cosas?

Era una buena pregunta, y recordó a Malik la inteligencia de su primo, oculta a menudo bajo una máscara de bonachonería.

Hacía sólo tres semanas que Malik había hecho acopio del valor necesario para pedir permiso al viejo con el fin de llevar a cabo ciertos proyectos por libre. Onassis lo había mirado airadamente durante un momento antes de pasarle un brazo por los hombros. «Debería haber supuesto que el hijo de Omar Badir no se contentaría con trabajar para otro, ni siquiera para mí, pero no he olvidado lo que se siente al ser joven. Algún día te irás. Mientras tanto, quédate con Onassis. Quién sabe, tal vez aprendas algo. En cuanto a esos proyectos especiales, tienes mi bendición con tres condiciones. Primera, lo harás en tu tiempo libre, por tu cuenta. Segunda, mi nombre no se mencionará jamás. Tercera, no aceptes carga alguna que desapruebe tu conciencia.»

—Hablé con él —explicó Malik—. Se lo debía. No puso objeciones.

—Ah, bien. Entonces, Dios así lo quiere. —Farid se inclinó, entrecerrando los ojos como si intentara discernir algún cambio inminente en la climatología del desierto—. Así pues, ¿te va bien?

—:Como te he dicho, bastante bien. —Por fin se acercaban al tema más importante.

—Me pregunto —dijo Farid— si has tenido tiempo para reflexionar sobre el asunto de tu hija.

Cada hora del día, pensó Malik. Por eso en ese momento se hallaba en Al-Remal, al fin y al cabo.

—Sí —dijo. De repente una idea cruzó por su mente, llenándolo de miedo—. Recibiste mi carta, ¿no?

—Sí, por supuesto. La destruí, tal como pedías, y fingí que la había perdido.

—Bien. —Malik se relajó—. Bueno, ¿y qué piensas? ¿Funcionará?

Farid se salió de la carretera, detuvo el coche y se volvió para mirar a su primo a la cara.

Malik lo comprendió. A un remalí le era imposible hablar de asuntos importantes si no podía mirar a los ojos a su interlocutor.

—Tal vez has perdido un poco el contacto con las costumbres remalíes. Además, me parece que en este asunto has dejado que tu corazón se imponga a la razón. Me sugerías dos planes. —Farid alzó dos dedos, dejando traslucir la herencia de su padre maestro—. Primero la idea de fingir que se ha vendido la niña en adopción a un matrimonio francés. Creo que incluso tú habrás descubierto ya los defectos de ese plan. Cierto que algunas veces se venden niños, pero Mahir Najjar no es del tipo de hombres que lo hacen, y aunque lo fuera jamás trataría con infieles. Aun sabiendo la verdad, también se enteraría de lo que dijera la gente, y la vergüenza le volvería rencoroso, así que, por mucho que le pagaras, tarde o temprano se volvería contra ti.

—Tienes razón, por supuesto —dijo Malik con un suspiro—. Cuanto más pienso en ello, más evidente es esa conclusión. Por eso te decía que el otro plan podía ser mejor.

—Y lo es, pero estudiémoslo con mayor detenimiento. Si no lo he entendido mal, la idea es que la niña padece una extraña enfermedad. Nada puede hacerse aquí, en Al-Remal, evidentemente, puesto que no hay un auténtico hospital en todo el país, pero un benefactor anónimo pagará su tratamiento en Francia. Podríamos dejar incluso que la gente pensara que el benefactor es Onassis, conmovido por tu intercesión en favor de una pobre familia de cuya desgracia te has enterado por casualidad.

—Bueno, mejor será que dejemos a Onassis al margen. Que sea sólo un benefactor anónimo.

—Muy bien. ¿Pero te das cuenta de lo retorcido que es el plan? Porque al final la criatura tendrá que curarse o morir.

—Ésa es la cuestión, precisamente. Tras unos cuantos meses, o un año o dos, llega la noticia de que el tratamiento ha fracasado. Los padres estarán de duelo un tiempo y luego todo se olvidará.

—En ese caso —dijo Farid, haciendo una mueca—, estaremos mintiendo, cosa que preferiría no hacer. Además, ¿quieres que la niña emprenda una nueva vida fingiendo que ha muerto, una segunda vez? —Rápidamente abrió la puerta del coche y escupió en el suelo para alejar el mal de ojo.

Malik hizo lo mismo casi de forma involuntaria.

—No —replicó en voz baja.

—No —convino su primo—. Y hay una complicación más. Tú lo sabrás mejor que yo, pero esa historia del benefactor desconocido y del niño enfermo, ¿no es exactamente el tipo de cuento sentimental que adoran publicar los periódicos occidentales? ¿Y si atrajera su atención?

—Sólo ves los peligros, Farid —dijo Malik con mayor brusquedad de la que hubiera deseado—. Es cierto que esos peligros son reales —añadió, apaciguado—, pero la cuestión es que debo hacer algo, y pronto. Mi hija tiene más de un año y no me distingue de Mahir. Si no hago algo, llegará un momento en que será más hija de los Najjar que mía.

—Tienes toda la razón, desde luego —dijo Farid, también apaciguador—. Por eso te preguntaba si habías pensado más en el asunto. Porque a mí me parece que existe una solución que elude todos los problemas.

—Perdona mi rudeza, primo, pero sólo tengo dos días antes de volver a Marsella. ¿Qué se te ha ocurrido?

Farid se atusó el mostacho pensativamente. Fue un gesto en el que Malik no hubiera reparado un año atrás, pero viviendo en Francia, donde no eran raros los hombres completamente afeitados, había llegado a darse cuenta de cuánto orgullo masculino ponían sus compatriotas en el vello del labio superior. En Al-Remal los hombres sin mostacho eran tan raros como los cometas, excepto entre los trabajadores extranjeros de las compañías petrolíferas, y el que tenía un mostacho fino o poco poblado alcanzaba menor consideración fueran cuales fuesen sus otras cualidades.

—A mí me parece —dijo Farid— que esos planes se centran en una sola posibilidad, la de llevarte a la niña sola. Pero ¿no sería más sencillo llevártelos a todos?

—¿Todos? ¿Quiénes son todos?

—Mahir Najjar y su mujer, además de la niña. Sin duda un hombre de tu posición necesita criados, o los necesitará, ¿y quién podría servirte mejor que una buena pareja musulmana de tu propio país?

Claro. Malik se preguntó cómo no se le había ocurrido antes. Era evidente que el problema le atañía demasiado y el corazón podía más que la cabeza, como decía Farid.

—Mahir Najjar sabe conducir, según tengo entendido, aunque por supuesto no tiene coche —continuó Farid—. ¿No necesita chófer un hombre de negocios pujante como tú?

Por el momento Malik disponía de un pequeño Peugeot de segunda mano, que conducía él mismo, pero desde luego, si las cosas salían como esperaba, pronto poseería un vehículo más imponente, y no era mala idea tener chófer. Aumentaría su prestigio y sería bueno para el negocio.

—Además —añadió Farid—, su mujer tiene cierta reputación como cocinera. Sé que los franceses presumen sin cesar de su cocina, ¿pero cuándo fue la última vez que te comiste un buen *kabsa*?

—Es suficiente, primo —dijo Malik, alzando una mano para interrumpirle—. Las estrellas no necesitan lustre. Tu idea es perfecta. Me has quitado un peso de encima. —Realmente sentía casi vértigo por el alivio, pero se sorprendió al ver que Farid ponía cara larga.

—La idea sirve, pero no es perfecta. Tiene un fallo; es posible que Mahir Najjar no esté de acuerdo.

—¿Qué? ¿Por qué no? ¿Has hablado con él?

—Sólo de pasada, claro está.

—¿Y cuál es el problema? Sabe perfectamente que le trataría bien, más que bien.

—En parte se debe a que es de Omán, y ya sabes cómo son allí, tan melifluos como palomas, pero tozudos como camellos y orgullosos como halcones, sin olvidar sus maneras de paloma, claro está.

—Bien, ¿qué quiere?

—Para empezar quiere hablar directamente contigo, no conmigo. Es orgulloso, como te decía. Pero el auténtico problema no es él, sino su mujer, Salima. —Farid miró su reloj y luego hacia el sol para confirmar la exactitud del mecanismo de relojería—. Será mejor que continuemos o tendremos que pararnos para rezar.

Malik apreció la necesidad de su primo de llevar la conversación a un nivel menos formal. Una de las primeras cosas que le había sorprendido en Francia era la presteza —y la crudeza— con que los hombres hablaban de sus mujeres. En Al-Remal, los hombres no mencionaban jamás a sus mujeres en sus conversaciones normales con otros hombres, e incluso el hecho de hablar de la mujer de un tercero, la de Mahir en este caso, resultaba desconcertante.

—De vez en cuando —dijo Farid—, te encuentras con un hombre que es un esclavo de su mujer. No digo que sea así con Mahir, pero su preocupación por los deseos de su mujer parece realmente extrema. Es curioso que no se haya divorciado de ella, puesto que no le ha dado hijos. También es curioso que no te haya pedido dinero para tomar una segunda esposa. Quizá sea por eso que quiere hablar contigo, pero lo dudo. Creo que Salima influye en contra de esa idea.

—Todo esto es muy curioso —dijo Malik, removiéndose en el asiento con impaciencia—, ¿pero qué tiene que ver con si querrán o no venir conmigo a Francia?

—Bueno, creo que sencillamente Salima no quiere ir allí ni a ninguna parte. Es feliz aquí, entre sus familiares y amigos.

—Pero no sería para siempre. Sólo un año o dos, no más.

—Mahir lo sabe, pero al parecer ella se muestra inflexible y él se plega a sus deseos.

—Si es cuestión de dinero, puedo conseguir más, hasta cierto punto.

—Tal vez sea eso, al fin y al cabo, pero, para serte sincero, creo que sólo una cosa los convencería a los dos.

—Bien, ¿qué es?

—La posibilidad de tener hijos propios. Un varón sobre todo, claro está.

—Desgraciadamente, primo —dijo Malik, alzando las manos al cielo—, no hay mucho que yo pueda hacer al respecto.

—Ah, tal vez sí. Mahir y su mujer aún son jóvenes. Quizá su problema sea médico. ¿No hay médicos en Francia especializados en ese tipo de cosas?

—Sí. No soy un experto, pero tengo entendido que realizan nuevos descubrimientos prácticamente todos los días.

—Ahí está tu palanca para mover a la inamovible Salima y su marido.

—No puedo prometerles nada, Farid.

—Pues claro que puedes. Puedes prometerles esperanza.

La ciudad apareció a su izquierda. A Malik le costó reconocerla.

Nuevos edificios de cemento flanqueaban la carretera como una manada de elefantes grises. Sin embargo, entre los nuevos edificios vislumbró el viejo barrio, los pisos superiores de los edificios, cubiertos de *mashribaya*, las celosías tras las cuales las mujeres contemplaban la calle sin ser vistas. Hasta los edificios están velados, pensó Malik.

—Tu principal problema —dijo Farid, como haciéndose eco de su pensamiento— será superar la vieja mentalidad. Ya sabes, *maktub*. Está escrito. Es la voluntad de Dios. —Meneó la cabeza para indicar que no diría nada más sobre el tema—. Bien, ya casi hemos llegado, aunque hemos estado chismorreando como mujeres.

—Primo, dices que puedo darle esperanza a Mahir, pero eres tú quien me la ha dado a mí. No tengo palabras para expresarte mi agradecimiento. Me pregunto si algún día, pronto, si Dios quiere, vendrás a trabajar conmigo a Marsella. Formaríamos un buen equipo.

—Puede que lo haga, primo —dijo Farid con una sonrisa—. Dios sabe que me falta cabeza para entrar en el negocio familiar. —Con estas palabras llegaron a la casa de Omar Badir.

El hogar en que había crecido le pareció más pequeño de lo que recordaba, pese a su amplitud. Incluso su padre parecía un centímetro más bajo, un ápice más frágil. Pero seguía teniendo la mirada de un halcón, y cuando el ritual de los saludos concluyó, sus ojos de halcón se posaron sobre el traje de Malik.

—Malik me estaba diciendo antes, tío —dijo Farid con tono malicioso—, que es el hombre mejor vestido de Marsella. —Farid, por razones que nadie podía imaginar, era el sobrino favorito de Omar, al que se permitía bailar allí donde el propio Malik temía pisar siquiera.

—¿Estamos en Marsella? —Omar sonreía, pero su sonrisa tenía el filo de un cuchillo.

—Discúlpame, padre —se apresuró a decir Malik—. Me he quedado dormido en el avión —no era del todo mentira; había echado una cabezada—, y no he tenido tiempo de cambiarme. Lo haré ahora, si me perdonas.

—No, no —dijo Omar, aplacado—. Quédate como estás por el momento, es decir, hasta el rezo. Mientras tanto, quiero presentarte a una persona. —Llamó a Bahia. La criada apareció con un bebé de ojos negros en los brazos. El niño llevaba amuletos sujetos con alfileres a las ropas. En cada uno de ellos había una inscripción coránica para ahuyentar a los *jinn*, los seres sobrenaturales que tomaban forma para cometer todo tipo de maldades—. Tu hermano, Yusef —dijo orgullosamente.

Cuando Malik se había enterado en Francia de que tenía un hermanastro, su reacción había sido extrañamente indiferente, como si fuera una mera noticia en los periódicos. Pero al ver al niño sonriente que gorjeaba ante él, una oleada de emociones inundó su ser.

De niño había soñado con tener un hermano; la mayoría de sus amigos tenían al menos tres o cuatro. Pero ahora, aquella criatura podía ser su propio hijo. De repente tuvo que contener el impulso de contarle a Omar que también era abuelo. Se sintió aliviado cuando su padre hizo señas a Bahia para que se llevara al niño. Se acercaba la hora del rezo.

Tras una breve charla sobre Onassis —Malik halló los comentarios de su padre muy perspicaces, aunque tal vez levemente teñidos de envidia—, Omar indicó que reanudarían la conversación durante la cena.

—Ponte cómodo —dijo a Malik, refiriéndose a que debía vestir la ropa adecuada—. Después de presentar tus respetos a tu madre, ve un momento a hacer lo mismo con Um Yusef. Y no te olvides de tu hermana. Ha estado asomando la cabeza fuera del país de las mujeres —hablaba de la sección de la casa destinada a las mujeres— cada vez que soplaba el viento pensando que eras tú.

Malik ansiaba ver a su madre y a su hermana, pero temía que «presentar sus respetos» a la segunda esposa de su padre resultaría embarazoso. Era una joven de apenas unos meses más que él, y jamás había parecido que le gustara. Sin embargo, su madrastra estaba aún tan entusiasmada por tener un hijo propio, logro por el que había adquirido el derecho de ser llamada «Um Yusef» (madre de Yusef), que lo recibió con inusual cordialidad.

Con un hijo varón, se dijo Malik amargamente, disfrutaba de una seguridad que no tenía antes. Una seguridad ganada a expensas de la madre de Malik.

—Pero querrás saludar a Amira —dijo ella por fin—. Creo que está arriba, en su habitación. ¿Conoces el camino? Oh, qué estúpida soy, pues claro que lo conoces.

Malik subió por las escaleras familiares y llamó a la puerta, siguiendo la costumbre occidental. Por un momento no reconoció a la mujer que acudió a abrir.

Era evidente que Amira era la flor del desierto que aguardaba la lluvia para florecer. La última vez que la viera, no parecía que llegara a ser más que una adolescente marimacho, pero ante él tenía a una belleza.

—¿Hermanita?

—¿Quién si no, hermano idiota? —dijo ella y se arrojó en sus brazos. Como siempre, tenía muchas preguntas que hacer. Cómo estaba él, cómo era Marsella, qué le parecía estar de nuevo en Al-Remal.

—¿Te ha hablado Farid? —consiguió preguntar Malik—. Sobre su idea para Laila, quiero decir. —Su brusquedad era comprensible. Tenía poco tiempo; la radio advertía que se acercaba la hora del rezo.

—Sí. Reúnete conmigo en el jardín después de cenar. Entonces podremos charlar.

—Muy bien. ¡Oh!, he visto a nuestro nuevo hermano.

—Es un encanto. ¿Pero te has fijado en los sortilegios?

—Sí. —La costumbre de cubrir a un niño con amuletos protectores estaba extendida, pero entre la gente educada era sólo eso, una costumbre. Tomársela en serio indicaba cierta aura de superstición campesina. Al comentarlo, cometían un delicioso y leve pecado de conspiración entre hermanos contra la segunda esposa de su padre.

—Ya ves con lo que tengo que vivir —dijo Amira—, aunque desde luego ahora es mucho más agradable que antes. Vete. Hablaremos luego.

Malik se dirigió con premura a su habitación para ponerse un *thobe* y unas sandalias. En la radio sonaba ya la llamada del almuecín, repitiendo cada verso salvo el último:

Dios es más grande.
Yo declaro que no hay más dios que Dios.
Yo declaro que Mahoma es el profeta de Dios.
Venid a rezar. Venid a la salvación.
Rezar es mejor que dormir.
No hay más dios que Dios.

En el jardín, que empezaba a sumirse en las sombras, Malik paseó por entre las adelfas y las buganvillas, saboreando la fragancia, sonriendo ante el sonido de la pequeña fuente cuyo chorrito proclamaba la riqueza de su padre. Recordaba la famosa historia de la época en que los americanos y los británicos habían llegado en busca de petróleo, cuando el rey de Al-Remal rezó para que sus perforadoras sólo encontraran agua.

Era la hora más hermosa, como siempre había pensado Malik, el intervalo justo antes de la noche, cuando el calor del día volvía hacia el cielo, haciendo que las primeras y brillantes estrellas rielaran sobre un fondo de un intensísimo azul claro. Francia tenía muchas maravillas, pero ninguna que pudiera equipararse a las estrellas del desierto de Al-Remal.

—¿Hermano? —¿Quién si no, hermanita idiota? Amira salió de las sombras riendo para tomar su mano.

—Te he echado de menos —dijo.

—Y yo a ti.

—Dudo que hayas tenido tiempo de echar de menos a nadie. Tus días han debido ser muy ajetreados. Por no mencionar las noches.

—Mis días desde luego. Mis noches son bastante solitarias, me temo.

—Lo siento, hermano. He hablado sin pensar. Supongo que estoy celosa.

—¿Celosa?

—Que tengo envidia. —Amira miró el cielo, pero ya no había luz que iluminara su expresión—. Algunas veces creo que daría cualquier cosa por hacer lo que tú haces.

—¿Trabajar como un esclavo para Onassis?

—No sé. Estar en Francia. Hacer lo que me apetezca.

—¿Y qué te apetece?

—Tampoco lo sé. Estudiar. Estudiar de verdad.

Eso era lo que siempre había querido, pero al oírselo decir a la nueva Amira, aquella asombrosa joven, le sonó diferente, más serio, pero también más desconcertante. Su hermana siempre había sido poco corriente. Recordaba el valor que demostró aquel día en la plaza, cuando a él había estado a punto de faltarle.

—Te dije una vez que quizá tuvieras que abandonar Al-Remal —comentó Malik—. ¿Lo recuerdas?

—Un sueño —dijo ella con un ademán de impaciencia. La luna, casi llena, asomó por encima del muro del jardín, convirtiendo en siluetas las palmeras datileras—. Aún tengo a la nanny Karin. Ahora estudiamos juntas. Encarga libros a Londres. Yo pago la mitad, algunas veces más. Y Farid nos da pequeñas lecciones de matemáticas.

—¿Qué dice padre de todo eso?

—Ya lo conoces. No deja de ser un dinosaurio, pero te sorprende de vez en cuando con una opinión ilustrada, sobre todo si le puede sacar algún beneficio. Le he convencido de que los tiempos cambian y de que con educación seré una esposa más valiosa.

Malik tardó unos instantes en comprender lo que acababa de oír.

—No me digas que está pensando en casarte ya.

—Pues claro que sí. ¿Por qué no habría de hacerlo?

—¿Ha hablado de ello?

—No, pero lo piensa.

—¿Tiene a alguien en mente? —Todo aquel asunto era una sorpresa.

—Creo que ha considerado varios candidatos. Deja caer alguna que otra indirecta; alaba a éste, critica a aquél, para ver cómo reacciono, supongo. Pero no ha hablado claramente.

Malik tuvo la extraña sensación de que el tiempo se había esfumado. Era imposible que estuviera hablando con Amira sobre su matrimonio. Apenas el día anterior era la fastidiosa hermanita que aparecía corriendo para chutar la pelota con la que él y sus primos jugaban a fútbol, allí mismo, con dos palmeras como postes.

—Bueno, aún es pronto —musitó, intentando recordar cuál era el papel de un hermano en todo aquello—. Todavía eres muy joven. —Pero Malik sabía que hablaba así por el año pasado en Francia. Allí, en Al-Remal, su padre podía elegir marido para Amira al día siguiente.

—No quiero casarme —confesó Amira—, pero debo hacerlo. No quiero abandonar esta casa, pero lo haré. Quiero estudiar en Europa, pero no puedo. —En su voz Malik detectó la rebeldía que le había llevado a disfrazarse de chico para poder conducir un coche, pero a la luz de la luna, ya de un intenso tono plateado, las lágrimas brillaban en las mejillas de su hermana—. No me casaré con alguien a quien no quiera. No seré como madre. No seré como Laila. ¡No!

—Por supuesto que no, hermanita —repuso Malik, intentando consolarla, aunque la mención de Laila le había herido en lo más vivo—. Si Dios quiere, cuando llegue el momento, será alguien maravilloso y seréis muy felices juntos. —Se sentía como un idiota hablando así, pero ¿qué otra cosa podía decir?

Amira guardó silencio un largo rato. Luego continuó como si hubieran estado hablando de los viejos tiempos.

—¿Te he dicho que últimamente veo a Um Salih a menudo? Ayudó en el parto de Yusef. Claro que fue por mediación mía, pero ahora Um Yusef la adora. Estará en la lista de dinero del Ramadán a partir de ahora.

—En otras palabras —dijo Malik, alegrándose del cambio de tema—, padre le paga y yo le pago. Esa anciana acabará dueña de todo Al-Remal.

—Es posible. Nunca he conocido a nadie como ella. Es una fuerza de la naturaleza. —Amira sonreía.

La rapidez con que cambiaban de humor las mujeres, se dijo Malik, era algo que nunca comprendería.

—Escucha —prosiguió ella—. El plan de Farid es bueno. ¿Vas a llevarlo a cabo?

—Voy a hablar con Mahir Najjar, pero Farid dice que no lo aceptará.

—Yo creo que sí. Um Salih dice que los dos desean tener hijos más que nada en el mundo. También cree que, sea cual sea el problema, tiene solución. «Es una jarra agrietada, no rota», como dice ella. Desde luego es pura intuición, no hay ni una pizca de ciencia médica en ello, pero de algún modo siempre tiene razón en estas cosas.

—Como digo, hablaré con Mahir. Si está de acuerdo, no me llevará más que unos días arreglar los papeles. Tenemos cientos de empleados extranjeros y Onassis se asegura de que los burócratas estén bien untados.

—Así que la pequeña Laila crecerá en Francia, *inshallah*.

—*Inshallah*.

—Me preguntaba, hermano... es una cosa que quería saber. ¿Piensas educarla en la fe?

Era una pregunta en la que Malik había pensado a menudo, pero jamás había intentado verbalizarla.

—Si todo sale bien, Salima Najjar se ocupará de criarla durante un tiempo, cosa que debo considerar. Pero después... es difícil de explicar. Sigo creyendo en Dios. ¿Cómo, si no, se explica todo esto? —Señaló el cielo cubierto de estrellas con la mano—. Y sigo creyendo que Mahoma es su profeta, pero no puedo creer, no puedo aceptar algunas de las cosas que se hacen en nombre de Dios o de Mahoma.

—Ésos son también mis sentimientos —dijo Amira, asintiendo. Habían bajado la voz aunque nadie podía escucharles. Pronunciaban palabras prohibidas.

—Claro está que cuando tenga la edad —continuó Malik—, la obligaré a ponerse el velo, me aseguraré de que no lea jamás un libro y...

—¡No hablarás en serio!

—No, pero quería ver qué cara ponías.

—Idiota.

—Lo que realmente creo —dijo Malik pensativamente— es que cuando Laila tenga tu edad será muy difícil distinguirla de cualquier otra francesita.

—Me gusta esa imagen, pero no sé qué le parecerá a padre. —Amira se acercó a su hermano y lo abrazó con fuerza—. Te he echado de menos, hermano.

—Y yo a ti.

Siguieron charlando en el jardín hasta bien entrada la noche; no tenían la certeza de que pudieran volver a estar a solas tanto tiempo.

Malik concertó un encuentro con Mahir Najjar a través de Farid. Mahir insistió en que su casa no era lugar para hablar de negocios; afirmó que estaba llena de parientes, suyos y de su mujer.

Sospechando que lo que quería era principalmente escapar al oído de su mujer, Malik aceptó encontrarse con él en terreno neutral, en un café de un barrio pobre de la ciudad, donde no era probable que ninguno de los dos tropezara con algún conocido.

—Querré ver a mi hija —dijo Malik—, tanto si llegamos a un acuerdo como si no.

Para no llamar la atención en el vecindario, Farid le prestó un *thobe* que había conocido tiempos mejores. Acudió pronto a la cita, poco después de la caída de la noche, y tomó café y té azucarado mientras escuchaba a un cuentista relatar una aventura del héroe Antar, conocido en todo el Oriente Medio.

Antar era el hijo de un jeque del desierto y de una esclava negra africana que se había ganado la libertad gracias a sus hazañas, y aunque era implacable con sus enemigos, ayudaba siempre a los que sufrían injusticias a manos de los poderosos. En aquella historia en particular, Antar se hallaba en peligro por causa de su amor hacia la hija de un príncipe.

Malik ya la había oído antes, pero el cuentista no era malo y resultaba agradable estar sentado en el atestado café como un hombre más entre sus compatriotas, sin necesidad de explicar nada salvo que estaba allí.

Mahir llegó y se apoyó contra la pared mientras se relataba la inevitable y trágica muerte de la joven y la feroz venganza de Antar contra el malvado padre. Cuando terminó la historia y la muchedumbre se dispersó, Malik y Mahir ocuparon una mesa que ofrecía un razonable grado de intimidad.

Mahir Najjar era un hombre bajo de piel oscura y varios años mayor que Malik. Sus ojos tenían siempre una triste mirada, de modo que el tic nervioso que sacudía ocasionalmente su nariz y su mostacho le hacían parecer un conejo melancólico.

Si una cosa había aprendido Malik era el valor de las apariencias. Con la posible excepción de Farid, confiaba en Mahir tanto como en cualquier otro hombre que conociera. Tras las cortesías obligadas, Malik decidió ir al grano.

—Un hombre de mi posición necesita chófer —empezó con tono neutro—, y he pensado en tu honorable persona antes que en cualquier otra.

Sin mencionar a Salima, añadió que también necesitaría una cocinera y alguien que cuidara a su hija, dejando claro que Laila iría a Francia de una manera u otra. Pagaría bien por esos servicios, dijo, y mencionó una cifra.

Al oírla, los ojos de Mahir se entristecieron aún más y su tic se hizo más evidente.

—Como siempre, señor, eres muy generoso, pero ya tengo un excelente empleo como conductor de un camión de agua para los americanos del petróleo.

—Ah, bien, entonces debo felicitarte por tu laboriosidad e iniciativa. Estoy seguro de que habrás oído, igual que yo, que muchos de los que trabajaban para los americanos encuentran grandes oportunidades para prosperar. Incluso hubo uno que acabó siendo millonario.

Mahir asintió levemente, como si no estuviera seguro de adonde quería ir a parar Malik.

—Naturalmente no quisiera que perdieras una oportunidad semejante. Sin embargo, sigo necesitando un chófer y una cocinera. —Malik mencionó una cifra más alta.

Mahir le dio las gracias.

—Pero Francia está muy lejos —señaló—, y un hombre tiene responsabilidades con su familia además de consigo mismo.

—Muy cierto —convino Malik, y luego dio una cifra más alta, insistiendo en que era la última—. Y la estancia en Francia no será permanente —señaló.

Los ojos de Mahir se volvieron más tristes que nunca.

—Si fuera más joven, señor —se lamentó—, si no fuera por mis parientes...

—Bueno —dijo Malik, con un deje de exasperación en la voz—, o está escrito, *maktub*, o no.

Mahir se mostró totalmente de acuerdo.

Por un momento Malik temió que se hallaran en un callejón sin salida. Sin embargo, Mahir no parecía querer interrumpir la conversación. Por el contrario, tras un intervalo prudencial, dijo con deferencia:

—Dime, Malik, hijo de Omar, ¿volverás pronto a casa para encontrar una novia entre los tuyos?

Malik sonrió para sus adentros; Farid había preparado bien el terreno.

—Lo dudo —dijo con tono indiferente—. ¿Qué prisa hay?

—Muy sensato, muy sensato. Algunas veces yo también desearía haber esperado. Pero ¿no sientes la necesidad de formar una familia ahora que aún eres joven?

—Oh, supongo que todos los hombres sienten lo mismo, pero como digo, ¿qué prisa tengo?

—Cierto, cierto, tienes mucho tiempo. —Sus ojos ya no estaban tristes y su tic era mucho menos perceptible.

—Seguramente he pasado demasiado tiempo en Francia, Mahir, y me he contaminado de las costumbres francesas. —Malik explicó que los franceses tardaban en casarse, no sólo los hombres sino también las mujeres. No era raro que las francesas se casaran a los veinticinco, o incluso a los treinta—. No, no me mires así, Mahir. Es cierto.

—¿Pero quién se casaría con una mujer de esa edad, a menos que sea muy viejo o que ella sea rica?

—Bueno, ¿y por qué no? Las francesas se conservan muy bien, mucho mejor que nuestras mujeres, me avergüenza tener que decirlo. Además, incluso a los treinta pueden tener tantos hijos como quieran.

—¿Cómo puede ser eso? —Sus ojos eran los de un hombre enfebrecido y el tic había desaparecido por completo.

—Es una simple cuestión de ciencia médica —contestó encogiéndose de hombros—. Desgraciadamente, aquí no tenemos nada parecido. —Hizo una pausa para dar mayor efecto a sus palabras—. Se han dado casos en los que mujeres de avanzada edad tenían otras dificultades, pero los médicos franceses han podido remediarlas.

Los ojos febriles parpadearon rápidamente mientras Mahir intentaba asimilar las maravillas que le describía Malik.

—Milagros —siguió éste—, son milagros lo que hacen en Francia. Con la gracia de Dios, los médicos asistieron a un conocido mío. Su semilla, ay, era débil, pero los médicos la fortalecieron. Ahora él y su esposa tienen un hijo. —Malik sonrió ante la feliz conclusión de su cuento, que era cierto, aunque había convertido una inseminación artificial en una explicación bastante simplista.

—¿Es eso cierto, Malik ibn Omar? ¿Es realmente cierto?

—Así como lo digo, así es.

Durante unos segundos, Mahir hubiera podido pasar por hermano pequeño de Amar. Luego se desplomó lentamente.

—En Francia deben de ser todos millonarios —dijo—, para poder pagar a esos médicos.

Era el momento que Malik estaba esperando.

—Bueno, ahí está la cuestión —observó, haciendo señas para que les sirvieran más café—. En Francia, el patrón acostumbra pagar las facturas médicas de los que trabajan para él. —No era estrictamente cierto, se dijo; pero sería la costumbre de un patrón al menos.

Poco después, Mahir declaraba que, parientes o no, maldito camión de agua, él siempre había querido ver mundo, y mencionó una cifra.

Cuando dieron fin al placer de regatear, Mahir invitó a Malik a su casa.

—Para saborear la cocina que disfrutarás en Francia, y para ver a la pequeña, claro está.

—Eres muy amable. No quisiera molestar a tus parientes.

—Eres mi patrón. Si me haces el honor de visitar mi casa, ¿qué tienen ellos que decir?

Finalmente, en la casa de Mahir, pequeña y calurosa pero inmaculadamente limpia, no había parientes. Sólo Salima apareció al ser llamada por su marido, mirándole inquisitivamente y hallando respuesta en su rostro.

Pero Malik apenas se dio cuenta, pues en los brazos de Salima estaba Laila, cuyos ojos negros le miraban con lo que, a partir de entonces y para siempre, lo hubiera jurado, era un eterno reconocimiento.

SEGUNDA PARTE

INFANCIA

1961

El balón de fútbol que recordaba Malik también lo recordaba su hermana. No tenía más de cinco o seis años de edad cuando llegó hasta ella botando desde la cacofonía que producían los niños al jugar, y se detuvo a unos centímetros de sus sandalias blancas. Parecía tan grande como un planeta, pero la tentación de darle un puntapié fue irresistible.

Falló al primer intento. Su vestido favorito —blanco, con un lazo que se ataba a la espalda— la traicionó; le llegaba hasta los tobillos, por supuesto, y debajo llevaba unas largas enaguas. Cuando echó el pie hacia atrás, se pisó el borde de la falda, se enredó y no le dio a la pelota. Los niños la abuchearon.

Amira se recogió el vestido lo justo para moverse con libertad y golpeó la pelota con todas sus fuerzas. La pelota era pesada y le hizo daño en los dedos, pero salió volando como un cohete y aterrizó... en la fuente. El caos se apoderó del jardín, incluso Malik gritaba a su hermana hasta que apareció su tía Najla y la arrastró de vuelta al grupo de mujeres y de niños más pequeños.

Era un recuerdo nimio entre un número incontable que, años más tarde, Amira recuperó con nostalgia agridulce, repasándolos con la mente como otra mujer los hubiera hojeado en un álbum de fotos. A menudo, cuando llovía en la fría Boston o la nieve se amontonaba en sus calles, pensaba en la casa de su padre con su jardín iluminado por el sol.

Aunque protegido por altos muros en dos de sus lados y por las alas de la casa en los otros dos, el jardín estaba lejos de ser el lugar secreto y sombrío que muchos norteamericanos imaginaban en el interior de una casa árabe. Era más bien un lugar de juegos, un espacio brillante siempre animado por niños, primos, casi todos los días, pero también los niños de vecinos y de otros visitantes, así como los del servicio. Algunas veces había invitados especiales, pequeños príncipes y princesas reales no muy diferentes de Malik y de ella misma; con menor frecuencia, les visitaban también los exóticos hijos de ejecutivos de las compañías petroleras norteamericanas o de hombres de negocios europeos.

El jardín era un lugar abierto en el que crecían las plantas: jazmín, adelfas y Jacaranda, amorosamente cuidadas y alimentadas con un agua más preciosa que el petróleo. Para Amira, aquel jardín era sinónimo de felicidad. En el recuerdo y la realidad se mezclaba con la casa en sí, una villa laberíntica, de estuco y estilo mediterráneo, con altas ventanas en arco que disponían de postigos para protegerse del calor del mediodía. Mujeres y niños por igual se movían continuamente entre el jardín y las habitaciones del país de las mujeres.

Cuando más arreciaba el calor, todos se instalaban a la sombra del soportal que discurría a lo largo de la planta baja del edificio principal y formaba una especie de terreno intermedio entre el exterior y el interior de la casa. Las mujeres realizaban pequeñas tareas domésticas y charlaban, a veces cantaban incluso; tanto la charla como el canto se hacían en voz baja si había hombres en la casa, pues era una grave falta que se oyeran las voces de las mujeres en la parte de la casa de los hombres sin ser requeridas.

En presencia de los adultos, los niños debían escuchar con respeto y hablar sólo cuando les preguntaran. Los niños tenían mayor libertad que las niñas en este sentido, pero no se les permitía gritar ni ser revoltosos.

Amira lo recordaba perfectamente: el calor, que a la sombra era sólo soportable; el aroma a cardamomo y clavo o romero en la cocina que especiaba el olor del cordero estofado; las suaves voces y la risa de las mujeres. Permanecer sentada educadamente mientras los adultos conversaban no fue jamás el tedio intolerable que hubiera supuesto para un niño norteamericano o europeo. Primero, porque sencillamente era así como se hacían las cosas, y segundo, porque la conversación podía ser fascinante. La madre y la tía de Amira, así como sus amigas, charlaban sobre asuntos que les atañían personalmente —dinero, enfermedades, matrimonios, nacimientos, la vida entre cónyuges—, y poco o nada se censuraba o simplificaba porque estuvieran los niños delante. A fin de cuentas, también a ellos les interesarían tales cosas al cabo de pocos años.

Un día, por ejemplo, el tema era una pareja de recién casados que tenían problemas.

—Ni una gota de sangre en las sábanas —decía tía Najla, a quien le había contado la historia una de sus amigas—. Debería haberla si el marido hubiera penetrado a una virgen —añadió como explicación para los niños más pequeños.

Hubo cabeceos de triste asentimiento; era la pesadilla de toda mujer decente.

—¿Se ha divorciado el marido de ella inmediatamente? —preguntó la prima de Amira, Fátima—. ¿La ha devuelto a su familia? —Era lo mínimo que podía esperar una novia que no fuera virgen.

—¿La han matado sus hermanos? —preguntó Halla, una vecina.

—No —replicó Najla—. Ni se divorció de ella ni la han matado. Naturalmente han surgido preguntas. No es cuestión de dinero, porque el novio es rico y nada mezquino. —Se refería al hecho de que el marido de una novia impura tenía que pagar al menos la mitad de su precio (una suma considerable) al padre, aunque se quedara sin esposa.

Las mujeres volvieron a asentir, esta vez indicando que habían comprendido, y una de ellas dijo:

—Entiendo.

—Sí —dijo Najla—. Obviamente la culpa era de él. O bien su miembro viril no estuvo a la altura de la tarea, o por alguna otra razón no cumplió con su deber marital.

Eso lo cambiaba todo. En ese caso la mujer tenía derecho a divorciarse, tal como indicaba la ley islámica. Sin embargo, tal acción tenía sus inconvenientes y rara vez se llevaba a cabo, puesto que un divorcio, sea cuales fueren sus causas, disminuía grandemente la perspectiva de un nuevo matrimonio para la mujer.

—¿Pero qué le ocurre al marido? —preguntó Fátima.

Las mujeres refunfuñaron ante su ingenuidad. Desde luego todo el mundo sabía que los hombres normales no podían reprimir su lujuria si los provocaban; por esa razón las mujeres ocultaban el rostro y los cabellos, e incluso los brazos.

—¿No has oído nunca que ciertos hombres no pueden hacerlo? —preguntó Halla—. Por ejemplo, algunos prefieren a los muchachos, o a otros hombres.

—No creo que sea el caso —dijo Najla con autoridad—. Pero es bien sabido que hombres normales pueden volverse impotentes en ocasiones, por una enfermedad quizá, o por una herida...

—No será mi marido —la interrumpió Halla—. Cuando se rompió la pierna, se pasó todo el tiempo que tardó en curarse como un macho cabrío en celo.

—... o por otras razones que sólo Dios sabe. Se dice que la misma excitación del momento debilita la fuerza de algunos hombres. Pero la cuestión es que, a Dios gracias, a menudo la enfermedad es pasajera.

Estas palabras provocaron una discusión sobre el tiempo de que disponía un hombre para superar su problema antes de que se considerara permanente y, por tanto, motivo de divorcio. En general se mostraron de acuerdo en que un mes, o quizá dos, era lo más correcto, aunque una afirmó que en los Emiratos Árabes era costumbre alargar ese período hasta un año. Al final, una de las mujeres mayores expresó la innegable verdad de que, fuera cual fuese el motivo, era la voluntad de Dios, pues todo el poder era suyo, y puso término a la discusión.

Amira había estado escuchando con interés, no porque le excitara el tema, puesto que no había cosa más corriente que las charlas sobre sexo (una de las primeras cosas que la desconcertaron sobre Norteamérica fue la existencia de un debate sobre algo llamado «educación sexual»). Tampoco se trataba de aprender una importante lección para el futuro, ya que, como cualquier otra muchacha de su edad, estaba segura de que su marido no sufriría jamás tal falta de apasionamiento.

Recordando la anécdota tras largos años de vida solitaria, la Amira en el exilio comprendió que lo importante era sencillamente ser parte de todo aquello, del círculo de parientes y amigas en el país de las mujeres. Jamás desde aquellos días de su infancia había tenido una sensación semejante, la de pertenecer a un lugar y ser aceptada en él.

La primera nube en la corta vida de Amira llegó desde el otro mundo, un mundo completamente distinto que ocupaba la misma casa, el mundo de los hombres, lugar que veía muy contadas veces y en el que ocurrían las cosas sin que ella pudiera controlarlas ni comprenderlas, como los mismos designios divinos. La nube surgió cuando Malik, que había estado hablando con su padre —todo un acontecimiento— irrumpió en la cocina con una noticia asombrosa.

—¡Hermanita! ¡Me voy a Egipto, Dios mediante! ¡A El Cairo!

—¿Se va mamá contigo? —fue todo lo que se le ocurrió decir a Amira. Tenía entonces seis años y lo único que sabía sobre El Cairo era que su madre había nacido allí.

—No, idiota. Voy al Victoria College.

—¿Qué es eso?

Malik extendió unos folletos sobre la mesa.

—Aquí está. Mira.

En los folletos se veían grandes edificios de piedra rodeados de césped y entre ellos, chicos con extraña vestimenta, con chaquetas y corbatas como las que llevaban a veces los extranjeros de las compañías petrolíferas.

—¿Quiénes son esos chicos? —preguntó Amira.

—Alumnos, igual que seré yo cuando vaya. Gente que va a la escuela para aprender cosas. Mira, ésa es la bandera británica. Es una escuela británica.

—¿Son británicos los chicos?

—No, son árabes, como yo, y egipcios, claro. También hay algunos persas. Es una escuela británica en Egipto.

Amira meditó sobre esta información.

—¿Cuando tenga tu edad podré ir a esa escuela?

—No seas estúpida.

—No lo soy. ¿Por qué no puedo ir?

—Porque eres una niña, tonta.

Amira vio que era cierto; en la foto no había chicas, ni siquiera mujeres, y también lo comprendió desde el fondo de su corazón.

—Yo quiero ir —dijo—. Cuando tenga ocho años, iré.

—No puedes, hermanita —le dijo Malik, alborotándole los cabellos.

—¡Sí, sí que puedo!

En ese momento entró su madre, Jihan.

—¿Qué es todo este jaleo?

—Mamá, Malik dice que no puedo ir a la escuela Victoria. Dile que no lo diga más.

—¿No estás contenta de que tu hermano vaya a una escuela tan elegante?

—Sí, ¿pero no puedo ir yo también cuando sea mayor?

—Bueno, ya veremos, princesita. No debes preocuparte por esas cosas. Aún falta mucho tiempo y todo está en manos de Dios.

Amira sabía cuándo «ya veremos» significaba quizá y cuándo significaba no. Aquel «ya veremos» era como una puerta cerrándose, pero ella se empecinó en interpretar lo contrario. Cuando Malik se fue a El Cairo, Amira se aferró al sueño de que algún día se reuniría allí con él. Rogaba a Jihan que le leyera las cartas de su hermano una y otra vez para memorizar cada una de sus palabras.

Malik alardeó de que muchos hombres famosos habían ido a la escuela Victoria, incluso miembros de la realeza; por ejemplo, el rey Hussein de Jordania. Los profesores vestían como los *dons* de Oxford, fuera lo que fuese eso; al parecer vestían largos *thobes* negros y Amira se los imaginó parecidos a beduinos. El trabajo académico era muy difícil, decía una carta con un deje de desesperación. En la asignatura de historia se enumeraban reyes y guerras europeas que no tenían ningún sentido para un remalí.

Al parecer, las asignaturas de lenguas eran peores. Cuando Malik volvió a casa para el Ramadán, enseñó a Amira alguno de sus libros de texto; las letras inglesas y francesas eran incomprensibles y no se parecían en nada a los fluidos caracteres arábigos. Orgullosamente, aunque a trompicones, Malik le leyó un fragmento de un famoso poeta británico cuyo nombre tradujo por «blandir una lanza». Las palabras inglesas le sonaron sólo a ruido, pero Amira pidió a su hermano que las señalara una a una al leerlas.

Pese a la diferencia de más de dos años entre los hermanos —la más proclive a las riñas incesantes—, Amira y Malik siempre habían estado muy unidos, lo que era motivo de comentario entre los adultos, que no siempre lo veían con buenos ojos. Una tía dijo en una ocasión con tristeza que se debía a que eran sólo dos, y uno de ellos una chica, lo que no se consideraba una gran familia en Al-Remal.

Aquel barniz de cosmopolitismo y educación convirtió a Malik en un héroe para su hermanita. Amira contaba las semanas que faltaban para que Malik volviera de vacaciones o para el largo verano durante el cual los profesores británicos huían del calor de El Cairo, y cuando por fin regresaba, lo acosaba inmisericorde para que se lo contara todo sobre el Victoria College y todas las cosas que había aprendido.

El primer verano de vacaciones, ocurrió un incidente que aterrorizó a Amira y al mismo tiempo aumentó, si cabía, la admiración que sentía por su hermano.

Fue una tarde desacostumbradamente silenciosa en el jardín. Las mujeres y la mayoría de los niños se habían metido en la casa para hacer la siesta. Malik y un visitante, el príncipe Alí de la casa real de Al-Rashad, estaban sentados jugando al ajedrez. Cerca de ellos, instalada en un banco de mármol, Amira contemplaba la partida. Las chicas no jugaban al ajedrez, pero a Malik le encantaba y Amira había aprendido la mayoría de movimientos observando a su hermano. Malik movió su alfil a rey cinco.

—Cuidado con tu reina —dijo amigablemente. Amira meneó la cabeza levemente. Incluso ella veía que no era ésa la auténtica amenaza.

—No te preocupes por mi reina —dijo el príncipe, moviéndola para alejarla del peligro.

Tan pronto como apartó los dedos de la pieza, Malik empujó su reina hacia adelante y se comió al peón que había junto al rey negro.

—Jaque mate —dijo con una sonrisa.

—¡Qué truco más rastrero! —exclamó el príncipe con el rostro congestionado por la ira, y barrió la mesa con el brazo, lanzando tablero y piezas por los aires. Una de las piezas dio a Amira en un ojo.

—Me has hecho daño —gimió Amira y se echó a llorar.

El príncipe se quedó paralizado unos instantes.

—Perra —musitó luego, como queriendo disimular su inexcusable comportamiento.

Malik se movió con una celeridad tal que el príncipe Alí había caído hacia atrás antes de que Amira comprendiera que su hermano le había golpeado.

Su asombro fue tan grande que dejó de sollozar y contuvo el aliento. Era un terrible insulto que un hombre pusiera sus manos sobre otro, pero golpear a alguien de sangre real era impensable. ¿Lo había visto alguien? Al otro lado del jardín, Bahía parecía estudiar las copas de las palmeras datileras.

El príncipe se levantó tambaleándose.

—Pagarás por esto —dijo manteniéndose a distancia.

Amira veía a su hermano asustado, pero la voz de Malik sólo dejó traslucir su desprecio.

—¿Ah, sí? ¿A quién se lo vas a decir? ¿A tu padre? ¿A tus hermanos? ¿Les contarás lo que le has dicho a mi hermana?

El chico le lanzó una mirada asesina y luego se marchó con paso majestuoso sin pronunciar palabra.

Esa noche Amira y Malik comentaron la anécdota entre susurros excitados. Ella estaba segura de que en cualquier momento llegarían los guardias reales para arrestar a su hermano, pues lo que había hecho violaba todas las normas. Con algo menos de confianza, él le aseguró que no ocurriría tal cosa. Príncipe o no, el otro era un cobarde. Malik acabó exaltándose y soltó una pequeña bravuconería.

—A veces, hermanita, uno tiene que saltarse las normas. Lo importante es saber cuándo.

Amira no había oído jamás nada parecido, ni siquiera de un adulto, pero en cierto sentido se adecuaba a su hermano. Además de ser un estudioso y un hombre de mundo, Malik surgió ante ella en el papel de jefe bandido del desierto.

—Mamá, ¿iré al Victoria en otoño?

El segundo verano se acercaba a su fin con lentitud y premura a la vez. Amira tenía casi ocho años y, si iban a enviarla al Victoria, había llegado el momento.

—No, princesa, no vas a ir —dijo Jihan tras un suspiro. La tristeza de su voz no dejaba resquicio a la duda.

—Pero yo quiero ir.

—Lo sé, pero ya te lo he dicho, cualquiera puede decírtelo, las niñas no van a colegios como el Victoria.

—¿Por qué no? He aprendido cosas con Malik. Él me da sus libros viejos. Me sé las lecciones que se sabía cuando fue la primera vez, y casi tan bien como él.

—¿En serio, cariño? —preguntó Jihan, mirándola con asombro—. Sabía que mirabas sus libros, pero no que los estudiaras. —Apretó los dientes—. Estoy orgullosa de ti, Amira. Eres una niña muy inteligente, pero quítate el Victoria College de la cabeza. Sencillamente, no puedes ir.

—¡Pero yo quiero ir! ¡Quiero ir!

Al final terminó en lo más parecido a una rabieta que había tenido Amira, suficiente para que Omar irrumpiera hecho una furia en el país de las mujeres.

—¿Qué significa todo este alboroto? —preguntó a Jihan—. ¡Se os oye desde fuera! ¿Es que la paz de esta casa no significa nada?

—Mis disculpas, marido. Es culpa mía.

—¿Qué le pasa a la pequeña?

—Tiene una fantasía infantil, nada más —explicó Jihan sucintamente, tomándoselo a la ligera para hacer pasar el sueño de Amira como broma, con lo que consiguió apaciguar a Omar.

—Escucha, princesita, no querrás irte al sucio y viejo Cairo y dejar a todos tus primos y amigos. Piensa en lo mucho que te divertirás aquí. ¿No será pronto tu cumpleaños? Me parece que tendremos que pensar en algo especial para ti.

—Pero a Malik no le disgusta El Cairo, padre, y estaría con él.

Su padre frunció el entrecejo. No era exactamente que Amira le llevara la contraria, pero se estaba acercando.

—Escucha, hija, y atiéndeme bien. Tu hermano será un hombre y necesita la educación necesaria para los deberes de un hombre. Tú eres una niña, y la única cosa que necesitas aprender es a ser una esposa modesta y obediente para el marido que tendrás algún día, Dios mediante. Y ahora no quiero oír ni una palabra más sobre el tema.

Omar giró sobre sus talones y salió. Amira se guardó de decir nada más. Esa noche, no paró de llorar hasta dormirse en los brazos consoladores de su madre; sus esperanzas se habían convertido en humo.

Un día o dos después, oyó una conversación entre sus padres.

—Como siempre, me inclino ante tu sabiduría y tu discernimiento —decía Jihan con un tono que era la peculiar combinación de zalamería, adulación e insistencia que usaba cuando quería algo de Omar—. Pero, aun estando de acuerdo contigo en que Bahia es una excelente criada, no es más que eso, al fin y al cabo. Te lo digo únicamente porque sé que un hombre de tu posición y categoría querrá que sus hijos, sus dos hijos, estén bien preparados para el futuro. Sé que eres consciente de que los tiempos están cambiando. Ahora las niñas han de recibir una educación, al menos hasta cierto punto. Tú mismo me dijiste que el gobierno planea abrir una escuela para ellas, antes de dos años, creo que dijiste. Sé que si no estuvieras tan ocupado, tú mismo habrías considerado la posibilidad de contratar a una institutriz adecuada. Así que espero que no te lo tomes a mal si te pido que lo hagas ahora.

Instantes después, Amira oía la voz cavernosa de su padre.

—He prosperado mucho en los últimos años, gracias a Dios, por haber sido consciente de que los tiempos cambian, aunque no siempre me haya gustado. Tampoco me gusta lo que me dices, pero creo que tienes algo de razón. Que así sea.

Así fue como la señorita Vanderbeek, nanny Karin, entró en la vida de Amira.

NANNY KARIN

—¿Cómo es tu institutriz rubia?

Amira había oído la pregunta un centenar de veces en los años transcurridos desde que la señorita Vanderbeek había entrado al servicio de los Badir. Las institutrices eran un tópico en la conversación entre sus amigas, que también tenían una. Pero ninguna de ellas era como la señorita Vanderbeek. Amira intentaba siempre ponerle alguna objeción —era demasiado estricta, demasiado seria, demasiado extranjera— porque, como todo el mundo sabía, daba mala suerte alabar a quien se amaba.

—Oh, está bien, supongo. —Se encogió de hombros, haciendo una pequeña concesión a las alabanzas, porque la persona que preguntaba era Laila y era difícil ocultarle la verdad a la niña, casi una mujer en realidad, que se había convertido en la mejor amiga de Amira tras la marcha de Malik.

—Vamos, contesta. ¿Crees que es guapa?

Amira creía que la señorita Vanderbeek, con su piel lechosa y sus ojos como el cielo claro del mediodía, era hermosa.

—No lo sé —contestó—. Ella no lo cree. Y está terriblemente delgada.

Eso era cierto. Según el estándar de belleza remalí, nanny Karin estaba casi demacrada. Todo el mundo decía que jamás encontraría a un hombre, pero lo había encontrado en otro tiempo.

—Las mujeres europeas son delgadas. Fíjate en Brigitte Bardot.

—¿Quién?

—La estrella de cine francesa. —Era el tipo de información mundana de la que Laila parecía disponer fácilmente. Amira no había oído hablar de Brigitte Bardot hasta entonces—. Es delgada como una serpiente —continuó—, pero los hombres europeos creen que es sexy. ¿Es sexy la señorita Vanderbeek?

—¡Laila! —Amira había oído hablar de relaciones conyugales

entre hombres y mujeres desde niña, pero la sugerencia de que alguien, sobre todo una mujer, y en particular nanny Karin, pudiera ser «sexy» era escandalosa.

—Tranquila, gorrioncillo, sólo estaba bromeando. Sé que ha tenido una vida trágica.

Eso también era cierto. Ambas guardaron silencio durante un rato, reflexionando con deliciosa melancolía.

—Vine a Al-Remal cuando tenía sólo veintidós años —había explicado la señorita Vanderbeek a Amira—, para trabajar como secretaria y traductora de una constructora holandesa. Estábamos construyendo una planta desalinizadora del agua del mar. —Emitió un hondo suspiro, como si el recuerdo fuera aún demasiado doloroso.

—Y luego te enamoraste —dijo Amira con impaciencia, pues le encantaba la historia del romance de su institutriz; nunca se cansaba de oírla.

—Sí. —La señorita Vanderbeek sonrió—. Me enamoré.

—De un saudí. Un piloto.

—Sí. En realidad tenía un avión propio y transportaba pasajeros entre las principales ciudades y los pequeños pueblos costeros de Arabia Saudí. Nos conocimos en uno de esos vuelos. Intercambiamos una mirada —continuó la señorita Vanderbeek—, nada más, pero fue suficiente.

Amira suspiró. Conocer al amado flotando entre las nubes, reconocer el *quismah*, el destino... ¿Podía haber algo más romántico?

—Lutfi no era como los demás hombres que he conocido aquí —explicó la señorita Vanderbeek—. No intentó aprovecharse de mí sólo porque era una mujer occidental...

Amira asintió con vehemencia. Sabía que su institutriz no hubiera traspasado jamás el umbral de Omar Badir de haber tenido su reputación el más leve indicio de mancha.

—No, se comportó de manera honorable desde el principio. Quiso visitar a mi familia, pero mis padres habían muerto y yo estaba sola en el mundo, así que fue a ver al hombre que a su parecer tenía más responsabilidad sobre mí, mi supervisor, el señor Haas.

Amira sonrió. Le gustaba aquella parte de la historia, pues le parecía un testimonio de la perseverancia del verdadero amor.

—Pero el señor Haas era un ingeniero con un carácter muy científico y nada sentimental. Sencillamente no comprendía por qué aquel piloto, «un tipo muy simpático», decía él, había empezado a visitar la oficina una vez por semana llevando regalos para charlar amigablemente de cosas insustanciales y mencionar mi nombre como de pasada. Por supuesto, Lutfi esperaba una reacción adecuada para dar el siguiente paso y empezar a hablar de sus cualidades como marido, pero el señor Haas no decía nunca una sola palabra sobre mí. Pobre Lutfi. —Por un momento, la señorita Vanderbeek pareció ensimismarse en un recuerdo agridulce.

»Cuando me habló después de su desesperación por hacerse entender sin decir directamente que era a mí a quien pretendía, claro está, no supe si echarme a reír o a llorar. Por fin, en su sexta visita, cuando ya estaba a punto de declarar su propósito abiertamente sin pensar en las consecuencias, el señor Haas mencionó que yo pensaba convertirme al Islam. No tenía nada que ver con Lutfi mi decisión de convertirme. Al-Remal era el hogar que había estado buscando desde la muerte de mis padres, y el Islam era su religión, pero mi querido Lutfi se quedó mudo por lo que consideró un signo del cielo: que su mayor deseo estaba en consonancia con la voluntad de Dios. Dejó sus regalos sobre la mesa del señor Haas, se subió a su avión y se fue.

»Finalmente mi supervisor comprendió que había estado un poco ciego. Aquella misma tarde, cuando me dijo que le parecía que yo tenía un admirador, cuando vio mi cara, dijo: "He estado ciego y he sido un estúpido." Después de aquello se mostró más que dispuesto a desempeñar el papel de casamentero o lo que hiciera falta para que nos casáramos.

La señorita Vanderbeek hizo una pausa. Sus hombros se hundieron y sus párpados parecieron caer en un gesto de desaliento. Llegaba la parte que a Amira no le gustaba, pues prefería las historias que terminaban con final feliz.

—Pero la familia de Lutfi no quería que se casara conmigo. Les daba igual que me convirtiera o no. Para ellos siempre sería una extranjera. Una mujer sin un pariente masculino que defendiera mi honor. Una mujer que trabajaba entre hombres. —La señorita Vanderbeek pronunció estas palabras como si fueran maldiciones, y Amira dio un respingo por la dureza de su tono—. No podían impedirle que se casara conmigo, o al menos eso dijeron ellos, pero también le dijeron que, si se casaba en contra de sus deseos, no volvería a ser bienvenido en la casa de su padre. Hubiera sido como estar muerto. ¡Pobre Lutfi! Estaba desesperado. Me dijo que no podía vivir sin mí, pero que tampoco podía abandonar a su familia.

—Pero tú le pediste que fuera paciente. Le dijiste que le esperarías hasta que su familia cediera —continuó Amira por ella—. Para siempre, si era necesario.

—Sí. —La voz de la señorita Vanderbeek era casi un susurro—. Para siempre. Pero no tuvimos tanto tiempo. Dos años después, el avión de Lutfi se estrelló en el mar Rojo cerca de Jeddah. No llevaba pasajeros. Y el cadáver de Lutfi no se encontró jamás.

Amira tocó la mano de su institutriz.

—Pero tú te quedaste en Al-Remal.

—Sí, Amira, me quedé. Seguí con la compañía holandesa hasta que concluyó el proyecto. Luego trabajé para una empresa norteamericana, enseñando idiomas a sus empleados y a sus hijos, pero...

—Pero con ellos no eras feliz.

—No, no lo era. Me sentía como si estuviera viviendo en Texas en lugar de Al-Remal. Así que, cuando me enteré de que la familia Badir buscaba una institutriz...

—Viniste aquí, y te quedarás para siempre y todos viviremos juntos por siempre jamás.

La nanny Karin no respondió. Se limitó a acariciar los cabellos de Amira y a esbozar su triste sonrisa.

—Por eso me pregunto cómo es en realidad —dijo Laila—. Cuéntame.

—Bueno, no es como las otras institutrices.

—¡Espera! ¿Veo una columna de llamas? ¿Un mensaje divino?

Amira se echó a reír.

—Ya sabes a qué me refiero. —No hablaba de los cabellos rubios de la institutriz. La señorita Vanderbeek era diferente en otros aspectos más importantes. La mayoría de nodrizas eran mujeres pobres de países como Yemen o Etiopía; Bahia era sudanesa, y la mayoría, como Bahia, habían sido esclavas hasta que, apenas un año antes, el rey había abolido por fin la esclavitud, al menos técnicamente. Muchas, también como Bahia y la gran mayoría de mujeres en Al-Remal, eran analfabetas.

»Algunas veces me pregunto por qué sigue aquí —comentó Amira—. Podría enseñar en alguna universidad extranjera. Las cosas que me enseña... —Buscó las palabras exactas para explicar el modo en que nanny Karin daba vida a las imágenes del mundo fuera de Al-Remal, con sus colores, texturas y olores. Pero al ver la expresión impaciente de Laila, dijo—: ¿Sabes que sé leer en inglés casi tan bien como Malik?

—¿En serio?

—No se lo digas a nadie. A padre no le gustaría si se enterara.

—¡Ja! Y Malik se pondría celoso.

—Y también me está enseñando aritmética. —Amira había bajado la voz.

—¿Qué quieres decir? ¿Lo de dos y dos son cuatro?

—Eso fue al principio. Ahora estoy aprendiendo porcentajes.

—¿Para qué? —Laila parecía realmente sorprendida.

—Nanny dice que el saber no ocupa lugar. Dice que las escuelas que están abriendo para chicas son sólo el principio. Todo lo que enseñan ahora es el Corán, pero algún día las chicas aprenderán lo mismo que los chicos.

—¡Amira! ¿No va eso contra el mismo Corán?

—Nanny dice que no. Asegura que el Corán no dice en ninguna parte que las chicas hayan de ser ignorantes. Es como el *gutwah*, el velo. Tampoco está en el Corán. Lo empezó a llevar una mujer rica hace mucho tiempo y se puso de moda. Ahora todas lo llevan, pero no está en el Corán.

—¿Todo eso te lo ha contado la señorita Vanderbeek?

—Sí, pero por favor, no se lo cuentes a nadie. Sé que suena horrible, pero no lo es.

—No te preocupes, tus secretos y los de la señorita Vanderbeek están a salvo conmigo —afirmó Laila con cierta irritación—, pero ella no es la única que sabe cosas. ¿Te has enterado de lo de la aldeana que se ahogó en un pozo?

—Por supuesto. —¿Cómo no iba a enterarse? Hacía dos días que era la comidilla general.

—Bueno, pues no fue un accidente, ni tampoco suicidio.

—¿Qué quieres decir?

—Alguien la vio entrar en la casa de un hombre en la ciudad —dijo Laila, bajando la voz—. Sus hermanos lo descubrieron y la arrojaron a ese pozo. Todos los de la aldea oyeron sus gritos.

—¡Laila! ¿Cómo sabes eso?

—Ya te he dicho que la señorita Vanderbeek no es la única que sabe cosas. ¿Te gustaría oír más, gorrioncillo?

Amira se recostó para escuchar. Aprender de la señorita Vanderbeek era divertido pero duro. Resultaba agradable tener una amiga como Laila para charlar sobre cosas reales del mundo real. Muy pronto, algún día, le contaría a Laila su deseo secreto: que ella y Malik se casaran y vivieran todos juntos y felices.

AMISTAD

No era sólo una fantasía, podía ocurrir fácilmente. En muchos aspectos, Laila Sibai era la esposa perfecta para Malik. Su padre, Abdullah, era un amigo de Omar Badir de toda la vida, y su socio en los negocios, de modo que la alianza tendría un sentido económico, puesto que aunaría ambas fortunas.

Cierto, Laila y Malik no eran primos, pero la preferencia por matrimonios entre primos no era tan acusada en Al-Remal como en otros países árabes, y en cualquier caso Laila era prácticamente como una prima a la que conocían todos y que pasaba casi tanto tiempo en casa de los Badir como en la suya propia. Su madre Rajiyah era la amiga más íntima de Jihan.

Además, Laila y Malik se gustaban, aunque eso no contaba demasiado a la hora de concertar un matrimonio. Amira recordaba a Rajiyah regañando a Laila en más de una ocasión por jugar y hablar con Malik más de lo conveniente, pues no era *mahram*, es decir, un pariente masculino con el que no se pudiera casar.

Aun después de que Laila hubiera llegado a la pubertad y adoptado el velo en el vestir, Amira se la encontró con Malik riendo en un apartado rincón del jardín de los Badir. Amira debió parecer escandalizada, pues Laila sonrió y dijo:

—¿Qué ocurre, gorrión? ¿Hemos de convertirnos en extraños tu hermano y yo sólo porque voy envuelta en tela?

Así era Laila, que parecía compartir la filosofía de Malik sobre el momento en que se podían romper las reglas. Aunque Amira lo desaprobase —cosa de la que no estaba segura—, jamás lo hubiera confesado. Idolatraba a Laila. Evidentemente una de las razones por las que Laila, que era mayor, le prestaba tanta atención era Malik, ¿pero qué importaba eso? Amira también idolatraba a su hermano. Desde su punto de vista, la boda entre su amiga y su hermano sería perfecta.

Sin embargo, lo más seguro era que nunca llegara a realizarse. El problema no estribaba tanto en que Malik fuera más joven que Laila —sólo se llevaban un año y pico, y el profeta en persona se había casado con una mujer que casi podía ser su madre—, sino el hecho de que Malik fuera aún un estudiante, mientras que Laila era una mujer en edad de casarse. El padre de Laila no iba a esperar a que el hijo de su viejo amigo creciera, sino que pronto buscaría un marido maduro y de cierta posición para ella.

—¡Escucha! Son ellos.

Había pasado un verano y el siguiente no estaba lejos. Laila y Amira estaban en la biblioteca del padre de Laila, territorio prohibido para las mujeres, pero Abdullah Sibai estaba en la India comprando seda y no había ningún otro hombre en la casa. En tales circunstancias, la madre de Laila solía distraerse y Laila y Amira se escabullían a la biblioteca para oír la moderna y costosa radio de Abdullah. El padre de Amira tenía una exactamente igual; él y Abdullah se las habían regalado mutuamente, y gracias a ellas estaban al tanto de las noticias y las evoluciones financieras en todo Oriente Medio.

Laila y Amira daban a la radio un uso distinto, pero igualmente internacional: escuchaban música procedente de lugares tan lejanos como Estambul y El Cairo. La de El Cairo era su favorita por la excelencia de los cantantes egipcios: Abdul Wahab, Farid al-Atrash y la incomparable Um Kalthoum. Algunas veces sintonizaban una emisora de El Cairo en la que ponían música occidental; en ella oyeron a un grupo de músicos que según había mencionado Malik, con su esnobismo de escuela británica, causaba furor en toda Europa. Se llamaban los Beatles.

—Sube el volumen —pidió Amira.

—No. Mi madre la oiría. Bailemos.

Laila había enseñado a Amira cómo bailaban los adolescentes occidentales (Amira seguía sin tener la menor idea de dónde había adquirido tan esotérico conocimiento). Era diferente del baile que conocía Amira, la danza *beledi*, que los occidentales llamaban la «danza del vientre» según decía la señorita Vanderbeek; también la música era distinta a cuanto había oído hasta entonces; era libre y salvaje, casi una locura, pero divertida. Intentó comprender la letra mientras bailaba, pero las palabras no sonaban igual en una canción que al leerlas en un libro. Distinguió *baby* una y otra vez, aunque no imaginó qué tenía que ver un bebé con la canción, y la frase *twist and shout*; tendría que buscar *twist* en el diccionario de la señorita Vanderbeek. Malik les había dicho que esa canción ya no estaba de moda, porque El Cairo estaba muy atrasado con respecto al rock and roll, como al parecer se llamaba esa música.

La canción terminó con una serie de notas machaconas de instrumentos que Amira no reconoció, y casi inmediatamente empezaron a perder la emisora.

—Da igual —dijo Laila—. Ya hemos tentado bastante al destino. Vamos a mi habitación.

El hogar de los Sibai era prácticamente una réplica de la casa de los Badir, pero con mobiliario diferente. La habitación de Laila daba al jardín desde el segundo piso, igual que la de Amira, pero ella disfrutaba de una habitación propia, señal de que se estaba convirtiendo en mujer. Las dos amigas se echaron sobre la cama acaloradas por el baile.

—Bueno, gorrioncillo, espero que hayas disfrutado —dijo Laila—, porque siento decirte que seguramente no volveremos a escuchar la radio.

—¿Por qué no?

—Creo que mi padre ha elegido ya un marido para mí. Creo que dará a conocer su decisión cuando vuelva de la India, si Dios quiere.

—¡Laila! —exclamó Amira, intentando parecer entusiasmada—. Qué noticia tan maravillosa. Felicidades. ¿Quién es?

—No lo sé. Sólo espero que no sea demasiado viejo y feo.

—Oh, no lo será. Sé que no.

—Si Dios quiere.

—¡Pero es muy excitante!

—Sí —convino Laila—. Sí, lo es. Para serte sincera, estoy emocionada. ¿No es con eso con lo que soñamos todas? Pero al mismo tiempo las cosas cambiarán entre tú y yo.

—¿Quieres decir que no volveremos a vernos? —dijo Amira, sintiendo que el corazón le daba un vuelco.

—¡No, no! Claro que no. Nos veremos montones de veces, si Dios quiere, aunque me vaya a vivir lejos, pero será diferente.

—Bueno, por supuesto. Con un marido, y con hijos, que Dios te conceda muchos.

—Sí. Es como entrar en una nueva vida. Seré una mujer adulta y tendré que comportarme como tal. Me deberé a mi marido, sea quien sea. —Laila guardó silencio unos instantes, luego añadió—: Ojalá... bueno, no importa lo que yo desee. No importa. —De repente se animó—. ¿Sabes que he conducido un coche?

—¿Qué? ¿Cuándo? —En Al-Remal era ilegal que las mujeres

conduJeran. La mera visión de una mujer al volante podía atraer a la policía religiosa, a la policía normal y a una multitud de airados ciudadanos—. Con Malik, el verano pasado. Me disfracé de chico. Cogí unas ropas de la habitación de mi hermano Salim sin que me vieran, me las puse bajo la *abeyya* y luego me la quité. Fue toda una aventura. Nos fuimos al campo, adonde están construyendo el nuevo aeropuerto, y Malik me enseñó a conducir.

—Pero Laila, ¿qué locura te dio?

—Tienes razón, fue una locura. Podría haber ocurrido cualquier cosa. ¿Y si hubiéramos tenido una avería? Pero nunca lo olvidaré. —Volvió a hacer una pausa y acarició los cabellos de Amira—. Deberías hacerlo tú también, gorrioncillo. Dile a Malik que te lleve. Es tu hermano, *mahram*. Ni siquiera tendrás que inventar una mentira para salir de casa con él. Pero te recomiendo que vayas disfrazada por si te ve alguien. Además, es divertido vestirse de chico.

—Oh, yo no podría. Jamás.

Laila sonrió y la abrazó.

—¿Por qué no? Hazlo, gorrión. También tú te casarás antes de que te des cuenta, y entonces será demasiado tarde.

Malik volvió a casa pronto ese año. Israel y Siria habían estado intercambiando proyectiles de artillería y bombas durante meses, y era creencia generalizada que los israelíes atacarían Egipto, o que Egipto atacaría primero para defenderse. A mediados de mayo, el presidente Nasser movilizó a las fuerzas armadas de su nación. Malik partió en uno de los últimos aviones que salió de El Cairo, y apenas había tenido tiempo de deshacer sus maletas cuando terminó la guerra de los Seis Días.

Las armas hablaron con fuerza en esos pocos días, pero no existió jamás la posibilidad de que Al-Remal se uniera al conflicto. El rey del país lanzó su furiosa y amarga diatriba contra los agresores israelíes, pero dejó bien claro que sus grandes aliados, los norteamericanos, eran bienvenidos en el país como honorables invitados, y que debían ser tratados como tales. Al mismo tiempo, canceló todo encuentro oficial con los norteamericanos, y por supuesto, cualquiera que hubiera invitado a un norteamericano a una fiesta privada hizo lo propio.

Fueron tiempos difíciles para todos. La precipitada derrota de la nación considerada como líder por todo el mundo árabe fue deprimente. Incluso Malik se mostraba taciturno e irritable, estado que Amira había visto pocas veces en él. Al principio pensó que era tan sólo un reflejo del abatimiento general y, por otro lado, tenía una edad en la que todos los chicos parecían volverse taciturnos. Por fin se le ocurrió que su descontento podría tener algo que ver con la inminente boda de Laila.

—Mi amigo Abdullah Sibai ha elegido sabiamente un marido para su hija —decía el padre de Amira, mientras la familia Badir tomaba café tras la cena—. El general Mahmoud Sadek es conocido por su piedad. Y es un jinete y un cazador formidable.

—Es bien parecido —dijo Jihan con tono afable—, y tengo entendido que el rey lo considera un buen amigo, pero me pregunto si no será un poco mayor para Laila. Es una joven muy vital y al fin y al cabo él pasa de los cincuenta.

Un viejo, pensó Amira. ¡Su amiga iba a casarse con un viejo! ¿Qué debía de sentir Laila?

Cuando Amira preguntó a su amiga, descubrió que el entusiasmo de ésta no había disminuido.

—Es muy rico, y muy generoso. Deberías ver los regalos que ha estado enviando. Un cinturón enjoyado de Beirut. ¡Un bolso de malla de oro de Tiffany's de Nueva York! Un magnífico juego de té de plata de Londres. ¡Algo nuevo cada día!

—Eso es maravilloso, Laila, pero...

—Y ha tenido una vida muy trágica —añadió Laila—. Perdió dos esposas de parto, ¡imagínate! Mi madre me ha asegurado que si le doy a Mahmoud un hijo, o incluso una hija, me adorará hasta el día en que muera. ¿No es romántico?

Amira asintió, aun no estando todavía segura de que aquel matrimonio pudiera considerarse romántico. —Hoy he recibido carta de Malik. Volverá a casa el jueves para pasar una semana. ¿Vendrás a visitarnos? Laila guardó silencio durante un buen rato.

—Creo que no —contestó en voz baja y con un deje de tristeza—. No creo que sea conveniente... ahora que estoy prometida con Mahmoud.

—Oh.

—No te preocupes, gorrioncillo. Tengo muchos motivos de felicidad. Mañana empezaré a elegir telas. Mahmoud ha enviado figurines de París. Y vamos a ir a Estambul al menos cuatro semanas, ¿no es maravilloso? Y luego tendré que redecorar la casa de Mahmoud. Dice que tengo carta blanca, por mucho que cueste. Tengo tantas cosas que hacer, Amira, que no sé de dónde sacaré tiempo...

Malik estaba tan abatido como Laila burbujeante. Una mañana acompañó a Amira durante sus lecciones con la señorita Vanderbeek. Las felicitó a ambas por los progresos de Amira en francés e inglés, pero pronto se mostró inquieto y se disculpó. Amira pidió permiso para salir también. Encontró a su hermano en el jardín, arrojando guijarros a la fuente.

—¿Qué te ocurre, hermano? —Hizo acopio de valor—. ¿Es Laila?

—¿Laila? ¿De dónde has sacado esa idea? Es la vida, hermanita. La vida pasa por mi lado y yo no tengo control sobre nada. Se ha iniciado y terminado una guerra en un abrir y cerrar de ojos. Me he pasado la mayor parte del año en un mundo diferente, y luego vuelvo a casa al viejo mundo de antes. Todo avanza sin cesar y nada cambia, al menos para bien.

—Todo está en manos de Dios, hermano —dijo ella, comprendiendo la inutilidad de sus palabras al tiempo que las pronunciaba. Malik se limitó a gruñir.

—¿Me enseñarás a conducir, hermano?

Los ojos de Malik se volvieron airados hacia ella, pero su sonrisa familiar reemplazó la mirada furiosa con la misma rapidez.

—Te lo ha contado ella, ¿verdad? No se puede confiar un secreto a una mujer. Bueno, ¿por qué no? ¿Te parece bien esta tarde?

—Bueno, no hay prisa. Si Dios quiere, yo...

—Nada de eso, hermanita. La que vacila está perdida. Ahora o nunca.

Así fue como Amira se encontró tras el volante de un Mercedes en terreno yermo junto al nuevo aeropuerto, donde la carretera era poco más que una pista en el desierto. Vestía un viejo *thobe* de Malik y se había cubierto los cabellos con un *ghutra* blanco de chico que su hermano no se había puesto hacía años.

No había permisos de conducir en Al-Remal, en parte porque había muy pocos coches, pero también porque los pocos que existían tendían a recibir la misma consideración que los caballos. Cualquier chico que tuviera el permiso de un adulto varón podía conducir, aunque apenas asomara la cabeza por encima del salpicadero.

—Muy bien, pon primera. Ahora suelta el embrague y aprieta el acelerador... ¡poco a poco he dicho!

El coche dio una sacudida y se paró. Amira llegaba a duras penas a los pedales.

—Prueba otra vez. Y no te preocupes por si te sales de la carretera; aquí el terreno es duro.

Amira probó de nuevo y se le volvió a calar. Luego consiguió poner la primera, pero el coche se caló al cambiar a segunda. En cada ocasión se acordaba del temor de Laila a una posible avería.

De repente lo consiguió. Puso primera, pasó a segunda —con una pequeña rascada— y luego a tercera. El paisaje parecía moverse más rápido que cuando conducía Malik y Amira agradeció la mano firme de su hermano en el volante. Luego la apartó. Se dio cuenta de que había estado actuando con excesivo celo; todo lo que se necesitaba era girar con suavidad el volante y un leve toque de pedal.

La sensación de controlar aquella potente máquina fue genial. Condujo en círculos y haciendo ochos. Aprendió a utilizar los frenos y, siguiendo las instrucciones de Malik, encendió las luces, puso los intermitentes e incluso accionó los limpiaparabrisas; el hecho de que los ingenieros alemanes hubieran prevenido un acontecimiento tan improbable como la lluvia la impresionó.

—Muy bien, hermanita, a este paso nos quedaremos sin gasolina. Reduce. Ahora para.

Amira detuvo el coche con una leve sacudida.

—¿No puedo conducir de vuelta hasta la ciudad?

—No. Ya es bastante. —Malik apagó el motor, salió y dio la vuelta al coche para subirse al asiento del conductor—. Te ha gustado, ¿verdad?

—¡Me ha encantado!

—Bueno, ahora ya sabes cómo conducir. Eso no se olvida nunca.

¿Era a eso a lo que se refería Laila? ¿O era todo en conjunto, la experiencia, la sensación de poder, ir vestida de hombre y hacer algo que sólo a los hombres les estaba permitido?

Malik puso el coche en marcha para volver a casa.

—Gracias, hermano. ¿Podemos repetirlo alguna vez?

—¿Quién sabe? Pero ahí está el aeropuerto. Será mejor que te pongas la ropa de chica y escondas el *ghutra* antes de que nos acerquemos más.

—Oh, está bien.

Amira metió la mano bajo el asiento para coger el vestido.

—¡No! —exclamó Malik de pronto—. Ahora no. Se acerca un jeep del ejército por detrás. —Miró con preocupación por el espejo retrovisor—. ¡Maldita sea! Creo que quiere que nos paremos. Muy bien, no te preocupes. Tú recuerda que eres un chico y no digas nada a menos que te pregunten.

Malik detuvo el coche. El jeep adelantó al Mercedes y se detuvo en medio de una nube de polvo. Un hombre pequeño y enjuto que llevaba pistola y otro más corpulento con un arma automática descendieron y se acercaron al coche. En medio del calor del desierto, Amira se sentía como si se estuviera congelando.

El hombre de la pistola miró por la ventanilla y sonrió.

—Eres tú, Malik, hijo de Omar. Justo cuando creía haber capturado a un espía israelí. Que la paz de Dios sea contigo.

—Que la paz y la compasión de Dios sean contigo, Salim, hijo de Hamid. Iba a decir «teniente», pero veo que ahora ya eres capitán.

—Botín de guerra, joven señor. No es que nos acercáramos ni a mil kilómetros de la batalla, que se acabó bien pronto, Dios lo sabe, pero el aeropuerto, que es mi deber proteger, sigue en manos remalíes, por voluntad de Dios. —Pese a sus amistosas palabras, el hombre tenía una expresión concentrada y fijó la atención en Amira.

—¿Quién es éste?

—El hijo de un conocido —dijo Malik con tono despreocupado—. En un momento de debilidad he accedido a enseñarle a conducir.

El hombre la miraba tan fijamente que Amira bajó los ojos por instinto y apartó la cara. Estaba segura de que se habían dado cuenta de todo.

—Modesto —dijo el capitán—. Tan modesto como una chica. Es bueno ser modesto con una cara tan fea como ésa.

Las mejillas de Amira se cubrieron de rubor. ¿Cómo se atrevía aquel extraño a mirarla e insultarla de aquella manera? Enseguida comprendió que sólo pretendía ser cortés, sustituyendo un cumplido por un insulto para evitar darle mala suerte.

—Me alegro de verte, Salim. Espero que volvamos a vernos pronto, pero a menos que quieras interrogarnos, desearía reunirme con mi familia para el rezo, si Dios quiere.

El hombre enjuto se echó a reír.

—Aunque quisiera, Malik hijo de Omar, tal vez a ti y a tu joven amigo no os gustara demasiado. Id en paz. ¿Tu padre está bien?

—Vivo y con mal genio como siempre, gracias a Dios. ¿Y el tuyo?

—Aguantando firme, alabado sea Dios.

—Que la paz de Dios sea contigo.

—Y contigo.

Medio kilómetro más adelante, Malik dejó escapar un largo suspiro.

—Ahora puedes cambiarte, hermanita. Lo has hecho bien. ¿Has pasado miedo?

—Un poco. Me miraba fijamente.

—Sí, es cierto —dijo Malik entre risas.

—¿Crees que se ha dado cuenta de que soy una chica?

Malik rió con más ganas.

—Salim ibn Hamid es un buen hombre, supongo, aunque un poco obtuso. Apenas lo conozco, pero se dice que es uno de los que encuentra placer en los muchachos, los muchachos que aún no se afeitan.

—¡Oh, Dios mío!

—Sí, me parece que has hecho una conquista, hermanita. Ya estoy oyendo al poeta: «El malhadado amor de Salim y Amira.» Los egipcios harán una película.

—¡Malik!

—He de darte las gracias por pedirme que te enseñara a conducir, hermanita. Me ha recordado que Dios en toda su grandeza también tiene sentido del humor. Los árabes luchan contra los israelíes, que no son sino sus primos. Laila está prometida a un hombre más viejo que su padre, y esta noche Salim ibn Hamid le ladrará a la luna pensando en mi hermana, soñando que es un chico.

Malik no paraba de reír y Amira acabó por imitarle. Rió con alivio y alegría, con la sensación de la juventud y el sabor de la libertad prohibida. Durante todo el trayecto de vuelta a casa, todo cuanto dijeron o vieron provocó nuevas carcajadas.

PESADILLA

El desierto brillaba bajo el sol y un cielo absolutamente azul. Jihan se hallaba de pie dentro de un hoyo en la arena. El borde le llegaba por la cintura, pero no podía salir por más que lo intentaba. La arena se deslizaba bajo sus pies y el hoyo se hacía más grande. Con cada nuevo intento, se hundía más y más. Pronto el borde quedó por encima de su cabeza. Utilizó las manos, pero la arena caliente se desmenuzaba cuando intentaba aferrarse a ella. El agujero se hacía más profundo y la arena la ahogaba. Gritó pidiendo socorro. Apareció gente sobre su cabeza recortada en el cielo cada vez más reducido. Malik se inclinó hacia adentro gritando algo que no comprendió y provocando una cascada de arena con los pies; sonrió para darle ánimos y se alejó. Amira se arrodilló junto al borde con los ojos anegados en lágrimas antes de desvanecerse como un espejismo; los padres de Jihan menearon la cabeza tristemente antes de desaparecer. El hoyo estaba oscuro y la arena siseaba y la asfixiaba como el humo. Sólo quedó una figura pequeña, sin rostro, asomada al borde, en lo alto, gritando su nombre.

Jihan se despertó con el corazón latiendo violentamente, temblando y sudorosa.

Como la mayoría de remalíes, Jihan daba gran importancia a los sueños, y sabía exactamente cuándo había tenido ese mismo sueño por primera vez. Estaba anotado en su pequeño diario como «Pesadilla». No se había molestado en detallarlo ni en contratar los servicios de un profesional para descifrarlo, como hacía algunas veces cuando un sueño era portentoso pero enigmático. No necesitaba que nadie le dijese que aquel sueño representaba su propia muerte.

«Pesadilla», tenía anotado, y luego, unas semanas después, lo mismo, seguido de «el sueño otra vez» al cabo de otras dos semanas. Pronto el sueño se hizo tan real como las personas que la rodeaban y Jihan comprendió, con una certeza que la aterrorizaba, que jamás se apartaría de ella.

Repasó su diario para confirmar el día del primer sueño. Sí, se había producido exactamente tres días después de haber escrito: «Omar me ha dicho que va a tomar otra esposa.»

EL FINAL DE LA INFANCIA

Laila se casó a principios de otoño, cuando Malik se había ido ya a El Cairo. Amira no había visto ni imaginado boda más elegante. Laila estaba envuelta en sedas y cubierta de oro, tan hermosa como una de las vírgenes prometidas a los creyentes en el paraíso.

Su novio no era el anciano caballero que Amira se había imaginado. Mahmoud Sadek era tan atractivo como todos decían, y aunque no era robusto tenía algo que le hacía parecerlo. Incluso Omar Badir y Abdullah Sibai tenían el aspecto de hermanos menores en su presencia.

Pero la boda terminó y Laila se fue. La pareja pasaría la luna de miel en Estambul. Durante unos días, Amira vivió del recuerdo de aquella gloriosa boda. Luego se apoderó de ella el desánimo. Se sentía sola.

Intentó pasar más tiempo con su madre, pero Jihan parecía perdida en su propio mundo en aquellos días. También la señorita Vanderbeek se había ido a pasar sus vacaciones anuales a algún lugar del sur de Francia. Para colmo de males, Amira empezaba a sufrir los cambios físicos propios de su edad; aún no tenía la menstruación, pero en su interior ocurrían cosas que a veces le resultaban un tormento.

Las cartas de Laila, que empezaron a llegar diariamente, le sirvieron de ayuda. En ellas Laila se explayaba sobre el lujoso hotel en que transcurría su luna de miel, sobre la belleza del Bósforo y los tesoros del museo Topkapi.

> Deberías ver las joyas, Amira, los fabulosos diamantes y rubíes y zafiros que los sultanes regalaban a sus esposas. Ciertamente debían de amarlas sobremanera. Te echo mucho de menos y desearía que estuvieras aquí para compartir todas estas maravillas conmigo, pero no creo que a Mahmoud le gustara. No

importa, pronto volveré a casa y seré tu amiga siempre y para siempre.

Amira leyó una y otra vez estas últimas palabras, reafirmando silenciosamente su amistad «siempre y para siempre».

En la tercera semana de la luna de miel de Laila, llegó una nota con su florida letra que advertía: «¡Secreto de estado! ¡Escóndelo! ¿No son guapísimos?», y con ella una fotografía del tamaño de una postal de los Beatles. A Amira le decepcionaron un poco. Los músicos le parecieron los típicos extranjeros de las compañías petrolíferas, pero con extrañas pelucas. Sin embargo, en homenaje a los recuerdos compartidos con Laila que aquella fotografía representaba, la metió entre las páginas de uno de los libros de texto que le había dejado Malik. La sacaba cada noche y se preguntaba cómo era Estambul, El Cairo y Londres, y todos los demás lugares que tal vez no viera jamás.

Una mañana, a una hora en la que Omar estaba siempre en la ciudad ocupado en sus negocios, la soledad de Amira y los deseos que experimentaba su cuerpo la hicieron cometer una locura. Se recogió en el despacho de su padre y encendió la radio. Tardó un rato en dar con la emisora de El Cairo, pero por fin escuchó una canción occidental, rock and roll; no eran los Beatles, pero la música era similar. Se levantó la falda y bailó, mirándose las largas piernas mientras giraba, intentando recuperar aquella sensación casi olvidada, aquella breve explosión de libertad.

No se produjo. La música no era la misma, no estaba Laila, nada era igual. Tenía que trabajar las lecciones que le había dejado preparadas la señorita Vanderbeek, o tal vez experimentar con el maquillaje, o alguna otra cosa, pero siguió bailando mecánicamente hasta que la voz de su padre tronó desde la puerta.

—¿Qué estás haciendo? ¡Dios mío, que tenga que ver esto! ¿Eres mi hija? —Con el rostro lívido por la ira, Omar llegó hasta ella de una sola zancada y la sacó a rastras de la habitación por los cabellos.

En el país de las mujeres se oyeron gemidos ahogados cuando Omar irrumpió vociferando.

—¿Dónde está mi mujer? ¿Dónde?

Jihan se materializó ante él al tiempo que las otras mujeres se esfumaban con un susurro de telas y ruido de sandalias.

—¿Qué ocurre? ¿Qué ha pasado, marido mío?

—Te lo dije. Te avisé. Ya ha llegado el momento. ¡Y se hará ahora!

—Pero marido —protestó Jihan, meneando la cabeza—, aún no tiene la edad. Todavía es una niña.

—Una niña a la que acabo de ver pavoneándose como una prostituta de El Cairo, en mi despacho, con mi radio. ¡Ve! Aún está encendida. Ve a oír esa música impía por ti misma.

—Te creo, Omar. Castígala como desees. Pero es que Amira aún no ha empezado y...

—¡Silencio! —Omar divisó a Bahia esperando en un rincón—. ¡Tú! Tú sabes lo que hay que hacer. Ve a buscar lo que se necesita.

Amira no había sentido jamás un terror semejante. Había cometido un gran pecado. No sólo el de bailar desvergonzadamente, sino el peor aún de provocar *ghadab*, la ira, en un padre. Los hijos que hacían tal cosa ponían en peligro la propia alma. Amira se echó a llorar desconsoladamente mientras su madre seguía con sus débiles protestas de las que Omar, ahora mudo, hacía caso omiso. Bahia volvió con el *abeyya*.

—Éste no es su castigo —dijo Omar a Jihan—. Ya decidiré eso más tarde. Esto es lo que manda Dios. Encárgate de que se cumpla. —Dio media vuelta y salió.

Las mujeres llevaron a Amira a su habitación. Amira seguía llorando. El acto de ponerse el velo solía ser una ocasión feliz y motivo de orgullo, el tránsito a la vida como mujer adulta, pero ella lo había arruinado sin remisión.

—Es demasiado pronto —musitó. No se le ocurría nada más en su defensa.

Sin embargo, también su madre se mostró severa.

—Es el momento. ¿Te atreves a llevarle la contraria a tu padre?

El largo velo negro cayó sobre ella ocultando su rostro, apagando los colores de la habitación, los colores de su infancia, amortajando su cara para esconderla a cuantos pudieran sentir la alegría de verla, pero también, gracias a Dios, ocultando sus lágrimas.

TERCERA PARTE

JIHAN

—Madre, ¿no quieres venir fuera con nosotras? Tía Najla está muy animada. ¿Madre?

—Prefiero quedarme aquí sentada, hija. Estoy cansada.

—Puedes sentarte fuera. Ven a tomar un poco de té. Hace un día precioso.

Al final Jihan se dejó convencer para salir a la arcada, pero el rostro de las demás mujeres, sus ojos, su súbito silencio convirtiéndose en una solicitud exagerada, le dijeron que todas veían el sueño en ella.

Ya no escribía en el diario, pues tenía el sueño casi todas las noches, de modo que temía dormir. Peor aún, también la perseguía durante el día. Era como si todo aquel mundo familiar —la casa, el jardín, los rostros de cuantos conocía— no fuera más que un tembloroso velo de gasa que podía alzarse en cualquier momento para revelar el hoyo en la arena gruñendo como un chacal negro.

Sabía que ocurría algo malo, que algo le sucedía a ella, que su modo de comportarse era pecado. Una primera y una segunda esposa no siempre se llevaban bien, pero se esperaba de ellas que evitaran que sus desavenencias enturbiaran la felicidad del marido. Jihan había fracasado, incluso le había negado su cuerpo a Omar durante varios meses. Ciertamente era un pecado, y temía tener que responder por él en el futuro.

Pero ¿cuáles eran las razones?

«Tú serás la única, siempre, la única estrella en mi firmamento.» Era otra anotación de su diario, de otra época. Tenía catorce años entonces y era la mañana tras su noche de bodas. Se lo había dicho Omar, que tenía dieciocho años más. En aquella época solía hablarle con palabras que sonaban como poesía, y así continuó en los años posteriores. Su matrimonio era feliz. Tal vez por ese motivo no se divorciaba de ella pese a lo que hacía, pese a todas las cosas que hacía ahora.

«La única.» Jihan meneó la cabeza y soltó una breve y amarga carcajada para sus adentros. Al instante supo, por las miradas de las mujeres, que la carcajada había sonado.

—Tienes la garganta seca, Um Malik —dijo Um Yusef, disimulando educadamente—. Permíteme que te traiga un poco de té. —Se apresuró a ir en busca del té como una buena segunda esposa.

Jihan la miró con ojos entrecerrados. Ya podía fingir delante de las otras, pensaba, pero lo cierto era que aquella joven, joven, joven y hermosa, hermosa mujer, no sólo ocupaba el lugar de una segunda esposa, sino que había usurpado también el de la primera. Desde el nacimiento de Yusef, Omar centraba sus atenciones en el bebé y su madre. ¿Dónde estaban el respeto y la veneración que se debían a la primera mujer, a la madre del primogénito?

Pero Jihan sabía que todo era por su culpa.

¿Es culpa mía?, se preguntaba Amira, viendo que su madre asentía como si conversara consigo misma. ¿Es por algo que he hecho? ¿Es por haber sido una mala hija aquella única noche, que mi padre y mi madre se han convertido en extraños? ¿Es por eso por lo que mi madre ha cambiado tanto, tan deprisa?

Apenas reconocía a Jihan en los últimos tiempos, ni sus ojos apagados, como nublados por un velo de escarcha, antes chispeantes, ni la boca fruncida que antes encantara con su sonrisa, ni su risa, sus bromas y sus cumplidos y besos, ni el cuerpo hundido, derrotado, que jamás había sido capaz de permanecer sentado cinco minutos seguidos de tanta vida como contenía, y que sin embargo ahora yacía inmóvil durante horas en una habitación a oscuras. Su madre era egipcia, cairota, un producto refinado en la capital del mundo árabe, excitante e incluso deliciosamente escandalosa para las mujeres más conservadoras de Al-Remal. «¿Películas? Bueno, por supuesto aquí están prohibidas, pero en El Cairo las veíamos cada semana. Sí, las mujeres también. Películas americanas incluso. ¿Conoces la historia de Escarlata O'Hara, que se enamoró de un rico jeque y luego de un guapo contrabandista? En serio, ¿no has oído nunca hablar de ella? Bueno, déjame que te lo cuente...»

Ahora, esa misma mujer estaba encorvada en una silla del rincón con todo el aspecto de una tía abuela que en cualquier momento podía empezar a mascullar de forma ininteligible sobre tiempos mejores bajo el gobierno del viejo rey.

—El rey era muy guapo y muy elegante, ¿verdad, madre?

—¿Qué? ¿El rey? ¿Faruk, quieres decir?

Se hallaban en la habitación de Jihan, con las cortinas corridas, en medio de la penumbra al mediodía. Jihan yacía con un paño húmedo sobre la frente.

—Sí, Faruk.

Jihan suspiró. El Club Hípico de El Cairo. Un día de primavera. Ella, una adolescente. El rey pasó junto a ella con su séquito, la miró, saludó a su padre.

—Cuando era joven, no había hombre más guapo que Faruk —dijo Jihan—. La gente lo olvida, porque acabó convirtiéndose en una figura grotesca.

—Cuando preguntó por ti —añadió Amira para animarla a continuar—, tu padre dijo que ya estabas prometida, ¿verdad? —Sabía que su madre tenía gran cariño a esa historia.

Jihan se limitó a asentir. ¿Quién sabía la verdad? Tal vez su madre lo inventara todo para complacerla.

—¿Y si te hubieras casado con el rey? ¿Qué hubiera pasado? —Amira se esforzaba para que su madre siguiera hablando, para romper la cáscara en la que se estaba encerrando y que amenazaba con asfixiarla.

—Sólo Dios sabe la respuesta. —Jihan sonrió débilmente—. Pero si hubiera ocurrido, ¿dónde estaríais tú y Malik? Déjame descansar un poco, corazón. Estoy cansada. —De repente, sin motivo alguno, pensó en el Muntaza, el palacio real de Alejandría. En los jardines había un estanque con nenúfares. Se decía que a Faruk le gustaba contemplar a jóvenes doncellas nadando desnudas entre los nenúfares, hasta una docena a la vez.

Jihan se durmió pensando en ello, y en su sueño, el estanque de nenúfares se convirtió en el desierto luminoso...

«Sé que tienes responsabilidades allí y que tal vez te sea difícil, pero si puedes volver a casa, aunque sólo sean unos días, por favor, hermano, ven pronto.» Amira firmó la carta y se la entregó a Bahia para que la echara al correo. Esperaba haber sabido transmitir la urgencia de la situación sin parecer histérica. Era como si su madre se les fuera de las manos a pedazos. En los últimos días, la mente de Jihan había empezado a divagar como la de una anciana en su lecho de muerte. El día anterior, se había quedado mirando al vacío, diciendo:

—¡Vaya, Malik! ¿Dónde has estado? ¿Cómo te has ensuciado tanto?

—Malik no está aquí, madre —le había dicho Amira, asustada—. Está en Francia, ya lo sabes.

—Pues claro. —La sonrisa de Jihan se desvaneció—. Debía estar soñando despierta. Pero lo he visto tan claramente, igual que cuando era niño.

Tal vez Malik pudiera ayudar a su madre, puesto que no parecía ayudarla ninguna otra cosa.

¿Cuándo había comenzado todo? ¿Cómo? ¿Fue la noche en que Amira avergonzó a sus padres? ¿Tenía ella la culpa?

Aquella noche se remontaba a dos años atrás, justo después de que Omar anunciara su intención de tomar una segunda esposa y pocos meses antes del horror de la ejecución de Laila. Amira acababa de mudarse a una habitación propia y estaba despierta pese a la hora, intentando terminar un capítulo más del libro de historia que Malik le había enviado. Desde la habitación de su madre le llegaron unos sonidos ahogados. Amira reconoció la voz cavernosa de su padre, pero no entendió sus palabras. Luego Jihan alzó la voz con un tono de súplica que Amira no le había oído utilizar hasta entonces.

—Por favor, Omar, ya sabes cómo me siento. ¡Por favor, déjame tranquila!

Sin saber por qué lo hacía, pero sabiendo que estaba mal, Amira salió de su habitación y recorrió el pasillo. La puerta de Jihan estaba algo entreabierta.

—Sabes que es pecado —decía Omar. Por su tono parecía perplejo y enfadado—. Vives bajo mi techo, aceptas mi protección. Eres mi esposa y serás mi esposa.

—¡No! ¡Por favor!

Amira se vio a sí misma abriendo la puerta, como si fuera otra persona observándola desde lejos.

Jihan estaba acurrucada en la cama y Omar se inclinaba sobre ella. Amira no había visto jamás una escena igual. Supo que había cometido un terrible error, pero no pudo darse la vuelta.

Jihan la vio primero, luego Omar se giró hacia ella. Ambos tenían el horror y la culpabilidad pintados en el rostro, pero rápidamente la expresión de su padre se volvió furiosa.

—¿Qué estás haciendo aquí? Amira hubiera querido que la tierra se abriera bajo sus pies, pero tenía que decir algo.

—¿Por qué no... la dejas tranquila? —acertó a balbucear atemorizada.

Por un momento Amira creyó que Omar iba a golpearla; su padre alzó el brazo, pero luego señaló hacia la puerta.

—¡A tu habitación! —le ordenó con voz temblorosa—. ¡No te atrevas a hacer esto nunca más!

Amira salió corriendo como un animal liberado de una trampa. Segundos después se metía en su cama y oía los fuertes pasos de su padre en el pasillo.

Durante varios días no vio a su padre y apenas osó mirar a su madre. No obstante, Jihan actuó como si nada hubiera ocurrido, como si tuviera asuntos más importantes en la cabeza. Amira tenía la vertiginosa sensación de alivio que experimentan los niños cuando, descubiertos en una travesura, comprenden que sus padres están demasiado distraídos por el mundo de los adultos para aplicar un castigo.

Una mañana le despertó un nuevo sonido procedente de la habitación de su madre, un gemido inhumano que helaba la sangre en las venas. Amira salió corriendo al pasillo, pero no se atrevió a abrir la puerta al recordar lo que había ocurrido unas cuantas noches antes. Bahia apareció de la nada y la apartó de un empujón para entrar en el dormitorio de su madre. Jihan estaba de pie junto a la cama, mirándola fijamente. La cama estaba ensangrentada, igual que la parte inferior de su camisón.

—¡Alá! ¿Qué es eso? ¿Está herida?

—No, pequeña. No es eso. Pero ve y envía a alguien a buscar a la partera. —Bahia rodeó a Jihan con sus brazos para consolarla como si fuera una niña.

—¿Pero qué ocurre? —Amira no había visto jamás tal desesperación en el rostro de su madre.

—Ha tenido un aborto. Sin duda algo malo le ocurría al feto. Es la voluntad de Dios.

Para Jihan, el embarazo había sido un milagro y una última esperanza. Debía de haber concebido la última noche en que ella y Omar hicieran el amor. Tras tantos años de matrimonio, Omar no acudía a su lecho con frecuencia y, cuando lo hacía, el acto carecía de ardor. Ella lo disfrutaba de un modo mecánico, pues Omar había sido siempre un amante experto y desinteresado, pero eso era todo.

La última vez fue diferente. Él no intentó satisfacer sus deseos directamente, sino que se sentó junto a ella y le acarició la mano durante unos instantes.

—Charlemos un rato, hermosa mía —dijo—. Parece que últimamente no tenemos nunca un momento para estar solos.

—¿Ocurre algo, Omar? —Las palabras de su marido eran inesperadas.

—¿Ocurrir? No, no ocurre nada. Sólo estaba... pensando, y recordando.

—Pensando y recordando ¿qué?

Omar esbozó una de sus tímidas sonrisas que ella no había visto en años y que le hacía parecer más joven, casi adolescente, tras la barba gris.

—Recordando la época en que tu voz era para mí como el sonido del agua para un hombre muerto de sed. Y pensando que sigue siendo igual.

—Bueno, no sé qué decir. —Jihan se echó a reír, ruborizándose de placer, aun cuando se preguntaba adónde iría a parar su marido—. Has descubierto el truco que te convertirá en un héroe para todos los maridos de Al-Remal, cómo hacer callar a sus mujeres.

Omar también rió, luego se produjo un silencio embarazoso.

—¿Te he dicho que ayer recibí carta de Malik? —aventuró ella por fin.

—Sí.

—Te envía su más profundo respeto y sus saludos.

—Sí, ya me lo dijiste. Y está bien, ¿no?

—Sí, gracias a Dios. Y le van mejor los estudios.

—Mmm. Eso es interesante, porque hoy he recibido una carta de su tutor. Al parecer Malik celebró una fiesta bastante lujosa en su dormitorio para los otros chicos... para todos los chicos.

—¿Eso va en contra de las reglas?

—Eso parece. Dios y los ingleses sabrán por qué.

Omar siempre había expresado severidad ante los deslices de Malik. Jihan se asombró de que entonces tomara partido por el chico frente a la autoridad del colegio.

—También ha faltado a algunas clases —añadió Omar—, pero eso ya lo sabía. ¿Sabes por qué? Visitaba a comerciantes. Tengo dos nuevos clientes en El Cairo gracias a él, buenos clientes, además. ¡Y aún es un muchacho! Naturalmente le di una comisión, como haría con cualquier otro. Supongo que de ahí salió el dinero para la fiesta. Aun así tengo que hablar seriamente con él cuando vuelva a casa. La generosidad es grata a los ojos de Dios, pero hay una diferencia entre generosidad y despilfarro.

Jihan no pudo evitar sonreír ante los esfuerzos de su marido por disimular el orgullo que sentía.

—De tal padre tal hijo —comentó.

—Bueno... lamento aburrirte con asuntos de negocios, querida mía. Además, era tu voz la que quería oír, no la mía.

Jihan se dijo que Omar estaba de un humor excelente.

—Dios nos ha bendecido con nuestros dos hijos —señaló, tras aguardar un momento para asegurarse de que Omar ya había terminado de hablar.

—¿Mmm? ¿Amira? Sí, crece deprisa. No falta mucho para que tengamos que buscar a alguien para ella.

—¿Sabías que habla francés como una pequeña parisina? —preguntó Jihan, eludiendo un tema del que no quería hablar.

—¿Francés? ¿La mujer extranjera le enseña francés?

—Sí, y al parecer es buena maestra, y muy devota. Hemos tenido mucha suerte con ella, gracias sean dadas.

—Francés. —La expresión de Omar se ensombreció momentáneamente, luego agitó una mano en un ademán de aceptación—. Muy bien. Quién sabe, tal vez se case con un diplomático. Pero desde luego los tiempos están cambiando.

—Cuando yo era adolescente, sabía un poco de francés.

—Sí —Omar rió entre dientes—, y mejor que lo hayas olvidado. Estabas demasiado orgullosa de eso, mi pequeña cairota. —Volvió a esbozar su sonrisa cohibida—. Escucha, hermosa mía, sé que no estamos en una ocasión especial, pero sé que no te digo con frecuencia lo que has significado para mí, como esposa, como madre de mis hijos. Tal vez esto compense la pobreza de mis palabras. —Omar le tendió un pequeño estuche de piel de cabritilla con ribete dorado.

—¿Para mí? Pero, marido, no he hecho nada para merecer un regalo...

—Ábrelo.

Jihan lo hizo y dejó escapar un gemido ahogado. Era un collar de esmeraldas, cuyas gemas verdes, perfectas y resplandecientes estaban incrustadas en oro y rodeadas por círculos de pequeños diamantes. Era un regalo excesivo incluso para un hombre tan rico como Omar.

—Es demasiado. ¡Oh, Omar!

—No es bastante, ni mucho menos. Te amo, Jihan. Siempre serás mi esposa.

—Pero... gracias. —Le besó—. ¿Puedo ponérmelo?

—Por supuesto. Ya sé cómo sois las mujeres. Pruébatelo con las ropas que desees para alegrar tu corazón. Luego ven a verme sin llevar nada más que el collar.

Esa noche, Omar se comportó como un recién casado, mostrando su pasión por ella tres veces. Algunas mujeres lo hubieran pregonado a las demás al día siguiente, pero Jihan, pese a su vitalidad, era demasiado recatada para alardear en temas sexuales. Además, tenía más que suficiente con mostrar el collar.

Tres semanas más tarde, su marido le comunicaba que había decidido tomar una segunda esposa, la hija de uno de sus primos.

Debería de haberlo comprendido, se dijo Jihan. Debería de haber recelado de la sonrisa tímida, de las palabras zalameras y del ridículo regalo. Tras un día de lágrimas y odio, tuvo una pelea a gritos con Omar en el pasillo, exigiéndole el divorcio y arrojándole el collar a la cara. La mayoría de hombres hubieran llamado a un testigo y se hubieran divorciado allí mismo, pero Omar contestó con dignidad:

—Te dije que siempre serías mi esposa. —Y tras estas palabras, se alejó.

Sólo entonces comprendió Jihan la amarga ambigüedad de su promesa: siempre sería su esposa, pero no la única. Jihan volvió chillando a su habitación.

—Cuando se tranquilice —dijo Bahia a las otras mujeres para que no hubiera malentendidos, recogiendo el collar del suelo—, lo devolveré a su joyero. Llegará el día, Dios mediante, en que lo llevará con orgullo.

Devolvió el collar al joyero el día que su señora le comunicó que estaba embarazada.

Jihan se aferró a la idea de que su embarazo lo cambiaría todo. Si podía darle otro hijo a Omar, y desde luego si era varón, su marido olvidaría su fantasía de tomar otra esposa. Sin duda era ése y no otro el motivo, tener una mujer con la que pudiera engendrar más hijos.

Jihan no sabía por qué no había vuelto a concebir después de parir a Amira. Indudablemente era la voluntad de Dios. Pero después de trece años estériles, volvía a estar encinta. Era un milagro, en el que depositó todas sus esperanzas. Al mismo tiempo, no podía perdonar a Omar por su traición, y lo rechazó la horrible noche en que su hija los sorprendió. Sin embargo, incluso entonces aguardaba tan sólo el momento adecuado para darle la maravillosa noticia.

Entonces, al final del tercer mes, se produjo el aborto. La partera no pudo sino constatar lo que era obvio, pero la hemorragia no se detuvo y se llamó a un médico. Sólo había cinco médicos en todo el reino, tres de ellos para atender a la familia real. El que acudió a su llamada era uno de esos tres, un turco menudo y calvo. Al igual que todas las mujeres remalíes que precisaban ser examinadas físicamente, Jihan llevó el velo puesto mientras el médico realizaba la exploración.

—Señora —dijo él cuando concluyó—, su último parto debió de ser muy difícil.

—Sí —replicó ella—. Me dijeron que pude haber muerto.

—Estaba seguro. El daño interno es considerable: cicatrices, adhesiones. ¿Ha tenido dolores?

—A veces.

—Lo sorprendente es que se quedara embarazada. Siento mucho decirle, señora, que no podrá tener más hijos. Incluso le recomendaría, en beneficio de su salud, que consultara a un especialista en Europa, un cirujano. Se lo comunicaré a su marido y le daré el nombre de dos o tres médicos en los que puede confiar plenamente.

—Es usted muy amable, señor, pero dudo mucho que sirva de nada.

—Seguramente no —dijo el médico con cierta ira en la voz—. En Al-Remal sabemos con certeza que todo es voluntad de Dios, y ciertamente eso es verdad. ¿Pero qué nos hace pensar que la voluntad de Dios no se manifiesta por medio de la medicina moderna?

—No lo sé, doctor —replicó Jihan—. Sólo soy una mujer.

Aquél fue el principio. Hasta entonces, el sueño sólo había sido una coincidencia, una anotación en el diario, pero a partir de ese momento empezó a ser cada vez más frecuente hasta convertirse en un tormento constante, como la presencia de la nueva esposa.

Después llegó la pesadilla real de Laila Sibai, a la que ella consideraba casi como una hija. No se atrevió a protestar, ni a alzar su voz contra la sentencia y la ejecución, no sólo porque su mundo le exigía aquiescencia, sino porque le horrorizaba la intuición maternal de que Malik estaba involucrado. Dio gracias a Dios cuando su hijo se fue a Europa. Sin embargo, con su partida acabó perdiéndolo realmente, no como al muchacho que se marcha al colegio, sino como a un hombre que inicia su propia vida en el mundo. Además, pronto perdería a Amira a manos de un marido que se la llevaría como si fuera un camello comprado en el mercado.

Omar se casó con la hija de su primo, y luego tuvo un hijo y ella se convirtió en Um Yusef.

El Corán decía que un hombre no debía tener más de una mujer si no podía tratarlas a todas por igual. Omar intentó prestar a Jihan la misma atención que prestaba a su nueva esposa, pero ella lo despreció. Si no podía ser la única, no sería nadie.

El concepto de depresión como enfermedad no existía en Al-Remal. No había un solo psiquiatra ni psicólogo en todo el país. Cuando la aflicción de Jihan se hizo insoportable, recurrió a remedios tradicionales, incluyendo el hachís. Pese a ser ilegal, la droga se difundía ampliamente y algunas veces se usaba como medicamento. Jihan había visto a mujeres que se lo tomaban como anestésico y relajante durante el parto. A ella no le ayudó. La agradable somnolencia inicial se evaporó cuando se miró en el pequeño espejo de su tocador. ¡Qué arrugas! A los treinta y dos años era vieja y fea. Abandonó la habitación e inmediatamente tropezó con Um Yusef, que parecía tan joven y hermosa como un ángel. Jihan no volvió a probar el hachís.

Al final, a instancias de Najla, de Amira, y de la propia Um Yusef, mandó llamar al mismo médico que la había examinado tras el aborto. El médico le aseguró que esta vez no era necesario que se desvistiera. Todo lo que necesitaba Jihan era algo que la ayudara a dormir. Le dio un gran frasco de píldoras, explicándole que debía tomarse una justo antes de acostarse, pero nunca más de dos en un mismo día.

Jihan usó las píldoras tres noches seguidas y durmió como un muerto. Ése fue el problema; se despertaba como si estuviera muerta. Sabía el porqué; aunque no recordaba nada de su profundo sueño, estaba segura de que había tenido la misma pesadilla, entera, sin el alivio de despertarse. Se estaba muriendo cada noche. Dejó las píldoras. A partir de entonces, todo empeoró. No había nada ni nadie en la tierra que pudiera ayudarla.

—¿Me has llamado, madre? —Aunque había observado la decadencia de Jihan durante meses, Amira seguía escandalizándose al ver el aspecto de su madre, la tez enfermiza, sin maquillaje, y las ropas desaliñadas que olían por el uso prolongado.

—¿Si te he llamado? Sí, supongo que sí. Siéntate, hija.

Amira obedeció. Durante largo rato, Jihan se quedó mirando al vacío sin decir nada.

—Luchar contra un hombre sólo trae dolor y sufrimiento —dijo de repente—. Obedece a tu marido y sométete a su voluntad. Recuérdalo y serás más feliz que yo.

—Sí, madre. Por supuesto.

—Los tiempos cambian, como dice Omar —añadió Jihan tras otro largo silencio—. El mundo cambia. La gente suele decir que le gustaría poder atrasar el reloj. Yo desearía poder adelantarlo. Ojalá tuviera tu edad. Ojalá... ah, bueno.

¡Cómo divaga su mente!, pensó Amira. Cada día era peor. ¿Pero qué se podía hacer? Nadie lo sabía. Bahía estaba segura de que a su señora la hostigaban los *jinns*, y algunas veces la propia Amira se preguntaba si había algo de cierto en las supersticiones sobre aquellos espíritus malévolos.

La señorita Vanderbeek, tan preocupada como los demás, abordó el problema de una manera muy diferente. En Europa había médicos que trataban las enfermedades de la mente, que era de lo que se trataba. Debían llamar a uno de esos especialistas costara lo que costase. A Amira, sus explicaciones sobre el campo de la psicología le sonaron casi tan fantásticas como las afirmaciones de Bahía sobre los *jinns*, pero cualquier cosa era mejor que no hacer nada. El día anterior justamente, Amira había dado el paso sin precedentes de sugerírselo a su padre.

Al principio Omar se había ofendido ante la idea, o quizá era porque su hija había supuesto que podía aconsejarle.

—He oído hablar de esas cosas —gruñó, irguiéndose—. ¿No te parece que va contra Dios, que tiene el destino de todos nosotros en sus manos? —Volvió a hundirse—. No sé. Me he estrujado el cerebro y de las mil cosas que he pensado ninguna vale lo que un grano de arena. Tal vez no haya ningún mal en lo que dices. Haré averiguaciones.

—Déjame cepillarte el pelo, madre —dijo Amira, dándose cuenta de que Jihan tironeaba de sus mechones enmarañados.

—¿Qué? Sí, será agradable. Gracias, Najla. Quiero decir, Amira.

Amira deshizo los enredos y luego trenzó los cabellos de su madre.

—¡Ya está! Mucho mejor. ¿Quieres el espejo?

—No; sé que lo has hecho bien. Mira. —Jihan abrió la mano—. Mi padre se lo dio a mi madre. No sé por qué no te lo he enseñado nunca.

—¡Madre! ¡Qué hermoso!

Era un anillo, un zafiro casi del color azul de la medianoche, montado en oro.

—Es como el cielo de noche, ¿verdad, princesita? Intenso y oscuro. Y mira, aquí está la estrella. Sólo una. ¿La ves?

—Sí, es precioso.

—Es para ti. Lo recibirías tú de todas formas, claro está.

—Madre, ¿de qué estás hablando? Es tuyo. Guárdatelo. Aún han de pasar muchos años...

—No, estoy adelantando el reloj. Es para ti.

Cuando Amira aceptó finalmente el anillo, si bien protestando, Jihan se animó. Se bañó, se puso ropa limpia y permitió a Amira que la maquillara.

—Hazme hermosa otra vez —dijo con una breve carcajada.

—Eres hermosa, madre.

Esa noche, esperando a dormirse, Amira tuvo la esperanza por primera vez en muchos meses de que su madre hubiera vuelto la página. Aun así, deseó que Malik se encontrara allí y se preguntó si había recibido la carta. Lo imaginó paseándose, insomne por la preocupación, por su apartamento de Francia. Amira temió haberse alarmado en exceso. Volvería a escribir a su hermano por la mañana.

Se despertó en medio de la noche y descubrió a Jihan junto a su cama.

—¿Madre? ¿Te ocurre algo?

—No, querida mía. Me he levantado a llenarme la jarra de agua. No valía la pena molestar a Bahia, y me he asomado para darte las buenas noches, pero estabas dormida.

—¿Dormida? Sí. Es tarde, ¿no?

—¿Lo es? Supongo que sí. Buenas noches, mi princesita.

—¿Quieres que te haga compañía?

—No. No, querida. Buenas noches.

—Buenas noches, madre.

Cuando volvió a despertarse aún no era de día y pensó por un momento que la mujer que se inclinaba sobre ella era Jihan otra vez, pero era su tía Najla.

—¿Estás despierta, niña? Oh, niña mía, ha ocurrido una cosa terrible. Amira, tu madre ha muerto.

Con el alba, la casa se llenó de mujeres; tías, primas, parientes políticas, todas vestidas de negro. Nadie quiso contarle a Amira qué había ocurrido exactamente, pero ella oyó una voz en la zona de la casa de los hombres que maldecía en voz alta al médico y sus píldoras, y luego, cuando entró en la cocina, oyó decir a su tía:

—Ha hecho mal en dejar a su hija.

—¡No! —gritó Amira—. ¡Ella nunca hizo nada malo! ¿Qué es lo que ha hecho? ¡Decídmelo!

Las mujeres de luto sacudieron la cabeza e hicieron chasquear la lengua.

—Será terrible para ella —murmuró alguien, pero Amira comprendió que estaban escandalizadas por la falta de respeto que había demostrado a su tía.

—Perdóname —dijo, y unas manos consoladoras la tranquilizaron.

Las mujeres prepararon a Jihan para el entierro, que sería ese mismo día, según la costumbre. Lavaron el cuerpo y lo envolvieron en hilo blanco. Mientras la cubrían, Amira miró por última vez el rostro de su madre. En la muerte, la tristeza y la fatiga se habían desvanecido, y Jihan parecía aún más joven, tan hermosa, quizá, como aquel lejano día en el club hípico de El Cairo en que un rey la había deseado.

De repente Amira fue incapaz de reprimir las lágrimas.

—¡Despierta, mamá! No puedes dejarme sola. ¡Por favor, no me dejes sola!

—¡Basta! ¡Basta, niña desvergonzada! —Era Najla de nuevo, tirando del hombro de Amira para apartarla—. ¿No sabes que tu madre está en el paraíso? ¿Es que quieres que tus lágrimas la atormenten allí?

Amira sabía que no era correcto llorar por los muertos, pero no podía hacer nada por evitarlo.

Se oyó un murmullo de voces en el pasillo y apareció Bahia.

—Señorita, su hermano...

Tras ella entró Malik con el rostro descompuesto.

—Recibí tu carta —dijo—. Tomé el primer avión, yo...

Se interrumpió. Ambos sabían que no había nada que decir.

DESPEDIDAS

—Debería haber estado aquí —dijo Malik con la voz ronca por la pena y los ojos brillantes por las lágrimas no derramadas—. Podría haber hecho algo... tenía que haber algo que...

Amira posó una mano suave sobre el hombro de su hermano.

—La culpa fue mía, hermano, no tuya. Yo estaba aquí y tú no. Yo veía que madre no estaba bien. Debería haberla vigilado más de cerca. Debería haber hablado antes con padre. Si la hubiera visto uno de esos especialistas, uno de esos médicos que curan la mente... Si hubiéramos...

—Sí, quizá, tal vez... ¿qué importa ahora? Le he fallado. El deber de un hijo es proteger a su madre y yo he fallado. —Malik se quedó con la vista fija en la aterciopelada oscuridad del jardín, hundido en una miseria que no se podía compartir.

Amira quería consolarle, pero ¿cómo hacerlo cuando ella misma no hallaba consuelo? Al menos Malik había podido despedirse de su madre, pues era él quien había encabezado la procesión de hombres que la habían enterrado. Era él quien había descubierto el rostro de Jihan antes de que se depositara su cuerpo en su última morada; era él quien conservaría aquella preciosa y última visión de la mujer que les había dado la vida. Jihan Badir amaba a sus dos hijos, Amira lo sabía, pero para el resto del mundo, era Um Malik en primer lugar y por encima de todo.

Amira dejó escapar un hondo suspiro.

Malik le oprimió la mano, como si hubiera oído a su corazón.

—He señalado el lugar —dijo en voz baja—. He señalado la tumba de madre con una piedra... para que sepas cuál es.

Amira se sintió conmovida, pero también algo escandalizada por el gesto de su hermano. La tumba de un buen musulmán no ostentaba marca alguna.

—Qué extraño —dijo—. ¿Qué tipo de piedra?

—Un guijarro que recogí en la playa de Saint-Tropez. —Malik se encogió de hombros—. Soy un idiota, ya lo sabes. Cuando la vi en el agua por un instante pensé que era un rubí, por lo roja que era. La cogí y vi que no era más que una piedra, pero aun así, muy bonita. Cuando se secó no valía nada, claro, pero entonces ya había decidido que daba buena suerte, así que me la guardé.

—¿La dejaste allí para que diera buena suerte... a mamá? —A Amira le desconcertaba aquella idea pagana.

—No lo sé, quizá. Mamá no tuvo la suerte que merecía. ¿Quién sabe? En cualquier caso, mientras esté allí, sabrás dónde está ella. Quizá entonces puedas perdonarme por ser un hombre —añadió con una sonrisa afable.

—Pero si no tengo nada que perdonarte, a ti no —protestó Amira, sorprendida por la observación casi seria de su hermano, y enrojeció sintiéndose culpable al recordar el resentimiento del que había sido objeto Malik no hacía mucho tiempo por tener unos privilegios que a ella se le negaban—. Además, no es contigo con quien me enfado, sino con el modo en que son las cosas.

Malik asintió gravemente, como si las ideas y sentimientos de su hermana fueran tan importantes como los suyos.

—Así que ahora te has quedado sin tu amuleto.

—He decidido que tengo más suerte de la que necesito —dijo él, volviendo a sonreír—. O eso, o no necesito suerte. Las cosas me van bien, hermanita. Ya te escribí que me habían ascendido en la organización. Y me han vuelto a ascender, pero también he hecho algunos negocios por mi cuenta, negocios complejos, no es necesario entrar en detalles. Procuro no entrar en conflicto con mis deberes para el viejo y querido Onassis, o al menos que no sea demasiado flagrante, pero no creo que necesite quedarme con él mucho más tiempo. —Hizo una pausa—. ¿Recuerdas lo que te dije, Amira? Si algún día necesitas mi ayuda, allí estaré.

Amira asintió. Sabía que Malik era sincero, ¿pero qué tipo de ayuda necesitaría ella, viviendo como vivía, tan alejada del mundo exterior?

—Y tú, hermano, ¿elegirás pronto una esposa para que te ayude a criar a Laila?

—No es probable —contestó Malik alegremente—. Cuando llegue el momento de enviar a Salima a casa, contrataré para mi hija a la mejor institutriz que se pueda conseguir con dinero. Pero en cuanto a mí, bueno, por el momento no hay ninguna mujer. O hay muchas más de una, por decirlo de otra manera.

Amira desvió la mirada. Una cosa era saber que Malik había

amado a Laila de modo íntimo, y otra muy distinta imaginar a su hermano con legiones de extranjeras anónimas.

—No te preocupes por mí, hermanita. La vida es diferente en Francia, mejor que aquí. Oh, la gente es igual en todas partes, pero allí hay más libertad, todo es más fácil. No tienes que preocuparte cada vez que haces algo por si has cometido un pecado a los ojos de alguien. —Su boca se torció en un gesto amargo—. Creo haber visto el auténtico pecado. Y tú también. Estabas allí. —Se produjo un largo silencio—. En Francia es diferente ser mujer. Allí las chicas pueden ir a la universidad y ser lo que quieran, profesoras, abogadas o médicos. Quizá... quizá deberías ir algún día. Si te quedas aquí... bueno, fíjate en la vida de nuestra madre.

Amira había pensado en ello, había soñado en lo que podría ser en el mundo exterior, pero abandonar Al-Remal de verdad... su imaginación aún no había dado ese salto.

Amira tuvo un sueño irregular aquella noche, aguardando el alba. Cuando llegó por fin, se vistió rápidamente y salió a hurtadillas de casa. Su padre se pondría furioso si se enteraba de lo que pensaba hacer, pero en su desolación, Amira no había calculado el riesgo. Había perdido a todos sus seres queridos, a todos excepto a Malik, que pronto volvería a partir.

Amira se cubrió bien con el velo y recorrió los cinco kilómetros que la separaban de la mezquita. Una vez allí, buscó con la mirada baja.

¿Dónde está la piedra que había dejado su hermano como marca? Tal vez alguien la hubiera cogido... tal vez la arena la había cubierto durante la noche. Buscó frenéticamente, paseándose de un lado a otro, hasta que por fin encontró la piedra de color rojo que Malik había descrito como una joya solitaria sobre un lecho de arena.

Amira cayó de hinojos y sus labios se movieron en una plegaria muda. Rodeada de silencio y quietud, Amira supo que no estaba sola, percibió el amor de su madre tendido hacia ella desde más allá de la tumba.

Amira miró el cielo, tan fuerte fue la sensación de que encontraría una señal, un fuego celestial, pero sólo halló el sol cegador. Susurró una despedida, se cubrió con el velo y emprendió el largo camino de vuelta a casa.

SOLA

—Despierta, perezosa, despierta. ¿Eres una reina en un palacio para dormir hasta mediodía?

Amira se frotó los ojos y se desperezó mirando el reloj que había junto a su cama.

—Pero tía Najla, sólo son las ocho y media y me quedé levantada hasta muy tarde para mi examen...

—¿Sólo las ocho y media? ¿Sólo? Por Alá, Amira, una buena esposa ha de ser capaz de preparar comida para todo un ejército antes de las nueve, y ocuparse de su marido y de sus hijos también. ¡Un examen! Cuando sugerí a tu padre que una cierta educación haría de ti mejor esposa, no esperaba que descuidarías los aspectos realmente importantes de la vida de una mujer. ¿O es que crees, señorita presuntuosa, que el diploma que tanto ansías te hará mejor que las buenas esposas de Al-Remal, o más importante que las demás mujeres de esta casa?

Amira se mordió la lengua para no dar una mala contestación. No, no creía que fuera mejor que las demás mujeres de la casa, pero era diferente; lo sentía así cada día de su vida, y más que nunca desde que Jihan había muerto. Los libros que devoraba, los cursos que seguía desde su casa, los anhelos secretos que albergaba, todo la distanciaba de ellas. Sin embargo, ¿qué sentido tenía intentar explicarse? Cualquier cosa que dijera se tomaría por una falta de respeto y se informaría de ello a su padre, siempre con la excusa de enseñarle a ser una mujer buena y modesta, claro está.

—Bueno, entonces —prosiguió Najla, aparentemente apaciguada por el silencio de su sobrina—, date prisa y vístete. Tu padre mencionó que le gustaría un buen *saleeq*, sí, eso es lo que especificó, y si no nos damos prisa, sólo Alá sabe lo que quedará en el mercado.

Escuchando sólo a medias, Amira salió de la cama, se puso una bata de algodón sobre el camisón y se dirigió al cuarto de baño. No se sentía cómoda mostrándose a tu tía Najla ni a su tía Shams. Quizá porque ambas carecían por completo de forma y, pese a su preocupación por la sexualidad de los demás, eran absolutamente asexuadas.

Con sus ropas oscuras y tristes, le parecían las brujas del *Macbeth* ilustrado que había acabado de leer durante la noche. Algunas veces sentía pena por sus tías, que vivían allí, en la casa de su padre, y era todo cuanto tendrían o podían esperar tener. ¿Pero por qué tenían que hacerle la vida tan incómoda, espiando, fisgando y contando historias sobre ella para ganarse el favor de Omar?

Se inclinó sobre el lavabo de mármol para lavarse los dientes y se frotó la cara vigorosamente con el jabón perfumado francés que le había enviado Malik, un recuerdo fragante del maravilloso mundo que existía fuera de Al-Remal.

—*Yallah, yallah*, date prisa, Amira —le gritó tía Najla—. Cuando acabes de despejarte ya se habrán vendido los mejores trozos de carne y no quedarán más que los menudillos.

Amira se apresuró a acabar. Si hacía todo lo que le pedía Najla, tal vez la dejara en paz luego y podría estudiar con la señorita Vanderbeek, que se había convertido en su tutora. Las horas que compartían eran como una alfombra mágica que transportara a Amira a otros lugares y otras épocas; a la Rusia del siglo XVIII, donde una gran reina llamada Catalina gobernaba con tanto poder y crueldad como cualquier hombre; a la Francia del siglo XIX, donde una mujer tomó el nombre de George Sand, escribió novelas provocativas y vivió abiertamente con el compositor Chopin, que no era su marido; a Inglaterra, donde Jane Austen, que había estado casi tan enclaustrada como Amira, diseccionó la sociedad en que vivía con exquisitez.

—Jamás había tenido una alumna tan ávida —decía la señorita Vanderbeek con tono aprobatorio.

Sin embargo, ahora que el codiciado diploma estaba al alcance de la mano, Amira sentía una tristeza creciente. ¿Qué significado podía tener un pedazo de papel para alguien como ella? Podía soñar con París, pero los únicos viajes que podía realizar en la realidad eran al zoco, o a los hogares de otras mujeres enclaustradas.

Aquéllos eran los límites de su vida. Pensó en Malik, preguntándose cómo era su día, intentando imaginar una vida tan intensa y variada como la suya era restringida.

Se puso uno de sus vestidos favoritos, uno de hilo de color crema, y luego se probó unos pendientes de oro nuevos, un regalo de

Um Yusef por su decimosexto cumpleaños. ¿Pero qué persona de importancia iba a ver si estaba guapa o no, ni a preocuparse de ello? Con todos a cuantos amaba muertos o lejos de ella, parecía que todo calor y placer habían desaparecido de la casa. Sólo quedaban la exigente tía Najla y la difícil tía Shams.

Minutos después y envueltas en idénticos *abeyya* y velos negros, Amira y su tía se subían al Bentley negro de Omar, parte de una colección de coches extranjeros caros que proporcionaban a su dueño tanto placer como prestigio.

Pese al calor, la tía Najla se arrellanó en la elegante tapicería de piel con un suspiro de satisfacción. Amira sabía que ir a comprar era un momento culminante en el día de su tía Najla, pues ésta recordaba aún la época en que sólo hombres y criadas se aventuraban a ir al mercado. Omar permitía a las mujeres que estaban bajo su protección que compraran en el mercado, dentro de sus concesiones a la modernización y siempre que las llevara un hombre en coche, como prescribía la ley.

El coche se desplazaba despacio a lo largo de la carretera de una sola vía, obstaculizado el paso por un anciano que montaba a lomos de un burro viejo. El chófer hizo sonar la bocina, pero viendo que su vehículo y su impaciencia recibían la misma nula atención, suspiró profundamente, encendió un cigarrillo y se resignó a la voluntad del Todopoderoso.

Finalmente, coche y pasajeros llegaron al zoco, que consistía en una docena de puestos desvencijados envueltos en una nube de polvo.

El aroma de la fruta fresca se mezclaba con el olor metálico del cordero recién sacrificado. «Comprad mis melones, dulces como el azúcar», gritaba el vendedor de frutas. «Pistachos dignos de un rey», anunciaba el vendedor de frutos secos. «Ni una piastra más aunque mi vida dependiera de ello», gritaba un cliente en los últimos afanes del regateo.

Tía Najla encabezó la marcha hacia el carnicero, Abu Taif, un hombre delgado y nervudo que llevaba un delantal ensangrentado sobre el *thobe*. De pie junto a una docena de corderos abiertos en canal que colgaban en la parte frontal de su puesto, Abu se inclinó y sonrió, mostrando los dos dientes de oro que reflejaban su prosperidad.

Asintiendo sin decir palabra, tía Najla entró en materia, hurgando, palpando y olisqueando una pierna de cordero tras otra.

—Señora, se lo imploro —rogó Abu Taif—, toda la carne es excelente y fresca y tierna. Elija cualquier pieza sin mirar y le juro por mi honor que le satisfará.

Tía Najla hizo caso omiso de ruegos y promesas y continuó su inspección durante un rato. Luego señaló la pieza elegida.

—Tres kilos. Para *saleeq*, así que deje la carne en el hueso.

—A su servicio, señora. —El carnicero volvió a inclinarse y rápidamente sacó una cuchilla y dos cuchillos afilados como sables. Los limpió ceremoniosamente en el delantal y puso manos a la obra, separando primero la pierna elegida del cordero para pesarla. Después de quitar la grasa, Abu Taif cortó la carne en trozos del tamaño de un puño, que envolvió en basto papel marrón. Anotó la compra en su libro emborronado y sucio (Omar pagaría la cuenta a final de mes) y tendió el paquete a tía Najla con un movimiento ampuloso.

Junto al carnicero, en el puesto del verdulero, tía Najla eligió rápidamente una docena de jugosos tomates, un manojo de perejil, patatas, cebollas y tres cogollos de lechuga.

Las dos mujeres pasaron deprisa por delante del café, donde unos viejos tomaban pausadamente un café espeso y negro especiado con cardamomo, escuchando las melodías lastimeras de Um Kalthoum. Aquí y allá, figuras oscuras muy parecidas a las de Amira y su tía se acercaban y se alejaban de los puestos para realizar sus compras a toda prisa, por miedo a que las tacharan de descaradas.

A continuación se detuvieron en la tienda de especias de los soportales. Mientras Amira aspiraba el fuerte aroma a comino, canela, pimienta de Jamaica, nuez moscada y coriandro, su tía hacía el pedido con firmeza.

—Doscientos gramos de pimienta de Jamaica. Un poco de *hab hilu* y de menta seca. Ojo, que sea buena. Nada de esa cosa sin sabor y con bichos que me dio la última vez.

—Le pido perdón humildemente, señora —dijo el tendero, Abu Tarek, con florida cortesía—. Le aseguro que no volverá a ocurrir. —Se volvió con una sonrisa hacia Amira, a la que conocía desde niña, tomándose una libertad que pronto dejaría de disfrutar.

Una vez servidas, las dos mujeres se fueron a la perfumería de Hafiz, también en los soportales. El aire allí estaba impregnado de esencias y aceites de Damasco, de Teherán y de Bagdad, ingredientes que el viejo Hafiz mezclaba en mil y una combinaciones. Su esposa, Fadila, famosa por su habilidad para hacer horóscopos y leer las estrellas (talento estrictamente prohibido, pero muy apreciado), actuaba a menudo como consejera de la clientela; discretamente sugería aceite de jazmín para agradar al amado, o tal vez una fragancia de rosa para revivir el ardor decreciente de un marido.

Tía Najla pidió su mezcla habitual de gardenia y heliotropo. Aunque no había amado que la disfrutara, la intensa fragancia servía ciertamente para anunciar su inminente entrada en una habitación.

La última parada la realizaron en la tienda de telas, donde se exponían piezas de seda de Damasco y de encaje en todos los colores y tonos. También allí tía Najla se mostró fiel a lo que llevaba siempre: azul oscuro con toques de encaje blanco. Tan pronto entraron en la tienda, el propietario hizo chasquear los dedos para llamar a una legión de pillastres que hacían encargos por una o dos piastras. Se pidió café y té endulzado para Amira. Tía Najla se instaló en una silla de gruesos cojines y, sin que le dijera nada, el propietario empezó a desplegar una pieza tras otra de tela azul marino: seda, gasa, crespón de China y tafetán para forros susurrantes.

De repente, Amira se sintió como si la tienda se hubiera quedado sin aire. Intentó respirar hondo, pero la sensación aumentó hasta que se vio obligada a huir de la diminuta tienda. Se apoyó contra el puesto cerrando los ojos e intentando imaginar la negra y fría inmensidad del desierto de noche. Permaneció así durante largo rato hasta que la tía Najla salió y la sacudió por el hombro.

—¿Qué te ocurre, sobrina? ¿Estás en esos días? Eso no es excusa para actuar de manera rara, ¿sabes? Una familia cariñosa te perdonará esas niñerías, pero un marido, bueno, un marido espera que su casa se gobierne de una manera ordenada y normal. ¿Comprendes?

Amira asintió. Comprendía muy bien lo que esperaba un marido. ¿No había visto el ejemplo de su propio padre tras la muerte de su madre? Tras unas pocas semanas de luto, su vida había continuado como si tal cosa, mientras que para Amira, la casa se había quedado sin su alma. Sin embargo, Omar no parecía darse cuenta, pues se inspeccionaba la barba recién recortada cada mañana satisfecho de sí mismo, como siempre, disfrutaba al máximo de su cena y limpiaba el plato con el último trozo de pan de pita, como siempre.

—¿Nos vamos a casa? —preguntó Amira, esperando quizá salvar parte del día.

—Desde luego que no —replicó la tía Najla con brusquedad—. Le prometí a la señora Nazli que iría a visitarla. No se encuentra bien, por este último embarazo, ya sabes, y le prometí que le llevaría sales de las que solía hacer mi madre para reducir la hinchazón de las piernas.

Amira gruñó para sí. No tenía nada contra la señora Nazli, una pelirroja escultural nacida en el Líbano y casada con el ministro del petróleo de Al-Remal, pero las visitas a su enorme y recargado palacio no eran nunca breves. Aquel día no sería una excepción.

—*Ahlan iva sahlan* —exclamó Nazli con entusiasmo cuando un criado paquistaní introdujo a tía y sobrina en el salón de mármol—. Por favor, poneros cómodas. Mi casa es vuestra.

La comodidad estaba fuera de lugar, se dijo Amira, pues la habitación, como la propia Nazli, estaba atestada de barrocas reproducciones francesas, profusamente doradas y diseñadas más para impresionar que para ser disfrutadas. Aun así, Amira sonrió cortésmente y se sentó en el borde de una silla estilo Luis el que fuera.

Instantes después entraron un par de criados con librea, los únicos que vestían así en Al-Remal. Les ofrecieron café, té, refrescos de frutas y pastas, y un pebetero humeante en el que ardía madera de sándalo. Amira tomó un zumo de frutas porque rechazarlo hubiera sido una descortesía, y cuando le pasaron el pebetero, llevó el humo aromático hacia sus axilas y alrededor de su cuerpo para refrescarlo y desodorizarlo, como era costumbre en el desierto.

—Te he traído las sales para las piernas, querida Nazli —dijo tía Najla, tendiéndole un gran frasco de cristal—, pero espero que te encuentres mejor.

—Lo estoy, loado sea Alá. Y mi querido marido ha sido tan bueno y considerado. Cuando estuvo en Londres la semana pasada, para una importante conferencia, me trajo unos regalos tan maravillosos que me eché a llorar. ¿Y sabes lo que me dijo? Dijo que todas sus riquezas no servirían para comprar los regalos que merezco.

—Gracias sean dadas a Alá por semejante devoción —entonó tía Najla.

—¿Te gustaría ver mis regalos? —preguntó Nazli esperanzada, como una niña.

—Desde luego, querida. Nos regocijamos en tu dicha, ¿no es cierto, Amira?

—Sí, sí, por supuesto —dijo Amira, irguiéndose, consciente de que pagaría más tarde cualquier fallo en sus modales.

Tan pronto como Nazli salió majestuosamente de la habitación con un remolino de sedas y oro, tía Najla comentó compasivamente:

—Pobre mujer. Camina por el borde de un precipicio y todo el mundo lo sabe.

—Pero ¿por qué, tía? Parece muy feliz.

—¿Feliz? No seas ridícula, no hace más que poner buena cara a su situación, como haría cualquier mujer decente, pero si Alá en su sabiduría le manda una hija en lugar de un hijo, bueno, seguro que habrá una tercera esposa, como todo el mundo sabe.

Por supuesto. Pese a que su tez clara y sus cabellos rojos eran considerados de una rara belleza en Al-Remal, Nazli había dado a luz a cuatro hijas en rápida sucesión, para deleite de la primera esposa del ministro, que le había dado tres hijos varones. Si acababa habiendo una tercera esposa, la pobre Nazli perdería sin duda valor y posición social.

Cuando Nazli volvió a la habitación, extendió el brazo para mostrar un reloj Patek-Philippe de oro incrustado de diamantes y esmeraldas.

—¿No es precioso?

—Impresionante —convino Najla—. Y te queda muy bien.

—Es muy bonito —dijo Amira.

—Y fijaos en lo que trajo además mi marido a casa —indicó Nazli, señalando una pila de platos que llevaba un criado—. De Limoges, servicio para cincuenta. Con el dibujo que admiré cuando fuimos a Francia de luna de miel. Lo recordó... siete años después y aún lo recordaba —dijo con voz pensativa y cariñosa.

Najla lanzó una significativa mirada a su sobrina, al tiempo que alababa el gusto del ministro y la consideración que demostraba a su segunda esposa.

—Que Alá te conceda un hijo varón —masculló entre dientes.

Dado que Omar había anunciado su intención de comer con un conocido de los negocios, las mujeres de la casa comieron algo ligero: *hummus*,[1] pan de pita, una selección de quesos y olivas, una ensalada aliñada con menta, limón y aceite de oliva y unos restos de *kibbe*.

Tan pronto como terminaron de comer, se iniciaron los preparativos para la siguiente comida. Amira limpió los trozos de cordero bajo la supervisión de su tía.

—Ponlos en la cazuela —dijo tía Najla—. No, ése no, el grande. Bien. Ahora echa las hojas de romero y dos palitos de canela.

—Lo sé —repuso Amira y rápidamente añadió una pizca de *hab hilu*, pimienta, un trozo de *mistika,* y un trozo del liquen llamado *shaiba*. Se cubrió todo con agua fría y se dejó hervir a fuego lento sobre la enorme cocina inglesa.

Dos horas más tarde, tras la siesta, Amira sacó el cordero de la cazuela, coló el caldo y añadió agua para llegar a ocho tazas. Echó dos tazas de arroz en el caldo y volvió a poner la cazuela en la cocina.

—A fuego bajo —le advirtió su tía—. Unos cuarenta y cinco minutos. Que el arroz no se quede pegado.

1. Mezcla espesa de puré de garbanzos y *tahini* (salsa hecha de semillas de sésamo molidas). *(N. de la T.)*

—Sí, tía. —Amira había visto preparar ese plato a su madre docenas de veces, pero era mejor seguir la corriente a su tía. Cuando el arroz absorbió bien el caldo, añadió dos tazas de leche y lo dejó al fuego hasta que el arroz estuvo pastoso. Cuando Omar Badir entró en casa, añadió un poco de sal y dejó la cazuela al fuego unos cuantos minutos más. Finalmente, echó el arroz en una gran bandeja, echó unos trocitos de mantequilla y colocó la carne por encima.

—Bueno —dijo Omar con un suspiro de satisfacción—, muy bueno.

Najla suspiró también, como si acabara de dictarse un veredicto de la mayor importancia. No importaba que fuera parte del ritual diario, el hombre de la casa debía ser complacido en todo, y ninguna mujer debía dormirse en los laureles en lo que concernía al cuidado y alimentación de su marido.

—Y tú, hija mía, ¿ha endulzado tu mano esta deliciosa cena? —preguntó Omar, volviéndose hacia Amira.

Era toda una sorpresa, puesto que desde la muerte de su madre, la relación de Amira con su padre se había vuelto distante cuando menos.

—Sí, padre —replicó, bajando los ojos, sin saber si debía sentir resentimiento o aceptar el cumplido.

—Excelente, excelente —dijo Omar con una sonrisa benevolente. Pero cuando palmeó la mano de su joven esposa, el corazón de Amira volvió a endurecerse.

—Bueno —dijo su padre, aclarándose la garganta para indicar la importancia de lo que pensaba decir—. Ha llegado el momento de compartir mis buenas noticias. Hoy he hablado nada menos que con su majestad, nuestro amado rey.

Se produjeron unos murmullos apreciativos, aunque de hecho cualquier súbdito del reino, no sólo los personajes influyentes como Omar, tenía acceso al gobernante en los *majlis* semanales, en los que se atendían quejas y peticiones durante todo el día.

—Y su majestad ha honrado mi casa —continuó Omar—. Se ha decidido que su hijo, el príncipe Alí al-Rashad, se casará con Amira.

Las mujeres empezaron a ulular, un sonido de alegría y celebración. Omar sonrió.

—Aunque he procurado no alardear, su majestad se ha sentido favorablemente impresionado por la educación de Amira, y ha comentado graciosamente que mi hija será una gran baza para su casa y para el reino.

Amira no dijo nada. Sabía desde que era niña que ese día llegaría, pero ahora que por fin había llegado, no sabía cuáles eran sus sentimientos. ¿Acaso no había soñado con abandonar la casa de su padre? Y convertirse en una princesa, en miembro de la casa reinante de Al-Remal, ¿no era el sueño de cualquier jovencita? Cómo le hubiera encantado a Laila, pensó Amira con tristeza.

—Bien, hija —señaló Omar—, ser callada y modesta es admirable, pero en momentos como éste una sonrisa de felicidad sería más que apropiada. Y quizá una plegaria de agradecimiento a Alá por haberte procurado tan excelente futuro.

—Sí, padre, doy gracias a Alá, y a ti —añadió con sinceridad, consciente de que Omar tenía el poder de casarla con cualquiera.

Sin embargo, había elegido un príncipe para ella, conocido y amado por todos. El príncipe Alí era piloto, un héroe de Al-Remal. Pilotaba los más modernos aviones del reino, surcando los cielos como un halcón. La vida con él tenía que ser mejor que la vida en casa, ¿o no?

CUARTA PARTE

ALÍ

—Las modistas extranjeras están aquí —anunció Bahia, imperturbable, como si una visita de la modista francesa, madame Grès, fuera un acontecimiento diario—. Sus tías desean que baje enseguida.

Amira cerró de golpe su ejemplar de *Madame Bovary* y lanzó una mirada implorante a la señorita Vanderbeek.

—Tendremos que dejarlo. En realidad no quiero, pero... bueno, ya sabe...

—Lo sé —dijo la holandesa con una sonrisa—. Ahora que ya tienes tu diploma, la literatura francesa no puede competir con la costura francesa.

—No es cierto —protestó Amira—. Quiero leerlo todo, comprender a gentes que son distintas de las de Al-Remal. Quiero saber qué piensan y qué sienten. Pero hay tan poco tiempo, y con las compras, las visitas y los preparativos para la boda... —Amira se dio cuenta entonces de que era una broma y también sonrió—. Lo comprende.

—En realidad ya no me necesitas —dijo la señorita Vanderbeek, asintiendo—. Tu francés es tan fluido como el mío, y tu inglés también es muy bueno. Tienes tus listas de lecturas y una inteligencia natural, *ma shallah*. No puedo enseñarte mucho más. Si fueras a la universidad... —No acabó la frase, pues ya antes había sacado el tema a relucir, instando a su pupila a continuar los estudios, aunque fuera por correspondencia.

—Quiero hacerlo, de verdad, pero no puedo tomar esa decisión sin el consentimiento de mi marido.

—Lo sé. —La señorita Vanderbeek suspiró—. Lo sé.

Se produjo un largo silencio.

—Supongo que tenemos que despedirnos, si no hoy, muy pronto...

Los ojos de Amira se llenaron de lágrimas. La hermosa institutriz rubia había sido su ventana al mundo exterior durante largo tiempo, describiéndole sus colores, texturas y olores. Era ella la que empujaba a Amira a leer más allá de la letra impresa, a hacer preguntas y a no contentarse con respuestas fáciles.

—No quiero despedirme —dijo Amira con un nudo en la garganta.

—Lo sé.

—Desearía... Oh, desearía que pudiera vivir conmigo en el palacio.

—Tal vez un día iré para enseñar a tus hijos.

Amira no se animó. La señorita Vanderbeek era una de las mejores cosas de su infancia y en cierto modo no quería cederla, ni siquiera a un hijo suyo. Las lágrimas cayeron por sus mejillas hasta el vestido.

La holandesa abrió los brazos, y cuando Amira la abrazó, volvió a pensar que todos cuantos amaba se alejaban de ella.

Abajo, en el salón principal, las tías de Amira daban vueltas como derviches, intentando ocultar con su actividad frenética el hecho de que no sabían muy bien cómo recibir a los extranjeros. Siguiendo sus órdenes, apareció un rápido desfile de refrescos. En lugar de coca-cola, que como tantos otros productos americanos estaba en la lista árabe de boicot, les ofrecieron zumo de granada mezclado con agua, seguido por garbanzos asados, almendras escarchadas, pistachos salados y pastosas delicias turcas.

Tan pronto como apareció Amira, fue arrojada sobre el contingente francés, encabezado nada menos que por la propia madame Grès.

—Honra usted mi casa, madame —dijo Amira—. Espero que haya tenido un viaje agradable.

—Muy agradable, mademoiselle —dijo la modista.

—¿Y está cómodamente instalada?

—Muy cómodamente. Es de agradecer que el Intercontinental tenga aire acondicionado y una amplia piscina. Mi personal hizo buen uso de ambos tan pronto como llegamos anoche.

—Lamento que no dispongamos de aire acondicionado aquí, madame Grès, pero mi padre no lo considera saludable.

—*Ça va*, mademoiselle. No se inquiete, se lo ruego. Y ahora, si está dispuesta, me gustaría presentarle la colección de vestidos de novia que he elegido para someterlos a su consideración.

La amplia estancia de techo alto había sido despojada de su mobiliario, excepto de una hilera de sillas y de unas cuantas mesitas de mármol. Amira se sentó en una butaca tapizada y sus tías se colocaron a ambos lados. Flanqueada por su ayudante personal y por dos costureras, madame de Grès se situó junto a la puerta del comedor, que servía de cambiador informal para las modelos que la acompañaban.

A una señal suya, la ayudante puso en marcha un casete y las notas de la música de cámara de Mozart llenaron la habitación. Instantes después aparecían las modelos, llevando vestidos de seda, raso y encaje de cuentos de hadas.

Extraño, pensó Amira mientras contemplaba el desfile de modas creado para ella sola. Grès era un apellido que había leído a menudo en las revistas, un mundo aparte de Al-Remal. Ahora ese mundo había acudido a ella, y todo porque se casaba con Alí al-Rashad. Y eso era sólo el principio. Tal vez el matrimonio sería algo más que una simple huida de la casa paterna. Tal vez pudiera ser maravilloso, al fin y al cabo, tal como había imaginado la pobre Laila.

Amira estudió los vestidos con detenimiento, asintiendo con deferencia cuando sus tías hacían comentarios sobre ellos. Cuando señaló el más sencillo de todos, uno de estilo princesa en seda de color crudo con un corpiño bordado de perlas, la modista aprobó su elección.

—Una buena elección, mademoiselle. También es mi favorito.

A continuación las modelos empezaron a mostrarle diversas prendas para el ajuar: elegantes trajes, vestidos a la moda y vestidos de noche atrevidos. Pese a que esperaba pasarse el resto de su vida velada y cubierta de pies a cabeza, Amira llevaría tan hermosas prendas para su marido, para su príncipe.

—El traje blanco de lino —murmuró, cuando una modelo alta y esbelta desfiló ante ella. La ayudante de la modista tomó nota.

—Ese vestido —añadió Amira, indicando uno de seda color naranja—, y el vestido de noche de color esmeralda.

—El estilo imperio le sentará muy bien, mademoiselle —comentó la modista—. Creo que también le gustará el vestido de noche blanco sin tirantes que viene a continuación.

—Estoy segura de que es precioso —dijo Amira—, pero no creo que necesite más vestidos de noche.

—Su prometido no está de acuerdo, mademoiselle —dijo la modista y soltó una carcajada—. Él cree que ha de elegir una docena al menos. Así como trajes y vestidos de calle.

Ya tengo demasiados, pensó Amira, pero no quería ofender a madame Grès ni al príncipe Alí, de modo que accedió.

Cuando terminó el desfile, dio las gracias a la modista por haberle mostrado tan hermosas piezas y luego se retiró a su dormitorio con las dos costureras. Por deferencia a la casa real de Al-Remal, se aceleraría el proceso de adaptación de las prendas, que solía ser largo y complejo.

Mientras las dos mujeres le tomaban las medidas, Amira contemplaba el ajuar cada vez mayor que desbordaba su armario y llenaba todas las superficies: zapatos italianos confeccionados a mano en un arco iris de colores; ropa interior de seda de Hong Kong, la mayor parte en blanco virginal, pero también había unos cuantos camisones de suaves tonos albaricoque y melocotón; juegos de cama de algodón egipcio ricamente bordados, encargados por sus tías para que Amira no se presentara en la casa de su marido con las manos vacías, lo que era harto difícil, se dijo ella, dada la abundancia de lujosos regalos de boda que se acumulaban en la biblioteca, todos destinados a formar parte de su nueva vida como mujer casada.

Qué curiosa era la vida de las mujeres, reflexionaba Amira. Desde la muerte de Jihan, ella parecía haberse vuelto invisible en la casa, y en cambio ahora el mundo giraba en torno a ella. Era una sensación en la que no confiaba demasiado; Laila había tenido un momento parecido, y también Jihan. Tal vez la mayoría de mujeres de Al-Remal se sentían así cuando se casaban, y luego se habían vuelto invisibles de nuevo.

Tal vez a ella no le ocurriera, pensó Amira, esperanzada. Su príncipe se había educado en Suiza e Inglaterra. No podía ser como su padre ni como el hombre con quien se había casado Laila. Tal vez fuera como los hombres de las novelas que leía, hombres que adoraban a sus esposas... y las valoraban de un modo que no había conocido en Al-Remal.

Cuando se marchó madame Grès con su séquito era ya la hora de vestirse para el té, pero no era un té cualquiera, pues aquel día las tías de Amira recibían a la madre del príncipe Alí y a sus hermanas. Amira iba a conocer a su familia política.

Se duchó deprisa y luego se frotó la cara con un paño áspero para dar un tinte de color a sus mejillas. Se cepilló su espesa cabellera negra con esmero hasta darle brillo. ¿Debía llevarla suelta en una favorecedora cascada de ondas que le llegaba hasta los hombros, o recogida en un moño más modesto, pero menos atractivo?

Le pareció oír uno de los dichos favoritos de su tía Najla: «Come lo que más te guste, pero viste como guste a los demás.» Amira se recogió los cabellos en un moño y eligió un vestido que sin duda agradaría a sus tías: un vestido recatado de seda azul marino con rígido cuello blanco. Parezco una colegiala, se dijo. Eso debería agradar a mi familia, y tal vez también a Alí.

Faiza al-Rashad, conocida como Um Ahmad en la corte, entró en la casa de los Badir como si le perteneciera. Las tías de Amira revolotearon alrededor de la gran dama, murmurando cortesías e inclinándose respetuosamente ante ella.

La esposa de mayor categoría del rey y sus dos hijas, Munira y Zeinab, fueron introducidas en el salón con gran deferencia. Una criada recogió el velo y la túnica de Faiza, que dejaron al descubierto un traje de seda gris de Lanvin. Se sentó en la butaca más amplia y cómoda, y se dejó colocar un escabel bajo los pies calzados con zapatos Ferragamo.

Momentos después Amira se presentaba ante Faiza.

—Que la paz de Dios sea contigo, honorable madre —dijo, bajando los ojos decorosamente al tiempo que besaba la mano de su futura suegra.

—Y contigo, hija mía. —Faiza obligó a Amira a levantar la cabeza y estudió su rostro durante largo rato. Asintió luego como si estuviera satisfecha de lo que veía.

Con un leve ademán, Faiza llamó a su lado a su hija mayor, Munira, quien sacó un estuche de terciopelo de su bolso Hermes.

—Que la dicha de Dios os acompañe para siempre —dijo Faiza, ofreciendo el estuche a Amira—. Llévalo el día de tu boda con nuestra bendición. —Abrió el estuche, que contenía una espléndida diadema de platino con diamantes.

A Amira se le cortó la respiración. Jamás había visto gemas semejantes, y por primera vez comprendió que su vida como princesa sería muchísimo más confortable que en la casa de su padre.

—Vuestra bendición es más preciosa que los diamantes. Ruego a Dios que sea digna de vuestra generosidad.

Faiza asintió, aprobando las palabras de Amira. Mientras las tías se deshacían en exclamaciones sobre el regalo, apareció el té con menta acompañado de dulces de laboriosa cocción. Primero el *kanafi*, una pasta de trigo desfibrado con nata azucarada y miel. Le siguió el *ma'amul*, una sabrosa mantecada rellena de dátiles y frutos secos, y *baklava*, hecho de pasta de hojaldre y pistachos. Todo ello endulzado con azúcar y jarabe de agua de rosas.

Amira cogió un fino plato de porcelana del aparador, lo llenó de pastas y se lo ofreció a Faiza, que agradeció el gesto con una leve inclinación de cabeza.

—Por favor, pruebe el *kanafi* —la animó tía Najla—. Lo ha hecho Amira.

Faiza dio un bocado, lo masticó con cuidado y lo tragó.

—Muy bueno —declaró—, aunque al jarabe le iría bien un poco más de agua de rosas.

Alentada por este semicumplido, Najla continuó.

—La modista francesa dice que Amira tiene una figura perfecta. Parecerá un ángel con el vestido de novia.

Faiza miró a sus hijas, ninguna de las cuales merecía tal cumplido. —La belleza física puede ser una bendición, o una maldición, sobre todo si conduce a la vanidad. Tía Najla calló.

—A mi Alí acaban de nombrarlo ministro de Cultura —anunció Faiza orgullosamente, aunque el nombramiento lo había hecho su propio padre.

Las mujeres emitieron unos murmullos de apreciación por tan alto honor.

—Es un puesto de gran responsabilidad y respeto. Mi Alí supervisará la ejecución de nuestro nuevo museo cultural. Y viajará por todo el mundo, sobre todo Inglaterra, Francia e Italia, quizá América incluso, para mostrar lo mejor de Al-Remal.

Amira estaba deslumbrada. Inglaterra y Francia *e* Italia... países de los libros de historia, ricos en maravillas que sólo podía imaginar. Tal vez el príncipe la llevara consigo. Tal vez un día podría visitar a Malik y ver todos los magníficos lugares sobre los que había estado leyendo durante tantos años.

—Su esposa habrá de observar una conducta intachable —continuó Faiza—. Deberá ser casta y modesta y, sobre todo, obediente.

Amira bajó la mirada. ¿También leía el pensamiento aquella mujer? ¿Sospechaba acaso las aventuras con que soñaba Amira? Consciente de lo poderosa que podía ser una suegra (al fin y al cabo, en Al-Remal, al menos la mitad de los hombres casados comían regularmente con sus madres), resolvió mantenerse apartada de Faiza en tanto le fuera posible, como había procurado hacer con sus tías.

Mientras tía Najla y tía Shams se enzarzaban en una conversación cortés e intrascendente con Faiza, Amira estudió a las hermanas de Alí. Zeinab, que era casi tan ancha como alta, parecía ser bastante simple, incluso para el patrón femenino predominante. Con un complejo peinado y maquillaje en abundancia, el vestido estampado en flores que llevaba daba mayor realce a sus formidables brazos y sus piernas macizas.

Zeinab devoraba pastas con sentidos suspiros de satisfacción. Cuando pidió a Bahia que volviera a llenarle el plato por segunda vez, su hermana Munira preguntó secamente:

—¿Qué ha pasado con tu última dieta, Zeinab? Esta misma mañana prometías no comer más de un dulce al día.

—Es cierto. —Zeinab soltó una risita—. Sé que debería tener más fuerza de voluntad, pero no puedo resistirme a unas pastas tan deliciosas.

—¿Sólo pastas? Me parece, querida hermana, que todo tipo de comida es irresistible para ti, aun después de haber engullido lo bastante como para satisfacer a dos o tres mujeres con... apetitos menos voraces.

Faiza lanzó una mirada de advertencia a Munira, pero Zeinab se limitó a mirar hacia el techo y soltar otra risita.

—Todo lo que dices es cierto, ay, pero ¿qué puedo hacer si es evidente que Alá había designado que fuera rellena? Sólo me queda agradecer que, en su infinita sabiduría, el Todopoderoso me haya bendecido con un marido que prefiere a una mujer oronda en lugar de una huesuda.

—Como bien dices, es en verdad una bendición —replicó Munira, que, pese a no carecer de atractivo, era huesuda y no tenía marido.

De las dos hermanas de Alí, fue Munira la que más le interesó, pues aunque la princesa sólo había estudiado con tutores de palacio, se decía que podía citar a placer la poesía de Khalil Gibran, la obra del historiador Ibn Khaldún, o los escritos del viajero del siglo XIV, Ibn Battuta. Estos conocimientos gozaban de la aprobación del rey, pero las tías de Amira le habían dicho que a menudo la princesa se pasaba de la raya, y citaba las obras de feministas egipcias como Huda al-Sharawi. «El rey finge no oír semejantes tonterías —le había advertido Najla—, de modo que si hace cualquier discurso subversivo, sonríe y no digas nada.»

Amira aguardó con impaciencia, esperando oír algo «subversivo», pero después de lanzarle pullas a su hermana, Munira calló con una media sonrisa, para escuchar las conversaciones y evaluar a Amira con la mirada al expresar sus mejores deseos.

Tras despedir a Faiza y a sus hijas, Amira no deseaba más que acostarse y soñar con el futuro, pero sus tías, rebosantes aún de energía nerviosa, empezaron a criticar a los personajes reales.

—Se da muchos aires, nuestra reina —comentó Shams—, sobre todo teniendo en cuenta que procede de una mísera tribu del desierto.

—Y sin nada más que su belleza como dote —añadió Najla.

—Pero no es en su belleza donde está la fuente de su poder.

—¿Qué quieres decir?

Shams se llevó un dedo a los labios como si pidiera a su hermana que jurara guardar el secreto.

—Bueno, ya sabes que nuestro rey tiene un apetito sexual prodigioso...

—Es cosa sabida en todo el reino. Dudo de que sepa siquiera cuántas concubinas tiene, ni cuántos hijos.

—Lo que ya no es tan conocido —dijo Shams con una sonrisa satisfecha—, es que la reina en persona elige a esas mujeres.

—No... no querrás decir...

—Lo sé de muy buena tinta. Por lo tanto, es la reina quien controla a todos los que viven en el harén real.

Se produjo un momento de silencio antes de que Shams continuara.

—Una joven amargada, esa Munira. Ya ha pasado su vigésimo cumpleaños y sigue sin marido.

—Y sin embargo, es bien sabido que el rey la prefiere a todas sus demás hijas. Incluso se le ha oído decir que es más que una hija.

—Pero sin duda menos que un hijo —insistió Shams.

—Ni que decir tiene. Los días de Amira, que antes parecían discurrir con una infinita lentitud, se deslizaban ahora con increíble rapidez. Firmaron el contrato de matrimonio, el *katb kitab*, primero Omar, luego el rey, seguido de Alí y, por último, de Amira. Pero no habría consumación hasta el *doukhla*, la fiesta en el palacio real.

Luego dio la impresión de que todo Al-Remal acudió a la casa de los Badir para felicitarlos y observar de cerca a la joven que iba a casarse con el segundo hijo de su gobernante, para llevar regalos, calibrar a Amira como futura princesa y especular sobre su vida en palacio.

Pero el mejor regalo de todos llegó justo dos días antes del *doukhla*. Amira se hallaba sentada en el jardín, disfrutando de la brisa fresca tras el ocaso, cuando oyó una voz familiar.

—¿Soñando despierta, hermanita? Hubiera dicho que nuestras tías tendrían un millón de tareas y rituales con que mantenerte ocupada.

—¡Malik! —Amira se levantó con un fluido movimiento y se arrojó en brazos de su hermano. Entonces, se sorprendió al empezar a llorar.

—Amira, ¿qué ocurre? Tienes que decírmelo. ¿Te disgusta este matrimonio? Porque si es así, hablaré con padre de inmediato. Príncipe o no...

—No, no —protestó ella, y las lágrimas dieron paso a la risa—. No estoy disgustada, al menos por el matrimonio. Ha sido el verte aquí, ahora, lo que ha removido todo tipo de sentimientos.

—Lo sé —dijo él en voz baja, acariciándole el pelo—. No creo que pueda volver a este jardín sin recordar, sin preguntarme...

Amira se secó las lágrimas y miró a su hermano. Le pareció diferente, y sin embargo igual. Las líneas de su rostro eran más duras, pero sus ojos negros estaban llenos del mismo amor que siempre había visto en ellos.

—Así pues, ¿eres feliz?

—Sí, hermano, sí, por supuesto. Estoy a punto de casarme. Con un príncipe. ¿No basta eso para hacer feliz a cualquier mujer?

—Ésa es una pregunta, no una respuesta. Y tú, querida mía, no eres cualquier mujer. Eres mi hermana y ensartaré personalmente a cualquier hombre que no...

—Lo sé —dijo Amira, oprimiendo su mano—, pero estoy bien. De verdad. Quiero casarme.

—Y yo quiero que este matrimonio sea cuanto deseas. Necesito saber que tu vida está llena de dicha... la suficiente para nosotros dos, Amira.

—Pero seguro que tú llevas una buena vida, Malik. Tu hija debe ser una fuente de gran dicha.

—La adoro —replicó Malik con vehemencia—. Cada día más.

—Y tus cartas están llenas de idas y venidas.

—Ciertamente. —Malik sc echó a reír—. Estoy en perpetuo movimiento, comprando, vendiendo y comerciando por todo el mundo, hermanita. Como dicen los americanos, estoy tocando muchas teclas.

—¿Y qué hay del resto? ¿Cuándo piensas casarte?

—Cuando encuentre a alguien por quien sienta lo mismo que por Laila. Mientras tanto, he adquirido un nuevo y espléndido apartamento en París, y una nueva institutriz para Laila. —Se metió la mano en el bolsillo y sacó una fotografía de una niña mofletuda y sonriente que jugaba con una enorme muñeca de aspecto caro.

—Es muy guapa —dijo Amira, ansiando ver a su sobrina, abrazarla y besarla.

—Un día, hermanita, un día hallaré el modo de que estemos todos juntos, como una auténtica familia.

Amira despertó al amanecer y rezó sus oraciones. Se metió en un baño con aroma a almendras preparado por Bahia, que le frotó la piel vigorosamente con una esponja vegetal y luego con jabón francés.

—Y ahora su hermoso cabello —dijo la criada, aplicando los champús importados de Norteamérica, pero acabando con un lavado final de manzanilla, tal como había hecho para Jihan.

Amira se envolvió en una gruesa toalla de rizo, salió de la gran bañera de mármol y se echó al lado, sobre una tumbona. Bahia desapareció un momento y regresó con un cazo lleno de una sustancia pegajosa hecha de agua azucarada cocida. Sacó una bola de esta sustancia depilatoria casera con los dedos y la extendió sobre el cuerpo de Amira, por brazos, piernas, axilas y pubis.

—Su piel quedará tan suave y hermosa como la de un bebé —dijo Bahia con tono zalamero, al arrancar la primera tira y con ella el vello de raíz.

—¡Ay, ay! —exclamó Amira—. ¡Duele, Bahia, duele mucho!

—Por supuesto que duele, señorita. ¿Cómo imaginaba que sería el matrimonio? —Bahia sonrió para indicar que bromeaba, y añadió con tono afable—: Su marido la preferirá así, y tiene que aprender a complacerle.

Cuando la piel de Amira quedó por fin tan lampiña como pudo conseguir Bahia, la criada frotó el cuerpo de Amira con una loción de áloe de vera astringente y la dejó descansar.

La imagen que le devolvía el espejo era completamente desconocida para Amira. A la brillante luz de la tarde, con los rayos del sol cayendo sobre su espalda, parecía una reina, no, una emperatriz. Llevaba su diadema de diamantes nueva sobre un laborioso peinado recogido en lo alto. Desde la diadema caía un velo de encaje hecho a mano que se derramaba sobre sus hombros y el magnífico vestido de color crudo como una cascada.

Discretamente cubierta por un velo seda gris, se dirigió a palacio en la lujosa limusina de Omar, un Mercedes antiguo, acompañada por su padre y sus tías. Omar vestía su mejor *thobe* blanco de algodón egipcio. Sus tías, resplandecientes en sus ropas de seda y encajes, iban tan engalanadas y enjoyadas que apenas eran reconocibles.

Amira agitaba la mano como una reina para saludar a las personas que llenaban las aceras para felicitarla y desearle salud y felicidad. Los festejos de boda se habían iniciado al amanecer cuando, por orden de los dos padres, se habían sacrificado cientos de corderos para ser distribuidos entre los pobres.

Pese a que Amira había visto el palacio muchas veces, aquel día le pareció un jardín de fantasía abarrotado de flores, decenas de miles de capullos traídos desde Holanda. Cestas de tulipanes, jacintos, lirios y gladiolos se alineaban en las paredes de todas las habitaciones y pasillos, y puertas, ventanas y barandillas estaban cubiertas de guirnaldas de rosas y claveles.

Omar acompañó a su hija hasta las escaleras, donde un par de guardias permanecían firmes e imperturbables.

—Que Dios te acompañe —susurró Omar, tras besar a su hija en la frente, y luego regresó al coche que le conduciría a la zona más alejada de los jardines de palacio.

Allí, bajo tiendas de brillantes colores a franjas, había empezado ya la celebración de los hombres. Amira oía el sonido de voces masculinas cantando, acompañadas por el rítmico retumbar de los tambores. Olía el intenso aroma de los corderos asándose en las fogatas al aire libre, dejando caer su jugo sobre grandes calderas de arroz especiado.

Entró en palacio, donde le salió al encuentro un grupo de primas, todas vestidas de blanco y portando altos cirios. Cuando las mujeres se hubieron puesto los velos, tía Najla encendió los cirios y la *zaffa*, la procesión, inició la marcha con solemnidad, las niñas delante y la novia y las tías detrás. Recorrieron el vestíbulo grande como una caverna y el largo corredor de mármol hacia el salón de recepciones.

De repente estalló el sonido vibrante de un centenar de voces femeninas, Amira sintió crecer el júbilo en su corazón. Al entrar en la vasta sala, iluminada por cien arañas de cristal, todos los invitados, mujeres y niños por igual, se levantaron para aplaudir.

La cantante libanesa Sabah, acompañada por una banda de músicos ocultos tras un biombo, empezó a cantar *Dalaa ya dalla (Abrázame)*, mientras Amira recorría la sala para ser admirada y elogiada, para recibir buenos deseos para el futuro.

—Que tengas sólo hijos varones —le dijo una mujer.

—Mil noches de amor —dijo otra.

—Una vejez dichosa —dijo una más.

Cuando Amira se sentó en una silla dorada semejante a un trono en la cabecera de la sala, empezó la fiesta en serio: caviar de Irán; *foie-gras* de Francia; cordero con arroz, cocinado de una docena de maneras distintas; palomas asadas y pollo rustido; pescado del mar Rojo; trufas salteadas en mantequilla y cebolla; grandes bandejas de fruta de los cinco rincones del mundo; pastas y helados; y un gigantesco pastel de boda llegado en avión desde Francia.

Mientras se servía la comida, Sabah cantó canciones de amor (perdido, recuperado, vuelto a perder), modulando su voz ronca, algunas veces rota, entre los comentarios cómplices de su público sobre los sentimientos que expresaba.

Cuando terminó su actuación, los músicos empezaron a tocar las canciones tradicionales que se habían transmitido de generación en generación en todo el mundo árabe. La fiesta prosiguió con un grupo de bailarinas libanesas de la danza del vientre y una maga.

La sala se llenó del murmullo de cotilleos y risas.

—Amira no es tan guapa —decía una rolliza muchacha de catorce años a su madre—. ¿Por qué la habrá elegido un príncipe como Alí al-Rashad?

—Silencio, silencio —replicó su madre—. El príncipe Alí es el *nasib* de Amira, su destino. Dentro de un año o dos, tal vez tu padre encuentre un atractivo príncipe para ti, *inshallah*.

Sin obstáculos ni inhibiciones, las mujeres intercambiaron anécdotas y disfrutaron del desfile de modas improvisado tanto como de la fiesta. En un día como aquél, todo el mundo lucía sus mejores galas. Para algunas eso significaba lo mejor de la costura europea; para otras, era el esfuerzo de los modistos locales especializados en copiar modas occidentales a partir de fotos de revistas. En la sala brillaba el resplandor tenue de las piedras preciosas, pues era la ocasión de alardear, no sólo de la riqueza de un marido, sino también de la profundidad de su afecto.

Cuando se sirvió café con cardamomo y té con menta, media docena de invitadas se reunieron en el centro del salón. Con acompañamiento de *tabla* (un tambor pequeño) y *oud* (un instrumento semejante al laúd), iniciaron la danza circular tradicional. Brazos a los costados y caderas prácticamente inmóviles, daban pasos diminutos deslizando los pies, trazando pequeños y delicados círculos con la cabeza y los hombros siguiendo el ritmo de la música. Comparada con los movimientos entusiastas de las danzarinas del vientre, su danza parecía tranquila y mesurada, pero a medida que progresaba, los movimientos sutiles se volvieron sensuales, casi eróticos.

El público profirió exclamaciones apreciativas, y cuando las que bailaban se acercaron a la mesa de Amira, sus comentarios se hicieron más estentóreos y obscenos. Amira se ruborizó cuando a su alrededor las mujeres especularon en voz alta sobre lo que llevaba bajo el vestido, y la rapidez con que se lo quitaría su marido, sobre el tamaño del miembro del príncipe y el vigor con que lo usaría.

Pese a su azoramiento por ser objeto de tales atenciones, Amira no recordaba una alegría y unas risas tan libres. Saboreó cada minuto de su celebración, y cuando sus tías le dijeron que era hora de marcharse, lo hizo con auténtico pesar.

Su padre la aguardaba fuera del salón de recepciones. Le ofreció el brazo con una solemnidad que raras veces había visto en él y la acompañó lentamente por los distintos corredores para subir la escalinata de mármol del palacio que ahora era el hogar de Amira.

Omar se detuvo frente a una puerta de entrepaños de caoba y palmeó a su hija en la mejilla. Parecía a punto de pronunciar palabras muy serias, pero se decidió por un torpe abrazo.

—Que Dios te proteja siempre, hija.

Los ojos de Amira se llenaron de lágrimas. Era extraño, pensó. Había soñado con el momento en que abandonaría la sofocante protección de su padre y sus tías, pero ahora que por fin había llegado, sentía la pérdida de todo cuanto había sido familiar.

Amira dio un beso de despedida a su padre y permaneció durante largo rato frente a la puerta de su marido. Había visto fotos borrosas del príncipe en los periódicos, y también en la televisión, en algún tipo de ceremonia, pero ¿cómo sería en persona?

Llamó a la puerta suavemente. La puerta se abrió de inmediato a la suite más hermosa que Amira había visto en su vida, con una opulencia que no conocía la acomodada casa de su padre. Los muebles eran antigüedades europeas, las paredes quedaban prácticamente ocultas tras los cuadros que ella recordaba de los libros: un Picasso, un Renoir, un Signac...

El príncipe Alí al-Rashad era tan elegante como su entorno. Llevaba un batín de seda blanca con un monograma sobre un pijama a juego, y era tan guapo como una estrella de cine, esbelto, no demasiado alto, pero muy bien proporcionado. Sus ojos eran negros como el carbón y sus cabellos negros y sedosos.

El príncipe estudió a Amira durante un buen rato, como si fuera un cuadro o una estatua. Luego sonrió.

—Ojalá la eternidad sea tan hermosa como lo eres tú en este momento.

Amira exhaló un suspiro de alivio.

Alí le tendió una mano. Amira la tomó obedientemente y con una sensación muy parecida a la gratitud, pues, al fin y al cabo, su marido podría haber sido viejo y parecido al de Laila.

El príncipe la condujo al dormitorio, que presidía una majestuosa cama china tallada a mano y con adornos de oro. Amira intentó asimilar en silencio el lujo de su nueva casa.

—¿Champán?

Amira se sobresaltó. No era una fanática religiosa y sabía que mucha gente en Al-Remal bebía alcohol a pesar de las leyes estrictas que lo prohibían, pero ella nunca lo había probado.

Alí le tendió un tulipán de cristal lleno de un oro burbujeante y sonrió.

—Relájate, querida mía. No te hará daño. El champán no es ni siquiera un licor. Es felicidad líquida.

Amira tomó un sorbo y sintió un hormigueo en la boca; una sensación interesante.

—Desnúdate —ordenó Alí, sonriente aún y con el mismo tono agradable.

Amira se quedó paralizada. Por supuesto era de esperar, pero no tan de repente. Sabía por sus tías, lo había estado aprendiendo toda su vida, de hecho, que estaba obligada a hacer cuanto le pidiera su marido, no sólo esa noche, sino siempre. En caso contrario, podía ser devuelta a su padre deshonrada, para ser gobernada por sus tías; para convertirse en una de ellas con el tiempo. Se estremeció al pensarlo y Alí se echó a reír, confundiendo sus motivos.

—¿Tan terrible es estar a solas conmigo? Al fin y al cabo eres mi esposa.

Amira se retiró al cuarto de baño de mármol con el rostro como la grana. Se quitó el vestido de novia y las diversas capas de enaguas de seda. Cuando llegó a la ligera ropa interior compuesta por camisola y bragas pantalón que tantos comentarios verdes habían provocado en el festejo de las mujeres, se detuvo.

No quería enfurecer a su marido, pero no podía presentarse desnuda ante él, sencillamente no podía. Volvió al dormitorio tímidamente, hundiendo los pies descalzos en la elegante alfombra blanca.

Alí no pareció enfadado ni molesto siquiera mientras la admiraba una vez más como si fuera una obra de arte.

—Tienes un cuerpo precioso —dijo—, esbelto, flexible y fuerte... como un auténtico purasangre.

Amira sonrió, agradecida por el cumplido. Desde que se había desarrollado como mujer, le preocupaba a menudo ser demasiado alta, que sus labios no fueran lo bastante carnosos y que careciera de la abundancia voluptuosa de la carne que tantos hombres remalíes parecían preferir. Sin embargo, por el modo en que hablaba, era evidente que Alí estaba satisfecho con ella.

Alí la condujo hasta la cama y empezó a acariciarla como si fuera una gatita. Disfrutando del calor de la aprobación de su marido, Amira se dejó llevar por el placer de su tacto. Qué maravilloso era, pensó, ser mimada y acariciada.

Cuando Alí rozó sus pechos con la punta de los dedos, el hormigueo del champán se extendió por todo su cuerpo. «Así que era esto», se dijo Amira; aquello era lo que se comentaba entre susurros y risas, aquel cálido palpitar, aquella ligereza, lo que hasta entonces había estado prohibido.

Sin embargo, cuando Alí le separó las piernas con la rodilla, Amira se puso rígida.

Alí se detuvo, de nuevo más divertido que enfadado.

—¿Me tienes miedo, Amira?

—No —protestó ella, aunque sin duda temía defraudarle.

—Entonces quizá sea sencillamente que no deseas hacer lo que te han dicho que es tu deber. ¿Es eso?

Amira bajó los ojos. ¿Cómo podía desear o no algo que jamás antes había experimentado?

—Si eres reacia, no hay necesidad de continuar.

—Pero eso es imposible —le espetó Amira—. ¿Qué hay de...? —Estaba demasiado azorada para terminar la frase.

—Ah, sí. —Alí sonrió—. La obligación de enseñar la sangre para demostrar tu virtud. Bueno, querida mía, estoy dispuesto a derramar mi sangre en tu lugar. —Sacó un estilete enjoyado de la mesita de noche, se subió la manga del pijama y extendió el brazo—. Sólo tienes que pedírmelo.

—¡No! No, no quiero que... es decir, no es necesario.

Alí dejó el estilete.

—Bueno, entonces quizá necesites más champán.

—Sí, por favor.

Amira observó a su marido cuando éste se levantó para ir a llenarle la copa. Su torso era musculoso y suave.

Alí se dio la vuelta rápidamente y sorprendió su mirada.

—¿He pasado revista, querida esposa?

—Yo no... —dijo ella, ruborizándose intensamente—, quiero decir que no estaba...

—Por supuesto que sí —bromeó él—. No es necesario que seas tan remilgada, siempre que reserves esas miradas para mí.

Amira tomó la copa que le ofrecía y la bebió de un trago.

—Despacio, despacio. Estos placeres han de ser saboreados.

Ella soltó una risita. Era una sensación maravillosa estar allí, en la cama de Alí, ligeramente mareada. Alí la abrazó y le dio un beso largo y apasionado.

—Esto está mejor —dijo—. No estamos en una ejecución, ¿sabes?

Por fin relajada, Amira se dejó caer en la cama. Alí empezó de nuevo a acariciarla, delineando la curva de sus pechos y su vientre. Cuando llegó a los muslos, Amira los separó prestamente, ya sin la menor aprensión, y cuando los dedos de su marido la exploraron, primero con suavidad y luego con insistencia, notó un cálido fluido manando en su interior.

—Encantadora —musitó él con los ojos brillantes.

Amira se estremecía ya cuando su marido se echó sobre ella y la penetró. Soltó un grito y él se detuvo un momento, luego empezó a moverse hacia adentro y hacia afuera. El dolor dio paso a un cúmulo de sensaciones nuevas que crecían hasta que, cuando Amira volvió a gritar, fue de alegría y por la emoción del descubrimiento.

No se dio cuenta —ni lo habría sabido distinguir— de que su marido no alcanzaba el orgasmo. Se durmió pacíficamente, satisfecha, pensando en que, si aquello era el matrimonio, todo lo demás palidecía y se volvía insípido en comparación.

LUNA DE MIEL

—¿Por qué Estambul? —preguntó Alí cuando despegaron en el reactor privado del rey, prestado a los recién casados para su luna de miel.

—Porque... porque alguien muy querido para mí pasó allí su luna de miel. Ella me dijo que era una ciudad hermosa y excitante.

Alí sonrió con indulgencia, como había hecho cuando Amira expresó por primera vez su deseo de ver el lugar donde tanto había disfrutado Laila.

—Bueno —dijo él—, para alguien que no ha visto mundo, supongo que Estambul puede resultar impresionante, pero tú, querida mía, verás mucho más, eso te lo prometo.

Amira no imaginaba cómo sería ese «mucho más», pero allí estaba, volando por primera vez, en un lujoso avión con una majestuosa zona de asientos, un opulento dormitorio con cuarto de baño de mármol y un completo comedor equipado con vajilla de porcelana blanca, cristalería y cubiertos de oro. Además, y pese a la insistencia de Alí en tomar los mandos personalmente durante el despegue del Boeing 727, tenían a su disposición al piloto más experimentado del rey y una tripulación de cinco personas más.

A Amira, el hecho de que le sirvieran zumo de naranja en copas de cristal a doce mil metros de altura le hizo sentirse como la princesa de un cuento de hadas, impresión que persistió mucho después de que aterrizaran en la ciudad junto al Bósforo. Una limusina los recogió en el aeropuerto para llevarlos rápidamente al Hilton, el principal hotel de Estambul, donde Alí había reservado una suite en el ático.

Era la primera vez que Amira se alojaba en un hotel. El Hilton le pareció más espléndido aún que el palacio real de Al-Remal, con sus jardines exuberantes, sus estanques límpidos como el cristal y sus tentadoras pistas de tenis. Las personas que poblaban el vestíbulo —Amira no podía apartar los ojos de ellas— eran hombres europeos de tez clara, tan diferentes a los que ella estaba acostumbrada, y las hermosas mujeres vestían sus elegantes ropas sin velo que las ocultaran.

Cuando el director les acompañó personalmente a sus habitaciones, les informó con orgullo de que los famosos actores norteamericanos Kirk Douglas y Anthony Quinn se habían alojado allí recientemente.

Amira se sintió encantada. ¡Estrellas de cine norteamericanas nada menos, en aquel mismo lugar! Tan pronto como se quedó a solas con Alí, se apresuró a recorrer todas las habitaciones, abriendo cortinas y profiriendo exclamaciones maravilladas sobre la deslumbrante panorámica de la ciudad.

—No seas palurda —dijo Alí con una sonrisa cariñosa que restó mordacidad a sus palabras—. La mayoría de los europeos piensan que todos los árabes del Golfo viven en tiendas sin luz ni agua, no hace falta que les des más motivos.

—Desde luego —replicó ella, deteniéndose—, desde luego, tienes razón.

Lejos de molestarla, las palabras de Alí hicieron que Amira se sintiera importante, como si tuviera una misión que cumplir lejos de su hogar, la de representar a su país a su modesto modo, honrando la casa real de Al-Remal. Empezó entonces a caminar por la habitación con paso mesurado, imitando a las elegantes europeas que había visto en el vestíbulo.

—Bravo —exclamó Alí, aplaudiendo—, pareces una reina. Permíteme que te muestre al mundo ahora mismo, y mientras practicas tu regio paso, quítate el velo.

—¿En serio? —preguntó Amira con cierta agitación—. ¿Por las calles de Estambul?

—Sí, claro. Atatürk eliminó el velo cuando fundó la república turca. Lo verás quizá en el campo, pero no aquí. No queremos que crean que venimos de algún remoto y primitivo lugar, ¿no es cierto?

Así pues, Amira salió a visitar la ciudad a cara descubierta. Al principio se sintió muy extraña, como si todo el mundo la mirara a ella, pero a medida que transcurrió el tiempo y se desvaneció esa sensación, empezó a disfrutar de la brisa que alborotaba sus cabellos y el sol que calentaba su piel.

En primer lugar se dirigieron al palacio Topkapi a petición de Amira. El palacio había sido la residencia del sultán otomano en otros tiempos para convertirse después en un museo que albergaba deslumbrantes colecciones de joyas, tapices y porcelanas.

—Es tal como me dijo Laila —susurró Amira al contemplar las magníficas gemas (los diamantes, rubíes y esmeraldas imperiales) que habían adornado a los sultanes o a sus esposas favoritas. Deseaba demorarse allí, como si en cierto modo pudiera sentir la presencia breve de Laila cuando era una recién casada, feliz y llena de sueños para el futuro.

Pero Alí la instó a continuar para examinar las diversas exposiciones y tomar notas en su cuaderno con tapas de piel.

—Espero que no te importe, querida, pero el rey espera que le haga algunas recomendaciones para el museo en proyecto.

A Amira no le importaba. Le impresionaba el bagaje cultural de su marido y lamentaba que el suyo fuera tan limitado. Sin embargo, Alí parecía disfrutar con su papel de profesor y guía turístico, mostrándole los museos arqueológicos cercanos al Topkapi donde se exhibían las colecciones de civilizaciones antiguas de Mesopotamia y de los hititas.

A continuación visitaron las principales mezquitas de la ciudad: la magnífica Santa Sofía, con su extraordinario interior bizantino y su inmensa y altísima cúpula; la del sultán Ahmet, con sus sublimes frescos azules; la grácil Suleimaniye, donde estaban enterrados Suleimán el Magnífico y su esposa.

Tras hacer una pausa para comer en un pequeño restaurante junto al estrecho, donde comieron una fina *meza* turca y lubina cocida al vapor en cazuela de barro, Alí llevó a Amira al Capali Carsi, el vasto bazar cubierto.

—Compra todo lo que quieras —dijo, disfrutando con la mirada de asombro de Amira.

—Es como la cueva de Alí Baba —dijo ella—. No he visto nada parecido en Al-Remal.

—Eso es porque no tenemos nada igual. Tengo entendido que hay más de cuatro mil tiendas aquí, y que se extiende a más de sesenta calles.

Las posibilidades que se ofrecían a Amira eran infinitas: alfombras tejidas de finos algodones teñidos y sedas preciosas; tapices de la época de los otomanos; pesados conjuntos de joyas de plata con ámbar y cornalina y ónice; perfumes europeos; muebles con incrustaciones de nácar; teteras, bandejas y palmatorias de latón; bolsos y zapatos hechos de *kilims*; utensilios domésticos de cobre y de latón; tantas eran las cosas que a Amira le daba vueltas la cabeza.

Amira, que no quería parecer codiciosa ni infantil, se paseó lentamente por los inmensos soportales, admirando un tapiz aquí, un frasco de perfume de intrincado diseño allá. Los tenderos se dirigían a la pareja incitándoles a detenerse y mirar, a tomar una deliciosa taza de té. Alí sonreía con aire principesco, y cuando Amira se paró a contemplar una alfombra de seda y después un escritorio antiguo con incrustaciones de nácar, entró en animadas negociaciones con los respectivos tenderos. Pese a su riqueza, sabía, como Amira, que el regateo era parte imprescindible —y altamente disfrutable— de toda transacción.

—¿Esto es todo? ¿Estás segura de que es todo lo que quieres? —preguntó Alí después de concluir el ritual del regateo.

Amira asintió con timidez, preguntándose si tal vez había decepcionado a su marido de algún modo.

Alí se echó a reír.

—Quizá no has pasado el tiempo suficiente entre otras mujeres, aprendiendo a manejar a un hombre. De lo contrario te habrían enseñado a ser más exigente.

Amira guardó silencio. ¿Se estaba burlando de ella? Desde luego ella nada sabía sobre «manejar» a un hombre. Creía que bastaba con plegarse a sus deseos.

—No te pongas tan seria, Amira. Era una broma. En realidad me conmueve que pidas tan pocas cosas materiales. Así me será mucho más fácil mimarte.

Instintivamente, y percibiendo quizá que podía rebajarla a los ojos de Alí, Amira se abstuvo de declarar que tenía poco interés en las cosas materiales, y más tarde, cuando llegó el momento de vestirse para la cena, eligió uno de sus vestidos más lujosos de París y los zafiros que habían pertenecido a su madre. Se vio recompensada con un murmullo de aprobación de su marido.

Cenaron en el Pera Palace, el más imponente de los viejos hoteles de Estambul con cien años de antigüedad.

—He pensado que te gustaría este lugar —dijo Alí, mientras Amira admiraba el revestimiento de madera y las majestuosas dimensiones del comedor principal—. Greta Garbo se alojó aquí, y también Agatha Christie, Mata Hari, Josephine Baker y León Trotski, sin olvidar a varios reyes y reinas. Y ahora tú, Amira... una princesa real de Al-Remal.

Ella dio una palmada y se echó a reír.

—Qué maravilla. ¿Pero cómo sabes todo eso?

—Por un amigo del consulado norteamericano, que está al lado. Me trajo aquí en una ocasión a tomar unas copas y me contó toda la historia del hotel desde que lo construyeron en el siglo diecinueve, para los viajeros del Orient Express, creo.

Qué atento era su marido, pensó Amira, y qué elegante mientras pedía una opípara cena en un francés impecable. Amira se dijo que jamás se habían tomado tantas molestias para complacerla, mientras Alí le ofrecía los trozos de faisán asado que prefiriera antes de comer él un solo bocado.

Quiso devolver el favor, de modo que cuando su marido le preguntó si quería visitar un club nocturno, diciendo: «Pero te advierto que la diversión se limitará a una mediocre danza del vientre y cantantes regulares», Amira se dio cuenta de que tenía los ojos somnolientos y pensó que estaría cansado.

—Quizá prefieras volver al hotel —aventuró, ruborizándose en cuanto pronunció estas palabras, al pensar que él podía tomar su sugerencia por una proposición sexual. Alí aceptó con vehemencia y ella se quedó callada y un poco cohibida por la intimidad que volverían a compartir esa noche.

Sin embargo, cuando volvieron al hotel y entraron en el ascensor, Alí apretó el botón que les llevaba a la planta del casino, lugar atestado de hombres y mujeres en traje de noche, excitados por el juego. Amira estaba segura de que el padre de Alí no aprobaría un lugar como aquél, pero no dijo nada.

Con la familiaridad que da la práctica, Alí tomó asiento en la mesa de blackjack con el límite más alto y arrojó sobre ella un grueso fajo de billetes. Apenas miró la pila de fichas que le devolvieron a cambio. Instantes después, apareció una camarera con esmoquin.

—Glenlivet —pidió Alí—. Traiga la botella.

Los movimientos del príncipe eran lánguidos, casi aburridos, mientras jugaban sus manos con negligencia, señalando con un gesto imperceptible del dedo índice si quería o no otra carta. Al cabo de una hora casi había doblado la pila de fichas. Aunque Amira no conocía aquel juego, comprendió por los comentarios de la gente que se había congregado en torno a ellos que Alí jugaba de un modo muy poco convencional, pidiendo carta cuando las posibilidades decían que era mejor plantarse. Pronto se apiñó una multitud para observar al moreno y guapo príncipe con un traje de factura impecable, pero los ojos de Alí apenas parpadeaban.

Amira permaneció tras la silla de su marido sumisamente, imaginando que pronto se marcharían. Sin embargo, Alí siguió jugando y llenando su vaso una y otra vez, arrojando fichas sobre la mesa como si no tuvieran el menor valor. Algunas veces el montón crecía, otras se hacía más pequeño.

—Qué valor —musitó un hombre de la mesa—, ha pedido carta con diecisiete.

Alí sonrió. La carta que le habían dado era un tres de espadas, con lo que tenía mano ganadora. No obstante, parecía que le daba lo mismo ganar que perder y Amira no comprendía en absoluto qué pretendía conseguir. Le habían enseñado a esperar, pero estaba muy cansada.

—Quizá deberíamos irnos, Alí. Es muy tarde —dijo por fin hacia las tres de la madrugada con voz vacilante.

Una mirada de ira líquida fue la respuesta, tan intensa pero breve, que Amira se preguntó si la había visto en realidad.

—Si estás cansada, querida —dijo él instantes después con tono afable—, quizá quieras retirarte. Yo me quedaré un rato más.

Amira se mantuvo en su puesto un rato más. ¿Debía quedarse... o Alí prefería que se marchara? Finalmente la fatiga hizo que se fuera.

En la suite, habían abierto la cama y colocado su camisón artísticamente junto al pijama de seda de Alí. Parecía un reproche. ¿Por qué las mesas de juego eran más atrayentes que ella? No sabía la respuesta. Pero recordaba perfectamente la historia del *hammam* que le había contado Bahía. En la época en que ni siquiera las casas más prósperas tenían cuartos de baño, las mujeres usaban el baño comunal para realizar sus abluciones, la inmersión ritual exigida después del coito. Bahia le había dicho entre risas que se reconocía siempre a una recién casada porque acudía al *hammam* cada día, hasta que nacía su primer hijo. Luego las visitas eran menos frecuentes a medida que transcurría el tiempo y la pasión del marido se iba desvaneciendo.

A Amira le habían contado que durante una luna de miel el apetito del marido era insaciable, que debía esperar que quisiera hacer el amor hasta que le doliera todo el cuerpo. Se durmió mientras comparaba aquellas expectativas con la realidad experimentada hasta entonces.

Cuando despertó, Alí se hallaba a su lado, vestido, y el pijama de seda se había deslizado hasta el suelo. Aun dudando de lo que debía hacer, tenía hambre y se levantó. Caminando descalza para no hacer ruido, se fue al salón y llamó al servicio de habitaciones como había visto hacer a Alí a su llegada.

Pidió fruta fresca, té y café, tostadas y pastas variadas. Se vistió rápidamente y, cuando llegó el camarero, hizo que le sirviera el desayuno en la terraza, desde donde podía disfrutar de los jardines.

Más tarde, cuando le pareció oír un ruido en el dormitorio, entró en él de puntillas. Alí se agitaba en el lecho. Amira lo llamó en voz baja. Alí abrió los ojos, pero su mirada parecía borrosa.

—¿Te traigo café?

—Whisky —dijo él.

Amira se sorprendió, pero no dijo nada. Alí era su marido y no debía juzgarlo.

—En Occidente lo llaman «pelo del perro». Es como medicina. No debes preocuparte, querida.

Amira le llevó una botella y un vaso. Alí los cogió y se metió en uno de los cuartos de baño. Poco después se oía correr el agua de la ducha y media hora más tarde salía.

—Esto está mejor —dijo, con una sonrisa—. ¿No estás de acuerdo?

Amira sonrió a su vez. Realmente su marido había recuperado su buen aspecto. Esperaba que esa noche no bebiera tanto.

Los días siguientes transcurrieron con la misma rutina: unas cuantas horas visitando la ciudad, compras en las tiendas de estilo europeo que flanqueaban el Cumhuriyet Caddesi y el Valikonagi Caddesi y cenas espléndidas en restaurantes elegantes. Por la noche hacían algo especial para Amira; su primer ballet *(Giselle)* y su primera ópera *(Madame Butterfly)*. Sin embargo, después acababan inevitablemente en el casino, donde Alí permanecía casi hasta el amanecer bebiendo en exceso mientras Amira dormía sola.

El quinto día de su luna de miel, justamente cuando Amira se había resignado ya a esa rutina, Alí anunció que había preparado una velada especial.

Poco después se encontraban a bordo de un esbelto velero haciendo crucero por el Bósforo, moviéndose grácilmente entre la orilla europea y la asiática, mientras Alí le señalaba los lugares de interés.

—El palacio Dolmabacha —dijo, señalando un castillo de cuento de hadas con una mezcla del estilo turco, indio y barroco—. Lo hizo construir el sultán Abdulmecit como residencia de verano para disfrutar de la misma deliciosa brisa que disfrutamos nosotros ahora.

Amira cerró los ojos, saboreando aquel momento. Era como si su marido se hubiera marchado para regresar, sin whisky y sin casino. Esa noche había elegido estar con ella.

Un camarero con chaqueta blanca sirvió champán y *borek* y budines rellenos de queso y carne. Luego llegaron las hojas de parra y las alcachofas en aceite, seguidas por pinchos de cordero preparados con yogur y frutas flambeadas como postre.

—Comida sencilla, pero muy buena, ¿no crees?

—Sí —convino Amira—. Si lo deseas, puedo prepararlo yo en casa.

—Ya tenemos un cocinero turco en palacio —dijo él, pero viendo la expresión alicaída de ella, agregó—: Pero me haría muy feliz que supervisaras el menú de nuestras comidas privadas.

—Como quieras. —Sonrió.

Cuando se llevaron los platos, Amira y Alí se recostaron en sus asientos con cojines y cayeron en un agradable sopor producido por el movimiento del barco y el vino. Ella se durmió con el vaivén mientras él le acariciaba la cabeza, preguntándose cuánto tiempo tardaría en entender a su guapo pero desconcertante marido.

MATRIMONIO

Días lánguidos de ocio y largas noches de sueño se convirtieron en los ritmos de la vida de Amira en el palacio real. Y qué pronto se adaptó a ellos, como si hubiera dispuesto siempre de una masajista para mimar sus músculos, de una adivina para entretenerla con sus predicciones, y de una peluquera y una esteticista que se ocuparan diariamente de su belleza.

La vida en la casa de su padre había sido muy confortable, pero la de palacio escapaba a la imaginación. Amira la encontraba incluso decadente, palabra que había leído sin comprenderla realmente hasta entonces. Allí tenía cuanto pudiera desear. Si faltaba algo, sólo tenía que pedirlo y se traía en avión. Alimentos, ropas, equipos electrónicos, juguetes y pasatiempos.

Cuando Alí se iba al extranjero, ella le acompañaba. Amira asistió a conciertos, óperas y ballets, y visitó todos los lugares legendarios que había imaginado de adolescente, disfrutando de la libertad de ir sin velo. Esos viajes eran como un sueño hecho realidad, pero cuando volvía a su lujoso caparazón de Al-Remal, se preguntaba a menudo qué era sueño y qué realidad.

En palacio rara vez estaba sola, pero se sentía sola a menudo. Las distintas esposas y concubinas del rey, sus hijas y nueras, todas aquellas mujeres eran como un país dentro de un país. Incluso Zeinab, que disponía de una espaciosa villa propia cerca de palacio, pasaba allí la mayor parte de su tiempo.

El corazón del país de las mujeres era la reina, Faiza. Era ella la que había ordenado construir la *hammam* común, donde Amira se reclinaba en aquel momento en un banco de mármol. La sala era amplia y aireada, con tragaluces en forma de diamante y paredes cubiertas de intrincados mosaicos en los tonos azules y verdes de las gemas. Había varias bañeras y una batería de boquillas en una pared liberaban regularmente grandes chorros de vapor. Un complejo sistema musical hacía sonar la música favorita, «fácil de escuchar», de la reina durante todo el día.

Faiza comentaba a menudo que el *hammam* era una tradición que merecía la pena conservar. Tonterías, dijo Zeinab, recostada en un banco cercano; el *hammam* no era más que uno de los mecanismos de Faiza para chismorrear y fisgar.

En los seis meses que llevaba casada, Amira había aprendido mucho de Zeinab, a la que encantaba charlar indiscriminadamente y que confirmaba ahora los rumores según los cuales la reina controlaba las mujeres con las que se acostaba el rey.

—Tú vigila —dijo Zeinab entre risas—, y lo verás. Cuando mi padre se pone irritable, cuando empieza a perder los estribos sin mediar provocación, mi madre dice que es un síntoma de que necesita una mujer nueva. Es entonces cuando busca una nueva doncella que sea joven, bonita y virginal. Se la envía al rey a su dormitorio con un pretexto u otro, y *voilà*, todo vuelve a la normalidad. Cuando vuelve a ponerse irritable, mi madre busca un nuevo empleo para la chica y envía a otra en su lugar. Brillante, ¿no crees?

¿Era eso, entonces, a lo que se refería Alí cuando le hablaba de aprender a manejar a los hombres por otras mujeres? Pese a que su marido perdía los estribos sin que le provocaran algunas veces, Amira no se imaginaba a sí misma buscando a otras mujeres para meterlas en su cama. A ella, las maquinaciones de la reina le parecían bastante tristes. Cierto que en Al-Remal era importante guardar las apariencias, ¿pero a qué precio pagaba la reina su orgullo?

Amira suspiró mientras su doncella personal le frotaba la espalda con una esponja vegetal, tratamiento que mantenía su piel suave y fresca. Para su sorpresa, Amira había acabado disfrutando del ritual del baño en común.

Mientras la doncella aplicaba la alheña que daba unos reflejos rojizos a su vello y sus cabellos, Zeinab llamó a su hijo y su hija que chapoteaban felizmente en una de las enormes bañeras de mármol.

—¡Hassan! ¡Bahija! Venid deprisa para que nanny os lave bien. —Los niños rieron y continuaron echándose agua mutuamente.

«Qué afortunados son —pensó Amira—, los niños que pueden correr libremente y bañarse desnudos juntos como si fuera la cosa más natural del mundo.»

De repente la puerta del *hammam* se abrió y se cerró. Era la reina, envuelta en una toalla turca bordada en plata y seda.

—¿Alguna noticia, Amira?

Ella se levantó para demostrarle su respeto, envolviéndose en su toalla.

—Aún no, madre, pero será pronto, Dios mediante.

—Esperémoslo.

Amira volvió a su banco, pero la sensación de relajación había desaparecido. No estaba embarazada y por lo tanto había decepcionado a su suegra. ¿Cómo podía explicarle a la reina que no era culpa suya, que era muy difícil quedarse embarazada cuando la actividad sexual era tan errática e impredecible?

En los meses de su matrimonio, Amira había llegado a creer que Alí tenía dos caras y otras tantas personalidades. Algunas veces era amable y atento, se interesaba por lo que Amira decía y le satisfacía acurrucarse con ella en la cama, envolviéndola con su cuerpo, para charlar sobre los aviones que pilotaba o los cambios que proyectaba para Al-Remal. Amira adoraba esos momentos de tranquilidad en que parecían ser amigos y no sólo marido y mujer.

Pero había otras ocasiones en las que Alí se mostraba irritable y retraído, los actos más inocentes de Amira parecían ofenderlo o encolerizarlo, y acudía a su lecho borracho para ejercer brutalmente sus derechos maritales como si ella estuviera allí para servirle y nada más. Sin embargo, dado que era precisamente en esas ocasiones cuando podía concebir un hijo, ella las soportaba estoicamente como toda buena esposa.

La gala para celebrar la apertura del Museo Cultural de Al-Remal fue un acontecimiento brillante, pero algo tibio. En honor a los invitados occidentales —ejecutivos de las compañías petrolíferas y diplomáticos extranjeros con sus esposas—, Alí había contratado una orquesta británica, pero sólo tocarían música clásica, pues no se bailaría ni habría contacto público entre hombres y mujeres. Ni que decir tiene que tampoco se servirían bebidas alcohólicas.

Sin embargo, gracias al poder de persuasión de Alí, la reina y unas cuantas princesas también asistieron, si bien adecuadamente vestidas, con velo y apartadas de los extranjeros. Dado que Amira no podía hablar con nadie fuera del grupo de palacio, intentó trabar conversación con su cuñada Munira.

—Acabo de recibir una encantadora nota de Karin Vanderbeek, la mujer que fue mi institutriz. Quiero invitarla a tomar el té la próxima semana y he pensado que tal vez te gustaría conocerla. Es muy inteligente y hermosa.

—Una mujer hermosa no puede comprender la vida de la mente —dijo Munira taxativamente.

—¿Cómo puedes decir eso? —protestó Amira—. Ha habido muchas mujeres con grandes dotes que también eran hermosas.

—Esas dotes por sí solas no constituyen el sello del auténtico intelectual.

—Bueno, ¿entonces, qué hace falta? —preguntó Amira, a quien no gustó la manera de sentar cátedra de su cuñada.

Munira se encogió de hombros como diciendo: «Tú no lo entenderías.»

—No le hagas caso —intervino la afable Zeinab—. Está celosa porque eres hermosa y estás casada y también eres inteligente. Pero no puede admitir que eres todas esas cosas, ¿comprendes? Porque entonces la vida sería realmente injusta.

Munira lanzó una mirada furiosa a su hermana y no dijo nada. Amira aceptó la explicación de Zeinab a regañadientes, pues había hecho verdaderos esfuerzos por ganarse el afecto y el respeto de Munira. Bueno, pensó, tal vez con el tiempo acabara consiguiéndolo, ya que Munira podía ser una compañera interesante, alguien que podía comprender su interés por los libros, el conocimiento y el mundo más allá de los muros de palacio.

Al menos Alí parecía pasárselo bien. Rodeado de periodistas de los semanarios en otras lenguas para los trabajadores extranjeros del país y de los cámaras de la única cadena de televisión de Al-Remal, Alí explicaba la importancia del nuevo museo.

—Para nosotros es importante que los llamados «países desarrollados» sepan que en nuestra tierra hubo una gran civilización. Mostrando sus obras y enseñando a nuestros hijos las lecciones aprendidas del pasado, será posible, *inshallah*, que recuperemos nuestro orgullo y nuestra dignidad nacionales.

Los comentarios de Alí fueron bien recibidos y el museo en sí (un edificio de piedra caliza con un aire vagamente occidental) fue alabado con entusiasmo por los visitantes extranjeros. Cuando terminó la recepción, Alí estaba de muy buen humor.

—¿Te has divertido, querida? —preguntó a Amira—. Creo que la velada ha sido todo un éxito.

—Yo también lo creo —dijo Amira—, pero desearía...

—¿Qué? ¿Qué desearías?

—No sé. Desearía ser más... útil.

—¿Por qué no haces esos cursos universitarios que mencionaste? —sugirió Alí—. Te mantendrán ocupada. A menos...

—¿A menos qué?

—A menos que tengas miedo de ofender a mi hermana Munira —dijo Alí con una sonrisa—. Se considera la intelectual de palacio, ya sabes. Tal vez no apruebe tener una rival.

Amira se echó a reír.

—Estoy segura de que no lo aprobaría. Pero ¿qué voy a hacer yo con un título universitario?

—Mucho, Amira. Como esposa y madre educada, serás aún más valiosa, y un día, si eres paciente, podrás formar parte de los cambios que se avecinan. Serán lentos, desde luego, pero ya están ocurriendo ahora. Hace unos cuantos años apenas, mi padre no habría permitido una reunión mixta como la que hemos celebrado en el museo esta noche.

Como si quisiera demostrar sus afirmaciones sobre el progreso y el cambio, Alí anunció que iban a tener un invitado extranjero.

—El doctor Philippe Rochon... Ha venido a Al-Remal para tratar a mi padre. Le he invitado a cenar.

Amira se sintió doblemente impresionada. El doctor Rochon era un reputado doctor en medicina interna, muy solicitado, no sólo en Francia, sino en todo el Oriente Medio.

Por lo general, en aquellos casos la cena se limitaba a los hombres. El hecho de que Alí lo invitara a sus habitaciones privadas era realmente un gran avance.

—Y puedes llevar uno de esos vestidos que trajiste de Francia —añadió—, sin el velo.

La sorpresa de Amira fue grande, pero grata.

No menos sorprendidos se quedaron los sirvientes de palacio, sobre todo algunos de los más mayores; los jóvenes estaban simplemente excitados. Amira comprendía ambas reacciones. Independientemente de lo que hiciera cuando viajaban por el extranjero, nunca había ido sin velo en Al-Remal desde que era niña.

Supervisó el menú personalmente y tardó más de lo acostumbrado en arreglarse para la cena. Se sentía como si llevara tan sólo un *negligée*, sensación que se acrecentó cuando llegó el francés.

—La paz sea contigo, *ya* Alí —dijo el francés con una voz grave y sonora.

—Y con usted. *Itfuddal*, doctor, honra usted nuestra humilde casa —replicó Alí—. Permita que le presente a mi esposa.

Philippe Rochon tenía unos cuarenta años y los cabellos negros en los que se veían las primeras canas. Su estatura no superaba en mucho a la de Alí, pero era uno de esos hombres que parecen más altos por una aura especial, por el mero poder de su presencia.

Sobre todo, pensó Amira, destacaban sus ojos. Pese a que la saludó en un árabe fluido con los términos convencionales de cortesía («Alteza, hacéis un gran honor a este humilde servidor»), sus ojos, del variable y expresivo azul de Normandía, hablaban con mucha más elocuencia.

Más tarde, ella recordaría aquella primera mirada como uno de los más sinceros cumplidos recibidos. (Alí seguía llamándola hermosa de vez en cuando, pero su voz transmitía con demasiada frecuencia el orgullo de la posesión y sus palabras parecían aprendidas de memoria.)

—Es el invitado el que honra la casa —replicó Amira, con palabras igualmente convencionales.

—No, no —protestó Alí entre risas—. Esto no es una escuela diplomática. Esta noche, doctor, vamos a comportarnos *à la mode de l'Ouest*. Por favor, llámeme Alí y a mi esposa Amira.

El doctor se encogió de hombros y esbozó una sonrisa con la que aceptaba resignadamente como buen galo.

—Ah, bien, entonces no deben llamarme doctor, sino Philippe.

Se sirvió champán, como era costumbre de Alí con los visitantes extranjeros.

—Dígame, Philippe, ¿cómo está mi padre?

El doctor sonrió.

—El rey tiene un problema sobre el que nada puedo hacer. No se ofenda, pero come como un glotón suelto en un bosque de restaurantes de cinco tenedores, y ya no es un hombre joven. Según tengo entendido a usted le escucha, tal vez pueda persuadirle para que se modere. Desde luego no presta la menor atención a mis consejos.

Alí alzó las manos para indicar su impotencia en aquella situación.

—Puede que mi padre tenga en cuenta mi opinión en otros asuntos, pero no cuando se trata de comida. Sin embargo, tiene una constitución de hierro, Philippe. Seguirá dando guerra cuando usted y yo nos hayamos ido, estoy convencido.

La cena, preparada especialmente por el cocinero de palacio en honor de Philippe, empezó con un *foie-gras* importado de Estrasburgo, seguido por codorniz rellena de arroz y una ensalada de verduras tiernas con un aliño ligero de vinagre de champán y delicado aceite de sésamo.

—Mis cumplidos por una cena exquisita —dijo Philippe a Amira—. Hacía años que no disfrutaba tanto.

—Es usted muy amable, Philippe, pero no merezco sus cumplidos. Ha sido nuestro cocinero Fahim quien ha preparado la cena.

—Aun así, es a usted a quien doy las gracias, pues estoy seguro de que ha sido usted quien ha inspirado sus esfuerzos.

Amira enrojeció y bajó la vista.

—Alí me ha contado que sigue usted cursos universitarios por correspondencia, Amira. ¿Ha encontrado ya algún campo en particular que sea de su interés?

—No. Sigo un programa general; algo de literatura, historia, ciencia y filosofía. Pero me siento aún como si estuviera comprando. Así es en cierto modo. Es como estar en una tienda maravillosa donde hay tantos artículos a la venta que no acabas de decidirte.

Philippe sonrió con gran cordialidad, y sus ojos azules se llenaron de arrugas al mirarla directamente.

—Qué actitud tan maravillosa, Amira. Espero que no deje nunca de sentirse así. En cuanto a la especialidad, bueno, tiene aún mucho tiempo por delante.

Amira se sintió encantada con los elogios del médico. Nadie la había tomado tan en serio en toda su vida. Le gustó que Philippe diera por supuesto que continuaría con su educación y que incluso hallaría una especialidad en particular.

Durante los postres (un *crêpe* al estilo árabe con nata y jarabe de agua de rosas), Alí habló sobre la fama de Philippe y sus habilidades para el diagnóstico clínico.

—He oído decir que le llaman el Sherlock Holmes de la medicina.

—Lo considero un gran cumplido, Alí —dijo Philippe con una sonrisa—, he intentado siempre estar a la altura. Por ejemplo, hace poco tuve un caso fascinante en París. El caballero sufría una parálisis prácticamente total del brazo izquierdo, desde el codo hacia abajo. Por supuesto lo primero que se teme es un ataque, pero no había indicios de tal cosa. La siguiente posibilidad era lo que llamamos «muñeca caída», algo parecido a la parálisis de Bell, pero que no se da en la cara. Es consecuencia de un trauma en un nervio, de una herida en algunos casos, pero también un virus puede causarlo.

»A veces se llama "brazo de muleta" porque las personas que usan muletas pueden dañarse el nervio radial que discurre a lo largo de la parte interior del brazo, pero aquel hombre no usaba muletas. Lo que es más, juró que no había hecho nada en absoluto que forzara el brazo más de lo normal. Les aseguro que me hallaba en un callejón sin salida, haciendo una prueba tras otra que no me servían de nada. ¿Era psicosomático? No lo sabía.

»Entonces, una tarde, sin ningún motivo especial, cancelé una cita que no era urgente y fui a ver a mi paciente a su oficina. Se sorprendió de verme, y también le preocupó, supongo. Los muebles de su oficina eran de estilo antiguo, una mesa de madera maciza y una silla de respaldo alto. No llevaba allí ni un minuto cuando sonó el teléfono. Tan pronto como cogió el receptor con la mano derecha, echó el brazo izquierdo medio paralizado sobre el respaldo de la silla y se quedó así, cargando sobre él la mitad de su peso. Obviamente era un hábito inconsciente. Cuando colgó, le pregunté cuánto tiempo se pasaba al teléfono cada día. Oh, horas, me respondió. Entonces vio que yo miraba su brazo sobre el respaldo de la silla y los dos nos echamos a reír. Recobró el uso del brazo plenamente en unos dos meses.

Amira se echó a reír.

—Eso es maravilloso —dijo, rebosante de admiración—. Desearía poder hacer lo mismo que usted.

—Podría hacerlo —dijo él, con una expresión parecida a la de Amira—. Al igual que muchas otras personas. En realidad es una mera cuestión mecánica —añadió, pensativamente—. Pero la magia auténtica está en curar al que dirige. Si tuviera que volver a empezar de nuevo, si fuera tan joven como usted, Amira, creo que me especializaría en psicología.

Fue un momento que Amira recordaría para siempre, un momento en el que vislumbró el futuro.

Se divertía tanto que hubiera deseado que la velada no acabara, pero tras una segunda taza de café Philippe anunció con pesar evidente que debía marcharse.

—Tengo que coger un avión mañana temprano. Pero, por favor, permítanme devolverles su hospitalidad. Me sentiría muy honrado si vinieran a visitarme a París. —Se inclinó sobre la mano de Amira y la besó levemente; su aliento fue como una caricia.

Sin darse cuenta apenas de la mirada escrutadora de Alí, Amira se acostó reviviendo aquel momento, el tacto de Philippe, su voz, sus modales elegantes y la mirada especial de sus ojos.

En el silencio antes del amanecer, cuando aún estaba profundamente dormida, Amira notó una mano sobre su seno, unos dedos que recorrían su piel con tanta delicadeza que le hicieron gemir de placer.

Pero de repente los dedos perdieron su suavidad, apretaron, pellizcaron, hicieron daño. Amira soltó un grito de dolor y apartó la mano. Una fuerte bofetada la despertó de golpe. Alí estaba a su lado con la cara roja de rabia.

—Escucha con atención, mujer —masculló entre dientes—, escucha bien. Yo decido, ¿entiendes? Yo decido lo que ocurre en esta cama y fuera de ella, y así será hasta el día en que mueras.

Amira escuchó con los ojos desorbitados, conteniendo la respiración. ¿Por qué estaba tan furioso? ¿Qué había hecho ella? ¿Sería posible que su marido supiera que se había dormido pensando en otro hombre, que su cuerpo había reaccionado a su tacto? Buscó las respuestas en el rostro de Alí, pero no las halló. Sin una palabra más, Alí se levantó de la cama y se fue.

Al día siguiente, Amira halló un sura del Corán escrito sobre un papel y clavado en una pared de su dormitorio. «Si temes que ellas (tus esposas) te rechacen, amonéstalas y cámbialas a otra cama; pégales con firmeza. Si te obedecen, no te preocupes más. Dios es poderoso.»

Por primera vez en su matrimonio, Amira tuvo miedo de su marido.

MATERNIDAD

—¿Estás segura, Amira? ¿Absolutamente segura?

—El médico lo ha confirmado hoy.

Alí cayó de rodillas y cubrió su mano de besos.

—Éste es el mayor regalo de todos, Amira, no sólo para mí sino también para mi padre. Ahora eres en verdad mi reina.

—El placer del rey y el tuyo son el mío —dijo Amira con sinceridad. Ya no existía la presión de concebir; por fin su marido, su suegra y todos los demás sabían que ella no era deficiente en modo alguno.

Al ponerse la mano sobre el vientre buscando sentir la vida que creía en su interior, un súbito pesar se apoderó de Amira, tan vivido como el que había sentido años atrás. Laila. Pobre Laila. Qué desgraciada había sido. Rezaba para tener un hijo varón porque había aprendido demasiado bien que una mujer podía llevar una vida miserable. Amira también esperaba tener un varón, porque sabía que era lo que querían todos los maridos, pero en realidad todo lo que se esperaba de ella era que diera a luz una criatura sana, y hasta que llegara ese día, tenía que cuidarse mucho y pasar el tiempo como mejor le conviniese.

Eligió sumergirse en los estudios.

Inspirada por su conversación con Philippe Rochon, y la chispa de esperanza que le había dado sobre un futuro en el que podía ser algo más que una productora de hijos, Amira añadió un curso de psicología básica a los cursos que recibía de la Universidad de El Cairo. Los libros de texto fueron como un «ábrete Sésamo» a un mundo que ni siquiera había imaginado, mostrándole los caminos hacia el cerebro humano, explicándole cómo respondían los humanos a los estímulos.

Cuando se dispuso a estudiar las teorías de Freud sobre los sueños, esperaba encontrar algo parecido a las complejas y barrocas interpretaciones que había oído desde niña, pero se sorprendió al descubrir que Freud parecía creer que cualquier imagen del sueño (y muchos pensamientos de los que se tenían despierto) estaba relacionada con el sexo. ¿Tenía razón?, se preguntó. Nunca había pensado que fuera una mujer excesivamente interesada en el sexo. Sin embargo, en los últimos tiempos, cada vez que abría el texto de psicología, pensaba en Philippe y recordaba el modo en que la había mirado y le había besado la mano.

Pero aun soñando de día con otro hombre, fue muy consciente de que las exigencias sexuales de Alí, esporádicas en sus mejores momentos, cesaban por completo. No quería dañar al bebé, afirmaba él, aunque el médico decía que no había peligro hasta el último mes. Amira no echó de menos el tipo de relación sexual que tenían ella y Alí, pero sí el calor de los abrazos y las caricias. Intentó contentarse con los masajes diarios de lanolina que Zeinab le recomendó para evitar las estrías.

No obstante, aunque Alí se distanció físicamente, mimó a Amira en todo lo demás. Para animarla en sus estudios, compró estantes para su dormitorio, además de un hermoso escritorio y una silla hecha a medida para su espalda. Instaló a una comadrona en palacio e hizo que un especialista de Londres volara hasta Al-Remal cada dos semanas para visitarla.

—Debes tener lo mejor de lo mejor —dijo—. Cualquier cosa que necesites, Amira, cualquier cosa, no tienes más que pedirla.

A veces Amira buscaba algo que pedir, sencillamente porque él esperaba que lo hiciera. Sólo tenía que mencionar que podría ser agradable tomar un vaso de zumo, una rodaja de melón o una galleta azucarada para que alguien corriera a buscarlo. Pese a la medicina moderna, aún se creía que si a una mujer se le antojaba algo y no lo conseguía de inmediato, su hijo nacería marcado.

Al notar el exceso de protección de Alí hacia su esposa, la reina comentó amargamente que se estaba convirtiendo en una mujer, pero a Alí no pareció importarle.

Sin embargo, a pesar de los excelentes cuidados que recibía, Amira no podía evitar temer el momento del parto. ¿Cómo podía ser de otro modo, cuando el recuerdo del parto de Laila aún estaba grabado en su memoria?

Amira sabía que había drogas para aliviar el dolor, pero comparando el lujo que la rodeaba con la suciedad y la miseria de la celda carcelaria de Laila, le dio vergüenza mencionarlas, y cuando el médico preguntó si prefería un «parto natural», se limitó a contestar:

—Lo que Dios quiera.

—Despierta, Alí, por favor, despierta —rogó Amira. Se había despertado instantes antes con una leve sensación de calambre y la pérdida de un cálido fluido que empapó su camisón y las sábanas. Había empezado.

Rápidamente se dirigió al lecho de Alí y lo sacudió por los hombros.

—¿Ha llegado el momento? —preguntó él, abriendo los ojos de golpe.

—Sí.

Moviéndose con una celeridad insospechada en él, Alí metió a Amira en una limusina de palacio y llamó a la comadrona. Pronto se alejaban a toda velocidad en dirección al nuevo hospital de Al-Remal, donde se habían reservado unas habitaciones privadas para Amira por orden de Alí. La atendería un tocólogo del hospital y el especialista de Londres, que llevaba unas semanas alojado en el hotel Intercontinental y se hallaba también de camino.

Sin embargo, al final resultó menos difícil de lo que Amira había imaginado. Unas cuantas horas de molestias y una hora más o menos de auténtico dolor. Un empujón final y oyó el llanto de su hijo.

El niño tenía la piel de un tono café con leche, una mata de pelo negro y enormes ojos brillantes del más oscuro color lapislázuli.

—Precioso —susurró Amira cuando la enfermera lo colocó en sus brazos—. Te quiero, hijo mío, más que a mi propia vida. —Y cuando el niño rompió a llorar de nuevo, Amira se convenció de que la había oído y comprendido.

¿Cómo he podido vivir sin él?, se preguntó Amira mientras amamantaba a su hijo. No se cansaría jamás de su Karim, de acariciar su piel sedosa e inhalar su suave fragancia a bebé. Deseaba tanto llevárselo a casa para acunarlo en sus brazos, cantarle nanas y despertarse con su hermoso rostro junto al suyo, pero Alí insistió en que ambos se quedaran en el hospital una semana.

—El médico me ha dicho que los primeros días de un bebé son los más frágiles —explicó—, y el período en que es más probable que aparezcan complicaciones. No podría soportarlo si le ocurriera algo. O a ti —se apresuró a añadir.

Para aliviar el tedio de su estancia en el hospital, Alí hizo instalar una gran televisión en su dormitorio y le llevó cintas de vídeo y todos sus libros de texto. A la mañana siguiente al nacimiento de Karim, además, llenó la habitación de flores, y al otro día entregó a Amira un pequeño estuche de terciopelo con el nombre de un conocido joyero londinense. Dentro, en su lecho de seda blanca, había un dije antiguo, un enorme rubí rojo sangre. Amira no había visto jamás una gema de semejante tamaño ni de tal intensidad cromática.

—Perteneció a María Antonieta —dijo Alí—, una reina de Francia.

Pero muy desgraciada, recordó Amira, y rápidamente desterró ese pensamiento. El dije era un regalo magnífico y se lo agradeció a su marido cariñosamente.

—Tú te mereces mucho más. Me has dado mi primer hijo. Nada ni nadie puede compararse con eso.

El rubí no fue más que el primero de una lluvia de regalos. Durante todo el día entraban y salían visitantes cargados con cajas de bonitos envoltorios, y Amira pronto agradeció la posibilidad de descansar. Munira le llevó una pesada copa grabada de plata inglesa y un puñado de cuentas de turquesa para colgar de la cuna y de las ropas del bebé con las que protegerlo del mal de ojo.

Malik llegó en avión desde París con un coche lleno de juguetes hechos a mano. Estaba más esbelto, más equilibrado, iba mejor vestido, y Amira no pudo resistir la tentación de burlarse de él.

—Pareces un hombre rico, hermano. ¿Te has convertido realmente en el brillante e industrioso hombre de negocios que padre imagina?

—Soy un hombre próspero, *nushkorallah*, gracias a Dios y al trabajo duro. Pero en cuanto a lo de brillante, bueno, mi viejo amigo Onassis insiste en que no se precisa un talento especial para hacer dinero. Cuando le dije que iba a intentar establecerme por mi cuenta, me dijo: «Mi joven amigo, sólo tengo un consejo para ti. Para tener éxito, debes estar siempre bronceado y pagar siempre tus facturas de hotel.» He intentado seguir su consejo, aunque mi bronceado, claro, es permanente.

—Tonto —dijo Amira, dándole un leve empujón. Luego bajó la voz para añadir—: Dime... ¿cómo está Laila?

La sofisticación de Malik se desvaneció y volvió a ser un muchacho con la mirada brillante de amor y la voz cargada de ternura.

—Es maravillosa, Amira. Cada día aprende una palabra nueva. En cuanto la oye ya sabe lo que significa. Su francés es asombroso. Su institutriz dice que tiene gran facilidad para los idiomas.

Amira miró a su hijo, que yacía en una cuna de recargado diseño a unos cuantos pasos.

—Crecen más deprisa de lo que imaginas —dijo Malik en voz baja—. Y pronto descubres que no puedes vivir sin ellos.

La última visita para Amira llegó el día en que volvía a casa. Era el doctor Philippe Rochon.

—He estado atendiendo al rey durante esta semana —explicó—, así que he pensado en venir a verla a usted y al bebé.

¿Lo sabía Alí?, se preguntó Amira, pero no se atrevió a formular la pregunta. Estaba rodeada por personal del hospital y Philippe se sentó en una silla a un metro de la cama, pero su mera presencia sugería una intimidad que Amira no había experimentado hasta entonces.

—El bebé es sano —prosiguió él—, como ya debe saber. Y usted, Amira, usted...

—¿Sí? —preguntó ella, conteniendo la respiración.

—Está más encantadora que nunca. Si ello es posible.

Amira dejó escapar el aire lentamente. El médico había cruzado una línea con aquel cumplido personal, y en ausencia de su marido.

—Hábleme de sus estudios —pidió Philippe para aliviar la tensión—. Alí me ha contado que ha sido usted muy diligente durante su embarazo.

—No es diligencia, aunque a menudo me frustra no tener a nadie que responda a mis preguntas. Me encanta aprender cosas nuevas, o intentarlo.

—Ah, Amira —dijo él tristemente—, alguien como usted, una estudiante innata, debería...

—¿Sí?

—Nada.

—Estoy estudiando psicología, como me sugirió. Es sólo un curso de iniciación, pero aun así...

—¿Y? —preguntó Philippe, y sus ojos azules se llenaron de arrugas de placer—. ¿Qué le parece?

—Es como aprender un nuevo idioma, una manera nueva de pensar y de ver. No pretendo comprenderlo todavía, pero lo haré, sé que lo haré.

—Ojalá pudiera verlo con usted, Amira, a través de sus ojos.

Amira guardó silencio. Demasiado se había dicho ya. Philippe se levantó para marcharse, y esperó quizá un momento para ver si ella lo detenía, pero no lo hizo. Sin embargo, cuando se marchó, la habitación se quedó muy vacía, y fría.

Durante largo tiempo después del nacimiento de Karim, Amira estuvo tan ocupada con él que apenas fue consciente de que Alí no había vuelto a su lecho conyugal. Primero circuncidaron a Karim.

Se encargó de hacerlo el *mutaharati*, uno de los pocos ancianos expertos en aquel sencillo procedimiento. A la circuncisión siguió una semana de festejos casi tan ostentosos como la boda. Se distribuyó comida entre los pobres y se entregaron piezas de oro a todos cuantos acudieron a presentar sus respetos.

Los días de Amira estaban ahora llenos; alimentaba a Karim, lo bañaba y cambiaba. Disponía de todo un ejército de criadas y niñeras viviendo en palacio, pero quería hacer por sí misma cuanto fuera posible.

Alí estaba loco por su hijo, pero parecía tener poco tiempo para su mujer, a la que mascullaba excusas sobre negocios, asuntos de estado o reuniones con su padre.

Aunque era menos importante para ella que su hijo, la indiferencia de Alí era como un reproche. Sin duda había omitido alguno de sus deberes como esposa, pensó. Así pues, procuró mostrarse siempre atractiva y cuidó personalmente de que sus comidas en común estuvieran debidamente preparadas. Buscaba temas de conversación agradables para ofrecerle junto con el pescado a la parrilla o la codorniz asada, y recibía monosílabos y sonrisas corteses como respuesta.

Cuando pasó el período de cuarenta días de abstinencia, se sintió avergonzada por la falta de ardor de Alí, por su evidente desinterés. ¿Era culpa suya?, se preguntaba. Tal vez el motivo fuera que había estado gorda y fea durante demasiado tiempo. ¿Y cómo iba a concebir otro hijo, otro varón, si no volvía a tocarla? Tales preguntas la tenían conturbada, pero no podía consultar con nadie, no había nadie con quien hablar.

Desde luego no podía hablar con su suegra, que creía que su Alí no sólo era príncipe de Al-Remal sino del universo entero. Ni con la gorda Zeinab, que se regodeaba en contarle a cuantos quisieran escucharla que su marido no la dejaba nunca tranquila, que quería sexo a todas horas, de día o de noche, aunque estuviera dormida, que había llegado incluso a acariciarla durante los partos.

En cuanto a Munira, aunque era la más inteligente, ponía cara agria cuando se hablaba de hombres. Parecía considerarlos a todos como conspiradores de una conjura para hacerla desgraciada y se las había apañado para convencer a su padre, a quien dominaba a su antojo, que ninguno de los candidatos que le presentaba era adecuado o digno de ella. No, ninguna de sus cuñadas podía ayudarla.

Cómo echaba de menos a su madre. Si bien no había olvidado el día en que viera a Omar intentando forzarla, estaba convencida de que su matrimonio había sido feliz. Tal vez ella hubiera podido explicarle por qué el deseo pervivía tantos años en algunos matrimonios y vacilaba y se extinguía en otros.

Pero eso no era todo. Sus sentimientos hacia Philippe, la experiencia de la maternidad, la madurez de su cuerpo, todos estos cambios habían despertado su sensualidad. Deseaba ser acariciada. Quizá ahora incluso hallara placer en las cosas que antes le hacía Alí.

Desesperada por despejar sus miedos y dudas de algún modo, Amira se acicaló con tanto esmero como el día de su boda, depilándose el cuerpo completamente y perfumándose con L'Air du Temps. Se puso su ropa interior francesa más provocativa, y cuando oyó a Alí moverse por su despacho, se presentó ante él.

—Vaya, vaya, ¿qué tenemos aquí? —Alí sonrió, pero no dejó de servirse su whisky de malta favorito.

¿Se estaba burlando de ella?, se preguntó Amira. Pasó junto a él y rodeó su silla con movimientos provocativos.

Alí no le hizo caso. No tenía interés en lo que le ofrecía después de que se hubiera rebajado a sí misma como una vulgar cortesana. El orgullo de los Badir se encendió en Amira.

—Como siempre, tus palabras han sido muy instructivas para tu humilde sierva, marido —dijo con sarcástica formalidad—, pero he interrumpido tu descanso durante demasiado tiempo.

Cuando Amira se dio la vuelta para alejarse con paso majestuoso, Alí se lanzó sobre ella de repente como un poseso, la tiró al suelo, le arrancó las prendas de seda y la tomó; la violó en realidad, pues Amira ya no quería nada de él.

—¿Es esto? ¿Es esto lo que quieres, cerda? —exclamó Alí con la voz ronca por la ira, y cuando terminó, se cerró el batín y la dejó allí tirada como si fuera una puta.

De repente, Amira lo comprendió todo. Al igual que Omar, su marido debía amar a otra más que a ella. Amaba a otra en lugar de ella. Me odia, pensó. Tiene que odiarme. Por eso no quiere estar conmigo. Quiere estar con ella.

—¿Es esto lo que te ocurrió a ti, mamá? —dijo en voz alta—. ¿Es así como te sentías? —¿Se volvería igual que Jihan? ¿Había ocurrido ya... tan pronto? Amira recogió los trozos de su pequeña fantasía de seda y se fue a acostar.

La luz de la mañana suavizó la brutalidad de la víspera, haciendo que pareciera un mal sueño. Como buena esposa musulmana, Amira halló el modo de culparse a sí misma; ofrecerse a Alí de aquella manera cuando era evidente que él no estaba de humor, ¿no justificaba que se sintiera repelido, furioso?

La idea de que podía tener a otra era tan sólo como una pequeña e irritante astilla bajo la piel, en lugar de la certeza como un cuchillo de la noche. Tal vez se había visto con alguien mientras ella estaba embarazada. Sabía que había hombres que lo hacían; los hombres tenían unas necesidades que satisfacer.

Pero Amira le había dado un hijo varón, su primogénito, y ninguna otra mujer podría hacer jamás algo tan importante por él. Tal vez no funcionaban sexualmente como pareja, pero sin duda las cosas se arreglarían con el tiempo. Y aunque no fuera así, no se acabaría el mundo. Su vida seguiría siendo mucho mejor que la de la mayoría de esposas, y desde luego mejor que la de Jihan (qué ridiculez haber pensado que se estaba convirtiendo en su madre, como en uno de esos trucos cinematográficos en los que una flor florece y se marchita en medio minuto).

Tenía que dejar el dormitorio fuera de su matrimonio y fijarse en el modo en que Alí la trataba en cualquier otro lugar. Jamás se quejaba cuando ella se sumergía en sus libros. No sólo toleraba su trabajo (era la primera vez que lo llamaba así), ¡sino que la animaba a hacer más!

De hecho, se complementaban el uno al otro. Como ministro de cultura, Alí tenía que conservar cierta imagen, sobre todo entre los extranjeros, por lo que tenía gran valor para él disponer de lo mejor de ambos mundos: una sumisa esposa árabe, pero con talento y educada, que pudiera conversar sobre asuntos de mayor trascendencia que las últimas tendencias de la moda o los problemas con el servicio doméstico.

Sin embargo, al tiempo que intentaba hacer el recuento de virtudes de Alí, recordó a Philippe Rochon y supo instintivamente que él no hubiera tratado jamás a una mujer del modo en que Alí la había tratado a ella, ni siquiera en una habitación a oscuras donde nadie pudiera verlo.

Amira oyó el llanto amado en el cuarto de su hijo y sus senos manaron leche como respuesta. Tomando en brazos a su bebé, se consoló con el pensamiento de que, aun no habiendo nada más, siempre tendría a Karim, y eso bastaría.

PHILIPPE

París

Arrebujándose en su abrigo primaveral de mohair, Amira salió del hotel George V. Meneó la cabeza en dirección al chófer que se irguió al verla aparecer, giró a la izquierda y caminó en dirección a los Campos Elíseos.

Era la tercera vez que Amira visitaba la ciudad y había acabado por gustarle más que cualquiera de los otros lugares a donde les habían llevado los deberes de Alí. Le encantaba pasear por sus amplios bulevares y sus calles pintorescas. Adoraba los placeres típicos para turistas, las tiendas relucientes de la avenida Montaigne, el mítico restaurante en la cúspide de la torre Eiffel, el *bâteau-mouche* por el Sena. Pero, por encima de todo, era la sensación de libertad, el puro placer de vivir, lo que la embargaba.

Los estilos que vestían las mujeres y el estilo con que vestían; el olor y el sabor de la comida; los juegos de luces a lo largo del río; y, sobre todo, el despliegue pirotécnico de ideas del que podía ser testigo en cualquiera del centenar de cafés y bares de la orilla izquierda en torno a la Sorbona.

Allí, jóvenes de ambos sexos (!) apenas mayores que ella reían a carcajadas, gritaban, susurraban con tono conspiratorio, discutían y se explayaban sobre todos los temas posibles, desde el comunismo al *Kama Sutra*, desde el ateísmo a las herejías albigenses, desde los agujeros negros en el espacio a los Panteras Negras de California.

«Esto es el paraíso —pensaba Amira en ocasiones—. Me quedaría aquí para siempre.» Tenía que recordarse a sí misma que no era posible.

Desde que llegaran la mañana del día anterior, las horas habían pasado volando. Un nuevo corte de pelo en Alexandre's. Un viaje relámpago a Dior. Comer en el Tour d'Argent. Una fiesta en la embajada remalí en honor de Alí.

Visitar París significaba también visitar a Malik, que había establecido allí una base de operaciones además de las que tenía en Marsella, El Pirco, Rotterdam... No tenía más que nombrar una ciudad y su hermano mencionaba un «negocio» en el que estaba trabajando allí mismo. También tendría la oportunidad de ver a Laila, que casi había alcanzado la edad escolar. Sería fácil, puesto que Alí se había excusado diciendo que tenía una importante entrevista con alguien a quien conocía de la embajada, aunque en realidad Amira sabía que su marido no tenía el menor interés en ver a Malik.

El apartamento de quince habitaciones de la avenida Foch, que olía aún a pintura fresca, era suntuoso. De techos altos y con complejos dibujos de yeso, chimeneas del más fino mármol, extraordinarios suelos de parquet con una pátina dorada de barniz; éstas no eran más que algunas de las características que habían atraído a Malik cuando iniciara su búsqueda de un nuevo hogar. El resto —las impecables antigüedades francesas, la plata inglesa, los tapices de Aubusson, el lujoso mobiliario— lo había puesto Malik.

—¿Quién ha decorado la casa? —quiso saber Amira cuando su hermano le mostró el apartamento, intentando contener sin éxito su orgullo de propietario—. Sé que aquí hay una mujer. Veo toques... Esas fotografías enmarcadas sobre el piano, el encaje antiguo en las habitaciones de invitados. No creo que tú hicieras todo eso.

—La mujer en cuestión es una decoradora —replicó Malik—. Y le pagué muy bien por esos «toques».

—¿Eso es todo, entonces? —bromeó ella—. ¿Tu vida privada se reduce a citarte con decoradoras?

Antes de que Malik pudiera responder, una niña irrumpió en la habitación gritando «¡Papá! ¡Papá!». Su niñera iba detrás.

Malik aupó a su hija y la abrazó contra sí. Su cariñosa expresión delataba la intensidad de su amor. Con sus ojos oscuros y su cara de duende, Laila parecía una golfilla de las calles de París a la que hubieran recogido y vestido con las más elegantes ropas.

Amira se recostó en su asiento y los contempló. Su sobrina hablaba un francés perfecto con acento parisino y alguna que otra obscenidad marsellesa, que Malik celebraba estentóreamente. Al contar a su padre todo lo que habían hecho ella y su niñera, quedó claro que su árabe, o las pocas palabras que conocía, era atroz.

—¿Me has traído algún regalo hoy? —preguntó a Amira cuando

finalmente volvió su atención hacia ella—. Aún tengo el vestido tan bonito que me trajiste la otra vez. ¿Tienes niñas con las que pueda jugar? ¿Vendrás otra vez a ver a papá?

Amira eligió su respuesta cuidadosamente para no traicionar su relación con Malik. Aunque Laila sabía que Malik era su padre, pues éste no podía soportar que no lo supiera, vivía con su niñera en una confortable vivienda muy cercana. La situación no era satisfactoria, pero Malik había insinuado que pronto podría llegar a una solución.

Al poco rato la niña se separó de los adultos para hacer botar su pelota. La niñera hizo ademán de detenerla, pero Malik meneó la cabeza y la contempló con indulgencia mientras jugaba entre valiosas obras de arte y antigüedades, sin importarle las cosas materiales, viendo tan sólo la felicidad de su hija.

Ha estado muy solo, se dijo Amira. Tiene tanto amor para dar. No debería estar solo.

—¿Cuándo vas a sentar la cabeza, Malik? —preguntó con la brusquedad de una hermana—. Laila necesita una madre, y si encuentras esposa, podríais vivir todos abiertamente como una familia.

Malik tardó en contestar, como si reflexionara sobre la conveniencia de hablar con sinceridad, hasta que finalmente esbozó una tímida sonrisa que conmovió a su hermana.

—No quería decir nada todavía... es demasiado pronto, pero he conocido a una mujer. Ha sufrido mucho en la vida, Amira... y me recuerda a Laila. Si todo sale bien, tendré una noticia que darte.

—Soy tan feliz, Malik —exclamó Amira, echándole los brazos al cuello—. Y pensaré positivamente. Mis libros de psicología dicen que pensando positivamente se logran muchas cosas.

—Pronto habré de tener cuidado con lo que diga en tu presencia. —Malik reía—. Me analizarás mis más secretos pensamientos. —Su expresión se volvió de nuevo pensativa—. ¿Y tú? ¿Te trata bien el matrimonio? ¿Es buen marido Alí?

—Él... yo... sí. Todo va bien.

—¿Te maltrata? —quiso saber Alí. Súbitamente su mirada se había endurecido—. Dime la verdad, Amira. Si es así, yo le pondré fin, te lo juro.

—¿De qué estás hablando? Todo va bien. Alí me trata muy bien. Todo el mundo lo dice. Y adora a nuestro hijo.

—Bueno, entonces, bien.

El momento pasó. Por mucho que Amira deseara que su marido y su hermano se llevaran bien, sencillamente no se gustaban. En parte, pensó Amira, se debía al sentimiento de protección natural en un hermano mayor. Pero también debía admitir que Alí sentía cierta envidia hacia Malik que, siendo más joven, estaba logrando hacerse con una reputación y una fortuna propias, mientras que Alí, aun siendo mucho más rico, había traficado descaradamente con sus influencias, con informaciones confidenciales y capital prestado de los inagotables recursos de su padre.

Sin embargo, aunque la falta de armonía entre Alí y Malik causaba cierta congoja a Amira, también le proporcionaba una gran libertad. Todo lo que tenía que hacer era decir que pasaría el día con Malik para ser libre de obrar como más le agradase.

Unas horas más tarde, Amira se hallaba sentada en la terraza de un café. El cielo era azul, el sol cálido, y el día parecía mágico.

—Me pregunto cómo seríamos todos nosotros —dijo—, si no tuviéramos tanto dinero.

—Seríamos pobres, por supuesto —replicó Philippe con una sonrisa, posando una mano sobre la de ella—. Pero habla por ti misma. Yo sólo soy un médico rural que realiza visitas a domicilio y tiene que pagar impuestos franceses.

Amira le devolvió la sonrisa. Sabía muy bien que esas «visitas a domicilio» empezaban a menudo con un vuelo en reactor hasta Riad, Muscat o Ammán.

Ella estaba pensando en lo que supondría estar lejos de Alí y de todo lo que él representaba, como si fuera sólo una mujer de vacaciones en París que se había citado con el hombre al que adoraba en la terraza de un café de la orilla izquierda.

En los meses siguientes desde que se conocieron, Amira había visto a Philippe media docena de veces; unas pocas horas aquí y allí en Al-Remal y una vez en una fiesta de la embajada en París. Sin embargo, había permanecido con ella en sus sueños y fantasías. Cuando se sentía sola y fría en su cama, lo imaginaba tal como lo veía ahora, con sus ojos azules parpadeando a la luz del sol y los cabellos grises revueltos por la brisa parisina.

¿Es esto lo que se siente al amar a un hombre? ¿Fue esto lo que llevó a Laila a arriesgar su vida y a perderla?

—¿Qué se siente al ir cubierta con el velo? —preguntó Philippe, poniéndose serio de repente.

—Lo detesto. Siempre lo he detestado. Antes me había acostumbrado a él, supongo, pero ahora me parece peor que nunca.

—Sé que no tienes más remedio, ¿pero cuál es la justificación para el velo? Me refiero a los motivos religiosos.

—Bueno, los *mullahs* dicen que lo ordena el Corán, pero mi cuñada me comentó que el Corán sólo advierte a hombres y mujeres por igual que deben ser modestos, nada más. Al parecer el velo comenzó como una práctica voluntaria entre las mujeres de clase alta, para distinguirse de las clases bajas. Munira dice que las sociedades patriarcales lo utilizaban para mantener a las mujeres aparte y privarles de todo poder.

Amira sonrió con expresión vacilante, porque no estaba segura de creer todo lo que decía Munira.

Philippe escuchaba con atención, como si ella fuera un colega describiendo algún importante avance de la ciencia médica. Era típico en él; Amira recordaba el modo en que la había escuchado la noche en que se conocieron. No por ello rechazaba asumir el papel de mentor cuando las circunstancias lo justificaban, como, por ejemplo, para avisarle sobre qué libros de biología y psicología se habían quedado caducos o eran superficiales, y enviarle otros mejores. En una ocasión, al quejarse ella de que la química era muy aburrida, Philippe le recordó la predicción de Freud: «El futuro está en los productos químicos.» Sin embargo, en las materias en las que los conocimientos de Amira o su percepción de las mismas era mayor que la suya, la escuchaba como si ella fuera la profesora.

A la luz dorada del atardecer, acercándose las preciosas horas de libertad de Amira a su fin, alternaban la conversación con murmullos y silencios, tratando de posponer la despedida. Philippe disipó aquel estado de ánimo.

—El otro día estaba en una tienda —dijo sonriente—, y vi un pañuelo de seda negra, muy transparente. Lo cogí, me tapé la cara y di unos pasos. Se veía bastante bien. Le di un buen susto a la dependienta. Sin duda creyó que estaba loco. De no ser porque lo compré, estoy seguro de que hubiera llamado a urgencias. —Meneó la cabeza y miró hacia el bulevar; la luz oblicua del ocaso acentuaba las arrugas que se le formaban alrededor de los ojos al sonreír—. Quería ver cómo era... el velo.

Amira se inclinó hacia él y de repente se besaron; fue un beso largo e intenso que ella hubiera deseado que no terminara jamás.

Cuando Philippe se retiró, la expresión de sus ojos era apenas soportable.

—Mi apartamento no está lejos —dijo en voz baja—. ¿Vendrás conmigo?

Todo su cuerpo gritaba que sí, pero Amira bajó la vista y meneó la cabeza con un leve gesto que podía querer decir cualquier cosa.

Con los ojos cerrados recordó el cuerpo de Laila retorciéndose bajo los golpes de incontables piedras.

—Está bien —dijo Philippe, tocando su mano al ver que no hablaba—. Lo comprendo.

Se habían aproximado a un umbral para retirarse luego como si hubieran abierto una puerta y, tras ver un bello pero peligroso jardín, la hubieran vuelto a cerrar.

—Seguimos siendo amigos —dijo Philippe.

—Siempre.

Más que amigos. Amira imaginó que eran almas gemelas separadas largo tiempo atrás por un accidente cósmico, tal vez por uno de esos agujeros negros en el espacio de los que los alumnos de astronomía de la Sorbona hablaban con la fría pasión de su ciencia.

UN HOMBRE EN LA NOCHE

Cuando regresó a Al-Remal, Amira no dejó de pensar en París y en Philippe. Todo, excepto su hijo, le parecía sofocante, pero la vida teje fuertes redes, y al cabo de pocas semanas se había enredado en ellas. No pudo evitar que los momentos pasados junto a Philippe perdieran realidad, convirtiéndose en un recuerdo, en una fotografía que guardaba en su memoria y que sólo podía abrir a la vista de vez en cuando, con amor y en secreto.

Sin embargo, había cambiado; lo notaba. El goce fugaz del amor que había experimentado era como el olor de la comida para un hambriento. Quería más, mucho más.

Era un deseo que intentó reprimir. Una y otra vez se decía a sí misma que, aun cuando su marido fuera prácticamente un extraño para ella, su vida era envidiable.

El ala de las mujeres del palacio real era tal vez una jaula, pero dorada.

De sus paredes colgaban cuadros que ella había admirado en los libros de la señorita Vanderbeek. Cierto que la mayoría eran abstractos, puesto que oficialmente la familia real se adhería a la creencia de que el Corán prohibía las representaciones artísticas del cuerpo humano u otras escenas naturalistas, pero eran hermosos, y Amira podía ensimismarse durante horas contemplándolos. Cuando su estado de ánimo era más caprichoso, expresaba su deseo de actualizar su guardarropa y al día siguiente Pierre Cardin, o Saint-Laurent o Givenchy llegaban a Al-Remal con un séquito de modelos para un desfile privado.

Pese a sus defectos, Amira tenía que admitir que Alí era un hombre generoso. El día de su primer aniversario, la llamó al salón del ala de los hombres. En presencia de varios parientes masculinos, Alí le presentó a dos hombres con trajes occidentales que eran representantes de Harry Winston. Los hombres abrieron una docena de estuches en los que relucían los diamantes sobre lechos de terciopelo negro.

—Elige lo que quieras —dijo Alí despreocupadamente.

Tras el embargo del petróleo, el dinero entraba en Al-Remal en cantidades increíbles, pero a Amira le disgustaban ciertos excesos. Señaló un modesto pero precioso brazalete que daría realce a sus manos. En un mundo en el que rostros, brazos y piernas permanecían ocultos, las manos eran un elemento muy importante de la belleza femenina, y Amira estaba muy orgullosa de las suyas.

—¿Eso es un conjunto? —preguntó Alí, que parecía haberse irritado, señalando un magnífico collar con brazalete y pendientes a juego.

—Sí, alteza —respondió uno de los hombres de Winston.

—Se lo queda... y el brazalete pequeño también, por supuesto.

Amira no necesitó fingirse impresionada. Como cualquier otra mujer remalí, que en el caso de un divorcio podía quedarse sin nada excepto las joyas, era una experta conocedora de su valor; el precio de los diamantes elegidos por su marido se acercaba al millón de dólares.

En el primer cumpleaños de Karim, el regalo de Alí para la madre de su hijo fue igualmente impresionante: una magnífica esmeralda de la que se decía que había pertenecido a un maharajá. Pero esta vez se la ofreció en privado. ¿Habría criticado alguno de sus hermanos mayores el llamativo alarde de los diamantes?

—¿Por qué me haces regalos tan espléndidos, marido? —se aventuró a preguntar—. No los merezco.

—Mi esposa ha de tener lo mejor —respondió él, como si fuera evidente.

—Pero... es demasiado. —Amira no insistió. No tenía derecho a esperar palabras de amor, se dijo. Alí no era de ese tipo de hombres. Aun así, le dolía que la tratara como si fuera tan sólo una criada valiosa a la que se recompensaba generosamente y con frecuencia, pero por la que no se sentía amor. Por un momento, Amira creyó ver los ojos sonrientes de Philippe.

A medida que pasaban los meses, la indiferencia de Alí le afectaba más. Tanto su educación en la familia como en la sociedad le decían que si un hombre no amaba a su mujer, era por culpa de ella. Tal vez estaba siendo castigada por sus sentimientos hacia otro hombre. Sin embargo, aun siendo pecado, todo el mundo conocía a mujeres que tenían tales sentimientos (y más que sentimientos) y cuyos maridos las adoraban igualmente. No, su fracaso debía de tener un motivo más hondo, una falta de atractivo en ella que era fundamental. «Los buenos matrimonios los hacen las buenas esposas»; ¿era tía Najla la que siempre estaba recitando ese viejo dicho?

Empezó a obsesionarse con quedar de nuevo encinta. Todo había ido mucho mejor mientras estaba embarazada de Karim y justo después de su nacimiento. Sin duda Alí quería más hijos, como todos los hombres. Pero ¿cómo iba a concebir? Alí acudía a su lecho en muy contadas ocasiones, y aun en ésas, solía terminar en fracaso, acompañado de recriminaciones contra ella. Sólo la crueldad parecía sustentar el deseo de su marido, pero cuando las pequeñas torturas a que la sometía le ayudaban a culminar el acto, era por lo general de modo tan antinatural y doloroso, que no podían dejarla en estado.

Pero ¿acaso no era culpa suya también que no la hallara lo bastante deseable como para satisfacerle de un modo normal?

¿Se veía con otras mujeres, agotando su pasión con ellas? Y, en ese caso, una vez más, ¿de quién era la culpa? Los hombres tenían sus necesidades. Si su esposa no le bastaba, la sabiduría popular dejaba bien claro a quién había que culpar.

La sabiduría popular también ofrecía remedios y una noche Amira acabó pensando en ellos. Sortilegios. Filtros. Los vendían mujeres, egipcias habitualmente. Pero eso estaba fuera de lugar. Si se viera a la mujer de un príncipe llamar a la puerta de una de tales mujeres, la voz se correría hasta palacio en pocas horas. Tampoco podía enviar a un sirviente, pues todos trabajaban para los Rashad y sólo incidentalmente para ella. Tal vez pudiera ir a casa de su padre una temporada y pedírselo a Bahía o a Um Salih.

Pero ¿era necesario? No todos los sortilegios de amor eran secretos. Jihan, que al fin y al cabo era egipcia, le había explicado docenas de ellos. Por ejemplo, el trigo verde con carne de paloma asada con nuez moscada garantizaba un miembro rígido como el hierro. Y todo el mundo sabía que unas cuantas gotas de la sangre menstrual de la mujer mezcladas en la comida del hombre lo ataban a ella para siempre. Tal vez si combinaba ambas cosas... Pero ¿cómo iba a convencer a Alí para que comiera trigo verde y paloma asada?

De repente, sola en su habitación, Amira estalló en carcajadas. ¿A eso había llegado? ¿Amira Rashad, con toda su educación y sus pretensiones de refinamiento parisién, la futura psicóloga, maquinaba encadenar a su marido como una beduina del desierto mediante supersticiones y brujería? Siguió riendo hasta que le brotaron las lágrimas. ¡Ojalá hubiera tenido a alguien con quien compartir el chiste!

No tenía a nadie, claro está, y mucho menos a sus cuñadas. Para la familia real, una esposa que sólo producía un hijo no era cosa de risa. Cuando Amira dio a luz a Karim, la madre y las hermanas de Alí, antes tan frías y distantes, la habían abrumado con sus atenciones. Los primeros meses de la vida de su hijo le proporcionaron lo más parecido a la felicidad que había conocido en palacio. Luego concluyó el respiro. Pronto fue raro el día en que no tenía que oír un comentario aparentemente casual sobre su siguiente hijo. Después llegaron las preguntas directas y las expresiones de preocupación por su salud. Finalmente, poco después del primer cumpleaños de Karim, Faiza anunció que había llamado al médico para que examinara a Amira.

Las protestas no sirvieron de nada; Um Ahmad se mostró inflexible. Pronto Amira se encontró llevando el velo y poco más para que la examinara e interrogara el mismo médico que no había sabido ayudar a Jihan en su crisis. Por una vez, Amira agradeció tener que llevar el velo.

—Tiene muy buena salud, princesa, a Dios gracias —le informó el médico cuando se hubo vestido—. No veo razón alguna para que no pueda tener muchos hijos, Dios mediante.

—Me da usted una gran noticia. Dios es en verdad misericordioso.

—Sin duda. —El médico jugueteó con su estetoscopio. Parecía violento.

—¿Hay algo más? ¿Algo malo?

—¿Malo? Nada en absoluto. —Se guardó el estetoscopio—. Perdóneme, alteza, pero para poder ayudarla en todo lo posible necesito formularle unas cuantas preguntas muy personales. En la más estricta confianza, por supuesto.

—Adelante.

—Sé que ha visitado Europa varias veces, con su marido, por supuesto, y debo preguntarle... por favor, no se ofenda, si está tomando alguno de los llamados anticonceptivos.

—No.

—Eso pensaba. Perdóneme por preguntarlo. Hubiera sido una negligencia no preguntarlo. No sería tan raro, ¿comprende? Se conocen casos, especialmente entre las mujeres que han viajado al extranjero. Dios sabrá por qué.

—Por supuesto.

El médico asintió.

—Sólo una pregunta más, alteza. De nuevo le pido perdón, compréndame. ¿Va todo... como debería ir entre usted y su marido?

El rostro de Amira ardía bajo el velo. Ansiaba contarle a alguien, a cualquiera, incluso a aquel hombrecillo servil, que nada iba como debía, pero era imposible. Su vergüenza era demasiado grande.

—Todo va bien —contestó.

—¿Sí?

—Sí.

—Bien. —El médico se animó y recogió su maletín—. En realidad no ha pasado tanto tiempo, alteza, aunque comprendo su ansiedad por tener más hijos. Como le decía, está sana. Sea paciente y, Dios mediante, tendrá su recompensa.

Tras la partida del médico, Amira sintió deseos de romper algo. El examen había sido humillante, pero su ira tenía otra causa. Estaba furiosa porque había mentido. No, porque se hallaba en una posición en la que tenía que mentir. ¿Pero quién tenía la culpa? Sólo ella. Nada cambiaría a menos que actuara.

Esa noche se le ocurrió una idea.

—Alí, cariño —dijo con su voz más melosa, aprendida de Jihan—, ¿sabes que dentro de poco hará dos años que nos casamos?

—Pues claro que lo sé. No creerás que iba a olvidarlo. —Alí se disponía a salir (¿adónde?) y estaba impaciente por marcharse.

—¿Sabes lo que me gustaría como regalo?

—Pídelo y es tuyo —replicó Alí, encogiéndose de hombros.

—Sólo tú, mi marido. Tu rostro se ha vuelto extraño para mí. Sé que te he ofendido.

—Tonterías. —Miró hacia la puerta.

—Como regalo, me gustaría que nos fuéramos una semana o dos, amor mío. Solos tú y yo con Karim. A algún sitio donde no hayamos estado, donde no haya fiestas de embajada ni la inauguración de ninguna exposición por las que preocuparse. ¿Podemos hacerlo?

Por un momento, Alí la contempló con una indiferencia tal que Amira estaba segura de haberle enfurecido. Sin embargo, el atractivo y encantador Alí acabó sonriendo.

—Por supuesto que podemos —dijo—, y conozco el lugar perfecto.

Desde el avión, el delta del Nilo era una mancha de increíble verdor sobre la arena. La línea entre desierto y vegetación era tan nítida como cortada con un cuchillo. Más allá, en la distancia, Amira vio otro color, el azul intenso del Mediterráneo. Cuando el avión descendió, distinguió también unas figuras diminutas en una playa grisácea.

El aeropuerto era pequeño y decididamente tenía un aire desvencijado. Cuando Amira salió del avión a la brillante luz del sol estaba preparada para el calor abrasador que había dejado en Al-Remal, pero sólo notó una brisa fría. La temperatura debía de rondar los 25 grados.

Un Rolls Royce los aguardaba en la pista de aterrizaje. El inspector de aduanas que aguardaba junto a él se limitó a saludarles, les dio la bienvenida a Alejandría y abrió la puerta del coche. Media hora más tarde, Amira paseaba por los jardines de una villa junto al mar de una zona residencial que según Alí se llamaba Roushdy. La casa de mármoles blancos y tejas rojas era en realidad un pequeño palacio de gráciles líneas clásicas. Por su aspecto, podría haber sido la villa de veraneo de un patricio romano en Pompeya o Herculano en los días en que el Vesubio era sólo una bonita montaña. Abundaban las buganvillas y el exuberante césped se deslizaba en ligera cuesta hacia la playa. La larga y estrecha piscina se asimilaba perfectamente al paisaje. Desde cierto ángulo, y gracias a su diseño, el agua azul de la piscina se confundía con la del mar. A ambos lados de la extensión de césped se alzaban altos muros con sendas hileras de palmeras hasta el mar.

—Puedes llevar traje de baño en privado —comentó Alí—. Pero asegúrate de que primero se advierta a los criados varones para que se mantengan alejados.

—¡Oh, Alí, esto es maravilloso! Debe de ser el lugar más hermoso en la Tierra. Dios mío, el alquiler ha de costar una fortuna, aunque sean sólo dos semanas.

—En realidad lo he comprado —replicó Alí, enarcando una ceja—. Por un buen precio. Pertenecía a un amigo de mi padre de Abu Dhabi. —Consultó su reloj—. Eso me recuerda que tengo que visitar a unos cuantos conocidos en la ciudad. Será mejor hacerlo ahora. Seguramente volveré tarde, pero de todas formas te apetecerá descansar después del viaje. Mañana iremos a dar un paseo.

No era lo que Amira esperaba oír, pero que un marido le contara sus planes a la esposa era toda una muestra de consideración. Además, estaba demasiado enamorada de aquel lugar para sentirse decepcionada.

Tres días después, la decepción era mayúscula. No había abandonado la villa. Alí salía cada noche y volvía a las tantas, cansado y oliendo a alcohol, para darse un baño rápido en la piscina antes de caer en un profundo sueño del que no se despertaba hasta mediodía. Cualesquiera que fueran las expectativas de Amira durante aquellas vacaciones, no se estaban cumpliendo.

La belleza que la rodeaba era un consuelo. Amira se levantaba pronto y, tras dar de comer a Karim, desayunaba en su terraza frente al mar. Después, mientras su hijo dormía, leía junto a la piscina. En Al-Remal tomar el sol era algo insólito, y la compulsión con que americanos y europeos se cocían a pleno sol se consideraba una prueba evidente de locura. Pero allí, con nada más que un traje de baño entre su piel y el aire acariciador del mar, el agua fría y el beso cálido del sol, Amira descubrió un placer rayano en el erotismo.

Aun así, tres días eran más que suficientes para que la villa se convirtiera en una prisión. Ni siquiera había ido a la playa por temor a que una mujer sola se metiera en dificultades, por muy liberal que fuera Egipto.

Aquella tarde, Amira defendió su postura con firmeza.

—Alí, esta ciudad es famosa por su marisco, pero desde que hemos llegado no he comido más que cordero y pollo. Es como estar en casa. —Era cierto; habían llevado consigo a un ayudante del cocinero de palacio, pero el hombre se negaba a ejercitar sus habilidades con la desconocida pesca local.

—Tal vez mañana. Esta noche tengo una cita. —Alí tenía el rostro hinchado aún por la bebida de la noche anterior, los ojos inyectados en sangre y la expresión ceñuda.

—Podemos cenar pronto —insistió Amira—. Tendrás tiempo de ir a visitar a tus conocidos, si lo deseas.

Al final, quizá porque estaba demasiado dolorido para discutir, Alí cedió. El restaurante se hallaba en el Sharia Safia Zaglul. El trayecto en coche hasta la ciudad los llevó a lo largo de la amplia y sinuosa Corniche, con el puerto a un lado y las luces de la ciudad alzándose en el otro.

El conductor, un alejandrino, señaló orgullosamente una larga península en el otro lado.

—Allí se hallaba el faro de Alejandría, una de las siete maravillas del mundo. —En el lugar del maravilloso faro, había un edificio achaparrado que según el conductor era un viejo fuerte. El mismo destino parecía haber tenido la mayor parte de la ciudad, por lo que Amira pudo ver desde la ventanilla del Rolls.

Sabía que Alejandría había sido una de las capitales del mundo en otro tiempo, rivalizando con Roma y Constantinopla. En tiempos modernos, había seguido siendo un lugar exótico, cosmopolita, más europeo que egipcio, adornado con una reputación de decadencia y pecado. Ahora la ciudad parecía sencillamente hallarse en su momento más bajo.

El restaurante estaba de acuerdo con la impresión general. A Amira le recordó vagamente algunos de los bares más modestos que había visto en París, pero con menos gente. Tan sólo había unas cuantas mesas ocupadas. La bullabesa que pidió fue aceptable, nada más. Pero nada de todo eso importaba. Llevaba ropas elegantes, sentada sin velo junto a su marido en un lugar público y disfrutando de cada instante. Incluso se tomó una copa de vino.

Una pareja de mediana edad que por su aspecto era británica, ocupaba la mesa contigua. El hombre tenía un vago aire militar y la mujer era esbelta, elegante y atractiva. Mientras los contemplaba, Amira notó cierta reserva en el trato que les dispensaba el camarero y las frías miradas que les dirigían uno o dos clientes.

—Pobre gente —murmuró Amira—. No deben de sentirse muy cómodos.

—Ah, sí —dijo Alí—, son las secuelas del colonialismo británico. En Oriente Medio tenemos muy buena memoria. No olvidamos, y rara vez perdonamos. Pero dado que yo no tengo ninguna queja de los ingleses, no veo razón para no ser amables y hospitalarios. —Alí hizo una seña al camarero para que se acercara y ordenó que sirvieran una botella de vino tinto en la otra mesa.

Cuando llegó, el inglés se levantó de su silla.

—Gracias. Muchas gracias —dijo a Alí—. Es usted muy amable.

—No ha sido nada. Tal vez a usted y a su encantadora esposa les gustaría unirse a nosotros. Mi esposa y yo estaríamos encantados de poder practicar nuestro inglés.

—Será un placer —dijo él, extendiendo la mano—. Ni nombre es Charles Edwin y ésta es mi esposa, Margaret.

—Alí Rashad. Mi esposa, Amira. ¿Qué les ha traído a Alejandría?

—Oh, hemos venido unos cuantos días para conjurar los fantasmas de nuestra juventud —respondió Margaret y en sus fríos ojos grises brillaba una sincera cordialidad.

—¿Fantasmas? —preguntó Amira.

—Charles era agregado de la embajada británica en El Cairo —explicó Margaret—. Fue hace mucho tiempo.

Amira quería preguntar qué cargo tenía el inglés en la embajada británica, pero le pareció descortés. Tal vez fuera un espía, pensó, un James Bond más gordo y calvo y vestido de tweed.

—¿Y han encontrado algún fantasma? —preguntó Alí.

—Me temo que no —respondió sir Charles tras una carcajada—. La vieja ciudad no es lo que era. Aunque hoy he visto un griego o dos por la calle, e incluso un francés. Tal vez un día nos dejarán volver a todos.

—¿Y ustedes? —dijo Margaret—. Déjenme adivinarlo... Están de luna de miel.

—No —dijo Alí.

—Es nuestro segundo aniversario de boda —apuntó Amira.

—Ah.

—He comprado una casa en Roushdy —dijo Alí—. Me pareció un buen momento para utilizarla.

—Roushdy —dijo sir Charles—. ¿Puedo preguntarle cuál es su casa?

Alí se lo dijo. El otro se quedó impresionado. Pronto ambos se enzarzaron en una conversación sobre el mercado inmobiliario en diversos lugares de Oriente Medio. Margaret se volvió hacia Amira con el ademán inmemorial de las mujeres excusándose a sí mismas de las charlas de los hombres.

—¿Y se divierte en Alex, querida?

—¿Alex? Oh, Alejandría. Bueno, apenas he visto nada. He... hemos pasado la mayor parte del tiempo en la casa.

—Ah. Bueno, entonces, ¿por qué no me deja que les haga de guía turística? Charles tiene que hacer no sé qué en Alamein mañana, y yo me quedaré sola. Me encantaría enseñarles la ciudad vieja, si no les molesta un toque de nostalgia.

—Alí, ¿podemos...?

—¿Podemos qué?

Amira repitió la invitación de Margaret.

—Me temo que mañana tengo unos asuntos, pero ve tú.

—¿No te importa?

—Por supuesto que no.

Al final de la noche concertaron la cita. Los Edwin se hallaban alojados en el hotel Cecil.

—No es lo que era, desde luego —dijo sir Charles con tono de disculpa.

—¿Y qué queda que lo sea, querido? —dijo Margaret.

El Rolls aguardaba. Llevaron a los Edwin a su hotel y luego Alí dio instrucciones al chófer de que llevara a Amira a casa.

—Luego cogeré un taxi —dijo—. No me esperes levantada. Mañana tendrás que salir temprano.

Alí seguía durmiendo cuando Amira se fue a la mañana siguiente.

—Aún quedan algunas cosas dignas de verse en Alex —dijo Margaret Edwin—, pero no las veremos todas hoy. Hay un museo excelente, por ejemplo, con auténticos tesoros en él, pero se necesitan horas para visitarlo debidamente, horas y conocimientos básicos sobre la historia de Macedonia y de Roma, y de Egipto, claro está.

Amira reconoció que sus conocimientos sobre esos temas eran muy limitados.

—Ah. Le prestaré algunos libros. Tal vez visitemos el museo otro día. Creo que tampoco iremos a las catacumbas de Kom en Chogafa. Me temo que nunca he sentido demasiado entusiasmo por las catacumbas.

Rodaban en aquel momento por la Corniche en un coche del consulado británico con un chófer egipcio uniformado al volante.

—Y, claro está —continuó Margaret—, uno de los problemas de Alex es que hay muchas cosas fascinantes que no pueden verse, sencillamente porque han desaparecido.

—El famoso faro —señaló Amira para demostrar que no ignoraba por completo la tradición local.

—El faro, sí. Al parecer fue el símbolo de esta ciudad para todo el mundo antiguo, del mismo modo que la torre Eiffel simboliza a París o el Empire State Building a Nueva York. Charles podría explicarle los aspectos técnicos. La linterna, es decir, lo que hacía brillar la luz hacia el mar, era una especie de lente mágica o espejo. Se podía mirar en él y ver naves que estaban a cientos de millas. No sólo eso, también podía concentrar los rayos del sol sobre los navíos enemigos y hacer que ardieran. O al menos eso dice la leyenda.

—¿Qué le ocurrió?

—¿Al faro? Oh, lo de siempre: el tiempo. Los musulmanes que tomaron la ciudad no estaban interesados en la ciencia griega. Alguien le dijo al gobernante local que había un tesoro enterrado bajo el faro. Las excavaciones hicieron que la linterna se desplomara. Unos siglos más tarde, un terremoto derribó la torre.

Un gran edificio de aspecto desvencijado apareció a la izquierda dominando la Corniche y el puerto.

—Ése es nuestro hotel —dijo Margaret—. Lo normal sería que estuviéramos en el consulado, pero... bueno, en realidad Charles y yo pasamos la luna de miel en el Cecil hace veinticinco años.

—¡Qué romántico!

—Ah, bueno. Por supuesto, Charles tiene siempre algún negocio que atender, igual que su marido.

Los penetrantes ojos grises parecieron pedir una reacción por parte de Amira.

—Yo nunca pregunto nada a Alí sobre sus negocios —dijo Amira—. Casi nunca.

—Claro. —Esbozó una breve sonrisa—. En cualquier caso, iniciemos nuestra visita. Hamza, coge por Sharia Nebi Daniel.

El chófer salió de la Corniche para entrar en una calle más estrecha y pobre en la que abundaban los peatones.

—Daniel —informó Margaret a Amira—, como Abraham y Moisés, es un profeta en nuestras dos religiones. Un destino extraordinario para los judíos. Esa mezquita de ahí delante es la mezquita de Daniel. Se dice que los restos de Alejandro Magno descansan en algún lugar de sus sótanos. Naturalmente nadie lo sabe con certeza.

—Al-Iskandariya —dijo Amira. Era el nombre árabe de la ciudad. «Iskander» significaba Alejandro.

—También se supone que Cleopatra está enterrada cerca de aquí —prosiguió Margaret—. Una parte más de la historia invisible, como la gran biblioteca de Alejandría. Estaba aquí, donde nos hallamos ahora, rodeándonos, y en realidad era tanto universidad como biblioteca, el centro intelectual del mundo durante siglos.

—Se quemó. —Amira recordaba el hecho de sus clases con la señorita Vanderbeek—. Y todos aquellos conocimientos se perdieron.

—No se quemó por accidente —dijo Margaret—. La quemaron los Padres de la Iglesia cristiana que gobernaban en la ciudad en aquella época. Pensaban que los libros eran paganos. Fueron los mismos que mataron a Hipatia.

—¿Hipatia? —Amira no había oído jamás ese nombre.

—Una filósofa y profesora de matemáticas cuyas ideas desagradaban a los Padres de la Iglesia. En algún lugar de por aquí, en el año 415 después de Jesucristo, la turba la sorprendió cuando volvía caminando a casa de una de sus clases y la despedazaron con trozos de tejas.

—¿Era una mujer?

—Es extraño, ¿verdad?, pensar que las jóvenes de esta parte del mundo luchan ahora por que les permitan acceder a la universidad, y hace mil seiscientos años una mujer era profesora aquí. Al palacio de Ras el Tin, por favor, Hamza.

Ras el Tin resultaba impresionante incluso para Amira, que, al fin y al cabo, vivía en un palacio. Construido en la época en que los turcos gobernaban Egipto, su último ocupante fue el rey Faruk, y se alzaba entre jardines clásicos en la península del puerto, con el Mediterráneo a un lado y la ciudad al otro. Sus magníficas habitaciones deslumbraban los sentidos con su sala del trono que parecía tan grande como un campo de fútbol, cuyo suelo tenía incrustaciones de marfil y maderas raras dibujando colas de pavo real; el salón de baile lleno de espejos y ventanas de la altura de dos pisos con vistas al jardín y al brillante mar azul, y el techo de nueve metros de altura como un caleidoscopio con vidrios de colores sobre el sueño de mármol multicolor; la sala de la araña, una galaxia de cuatro toneladas de peso de cristal y oro resplandecientes.

En medio de toda aquella opulencia, el objeto más conmovedor era uno de los menos espectaculares: el diario de Faruk, abierto por la página correspondiente al 26 de julio de 1952, el día en que abdicó el despreciado rey, obeso, envejecido e infantil. Según un guía de uniforme caqui, el monarca escribió mal su propio nombre en el documento por el que cedía su trono.

Antes de marcharse, Margaret y Amira dieron un paseo por los jardines. En el mar, un transatlántico se dirigía hacia el oeste ofreciendo una bonita imagen en el horizonte, como un barco de juguete.

—Creo que es el *Azonia* —dijo Margaret, que había seguido la mirada de Amira—. Hace el trayecto entre Alejandría y Marsella en cuatro días. Qué agradable ir a bordo, ¿eh?

Amira se dio cuenta de que era eso justamente lo que había estado pensando.

Margaret insistió en invitarla a comer. Eligió un restaurante a la orilla del mar llamado Abukir, que consistía en una única sala de paredes de cristal. Peces de una docena de especies nadaban en tanques aguardando la elección de los clientes.

—No los hay más frescos —comentó Margaret—, pero creo que pediré *soubia*. Aquí es excelente.

—Tomaré lo mismo —dijo Amira al camarero.

Soubia resultaron ser pulpitos fritos en aceite de oliva. Amira aventuró un primer mordisco. Estaba delicioso.

—¿Se ha fijado en el supuesto atajo que hemos tomado para venir aquí? —preguntó Margaret.

—Me he fijado en que pasábamos por un barrio de bastante mal aspecto.

—Era una esquina de la Mina, el antiguo puerto. Supongo que Hamza esperaba echarle el ojo a alguna mujer pública. No he querido darle la satisfacción de darme por enterada, pero hemos pasado justo por delante de la casa de madame Heloise, el burdel más famoso que aún sigue en funcionamiento. En otro tiempo toda esa zona fue el lupanar de los lupanares, con placeres para todos los gustos, según cuentan. Aún tiene cierta fama, aunque no es ni mucho menos como en los viejos tiempos, claro está. Hoy en día los clientes son sobre todo árabes grasientos. No se ofenda... desde luego nuestros muchachos también disfrutaron lo suyo.

Amira se encogió de hombros. ¿Por qué iba a ofenderse? Todo el mundo sabía lo que podían hacer los hombres lejos de casa.

La tarde la dedicaron a otro palacio, el Muntaza, una fantasía rosada como un castillo de arena, enclavado en un parque de eucaliptos y turbintos en la cima de una colina bañada por la brisa y sobre una preciosa playa. Amira recordó las historias de Jihan sobre el Muntaza, pero no vio por ninguna parte la piscina en la que retozaban las bellezas desnudas de Faruk. Tal vez lo habían cubierto y olvidado.

Tras visitar el edificio y los jardines, Amira y Margaret pasearon descalzas por la playa con Hamza como acompañante para que no hubiera problemas. Era una playa pública, pero había una hilera de cabañas (en realidad pequeñas y cómodas casas) en alquiler. Hombres mayores recorrían la playa en toda su extensión ofreciendo café o limonada a las familias que tomaban el sol en la tarde azul y oro.

La última parada fue el consulado británico en Roushdy, apenas a kilómetro y medio de su casa, para tomar el té. Amira había estado en Londres en una ocasión, pero aquel rincón de Egipto le pareció mucho más inglés. El sol se ponía ya, arrojando largas sombras sobre el ondulado césped, y Amira deseó que fuera posible devolverlo a su cenit para impedir el final del día. Comprendió que era Margaret quien la hacía sentirse así.

Amira había tenido una relación íntima con tres mujeres en su vida: Laila, la señorita Vanderbeek y Jihan. Todas se habían ido. Ahora, surgiendo de la nada, había encontrado un poco de cada una de ellas (la compañera aventurera, la maestra y la madre) en Margaret Edwin.

Era hora de partir. Margaret ordenó preparar el coche. Mientras esperaban en la puerta, siguieron charlando. Sí, Amira podía estar libre al día siguiente; se lo preguntaría a Alí. Bien. Tal vez podrían ver el museo.

—Charles y yo tuvimos una hija —dijo entonces Margaret, inesperadamente—. Murió en un accidente de barco cuando tenía doce años. Ahora sería de su edad. Anoche estuvimos hablando de ello, después de conocerla a usted. Charles dijo que tenía una sonrisa encantadora, pero que sus ojos parecían tristes. Sé que es un atrevimiento por mi parte, pero si necesita alguien con quien hablar, aquí me tiene, al menos unos cuantos días.

—Gracias. —Amira no sabía qué más decir. De nuevo Margaret parecía haberle leído los pensamientos.

Alí estaba tumbado junto a la piscina con una copa en la mano.

—¡La exploradora ha vuelto a casa! —exclamó alegremente—. Ve a ponerte el bañador y date un chapuzón conmigo.

Era una orden fácil de obedecer. Cuando Amira volvió en bañador, su marido chapoteaba plácidamente con una nueva copa, sentado en el borde de la piscina.

—¿No vas a la ciudad esta noche, cariño?

—¿Hummm? No sé. Quizá me dé un respiro y me vaya pronto a la cama.

Qué agradable sorpresa. Después de dar unas cuantas brazadas, se sentaron junto a la piscina y contemplaron las estrellas de una noche deliciosa. Alí preparó otro combinado y sirvió soda a Amira.

—Cuéntame lo que has hecho —pidió con una sonrisa—. ¿Has descubierto los restos de Cleopatra?

Amira le habló de los palacios, de la *soubia* y del aire ultrabritánico del consulado. Alí rió, hizo unas cuantas preguntas, bromeó. Estaba bebiendo demasiado, ¿pero qué importaba? Por lo menos estaba allí y eso ya era un principio.

El cambio llegó sin avisar. Amira relataba lo que le había contado Margaret sobre la Mina. El rostro de Alí se ensombreció. Se levantó tambaleándose.

—No quiero que vuelvas a ver a esa mujer nunca más.

—¿Qué?

—Ya me has oído. Te lo prohíbo. ¡Sentada en un lugar público y hablando de prostíbulos!

—Pero Alí, querido...

—No discutas conmigo. Quizá tu familia no tenga una reputación de la que preocuparse, pero la mía sí.

—Pero si sólo era...

—¿Es que piensas llevarle la contraria a tu marido? ¡Te digo que te lo prohíbo!

Alí entró en la casa a grandes zancadas. Amira se quedó sentada en la oscuridad creciente, demasiado sorprendida para llorar. Luego, mucho después, cuando entró ella también, Alí se había ido.

Margaret llamó por la mañana. Anonadada cuando Amira le contó lo ocurrido, se culpó de todo. Estuvieron charlando largo rato. Amira trató de explicarle que no era culpa de nadie, sino la voluntad de Dios. Nada podía hacerse. ¿Qué otra alternativa tenía sino obedecer a su marido?

—Lo comprendo —le aseguró Margaret, pero Amira se dio cuenta de que en realidad no lo comprendía—. Buena suerte, querida. Adiós. —Fueron las últimas palabras que oyó de su nueva amiga.

—La paz de Dios —dijo, pero ya se había cortado la comunicación.

Una vez más, sólo tenía la piscina y sus libros.

—Alí, quiero volver a casa.

—¿A casa? ¿Por qué? Esto es muy bonito. ¿No eres feliz?

—No. Vine aquí para estar contigo, pero tú nunca estás aquí.

—Ahora mismo estoy aquí.

—Ya sabes lo que quiero decir.

—No, no lo sé. Sé que mis asuntos en esta ciudad no son tus asuntos. Sé que este viaje fue idea tuya. Sé que me gasté una fortuna en comprar esta casa que no te gusta. Pero no sé lo que quieres decir.

Poco después, Amira oyó que el coche se alejaba.

Nada podía hacer. Su idea había sido un completo fracaso. Todo iba peor allí que en Al-Remal. Esa noche, por primera vez, el aire del mar y el sonido de las olas no la arrullaron hasta dormirse rápidamente. Paseó por su habitación, preguntándose qué iba a ser de ella.

Si no había más amor ni más hijos, ¿se divorciaría Alí? Casi lo deseaba. Aún era joven, tenía tiempo para hacer otro buen matrimonio. ¿Pero qué sería de Karim? Además, Alí no se divorciaría; se lo había dicho en más de una ocasión, no por amor, sino por venganza, cuando discutían. La relegaría a una oscura habitación de palacio para que se marchitara mientras él engendraba hijos con otras esposas.

Miró a Karim, que dormía en su cuna. A los pocos años, se iría a la sección de los hombres y luego se convertiría en adulto. Si tenía suerte, comería con ella una o dos veces por semana.

Intentó convencerse de que todo era voluntad de Dios, pero no le ayudó en nada. ¿Qué importaba de quién fuera la voluntad? Si un cometa caía del cielo y la aplastaba, sin duda sería la voluntad de Dios, ¿pero le dolería menos por eso? Si tuviera a alguien con quien hablar. A Philippe, o a Malik. Pensó en el *Azonia*. Volvería de Marsella al cabo de un día o dos. ¿Y si cogía a Karim y su pasaporte, subía a bordo y sobornaba al capitán? Era una locura. Aunque le dieran un pasaje, Alí la estaría esperando en el puerto francés.

Se acurrucó en la cama. «Mamá, ¿dónde estás?», gimió. Basta. Jihan estaba en el paraíso. ¿O no? ¿Estaba Laila allí también? ¿Por qué pensaba en Laila?

Se levantó y recorrió la casa hasta el aparador donde Alí guardaba las bebidas. Sin mirar la etiqueta, abrió la primera botella y echó un trago. Fue como beber fuego. Sintió náuseas, pero las reprimió y echó otro trago. Tal vez así podría dormir. Alí dormía como un tronco. ¿Era el sueño de los justos?

Subió las escaleras, pero parecían balancearse de un lado a otro. Cuando se tumbó en la cama, la habitación le dio vueltas. Se metió en el cuarto de baño y vomitó. Luego, exhausta, volvió tambaleándose a la cama y estiró una mano en la oscuridad para tocar a su hijo, que dormía.

La luna brillaba en lo alto, inundando de luz la habitación, molestándola en los ojos. ¿Dónde estaba? Ah, sí, en Alejandría. ¿Qué hora era? Ni idea. Le dolía la cabeza. Algo la había despertado. ¿Karim? No, el niño dormía pacíficamente. Oyó voces fuera. Alí. ¿Con quién hablaba? ¿Con un criado? Parecía enfadado.

Amira se levantó de la cama y salió al balcón. A la luz de la luna vio a Alí abajo, junto a la piscina, en bañador y encarándose con un hombre joven cuyas ropas delataban su pobreza.

—Excelencia —imploraba el hombre con voz suficientemente alta para que Amira le oyera—. Sólo menciono su promesa. Me dijo que se ocuparía de mí, pero el dinero no me ha llegado.

Ante el asombro de Amira, Alí le dio una fuerte bofetada con el dorso de la mano.

—¡Cómo osas venir a mi casa! Te advertí que no debías poner los pies aquí jamás. Ya sabes dónde encontrarme. ¡Allí y sólo allí!

—Excelencia, por favor, escuche. Mi madre está enferma. Necesitamos dinero para un médico, para medicinas. Se lo suplico. Si yo ya no le gusto, deje que le envíe a mi hermano. Ya lo ha visto, excelencia. Sólo tiene trece años, muy hermoso, muy puro. Sería el primero, como conmigo.

En la cálida noche alejandrina, Amira se sintió convertida en hielo. De repente todo se aclaró: la indiferencia de Alí, sus cambios de humor y su inestabilidad, su ira cuando ella intentó engatusarlo para que hicieran el amor. Amira tenía un hormigueo en los dedos y se le iba la cabeza. No te desmayes, se dijo a sí misma. Aquí no, ahora no.

—Por favor, excelencia, sólo unas cuantas libras.

—Escucha, perro, lo has perdido todo viniendo aquí. ¡Vuelve a tu perrera!

La actitud sumisa del joven cambió sutilmente, adquiriendo un leve tinte amenazador. Amira se dio cuenta de que era más alto y musculoso que Alí.

—Excelencia, yo no pretendía llegar a esto, pero tengo fotos. Quizá alguien me las comprará por unas cuantas libras, lo suficiente para pagar al médico. Por favor, no me obligue a hacer algo así.

Alí tendió las manos hacia la garganta del joven, pero las dejó caer.

—Estás mintiendo, por supuesto —dijo con su tono más aristocrático—, pero no perderé más tiempo en estas tonterías. Hasta un idiota como tú sabe que no puedo llevar dinero en el bañador. Espera aquí.

Alí dio media vuelta y desapareció de la vista al entrar en casa. El joven le siguió con la mirada; sí, como un perro, pensó Amira. Borrosamente se imaginó a sí misma tomando el sol al día siguiente y a Alí acercándose con los ojos vidriosos. ¿Qué le diría?

Su marido reapareció en el jardín e inconscientemente Amira se hundió en las sombras. Alí tendió al joven un fajo de billetes con la mano izquierda; era un insulto, pero el otro no estaba allí para alardear de orgullo. Balbuceando su gratitud, el joven extendió la mano para coger el dinero. Alí volvió a golpearle, esta vez en el pecho. El joven soltó un gruñido, cayó de rodillas y luego de espaldas. Sólo entonces vio Amira el cuchillo.

—¡No! —gritó, y su exclamación se perdió en la inmensidad de la noche.

Alí se volvió y la miró con los ojos desorbitados.

—¿Estás ahí? Ni una palabra, Amira, ni una palabra. ¿Has comprendido?

No había necesidad de responder.

Alí cogió el cadáver por los pies y lo arrastró por la hierba hacia el mar. Amira permaneció en el balcón temblando. Se le ocurrió que todo aquello era una pesadilla, que por la mañana se habría desvanecido.

Alí regresó con la respiración jadeante. Echó agua sobre la sangre junto a la piscina, se sumergió en ella, salió, y se metió en la casa. Eso fue todo.

Lo atraparán, pensó Amira. Es un asesino y lo atraparán. Sin embargo, comprendió luego que era una estúpida, tal vez por el alcohol que había ingerido. Alí no tenía nada que temer. Aunque la policía lo encontrara con el cuchillo en la mano y el cadáver a sus pies, era un príncipe de Al-Remal y el hombre muerto no era más que un intruso. El dinero podía responder a todas las preguntas embarazosas y, si era necesario, también el traslado del policía a algún puesto fronterizo en el Sahara.

En cualquier caso, regresaron a Al-Remal al día siguiente. Durante el largo vuelo, no cruzaron una sola palabra.

QUINTA PARTE

MIEDO

—Eres una puta, ¿verdad?, una sucia puta. Admítelo.

—Alí, por favor...

—¡Dilo!

Alí le echó la cabeza hacia atrás tirándole del pelo. El dolor fue grande, pero el miedo era peor.

—Muy bien, sí, soy una puta. Por favor...

—Lo quieres, ¿no es cierto? ¡Quieres que te lo haga aquí!

Alí hundió los dedos de la mano izquierda en su vagina, penetrándola dolorosamente.

—Oh... No, Alí. Te lo suplico...

—¡Dilo!

Amira tenía la sensación de que le iba a arrancar los cabellos de cuajo.

—Muy bien, por amor de Dios, sí, lo quiero aquí... Por favor, hazlo.

Alí se movió sobre ella y Amira se preparó para sentir más dolor, pero no ocurrió nada. Su marido soltó un gruñido de frustración y le apretó la cara con fuerza contra la almohada. Amira no podía respirar. ¿Voy a morir?, se preguntó. Imaginó los ojos negros de Karim fijos en los suyos.

De repente notó la cabeza suelta y oyó a Alí salir de la habitación dando tumbos. Amira respiró entrecortadamente mientras los pasos de Alí se alejaban vacilantes por el corredor. Se iba a beber más. Bien. Si vaciaba la botella perdería el conocimiento, pero también podía tomar pastillas, las malditas pastillas negras que lo mantenían despierto toda la noche. Si lo hacía, tal vez volviera y aún estaría más loco que antes.

Lo sabía por experiencia. En los dos meses siguientes a su estancia en Alejandría, su vida había sido cada vez más parecida al infierno. Alí no había demostrado en ningún momento el menor remordimiento por el asesinato. Por el contrario, hervía de ira. El alcohol la aumentaba, y también las pastillas (¿las tomaba ya antes sin que ella se hubiera dado cuenta?). Alí seguía ofreciendo al mundo su aspecto sonriente y sereno; pero a solas con Amira, las cosas era muy diferentes.

Irónicamente, ahora exigía su cuerpo casi todas las noches. Eso también se había convertido en un infierno. Antes Amira había tenido que soportar alguna que otra crueldad, pero ahora era puro sadismo. Conocía el término por sus libros de psicología, pero nunca le había parecido del todo real. ¿Cómo podía alguien obtener placer sexual del dolor de otros? Bien, Alí era uno de ellos. Sin embargo, también eso empeoraba. Con una frecuencia cada vez mayor, como aquella noche, no conseguía excitarse por mucho que la maltratara y humillara.

Quizá se rindiera por fin y volviera a sus jovencitos. No. Eso no ocurriría. La violencia iría en aumento hasta que un día, tarde o temprano, acabara por matarla. Estaba segura. En el fondo era lo que Alí deseaba. Aunque no tuviera otras razones, ¿acaso no era ella el único testigo de su crimen?

¿Qué voy a hacer? Estaba más sola que nunca, aislada por la enormidad de lo que Alí había hecho, de lo que estaba haciendo. Si contaba la verdad, ¿quién la creería? Nadie en Al-Remal, ni siquiera su padre. Malik sí, por supuesto, pero no podía decírselo. Sabía cómo reaccionaría y conocía el poder de Alí, de la familia real a la que pertenecía su marido. Contárselo a su hermano sería como sentenciarlo a él, y a sí misma, a la muerte.

Lo mismo podía decir de Philippe. Él la creería, pero ¿qué podría hacer? Nada. Nada que no le causara perjuicio.

Entró en la habitación contigua a la suya donde dormía Karim cuando Alí hacía sus visitas conyugales. Era increíble, pero estaba dormido. ¿Se había despertado antes? ¿En otras ocasiones? ¿Qué había oído? ¿Qué recordaría cuando fuera mayor, tanto si sabía que era un recuerdo como si no?

Acarició la frente de su hijo y el niño musitó en sueños. Amira se dijo que no era sólo amor de madre: Karim era guapo y sería un joven atractivo. De pronto, un pensamiento nuevo acudió a su mente y la aterrorizó. Las predilecciones de su marido, el modo en que la trataba... si ella no estaba, ¿qué le haría a Karim llegado el día? No, no podía ser. Ni siquiera Alí haría algo así.

Oh, Dios mío, tengo que irme de aquí con él. Pero ¿cómo? No había modo alguno. Tenía que haberlo. No podía pensar en ello esa noche. Estaba demasiado cansada, demasiado confusa. Dormir. Mañana. Al día siguiente hallaría un modo de escapar. Era una promesa que se hacía a sí misma cada noche desde que volvieran de Alejandría. Pese a que odiaba el olor y el tacto de su cama, cayó exhausta sobre ella. Todo estaba en silencio. Quizá por una vez el alcohol había superado los efectos de las píldoras negras. Amira apagó la luz y cerró los ojos.

Volvía a estar en Al-Masagin, con la multitud en la plaza y la figura atada al poste, pero ésta no era Laila sino el joven de la noche de Alejandría. Sus ojos se volvieron hacia Amira. Luego, inexplicablemente, Alí arrastraba el cadáver de Laila cuesta abajo hasta una playa, dejando un rastro de sangre. Amira corría detrás, suplicándole que se detuviera. La venda cayó del rostro de Laila. No era Laila, sino Amira. La Amira que contemplaba intentó tocar a la Amira muerta, pero no pudo. Era como si los brazos le pesaran una tonelada. Miró hacia abajo y vio dos perros negros gruñendo y clavándole los colmillos en las muñecas.

Alguien tiraba de ella en la oscuridad. Oh, Dios, era Alí. Le llegó su aliento a alcohol.

—Alí, ¿qué haces?

—Darte una lección.

—Por favor, Alí. —Intentó apartar a su marido, pero algo le sujetaba las manos. ¿Seguía soñando? Oh, Dios, estaba atada.

Alí encendió la luz. Sus pupilas eran dos puntos diminutos de locura; las píldoras habían ganado la partida.

—Ahora, perra —dijo—. Ahora. —Mostró a Amira un látigo corto, del tipo que usaban los conductores de camellos.

—¡No, Alí!

—Date la vuelta, a menos que lo quieras recibir en la cara.

—¿Qué he hecho, Alí?

El látigo le cruzó los senos. Amira gritó de dolor y se dio la vuelta.

—Eres una cerda, y sin embargo me miras con desprecio. Lo leo en tus ojos de demonio. Te atreves a mirarme con desprecio a mí, a tu marido, a un príncipe real. Respeto. ¡Voy a enseñarte respeto!

Cada frase concluía con un latigazo en la espalda, las piernas, las nalgas. No había modo de escapar. Amira chilló. Alguien tenía que oírla, un criado, alguien. No acudió nadie.

En la otra habitación, Karim empezó a chillar. Amira consiguió soltarse una mano y luego la otra, rasguñándose la piel con la cuerda. Intentó salir corriendo, pero Alí la arrinconó.

—Por favor, Alí, no tengo la culpa de no ser hombre... ¡Por amor de Dios, para!

Alí paró, pero fue sólo un segundo, el tiempo suficiente para que

Amira se diera cuenta de que debería haber soportado los latigazos sin rechistar. En el rostro de su marido vio una rabia fría y mortal; vio a un asesino.

Intentó protegerse la cara cuando se abalanzó sobre ella, pero el puño de Alí se metió entre sus manos. Amira notó el chasquido de su nariz al romperse y vio las estrellas cuando un segundo golpe cayó sobre su pómulo. La habitación pareció resplandecer, pero en la distancia. Algo golpeó su abdomen, cortándole la respiración y cayó. Un líquido caliente le bajó por los muslos. Me he orinado, pensó, avergonzada.

Lo último que vio fue el pie de Alí flotando hacia ella en un lento movimiento, como en un sueño, como el globo de un niño.

Fríos colores pastel. Una mujer de blanco. Un roce en los labios, rugoso, suave, frío. Hielo en un paño. Dolía, pero la humedad era una bendición. Se moría de sed.

—Alabado sea Dios —dijo la mujer—. Alabado sea Dios por haber salvado a su alteza de tan terrible accidente.

¿Accidente? Amira intentó decir la palabra, pero el sonido que emitió era indescifrable. Notaba la cara como un melón podrido, pero era peor aún la quemazón que sentía en las entrañas. Sin embargo, el dolor pareció diluirse. Lentamente lo comprendió. Hospital. Enfermera. Drogas. Recordó por qué estaba allí. Se durmió. Se despertó de nuevo con dolor. La enfermera, una mujer paquistaní de mediana edad, le dio una pastilla que Amira tragó con avidez.

—Mi hijo —dijo.

—¿Su qué? Ah, su hijo. Estoy segura de que vendrá muy pronto, alteza, pero no querrá que vea a su mamá en el estado en que se encuentra ahora, ¿verdad?

—No.

—Pero su marido ha venido tantas veces que la mitad de los pacientes creen que es un médico.

La enfermera insertó un termómetro suavemente bajo la lengua de Amira.

—Es un hombre encantador. Si quiere saberlo, no está enfadado aunque condujera el coche. Fíjese en todas las flores que ha traído.

Media docena de grandes ramos abarrotaban la habitación. Al mirarlos Amira se dio cuenta de que sólo veía por el ojo derecho. El izquierdo no se abría. Conducir el coche.

—No, no, alteza. No debe tocarse los vendajes. —La enfermera sacó el termómetro, hizo una anotación en el gráfico y siguió parloteando con el tono maternal de las enfermeras—. Ha sido una chica mala, alteza. Podría haber muerto, Dios no lo quiera. Pero Dios misericordioso estuvo de su lado. Gracias a Él, el doctor Rochon apareció en el momento oportuno.

—¿El doctor Rochon? ¿Philippe Rochon?

—Exactamente. Llegó el mismo día que la trajeron, gracias a Dios, y el doctor Konyali le pidió que realizara la operación. Eso no quiere decir que el doctor Konyali no hubiera podido hacerlo, claro está.

El calmante empezaba a hacer efecto. Amira se preguntó si había entendido a la enfermera correctamente.

—¿El doctor Rochon está aquí? ¿Y me hizo una operación? ¿Qué operación?

La enfermera apretó los dientes.

—Será mejor que espere a que el médico se lo explique, alteza.

—No. Dígamelo usted. No soy supersticiosa. No le echaré la culpa por las malas noticias. De hecho se lo agradeceré. ¿Qué operación?

—Tenía daños internos, alteza —replicó la enfermera con expresión compasiva—. Hemorragias. Tuvieron que operarla para salvarle la vida. Le extirparon un riñón y la matriz.

Oh, Dios mío, pensó Amira. Pero todo parecía muy remoto, como si se refiriera a otra persona. Afortunadamente le habían dado un calmante, morfina, o lo que fuera. Había perdido la matriz. Qué triste.

—Al menos tiene a su hijo, alteza, y está viva.

—¿Tiene usted hijos?

—No estoy casada, alteza. Es muy amable al preguntarlo. —La enfermera ajustó la aguja intravenosa que tenía puesta Amira—. Ahora descanse, alteza. Vendré siempre que necesite alguna cosa y los médicos vendrán a visitarla. Por cierto, me llamo Rabia.

Amira flotaba en un tranquilo lago. La idea de que Philippe iría pronto a verla pasó volando como una nube en el cielo.

—¿Podría traerme un espejo? —se oyó preguntar.

—¿Un espejo? Me... me temo que no tenemos ninguno, alteza. Quizá pueda encontrarle uno más tarde. Ahora descanse.

—Sí... Philippe.

Philippe se hallaba detrás del doctor Konyali con la preocupación pintada en el rostro.

—Había olvidado que conoce al doctor Rochon, alteza —dijo el doctor Konyali tras carraspear. Aquel pequeño cortesano no olvidaría una cosa así, sencillamente disimulaba la falta de decoro de Amira al dirigirse a un hombre de manera tan informal.

A ella no podía haberle importado menos. Su único ojo no había dejado de mirar a Philippe. Nunca le había visto con el atuendo de médico, que le hacía parecer más juvenil, pero al mismo tiempo parecía mayor, más frágil.

—¿Estás bien, Philippe? ¿Qué te trae por aquí?

—¿Que si estoy bien? —Los ojos de Philippe se llenaron de arrugas al sonreír—. ¿Quién es el paciente? ¿Cómo se siente usted?

Amira intentó sonreír también, pero dolía.

—Mejor que nunca.

—No me dijo que la paciente padecía de sentido del humor, doctor —comentó Philippe, mirando el gráfico de Amira por encima del hombro de Konyali—. En cuanto a lo que me trae aquí, su majestad tuvo un episodio bastante agudo de su problema crónico y me pidió que viniera. Cuando llegué, se había enterado de su accidente y me envió directamente a asistir al doctor Konyali.

El turco hinchó el pecho ante el halago, pero Amira sólo se fijó en el leve énfasis que Philippe había puesto en la palabra accidente y en la mirada que le había dirigido al pronunciarla. Una única idea traspasó la nebulosa causada por el dolor y la medicación: «¡Lo sabe!»

—No queremos perturbar su descanso, alteza —dijo Konyali—. Ahora es lo que más necesita. —El médico se movió, incómodo—. Creo que Rabia le ha explicado las diversas... operaciones que realizamos.

—Sí.

—Fue absolutamente necesario, alteza. Lamento tener que decirlo. —No fue culpa suya. Fue la voluntad de Dios. Konyali inclinó la cabeza en reconocimiento de la profunda verdad de aquel comentario.

—Su marido está esperando para verla, alteza. Le he dicho que sólo puedo permitirle pasar unos minutos.

¿Se notó su miedo? Philippe la observaba con atención. Sí, lo sabía.

—Espero que no le importe que visite a su paciente de vez en cuando, doctor Konyali —dijo.

—En absoluto, doctor. Al fin y al cabo es tan paciente suya como mía.

—Estaré cerca, alteza —dijo Philippe, guiñando un ojo a Amira—. La enfermera Rabia sabe dónde encontrarme en todo momento.

Se había marchado antes de que Amira pudiera decirle adiós. Konyali le siguió tras dar unas breves instrucciones a Rabia. Después, de repente, Alí estaba allí. Rabia se levantó y se dirigió a la puerta.

—No, quédese, Rabia, no importa.

—Estaré al otro lado del pasillo, alteza —dijo la enfermera, lanzándole una mirada de extrañeza—. Por favor, alteza, señor, sólo unos minutos. El doctor lo ha ordenado.

—Por supuesto.

Cuando la puerta se cerró, Alí se acercó a la cama. Amira reprimió el impulso de gritar. Entonces su marido hizo algo asombroso: cayó de hinojos junto a la cama y le besó la punta de los dedos.

—¡Gracias a Dios! ¡Gracias a Dios por salvarte! Fue culpa mía. No me lo hubiera perdonado jamás. De haber sido un marido como Dios manda, no te hubiera permitido cometer semejante locura.

—¿De qué estás hablando?

—Pues del accidente, claro. Deberías ver cómo ha quedado el coche.

¿Se había vuelto loco? ¿O era ella?

—No fue en ningún coche.

—¿Qué?

—Yo no iba en ningún coche.

—No debería haber venido tan pronto —dijo él, palmeándole la mano—. Descansa, querida. Mañana volveré. Te lo prometo, a partir de ahora las cosas serán diferentes, muy diferentes.

¿Se trataba de una especie de reacción exagerada por el sentimiento de culpabilidad? ¿Había borrado la verdad de su memoria? ¿Le faltaba valor para admitir lo que había hecho? ¿O era otra cosa?

Alí le sonrió desde la puerta. Y allí, justo allí, en lo más hondo de sus ojos negros, algo se agitó, brillando como si fueran otros ojos completamente distintos, los ojos de un animal en la noche. Desapareció al instante, pero Amira lo había visto, y «eso» la había visto a ella.

Amira estaba demasiado débil para tener más miedo. De todas formas, ya nada tenía sentido. Se durmió a los pocos segundos de que regresara Rabia.

En los dos días siguientes, Amira apenas se movió. La debilidad y el dolor no se lo permitieron. La tercera mañana, Rabia la ayudó a sentarse en el borde de la cama, y por la tarde dio unos cuantos pasos, sintiéndose como una anciana o un bebé. Ese mismo día el doctor Konyali le quitó la mayor parte de los vendajes de la cara, y tras mucha reticencia y arrastrar de pies, Rabia le llevó un espejo.

Amira emitió un gemido ahogado al verse. Su rostro, hinchado aún, era como un único moretón que se había vuelto de un enfermizo color amarillo purpurino, y llevaba todavía la nariz oculta bajo esparadrapo. Una negra hilera de puntos le bajaba por la frente desde la raíz del pelo. Tenía el ojo izquierdo abierto, pero grotescamente inyectado en sangre.

—Le quedará una cicatriz, no demasiado grande, aquí —dijo Konyali señalando los puntos—, y su nariz no recuperará del todo su antigua forma, pero no hay lesiones permanentes.

Philippe había entrado en la habitación para contemplar con aspecto sombrío cómo le quitaban los vendajes.

—Si no le gusta su nueva nariz —dijo, ya sonriente—, puedo sugerirle un cirujano plástico que le haría la nariz que más le gustase.

—¿Me haría...? —Amira intentó recordar el nombre de alguna estrella del cine francés—. ¿Me haría la nariz de Catherine Deneuve?

—¿Por qué no? A ella se la hizo.

—¿Quiere su velo, alteza? —preguntó Rabia.

—¿Porque ya no llevo vendajes? No, es absurdo. Estos caballeros conocen mi cara mejor que yo... que apenas la reconozco ya.

—De todas maneras tenemos que controlar el proceso de curación, y quitarle los puntos, claro está —dijo Konyali—. Nadie puede culparla de inmodestia en estas circunstancias, alteza.

—Gracias, doctor. ¿Cómo está su majestad, mi suegro, Phili... doctor Rochon?

—Me alegra poder decir que está mucho mejor.

—Alabado sea Dios —dijeron Konyali, Rabia y Amira al unísono.

—En realidad ya no me necesita, de modo que cuando usted se recupere, me temo que tendré que volver a París —señaló Philippe, pero sus ojos expresaban con vehemencia lo que no decía.

—Bueno —dijo Amira—, espero que tengamos oportunidad de hablar antes de que se marche. Usted y el doctor Konyali me han salvado la vida.

—Estoy seguro de que sí, alteza.

Pero la oportunidad de hablar resultó más difícil de lo que creían. A pesar de que Amira fue mejorando paulatinamente en los días que siguieron, siempre estaba Rabia u otra enfermera presente; Alí había insistido en ese punto. El propio Alí se encontraba en la habitación a menudo, tan solícito con Amira, y con Philippe cuando éste acudía, que Amira se preguntó si era posible que realmente hubiera cambiado del mismo modo que supuestamente el pelo de una persona podía volverse blanco en una sola noche a causa de una experiencia aterradora. Pero no, no, no podía ser. Aquella cosa seguía en el fondo de su mirada, vigilándola, casi riéndose de ella. No; temería a su marido por siempre jamás.

Llegó una mañana en que el doctor Konyali le anunció que volvería a casa al día siguiente. Esa tarde, cuando Alí se había ido, Philippe entró a despedirse. Extrañamente, al principio pareció más interesado en charlar con Rabia que en Amira.

—El doctor Konyali me ha dicho que ha viajado usted mucho.

—¿Yo, señor? —Rabia esbozó una sonrisa de tímido orgullo—. Bueno, he estado en Pakistán, claro, y en Delhi, luego en Inglaterra, en Birmingham y en Londres, y luego aquí.

—¿Cuántos idiomas habla?

—Sólo el mío, y un poco de inglés, y el árabe tal como lo hablo ahora, señor.

—¿Francés no?

—No, señor, ni una palabra, lamento tener que admitirlo. —Parecía sinceramente pesarosa de defraudar al famoso médico.

—Yo hablo un poco de francés —dijo Amira, siguiendo el juego a Philippe—, pero hace años que no lo practico. ¿Va a examinarme, doctor? Pregúnteme en francés. Corríjame cuando me equivoque.

—Muy bien.

—¿No le importa, Rabia?

—¿A mí, alteza?

—Bon.

Philippe sacó el fonendo y lo aplicó a la espalda de Amira.

—No podemos hablar mucho —dijo en francés—. Contesta cuando te pregunte. Respira hondo. Ahora expira. Lo hizo él, ¿verdad?

—Sí.

—¿Te había maltratado antes?

—No tan brutalmente.

—Creo que corres un grave peligro.

—Le vi matar a un hombre.

—Tienes que alejarte de él. Te ayudaré en cuanto pueda.

—Tú no puedes hacer nada.

—Túmbate. Eso es. Relajada. Tengo que palparte.

Sus manos eran firmes, amables, expertas. Había seguridad en ellas, protección.

—¿Te duele?

—No. Si me marcho se quedará con mi hijo.

—¿Y si te llevas al niño contigo?

—Me perseguirá y me matará.

—Y aquí, ¿te duele? ¿En Francia también?

—Un poco. Como una contusión. Sí, incluso allí. —¿Le estaba pidiendo que abandonara a Alí por él? ¡Dios, ojalá fuera posible!

—Tose, por favor. Muy bien. ¿Y si desaparecierais los dos?

—No comprendo.

—Iros lejos, cambiando de identidad. Tengo dinero.

—Nos buscaría hasta encontrarnos, te lo aseguro. No tienes ni idea.

Philippe se inclinó más sobre ella para examinar la herida de la frente, donde había llevado los puntos.

—Está cicatrizando muy bien. Sólo quedará una pequeña cicatriz.

—No creo que se atreva a hacer nada por ahora, después de esto.

—Eso espero, pero tienes que salir de aquí. Intentaré encontrar una solución. Inténtalo tú también.

—Por favor. No puedes ayudarme. No lo intentes.

—Soy su médico, alteza —dijo él, con una sonrisa—. Me preocupa su salud.

—No eres consciente de los peligros.

—Oh, pues claro que sí. Precisamente por eso. —Philippe se apartó de la cama—. Nuestra paciente va muy bien —dijo a Rabia en árabe—, y también su francés.

—Dios es misericordioso.

—Sí. Bueno, alteza, la dejo en las capaces manos del doctor Konyali. Obedezca sus órdenes. Iré a visitarla en cuanto vuelva a Al-Remal.

—¿Y cuándo será eso, doctor?

—Pues para las fiestas del cincuentenario. Su majestad ha sido tan amable de invitarme. ¿No lo había mencionado?

A Amira el corazón le dio un vuelco en el pecho. Faltaban menos de dos meses para el quincuagésimo aniversario de la ascensión del rey al trono y las celebraciones, que se prolongarían durante seis días en toda la nación.

—Será agradable volver a verle, doctor.

Sus ojos se encontraron.

—Cuídese, alteza. *Au revoir.*

—*Au revoir.*

Philippe se fue tras dedicar un cumplido profesional a Rabia, que enrojeció intensamente.

—Será nuestro invitado, por supuesto —dijo Alí—. Es lo menos que puedo hacer. Te salvó la vida y luego se fue sin darme oportunidad de recompensarle debidamente.

—Tal vez se sienta más cómodo en uno de los hoteles occidentales —dijo Amira, sin saber muy bien por qué.

Alí desechó la objeción con un ademán.

—Todos los hoteles están al completo. Podría usar mis influencias, pero ¿por qué?

Tenía razón. La mayoría de dignatarios de Oriente Medio y muchos de Europa y América acudirían al cincuentenario. Al-Remal sólo tenía un puñado de hoteles de primera categoría. Necesariamente, centenares de invitados habrían de confiar en la hospitalidad privada. ¿Por qué de repente le desasosegaba la idea de tener a Philippe como invitado en casa? Cuando estaba en el hospital, hubiera sacrificado diez años de su vida por tenerlo cerca una semana más. ¿Había algo en el tono de Alí, una insinuación de oculto significado?

—En cualquier caso ya está hecho —dijo Alí—. Lo he llamado hace una hora y ha aceptado la invitación.

Amira intentó parecer indiferente. Su marido se acercó a ella. Amira se contuvo para no dar un respingo, pero Alí se limitó a ponerle la mano en la frente como si quisiera comprobar que no tenía fiebre. Se le puso la piel de gallina.

—¿Crees que estás lo bastante fuerte para ocuparte de los preparativos de la casa? Yo haré lo que pueda, por supuesto, pero me temo que estaré muy ocupado.

—Estoy bien.

Se alojaban en una amplia y bonita casa cerca de un pequeño oasis muy antiguo en las afucras dc la ciudad, al sur. Como muchos de los miembros más jóvenes de la familia real, Alí y Amira se habían trasladado temporalmente para ceder sus habitaciones de palacio a los invitados más importantes del cincuentenario. El dormitorio de Amira, por ejemplo, sería ocupado por la esposa del vicepresidente de Estados Unidos.

—He ordenado a algunos de los criados que empiecen a trabajar esta tarde —dijo Alí, dando por concluido el asunto. Consultó su reloj—. Estaré de aquí para allá todo el día. Si necesitas algo, házmelo saber. En palacio saben dónde encontrarme.

—Lo haré.

—No te canses.

—No te preocupes.

Alí se marchó con una sonrisa. ¿Cuál era su auténtico significado?, se preguntó Amira.

Según todas las apariencias, Alí se había convertido en el marido más considerado de Al-Remal. No importaba. Nada de lo que él hiciera le importaba ya. Ni un millar de ángeles dando fe de que había cambiado la inducirían a confiar en él.

Las primeras semanas tras su salida del hospital habían supuesto un respiro. Todo lo que se esperaba de ella era que descansara y se recuperara, y para ello la encerraron en un caparazón omnipresente de mujeres: primas, amigas, criadas, suegra, cuñadas y otras mujeres de su familia política que apenas conocía.

Todo el mundo hizo comentarios sobre su terrible «accidente», luego no volvieron a mencionarlo nunca más. Si tenían alguna duda, querían olvidarla. Pero ella no tenía preguntas y no había olvidado nada, ni al hombre de la noche alejandrina, ni la paliza, ni mucho menos la terrible visión de Alí y Karim en un posible futuro. A medida que recuperaba lentamente las fuerzas, no deseó otra cosa más que hallar el modo de escapar.

Con su restablecimiento, el velo protector de mujeres fue alzándose paulatinamente. A Amira no le importó. Estaba preparada para un poco de soledad, de intimidad, y hastiada de lo que impregnaba el ambiente entre las que la cuidaban, no expresado, pero tan penetrante como el olor de una vela recién apagada: se había convertido en un objeto de piedad para ellas.

Al fin y al cabo, ahora era estéril, una mujer sin propósito ni futuro, agua pasada a los veintidós años. En cierto sentido, a los ojos de las demás mujeres, una parte de ella había muerto aquella noche, y reaccionaban ante la muerte como todos, con la secreta gratitud de que le hubiera tocado a otro.

Alí no había vuelto a abordarla con intenciones sexuales. No estaba segura de cómo reaccionar si se daba el caso. Podía alegar debilidad, o sencillamente rechazarlo y comprobar el grosor del barniz de amabilidad con que su marido se había disfrazado. Pero tal vez la dejara en paz durante una buena temporada, o incluso para siempre. Quizá había notado el asco que sentía cuando la tocaba. O tal vez él mismo se sentía repelido por su esterilidad.

Unos días antes había oído a Faiza por casualidad; su suegra comentaba que, naturalmente, Alí volvería a casarse. Naturalmente que lo haría. Nadie le echaría la culpa; de hecho, muchos le culparían de no hacerlo.

En todo caso, tampoco eso importaba. Esperaba la salvación, ni más ni menos, en cualquier forma que quisiera adoptar.

Amira mandó llamar a un chófer para que la llevara a la nueva casa. Al cabo de unos minutos, un criado le informó de que el coche estaba listo. Aquélla era una de las cosas positivas del supuestamente nuevo Alí, que tenía libertad para ir y venir casi a placer.

En los pocos pasos que separaban la entrada familiar de palacio de la protección del Rolls, Amira notó el frío del invierno remalí. La temperatura había bajado hasta los diez grados; esa noche el agua tal vez se congelaría. Esperaba que el tiempo mejorara antes de que llegara Philippe.

El chófer, un hombre corpulento de aspecto fiero y rostro picado de viruelas, se apresuró a ayudarla. Amira sabía que, al igual que sus demás colegas de palacio, era un experto en defensa personal y en el uso de armas cortas, una de las cuales escondía bajo el asiento.

—La paz de Dios, alteza.

—La paz de Dios, Jabr.

—¿Enciendo la calefacción?

—No, se está muy bien aquí.

El lujoso coche salió de los terrenos de palacio a las calles de la ciudad, insólitamente llenas.

—¿Ha visto las tiendas su alteza? —preguntó el chófer con excitación de adolescente.

—¿Qué tiendas?

—A las afueras, en dirección al aeropuerto, alteza. La gente del desierto ha venido para la fiesta.

—Muéstramelo —pidió Amira siguiendo un capricho.

Varias veces en su vida había visto pequeños campamentos de beduinos, pero nunca nada parecido. Cientos de tiendas negras se desperdigaban por las pequeñas colinas distantes. El aire aparecía nebuloso por el humo de las fogatas. Entre las tiendas había pequeños grupos de caballos y camellos en cantidades incontables. Los hombres se volvieron para mirar el coche y luego reanudaron sus conversaciones.

—Mi gente —dijo Jabr orgullosamente—. Los dejé cuando tenía doce años para servir a su majestad por voluntad de Dios.

—¡Cuántos son! —fue todo lo que Amira pudo decir. Aquella visión la conturbó profundamente. Hasta entonces había pensando en el cincuentenario como una fiesta de palacio, pero ahora comprendía que era mucho más, era una celebración de todo el pueblo. Muchos de aquellos hombres vestidos de cuero y sus mujeres con velos negros habían recorrido cientos de kilómetros de desierto para estar allí.

—Quiera Dios que crezcan en número —dijo Jabr—. Mientras haya beduinos, habrá un Al-Remal.

Era cierto, se dijo Amira. La gente del desierto, aun siendo sólo una pequeña fracción de la población, era el alma del país.

—Esto es hermoso, Jabr. Tendrás que traerme otra vez. —Volvería. Y llevaría con ella a Faiza. Quería ver la reacción de su suegra, con toda su elegancia real, al enfrentarse con el estilo de vida del que había surgido. ¿Recordarían los dedos de Faiza cómo se tejía el pelo de cabra teñido de negro para hacer tiendas de beduinos?

Jabr lanzó una última mirada al vasto campamento y viró hacia el sur.

En la casa nueva, Amira no encontró mucho en que ocuparse. Los criados conocían su trabajo y constantemente la instaban a descansar. No obstante, sí supervisó personalmente el momento en que se colgó un cuadro sobre la cama de lo que sería el dormitorio de Philippe. Era una de las junglas fantásticas del aduanero Henri Rousseau. Amira no había visto jamás una jungla y se preguntaba si al artista le había ocurrido lo mismo. A ella, la jungla del cuadro le pareció una idea muy francesa de lo que debía ser una jungla. Esperaba que a Philippe le gustara lo bastante como para alabar su buen gusto, porque entonces Alí se vería impelido a regalarle el cuadro.

Pero seguramente Philippe no diría nada. Conocía Al-Remal mejor de lo que cualquier europeo tenía derecho a conocer.

—Alteza, el príncipe Alí desea que vaya a saludar a su invitado.

Ya era hora. Alí había monopolizado a Philippe durante casi una hora. Amira siguió al criado a los aposentos de los hombres.

Allí estaba.

Philippe estaba más pálido que la última vez. El invierno europeo, recordó Amira. La piel europea.

—Bienvenido, doctor, a este pobre alojamiento temporal. ¿Ha venido a comprobar si su paciente había sobrevivido?

—Hola, alteza. Dios quiera que todos mis pacientes sobrevivan tan bien. Sería un nuevo Avicena.

—Ha hablado como un remalí, doctor —comentó Alí con una sonrisa. Era cierto, pensó Amira. Incluso en la referencia al gran médico árabe de la antigüedad; la mayoría de occidentales hubieran mencionado a Hipócrates.

—¿Pero va todo bien, alteza? —preguntó Philippe, ya en serio—. ¿No ha tenido ningún problema? —Sus ojos tenían una mirada penetrante.

—Nada que comentar, doctor.

—Por favor —intervino Alí, sonriendo de nuevo—. Basta de formalidades. ¿No somos amigos? Nombres de pila a partir de ahora.

Philippe hizo un gesto muy francés dando su aquiescencia. Amira no dijo nada; se daba por supuesto que estaba de acuerdo con los deseos de su marido.

—Philippe me estaba hablando —continuó Alí— de la gran celebración del sha. Cree que la nuestra será mejor.

—¿Estuvo allí, Philippe? —No se lo había mencionado. La farsa del sha del Irán en 1971, en Persépolis, para celebrar los dos mil quinientos años del Imperio persa, había sido noticia en todo el mundo.

—No era uno de los invitados —replicó Philippe modestamente—. Sólo formaba parte del séquito de Pompidou.

—Cuéntenos sus impresiones —le instó Alí.

—Fue excesivo, por supuesto —replicó Philippe, encogiéndose de hombros—. En realidad ha sido el campamento beduino que he visto viniendo del aeropuerto lo que me lo ha recordado. Éste es auténtico. El sha también hizo levantar tiendas, pero estaban diseñadas por Jansen. Tenían dos dormitorios, sábanas Porthault y cuartos de baño de mármol. Por supuesto todo eso era para la élite. La mayoría de nosotros nos alojamos en Shiraz, a sesenta y cinco kilómetros.

—Mi padre estuvo en una de aquellas tiendas —dijo Alí—. Está de acuerdo con usted en que fue excesivo. Sin embargo, es posible que muchas personas hablen de aquello, aun hoy en día, como el último paso hacia el paraíso.

—Sobre gustos no hay nada escrito —dijo Philippe, volviendo a encogerse de hombros—. Desde luego fue todo un espectáculo. El ejército iraní al completo iba ataviado y peinado como los antiguos soldados persas. Hubo todo tipo de diversiones y ni un solo momento aburrido. También se comió razonablemente bien; el sha hizo acudir a todo el personal de Maxim's.

—Permítame hacerle una pregunta, amigo Philippe. ¿Sabe cuánto se gastó el sha en su pequeño circo?

—He oído que trescientos millones de dólares.

—Aproximadamente es correcto, pero en todo el tiempo que pasó allí, ¿oyó alguna vez un solo sura del Corán?

—Dado que no soy de la fe, alteza...

—Alí.

—Alí, no prestaba mucha atención a esas cosas. Pero no, no lo creo.

—Ni tampoco mi padre, y aún hoy sigue diciendo que la impiedad del sha será su perdición.

—Puede ser —dijo Philippe, asintiendo—. En lo que a mí respecta, me resultó difícil disfrutar de los festejos por otros motivos. Acababa de pasar varias semanas en el Sahel. Las Naciones Unidas habían solicitado a unos cuantos de nosotros que examináramos la situación médica allí. Poca cosa pudimos hacer. La sequía se hallaba en su peor momento, como recordará, y las personas, los niños sobre todo, morían como moscas. Después de aquello, era difícil apreciar la gastronomía de Maxim's.

—Por supuesto, por supuesto —dijo Alí con tono vago. Amira se dio cuenta de que su marido no veía relación alguna entre los problemas crónicos del África subsahariana y la increíble fiesta cuyo anfitrión era el ocupante del trono del pavo real.

Alí consultó su reloj, gesto que se estaba volviendo habitual en él.

—Mil disculpas, amigo mío, pero el deber me llama. Me esperan en palacio y ya llego tarde. Mi hermano Ahmad también se retrasa. Se suponía que tenía que estar aquí para recibirle con nosotros. Estoy seguro de que llegará en cualquier momento. Mientras tanto, está usted en su casa.

Amira miró a su marido con cierta confusión. Sería indecoroso que se quedara con un invitado masculino a solas. Alí notó su vacilación.

—No pasa nada. Como decía, Ahmad llegará enseguida, y en todo caso, no podemos dejar desatendido a nuestro huésped. Ordena que alguien le enseñe su habitación y deja que descanse. Seguro que he agotado al pobre hombre con mi charla.

Alí sonrió una vez más y se fue. Amira y Philippe se miraron. Amira hubiera deseado arrojarse en sus brazos, pero no se atrevió; ¿y si los veía alguien?

—Es agradable tenerte aquí —se limitó a decir.

—¿Aún quieres marcharte, Amira? —preguntó él con una mirada penetrante.

La voz de Amira sonó débil al decir que sí.

—¿Estás segura?

—Sí, lo estoy.

—Tal vez haya hallado la solución, pero éste no es el momento para hablar de ello.

—No.

Instantes después entraba Ahmad a grandes zancadas. Si pensó algo al ver a Amira y a Philippe a solas, no lo demostró. Era tan callado y sombrío como efusivo Alí. Tras él llegaron dos de los primos de Alí, toda una multitud de hombres. Amira se sintió fuera de lugar y se excusó rápidamente.

En el mundo de las mujeres, dio instrucciones a los criados de manera mecánica. Philippe tenía un plan. ¿Cuál podía ser?

Y, fuera cual fuese, ¿podría llevarlo a cabo?

Sí, se dijo. Sí podría.

LA *MATAWA*

Tomar una determinación era una cosa, pero hallar la oportunidad era otra muy distinta. Durante tres días, Amira no pudo estar ni un momento a solas con Philippe. Los festejos transcurrieron como una exhalación, haciendo pausas únicamente para rezar y dormir. Los jardines de palacio se abrieron al público, se instalaron fogatas en el pulcro césped y se levantaron tiendas en las que un ejército de cocineros ofrecían cordero asado y arroz especiado a cuantos se presentaban allí hasta altas horas de la madrugada.

Las embajadas extranjeras rivalizaban entre sí para ofrecer aperitivos, comidas y cenas a los invitados. De día se celebraban carreras de caballos y de camellos, de noche había fuegos artificiales, y la hospitalidad y las conversaciones ocupaban todas las horas.

A mitad de semana debía realizarse un gran *majlis* en el que cualquier remalí podía elevar sus quejas ante el rey en persona. En aquella ocasión, la mayoría de solicitantes llegaron con felicitaciones en lugar de quejas; los jeques de todas las aldeas estaban ansiosos por pronunciar unas cuantas palabras de alabanza y fidelidad.

Sin embargo, de vez en cuando alguna persona acudía en busca de la justicia del rey. Un anciano tembloroso y atemorizado explicó que un camión había matado dos de sus cabras y que, lejos de pagarle las cabras, el camionero había exigido dinero por los daños causados en su vehículo. Dos testigos de su misma lejana aldea en el desierto sustentaban su historia.

El rey ordenó que el camionero pagara, no sólo las dos cabras, sino también el coste del viaje de los tres hombres al *majlis*. El trío, seguro de haberse ganado la fama en su lugar natal para el resto de sus días, se despidió dando gracias a Dios y al monarca.

Innumerables fiestas privadas centelleaban como pequeñas joyas entre los eventos oficiales; parientes y amigos se visitaban con regalos arriba y abajo hasta casi el amanecer. A Amira le recordaba la semana después del Ramadán, sólo que con un ritmo más frenético. Era enteramente posible olvidarse de cuál era la fiesta a la que uno asistía.

En todas partes, menos en algunas embajadas y en los hogares más liberales, se aplicaba la común segregación de los sexos. Amira no tuvo oportunidad de intercambiar más que unas cuantas palabras superficiales y públicas con Philippe ni siquiera en su propia casa, con las idas y venidas de los invitados y el ajetreo de los criados.

La poca intimidad que existiera desapareció cuando la hermana de Alí, Zeinab, se presentó con el equipaje y un marido bastante abrumado, quejándose de que la casa que les habían asignado no era mejor que la choza de un cabrero, y que era imposible permanecer allí.

Fue Alí quien finalmente ofreció a Amira la oportunidad que esperaba.

—Nuestro amigo no se encuentra bien —dijo a su mujer la cuarta mañana de los festejos—. Dice que sólo está cansado, pero no estoy seguro de que su salud sea muy buena. En cualquier caso, hoy piensa quedarse en casa y descansar.

—Se lo diré a los criados.

—Bien, pero no podemos dejar solo a un invitado. Me gustaría que te quedaras y le hicieras compañía, a menos que no resistas la tentación de acudir a otra comida de embajada con sus correspondientes discursos.

—A decir verdad yo también estoy un poco cansada. —Era cierto; aún no se había recuperado plenamente tras su paso por el hospital—. ¿Pero no daremos pie a habladurías? Es decir, ¿no habrá nadie más aparte de los criados?

—No lo sé. No consigo seguir el ritmo de Zeinab, bastante me cuesta ya recordar mi propia agenda. Pero no hay nada de que preocuparse. Al fin y al cabo estamos en una situación inusual y tienes mi permiso. Además, como tú dices, estarán los criados.

—Bueno... —Amira no quería parecer ansiosa.

—Tengo que irme. Todo irá bien.

—Como ordenes —dijo Amira, como la buena esposa musulmana que en otro tiempo se había esforzado en ser.

Ese día, tras el rezo del mediodía, compartió con Philippe una comida ligera compuesta de codorniz, bolas de arroz fritas, olivas, dátiles y fruta fresca. Amira ordenó servir una botella de vino blanco de la bodega que Alí mantenía para los invitados extranjeros, para unos cuantos amigos liberales y para sí mismo, claro está. Philippe pareció complacido por el detalle, pero protestó levemente cuando ella se negó a beber una copa.

—Es extraño —dijo—, para su gente, beber vino es un terrible pecado, o al menos una desobediencia, mientras que para la mía, el vino es alimento. La mayoría de nosotros no pensaría jamás en comer sin vino.

Se hallaban solos en el comedor. Zeinab había pasado por allí antes como un torbellino, y se había llevado a los niños, Karim incluido, a una de tantas fiestas.

—Muchas cosas separan a nuestra gente —dijo Amira.

—Sólo tres, en realidad: el idioma, la religión y el Mediterráneo. —Por un momento, Philippe pareció sumirse en reflexiones—. Cuando era joven, creía que nada en el mundo había hecho tanto daño como la religión. Aún sigo creyéndolo, pero a medida que envejezco, veo también todo el bien que hace.

—Sin duda, pero permítame que le llene la copa. —Amira no se sentía cómoda con el tema de conversación elegido por Philippe. Viviendo en palacio había desarrollado un sexto sentido para saber cuándo los criados escuchaban a escondidas, y en aquel momento había demasiado silencio tras las puertas que conducían a la cocina. La mayoría de criados eran de ideas conservadoras. Cotillearían durante días sobre el hecho de que comiera sola con un hombre extranjero que bebía alcohol. Los comentarios sobre religión de un librepensador no harían más que empeorar las cosas.

—Bien, Amira —dijo Philippe con tono decidido—, tenemos que hablar.

Ella se llevó un dedo a los labios.

Tras apenas unos segundos de vacilación, Philippe asintió.

—Lo que necesito saber —continuó con tono más moderado—, es si usted y Alí planean viajar. Estoy impaciente por devolver su hospitalidad. ¿Piensan visitar pronto Francia?

—¿Francia? Seguramente iremos tarde o temprano, pero no creo que haya planes inmediatos. Haremos una gira por los Emiratos Árabes dentro de un par de semanas. Luego, a principios de primavera, tenemos programada una visita a Irán, a Teherán y también a Tabriz. Después se habla de ir a Nueva York. Yo no he estado nunca en Estados Unidos.

—Tabriz —dijo Philippe—. ¿Para qué van allí?

—Al parecer hay una antigua e importante mezquita que se había deteriorado mucho y luego estuvo a punto de derrumbarse por culpa del terremoto de hace un año o dos. Parece ser que el sha quiere que Al-Remal preste su dinero y su peso moral para reparar el edificio.

—El sha espera apaciguar a los fundamentalistas cambiando de actitud —dijo Philippe con una sonrisa, y luego preguntó moviendo tan sólo los labios—: *Parlons français?*

Amira negó con la cabeza. Parecería sospechoso. Incluso era posible que alguno de los criados entendiera algo de francés.

Philippe sacó un pequeño cuaderno de notas y una pluma del bolsillo de su chaqueta de tweed.

—Estoy realmente preocupado por su salud —dijo, escribiendo mientras hablaba—. ¿Está segura de que se ha recuperado totalmente del accidente para emprender todos esos viajes?

—Oh, estoy mucho mejor, gracias a usted y al doctor Konyali.

—Bien. —Le mostró el papel: «¿Vais a ir a la Noche Egipcia mañana?»

Ella asintió.

—Pero yo me preocupo por mi paciente —continuó Philippe, escribiendo de nuevo—. Sería peligroso que hiciera demasiados esfuerzos.

«Estaré en el jardín cuando vuelvas —decía la nota—. Te esperaré.»

—Tendré cuidado, doctor —dijo Amira—. Se lo prometo.

Para las mujeres más jóvenes de la élite remalí, la Noche Egipcia era un acontecimiento del cincuentenario que esperaban con vehemencia. Se trataba de una fiesta sólo para mujeres en la que podían hablar sin trabas de ningún tipo y llevar las prendas más atrevidas de su vestuario; antes de volver a casa, las cambiarían por otras más modestas. Era algo nuevo, impensable en Al-Remal diez años antes.

El lugar en que se celebraba era el salón de baile del Hilton, puesto que aquellas actividades se consideraban demasiado occidentales para realizarse en palacio. Amira llegó con un vestido de Givenchy de ajustado corpiño de lentejuelas y falda de tafetán con vuelo. La fiesta parecía muy europea, salvo por el detalle de que no había alcohol ni hombres. Entre trescientas y cuatrocientas mujeres se apiñaban en el salón, bebiendo zumos azucarados y engullendo entremeses en medio de un guirigay de cumplidos, bromas, chismes y risas. Sólo unas pocas habían sido demasiado tímidas para abandonar el traje tradicional, e incluso éstas iban sin velo.

A medida que avanzaba la velada, se desarrolló un sentimiento de camaradería entre las mujeres. Era como si lo que hacían fuera muy atrevido y pidiera sinceridad. Amira oyó quejas sobre los hombres, las leyes y la sociedad remalí en general, que jamás hubieran sido expresadas en otras circunstancias.

En un momento dado se halló hablando con una princesa a la que apenas conocía.

—Amira —le preguntó—, dinos la verdad. ¿Tuviste un accidente de coche o no?

Le salvó de contestar el estrépito repentino de música grabada y el anuncio del evento principal, la actuación de la gran bailarina de *beledi*, Sonia Murad. Aquélla era una de las razones por las que la Noche Egipcia era demasiado arriesgada para hacerse en palacio y por la que habían asistido a ella tan pocas mujeres mayores, ya que a las generaciones anteriores se les había enseñado que las bailarinas profesionales eran poco menos que prostitutas. El conocimiento de Amira sobre el *beledi* se limitaba a unos pocos movimientos que había aprendido de Jihan y practicado con Laila, pero estaba a punto de aprender mucho más.

Sonia Murad era una artista; no había otra palabra para expresarlo, y se hizo obvio desde el momento mismo en que pisó el escenario.

Tenía la presencia y la belleza (no atractivo, sino belleza) de quien ha nacido con el don de mostrar el camino a los demás.

Cuando empezó a bailar, su personalidad inundó la sala como una intensa luz. Amira había pensado siempre que la esencia del *beledi* era su sensualidad, y quizá era cierto, pero había mucho más que eso en la danza de Sonia Murad; había alegría, dolor, humor, incluso miedo. Su danza trataba sobre el hecho de ser mujer y ser persona.

A veces, las ondaluciones de su cuerpo eran tan rápidas y tan perfectamente rítmicas que parecían imposibles. Otras, su inmovilidad era tan absoluta que hacía pensar en las estrellas, o en Dios.

La multitud de mujeres se entregó a ella dando palmadas y gritando al son de la música, y cuando hizo un gesto a una de ellas, la mujer se acercó al escenario como arrastrada por una cuerda invisible y empezó a bailar. Pronto una docena y luego dos docenas de mujeres bailaban a requerimiento de Sonia. Era asombroso, se dijo Amira, ver cómo afloraban las diferentes personalidades. Entonces Sonia la señaló a ella y de repente todas la instaban a bailar.

Así lo hizo. Su azoramiento duró apenas un instante; enseguida empezó a disfrutar de una libertad de movimientos olvidada desde el día en que su padre la sorprendió bailando al son de la radio. Pero, de pronto, sintió un repentino dolor en el abdomen y se dobló sobre sí misma; sus músculos aún no se habían restablecido lo suficiente como para realizar semejante esfuerzo. Un rostro se destacó de la multitud que la rodeaba; era la joven princesa que le había preguntado por el accidente.

—No pasa nada, Amira. Lo sabemos.

¿Qué quería decir?

El suelo vibraba con el ritmo de la danza. Amira pensó en las orgías paganas del antiguo Egipto y la antigua Grecia. El salón era un horno; el aire acondicionado no daba abasto. Las mujeres estaban empapadas de sudor y el maquillaje les caía en churretes por la cara. Alguien había abierto las puertas correderas de cristal para dejar entrar el aire fresco de la noche.

Súbitamente se produjo un revuelo en un extremo del salón. Unas mujeres proferían exclamaciones indignadas y se oían voces masculinas furiosas. Sonia Murad echó una ojeada en aquella dirección e intentó seguir bailando, pero al final se detuvo.

—Es la *matawa* —dijo una mujer cerca de Amira.

¿Qué estaba haciendo allí la policía religiosa?

—¡La música! —dijo alguien—. Están furiosos porque se oye la música desde fuera.

—¡Mujeres, cubríos! —gritó un hombre.

El pánico se apoderó de la sala. Las mujeres huyeron hacia las salidas empujándose unas a otras. Amira, todavía con dolor, corrió hacia las puertas correderas de cristal y salió a la fría noche bajo las estrellas.

En torno a Amira, cientos de mujeres ataviadas a la última moda occidental se dispersaban en todas direcciones. Algunas lloraban, otras reían; una chica joven insultó a la *matawa* como un vulgar conductor de camellos, lo que constituía delito en Al-Remal. Los extranjeros que llegaban al Hilton se detuvieron a contemplar aquella masa de fugitivas enjoyadas.

Amira se sentó sobre un muro bajo de cemento, incapaz de continuar. Una mano fuerte aferró su brazo. ¿La habían arrestado?

—Venga conmigo, alteza. El coche está justo ahí. —Era Jabr, el chófer.

Jabr la ayudó a cruzar la calle. Un miembro de la *matawa* con su turbante verde se acercó a ellos, pero vio el ceño de Jabr y dio media vuelta. Amira se dejó caer con alivio en el asiento posterior del Rolls.

—He oído rumores entre los chóferes —le explicó Jabr—. He venido temprano por si ocurría algo.

—Gracias.

—Yo amo a Dios tanto como cualquier otro —declaró el hombretón meneando la cabeza con ira—, pero esta policía religiosa... ¿qué tiene que ver con Dios? Perdóneme, alteza.

—No hay nada que perdonar, Jabr. Gracias de nuevo.

La casa estaba silenciosa; sólo una criada salió a recibirla y le explicó que la princesa Zeinab estaba arriba durmiendo. Todos los demás seguían fuera.

—¿Y el doctor Rochon? —preguntó Amira—. ¿Está también fuera? —Sólo en ese momento recordó la promesa de Philippe de reunirse con ella en el jardín.

—No lo sé, alteza. No lo he visto.

—Ve a prepararme un baño bien caliente y la ropa de dormir. Luego sírveme un té.

—Sí, alteza.

Apenas la chica se fue, Amira salió al jardín. No encontró a nadie, sólo la luna fría, cercana sobre su cabeza, mostrando los detalles de su rostro rocoso como grabados en cristal. Amira se estremeció, preguntándose cuánto tiempo se atrevería a esperar.

—Cenicienta —dijo una voz desde las sombras—, ¿vuelves a casa del baile?

—¡Philippe, me has dado un susto de muerte!

—Ssh. Quédate donde estás y actúa como si yo no estuviera. Hablaremos en voz muy baja.

—De acuerdo.

—Amira, creo que tu vida corre peligro y que debes huir de Alí. Sin embargo, me pregunto si hago lo correcto. Tengo un plan, pero no es realmente drástico. Sin duda debe de existir una solución mejor. Déjame preguntarte una cosa: ¿qué te parecería si yo hablara con el rey y se lo explicara todo; ¿no te concedería el divorcio?

—Tal vez, pero jamás renunciaría a su nieto. Karim sería de Alí, y eso no puedo permitirlo.

—¿Y estás segura de que si te limitaras a marcharte, llevándote a Karim a Francia, por ejemplo, Alí te perseguiría?

—Sí. Se apoderaría de Karim y me mataría si fuera necesario..., y lo sería.

—¿Estás segura?

—Sí.

—Entonces, sólo veo dos soluciones posibles. Una es matar a Alí. Yo no puedo hacerlo, y no creo que tú puedas tampoco.

—No.

—Pues la única alternativa es matarte a ti y a Karim.

—¿Cómo?

—No estarías muerta, claro está, pero supón que todo el mundo, incluido Alí, lo creyera. Supón que tú y Karim pudierais empezar una vida totalmente nueva en alguna parte, en América, por ejemplo. ¿Lo harías?

—Yo... no sé. Es una pregunta muy difícil.

—No tienes que responder ahora, pero ha de ser pronto.

Dejar atrás todo cuanto conocía: amigos, padre, patria...

—¿Sabría Malik la verdad? —preguntó.

—No creo que deba, al menos durante un tiempo, quizá mucho. Tu hermano es un hombre impetuoso. Jamás revelaría el secreto, pero sus acciones lo delatarían.

—¿Tendrá que creer que estoy muerta?

—Es cruel, lo sé, pero necesario. En cualquier caso, eso puede decidirse más adelante. Lo que tienes que decidir primero es si vas a seguir el plan que te sugiero.

—¿Y tú, Philippe? ¿No te vería nunca más?

Se hizo el silencio en las sombras.

—Nunca es mucho tiempo —replicó él al fin—. ¿Quién sabe qué sucederá? Primero te has de poner a salvo.

Empezaba a hacer mucho frío. Amira sintió escalofríos con su ligero vestido.

—No puedo decidirlo ahora. He de pensarlo.

—Desde luego, pero cuanto antes mejor. Y hay otros detalles en los que pensar. ¿Tienes dinero?

—Hay algún dinero a mi nombre, pero no puedo sacarlo del banco sin el permiso de Alí.

—Ah, ¿y tus joyas?

—Eso me lo puedo llevar donde quiera, pero es todo lo que tengo.

—Y seguramente no te darían por ellas más de un tercio de lo que le costaron a Alí —comentó Philippe—. Bueno, algo es. Bastante, para empezar. Si decides llevarlo a cabo, llévate todas las joyas cuando tú y Alí os vayáis a Irán. Y lleva también ropa occidental para ti y para Karim.

—Dime en qué has pensado.

—Aún no lo he planeado del todo, pero sé que no se puede hacer nada aquí ni en los Emiratos. Ni tampoco en París, Nueva York o Teherán. Necesitamos un lugar alejado del mundo. De todas las paradas de tu itinerario, Tabriz es la mejor.

—Eso suena peligroso.

—Lo será... un poco, pero no para Karim, sólo para ti y para mí.

—¿Para ti?, ¿por qué para ti?

—Yo estaré allí, por supuesto. Pero ya hemos hablado bastante. Ahora vete, querida mía. Veo que tienes frío. Piénsatelo. Si decides hacerlo, házmelo saber diciendo algo, cualquier cosa sobre Tabriz. Si no te decides antes de que me vaya, usa la misma clave en una postal o algo parecido.

—Dios mío, Philippe, no puedo creer que ésta sea mi vida.

—Lo siento, mereces algo mejor. Vete, querida. Aún nos quedan unos días. Quizá podamos volver a hablar, pero la decisión es tuya.

—No sé qué hacer. Ahora mismo me parece demasiado difícil. Pero te estoy muy agradecida, Philippe.

—No tienes por qué. Tenemos una relación, ¿no? Somos amigos. Buenas noches, querida.

Al volverse hacia la casa, Amira lanzó una última mirada a la luna de cristal. En ese momento, captó un movimiento en una ventana del segundo piso. ¿Una cortina cerrándose? Tal vez fuera sólo un reflejo, o su imaginación.

—Buenas noches —susurró a las sombras del jardín—. Buenas noches, amor mío.

VISITANTES MATUTINOS

Los festejos terminaron, los beduinos desaparecieron de vuelta al desierto, los huéspedes extranjeros llenaron el aeropuerto, pero Alí insistió en que Philippe se quedara uno o dos días más.

—Aquí mismo, en esta casa —dijo—. Me la quedaré unos días más para evitarle la molestia de trasladarse a palacio o a un hotel. Así que ya ve, está todo pensado.

A Amira su entusiasmo le pareció excesivo (sin duda había demostrado ya su gratitud y hospitalidad a satisfacción de todos), pero no imaginaba qué otros motivos podía tener, de haber alguno.

Philippe se resistió a la invitación, señalando que tenía pacientes que atender en Francia, pero una llamada de palacio resolvió el tema; los festejos ininterrumpidos habían provocado un nuevo ataque de gota al rey y se precisaban los servicios del doctor Rochon con urgencia.

—Como puede comprobar, Dios es sabio —comentó Alí con su mejor sonrisa—. Incluso la enfermedad de mi padre ha traído algo bueno.

—De todas formas mañana es sábado —dijo Philippe—. No haría más que holgazanear en casa o en algún bar, mientras que aquí disfruto de la mejor compañía. Pero es absolutamente imprescindible que me vaya el domingo a media tarde, *inshallah* —añadió con una sonrisa.

—Si ha de ser así, sea, amigo mío, aunque nos entristecerá verle partir.

Amira agradeció a Dios la prolongación de la estancia de Philippe, que le proporcionaría una nueva oportunidad de hablar con él, estaba convencida. Necesitaba oír sus ideas, sus consejos. Comprendió que en realidad necesitaba que tomara la decisión por ella.

Las cosas no resultaron como Amira esperaba, pues se pasó la tarde del sábado ayudando a Zeinab a trasladarse de nuevo a palacio. Se produjo un gran alboroto por un par de pendientes que Zeinab había dejado en su tocador. Tras una búsqueda exhaustiva, se hallaron en su joyero.

Philippe pasó todo el día en palacio. Regresó de noche con aspecto cansado y se fue a su cuarto a descansar. Alí tenía una cita, y llamó después para decir que Amira y Philippe cenaran sin él, lo que hicieron, para escándalo de los criados, de eso Amira estaba segura. Philippe no tenía apetito; se bebió un vaso de vino mientras ella comía. Charlaron de cosas intrascendentes. No había nada más que decir salvo la palabra Tabriz, que permaneció suspendida en el aire. Amira no podía pronunciarla; aún no.

Una criada entró con Karim. El niño se sentó en el regazo de Amira, luego se deslizó hasta el suelo y caminó inseguro hasta Philippe para que lo columpiara en sus rodillas. Alí llegó en aquel momento, alegre y bullicioso. ¿Habría bebido?

—¡Qué escena tan doméstica! —exclamó entre risas—. Pensaba que me había metido por error en la casa de un europeo rico, su joven y guapa esposa y su hijo.

—Podría ser —dijo Philippe—, ¿pero dónde está el europeo rico?

Alí soltó otra carcajada.

—Tengo algo para usted, amigo mío —dijo. Salió de la estancia y volvió con un paquete envuelto en papel de regalo. Dentro había un *thobe* y un *ghutra* de hermosa confección y un *agal* negro con ajustes de oro puro—. Primero fue Lawrence de Arabia —comentó Alí—. Ahora puede ser Philippe de Al-Remal.

Philippe ofreció regalos a su vez. Para Alí, una cazadora de aviador, de piel, una réplica exacta y muy cara de las que llevaban los pilotos durante la Segunda Guerra Mundial. Para «la casa», ya que hubiera sido incorrecto darle algo a Amira directamente, un par de palomas exquisitamente talladas en marfil.

Fueron unos instantes agradables en apariencia, pero su hipocresía hizo que Amira sintiera deseos de gritar. ¿Por qué no podía decir lo que deseaba: que se iba y que se llevaba a Karim? ¿Por qué no podía Philippe adelantarse y añadir: «Y no intente detenernos, amigo mío»?

Estaba claro: porque las consecuencias serían terribles. Aun así, aquella farsa era insoportable.

La pequeña celebración resultó corta para las costumbres remalíes. A Philippe se le notaba exhausto y Alí anunció que tenía que levantarse temprano porque tenía una nueva cita.

—Pero desde luego volveré a tiempo para acompañarle al aeropuerto, amigo mío.

Mascullando las gracias y una disculpa, Philippe se retiró con paso cansino. Tras jugar unos minutos con Karim, que estaba irritable porque tenía sueño, también Alí subió a acostarse.

Amira era la única que no tenía sueño y permaneció hasta bien entrada la noche mirando fijamente la oscuridad de su dormitorio. Se sentía como un viajero en el desierto cuando se ocultan las estrellas. Moverse era vital, ¿en qué dirección? Era casi el amanecer cuando, repitiéndose a sí misma una y otra vez que todo estaba en manos de Dios, acabó durmiéndose.

Se despertó con la vaga sensación de que algo iba mal. La casa estaba muy silenciosa, pero era lógico; seguramente, Alí se había marchado ya y Philippe seguía durmiendo. Zeinab y su tribu ya no estaban. Karim dormía pacíficamente. Sin embargo, había demasiada calma. Se vistió con rapidez y bajó. ¿Dónde estaban los criados? Llamó, y el silencio fue todo lo que obtuvo por respuesta.

Estaba a punto de entrar en las dependencias de los criados para pedir explicaciones cuando vio a la joven camarera, Hanan, vestida con sus mejores galas y atravesando el jardín hacia la verja lateral.

—¡Hanan, ven aquí! ¿Dónde están todos?

—Pues no lo sé, alteza. El amo envió a algunos a palacio para preparar su regreso, y a los demás nos dio el día libre, por haber trabajado a fondo durante los festejos. Yo iba a visitar a mi madre.

—¡Pero no queda nadie en la casa!

Hanan no dijo nada. Las disputas entre el amo y su esposa no eran de su incumbencia.

—¿Cuándo dio esas órdenes?

—Pues esta misma mañana, alteza, justo antes de marcharse. —Hanan pareció sentirse algo culpable—. Podría quedarme, señora, si me necesita.

—No, no. Ve y disfruta de tu día libre.

—Gracias, alteza. —La muchacha se dirigió a la verja antes de que Amira cambiara de idea, pero se detuvo para decir—: Estoy segura de que los que están en palacio volverán pronto.

—Seguro que tienes razón. Gracias, Hanan.

Amira buscó café en la cocina. Sin duda, Philippe no tardaría en despertarse. Encontró pan y fruta, y huevos en la nevera. ¿Probaba a hacer una tortilla? Le agradó pensar en que prepararía el desayuno a Philippe y se lo tomaría con él, los dos solos. No obstante, estaba irritada con Alí. ¿Por qué había alejado a todos los criados de la casa, teniendo que atender a un huésped? Era absurdo.

De repente, todo cobró sentido. Amira se quedó paralizada. No, se dijo, ni siquiera Alí intentaría una cosa así; sería como una broma pesada. Intentó sonreír, pero no pudo. Por supuesto que Alí lo intentaría, y no se parecería en nada a una broma.

Según la ley sharia, una mujer que acusara a un hombre de violación necesitaba que lo corroboraran cuatro testigos, pero si era un hombre el que acusaba a su mujer de adulterio, sólo tenía que demostrar un comportamiento incriminatorio. Estar sola en la casa con Philippe la condenaba directamente. Además, Amira había cenado a solas con él en ausencia de su marido, y recordó que alguien los había visto en el jardín de noche.

No había tiempo que perder. Tenía que actuar de inmediato. Su primer impulso fue avisar a Philippe, pero se detuvo en seco cuando se volvió hacia la escalera. El dormitorio de Philippe era el último lugar en el mundo donde debían encontrarla. Incluso ir al piso de arriba era una locura.

Podría irse de la casa, pensó. Pero ¿qué impresión daría? ¿Cómo iba a explicarlo?

El teléfono. Podía llamar a palacio y ordenar a algunos de los criados que volvieran, pero, ¿la obedecerían? ¿Cuánto tardarían? ¿Y si uno o varios de ellos estaban metidos en el ajo? Ni siquiera era necesario que lo estuvieran, bastaba con que se supiera la verdad. Imaginó a la pequeña Hanan testificando ante un *qadi* en un tribunal sharia: «Me ofrecí a quedarme, excelencia, pero ella me ordenó que me fuera.»

Piensa, Amira.

Fue al teléfono y marcó el número de su padre, rezando para que contestara cualquiera menos el propio Omar.

—La paz de Dios. —Era el anciano sirviente Habib.

—La paz de Dios, Habib. Soy Amira. Por favor, no molestes a mi padre. Necesito hablar con Bahia.

—Sí, señorita... quiero decir, alteza.

Parecieron transcurrir horas hasta que Bahia se puso al teléfono.

—Bahia, no hagas preguntas. Coge a tu hija y a cualquier otra criada que encuentres y ven aquí inmediatamente. No pierdas ni un segundo. Si alguien te pregunta adonde vas, dile que Karim y yo estamos enfermos y que nuestros criados están de vacaciones.

—Voy enseguida —dijo Bahia simplemente, y colgó.

Amira se paseó de un lado a otro de la cocina. Si Philippe bajaba lo echaría de la casa de inmediato. Podía entrar alguien en cualquier momento, uno de los parientes de Alí, por ejemplo. Tal vez alguien se hallaba de camino en aquel mismo instante con el propósito fijo de encontrarla sola en casa con el huésped extranjero.

Volvió al teléfono y probó el número de Farid. No estaba en su casa. Tras varias llamadas no consiguió localizarlo. No podía hacer otra cosa que esperar. ¿Por qué no bajaba Philippe? ¿O era mejor que no lo hiciera?

Se oyó un rasgueo en la puerta de servicio. Amira abrió a Bahia y a su hija.

—No he podido encontrar a nadie en tan poco tiempo —se disculpó Bahia.

—No te preocupes. Sois como ángeles del Paraíso. Entrad, entrad. Lo que necesito ahora es que parezcáis ocupadas. Haced café, empezad el desayuno y todo lo que sea necesario. Quiero que parezca que habéis estado aquí toda la mañana.

Mientras Bahía y su hija ponían manos a la obra, ella les explicó la situación, la presencia del doctor Rochon, la misteriosa partida de los criados y su natural preocupación en esas circunstancias. Sólo omitió su temor de que Alí estuviera detrás de todo aquello.

Bahía no preguntó nada, pero la miró largo rato.

—No ocurrirá nada, Dios mediante —dijo—. Pero ha hecho bien en llamarnos. ¿Dónde está Karim?

—Arriba, durmiendo.

—Maryam, ve a buscarlo.

—La tercera puerta a la derecha —dijo Amira.

Cuando Maryam volvió con el niño medio dormido, Bahia ya había preparado café.

—Salga al patio, alteza —dijo usando el título por primera vez—, y la serviremos como es debido.

Apenas acababa de hablar cuando oyeron voces masculinas en la parte delantera de la casa.

—Mujer, cúbrete —gritó una de ellas.

Bahia y Amira intercambiaron una mirada. Ambas habían notado el singular «mujer» en lugar de «mujeres».

El primo de Alí, Abdul, irrumpió en la cocina seguido de otros tres hombres. A dos de ellos Amira no los había visto nunca; el tercero le pareció familiar, pero no consiguió ubicarlo.

—Amira, ¿qué ocurre aquí? —Abdul pareció sorprendido de ver a Bahia y a Maryam.

—¿Qué quieres decir, Abdul?

—Venimos a visitar a tu marido y nos encontramos con la puerta abierta.

—¿La puerta estaba abierta? ¿Del todo?

—Sí.

—Alí debe de habérsela dejado abierta al salir.

—¿Tu marido no está aquí, entonces? —El hombre de aspecto familiar tenía una mirada ardiente, dura, inquisitorial.

—Tenía una cita esta mañana temprano, pero estoy segura de que volverá pronto. Por favor, siéntanse como en su casa. Bahia les servirá café. ¿Han desayunado?

—¿Y tu huésped? —quiso saber Abdul. A Amira no le había gustado nunca, e incluso el hombre de aire familiar pareció afligido por tal falta de sutileza.

—¿El doctor Rochon? ¿Qué pasa con él?

—¿Dónde está?

—Pues durmiendo, supongo. Aún no lo he visto esta mañana.

—¿Es cierto eso?

—Sí, es cierto. Abdul, ¿qué significan todas estas preguntas? ¿Qué ocurre?

—¿Quiénes son estas mujeres? No son tus criadas habituales.

—Mi marido ha creído conveniente dar el día libre a nuestros sirvientes. Bahia y Maryam han servido a mi familia desde que nací y les he pedido ayuda.

—Estos sirvientes leales que harían cualquier cosa por uno son una bendición de Dios —dijo el hombre de aspecto familiar.

—¿Cuándo han llegado? —insistió Abdul.

—Llevan aquí casi toda la mañana.

—Casi toda la mañana —repitió el hombre de mirada furibunda.

—Caballeros —dijo Amira, que ya estaba harta—, sólo soy una mujer, pero debo recordarles que soy la esposa de un príncipe real y que ésta es su casa. Abdul, tú deberías valorarlo tanto como los demás. Dices que has venido a ver a mi marido. Te sugiero que reserves tus preguntas para él.

—¿Qué preguntas? ¿Qué está pasando aquí? —Era Alí, que había aparecido con el rostro ruborizado por la excitación.

—Eso es lo que nos preguntábamos nosotros, primo —replicó Abdul—. Hemos venido a verte y nos hemos encontrado la puerta principal abierta de par en par. Al entrar, hemos descubierto a tu esposa sola, o más bien con estas dos mujeres que no son criadas vuestras.

Alí echó una ojeada a Bahia y a Maryam. ¿Apareció un indicio de furia en su expresión?

—Bien, yo las conozco —musitó.

—Hemos preguntado por tu distinguido huésped —prosiguió Abdul—. Tu esposa afirma no haberlo visto en toda la mañana.

—El doctor Rochon es, como dices, mi huésped. No me gusta que se hagan insinuaciones contra él.

Era un desliz, pensó Amira. Nadie había insinuado nada contra

Philippe. Aquel asunto tenía todo el aspecto de una obra en la que Bahia y Maryam habían desbaratado las frases de los actores, obligándoles a improvisar.

—Dice que está durmiendo —apuntó el hombre de mirada furiosa. Los otros dos hombres no dijeron nada. Amira comprendió que eran meros testigos.

—Es tarde para que todavía esté durmiendo, aunque sea extranjero —dijo Alí—. Iré a comprobarlo yo mismo.

Tardó más de lo normal en volver. En la cocina no hablaba nadie. El hombre de aspecto familiar miró a Amira de reojo. De repente, ella se dio cuenta de quién era. No lo había reconocido sin el turbante verde. Era el *matawa* que se había acercado a ella cuando caminaba apoyada en el brazo de Jabr tras la catástrofe de la Noche Egipcia. Alí regresó.

—No está —dijo—. ¿Dónde está, Amira?

—No lo sé, marido mío. No lo he visto.

—Tal vez haya dejado una nota, o... o algo —insinuó Abdul.

—Ya he mirado —replicó Alí, irritado—. No había nada.

—¿Nada? Yo puedo ayudarte a buscar.

Incluso el *matawa* pareció asombrado por aquella conversación.

—*Bonjour*, amigos míos. Una mañana encantadora. ¿Molesto?

Philippe apareció sonriente en el umbral de la puerta. Llevaba las típicas ropas de paseo del turista europeo y su piel blanca había adquirido un ligero tono bronceado.

—Precisamente estábamos... estábamos buscándole —dijo Alí titubeando.

—¡Ah! Había salido. He dormido mal, me he despertado temprano y he visto que hacía un día precioso, así que he ido a dar un paseo. De hecho he salido justo detrás de su alteza. He pensado en llamarle, pero parecía tener mucha prisa.

—¿Ha estado fuera toda la mañana? —preguntó Abdul Husam.

—Como digo —respondió Philippe encogiéndose de hombros—, he dado un agradable paseo. Luego me he sentado en una mesa de la terraza de un café y he contemplado pasar a la gente.

—¿Qué café era? —inquirió el *matawa* con tono casual—. Tenemos tantos...

—No me he fijado en el nombre.

—Ah.

—Pero si le interesa saberlo, puede preguntárselo al hermano de mi anfitrión, Ahmad. Él y su séquito han pasado por allí y ha sido tan amable de quedarse una hora conmigo.

¿Hasta qué punto comprendía Philippe lo que estaba ocurriendo? Amira no lo sabía, pero el hecho de que pudiera contar con el hermano de Alí para dar fe de su paradero puso fin al pequeño interrogatorio de la cocina. Alí comentó que el misterio se había resuelto y condujo a sus visitantes hacia las dependencias de los hombres.

—Que Bahía nos traiga café —dijo a Amira—. Espero que no hayamos estorbado vuestra reunión. —Su sonrisa era tan radiante que Amira se preguntó si el peligro había estado sólo en su imaginación. ¿O era aquella la sonrisa del duelista que ha perdido el primer envite, pero sabe que va a ganar el duelo?

Por la tarde, ella y su marido llevaron a Philippe al aeropuerto. En el concurrido vestíbulo, ambos hombres se abrazaron como hermanos. Al oírles intercambiar agradecimientos, cumplidos y promesas cordiales de hospitalidad futura, Amira se preguntó de nuevo si la casa vacía la había puesto paranoica.

La megafonía del aeropuerto interrumpió la despedida llamando al príncipe Alí Rashad.

—Siempre surge alguna cosa —se excusó Alí—. Vuelvo enseguida.

—Sólo disponemos de unos minutos —dijo Philippe a Amira, contemplando cómo se alejaba Alí—. He llamado desde la casa antes de salir. Amira, ¿eres consciente de lo que ha ocurrido esta mañana?

—Creo que sí. No sabía si tú te habías dado cuenta.

—Todo estaba preparado. Era lo que los americanos llaman un «montaje». Tal como he explicado, me he despertado temprano y he decidido salir a dar un paseo. Mientras me vestía, se me han caído unas monedas. Una ha rodado debajo de la cama. Al agacharme para cogerla, he descubierto una botella de whisky medio vacía. No era mía. Alguien ha tenido que ponerla allí. Me he preocupado y he registrado la habitación. ¿Qué crees que he encontrado metido en un rincón de la cama, bajo la sábana? Una prenda de ropa interior femenina, muy atrayente, debo decir, provocativa. No lo sé, pero imagino que te sentaría perfectamente.

—Oh, Dios mío. —Amira había pasado miedo por la mañana, pero sólo entonces comprendió realmente la magnitud del peligro que había corrido. En Al-Remal, pruebas como aquéllas bastaban para condenar a muerte a una mujer.

—Me he metido la botella y la prenda en el bolsillo y los he tirado en cuanto me he alejado lo suficiente de la casa.

—Gracias, pero ¿qué...?

—Amira, no puedes esperar mucho para decidirte. Si ha de ser en Tabriz, necesito tiempo para planearlo. Si no... bueno, temo por ti, querida mía. Tienes que alejarte de todo esto de algún modo, antes de que sea demasiado tarde. Te ayudaré en todo lo que pueda.

Antes de que Amira pudiera replicar, Alí regresó con una broma sobre el sistema de mensajes.

—Hay demasiados príncipes llamados Alí —dijo. En ese momento, anunciaron el vuelo de Philippe.

Lo acompañaron hasta la puerta de embarque. Los pasajeros subían a bordo en fila. Philippe se despidió.

«Éste podría ser el último minuto que pase con él», comprendió Amira, y habló sin pensar.

—Se me había olvidado preguntarle una cosa, Philippe. ¿Ha estado alguna vez en Tabriz?

—¿Tabriz? ¿Ha dicho Tabriz?

—Sí, Tabriz. Alí y yo vamos a ir. Nunca hemos estado. Pensaba que un viajero como usted podría conocerlo, Tabriz, quiero decir.

—Sí, he estado allí —replicó Philippe; y en sus ojos vio Amira su promesa reafirmada—. Dicen que Tabriz es la ciudad más hostil de todo el Oriente Medio, pero yo encontré buena gente allí, muy servicial. Estoy seguro de que su visita será muy agradable.

Tras estas palabras, partió.

EL RETORNO DEL HIJO PRÓDIGO

La primavera estaba cerca. Las noches eran frías, pero durante el día hacía un agradable calor. Una tarde llovió durante media hora. Hombres y mujeres salieron a la calle a saborearla. Para los más pequeños, que no habían visto nunca caer el agua del cielo, fue como un milagro.

Karim chapoteaba en un charco fangoso con el rostro vuelto hacia arriba, parpadeando y riendo con deleite cuando las gotas le caían en los ojos. Cuando terminó la breve tormenta, tiró del *abeyya* de Amira.

—Haz más, mamá, haz más. —Era increíble la rapidez con que estaba creciendo Karim.

Alí se perdió el chaparrón; estuvo en Estados Unidos dos semanas entrenándose con un nuevo avión de combate. Volvió a casa irritable y reservado, como solía al tornar de lugares de moral más relajada que Al-Remal. A Amira ya no le importaba el porqué.

Quedaba algo más de un mes para ir a Tabriz, pero Amira no sentía ningún temor, ni estaba impaciente. De hecho, le costaba creer que todo aquello fuera real. No sabía nada. ¿Qué hacía Philippe? ¿Qué planeaba?

Philippe sólo había escrito una vez, una carta dirigida a Alí, por supuesto, que se la pasó a Amira como un asunto de menor interés. En ella expresaba las frases típicas de agradecimiento convencional por su hospitalidad, mencionaba algunas noticias personales y cotilleos internacionales, y luego, casi como de pasada, daba los nombres de varios conocidos a los que quizá quisieran visitar en Tabriz.

Amira memorizó los nombres en la soledad de su habitación, y repasó la carta palabra por palabra en busca de algún mensaje oculto. No halló nada. Era para volverse loca. Estaba enfadada con Philippe. No esperaba detalles, pero ¿no podría haber deslizado alguna leve insinuación que sólo ella hubiera podido entender, alguna palabra clave que la tranquilizara? ¿No se daba cuenta de que su vida estaba en juego?

Tal vez no estaba haciendo nada. Tal vez los planes se habían desbaratado. Quizá esos planes no habían existido nunca.

A la mañana siguiente, una criada le llevó un teléfono mientras tomaba café.

—Es una conferencia, alteza. De Francia.

Amira se esforzó por coger el auricular con gesto lánguido, como si estuviera absolutamente harta de llamadas desde Francia.

—*Bonjour*.

—¿Al habla París? —dijo una voz de hombre en francés con fuerte acento.

—Esto es Al-Remal.

—La paz sea con usted —dijo el hombre en árabe—. Por favor, no se retire.

Se produjo un silencio, luego el sonido de la línea desocupada.

—¡Dios! —Amira estuvo a punto de arrojar el teléfono contra la pared. Millones de dólares en dinero del petróleo y el sistema telefónico era de risa. Lo habían instalado dos compañías, una belga y otra francesa. Se rumoreaba que Malik había actuado como intermediario del contrato con la empresa francesa y que había cosechado una fortuna en comisiones. Si era así, Amira le hubiera retorcido el pescuezo a su hermano con gusto. El teléfono volvió a sonar.

—Operador, se ha cortado...

—¿Hermanita? ¿Eres tú?

—Malik, ahora mismo te estaba condenando al infierno, Dios no lo quiera.

—¿Qué? ¿No puedes hablar más alto?

—Digo que... Da igual. ¿Cómo estás? ¿Ocurre algo malo?

—¿Malo? No, no, en absoluto. Tengo noticias para ti, buenas noticias. También tengo que pedirte un favor.

—Dime.

—¡Hermanita, me he casado!

—¡Qué! ¡Dios mío! ¿Cuándo, con quién?

—Con una mujer maravillosa, francesa. Sólo hace unos días. Cuatro concretamente. Estoy impaciente por presentártela. Será una madre estupenda para... para los hijos que esperamos tener.

Amira comprendió la cautela de su hermano al no mencionar a Laila. Cualquiera, el operador, un criado, incluso Alí o Faiza podían estar escuchando.

—No sé qué decir, hermano. ¡Dios mío! Es una noticia maravillosa. Que Dios os bendiga a los dos. ¡Qué sorpresa! Ya se lo has dicho a padre, ¿no?

—Bueno, hermanita —replicó Malik tras un breve silencio—, ése es el favor que quiero pedirte. No, no he hablado con él. Lo sé, lo sé, no está bien. Pero para serte sincero, tenía miedo de que quisiera prohibírmelo. Por una razón, es cristiana.

—Ah. —Eso podía ser realmente un problema, pero no tanto como presentar a Omar el matrimonio de su hijo primogénito como un hecho consumado.

—No te preocupes, le llamaré hoy mismo. Se pondrá hecho una furia, desde luego, pero no importa. Lo que necesito es que ayudes a Farid a calmarlo antes de que vayamos.

—¿Y cuándo será eso?

—Este fin de semana, Dios mediante.

—¿Este fin de semana?

—Sé que es poco tiempo, pero cuanto antes mejor, ¿no crees? Llamaré a Farid en cuanto cuelgue. Ya sabes lo bien que maneja él a padre, como si fuera un orfebre trenzando hilos de oro. Él se ocupará de todo, no te preocupes. Todo lo que tienes que hacer es apoyarle, ya sabes, con un comentario adecuado en el momento oportuno. Es como todos en Al-Remal; la opinión de un miembro de la familia real tiene su peso, aunque sea su propia hija.

—Haré lo que pueda, hermano —dijo Amira con un suspiro—, si Dios me ayuda.

—Gracias, hermanita. Yo... no ha sido fácil, ¿sabes?... encontrar a alguien.

—Lo sé. Háblame de ella.

—Se llama Geneviève.

—Bonito nombre.

—No tanto como ella —dijo Malik con una ternura que convenció a Amira de que su hermano estaba realmente enamorado.

—Naturalmente. Se daba por supuesto que te ibas a casar con una mujer hermosa.

—No es eso, Amira. No es sólo su aspecto. Ha sido buena conmigo. Me hace creer que la vida es hermosa, y me hace reír. Hacía tanto tiempo...

—Lo sé.

—Y me ha dicho que considerará la posibilidad de convertirse al Islam... cuando sepa más cosas de él, claro está.

—¿Y a qué se dedica esa mujer perfecta? —preguntó Amira con tono de guasa.

—Es cantante —contestó Malik después de una breve vacilación—. En un club nocturno.

—Ah.

—Será mejor que lo sepas todo. Es un poco mayor que yo. No mucho, sólo unos años.

Los hermanos convinieron en que Omar no tenía por qué enterarse de toda la verdad. No era necesario, por ejemplo, que supiera exactamente la edad de Geneviève. Otras cuestiones, como la religión, podían comentarse desde una perspectiva positiva, y otras, sobre todo su profesión, no debían mencionarse en absoluto.

Cuando Amira colgó, estaba tan nerviosa como un pájaro. No conseguía centrarse en un solo pensamiento ante la inminente llegada de su hermano.

Malik y Geneviève. Faltaba un mes para Tabriz. Philippe. Malik. Omar. Alí.

Se paseó de un lado a otro de su habitación. El palacio era una cárcel.

Ni siquiera esa mañana podía salir al jardín, cerrado a las mujeres por culpa de una ceremonia cualquiera. Malik. Philippe. Tabriz.

Llamó al chambelán por el interfono.

—Manda preparar un coche.

—Sí, alteza.

Diez minutos después, Jabr le abría la puerta de un Silver Dawn.

—La paz sea con usted.

—Y contigo, paz.

—Una mañana de bienaventuranza, alteza.

—Una mañana de luz, Jabr.

Era agradable intercambiar los saludos formales. El mundo podía estallar en mil pedazos, pero las antiguas palabras eran como raíces pequeñas y duras que ningún viento podía arrancar.

—¿Adónde, alteza?

—A casa de mi primo —dijo Amira para que lo oyera el portero.

Una vez instalado tras el volante, Jabr miró por el espejo retrovisor.

—¿Qué primo, alteza?

—Ninguno. Llévame a alguna parte. Al desierto. Necesito pensar.

La mirada preocupada de Jabr se encontró con la de Amira.

—Las colinas serán mejor para pensar, alteza. En el desierto empieza a hacer calor.

—Pues a las colinas.

El lugar era un desfiladero sumido en las sombras en lo alto de unas lomas. Abajo, a trescientos metros, brillaba el desierto como un mar inacabable e inmóvil, pero allí arriba el aire era frío. En los lugares resguardados crecían flores diminutas. ¿Cuánto tiempo habían esperado, se preguntó Amira, para que la lluvia las hiciera surgir del polvo? ¿Cuánto tiempo volverían a esperar?

El silencio era inmenso. Amira oía los pequeños chasquidos y ruidos metálicos del motor del coche enfriándose cien metros más abajo y detrás de ella. Jabr aguardaba en su interior. Allí, lo viera quien lo viera, no era más que un chófer obedeciendo órdenes. Unos cuantos pasos colina arriba en dirección a Amira y podrían acusarle de ser su amante.

¿Cómo se sentiría siendo amada por alguien como Jabr, amada de un modo sencillo y completo por ser ella y nada más? Amira intentó imaginarlo, pero no pudo, jamás había tenido a nadie así. Podría haber tenido a Philippe, siempre lo tendría; pero eso era diferente.

Quizá algún día aparecería alguien, después de Tabriz...

Y ahí estaba la gran pregunta: ¿Qué ocurriría después de Tabriz? No tenía la menor idea, tan sólo impresiones vagas, sueños apenas. ¿La escondería Philippe en algún castillo del interior de Francia? ¿La enviaría a Tahití, donde Karim crecería como un pequeño nativo, corriendo desnudo por la playa? O tal vez había comprado en secreto una *finca* en... ¿dónde tenían *fincas*? En Argentina.

Pero la idea de Philippe era que ella tenía que desaparecer totalmente, que todos debían creer que había muerto. Mientras ella se ocultaba, todos a cuantos conocía (excepto Philippe y Karim) pensarían que le había ocurrido una terrible desgracia. Imaginó a Malik, a su padre y a sus tías, incluso a Bahía, todos de luto. ¿Cuánto tiempo habría de pasar hasta que pudiera decírselo a alguien? Philippe había hablado de mucho tiempo. ¿Cuánto? ¿Un año? ¿Dos?

De repente, todo le pareció una locura, un imposible. Sin embargo, debía hacerlo. Si se quedaba con Alí, acabaría muerta, pero de verdad. Lo percibía con tanta seguridad como notaba el calor del sol trepando hacia las lomas. Sí, tenía que hacerlo. A menos que... a menos que a Malik se le ocurriera algo.

Si alguien podía hallar una salida que no supusiera huir y ocultarse, ese alguien era Malik. El problema consistía en que no podía contarle ni una sola palabra de la verdad. Era demasiado impetuoso, como decía Philippe. Pero ¿y si disfrazaba la situación inventando un cuento de alguna otra esposa de la familia real que estuviera en peligro por culpa de un marido sádico? Habría de tener mucho cuidado; si Malik llegaba a sospechar que se trataba de Alí, sería catastrófico.

Tal vez a causa del vasto silencio del desierto, tal vez por la esperanza que le había dado su idea, se encontraba mejor, más serena. De todas formas, nada podía hacer hasta que llegara Malik. Mientras tanto, tenía un favor que hacer. Volvió al Rolls.

—A casa de mi primo Farid —ordenó a Jabr.

El matrimonio del hijo primogénito de Omar Badir fue todo un acontecimiento. Amira no había visto jamás la casa de su padre tan llena, ni siquiera cuando murió Jihan. Tanto la sección de hombres como la de mujeres abundaban en invitados y el aire estaba impregnado de los fuertes olores a café especiado, cordero asado, incienso y perfume. Omar había tirado la casa por la ventana, una vez decidido, invitando a todos los amigos, asociados y conocidos para celebrar la boda de Malik.

—En los negocios —le había oído decir a Farid—, cuando estás atrapado en un trato desventajoso, ha de parecer, no sólo que le das la bienvenida, sino que lo has planeado. Lo mismo ocurre con esto. La sabiduría de Dios es infinita, todo será para bien.

Se había necesitado de un gran poder de persuasión para que llegara a ese punto. Farid había obrado con brillantez.

El problema (en eso él y Amira se mostraron de acuerdo) no era tanto que Malik se hubiera casado con una infiel (aunque ya era bastante malo) como que lo hubiera hecho sin pedir permiso y bendición a Omar. Eso era imperdonable.

—Sólo hay un modo de hacerse perdonar lo que no tiene perdón —explicó Farid—, y es admitirlo desde el principio. La naturaleza humana es así.

—Malik ha obrado mal —dijo a Omar—, rematadamente mal. Tú lo sabes, yo lo sé y él lo sabe. Él mismo me lo ha dicho por teléfono. No, no, tío, no lo digas, debería haberte llamado a ti. Pero ahí está el asunto precisamente; está demasiado avergonzado para hablar contigo.

Antes de acabar, Farid había conseguido que la acción de Malik, pese a estar totalmente desencaminada, pareciera haber sido resultado del tremendo respeto que sentía por su padre.

—Tenía tanto miedo de ofenderte, tío, que ha cometido una ofensa aún mayor. ¿Recuerdas el camionero que dio un volantazo para esquivar a un burro y chocó contra el Ferrari del príncipe Mubarak?

—¿Con qué me comparas, sobrino, con el burro o con el coche? —Omar sonreía.

—Perdóname, tío, soy torpe con las palabras. Así que déjame preguntarte directamente: ¿Me permitirías que le dijera a Malik que le das permiso para llamarte y disculparse?

—Sí —contestó Omar con un suspiro—. Sí, por supuesto. Pero primero cuéntame lo que sepas de esa mujer.

Farid actuó como un artista al escoger con esmero los colores, las zonas que destacar y las que oscurecer en el retrato de Geneviève. Amira, que escuchaba tras la puerta, casi se convenció de que una católica parisina de moral relajada, cantante de cabaret, de veintinueve años, era en realidad una tímida joven virginal que se hubiera hecho monja de no haberse enamorado de Malik y adquirido un profundo interés por el Islam.

Así pues, se hallaban aguardando con impaciencia a los recién casados, disculpando lo insólito de la situación por el hecho de que Malik vivía en Europa, y donde fueres...

Con tanta rapidez y esfuerzos como habían puesto Farid y Amira, de pronto todo se vino abajo.

Como Amira supo más tarde, cuando ya todo el mundo hablaba de ello, el detonante fue un comentario del primo de Alí, Abdul.

—Así que ahora los Badir tienen a una celebridad en la familia.

—¿Qué quieres decir? —preguntó alguien. Todo el mundo dijo que fue el viejo amigo de Omar, Fuad Muhassan, quien oyó el comentario.

—Pues que se trata de una actriz de cine —explicó Abdul—. Pensaba que todos lo sabían.

—No llamaría mentiroso a nadie —dijo el viejo severamente—, desconociendo los hechos. Pero conozco a Omar Badir de toda la vida, y sé que no permitiría jamás que su hijo se casara con una mujer de esa clase.

—Como dice, desconoce los hechos —replicó Abdul con impertinencia.

—Joven, necesitas aprender a respetar...

—Señores, señores —intervino Alí, siempre diplomático—. No es más que un malentendido, eso es todo. —Sin embargo, ya había otros escuchando—. Mi primo está en un error —añadió—. La señora no ha aparecido jamás en ninguna película.

—Bueno —dijo Abdul, con aire de sentirse traicionado—, tuvo oportunidad de salir en una. Tú mismo me lo dijiste.

—Te lo conté en confianza, primo —dijo Alí con tono de reproche—. Es cierto que le ofrecieron un papel por su fama como cantante, pero lo rechazó.

Ahora, la mitad de los presentes escuchaba sus palabras, entre ellos Omar.

—¡Una cantante! ¿Qué estás diciendo, Alí?

—Nada, suegro, nada —replicó Alí en tono de disculpa. —Has

dicho cantante. ¿Qué tipo de cantante? Amira, que había notado el cambio de ritmo en la conversación, entró sigilosamente.

—No es nada —repitió Alí—. El tipo de cosas que hacen muchas jóvenes europeas mientras esperan encontrar un marido.

—¡Una cantante!

—Por favor, suegro, olvídalo. No es nada.

—¿Quién te lo ha dicho?

—Unos amigos de París. —Alí parecía incómodo—. Pero no es nada, en serio. Sólo canta en los mejores locales, ni hablar de esas pequeñas y sucias *boîtes*. Mis amigos dicen que es muy buena, un auténtico pájaro. —Esbozó su famosa sonrisa—. Estoy seguro de que Malik ya te lo ha contado. Personalmente, te felicito por tu actitud liberal. Sé por mi propio padre que muchos hombres de tu generación...

—¡Farid! ¿Dónde está Farid? ¡Quiero saber la verdad de todo esto!

—Ha ido al aeropuerto —dijo alguien—, para recibir a Malik y a... Llegarán en cualquier momento.

—¡Bah! —Omar echaba chispas. Todos los presentes comprendieron su apurada situación. Delante de todos sus amigos tendría que rechazar a la esposa de su hijo o bien permitir que una mujer de moral licenciosa, y para colmo infiel, entrara en su casa y en su familia.

Amira conocía demasiado bien a su padre para saber cuál de las dos opciones elegiría. Tenía que hacer algo.

—Padre —dijo acercándose a él—, sin duda debe de tratarse de un error. Se trata de otra persona, estoy convencida.

—¿Contradices a tu propio marido?

—No, yo...

—Esto no es asunto tuyo, jovencita. ¡Vuelve a tu lugar!

Amira se retiró en dirección a la cocina, junto con las demás mujeres que se habían escabullido para ver qué ocurría. No llegaron a su destino, pues en ese preciso momento Farid abrió la puerta principal y pidió la bendición de Dios para Malik y su esposa.

Geneviève lo había intentado, pensó Amira, realmente lo había intentado. Llevaba *abeyya* y velo y caminaba detrás de Malik como una buena esposa. Pero su *abeyya* era demasiado parisino y, en lugar de disimular formas y ocultar, mostraba las curvas de su cuerpo, y un mechón de cabello se había deslizado bajo el borde del velo, lo que constituía una provocación tan descarada como llevar los brazos desnudos. Por si fuera poco, tenía la terrible costumbre de las mujeres europeas de mirar abiertamente a los hombres en lugar de bajar la vista recatadamente. Dados los comentarios que acababan de oírse, era lo peor que podía hacer. Omar sólo necesitó unos segundos para tomar su decisión.

—¿Quién es esa mujer que traes a mi casa? —preguntó.

—Padre, es mi esposa —respondió Malik. Amira notó que su hermano sabía ya que no había remedio, aunque no el porqué. El rostro de Farid se había vuelto ceniciento. Geneviève, que evidentemente no entendía el árabe, se limitó a mirar con asombro.

—Dime la verdad —exigió Omar con la voz temblorosa—. ¿Es cierto que tu esposa canta delante de hombres en un lugar donde los hombres van a beber alcohol?

Malik miró a Amira de reojo. ¿Qué había salido mal? Amira meneó la cabeza, impotente.

—Sí —respondió Malik—. En Francia.

—Entonces que sea tu esposa en Francia. Aquí no es la esposa de nadie, ni en Al-Remal ni en esta casa.

Malik paseó la mirada por la estancia. ¿Se detuvo una fracción de segundo en Alí?

—Alguien ha envenenado tus pensamientos, padre. —También a él le temblaba la voz.

—Sí, y has sido tú. Has descuidado el deber de un hijo, me has mentido, me has deshonrado a mí y a toda tu familia. Sin embargo, eres mi hijo, de modo que te doy a elegir: Aleja a esa mujer y sigue siendo mi hijo o vete con ella y no vuelvas más.

Ambos hombres tenían el rostro blanco como el papel.

—Dios es uno —dijo Malik con total serenidad—, y mi esposa es mi esposa en todas partes. Si no somos bienvenidos aquí, no es necesario que nos ordenes marchar ni que temas que regresemos. Adiós, padre.

Malik dio media vuelta y condujo a Geneviève hacia la puerta. Farid miró frenéticamente en derredor antes de seguirlos. Amira no daba crédito a sus ojos.

—¡No! —gritó, y aunque alguien le gritó a su vez, salió corriendo en pos de su hermano.

—¡Malik! —Su hermano y su cuñada se habían subido ya al coche—. ¡No sé qué ha podido ocurrir!

—Yo tampoco, hermanita, pero ¿te das cuenta? ¿Recuerdas lo que siempre te dije?

Amira no tenía la menor idea de qué hablaba.

—No os vayáis, todavía no —rogó Farid—. Quedaos en mi casa. Déjame que hable yo con él.

—No —dijo Malik—. Arranca el coche.

Amira se inclinó por la ventanilla para impedir que se pusieran en marcha.

Geneviève, cuyo rostro rodeaban varios mechones rubios, se bajó el velo y, para sorpresa de Amira, sonrió.

—Tú debes de ser Amira —dijo en francés—. Tenía muchas ganas de conocerte. Pero al parecer... —hizo un gesto hacia la casa—, he venido en mal momento.

—Oh, Geneviève, es horrible. Lo siento mucho.

—No es culpa tuya. Es la historia de mi vida. Causo una tremenda impresión allá donde voy. —Volvió a sonreír, pero con tristeza. Su expresión recordó a Amira la de Philippe. Se dio cuenta de que le gustaba aquella mujer. ¿Volvería a verla algún día?

—Vuelve adentro, hermanita —dijo Malik—. No te mezcles en mis problemas. Vámonos, primo.

—*Au revoir, petite soeur* —dijo Geneviève.

Finalmente partieron.

Amira contempló el coche hasta que desapareció de la vista. Los invitados abandonaban la casa como si huyeran de un incendio. Ella apenas los vio, apenas oyó las palabras de simpatía de las mujeres.

Tabriz, pensó.

Tabriz y Karim.

Era todo lo que le quedaba.

HUIDA

Algo ocurría en Irán. Amira lo notó en cuanto ella y Alí llegaron al aeropuerto de Teherán. Los recibió el ministro iraní de Cultura, un hombre alto y cortés, junto con otros dignatarios, pero la bienvenida no parecía sincera y los iraníes estaban visiblemente preocupados.

Quizá fuera porque todos ellos se hallaban prácticamente rodeados por una cohorte de hombres de aspecto duro, con gabardina y gafas de sol. Eran de la Savak, la policía secreta del sha. Uno de ellos la escoltó a ella, a Alí y a Karim hasta una hilera de grandes coches americanos de color negro. Un chófer que hacía que Jabr pareciera un colegial crecido sostenía una puerta abierta para ellos.

El hombre de la Savak se sentó delante, habló en parsi por una radio que portaba en la mano y dio al chófer una orden tajante. La limusina se unió al convoy de coches.

Teherán era la ciudad grande menos atractiva que Amira había visto en su vida; estaba formada por una interminable aglomeración de estructuras de cemento, suavizada por un fondo de montañas coronadas de nieve (al norte). El aire era una neblina amarilla que oscurecía el resplandor de los picos distantes.

—¿Hay algún incendio? —preguntó Amira con los ojos acuosos.

—Es la niebla, alteza —replicó el chófer en árabe con fuerte acento—. Si le molesta ahora, vuelva en verano. —Tradujo sus palabras al hombre de la Savak, que rió entre dientes.

La ciudad era tan plana como una tabla hasta las zonas residenciales del norte, que ascendían levemente hacia las montañas. La hilera de coches viró al llegar a una gran verja forjada, tras la cual se veían, no sólo un palacio sino varios de diversas dimensiones. El chófer señaló el palacio del sobrino del sha y el de su madre. No tuvo necesidad de indicar cuál era el palacio del gobernante, una enorme estatua de Reza Sha Pahlavi lo hacía por él.

Tras un nuevo y pomposo discurso de bienvenida, el ministro de Cultura los remitió a un hombre de confianza que los condujo a sus aposentos del segundo piso. Pese a que el palacio estaba amueblado con un lujo que sobrepasaba con mucho lo que Amira había visto en Al-Remal, fue el arte de las alfombras tejidas a mano con clásicos diseños persas de belleza inmortal lo que más la impresionó.

Una camarera le recordó la hora en que se iniciaba la recepción formal aquella noche. Amira asintió. La recepción había sido su excusa, por si necesitaba alguna, para llevar consigo todas sus joyas. Cuando se fue la sirvienta, sacó su joyero y derramó los pendientes, pulseras y collares resplandecientes sobre la cama. Karim jugó con ellos haciendo pequeños montones y eligiendo una pieza de vez en cuando para decir «bonito».

Estaba en Teherán. Cuarenta y ocho horas más y estarían en Tabriz. Poco después, tal vez Karim y las joyas fueran lo único que tendría en el mundo.

O tal vez no ocurriera nada en Tabriz. No había recibido más noticias de Philippe tras aquella primera carta. Quizá hablaba por hablar.

En cualquier caso, estaba en manos de Dios, ¿no?

—Bonito —dijo Karim, cogiendo el rubí carmesí que había pertenecido a María Antonieta.

—¿Caviar, alteza? —preguntó el hombre atractivo de sienes plateadas. Era ministro de algo que tenía que ver con el petróleo.

—No, gracias —dijo Amira. El gran salón ceremonial de la planta baja del palacio estaba prácticamente enterrado en caviar. Debía de haberse comido ya un cuarto de kilo y ni siquiera le gustaba.

—Parece que éste es el único lugar en Irán donde se encuentra caviar del bueno últimamente —dijo el hombre—, aun siendo famosos por ello. Casi todo se exporta. Compré unas cuantas latas en Toronto la semana pasada, a muy buen precio además.

Era quizá la quinta vez que Amira oía hablar de la escasez de caviar iraní en su país de origen, y la décima al menos que alguien aludía a un viaje reciente a Toronto, Nueva York, Londres o Zúrich. Los iraníes ricos parecían extraordinariamente diligentes en mantener sus contactos en el extranjero.

Como siempre antes de un viaje oficial, Amira había recibido una sesión informativa sobre el país anfitrión. Sabía que había agitación en Irán, provocada principalmente por *mullahs* fundamentalistas, pero no era un tema que ella ni Alí fueran a discutir allí, puesto que su misión era cultural y concernía a la restauración de una venerable mezquita en Tabriz.

Amira paseó la mirada por el gran salón. ¿Había conseguido un grupo de ancianos religiosos que blandían el Corán aterrorizar a todos aquellos hombres y mujeres ricos, poderosos y sonrientes, al ejército y a la Savak, e incluso a los estadounidenses que estaban de su parte? ¿Eran para eso las cuentas bancarias en Suiza y los lujosos apartamentos en Manhattan: por si tenían que huir a medianoche, corriendo para no perder el último avión? Bueno, ¿por qué no? Amira pensó en los gobernantes de su propio país, en la familia real a la que ella misma pertenecía, y en su cautela con respecto a los fundamentalistas.

Se produjo un revuelo y luego se pidió silencio. Había entrado el sha con su esposa, Farah Diba. Llegaban mucho más tarde de lo esperado sin que se explicara su retraso.

Amira no hubiera reconocido al sha. El hombre atractivo de mediana edad y aspecto dominante de las fotografías de periódicos y revistas parecía encogido, con la piel cetrina, envejecido. Farah Diba, por el contrario, era aún más guapa de lo que aparecía en las imágenes que había visto Amira. Pese a sus treinta y tantos años y sus cuatro embarazos, tenía todo el glamour de una estrella de cine.

Alí y Amira eran invitados distinguidos, pero no los más importantes de la brillante multitud, y pasó un buen rato hasta que se hallaron frente al sha y Farah. El sha y Alí intercambiaron los saludos diplomáticos de rigor a través de un intérprete, y el sha hizo un pequeño discurso. Después de esto no quedaba nada más que decir, y Amira comprendió que había llegado el momento de despedirse.

—¡Ustedes son los padres de Karim! —exclamó Farah de repente—. Debería haberme dado cuenta. Lo he visto arriba con su niñera. ¡Qué ricura de niño! Claro que los remalíes son famosos por su atractivo.

Los remalíes no eran famosos por nada parecido, pero Amira se sintió encantada, igual que su marido. Incluso el sha pareció animado por el entusiasmo de su esposa.

Unas palabras más, una breve conversación sobre la mezquita de Tabriz y había terminado la audiencia. Apareció el embajador estadounidense para enzarzarse en una conversación con Alí sobre aviación. Amira, cansada por el viaje y sintiéndose claramente fuera de lugar, deseó poderse escabullir para irse a la cama.

—Alteza —dijo una voz familiar a su espalda—, qué agradable encontrarla aquí.

—¡Philippe! ¿Qué...?

—Alteza, señor embajador —dijo Philippe a Alí y al estadounidense, que lo saludaron por el nombre.

—Vaya, esto es asombroso —comentó Alí—. ¿Qué le trae por aquí, amigo mío?

—Estaba a punto de contárselo a la princesa. Me temo que soy un intruso en la fiesta. Un colega me pidió que viniera a Teherán para consultarme un... un caso especialmente complicado. Cuando me enteré de que mis viejos amigos estarían aquí esta noche, me he hecho invitar.

Amira se esforzó por dejar de mirarle fijamente para desempeñar el papel de conocida agradablemente sorprendida.

—Vaya, realmente el mundo es un pañuelo —dijo el embajador con afabilidad—. ¿Y su paciente, mejora?

—Ah, amigo Elliott, espero que no sea usted de esas molestas personas que insisten en hablar con los médicos de juanetes y cálculos biliares en sus pocos momentos de ocio.

—Lo siento, doctor. Sólo era curiosidad.

El embajador se permitió una mirada especulativa hacia el sha. Amira se dio cuenta de que también lo hacía Alí.

Sin duda el sha era el tipo de paciente por el que Philippe viajaría miles de kilómetros; el sha, y también unos aldeanos de un lugar remoto afectado por el cólera. Pero Philippe estaba allí por otro motivo, ¿o no?

—¿Se quedarán mucho tiempo aquí? —preguntó Philippe a Alí.

—Sólo hoy y mañana.

—Luego nos vamos a Tabriz —apostilló Amira.

—Ah, sí, creo que lo mencionó la última vez que nos vimos. Yo me voy mañana.

¿Qué significaba eso? Amira escudriñó los ojos de Philippe. No vio nada, excepto que sus pupilas parecían demasiado dilatadas y que tenía el rostro encendido.

—Les ruego que me disculpen —dijo Philippe—. No he tenido oportunidad de comer desde esta mañana.

Philippe se alejó en dirección al bufé.

—El doctor no parece muy sereno esta noche —comentó Alí.

—Estos franceses —dijo el embajador, poniendo los ojos en blanco. Los dos hombres reanudaron su charla sobre los F-14.

Amira se sentía como si fuera a explotar en cualquier momento.

—Marido —aventuró—, perdóname por interrumpirte, ¿quieres que te traiga alguna cosa? Yo voy a tomar un bocado.

—Me alegro de que hayas recuperado el apetito —dijo Alí con una media sonrisa—. Pero yo no quiero nada.

Amira halló a Philippe examinando la enorme alfombra que ocupaba el centro del salón de ceremonias. Llevaba un plato lleno de canapés, pero no comía.

—Ah, princesa. Alguien me ha dicho que esta alfombra tiene más de doscientos metros cuadrados. He visto casinos más pequeños.

—Philippe, es...

—¿Sabía —la interrumpió él— que los tejedores persas siempre incluían un defecto en su trabajo? La idea era que sólo Dios debe ser perfecto.

Philippe miró de soslayo a un hombre con esmoquin que había a unos cuantos pasos. ¿Miraba su bebida con excesiva atención?

—Es un principio que los fabricantes de coches franceses parecen haber llevado hasta el extremo —prosiguió Philippe—. En cualquier caso, no pienso ponerme a buscar el defecto en esta especie de monstruo.

Philippe condujo amablemente a Amira por entre la multitud. El hombre de esmoquin no los siguió. ¿Paranoia?

—No esperaba verte aquí —dijo Amira—. No sabía qué esperar.

La ruidosa charla de un grupo cercano servía de pantalla a sus palabras. Philippe tuvo tiempo de inclinarse hacia ella para oírla.

—Hubiera venido de todas formas —dijo—. La consulta médica ha sido una afortunada coincidencia. O quizá no tan afortunada, pues me somete a cierto escrutinio. Como habrás adivinado, mi paciente es un personaje importante. ¿Sigue en pie lo de Tabriz?

Hizo la pregunta de un modo tan casual que Amira estuvo a punto de no enterarse. Comprendió que aquél era el momento crucial, el momento de contestar que no, de olvidar aquella locura, de comprometerse a volver a casa e intentar luchar contra Alí en terreno conocido.

—Sí —dijo.

—Escucha atentamente —dijo Philippe, sonriendo como si evocaran recuerdos divertidos—. Alguien se pondrá en contacto contigo en Tabriz. Sigue sus instrucciones al pie de la letra y de inmediato, ¿comprendes?

—Por supuesto.

—Prepara una única bolsa de viaje, nada más. Dos mudas para ti y para Karim, una tradicional y otra occidental. Objetos personales, los imprescindibles. Y las joyas, ¿las has traído?

—Sí.

—Bien, eso es todo.

—¿Estarás allí?

—Sí, pero basta por ahora. Es peligroso. El sha espía a todo el mundo, por principio o por costumbre, ¿quién sabe? Dime en voz alta que ha sido un placer y que esperas volver a verme en Al-Remal.

—Ha sido un placer volver a verle, doctor. Prométame que vendrá a visitarnos cuando venga a Al-Remal.

—Con sumo gusto, alteza. Por favor, transmita mis saludos a su marido por si no vuelvo a verlo. Me temo que ya ha llegado la hora de acostarse para este viejo esqueleto.

Tras unas breves palabras de despedida, Philippe desapareció en la muchedumbre de invitados. Amira pensó, aunque no tenía nada que ver, que no había probado la comida.

En una ocasión, en Francia, había ido al circo. Había un número en el que una mujer que se balanceaba colgada de su trapecio en lo alto de la carpa se lanzaba de repente al espacio de manera asombrosa. Durante unos segundos espeluznantes pareció lanzada a una muerte segura, pero la recogieron los fuertes y musculosos brazos de un hombre que se balanceaba hacia ella.

Allí, en el salón de ceremonias del palacio del sha en Teherán, Amira se sintió como si volara por el aire, precipitándose contra la tierra mortal. Sólo Philippe podía cogerla, sólo él podía salvarla. Le confiaba su vida.

Amira esperaba encontrar una exótica población de la vieja Persia, con calles angostas tras antiguos muros, un lugar idóneo para intrigar. En realidad, Tabriz era una ciudad de cientos de miles de habitantes, tan moderna y casi con la misma velocidad de expansión que Teherán.

Les recibió el alcalde de Tabriz y el gobernador de la provincia de Azerbaiján-Sharghi. Se notaba que consideraban al ministro de cultura remalí un invitado importante. Amira y Alí recibieron sendas suites contiguas y conectadas que ocupaban la mayor parte del último piso del hotel Tabriz, y asignaron a varios miembros del personal del hotel a su servicio. También dispusieron de un hombre de la Savak, que se apostó en el pasillo.

El primer punto de su agenda era un almuerzo oficial. Mujeres y hombres comían separados. Pese a la fama de la ciudad, Amira no pudo decir que los ciudadanos de Tabriz fueran menos hospitalarios que los de cualquier otra parte; sencillamente sonreían menos. También tenían el sentido común de ofrecer buena cocina local en lugar de intentar exquisiteces cosmopolitas.

El plato principal era el *abgusht*, un estofado de patatas, lentejas y gruesos trozos de cordero grasiento. Sabía mejor de lo que prometía la descripción, pero había un truco para comerlo: se proporcionaba un almirez con su mano para machacar el cordero y las patatas hasta que se obtenía la consistencia adecuada para mezclarlo con el caldo. La esposa del gobernador enseñó a Amira a hacerlo, pero las alabanzas demasiado corteses de las demás mujeres la convencieron de que no lo había hecho del todo bien.

Después de la comida visitaron la Mezquita Azul, el edificio que el padre de Alí había ofrecido restaurar como gesto de buena voluntad hacia la minoría shia de Al-Remal. Amira no entró en la mezquita, claro está, esperó en el coche con la esposa del gobernador y la del alcalde. Sólo una pequeña parte de la majestuosa mezquita estaba abierta; el resto tenía un aire de deterioro y abandono que rayaba con la ruina.

—Fue construida hace quinientos años por la gracia de Dios —explicó la esposa del gobernador.

—¿Qué le ocurrió? —preguntó Amira, esforzándose por mostrar interés; pero su mente estaba más bien en el contacto de que le había hablado Philippe. ¿Dónde? ¿Cuándo? ¿Era una de aquellas mujeres?

—Sobre todo fueron terremotos —dijo la esposa del gobernador—. Aquí son frecuentes. Hace dos años tuvimos uno muy fuerte. Pero también hubo invasiones, incendios... lo de siempre.

Alí tenía toda la tarde ocupada en varias citas con funcionarios civiles y religiosos. Amira y las otras dos mujeres, escoltadas discretamente por el hombre de la Savak, fueron a visitar los lugares de interés turístico de Tabriz, entre ellos el atestado bazar, que era tan sinuoso y medieval como Amira había imaginado toda la ciudad. Otro de los lugares que recordaría para siempre fue el Arg-Tabriz, los restos de una gran fortaleza antigua que se había convertido en ruinas hacia la época en que se pusieron las primeras piedras de la Mezquita Azul. Lo recordaría por una historia que le contó la mujer del gobernador.

—En los viejos tiempos —le dijo—, ejecutaban a los criminales arrojándolos a una zanja desde lo alto del Arg. A una mujer la condenaron a muerte por adulterio, pero cuando la lanzaron al vacío su chador se infló de aire como... como una de esas cosas que usan los militares.

—Un paracaídas —dijo la mujer del alcalde.

—Exacto. Eso detuvo su caída y le salvó la vida. Dios sea alabado.

—¿Le permitieron seguir viviendo? —quiso saber Amira.

—Por supuesto. Era la voluntad de Dios.

De vuelta en el hotel, Amira se desplomó sobre la cama y contempló fijamente el techo. Estaba exhausta. Mandaría traer a Karim al cabo de unos minutos... sólo unos minutos, pero ahora necesitaba descansar.

Llamaron a la puerta con suavidad. Entró una camarera del hotel.

—Siento molestarla, alteza, pero vengo a decirle que estaré a su servicio durante la noche. Me llamo Darya. ¿Necesita algo? —Era de la edad y estatura de Amira, incluso tenían el mismo tono de piel; podrían haber pasado por hermanas.

—No, nada —dijo Amira.

—Quizá a su alteza le gustaría oír un poco de música. —Darya señaló el equipo musical de la suite, muy nuevo.

—No —replicó Amira con paciencia—. Nada por el momento.

La camarera se acercó y articuló la palabra *yes*. Amira no comprendió la temeridad de la chica, pero se hizo la luz en su cerebro y sintió que una especie de corriente eléctrica le recorría el cuerpo: allí estaba el contacto.

—Pensándolo mejor —dijo con la mayor calma de que fue capaz—, un poco de música sería agradable.

—Gracias, alteza. —Darya encendió la radio, elevó el volumen y volvió a acercarse a Amira—. ¿Está preparada? —preguntó en voz baja.

—¿Ahora? ¿Ya?

—No. Más tarde, esta noche. Pero ¿está lista?

—Sí.

—Bien. ¿Va a ir a lo de hoy?

—¿Qué? Ah, sí. Estaba programado un banquete de celebración; aparentemente se había dado por seguro que Al-Remal ayudaría a restaurar la mezquita.

—Muy bien. Vaya como si todo fuera normal, pero si puede, convenza a su marido de marcharse temprano. Finja sentirse enferma, o cansada, o lo que sea.

—Eso será fácil.

Darya no sonrió.

—Tan pronto como vuelva pida que le traigan a su hijo. ¿Es probable que su marido venga a... visitarla antes de irse a dormir?

—No, es muy improbable.

La chica asintió como si se hubiera confirmado algo que ya sabía.

—En su habitación hay un surtido de licores. Es un servicio especial que el hotel ofrece a algunos huéspedes. ¿Beberá antes de acostarse?

—Sí, creo que sí.

—Bien. En todas las botellas hay algo extra. Dormirá hasta muy tarde mañana y parecerá borracho cuando se despierte.

Amira no dijo nada. Todo se movía con demasiada rapidez.

—Esté preparada para irse en cualquier momento —explicó Darya—. Cuando llegue el momento, llamaré a la puerta una sola vez. Coja sus cosas y sígame sin hacer ruido. Procure que el niño esté callado.

—¿No se dará cuenta? —Amira intentaba aclarar la situación—. Es decir, ¿no descubrirán que había algo en la bebida? ¿No sabrán quién lo hizo?

—¿Y qué? Todos estaremos muy lejos.

—¿Adónde irá usted?

Darya la miró con cierto desdén.

—Lo siento —dijo Amira—. Ha sido una pregunta estúpida.

—No le diré adónde iré, pero sí el porqué. Quiero que sepa que esto no lo hacemos ni por usted ni por su amigo, y mucho menos por dinero.

—Entonces... ¿por qué?

—Tal vez no se le haya ocurrido, alteza, pero su desaparición pondrá al sha en un aprieto... y quizá deteriore las relaciones entre él y su suegro. Crear problemas al Trono del Pavo Real es la causa a la que yo y muchos como yo hemos dedicado nuestra vida.

—¿Es una fundamentalista? —preguntó Amira.

—Difícilmente. ¿Le parezco una de ellos? Trabajamos con ellos cuando conviene a nuestras necesidades. —Darya hizo una pausa—. Estoy hablando demasiado. Descanse, alteza. Tiene una larga noche por delante. Llame a recepción si me necesita.

Después de un rato, Amira apagó la radio. Había oído hablar de revolución a los estudiantes de los cafés de París, pero jamás se había encontrado con un auténtico revolucionario, y de repente se había convertido en peón de alguien en un mortífero juego de ajedrez contra el sha.

Tenía que ser la voluntad de Dios, se dijo, pues jamás lo hubiera deseado así.

Karim estaba dormido. Amira aguardaba con la ropa de viaje con que había volado desde Teherán. De vez en cuando oía las leves pisadas del hombre de la Savak que patrullaba por el pasillo. ¿Qué harían con él?

No salía ningún ruido de la suite de Alí. Antes había oído el tin-

tineo familiar de una botella al entrechocar con el cristal, seguido después de un rato por ruidos de torpes movimientos. Después, nada.

Amira comprobó por duodécima vez que había metido el joyero en la bolsa.

No te obsesiones, Amira. Espera tranquilamente. Todo está en manos de Philippe, y en las de Darya, y sabe Dios quién más. ¿Se había acordado del pasaporte? Sí, allí estaba. ¿Lo necesitaría?

Escuchó. El pasillo se había quedado en silencio, pero había alguien. Lo percibía.

La llamada sonó como un disparo. Alí tenía que haberla oído. Amira se apresuró a coger la bolsa, la dejó caer, volvió a cogerla y acunó a Karim en el otro brazo.

Darya abrió la puerta.

—¡Deprisa! —susurró. Amira la siguió hasta una puerta al final del pasillo. Darya la abrió con una llave. Detrás había una escalera. El ruido de los tacones de Amira resonó con fuerza en las escaleras. Descendieron varios tramos. Otra puerta, otra llave, y salieron a una especie de callejón.

—¡Maldita sea! —exclamó Darya—. Debería estar esperando.

—¿Quién?

—Su amigo. Llega tarde.

—Mujeres —dijo una poderosa voz a sus espaldas—, ¿qué hacéis en la calle de noche?

Ambas se quedaron paralizadas.

El hombre de la Savak surgió de las sombras.

—Tendrán que venir conmigo y explicarse —dijo.

Todo ha terminado, pensó Amira.

Pero Darya se abalanzó sobre el hombre con celeridad animal y le clavó las uñas en la cara. Soltando una maldición, el hombre la apartó de un golpe, pero de repente se produjo un movimiento detrás de él. Amira oyó un golpe sordo, luego otro, y el hombre de la Savak se desplomó. Dos hombres jóvenes aparecieron junto a él.

—¿Estás bien, Darya? —preguntó uno de ellos.

—Sí. ¡Maldita sea! ¿De dónde ha salido ese hijo de puta?

—A saber. ¿Qué hacemos con él?

—Dejadme pensar.

—¿Qué pasa, mamá? —preguntó Karim, medio dormido.

—No pasa nada, cariño.

—¿Sólo podemos llevarlo a un sitio —dijo Darya—. Si lo conseguimos. —Miró hacia el otro extremo del callejón—. Maldita sea, princesa, ¿dónde está su amigo?

—No lo sé.

—Mire, quizá lo mejor para usted sea volver arriba, a su habitación. Intente hacerlo sin ser vista.

—No puedo. No he cogido la llave. No pensaba que tendría que volver.

—¡Dios! Tome las mías. Una de ellas es la de su habitación. ¡Espere! ¿Quién está ahí?

Un vehículo de color pardo había entrado en el callejón.

—¡Es él! ¡Por amor de Dios, alteza, váyase!

—Quiero dar las gracias...

—¡Váyase!

Amira corrió hacia el coche, un Land Rover desvencijado. Philippe abrió la puerta y tiró de ella.

—Llego tarde, lo siento —dijo—. ¿Habéis tenido problemas?

—Sí.

—Me lo contarás después. Primero salgamos de aquí.

Debía de ser alrededor de la medianoche. Había poco tráfico, pero las aceras estaban llenas de hombres. Amira tenía la impresión de que todos la miraban y memorizaban su rostro cuando Philippe viró hacia el bulevar y aceleró.

EL HERMANO PETER

Philippe condujo en dirección oeste por el bulevar de adoquines que atravesaba el corazón de la ciudad. Por lo bajo, iba contando las calles laterales que sobrepasaban. Amira no le interrumpió, sólo deseaba alejarse de aquel lugar. Karim se despertó el tiempo suficiente para decir «Hola, tío Philippe», y volvió a dormirse en el regazo de su madre. Otros coches los adelantaban temerariamente, amenazando con hacer volcar los *droshkys* de dos caballos.

Philippe giró a la derecha y cruzó un río. Al cabo de unas cuantas manzanas lanzó un juramento en francés, giró a la izquierda y cruzó y volvió a cruzar el mismo río en una rotonda. Pronto llegaron a otro puente bajo el que discurría una corriente más caudalosa.

—El agua está alta —comentó Philippe—, por el deshielo de primavera en las montañas. Espero que no nos cause problemas más adelante.

Aparecieron letreros indicadores del aeropuerto, pero lo dejaron atrás. Amira lanzó a Philippe una mirada inquisitiva.

—No nos vamos en avión —dijo él—. Nos vamos en coche.

—¿Vigilarán el aeropuerto? —dijo Amira.

—No; tardarán horas en establecer vigilancias.

—¿Adónde vamos?

—A Turquía, para empezar. Deberíamos llegar a la frontera al amanecer.

—*Inshallah.*

—Sí, si Dios quiere y este viejo Rover vale la mitad de lo que he pagado por él. Lo he comprado en Rezaiye, en la otra orilla del gran lago. El transbordador tuvo una avería en el motor. Por eso he llegado tarde al hotel. —Miró a Amira de reojo—. ¿Qué ha ocurrido allí?

Amira le contó lo del agente de la Savak.

—Malo. Contaba con que Darya nos hiciera un favor por la mañana. Ah, bueno. No es tan importante, y quizá lo haga de todas formas.

—¿Hacer qué?

—No quiero que lo sepas aún. Cuando hayamos salido de Irán.

—¿Qué le ocurrirá a él?

—¿Al Savak? En el mejor de los casos, pasará algunos días muy incómodos. En el peor, aparecerá en ese río que hemos cruzado.

—¿Por culpa nuestra?

—Indirectamente. Y lamento decirte que es posible que ocurra, pero tú no le pediste que te siguiera. Recuérdalo, y recuerda lo que os hubiera hecho a ti y a Darya.

Amira recordó el modo en que Darya le había clavado las uñas al agente, como una tigresa. Jamás había visto a una mujer atacar físicamente a un hombre de aquella manera. Pensando en ello, más asombroso aún resultaba el hecho de que Darya fuera sin duda el jefe del pequeño grupo revolucionario y que los dos jóvenes se sometieran a ella.

Se hallaban ahora fuera de la ciudad, entre montañas, en el desierto alto. La carretera era de tierra. La misma Tabriz estaba casi a un kilómetro y medio de altitud, y habían ido ascendiendo regularmente desde que la abandonaran. Una sorprendente cantidad de vehículos, sobre todo camiones, viajaba con ellos hacia el norte formando una cadena roja de luces traseras en la noche.

Philippe cogió el anticuado maletín negro de médico que siempre le acompañaba.

—Pásame esas botellas de agua, ¿quieres, querida?

Sacó un par de pastillas de un frasco y las tragó con agua.

—Methanfetaminas —explicó—. Desgraciadamente, las necesito para seguir en marcha. No he dormido desde que llegué al país. No te preocupes; te lo digo sólo para que no te asustes si empiezo a ver dragones en la carretera.

A la tenue luz del salpicadero, Philippe parecía ojeroso y sorprendentemente joven a la vez. Amira se dijo que no lo había visto nunca tan atractivo, ni siquiera aquella tarde en un café de París.

—¿Cómo has hecho todo esto? —preguntó al fin.

—Con dinero, viejos favores, viejos amigos. He usado las tres cosas a un ritmo asombroso.

—¿Por qué? ¿Por qué lo haces?

—Ya sabes por qué.

—Sí. Gracias.

—No me lo agradezcas. ¿Llevas el pasaporte?

—Sí.

—Lo perderemos antes de llegar a la frontera. Abre ese compartimiento.

Amira encontró dos pasaportes franceses, uno para ella y otro para Karim. Philippe encendió la luz interior del coche para ella.

—Así que soy madame Rochon, y éste es el pequeño Karim Philippe Rochon.

—Al menos hasta que estemos en Turquía, en un lugar llamado Agri. Allí serás otra persona.

—Estos pasaportes parecen auténticos.

—Hechos por el mejor falsificador de Francia, que es mucho decir. Una de las razones por la que es el mejor es que sólo una selecta clientela sabe que es el mejor.

—¿Cómo lo supiste tú?

—Por uno de esos viejos favores. O dos.

—¿Es seguro usar tu nombre? ¿No nos estarán buscando?

—Como te decía, no buscarán a nadie hasta mañana, y quizá más tarde aún. Sin embargo, el agente de la Savak es una complicación. Será mejor que alcancemos la frontera temprano.

Amira tenía muchas preguntas, pero dejó que se evaporaran todas. Debería estar exhausta, pero la embargaba un júbilo intenso y casi radiante. Estaba con su hijo y junto al hombre que amaba y que huía de noche con ella por el desierto, por países extranjeros, de un peligro conocido a otro desconocido.

Libre.

La palabra acudió a su mente como susurrada por una voz secreta. Nunca hasta entonces se la había aplicado a sí misma.

Libre.

Era como la miel; se probaba una vez y se quería más.

Una neblina baja de polvo atenuaba las luces de los coches que tenían delante, pero las estrellas brillaban con fuerza infinita sobre sus cabezas.

—Ocurra lo que ocurra —dijo a Philippe y al universo entero—, habrá valido la pena.

El amanecer los sorprendió en Maku, un pueblo apiñado en un valle, apenas más ancho que la carretera, bajo un inmenso risco sobresaliente. Se habían retrasado en un puente —no mucho más que una alcantarilla en realidad— que un río crecido había derribado.

Philippe aparcó el Land Rover detrás de un camión.

—Volveré dentro de un rato. ¿Qué te apetece comer?

—Cualquier cosa.

—¿Y Karim?

—Le daré de comer mientras vuelves.

Philippe pareció confundido, pero luego asintió.

—Había olvidado que en AX tardáis mucho tiempo en destetar a los niños.

—Tráele algo dulce, si puedes. También come alimentos sólidos.

Philippe volvió al cabo de veinte minutos con pan, queso, kabobs y un termo de café. Para Karim llevaba un yogur con miel.

—Maku —dijo—. ¿Sabes lo que significa?

—¿Cómo voy a saberlo?

—Según se cuenta, en la Antigüedad un general tuvo que trasladar a su ejército de noche. Marcharon a la luz de la luna hasta que llegaron a este lugar, donde las montañas y el risco de ahí ocultaban el cielo. El ejército se disgregaba dando tumbos en la más profunda oscuridad y el general gritó: *«Ma Ku? Ma Ku?»* Significa «¿Dónde está la luna?».

—¿Dónde has oído esa historia?

—Es famosa en todo el mundo civilizado, aunque es obvio que todavía no ha llegado a AX. —Sonrió—. En realidad había estado antes aquí, y también al otro lado de la frontera, en Turquía. Fue hace mucho, cuando aún era un médico idealista recién licenciado. Era el horror de siempre, un terremoto y la consiguiente epidemia. —Miró en la distancia—. La muerte no es el enemigo —dijo inopinadamente—. La muerte existirá siempre. Lo que te desgasta es el peso de la ignorancia, tan imponente como esa montaña. Había cólera por todas partes; «¿Qué medidas han tomado?», «Oh, comemos ajo». Un niño medio deshidratado por la diarrea; «Le he puesto un hueso de melocotón quemado en el ombligo, excelencia, pero no mejora, por la voluntad de Dios». Estoy seguro de que no ha cambiado nada en todos estos años.

—Ni tú, amigo mío. Sigues siendo idealista, y joven —añadió, porque a la luz del día incipiente su rostro cansado no parecía joven en absoluto.

—¡Ja! Tan joven que voy a necesitar más de ésas para llegar hasta la frontera. —Se tomó una pastilla con un sorbo de café—. Sólo nos falta media hora. No te preocupes, no va a pasar nada. Puede que a mí me hagan unas preguntas por Karim. Si me llama tío Philippe en la frontera, nadie sabrá que no quiere decir «papá» en francés. —Puso el Land Rover en marcha y guiñó el ojo a Amira—. *Allons-y.*

Cuando salieron del valle, una gran montaña coronada de nieve apareció a la vista, brillante como una novia a la luz del sol naciente.

—Ararat —dijo Philippe—. El Arca de Noé.

Amira asintió. Conocía la historia.

En la frontera había una cola de kilómetro y medio. Tardaron más de una hora en llegar al puesto fronterizo iraní. Allí un soldado con aire agobiado les indicó que siguieran tras un rápido vistazo y unas cuantas palabras. Cuando atravesaban la tierra de nadie en dirección a la aduana turca, Philippe emitió un largo suspiro.

—Hemos pasado el momento crucial. No saben nada. Los turcos tampoco estarán enterados.

Sin embargo, en la aduana turca, tras estudiar sus documentos, el agente ordenó a Philippe que aparcara el Rover a un lado. Instantes después apareció un oficial e indicó a Philippe que saliera. Los dos hombres intercambiaron unas palabras que Amira no entendió, luego Philippe entró con el turco en el edificio.

Cinco minutos. Diez. Quince. Dentro del coche y asustada, Amira inventó un juego para Karim, tirándole bolitas de pan a la boca. Veinte minutos. Veinticinco. ¿Qué estaba pasando? Era plena mañana. ¿Qué ocurría en Tabriz? Alguien debía de haberse dado cuenta de que su habitación estaba vacía. ¿Se había despertado Alí? ¿Y si el hombre de la Savak había escapado de los amigos de Darya?

Philippe salió del edificio seguido por el oficial. Ambos charlaban sonrientes, en un intercambio evidente de muestras de estima. Cuando por fin Philippe puso el Land Rover en marcha, el oficial se apartó, saludó y paró un camión con grandes aspavientos para que Philippe pudiera volver a la carretera.

—¿Qué ha ocurrido? —preguntó Amira cuando dejaron atrás la aduana—. ¿Había algún problema?

—No lo sé. Tengo la impresión de que sospechaba algo. Quizá las pastillas. Los agentes de aduanas desarrollan un sexto sentido para las drogas. O tal vez sólo pretendía conseguir *baksheesh*, como de costumbre. Pero he jugado mi triunfo y he acabado tomando el té con él.

—¿Qué triunfo?

—Cuando estuve en Turquía, trabajé con un joven teniente turco. Nos hicimos amigos. Todavía nos escribimos de vez en cuando. Ahora es general. Así que le pregunté al capitán si por casualidad conocía a mi viejo amigo. Lo conoce, y yo diría que le teme.

Amira se echó a reír y no podía parar de tan grande como era su alivio.

—Dios mío, Philippe, ¿hay algún lugar en la Tierra donde no conozcas a alguien?

—La amabilidad es algo de lo que uno no se arrepiente jamás —dijo Philippe—. Recuérdalo, amor mío.

—Esas pastillas te están convirtiendo en un filósofo.

Philippe se echó a reír.

Atravesaron colinas ondulantes de sorprendente verdor bajo el cielo despejado. Aquí y allá pastaban las ovejas la hierba fresca. Cada vez que aparecía un rebaño, Karim señalaba alegremente y exclamaba: «¡Ovejas!» Philippe comentó que el paisaje le recordaba a Montana, un lugar de Estados Unidos que había visitado. El monte Ararat se elevaba a su derecha, dominando el horizonte.

A cuarenta y cinco kilómetros de la frontera apareció a la vista la primera población, apenas trescientas o cuatrocientas feas casas de piedra, sin más. Pese a su vulgaridad, Amira se sintió excitada porque los hombres que vio vestían a la europea: camisas, jerséis, pantalones, chaquetas de lana y gorras. Pese a que las mujeres no llevaban velo (así lo había decretado varias décadas atrás el fundador de la Turquía moderna, Mustafá Kemal Atatürk), vestían de manera tradicional y cubrían la cabeza con pañuelos.

—En el campo son conservadores —explicó Philippe—. En las ciudades, sobre todo en Ankara, casi te da la impresión de estar en Nueva York, pero aquí se aferran a las tradiciones.

Hacia el oeste, el paisaje cambió. Había menos hierba y más campos arados. Ararat iba quedando atrás, empequeñeciendo con la distancia.

—Cuéntame qué vamos a hacer —pidió Amira.

Philippe asintió. Había llegado el momento de dar explicaciones.

—No es el mejor de los planes, pero afortunadamente nos las tenemos que ver con personas bastante predecibles. Muy pronto tu marido se despertará con la peor resaca de su vida y enseguida se dará cuenta de que su esposa ha desaparecido. Quizá el personal del hotel sepa ya que no estás en tu habitación, pero no harán nada sin Alí. Al fin y al cabo, podrías estar en su habitación. Una vez quede claro que has desaparecido, habrá un montón de llamadas a Al-Remal y a Teherán. Todo el mundo tendrá un deseo principal: mantener el asunto en secreto mientras sea posible. Tarde o temprano saldrá a la luz, pero con suerte tardará un día o dos en hacerse público.

—¿Y luego?

—Mientras tanto —continuó Philippe, sin hacer caso de la pregunta—, te buscarán... discretamente. No lo hará la policía, sino la Savak, y si Darya ha conseguido completar su tarea, tropezarán con un rastro falso.

—¿Qué quieres decir?

—El plan era que ella tomaría el primer vuelo de Tabriz a Teherán. Debería haber llegado hace una hora. A lo mejor te diste cuenta de que se parece un poco a ti, y además tenía que especificar al hacer la reserva que viajaría con un niño. Si alguien le preguntaba en el avión, diría que había decidido dejar al niño con una tía, pero seguiría figurando en la lista de pasajeros. Y se fijarían en ella. Alguien la recordaría cuando la Savak llegara preguntando.

—Parece peligroso para ella.

—Menos que quedarse en Tabriz después de haber secuestrado a un agente de la Savak. En cualquier caso, en Teherán repetirá la misma farsa en dos compañías aéreas diferentes, comprando billetes para Al-Remal en una, y para Londres en la otra. Y allí perderán el rastro, porque no irá a ninguno de los dos sitios, sencillamente abandonará el aeropuerto y se perderá en Teherán.

—¿No descubrirán que no ha cogido ningún avión?

—Al final sí, pero tardarán más de un día en hacer averiguaciones, y entonces el lugar más lógico donde seguir buscando será Teherán.

—¿Y qué haremos nosotros mientras ocurre todo eso?

—Ahora mismo nos dirigimos a una ciudad llamada Van para encontrarnos con un hombre. Él te sacará de Turquía mientras yo vuelvo a Ararat y dejo un segundo rastro falso.

—¿Me dejarás sola? —Era como si el mundo vacilara bajo sus pies.

—Tengo que hacerlo, amor mío —dijo él, sacudiendo la cabeza como para rechazar la idea—. Recuerda el plan: tú y Karim no huís solamente, vais a desaparecer para siempre. Voy a volver para tirar el coche a un río en las montañas. Parecerá que la corriente se ha llevado los cuerpos.

—¿Por qué no podemos ir contigo?

—Porque los tres no conseguiríamos jamás salir de allí sin que se fijaran en nosotros. Yo... yo me iré tranquilamente.

—Pero luego ¿qué? ¿Vas a desaparecer tú también?

—Sí. No te preocupes, querida. Te enterarás de todo más adelante.

—¿Cuándo volveré a verte?

—No lo sé, amor mío. Quizá pase mucho tiempo.

—No me gusta esto, Philippe.

—A mí tampoco, créeme, pero no hay más remedio. Tarde o temprano algún genio de la Savak decidirá comprobar los puestos fronterizos. Cuando aparezca mi nombre, se disparará la alarma. Iniciarán una búsqueda encubierta en París, que es donde imaginarán que hemos ido nada más llegar a un aeropuerto turco. Pero entonces encontrarán el coche accidentado y la alarma se apagará mientras buscan los cadáveres. Eso te dará la oportunidad de marcharte a París.

—¿Voy a París?

—Durante un tiempo. Luego a Estados Unidos.

—¡Estados Unidos!

—Sí, ya te he dicho que te enterarás de todo más adelante. Pero primero has de llegar a París sana y salva.

—¿Quién es ese hombre, el que vamos a encontrar?

—Puede que sea el mejor hombre que he conocido. Se llama hermano Peter.

El aire era frío. Ovejas y cabras pacían entre los montones de nieve, que aún cubría las bajas montañas. Aquí y allá aparecían casas bajas de piedra con grandes almiares sobre los tejados planos. Los granjeros iban en carro o montaban burros pesadamente, cargados por la carretera fangosa y llena de baches.

Amira miraba por la ventanilla con cierto malhumor. El plan de Philippe era demasiado complicado. O quizá no. Daba igual. Lo que importaba era lo que no incluía. ¿Por qué la abandonaba... a ella y a Karim? ¿Por qué no iba con ellos a París, a Estados Unidos, a donde fuera? ¿Adónde iría él? ¿Le aguardaba alguien en aquel lugar?

No tenía derecho a formular tales preguntas, pero no podía evitar pensarlas. La dulzura de su recién adquirida libertad se había evaporado, dejando un amargo regusto. El sabor de la soledad y del miedo.

El Rover llegó a la cima de una cuesta y delante de ellos apareció una ciudad.

—Agri —dijo Philippe.

Era mucho más grande que Dogubeyazit, pero sus habitantes parecían los mismos, la extraña mezcla de hombres vestidos al modo occidental y las mujeres con atuendos tradicionales. Una gran mezquita dominaba el centro de la localidad. Philippe aparcó en una transitada calle cercana.

—Voy a por algo de comida. Date un paseo, si quieres. Nadie te dirá nada.

Amira fue con Karim a una pequeña plaza y rápidamente se encontró rodeada por un grupo de mujeres curiosas y sonrientes. No entendió una palabra de lo que decían hasta que una de ellas le habló en un árabe vacilante:

—¿Adónde va? ¿De dónde es?

¿Qué podía contestar sin comprometerse?

—Nací en Egipto, pero vivo en Francia con mi marido. Vamos en coche desde Teherán a... a Estambul. Era un sueño suyo.

Las mujeres asintieron al oír la traducción de su respuesta. Todas se mostraban comprensivas con una mujer cuyo marido tenía extrañas ocurrencias.

Philippe regresó seguido por varios hombres que rivalizaban entre sí por ayudarle. Uno llevaba el termo, otro una cesta de comida. Un tercero se arrodilló para inspeccionar los neumáticos del Rover y asintió con aparente satisfacción por su estado. Cuando por fin Philippe consiguió meter a Amira y a Karim en el coche, alguien le pasó una botella por la ventanilla y se oyeron gritos de «*Sagol!*».

—*Sagol!* —replicó Philippe. Unos niños corrían junto al coche—. Había olvidado lo hospitalarios que son los turcos —comentó.

—¿Qué quiere decir *sagol*?

—Larga vida —contestó Philippe entre risas.

Amira destapó la cesta; contenía una barra de pan moreno fresco partida en trozos que servían como platos para unas verduras frías y pedazos de cordero asado. Philippe le tendió el termo.

—Es té. Al parecer no hay café en Turquía. Es como el caviar en Irán. Venden hasta el último grano al extranjero.

—¿Qué voy a hacer yo en Estados Unidos? —preguntó Amira de repente. Quería parecer furiosa, pero sólo consiguió aparentar una rabieta.

Philippe la tocó por primera vez desde que salieran de Tabriz, acariciándole suavemente la mejilla con el dorso de los dedos.

—No tengas miedo, amor mío. ¿Qué harás? Depende de ti. Es un país donde una persona con inteligencia y dedicación puede llegar a ser lo que quiera, sea hombre o mujer. Pero me he tomado la libertad de prepararte el camino, si te interesa. ¿Te gustaría ir a Harvard?

—¿Harvard? ¿La universidad?

—Por supuesto.

—¿Como alumna?

—¿Qué, si no?

—Pero si no estoy capacitada —protestó Amira—. Y está Karim, ¿qué haría con él?

—Estás capacitada, y a Karim no le pasaría nada. —Philippe apartó la mano de su mejilla—. Ahora no es el momento para entrar en detalles. Te los dará un amigo mío en París. Se llama Maurice Cheverny. Es abogado. Ponte en contacto con él en cuanto llegues. Llámale desde el aeropuerto. Te espera.

Al llegar a un cruce, Philippe giró a la izquierda. En unos minutos habían abandonado Agri y se dirigían hacia el sur.

¡Universitaria! Era un sueño mucho mejor que el de ocultarse en un castillo o una *finca*. Era lo que había deseado desde que tenía uso de razón. Pero era un lugar lejano y desconocido.

—Ven conmigo, Philippe. —Por fin lo había dicho.

—Ojalá pudiera, amor mío —replicó Philippe con una sonrisa triste—, pero no puedo. Pronto comprenderás... confía en mí. —Destapó la botella que les había dado el hombre de Agri y olisqueó su contenido—. Raki. Un trago y entraría en coma. Bueno, quizá uno solo. —Bebió y tuvo un ataque de tos—. Dios, es tan malo como lo recordaba.

Instantes después tarareaba una melodía en voz baja.

Hacia la mitad de la tarde llegaron a un pueblo tras el cual se extendía una vasta franja azul.

—¿Eso es el océano? —preguntó Amira, que había olvidado sus lecciones de geografía.

—Es Van Golu, el lago Van. Es salado; por eso no crece nada en la orilla. —Charló durante un rato sobre la salinidad del lago. Amira había visto antes el efecto de las anfetaminas; sabía que se estaban acabando.

Van, una ciudad de unos cien mil habitantes, se hallaba a una hora de camino. Una vez allí, Philippe tuvo problemas para encontrar el hotel que buscaba. Finalmente lo encontraron casi por casualidad. Se registraron como señor y señora Rochon e hijo y entregaron sus pasaportes. El hotel, de capacidad media y ambiente agradable, se llamaba Akdamar, y aparentemente no había en él demasiados huéspedes.

—Frío —comentó Philippe.

—¿Tienes frío?

—Demasiado frío para los turistas. Vienen por el lago, pero no hasta el verano.

Al llegar a su habitación, Philippe dio propina al portero, cerró la puerta, se apoyó en ella y se desmayó. Amira emitió un gemido ahogado, pero supo instintivamente que no debía pedir ayuda. A duras penas consiguió llevarle hasta la cama. Karim los contemplaba asombrado; sin duda se trataba de un asunto de adultos. Un paño frío sobre la frente hizo que Philippe abriera los ojos.

—Amira, amor mío. Lo siento. Quería pasar estas últimas horas... ya sabes, hablando, escuchando, pero tengo que dormir o no conseguiré llegar hasta Ararat. Despiértame cuando se haga de noche.

—Tú duerme.

—Al anochecer, prométemelo.

Philippe se durmió. Karim se subió a la cama.

—Yo cuido al tío Philippe —dijo, y pronto se durmió también.

Amira se tumbó junto a ellos, sólo para descansar, se dijo.

Se despertó con un sobresalto. Una ojeada a la ventana le dijo que era de noche. Philippe estaba dormido como un tronco. Intentar despertarlo fue como despertar a Alí cuando había bebido demasiado. Tras un buen rato, consiguió que se incorporara.

—¿Qué hora es? —balbució.

—No lo sé.

Philippe miró su reloj como si encerrara un gran misterio.

—Las diez —anunció por fin—. No es demasiado tarde. Se puso en pie con dificultad, se acercó al lavabo y se echó agua a la cara.

—¿No es demasiado tarde para qué?

—Tengo que salir y hacer que se fijen en mí. Luego tendremos una visita. —Cogió su maletín y sacó una pastilla—. Quedan dos —dijo para sí—. Deberían bastarme.

—Philippe, estás agotado. ¿No puede esperar lo que sea hasta mañana?

—No. Estamos en los momentos más peligrosos. Es posible que nos busquen ya en Turquía. Tenemos que movernos deprisa.

Se puso el abrigo y se fue. Estuvo fuera una hora. Cuando regresó, parecía haber recobrado las energías.

—Pronto llegará el hermano Peter. Te irás con él esta noche. Mañana estarás en Erzurum. Allí hay un aeropuerto; sale un avión hacia Ankara cada día. —Rompió la costura del forro de su abrigo y sacó unos documentos—. Tus billetes de avión. Erzurum-Ankara, Ankara-Estambul y Estambul-París. Todos son billetes de vuelta. Y aquí está tu nuevo pasaporte y documentos para Karim.

Amira ojeó el pasaporte; Jihan Sonnier, esposa del doctor Claude Sonnier.

—No hace aún dos años —explicó Philippe—, un terremoto mató a cincuenta mil personas en el distrito norte del lago Van. Muchos niños quedaron huérfanos. Karim es uno de ellos. Has venido para adoptarlo y llevártelo a tu casa, a Francia. Tú... no puedes tener hijos.

Amira asintió. Eso era al menos cierto.

—El hermano Peter ha estado ayudando muy directamente a las víctimas del terremoto, especialmente a los niños. Puede contestar cualquier pregunta que se le ocurra a las autoridades, y jamás te traicionará.

—¿Jihan Sonnier? —dijo Amira, volviendo a mirar el pasaporte.

—Me acordé del nombre de tu madre cuando le di las instrucciones al falsificador. ¿Te parece bien?

—Sí.

Un golpe casi inaudible sonó en la puerta.

El hombre que entró era pequeño y enjuto, de ralos cabellos castaños, piel bronceada y apagados ojos azules. Sus ropas parecían las de los turcos que había visto Amira. Él y Philippe se abrazaron como hermanos largo tiempo separados.

—Te agradezco lo que haces, amigo mío —dijo Philippe en inglés—. Sabes que no te lo hubiera pedido si no se tratara de un asunto de vida o muerte.

—No te disculpes, amigo. Soy un hombre adulto.

Philippe lo presentó a Amira.

—Perdona su abominable inglés... es australiano.

—Australiano —dijo el hermano Peter afablemente. Luego se puso serio—. No quisiera meteros prisa, pero tenemos que ponernos en marcha.

—Ah, sí, por supuesto. Bueno, estamos en tu terreno. ¿Cómo quieres hacerlo?

—No quiero que vean conmigo a Amira, o Jihan, ni al niño en Van o en los alrededores. Aquí me conoce demasiada gente y corremos el riesgo de que alguien se fije y lo relacione. Cuando nos alejemos hacia el oeste de Agri, ya no importará.

—¿Quieres decir que ella y Karim han de permanecer ocultos?

—Usaré la furgoneta de la misión. He hecho un cubículo atrás, bajo unos cartones y mantas. No será cómodo, pero sólo durará unas horas. ¿Puede conseguir que el chico se esté callado si es necesario? —preguntó a Amira.

—Le daré un sedante flojo —dijo Philippe—. Dormirá ocho horas al menos. ¿Será suficiente?

—De sobra.

—Bien. ¿Qué más?

—¿Qué vehículo llevas?

—Un Land Rover marrón.

—Dirígete hacia el norte, en dirección a Agri. No te des prisa para que pueda alcanzaros. Esperaré veinte minutos cuando os vayáis. Si alguien os detiene, sois turistas disfrutando de la maravillosa luz de la luna junto al lago.

—Muy bien.

—En algún lugar al norte del lago y al sur de Agri te haré señales con la luz tres veces; párate y haremos el cambio. —Los miró a ambos—. ¿Alguna pregunta?

—¿Por qué le llaman «hermano»? —quiso saber Amira.

Peter sonrió casi con timidez.

—¿Philippe no se lo ha dicho? Pertenezco a una misión. A una pequeña orden religiosa.

—¿Quiere decir que es cristiano?

—Sí. Sé que es extraño, pero estamos aquí desde Atatürk, y siguen tolerándonos. Somos muy tranquilos. No hacemos proselitismo. Sólo tratamos de ayudar. Bueno, entonces... ¿estamos listos?

—Vamos allá —dijo Philippe.

A la luz de los faros que penetraba en la noche, Van era un sueño, Tabriz un recuerdo distante y Al-Remal había caído en el olvido. La carretera era familiar, era el hogar. Había pasado en aquel Land Rover toda la vida. Karim dormía tras haberse tomado una cucharada de un jarabe que le había dado Philippe. El médico seguía dándole consejos para prevenirla.

—Recuérdalo, llama a Maurice Cheverny antes que nada. E intenta asegurarte de que no te siguen desde Orly, porque en el aeropuerto no intentarían nada. Si intentan algo en la ciudad, llama a gritos a la policía. Si la verdad sale a la luz, pide asilo político. Es lo mejor. Dios mío, casi lo olvido. Aquí tienes dinero más que suficiente para llegar hasta París.

El hermano Peter hizo su señal a las dos de la madrugada. Philippe se detuvo y abrió la puerta. La luz del interior mostró su rostro de un gris enfermizo.

—¿Estás bien?

—¿Qué? Sí. Un poco cansado. No te preocupes.

—Bueno, viejo amigo —dijo—, aquí nos separamos. No sé qué tienes planeado, pero ten cuidado.

—Y tú. Gracias de nuevo... por todo.

—Agradéceselo a Dios, amigo mío, no a su humilde siervo.

Philippe se volvió hacia Amira, a quien le resbalaban las lágrimas por las mejillas. Philippe la abrazó con tanta fuerza que le hizo daño.

—Adiós, amor mío. Ojalá... ojalá hubiera sido diferente.

—Será diferente. Todo va a ser diferente. Pero no me digas adiós, corazón mío. Sólo es *au'voir*, ¿no? No nos perderemos el uno al otro, ¿verdad? Prométemelo.

—No nos perderemos el uno al otro. No es posible. *Au'voir*. *Au'voir*, Amira.

El hermano Peter llevó a Karim a la furgoneta.

—Suba aquí, señora mía.

Amira miró a Philippe por última vez cuando se acurrucó en el interior de la furgoneta con su hijo dormido. Después el hermano Peter volvió a colocar cajas y mantas, escondiéndolos.

—Sal tu primero y ve deprisa —dijo a Philippe—. Quiero estar muy por detrás de ti en Agri.

Amira no distinguió la réplica de Philippe, sólo el sonido del Land Rover alejándose. Instantes después, la furgoneta se ponía en marcha.

—¿Está cómoda? —preguntó el hermano Peter.

—Estoy bien.

—Bien. Próxima parada, Erzurum.

En la pequeña cueva de Amira reinaba la más absoluta oscuridad. El tiempo perdió su discurrir. ¿Habían pasado diez minutos? ¿Una hora?

—¿Hermano Peter?

—¿Sí?

—¿Por qué hace esto?

Silencio.

—Porque creo que es lo que Dios quiere que haga.

—Usted y Philippe deben de ser muy buenos amigos.

Otro silencio.

—Le debo la vida... y muchas cosas más.

Eso fue todo. Mucho después, el hermano Peter anunció «Agri», y el movimiento del vehículo cambió. Después de eso, sólo quedó la permanente oscuridad.

Se despertó porque se habían parado. Se abrió una puerta, las mantas volaron y una luz cegadora se filtró; era de día.

—Siéntese delante, rápido —ordenó el hermano Peter—. Estamos llegando a Erzurum. Dentro de unos kilómetros encontraremos un control.

Karim se había orinado mientras dormía. Amira se compuso lo mejor que pudo con ayuda del espejo retrovisor.

—¿Tiene un pañuelo?

—Sí.

—Úselo como velo. Cúbrase el pelo y parte de la cara. No se preocupe. Aquí las mujeres europeas lo hacen a menudo.

En el control había unos soldados armados. El hermano Peter respondió a sus preguntas en turco. Uno de ellos dio una orden. El hermano Peter se hizo a un lado en el asiento. Un soldado abrió la puerta y se sentó al volante.

—No tema, señora Sonnier —dijo el hermano Peter—. Todos

los extranjeros han de ser escoltados por un soldado. Así que tenemos chófer.

Una vez en el aeropuerto, Amira cambió a un irritable y medio dormido Karim. Un altavoz chirriante anunció el vuelo de Ankara.

—Justo a tiempo —dijo el hermano Peter—. Siempre había querido presenciar un milagro, y aquí está. Una buena señal, señora Sonnier.

Él y el soldado la acompañaron hasta el avión.

—*Sagol!* —gritó el soldado.

—*Sagol* a usted también, y a usted, hermano Peter.

A mediodía llegó a Ankara, y a Estambul a última hora de la tarde. Esa noche durmió a diez mil metros de altitud en un reactor con dirección a París.

EL SEÑOR CHEVERNY

La aduana de Orly fue un anticlímax tranquilizador; el agente apenas le echó una ojeada a sus documentos antes de sellarlos.

Amira había llegado a Francia.

El aeropuerto era un hervidero de pasajeros recién llegados. Amira llevaba a Karim de una mano y aferraba la bolsa que contenía todas sus pertenencias con la otra. Si la estaban persiguiendo, la esperarían allí. ¿Quién podía ser el perseguidor? Un turco escudriñaba la multitud; ¿había perdido a alguien o sólo fingía? Una pareja que podía ser iraní conversando cerca de un mostrador; ¿la miraba de reojo aquella mujer? Un joven con tejanos sentado en un banco y leyendo un libro de texto; ¿no era un poco mayor para ser estudiante?

Amira encontró un teléfono, cambió un billete de diez francos e intentó recordar qué moneda se usaba. De repente había alguien a su lado.

Era el hombre de los tejanos.

—¿Madame Sonnier?

¿Negarlo? ¿Correr? ¿Qué?

—Me llamo Paul —dijo el hombre, sonriente—. Trabajo para Maurice Cheverny. ¿Va a llamarle?

—Sí. —Gracias a Dios.

—Hágalo. —Insertó la moneda por Amira.

—Bienvenida a París, madame Sonnier. —La voz de Cheverny era sonora y prudentemente cordial—. ¿Ha tenido buen viaje?

—Sí.

—Bien. Tenemos trabajo que hacer, pero no hay prisa ahora que ya ha llegado. ¿Le parece bien mañana? Supongo que necesita descansar. ¿Está ahí Paul?

—Sí.

—Pásemelo.

Amira entregó el auricular a Paul, que escuchó y luego dijo:

—*Ça va... Non... Oui, m'sieur.* —Y colgó.

Paul tenía coche. Cuando se pusieron en marcha, Amira miró por encima del hombro sin poderlo evitar.

—No nos sigue nadie —dijo Paul—. Tampoco había nadie vigilándola en el aeropuerto.

—¿Cómo lo sabe?

—Forma parte de mi trabajo —respondió él encogiéndose de hombros. Era alto y delgado, casi frágil, pero a Amira le recordó a Jabr.

—¿Qué sabe de mí?

—Sólo que alguien la está buscando, alguien con todos los recursos de un gobierno extranjero, y que el señor Cheverny no desea que la encuentren.

—¿Adónde vamos?

—A un hotel que utiliza el señor Cheverny a veces para clientes que necesitan... intimidad. Pequeño, muy discreto y agradable.

Era algo más que agradable, era una elegante joya a unas cuantas manzanas al norte del Sena.

—Es una pena perderse la primavera en París —dijo Paul, tras echar un vistazo a su suite—, pero no salga del hotel, por favor. Llame al conserje si necesita algo. A propósito, el servicio de habitaciones es el mejor de la ciudad.

Cuando Paul se fue, Amira se quitó los zapatos con los pies y disfrutó de la cama.

Sonó el teléfono. Era el conserje.

—Qué vergüenza, madame, que la compañía aérea perdiera todo su equipaje. ¿Toda su ropa? Si me da sus tallas y me indica lo que necesita, haré que le lleven algunas cosas para que elija.

—Es usted muy amable, pero sólo dispongo de unos miles de francos.

—No se preocupe por esos detalles, madame. Todo está arreglado.

Café. Deseaba tomar un café, y una comida de verdad. Luego necesitaba descansar un buen rato. Pero antes de nada se tomaría un largo baño caliente.

—Vamos, jovencito —dijo a Karim. Por una vez, el niño no protestó.

Un almuerzo de sibaritas. Ropa nueva para ella y para Karim. Una visita de Paul, que jugó con Karim y contó anécdotas divertidas sobre París. Una cena deliciosa. Televisión, pero en lugar de lecturas del Corán, como en Al-Remal, películas cortas, incluido un inescrutable sueño americano llamado *Dallas*.

¿Dónde estaría Philippe? ¿Se hallaba a salvo? ¿Había conseguido salir de las tierras agrestes que rodeaban el monte Ararat? Esa noche, Amira soñó que estaba con él bebiendo té en una cabaña de un campesino, rodeados de nieve. El campesino sonreía como J.R. en *Dallas*.

Maurice Cheverny la llamó a las nueve de la mañana. ¿Podía ir a verle a las once? Bien. Enviaría a Paul a buscarla.

Una camarera le llevó café, cruasanes y *Le Monde*. Mientras servía mermelada a Karim un titular llamó su atención: «Médico y filántropo francés muere en Turquía oriental.»

Amira dejó caer la cuchara sin hacer caso de las protestas de su hijo.

«El doctor Philippe Rochon murió el martes en lo que parece fue un accidente al sur de Kars, Turquía. El cadáver fue hallado en un río de montaña, llevado por la corriente desde el lugar donde se estrelló su coche. Se rastrea la zona en busca de una mujer y su hijo que según se cree viajaban con él. Además de ser uno de los miembros más estimados de su profesión, el doctor Rochon financiaba más de cien becas para universidades de Francia y otros países.»

No podía ser. Tenía que ser un error. ¿Qué había ocurrido? ¿Qué había salido mal?

Llamó a Cheverny.

—Acabo de leerlo, madame. Paul está en camino. He cancelado mis otras citas.

El despacho de Maurice Cheverny tenía vistas sobre París desde uno de los rascacielos nuevos de la ciudad. El abogado era un hombre calvo y corpulento de sesenta y pocos. El poco pelo que le quedaba seguía siendo negro y lo peinaba hacia atrás. Llevaba lentes bifocales.

—Para serle sincero, madame, me siento incómodo en esta situación. No sé si Jihan Sonnier es su verdadero nombre, no me lo diga, pero creo adivinarlo. Mi deber sería informar a las autoridades de su presencia aquí, pero tengo que pensar en mi cliente, y sus instrucciones fueron muy claras.

Cheverny abrió un cajón y sacó un sobre grande y otro pequeño. Tendió a Amira el más grande.

—El doctor Rochon le dejó esto. Me dijo sin tapujos que es una cuantiosa suma de dinero en efectivo, dólares americanos, y que debía advertirle que lo gastara con mucha prudencia. También me indicó que le diera el nombre de un cirujano plástico recomendado por él. Si usted lo desea, le llamaré yo y Paul le acompañará a visitarlo. Finalmente, le dejó esta carta. —Le tendió el sobre más pequeño.

La carta lo explicaba todo. «Cáncer de páncreas. Seis meses, nada más, y meses horribles y de esta forma se lo creerán.» Amira leyó el final de la carta a través de sus lágrimas. No creo en el más allá, pero ¿quién sabe? No soy uno de esos médicos que no aceptan jamás haberse equivocado. Tal vez volvamos a encontrarnos después de todo. Mientras tanto, mantén vivo mi recuerdo en tu corazón. Vive segura y feliz con tu hijo. Adiós, amor mío.

—¿Quiere leerla? —preguntó al abogado.

—No, pero cuénteme lo que pueda. Utilice términos generales.

—Se estaba muriendo. Dio su vida para ayudarnos a escapar a mí y a mi hijo de... de un gran peligro.

—¿Estaba usted allí cuando ocurrió?

—No.

Cheverny se quitó las gafas y las limpió con un pañuelo de papel.

—Philippe Rochen era como un hijo para mí —dijo sencillamente, olvidando su tono profesional de abogado por un instante. Carraspeó—. Una cosa más, madame. Philippe, el doctor Rochon, me pidió que me ocupara de que la admitieran en una universidad americana, en Harvard. He escrito a un viejo amigo mío, un ayudante del decano. No sé nada de su capacidad académica, claro está... Bueno, no es asunto mío. En esto, como en todo lo demás, la ayudaré en todo lo que pueda. ¿Quiere usted ver a ese cirujano?

—Sí, lo antes posible.

Cheverny cogió el teléfono.

ENEMIGOS

Apenas a un kilómetro de distancia, en el reconvertido *hôtel de ville* de estilo Antiguo Régimen que era su despacho de París, Malik miraba fijamente el artículo de *Le Monde*. Se lo sabía ya de memoria, pero seguía sin encontrarle ni pies ni cabeza. Antes, al menos, podía hacer suposiciones sobre la desaparición de su hermana, seguir una posible trama, ahora se sentía como un hombre dando tumbos en la oscuridad que de repente echa el pie y halla el vacío.

Lo leyó de principio a fin por décima vez. Sus espías en el entorno de Alí le habían informado de la huida de Amira casi en el momento mismo en que se producía. Probablemente se había enterado antes que el propio Alí, se dijo con cierta satisfacción. También sabía cómo se desarrollaba la investigación y el punto muerto a que había llegado en Teherán. Después, la tarde del día anterior, le había llegado la noticia de que Philippe estaba implicado y de que su pista conducía a Turquía. Pero entonces esperaba algo diferente, una carrera hacia Ankara o Estambul, un avión privado hacia... ¿dónde? ¿Río?

Absurdo. Tal vez Philippe fuera un romántico, pero no era idiota. Llevaría a Amira a Francia, lucharía, si era necesario, en su propio terreno, donde tenía amigos e influencias, recursos. Además, no se trataba tan sólo de una aventura amorosa, de eso Malik estaba seguro. Amira no huía con alguien, sino de alguien. Hacía tiempo que sospechaba algo por los informes de sus espías sobre las peculiaridades de Alí. Lo que había ocurrido no había hecho más que confirmar lo que imaginaba y había avivado su ira.

Él había supuesto que Amira y Philippe llegarían a Francia en cualquier momento, y que tarde o temprano ella se pondría en contacto con él. Era su hermana; y él era poderoso, podía protegerla.

Ahora, esto. La muerte en la garganta de una montaña perdida en Turquía. No tenía el menor sentido.

—Amira —dijo en voz alta—, hermanita. —Y en ese momento volvió a sentir la extraña certeza que había experimentado al serle llevado el artículo una hora antes. No podía explicarlo; era algo místico, religioso quizá, o tal vez genético, porque la sangre era más espesa que el agua. Era la seguridad de que Amira estaba viva. Lo sabía. Si estuviera muerta, lo sabría también.

Llamó a un ayudante y le transmitió órdenes.

Doce horas más tarde se hallaba en una ladera pelada de Anatolia. Le acompañaban dos guardaespaldas, un intérprete, un coronel del ejército turco y el jefe local de la remota zona donde habían sido hallados el coche y Philippe, doscientos metros más abajo, junto a las rápidas aguas de un angosto río. Un par de soldados montaban guardia con desgana junto a los restos destrozados del Land Rover. El jefe, un hombre de piel curtida que podía tener cualquier edad entre cuarenta y setenta años, parecía un cruce entre cabrero y bandido. Seguramente, pensó Malik, eso era exactamente. El consejo del hombre era muy simple: La petición de Malik era una pérdida de tiempo. Si Amira y su hijo iban en el coche, podían haber muerto y haber sido arrastrados por la corriente. Nadie sobreviviría a semejante accidente. Pero aunque milagrosamente hubieran sobrevivido, no podrían haber ido muy lejos en aquellas montañas. Sus hombres o el ejército los hubieran encontrado ya, a ellos o a sus restos, a menos, claro está, que hubieran llegado primero los lobos o algún oso. En cualquier caso, Malik buscaba algo que no estaba allí.

—¿Dónde, entonces, debo buscar?

El hombre miró diplomáticamente a lo lejos.

—No hablo de su mujer, por supuesto, pero cuando las nuestras se desvían del camino recto, es en las ciudades donde las encontramos.

Malik tenía ya agentes en Van, donde el señor y la señora Rochen se habían alojado en un hotel por breve tiempo, pero las palabras de aquel hombre confirmaban el miedo que albergaba desde un principio: Alí también buscaba a Amira, y sus hombres la describían como una esposa fugada. Aunque Malik pudiera igualar los millones de la familia real soborno a soborno, ningún buen musulmán le ayudaría ante las justas exigencias de un marido, y si Alí la encontraba primero...

No obstante, nadie la encontró. Los hombres de Malik y de Alí recorrieron Anatolia oriental de punta a punta (Kars, Van, Agri, cualquier población de cierta importancia) sobornando, engatusando e intimidando a personal de los aeropuertos, conductores de autobús, taxistas, civiles que tuvieran automóvil y, en general, a cualquiera que hubiera podido ayudar a una mujer con un niño a abandonar la zona. Se siguieron innumerables pistas falsas, pero ni siquiera con la plena colaboración de la policía y del ejército, generosamente pagados por ambas partes, se consiguió algo concreto aparte del hotel de Van o del Land Rover accidentado.

Finalmente, Malik tuvo que abandonar. En el avión de vuelta a París, recordó el frío del río crecido por el deshielo. ¿Era allí donde descansaban Amira y Karim? De no ser por la inexplicable seguridad de que su hermana vivía, hubiera desesperado. Pero sin duda aquella sensación era auténtica, se dijo. Sin duda volvería a verla.

Alí no tenía intuiciones parapsicológicas con respecto a su esposa. Sus sentimientos eran sencillos: ira y miedo. Ira por la traición de Amira; si aparecía viva, ciertamente la mataría. Miedo de que, si estaba muerta, también lo estaría su hijo.

El día siguiente a la huida de Amira, se despertó casi a mediodía como drogado. Su primer impulso al enterarse había sido el mismo de Malik: el aeropuerto de Tabriz. Se perdió mucho tiempo en intentar encontrar a una mujer de ascendencia árabe con un niño que hubiera abandonado Tabriz en un vuelo temprano a Teherán. No se obtuvo ningún resultado, y cuando se halló un asistente de ese vuelo en Basra juró, al ser interrogado, que la mujer no llevaba ningún niño. Después se investigó a un hombre de aspecto europeo y a su esposa árabe, que habían viajado de Teherán a Estambul con su hijo y que resultaron ser un hombre de negocios belga y su familia de vacaciones.

Hacia el final del segundo día, se halló el cadáver de un agente de la Savak que vigilaba a Amira en un montículo de estiércol al sur de la ciudad. La búsqueda adquirió un tinte más grave. A la mañana siguiente alguien descubrió que unos señores Rochon habían cruzado la frontera turca por Bazargan. ¡Philippe Rochon! Alí reflexionó amargamente que la trampa que había intentado tender en Al-Remal le había estallado en las manos del modo más perverso.

La implicación del doctor hizo de París el destino más probable de la pareja. La Savak se mostró de acuerdo, pero la muerte de uno de los suyos había enfriado decididamente su actitud hacia Alí, quien prefirió enviar a sus propios hombres a París. El servicio de inteligencia remalí era en la práctica un brazo de la familia real (su director era uno de los tíos de Alí) y a toda prisa se envió a la capital francesa a los mejores agentes en Europa con órdenes de aguardar y vigilar. Alí no podía saber que los dos agentes asignados a Orly llegaron justo cuando Paul y Amira se alejaban en coche.

Cuanto más pensaba en ello, más se convencía Alí de que su cuñado estaba detrás de todo. Malik no le gustaba. Al fin y al cabo, era un plebeyo, igual que la zorra de su hermana, por muy rico que se hubiera hecho, y al parecer se consideraba europeo, culto, superior, es decir, el mismo engaño que padecía Amira. Sin duda, el médico gigoló (que estaba acabado, Alí se aseguraría de ello) no era más que un primo, un peón, una excusa.

Entonces llegó la noticia de las tierras agrestes de la Anatolia oriental. Al principio, Alí creyó que Amira y Karim habían muerto con Rochon en el accidente, y el odio hacia la mujer se alternó con el dolor por su hijo. Sin embargo, en el fondo no confiaba en nadie y veía muchas lagunas en los informes procedentes de Turquía. Envió hombres a investigar y pronto éstos le comunicaron que Malik estaba allí.

Alí sólo veía dos posibilidades. La primera era que el plan de Malik hubiera salido mal y que se hallara en Turquía para averiguar lo ocurrido. La segunda era que el plan hubiera tenido éxito, incluyendo una posible traición que hubiese dejado tras de sí el cadáver del médico francés como cortina de humo, y que la presencia de Malik en el lugar de los hechos no fuera más que una nueva tapadera.

En el primer caso, seguramente Amira y Karim habían muerto. En el segundo, sin duda estaban vivos. En ambos casos, Malik era el culpable de todo, y por ello Alí se vengaría, a su manera y cuando le conviniese.

Se lo juró a Dios y a sí mismo.

UNA MUJER NUEVA

Amira siguió toda la historia en los periódicos y la televisión. La prensa tardó apenas unos días en relacionarla con la mujer desaparecida en el accidente de Philippe. Siguieron entonces todo tipo de especulaciones sobre el misterio de su desaparición. Se citaban declaraciones de Malik y de Alí, de su padre e incluso de Farid. El suceso causó la misma expectación que unos años antes provocara la desaparición de uno de los Rockefeller en Nueva Guinea.

Por una vez, Amira se alegró de pertenecer a una cultura que no veía la fotografía con buenos ojos. Se utilizó una y otra vez el mismo retrato de boda, en el que salía casi de perfil y no demasiado favorecida. De Karim sólo había una foto de bebé. En realidad no importaba; se hallaba en un lugar donde ningún periodista podría encontrarla y, aunque alguno lo hubiera conseguido, no la habría reconocido.

El lugar era un castillo en Senlis. Se trataba de una residencia para mujeres convalecientes de cirugía plástica que podía permitirse una confidencialidad absoluta, y durante su primera semana de estancia (momento en que la fotografía de su boda aparecía en todos los noticiarios), Amira tenía peor aspecto que después de la paliza de Alí.

El cirujano le había explicado que no era necesario cambiar su aspecto completamente, aunque fuera posible, porque se suponía que estaba muerta, y aún más importante, la identificación de una persona dependía únicamente de dos o tres rasgos principales.

En todo caso, necesitaba arreglarse la nariz, que Alí le había aplanado. El cirujano retocaría también la forma de los ojos y llevaría lentes de contacto que convertirían sus ojos de color marrón claro en verde oscuro. Asimismo, le quitaría la cicatriz de la frente.

Parecía simple y bastante delicado; temporalmente quedó con el aspecto de una víctima de un accidente aéreo. Sin embargo, una semana después había remitido la hinchazón y no tenía moretones. Ante sí emergía el rostro de una mujer nueva, familiar, pero diferente.

Dos semanas más tarde el cirujano en persona le hizo fotografías. Dos días después tenía otro pasaporte francés con su nuevo aspecto y su nuevo nombre: Jenna Sorrel. Karim conservó el nombre por deseo de Jenna frente a la opinión del cirujano. Ésa fue la única parte del asunto que se discutió abiertamente. A Philippe se le mencionó tan sólo de manera indirecta como un hombre extraordinario y un amigo maravilloso.

Al cabo de un mes de su llegada a Francia, Amira (Jenna) partió de El Havre como pasajera de un carguero con destino a Nueva Orleans. El modo de transporte representaba una última precaución; alguien, seguramente Philippe, había decidido que ofrecía escasas posibilidades de escrutinio.

La travesía resultó difícil. Siendo la única mujer a bordo, Amira se sentía expuesta, desnuda, a las miradas de la tripulación. Aparentemente el capitán, un griego de aire paternal, comprendió la situación y dio órdenes. Después no hubo más miradas lascivas directamente, pero sus miradas de reojo no tenían otra interpretación. No obstante, no pasó de ser una molestia. Lo peor era su creciente sentido de culpabilidad por el sacrificio de Philippe. También estaba Malik, que debía de haber aceptado ya su muerte y la lloraría. ¿No debería hacerle saber que estaba viva, aunque fuera sólo a través de una nota?

No, por el momento era mejor que no supiera nada en absoluto.

En Nueva Orleans, rellenó los impresos para adquirir la condición de estudiante extranjera. Encontró un hotel con servicio de canguro y salió en busca de un joyero. La ciudad no se correspondía con la imagen que tenía de Estados Unidos, y desde luego no tenía nada que ver con *Dallas*. Era más mediterránea, parecida a Marsella.

Pasó por delante de una joyería de Royal Street tres veces antes de entrar. El nombre del escaparate era judío, lo que despertó prejuicios inculcados en ella desde la infancia, pero le gustó el aspecto del local. El joyero se levantó de detrás de una mesa para saludarla con la lupa subida sobre el ojo derecho.

—Quiero vender unas joyas —dijo Amira simplemente, y vació su estuche sobre el mostrador.

El hombre mayor las contempló unos instantes antes de hablar.

—Esto es calidad y belleza. ¿Podría decirme su nombre, señora?

—Sorrel.

—Sorrel. Harvey Rothstein. Encantado. ¿Su apellido es francés?

—Sí, soy francesa por matrimonio.

—Comprendo. Bueno, señora Sorrel. —Se colocó la lupa sobre el ojo y examinó las joyas.

De vez en cuando emitía suspiros de placer.

—Se las compraré —dijo al fin—, aunque tendré que pedir dinero prestado. —Mencionó una cantidad que a Amira le pareció terriblemente baja. Regateó. Él subió el precio, pero no demasiado.

—No conseguirá más —le aseguró.

Algo en aquel hombre, la admiración sincera que demostraba por las joyas, hizo que confiara en él.

—Muy bien. Lo tomo.

—Vuelva mañana por la mañana y le daré un cheque de caja. —Observó las joyas una vez más—. Señora... Sorrel, debe saber que sólo le ofrezco una parte de lo que valen realmente estas piezas. Es justo, primero porque he de obtener un beneficio, y segundo porque hay ciertos... riesgos. Pero ésta no. —Empujó el rubí de color sangre hacia Amira—. Ésta no forma parte del precio. La he reconocido, como hubiera hecho cualquier joyero del mundo. Guárdesela. Perdóneme por predecirle que llegarán tiempos mejores para usted, y entonces habrá podido conservarla.

Al día siguiente, por la tarde, Amira cogió un avión en dirección a Nueva York, donde enlazaría con otro para ir a Boston. Allí, por recomendación del señor Maurice Cheverny y después de una entrevista y un examen especial de nivel, obtuvo una plaza en Harvard para el trimestre de otoño. Pensaba licenciarse en psicología.

SEXTA PARTE

UN CHICO AMERICANO CIENTO POR CIENTO

—¿Qué ha ocurrido? —quiso saber Jenna Sorrel.

—Nada —respondió Karim con poca convicción. Tenía el ojo izquierdo morado y un hilo de sangre seca saliendo de la nariz.

—La verdad, jovencito.

—Me he peleado, ¿vale?

Jenna detectó vergüenza y orgullo mezclados en la respuesta de su hijo. Sólo tenía nueve años, se recordó a sí misma.

—No, no vale. ¿Qué ha ocurrido?

—Josh me ha insultado.

—¿Josh Chandler? —La mitad de los compañeros de clase de Karim parecían llamarse Josh, pero Jenna recordaba a Chandler porque su hijo no se llevaba bien con él.

—Sí.

—¿Qué insultos?

—Pues eso... insultos.

Jenna recordó los insultos dedicados a los estudiantes del Oriente Medio durante su segundo año en Harvard, cuando se produjo la crisis de rehenes en Irán. De vez en cuando, el nombre de Karim y su tono de piel café con leche le convertían en objeto del mismo tipo de crueldad por parte de sus compañeros.

—Los insultos no son motivo suficiente para pelearse. Lo sabes, ¿verdad?

Karim asintió, a punto de estallar en lágrimas.

—Tu padre decía siempre que las peleas se producen en la mayoría de los casos porque alguien tiene miedo de no pelear. Decía que el auténtico valor se demuestra negándose a pelear, y él era un hombre valiente.

Karim volvió a asentir. El padre que no había conocido era su mayor héroe. Desgraciadamente, ese padre era falso. Lo había creado Jenna sin dejar de preocuparse por las implicaciones psicológicas de ese acto y advirtiéndose a sí misma que no debía crear un modelo demasiado perfecto. Físicamente, el hombre inventado era bajo, como Alí, y como apuntaba Karim. En la mayoría de los demás aspectos se parecía a Philippe, pero no era médico. Jenna había temido que algún día alguien pudiera relacionar «médico francés» con «princesa desaparecida». Así pues, Jacques Sorrel era un capitán de barco, muerto al transportar suministros médicos a un puerto de África asolado por una epidemia.

—Bien —dijo enérgicamente—. Vamos a resolver este problema.

Jenna conocía superficialmente a los Chandler de las funciones del colegio. Vivían en la elegante Beacon Hill, que no se hallaba lejos de Marlborough Street y se podía ir andando.

Les abrió la puerta una doncella. Carolyn Chandler, alta, rubia y con una estupenda figura de tenista, apareció sonriendo cortésmente, aunque con cierto nerviosismo. Tras ella se alzaba Cameron Chandler como un oso cordial pero preocupado. Ambos parecían mediar la treintena.

—Según parece ha habido cierto problema —dijo Cameron. Su sonrisa indulgente daba a entender que no consideraba ese problema demasiado serio.

—Lo ha habido, y vengo para que me garanticen que no volverá a ocurrir. —Jenna no sonreía.

—Pero creo que su hijo golpeó primero al nuestro —intervino Carolyn.

—Si es así, ha hecho mal y pedirá disculpas. Pero según me ha contado, Josh había menospreciado el origen de Karim, su origen étnico, y eso no puede continuar. Estoy segura de que estarán de acuerdo conmigo.

—Por supuesto —dijo Cameron Chandler, asintiendo—. Desgraciadamente, son cosas de chicos. Josh, ven aquí.

Josh era varios centímetros más alto y pesaba ocho kilos más que Karim. Tenía un gran corte en el labio.

Cameron se hizo cargo del asunto. Tras unas cuantas preguntas directas, sonsacó a los chicos lo que seguramente se acercaba mucho a la verdad, y les ordenó que se dieran la mano y lo olvidaran todo. Jenna no estaba convencida de que le gustara el método, pero pareció funcionar.

—¿Quieres jugar a baloncesto? —preguntó Josh a Karim.

—Vale. ¿Puedo, mamá?

—Sólo un rato.

Los dos chicos se escabulleron de la reunión de adultos. Sintiéndose fuera de lugar, Jenna aceptó agradecida la invitación de Carolyn a tomar café. Cameron se unió a ellas con una copa en la mano.

Los Chandler empezaron a hacerle preguntas y Jenna acabó recitando su pasado ficticio, tan bien ensayado que casi le parecía cierto. De sus anfitriones, en cambio, parecía haber poco que saber. Eran exactamente lo que parecían ser, miembros de la vieja sociedad bostoniana. Cameron era banquero y Carolyn repartía su tiempo entre el tenis y las obras de beneficencia. Él era agresivamente cordial, ella fría y tímida.

Jenna intuyó cierta distancia entre ellos a través de su lenguaje corporal. Tal vez habían discutido por el comportamiento de Josh.

—Así que es psicóloga —dijo Cameron.

—Sí.

—¡Claro! —exclamó Carolyn, animada de repente—. ¡Es usted! ¿Cómo no me di cuenta antes?

—¿Quién? —dijo Jenna, casi temiendo preguntar.

—Ha publicado un libro, ¿verdad? —Carolyn estaba lanzada—. Pensaba comprármelo. Leí una crítica muy buena en alguna parte. *Viejas...*

—*Viejas cadenas* —dijo Jenna con alivio—. Le daré un ejemplar si lo desea. —El libro había sido una agradable sorpresa. Lo había publicado una pequeña editorial universitaria del Medio Oeste con una primera tirada de mil ejemplares, y se trataba de una reelaboración de su tesis doctoral. Tal vez hubiera pasado desapercibido como tantos otros ensayos académicos de no ser por una reseña, breve pero muy positiva, en el *New York Times Book Review*. Se habían vendido ya treinta mil ejemplares y se hablaba de sacar una edición en rústica.

—Cadenas —dijo Cameron—. Suena raro.

—Algunos de mis colegas están de acuerdo; demasiado jungiano. El título lo eligieron los editores.

—¿De qué trata?

Jenna suspiró.

—De la relación, en términos psicológicos, entre los mecanismos de dominación masculina y las tácticas de supervivencia femeninas en diferentes culturas a lo largo del tiempo.

—¡Caramba! —exclamó Cameron—. ¿Lleva subtítulos en inglés?

—Lo siento —dijo Jenna, que no pudo evitar reír—. Es difícil de explicar en una sola frase. Digamos que trata de los diferentes modos de adaptación de las mujeres a diversas formas de discriminación y malos tratos.

—Un tema muy delicado —dijo Cameron—. Lo bastante como

para necesitar otra copa. ¿Le apetece algo? —A Carolyn no le ofreció nada.

—No, gracias. En realidad tengo que irme. Ya les he entretenido bastante.

Los Chandler expresaron las protestas de rigor. Carolyn la acompañó fuera. Los chicos estaban jugando en la canasta del jardín de atrás, aparentemente como grandes amigos. Jenna los contempló unos instantes. No sabía nada de baloncesto, pero era evidente que Josh tenía ventaja por su tamaño, y que Karim la contrarrestaba con agilidad y astucia. ¿Dónde había aprendido a fintar y amagar, aquellas inteligentes mentiras del cuerpo? Sintió un escalofrío al recordar el rápido cuchillo en la noche de Alejandría.

De camino a casa, miró a su hijo de reojo, invadida por sentimientos de amor y de tristeza. ¡Karim crecía tan deprisa! Parecía que fuera ayer cuando era un bebé. En los primeros años, cuando habían tenido que conocer un nuevo mundo juntos, habían sido uña y carne. Pero (¡tan pronto!) Jenna percibía el principio de su distanciamiento; en el rostro de su hijo, con aquel ojo a la funerala que tanto le dolía a ella y aquella reserva recién descubierta, apuntaba el hombre que iba a ser.

Jenna acarició la cabeza de Karim, alborotándole los cabellos. Él se escabulló, pero sonreía. Era un momento americano, pensó Jenna, como un fragmento de un anuncio televisivo. En Al-Remal, una madre no trataría a un hijo varón con tanta familiaridad, y menos a la edad de Karim. Pero claro, él no sabía nada de todo aquello. Era americano. Ella misma lo era, o casi. Dios mío, incluso se había convertido en fan de los Red Sox. Hablaba inglés apenas sin acento, y en todo caso era vagamente holandés, heredado de la señorita Vanderbeek. El acento de Karim era puramente bostoniano.

Era un chico ciento por ciento americano. Sin embargo, ¿había obrado bien?, se preguntó por milésima vez. Había ido a casa de los Chandler para defender el origen, la herencia de su hijo, ¿pero no se lo había robado ella mucho más de lo que podía hacerlo el insulto de un colegial? Karim no sabía nada sobre su auténtica nacionalidad.

En cuanto a la religión, había varias mezquitas en Boston, pero nunca lo había llevado a ninguna. Le había enseñado algo sobre el Islam, pero también sobre otras religiones. Por otro lado, estaba la cuestión de sus derechos de nacimiento; era un príncipe real, pero ni siquiera conocía a su verdadero padre.

Había inscrito a Karim en la prestigiosa Commonwealth School donde, irónicamente, lo aceptaron de buena gana porque deseaban tener alumnos de las «minorías». Jenna sabía que en cierto modo era una concesión a los restos de sus recuerdos y fantasías aristocráticos. Karim no tenía tales ilusiones.

Se prometió a sí misma que algún día le diría la verdad. Mientras tanto, ¿qué sentido tenía atormentarse de esa manera? Había hecho lo que debía hacer y ya no había vuelta de hoja.

—¿Qué te parece, grandullón —dijo, intentando animarse—, nos pasamos por la librería para ver si tienen algún rompecabezas nuevo? —Karim compartía su pasión por los puzzles grandes y difíciles. Le gustaba pensar que eso significaba que tenían el mismo intelecto agudo, para resolver problemas.

—¿Podemos encargar una pizza también? —preguntó Karim con vehemencia.

—Gran idea.

Y así, al menos de momento, la distancia desapareció entre ellos; Karim volvía a ser su hijo pequeño. Estaban los dos juntos, solos contra el mundo.

GENEVIÈVE

Los miércoles eran un desafío a causa de las tres pacientes de la tarde. Sus problemas no eran especialmente complejos, aunque sin duda el de Colleen Dowd era difícil. La cuestión era que Jenna simpatizaba con las tres mujeres y no conseguía ser objetiva.

Colleen Dowd tenía cuarenta y cinco años, llevaba varios años divorciada y no había tenido hijos. Padecía agorafobia. El término, que literalmente significaba «miedo a la plaza pública» en griego, se había utilizado en un principio para indicar un miedo irracional a los espacios abiertos, pero había terminado por aplicarse a un espectro de fobias ante diversas circunstancias que solían implicar hallarse fuera de la esfera habitual de la persona. Colleen tenía ataques de pánico en cuanto se alejaba un poco de su casa.

A lo largo de los años había ido reduciendo su círculo de actividades para evitarlos, llegando incluso a trasladar su negocio a una planta baja del mismo edificio de Hanover Street en que se hallaba su apartamento. En su primera cita se había mostrado exultante por haber conseguido recorrer en taxi la corta distancia hasta el despacho de Jenna. Por ironías del destino, tenía una agencia de viajes.

Barbara Aston presentaba un cuadro clínico completamente distinto. Era alcohólica y adicta a los tranquilizantes, sobre todo Valium, una mezcla peligrosa. Además, era adicta (el término era exacto en su caso) a la cirugía plástica.

Con cuarenta y tres años de edad, en un desesperado esfuerzo por seguir siendo joven y esbelta, ya que temía perder a un marido, al que profesaba adoración, había pasado por una docena de operaciones, desde implantes de silicona a un *lifting*, y desde una reducción de vientre a dos rinoplastias.

Antes de atacar la profunda inseguridad que era el origen de todos aquellos problemas, Jenna intentaba tratar las dependencias de

Barbara que, no sólo estorbaban otros esfuerzos terapéuticos, sino que amenazaban su vida.

La última paciente de la tarde de los miércoles, Toni Ferrante, tenía treinta y cinco años, llevaba quince casada y era madre de dos varones algo mayores que Karim; también era lesbiana, lo que finalmente había admitido ante sí misma apenas un año antes. El problema consistía en que no se atrevía a decírselo a su marido ni a sus hijos ni, sobre todo, a sus padres. Desde el punto de vista de Jenna, Toni era una paciente difícil, simplemente porque no le ocurría nada.

Al contrario de Colleen y Barbara, no padecía ningún tipo de trastorno. En la psicóloga buscaba un confesor que no la condenara mientras se debatía en la duda de vivir la verdad o una mentira.

Era un dilema que Jenna comprendía muy bien, y a menudo se sentía como una hipócrita, una charlatana incluso, tomándose la libertad de ayudar a los demás a enfrentarse con sus problemas cuando ella rehuía los suyos.

Aquella misma tarde, al final de la sesión, Toni traspuso los límites entre terapeuta y paciente.

—Oye, Jenna, ¿sabes que he visto tu libro en la tienda? ¿Cómo es que no incluye tu foto?

—Bueno, empezó siendo un ensayo académico, y con frecuencia no se incluye la foto del autor en esos casos.

Eso era verdad, en parte al menos, pero la expresión escéptica de Toni, la obligó a explicarse.

—Por otro lado —añadió, trasponiendo también ella los límites—, mi padre era un musulmán estricto que desaprobaba la fotografía. Supongo que no he conseguido superar su influencia.

—Aún intentas ganarte a papá, ¿eh? —comentó Toni con una sonrisa—. Lo comprendo muy bien.

Lo cierto era que Jenna se había negado en repetidas ocasiones a entregar una foto a los editores; era demasiado arriesgado.

Vivir una mentira.

Toni se marchó a las cuatro. Karim tenía entrenamiento de fútbol (deporte para el que estaba sorprendentemente dotado) hasta las cinco. Jenna echó una ojeada al papeleo que tenía por hacer; pronto iba a necesitar una secretaria. Volvió a mirar el montón de impresos, cartas y facturas, y decidió dejarlo para ir a tomar un té al Village Greenery.

De camino se detuvo en un quiosco para comprar el *Star* y el *National Enquirer*. Un hombre que iba a comprar el *Boston Globe* observó su elección y sonrió con desdén. Jenna estaba acostumbrada a esa reacción, pero con el tiempo se había dado cuenta de que, aun siendo una parodia del auténtico periodismo, la prensa sensacionalista era la fuente más probable de noticias sobre su hermano.

Al llegar a la cafetería, una mano se adelantó a abrirle la puerta; era el hombre con el *Globe*. Un año atrás seguramente el pánico se habría apoderado de ella, pero en aquel momento se limitó a inclinar la cabeza en señal de agradecimiento. El hombre ocupó una mesa y pronto se sumió en la lectura de su periódico. No era un espía, no era un perseguidor, sino tan sólo un cansado profesional más, quizá incluso un psiquiatra que había terminado de trabajar un poco pronto.

Jenna pidió Earl Grey con un cruasán y jamón, y se dispuso a leer sus periódicos. Sufrió una decepción al comprobar que no se decía nada sobre Malik. Por lo general aparecía al menos algún chisme provocador sugiriendo un romance con alguna modelo o estrella de cine, aunque, al ser interrogado al respecto, Malik afirmaba siempre que estaba felizmente casado.

Durante años lo habían identificado como «uno de los hombres más ricos del mundo», pero últimamente empezaban a sustituirlo por «el más rico». Era dueño de una flota de transporte marítimo, que rivalizaba con la de su antiguo mentor, Onassis; tenía intereses en empresas de índole diversa por todo el mundo; y, según especulaba la prensa sensacionalista, era posible que cobrara enormes sumas de dinero como intermediario de ventas multimillonarias de armas en Oriente Medio y otros lugares del globo.

De vez en cuando se mencionaba también la trágica muerte de su hermana, la princesa de Al-Remal.

En un par de ocasiones habían salido fotos de Geneviève, sonriente y con algo más de peso de lo que la recordaba Jenna.

Una vez había visto una foto de Laila, que era alta para su edad y delgada, y que miraba a la cámara con fastidio.

Jenna no había comunicado jamás a su hermano que ella y Karim estaban vivos. Era su más grande pesar, un cuchillo que abría una nueva herida cada día. Pero tenía miedo. Pese a los siete años transcurridos, seguía teniendo miedo.

Los primeros tiempos habían sido más fáciles. Entonces no se planteaba la cuestión de si debía contárselo a nadie. Sencillamente, vivía como una fugitiva. Si alguien se paraba unos minutos al otro lado de la calle o caminaba tras ella un par de manzanas, o meramente la miraba durante un rato en Harvard Yard, Jenna se preguntaba si Alí la había encontrado.

Ese tipo de miedo, miedo con el que se acostaba, soñaba y se despertaba cada día, había pasado. Seguía tomando precauciones como la de no permitir que saliera una foto en su libro, pero ya no sospechaba que le hubieran pinchado el teléfono cada vez que oía una interferencia.

Sin embargo, le faltaba valor para ponerse en contacto con Malik. Su hermano era un personaje demasiado público, acosado por ávidos periodistas y paparazzi, lo que no le permitiría mantener su secreto durante mucho tiempo. ¿Y qué ocurriría si llegaba a descubrirse? Malik era muy rico, pero sus millones, o sus miles de millones, si había de creer a la prensa, no eran nada comparados con la inmensa fortuna de la familia real remalí. ¿Podía protegerles de Alí a ella y a Karim? ¿Por cuánto tiempo? ¿Podía siquiera protegerse a sí mismo?

Lo mejor era dejar las cosas tal como estaban. Sin duda su hermano se había resignado ya a su muerte. Igual que su padre, sus tías, Bahia y cuantos había conocido en su antigua vida.

Todos excepto Alí.

Los mismos periódicos que la mantenían informada sobre Malik, le habían proporcionado la noticia de la nueva boda de Alí y de que había tenido otro hijo varón al menos. Pero todo eso no tendría la menor importancia si Alí descubría que ella y Karim estaban vivos. Sería tan implacable como un halcón e igualmente mortífero.

Sería mucho mejor seguir ocultando la verdad.

No obstante, le dolía.

—¿Jenna? ¿Me permite sentarme con usted?

Jenna alzó la vista al oír una voz conocida y reconoció a Carolyn Chandler.

—Por supuesto. Qué agradable sorpresa.

—¿No interrumpo su... lectura? —Carolyn señaló el *Star* y el *Enquirer*.

—Me ha pillado. —Jenna soltó una carcajada—. Lo admito. Es mi único vicio, o el peor.

Carolyn se sentó. Vestía falda negra y blusa de seda gris que le daban un aire de mujer de negocios.

—Yo también les echo un vistazo de vez en cuando —confesó—. ¿Vio el titular de la semana pasada, «Extraterrestres secuestran vacas por amor»?

—No. Dios mío, vaya extraterrestres. Más de uno podría acabar siendo uno de mis pacientes con los problemas que tienen.

—O al menos, alguna que otra vaca traumatizada —bromeó Carolyn. Miró en derredor—. El mundo es un pañuelo. No había venido nunca a este sitio, he entrado por un impulso. ¿Vive usted cerca?

—A un trecho andando, pero tengo el despacho en esta misma manzana.

—Así que ejerce como psiquiatra, además de escribir libros.

—Psicóloga.

Apareció una camarera. Carolyn pidió un cappuccino.

—¿Se ha dado cuenta —preguntó, cuando se fue la chica—, de que nuestros hijos se han hecho inseparables?

—Sí que estoy oyendo mucho «Josh y yo» últimamente —replicó Jenna con una sonrisa.

Se hallaban en una mesa junto a una ventana, y la luz del atardecer acentuaba el bronceado de Carolyn y sus ojos de color avellana. Parecía mucho más amigable que en su primer encuentro, pensó Jenna. Claro que entonces estaba a la defensiva por su hijo.

—¿No es asombroso —comentó Carolyn, como si le hubiera leído el pensamiento— que los niños intenten darse una paliza en un momento dado y se conviertan en Damón y Pitias en el siguiente? A los hombres les ocurre lo mismo. Juraría que son de una especie diferente. Quizá sean esos famosos extraterrestres. Una vez en el colegio, una niña que se llamaba Sarah Stubblefield me dio una bofetada. La detesto desde entonces. Y desde luego, cuando un hombre pega a una mujer, no se perdona jamás, ¿no es cierto?

—No —dijo Jenna, aunque no era tan sencillo—. Pero ni siquiera entre hombres ocurre igual en todas partes, ¿sabe? Donde yo me crié, si un hombre golpeaba a otro, eran enemigos de por vida, y puede que uno de ellos no viviera mucho tiempo. —En el momento mismo en que lo decía, recordó a Malik derribando a Alí en el jardín de su padre, y Amira Badir cruzó los dedos de Jenna Sorrel para alejar el mal augurio bajo la mesa del Village Greenery.

—Sigo creyendo que son extraterrestres —dijo Carolyn, meneando la cabeza—. ¿Cómo hemos llegado a este tema tan deprimente? —Sacó un paquete de Virginia Slims de su bolso, pero el cappuccino llegó antes de que encendiera uno.

Jenna consultó su reloj.

—Lo lamento, pero tengo un poco de prisa. Tengo un estofado haciéndose en la olla eléctrica que debe de haberse convertido en una piedra, y Karim volverá a casa en cualquier momento. Cuando vuelve del fútbol come como una fiera.

—Igual que Josh —dijo Carolyn—. Espere a que alcancen la pubertad. En lugar de cubiertos, tendremos que ponerles palas y horcas.

—Ha sido un placer encontrarla. Me alegro de que tuviera ese impulso.

—Yo también. Escuche, el domingo organizaremos una pequeña fiesta en casa, un aperitivo, muy informal, sólo unos pocos amigos y conocidos. Nos encantaría que viniera. Tráigase a Karim, Josh le quedará eternamente agradecido.

Jenna vaciló. Aceptaba pocas invitaciones sociales. Era una costumbre nacida del viejo miedo; en una multitud de rostros, ¿no la reconocería alguien por fin? A lo largo del tiempo, casi sin darse cuenta, había convertido a su hijo y su trabajo en un castillo con dos torres gemelas, fuera del cual rara vez se aventuraba.

—Comprendo que es un poco precipitado —dijo Carolyn.

—En absoluto. —Jenna se había decidido—. Será muy agradable.

—Con usted lo será más. Tráigase un acompañante. Cuantos más seamos más nos divertiremos.

—Creo que con Karim bastará. Gracias, estoy impaciente por que llegue el domingo. ¿A qué hora hemos de ir?

—Hacia las once. Como le decía, será muy informal. La mayoría llevará ropa de deporte, viejos suéteres de la universidad.

En su paseo de vuelta a casa, Jenna empezó a arrepentirse de haber aceptado la invitación de Carolyn. ¿Qué le había movido a hacerlo? La otra mujer parecía agradable, ¿pero qué tenían realmente en común, aparte de que Karim y Josh fueran compañeros de clase?

Tal vez estaba cansada de vivir como una reclusa.

«Tráigase un acompañante.» Si Carolyn supiera qué broma tan triste. En los siete años que llevaba en Boston, jamás había tenido una auténtica relación, ni siquiera una cita. No por falta de oportunidades, puesto que en la universidad se le habían insinuado una docena de jóvenes compañeros y un par de profesores no tan jóvenes. A todos se los había sacado de encima. En aquella época le parecía que Alí y Philippe le habían hecho acabar con los hombres, el primero por su crueldad, el segundo por haber proporcionado un ejemplo con el que nadie podría equipararse.

Pero había transcurrido el tiempo. Tenía treinta años y notaba que le faltaba algo en su vida. Se preguntaba si algún día aparecería su hombre a pesar de todo, a pesar de que aún era una mujer casada.

Por eso quizá había decidido ir a la fiesta, pensó al girar en dirección a su puerta. Tal vez esperaba que ocurriera algo nuevo, algo bueno. ¿Por qué no?

Su hogar. Entrar en su apartamento la llenaba siempre de una sensación de orgullo y de seguridad. Se habían mudado allí un año antes, cuando empezó a desenvolverse con acierto en el ejercicio de su profesión. Dos dormitorios y un tercero convertido en despacho.

No era barato, pero tampoco escandalosamente caro, al contrario que el primero que había alquilado en Boston.

¡Realmente se había portado entonces como la pobre niña rica! Acostumbrada al lujo, había considerado los típicos apartamentos de estudiante de sus compañeros como poco menos que cuchitriles. Tras mucho buscar, había encontrado un suntuoso apartamento de cinco dormitorios en la Commonwealth Avenue, que se parecía mucho a un bulevar francés. En uno de los dormitorios había instalado a una niñera para Karim y en otro a una criada interna que también se ocupaba de cocinar. Dos le habían parecido un mínimo razonable de sirvientes, puesto que no quería llamar la atención con excesos.

Al recordarlo, se rió de aquella Jenna de una ignorancia asombrosa, que no tenía la menor idea de lo que costaban los alimentos o un fontanero, ni que los criados en América esperaban tener días libres, ni que los caseros, incluso los de los apartamentos de lujo, querían recibir el pago del alquiler el primer día de cada mes. Un año y medio después, se había enfrentado por fin con el hecho de que el dinero se le acababa a una velocidad escalofriante y de que no tenía padre ni marido rico que lo reemplazara. Se mudó a un apartamento de dos dormitorios a kilómetro y medio del campus universitario, despidió a la criada y a la niñera, y aprendió a comprar en los supermercados y que también existían guarderías.

En aquel apartamento ella y Karim habían sido felices durante casi cinco años.

El estofado hervía a fuego lento, y estaba tierno y sabroso. Su aroma hizo que la nueva casa le pareciera más que nunca su hogar. «Tráigase un acompañante.» ¿Deseaba realmente abandonar su cómodo y cálido castillo y salir a los fríos vientos del exterior?

Oyó el claxon del microbús del equipo de fútbol, seguido por los pasos de Karim en las escaleras.

—¡Hola, mamá! ¡Adivina cuántos goles he metido!

—¿Dos?

—¡Tres!

—¿Quién era el portero?

—Josh.

—Oh, oh. ¿Se ha molestado?

—¿Eh? No. Somos colegas. Además, no es culpa suya si los otros chavales no pueden pararme.

—¡Vaya! ¡Superestrella!

Karim no hizo caso de la leve reacción de su madre a su jactancia.

—¿Podemos cenar temprano, mamá? ¿Tengo que hacer los deberes primero? Algo huele de rechupete y estoy muerto de hambre.

—Muy bien. Pero yo miraré mientras comes. He picado algo después del trabajo.

Se sentaron a la mesa de la cocina para charlar del colegio y del fútbol; mientras, Karim devoraba dos platos de estofado. Era una escena casera que le hizo sentirse bien. Eran una familia muy reducida, pero familia al fin y al cabo. En momentos como aquél, Jenna podía decir que era realmente feliz.

—¿Podemos ver la tele, mamá?

—Buen intento. Primero los deberes.

—Aggg... —Pese a la protesta, Karim cogió su mochila obedientemente y la arrastró hasta su habitación.

Jenna tenía media docena de libros de la biblioteca, además de doscientas fichas en blanco, pero no encontraba la energía suficiente para realizar su habitual tarea de investigación. Cuando Karim se metió en su leonera, deambuló por la casa sin hacer nada en particular. «Tráigase un acompañante.» No lo haría, claro está. Pero, si tuviera que invitar a alguien, ¿a cuál de sus colegas o conocidos invitaría? A ninguno. Muy bien, si pudiera invitar a alguien, ¿quién sería? Nadie. Muy bien, si pudiera invitar a alguien, ¿cómo sería? No conseguía imaginarlo. Sí, sí podía: como Philippe. De repente, la añoranza la golpeó de una forma casi física. «No nos perderemos el uno al otro», le había prometido. ¿Seguía habiendo todavía algo de él ahí fuera, qué sabía de su soledad y de su amor?

Basta, se ordenó a sí misma. De todas las reacciones emocionales que encontraba en su trabajo, la más común y la menos productiva era la autocompasión.

Encendió la televisión con la idea de que las noticias de la noche le impidieran darle más vueltas al asunto. Dan Rather y varios corresponsales comentaban un compromiso entre el presidente Reagan y los demócratas en el Congreso. Jenna escuchaba a medias, convencida de que no captaría jamás los matices de la política americana. Los dos partidos se oponían el uno al otro estruendosamente, ¿pero qué diferencia había en realidad entre ellos? Buscaba la guía de la programación televisiva cuando se fijó en el rostro de una mujer que aparecía en la pantalla. Se parecía mucho a...

—Hoy se ha producido una tragedia en Francia —decía Rather—. Geneviève Badir, esposa del magnate internacional Malik Badir, ha fallecido en un accidente de carretera. Según fuentes de la policía francesa, un camión de productos agrícolas ha chocado frontalmente contra su Mercedes cerca de Saint-Tropez, donde los Badir tienen una de sus muchas casas de vacaciones.

Jenna subió el volumen frenéticamente. La historia continuaba. «Madame Badir, antigua cantante recordada por sus amigos como una mujer de gustos sencillos, sincera cordialidad y buen humor, conducía sola en dirección a uno de sus restaurantes predilectos. Fuentes cercanas a la familia informan a nuestros reporteros que Malik Badir debía hallarse junto a ella en el coche, pero que sus negocios se lo habían impedido de forma imprevista.

»El apellido Badir se ha relacionado con intrigas a alto nivel en estamentos militares y gubernamentales en Francia y otros lugares, pero las autoridades han subrayado que no existen sospechas sobre la muerte de su esposa. El conductor del camión, que también resultó muerto, estaba, citando palabras textuales, "totalmente borracho". Geneviève Badir muere a la edad de treinta y seis años en Francia.»

Las imágenes de Rather y de Geneviève se fundieron con un anuncio. Jenna se quedó mirando fijamente la pantalla.

—No —se oyó decir en voz alta—. ¡No, no, no! —Estaba demasiado trastornada para llorar. Pobre Geneviève. Jenna no había conocido a su cuñada más que aquel breve instante de hermandad en Al-Remal, y jamás la conocería.

Rastreó las demás cadenas, esperando enterarse de algo más sobre el accidente. No hallando nada, repasó la historia de memoria. Una cosa le había impactado especialmente: Malik podía haberse hallado en el coche. La idea la llenó de un insoportable sentimiento de culpa.

Apagó el televisor y revolvió su escritorio hasta hallar papel blanco de cartas y escribió:

> Queridísimo hermano:
>
> Mi corazón sufre por ti. Apenas puedo intentar imaginar tu dolor. Desearía poder besarte y consolarte, pero no puedo. Te pido perdón por causarte este pesar. La elección no fue fácil, y sólo espero que comprendas que fue necesaria.
>
> Mi vida ha sido solitaria y dura, pero estoy bien, a Dios gracias, y también Karim. He desarrollado con éxito la carrera que más me gusta. Eso y mi hijo me sustentan. Espero que también tú halles solaz en el amor de tu hija, y sabiendo que tu hermana piensa en ti a menudo y desea volver a verte con todo su corazón.

La enviaría a la mañana siguiente antes de nada, antes de que se disipara su coraje. Pero cuando llegó la mañana, también aparecieron las dudas y el miedo. Si se limitaba a echar la carta en el buzón más cercano, el matasellos de Boston la delataría. Tendría que irse en el coche a algún pueblo, tal vez cruzando incluso la frontera del estado para ir a Rhode Island o a Connecticut. Tal vez incluso a Nueva York. Metió la carta en su bolso. La enviaría, se prometió, definitivamente iba a enviarla. Pero todavía no.

CAROLYN

Preocupada por la muerte de Geneviève y por cómo afectaría a Malik y Laila, Jenna habría olvidado la invitación de Carolyn de no haber llamado ésta para recordárselo, y la hubiera cancelado de haber conseguido inventar una excusa verosímil en ese momento. Finalmente, prometió acudir.

Resultó un anticlímax agradable, muy lejos, sin embargo, de la aventura que Jenna esperaba y temía al mismo tiempo. Todos los invitados parecían haber estudiado juntos en la universidad y conocer a las mismas personas y las mismas historias. Una leve aura a Beacon Hill invadía la fiesta. El único soltero, un abogado de una empresa, que se pretendía a todas luces que hiciera de pareja a Jenna, se bebió varios Bloody Mary y se puso sentimental hablando de su ex mujer; era, al parecer, el primer aniversario de su divorcio.

Carolyn llamó después para disculparse, e hizo unos cuantos comentarios malévolos a expensas del abogado. Jenna no pudo evitar la risa. Aquél fue el auténtico comienzo de su amistad.

Su amistad era poco corriente. Carolyn, que tenía unos cuantos años más, intentaba ser mentora, instruir a Jenna en las sutilezas de los gustos americanos (o bostonianos al menos) en materia de vestido, maquillaje y decoración interior. Animó a Jenna a jugar a tenis, y ella, ansiosa por complacer a su nueva amiga, llegó incluso a tomar clases. Fue un desastre; como le dijo el profesor la mañana en que le recomendó que probara cualquier otro deporte, «Jenna, sencillamente no ha comprendido el concepto raqueta golpea pelota».

Al mismo tiempo que Carolyn llevaba la voz cantante en lo social, se apoyaba en Jenna en lo emocional. Era obvio que necesitaba con urgencia una confidente, preferiblemente de fuera de su círculo habitual. Sin embargo, sus confidencias llegaron despacio, en pequeños fragmentos aquí y allá. Tenían que ver, claro está, con su marido.

Cameron Chandler era un misterio para Jenna. En un principio su actitud hacia ella fue cordial, luego sólo indulgente, y después casi hostil. Jenna sospechaba que se sentía amenazado por su intimidad con Carolyn; muchos hombres sentían lo mismo con respecto a las amigas de sus mujeres. Finalmente, lo comentó con Carolyn.

—Por favor, Jenna. Con mi familia hace lo mismo. Se siente inseguro con ellos, así que inventa razones para que le desagraden. Dios, las tonterías que inventa. Es un auténtico problema.

—¿Por qué se siente inseguro?

—¿De verdad quieres saberlo? No sé si lo entenderás. Todo se reduce a que, durante las dos últimas generaciones, su familia ha disfrutado de una situación financiera mejor que la de mi familia, pero la mía lleva en Boston dos siglos más.

No era nuevo para Jenna que las discrepancias en el prestigio familiar contribuyeran a la discordia marital, aunque a su llegada al país le había sorprendido que los americanos se preocuparan tanto por tales asuntos, casi tanto como los remalíes. Los americanos que había conocido en el Medio Este no mencionaban nunca a más antepasados que un abuelo o dos, y eso para poner de relieve lo pobres que habían sido. En cualquier caso, la idea de la antigüedad del linaje de Carolyn opuesta a la riqueza de la familia de Cameron no le pareció la causa principal de sus problemas. Era mucho más probable que se tratara únicamente de un síntoma de algo más profundo, y tampoco explicaba el evidente resentimiento que Cameron sentía hacia Jenna.

A medida que pasaron los meses y la amistad entre ellas se afianzó, se hizo evidente que los Chandler tenían serios problemas. Pequeñas indirectas disfrazadas en la conversación, pequeñas sombras en el tono de las voces, señalaban una profunda falta de respeto entre ambos, así como un ansia desesperada de posesión. No sirvió de nada que tanteara el terreno con preguntas. Carolyn podía demostrar una auténtica reticencia estilo Nueva Inglaterra cuando así lo deseaba. La mera sugerencia de que podrían necesitar consejo profesional fue recibida con inmediato desdén: «Por favor, Jenna, entre nosotros no se hacen esas cosas. Si alguien se vuelve majara, lo enviamos a Nueva York o a cualquier otro lugar de provincias donde nadie se dé cuenta.»

Por otro lado, Carolyn podía ser realmente voluble inventando excusas para Cameron después de haberlo menospreciado. Uno de sus temas favoritos era la presión a la que se veía sometido en su trabajo. «¿Sabes?, cuando Cameron empezó en la banca no hace tanto tiempo, todavía era un negocio de caballeros; en Boston, quiero decir, no sabría decirte en otro lugar. Pero ahora, de repente, aparecen todos esos yuppies sedientos de sangre con sus *masters* y sus horribles corbatas, trabajando veinticuatro horas al día y tramando negocios que hace unos años los hubieran enviado a la cárcel. Para Cameron resulta muy difícil. Gracias a Dios, su padre es de la junta. Por supuesto no seguirá allí para siempre.»

Un radiante día de primavera, Jenna descubrió lo mucho que Carolyn y ella tenían en común. Fue durante un partido de fútbol. Josh, por su estatura, hacía de portero. Karim sorprendía a su madre dando muestras de querer convertirse en un goleador nato, rápido, seguro con los pies, ágil como una mangosta, driblando a los defensas más corpulentos como si estuvieran anclados en cemento. Su único defecto, según el entrenador, era su reticencia a pasar la pelota a los compañeros.

El partido era excitante, pero pese a varias paradas espectaculares de Josh, Carolyn apenas se movió de su anticuado asiento plegable de cuero de estilo británico, sostenido por una sola pierna tubular de acero. Sin duda lo había usado su padre mientras practicaba la caza mayor con Teddy Roosevelt, pero no era el apoyo más estable del mundo, y en un momento dado Carolyn se inclinó demasiado y tuvo que recuperar el equilibrio. Al hacerlo, gimió de dolor y cayó de rodillas.

—Dios mío, ¿estás herida? —exclamó Jenna, que estaba junto a ella.

—Ayúdame a volver al coche —masculló Carolyn con los dientes apretados.

Una vez sentada al volante, Carolyn se echó a llorar.

—¡Ese cabrón! ¡Creo que me ha roto las costillas!

—¿Cameron? ¿Te ha pegado?

—Sí, me golpeó. Donde no se ve. Ése es su pequeño truco.

Jenna no daba crédito a sus oídos.

—¿Quieres decir que ya lo había hecho antes?

—Sí. —El rostro de Carolyn mostraba ya los signos familiares de que quería dar el tema por zanjado.

—Carolyn, escúchame. Necesitas ayuda, tú y Cameron, los dos.

Carolyn no dijo nada.

—Sé de lo que te hablo —insistió Jenna, luego añadió—: Lo he visto a menudo entre mis pacientes. Tienes que apartarte de él enseguida, corres peligro. Después, los dos podéis recibir ayuda.

Carolyn se volvió hacia Jenna con algo que se parecía mucho al odio en su mirada.

—No soy una de tus pacientes, y no necesito ayuda. Lo que

necesito es que mi marido vuelva a ser el hombre con el que me casé.

La sensación de estar reviviendo algo muy familiar, resultaba casi enfermiza. ¿Cuántas veces había pensado Jenna (Amira) lo mismo sobre Alí?

Carolyn no podía decir más. Según las convenciones de su sociedad, ya había dicho demasiado. Durante la semana siguiente, cuando Jenna telefoneaba, la doncella respondía que la señora Chandler había salido. Después, una noche, llamó Carolyn y habló de futesas. Era evidente que pretendía fingir que no había ocurrido nada. Cuando Jenna intentó sacar a colación el tema de Cameron, Carolyn se mostró brusca y tajante.

—Todo va bien. —El mensaje era inconfundible: «No vuelvas a mencionarlo.»

Después de aquello, Jenna y Carolyn volvieron a hacer las mismas cosas de siempre, ir al teatro, ver partidos de fútbol, tomar té y cappuccino en el Village Greenery, etcétera, pero nunca volvió a ser como antes. Jenna seguía esperando una oportunidad, alguna manera de poder prestarle a Carolyn su experiencia y su pericia profesional, pero Carolyn no lo permitió. Al menos Cameron no volvió a atacarla físicamente, hasta donde Jenna podía discernir.

Jenna tenía su trabajo. Carolyn tenía el tenis y las obras de caridad.

Poco a poco las dos amigas se distanciaron. Poco a poco dejaron prácticamente de ser amigas.

INCIDENTE EN TORONTO

Viejas cadenas había convertido a Jenna en una pequeña celebridad en los círculos académicos, sobre todo entre las feministas. Uno de los resultados fue la llegada regular de invitaciones a conferencias y simposios. Ella siempre declinaba.

Pese a que los medios de comunicación solían hacer muy poco caso del pequeño mundo insular académico, toda exposición pública le parecía arriesgada, pero cuando la invitaron a participar en un debate sobre «Mujeres, historia y terapia» en una convención de Toronto, aceptó. El tema era importante y la ciudad, al fin y al cabo, se hallaba en otro país.

Tras varios años en Boston, halló Toronto extraordinariamente limpia y ordenada, sus ciudadanos eran tranquilos y corteses, y la experiencia en general resultó aburrida. La ciudad carecía de la suciedad y el peligro de las ciudades americanas, pero también de su capacidad para deparar inesperadamente algo nuevo y excitante. Los restaurantes donde comieron Jenna y sus colegas tenían todos muy buen gusto en la decoración y una buena cocina, pero no destacaban por nada memorable. La universidad le recordó menos a Harvard que las fotografías que Malik había enviado a casa de los cuidados jardines del Victoria College. ¿Y por qué el profesor canadiense que parecía querer conquistarla se retiró tan dócilmente ante el primer síntoma de la habitual reserva de Jenna?

Dadas las circunstancias, cuando llegó el momento de volver a Boston, estaba más que dispuesta.

Pero entonces, en el aeropuerto, ocurrió una de esas pequeñas coincidencias que cambian más vidas que las guerras, las epidemias o los desastres naturales. El vuelo de Jenna tenía retraso y se fue a una cafetería. Mientras se tomaba un té, preguntándose qué estaría haciendo Karim, no pudo evitar oír lo que hablaban dos hombres en la mesa de al lado. Al parecer eran conocidos que se habían cruzado en uno de sus viajes de negocios. Tras charlar un rato sobre sus esposas e hijos, uno de los hombres, que tenía acento británico, dijo:

—Tengo que contarte que estuvo a punto de darme un ataque en Roma hace dos días. Había llevado a un cliente a Checchino dal 1887. Acabábamos de pedir cuando se armó una buena. Tiros por todas partes, gente echándose al suelo, incluso yo, te lo aseguro.

—Dios mío. ¿Qué pasó? ¿Era la Mafia?

—Un intento de secuestro. Un maldito millonario estaba allí con su hija. Al parecer querían secuestrarla a ella. Badir, o algo así, se llamaba.

Todo lo demás se desvaneció en aquel momento para Jenna.

—¿Y qué ocurrió luego? —preguntó el segundo hombre—. ¿A qué venían tantos tiros?

—Al parecer el guardaespaldas de alguien vio a los secuestradores cuando entraron y una cosa llevó a la otra. Aterrador, te lo aseguro. Nunca he estado en una guerra, pero...

—¿Hubo algún herido?

—Los dos secuestradores acabaron malheridos, y creo que también hubo un policía herido y dos o tres clientes, incluso ese tal Badir.

—¿Dispararon a Malik? —preguntó Jenna, girándose en redondo.

—¿Perdón?

—Malik Badir, ¿le hirieron?

—Sí, pero no era grave, creo.

—¿Y Laila, está bien?

—¿Laila?

—La chica. La hija.

—No estaba herida. Más bien asustada, supongo. Habla usted como si conociera a esa gente.

—Soy... soy una conocida de la familia. ¿Está seguro de que no estaba malherido?

—Bueno, no conozco todos los detalles, naturalmente. El restaurante era un caos. En realidad casi todo lo que sé lo he leído en *Le Monde*... Esa noche me fui a París.

—¿Salió en *Le Monde*? —Tenía que encontrar ese periódico. Sin duda debía de haber un quiosco con prensa internacional en el aeropuerto.

El británico revolvió el interior de su maletín.

—Puede que aún lo tenga. Sí, aquí está. —Tendió el periódico a Jenna—. Por favor, quédeselo, ya que tiene un interés personal en el asunto. Si me permite preguntarle...

—Gracias —dijo Jenna antes de que pudiera preguntarle nada—. Muchas gracias.

Leyó el artículo sobre el intento de secuestro en el vestíbulo del aeropuerto. Era tal como lo había explicado el hombre. Laila había salido indemne. Malik tenía una «dolorosa pero leve» herida en el brazo.

Anunciaron su vuelo. Al meter la mano en el bolso para coger el billete, su vista tropezó con la carta para Malik, que no había enviado. Compró sellos en una librería y el cajero le indicó dónde había un buzón. Echó la carta antes de pensárselo dos veces.

Por fin lo había hecho, pensó, apresurándose a embarcar. Pero ¿qué había hecho?

LAILA

En las semanas siguientes, Jenna se preguntó a menudo qué efecto había tenido su carta sobre Malik. ¿Le había aliviado que estuviera viva, sencillamente? ¿Estaba furioso por haber sido engañado? ¿Un poco de ambas cosas? Si lo viera, ¿seguiría siendo el Malik que conocía, o se había convertido en un extraño? ¿Y cómo era Laila después de haberse criado en el perpetuo boato de la vida de su multimillonario padre?

La prensa sensacionalista guardaba un extraño silencio sobre Malik. Tal vez, se dijo Jenna, su hermano se protegía a sí mismo y a su hija después de lo sucedido en Roma. Sin embargo, dos meses después del tiroteo, Jenna leyó que su hermano había adquirido otra lujosa residencia, un apartamento en el hotel Pierre de Nueva York. El breve artículo (en el *Boston Globe*) señalaba que Malik se estaba recuperando aún del ataque de Roma y que «una fuente que pidió no ser identificada declaró que Badir cree que su hija estará más segura en Estados Unidos que en Europa».

Eso podía ser cierto, pensó Jenna, pero no pudo evitar preguntarse si su carta había tenido algo que ver con la decisión de Malik. ¿No sería que su hermano intentaba comunicarse con ella, como ella había hecho?

Pese a su educación, Jenna seguía albergando una enraizada creencia en los presagios y el destino, y cuando un mes más tarde leyó en la página seis del *New York Post* que Laila se había inscrito en la Brearly School, le pareció un signo seguro del destino que la llamaba. ¿Debía responder? ¿Se atrevería?

Apretujada en un asiento del atestado vuelo Boston-Nueva York, Jenna intentó convencerse a sí misma de que realmente necesitaba mantener el contacto con colegas como su viejo profesor de la teoría adleriana, que había pasado al ejercicio privado de la profesión en Nueva York y con el que tenía una cita para comer. Pero los restos de sus dotes objetivas y analíticas refutaron esta idea con una opinión sucinta, si bien poco profesional: Estás loca, Jenna, completamente loca. Pero era su corazón, y no su cabeza, quien tenía todas las de ganar.

Las oficinas de Donald Weltman, junto a Park Avenue, podría haber pertenecido a uno de los cirujanos plásticos de las estrellas del vecindario. El antiguo profesor vestía un traje de Armani en lugar de la chaqueta de tweed remendada que Jenna recordaba y llevaba elegantemente peinados los cabellos de un gris acerado, siempre alborotados en Harvard. Era evidente que las cosas le iban muy bien.

El profesor había reservado mesa en L'Argenteuil, e insistió en pagar la cuenta. Durante gran parte de la comida, él siguió siendo el profesor y ella la estudiante, pero en lugar de Adler, el tema fueron las maravillas de la práctica privada en Manhattan.

—¿Y tú, Jenna? —preguntó él durante los postres—. Tengo entendido que has empezado a ejercer con éxito.

—No puedo quejarme. Tengo el número de clientes necesario para ganarme la vida y me queda algo de tiempo para investigar.

—¿Para un nuevo libro?

—No, todavía no. Sólo es investigación general. Y también trabajo como voluntaria en un centro para mujeres maltratadas. —Acababa de empezar en realidad, impulsada por la experiencia de Carolyn y por la suya propia.

—Eso está muy bien, desde luego —dijo Donald, frunciendo el entrecejo—, pero no deberías ir demasiado lejos. Si una cosa he aprendido —ahora sonreía—, es que los ricos tienen problemas igual que los pobres.

—Eso es cierto.

Donald echó un vistazo a su pesado Rolex de oro.

—Tengo que volver al tajo —dijo—. ¿Y tú qué planes tienes? Quizá podamos vernos después y charlar sobre los viejos tiempos sin prisas.

—Ojalá pudiera. Me encantaría volver a ver a Robin. —Robin era la mujer de Donald.

—Pues está fuera de la ciudad, por una emergencia familiar.

Jenna cogió un taxi para ir a la Brearly School, se instaló frente a la escuela y esperó. ¿Reconocería al bebé que había ayudado a nacer sobre un lecho de paja?

Sí. Laila tenía los cabellos negros, los ojos almendrados, el rostro en forma de corazón de su madre y también algo de Jihan Badir. Se le notaba un aire a Malik, claro está, pero más difícil de definir; algo quizá en su pose, algo valiente pero vulnerable que recordó a Jenna el Malik de otros tiempos.

Laila estaba separada de un grupo de compañeras. ¿Una solitaria? No hay por qué alarmarse, se dijo la psicóloga para tranquilizarse, es sólo que aún es la nueva.

Una limusina se acercaba. A Jenna le dio un vuelco el corazón. Estaba segura de que iba a ver a su hermano, a ver de refilón el rostro que tanto echaba de menos. Pero no, el hombre que salió del coche y saludó a Laila no era Malik, sino un chófer cuyos anchos hombros y ojos vigilantes proclamaban a los cuatro vientos su condición de guardaespaldas. Instantes después, él y Laila se habían marchado. Jenna se quedó allí, mirando el lugar en el que había estado su sobrina, como si quisiera prolongar la fugaz visión.

Bueno, ahora ya la has visto, se dijo, y por fin se fue también. Eso debería bastarte.

Pero no le bastó, y unas semanas después halló otra necesidad acuciante (una investigación de biblioteca que podría haber hecho por teléfono) para ir a Nueva York. Una vez más se instaló frente a la escuela. Miraría, nada más, se había prometido a sí misma. No había peligro alguno en eso, ni para ella ni para nadie más.

Tras una corta espera, vio a Laila hablando con varias chicas. Bien, su sobrina había hecho amigas. El chófer no apareció, bien otra vez. El pequeño grupo abandonó la escuela en dirección oeste. Dejando a un lado toda prudencia, Jenna las siguió.

Riendo y bromeando como adolescentes cualesquiera, las chicas giraron hacia el sur en la Quinta Avenida. Entraron en Bergdorf Goodman, seguidas por Jenna. En veinte minutos, el pequeño grupo había gastado una suma que, según los cálculos de Jenna, haría felices a muchos de sus clientes si la ganaran en una semana. Inconscientemente meneó la cabeza con aire de desaprobación.

El grupo de chicas se dirigió a Saks. También allí las siguió Jenna. Esta vez parecieron inclinadas sólo a mirar y pronto se dirigieron hacia la puerta, pero, un momento, ¿qué estaba ocurriendo? Un hombre se adelantó rápidamente, agarró a Laila y sacó un pañuelo de seda de su bolso. ¡Acababa de robar en la tienda, y la habían pillado!

Laila empezó protestando, luego se echó a llorar. Las otras chicas se esfumaron entre la multitud de compradores. Sin pensárselo un momento, Jenna entró en acción, sin saber qué hacía, pero segura de que debía hacer algo. Se interpuso entre el hombre y Laila.

—¿Qué hace usted?

—¿Quién es usted?

—Soy la madre de esta jovencita. ¿Quién demonios es usted?

—Seguridad de la tienda.

Apareció el gerente. Jenna se volvió hacia él esforzándose por aparentar indignación e inocencia agraviada.

—Le he pedido a mi hija que me esperara aquí para coger el pañuelo que sostiene este hombre. Es igual que el que tengo en casa. Estoy segura de que me estaba buscando cuando él... ¡cuando él ha saltado sobre ella! ¿Es así como tratan ustedes a sus clientes más apreciados, señor? Porque si lo es...

El gerente miró a Jenna de arriba abajo. Era una mujer muy atractiva y, por su aspecto, adinerada, es decir, la imagen misma de una clienta apreciada. No obstante, sabía demasiado bien que los ladrones de las tiendas podían tener apariencias diversas. Aun así, la chica no había abandonado la tienda. El guardia de seguridad, que era nuevo, debería haber esperado a que saliera, momento en que podrían haberla acusado de robo con toda seguridad y de manera incontrovertible. El gerente cedió. Jenna sacó su Gold Card y pagó el pañuelo.

Laila parecía asombrada, pero no dijo nada. Jenna comprendió que estaba aterrorizada. No se relajó ni siquiera cuando era ya evidente que estaba salvada.

—Gracias —susurró Laila una vez fuera de la tienda, y añadió—: ¿Quién es usted? ¿Por qué ha hecho eso?

—Lo mismo te pregunto yo —replicó Jenna. Tomando la iniciativa igual que con los pacientes que estaban demasiado transtornados para pensar, Jenna llevó a su sobrina a una cafetería cercana y pidió dos tés sin preguntar—. Soy Jenna Sorrel, de Boston. Soy psicóloga. —No sabía por qué se lo había dicho, quizá por la necesidad de decir algo.

—Psicóloga —repitió Laila.

—No te preocupes —dijo Jenna con una sonrisa—. Estoy fuera de servicio. —No podía apartar la vista de Laila; imaginaba la mujer que pronto sería. Hacía mucho tiempo que echaba de menos a su familia, la idea de familia, y allí tenía a la hija de Malik, a su sobrina, la niña que había nacido con su ayuda.

—¿Ha venido para una convención o algo así? —preguntó Laila.

—No, sólo estoy de visita.

—Yo también soy nueva aquí.

—¿Ah, sí?

—Sí, soy francesa.

—Tu inglés es perfecto. —Era cieno. El acento francés era casi imperceptible. Era mucho más marcada la jerga a lo Valley Girl que se había extendido por todo el país desde California, incluso a Boston. Laila debía de tener buen oído.

—Bueno, hemos viajado mucho —explicó Laila—, y tengo muchos amigos americanos.

—Eso está muy bien. Tener amigos, quiero decir. —Cuidado, Jenna, no tienes ningún derecho a hacer esto, se advirtió a sí misma. Pero no podía evitarlo.

—Pero aquí no tengo amigos. En el colegio, por ejemplo. Todavía no, al menos.

—¿No?

—No —dijo Laila, malhumoradamente—. No sé qué pasa. Algunas veces pienso que es porque soy diferente. Quiero decir que soy francesa y mi padre es de Al-Remal, y yo... me parezco a él.

—Debe de haber otros de orígenes diferentes en el colegio, ¿no? Lo más probable es que se deba a que eres nueva. Lo habrás visto en otros sitios. Todo el mundo tarda un poco en hacer migas con el chico o la chica nuevos.

Laila no respondió.

—Quizá sea porque papá es... no le diré su nombre, porque a lo mejor lo conoce, pero tiene montones de dinero. Los padres de otros niños también tienen dinero, pero no tanto como papá. Yo intento ser agradable. Hago regalos a todo el mundo. Parece que les gustan, mc dan las gracias, pero luego...

Jenna no dijo nada. No era el momento de señalar quc el peor modo de hacer amigos era intentar comprarlos. Laila lo comprendería por sí misma tarde o temprano.

—Y luego está lo de hoy. Era una oportunidad, ¿sabe?, para formar parte del grupo. Ésa era la idea. Me dijeron que tenía que demostrar mi valía robando algo de Saks. —Laila miró a Jenna buscando signos de desaprobación y añadió rápidamente—: Todas las demás lo han hecho. Es como un club, ¿comprendes? No habían pillado a ninguna.

—Ya veo —dijo Jenna con voz neutra. Qué sola debía de sentirse, pensó. Laila necesitaba a alguien, a su padre, evidentemente, pero si no era él, ¿quién?

—Y ahora lo he fastidiado todo —concluyó Laila con lágrimas en los ojos.

—Quizá no querías hacerlo en realidad —sugirió Jenna.

Laila se limitó a encogerse de hombros con aire desdichado.

—¿Te has dado cuenta —continuó Jenna tras beber un sorbo de té, de que cuando pones demasiado empeño en algo, por ejemplo, en los deportes o en la danza, lo... lo fastidias? Lo mismo ocurre con los amigos. Algunas veces lo peor que puedes hacer es poner demasiado empeño.

—¿Pero qué puedo hacer sino intentarlo?

—Sé tú misma. Interésate por los demás. Dales la oportunidad de conocerte.

Jenna sabía que las palabras no bastaban. Al otro lado de la mesa se sentaba una chica solitaria que había perdido a su madre y que, por lo que decía, no veía a su padre lo suficiente.

—Quizá podríamos volver a vernos —espetó, antes de que pudiera pensar en si era prudente lo que estaba haciendo—. ¿Te gustaría?

—¿Cuánto cobra? —preguntó Laila.

—¿Cobrar?

—Es psicóloga. ¿Cuánto cobra? Si es mucho tendré que preguntárselo a papá, y preferiría no hacerlo.

La pregunta rompió el corazón a Jenna. ¿Es que todo en la vida de Laila se tenía que comprar y pagar?

—No me refería a verte profesionalmente, sino... como amiga.

Laila se echó hacia atrás y entrecerró los ojos con una mirada suspicaz.

—¿Por qué? —quiso saber.

Por supuesto, pensó Jenna, después de todo lo que le había pasado, era lógico que Laila recelara de una extraña que le ofrecía su amistad.

—Dice un proverbio oriental que si le salvas la vida a una persona, eres responsable de ella para siempre. Yo no te he salvado la vida exactamente, pero creo que sirve el mismo principio. Sólo quiero saber si te encuentras bien. Además, me ha gustado charlar contigo.

Laila ladeó la cabeza y luego asintió.

—Vale. Pero si te ve Ronnie, me hará un montón de preguntas y se lo dirá a papá.

—¿Ronnie?

—Mi chófer, una especie de guardián.

—Desde luego no quiero que tengas problemas por mi culpa.

—Oh, no se preocupe. No lo tengo encima siempre, sólo cuando papá está preocupado. —Laila se puso seria—. Le dije a papá que necesitaba un poco de libertad, ¿sabe? Para ser yo misma, como dicen aquí. —Su mirada se desvió hacia un reloj de la pared—. Oh, Dios mío, tengo que irme. Sí, creo que estaría bien que nos volviéramos a ver. El mejor sitio para encontrarme es el colegio. Salimos a las tres. Es la Brearly School. ¿Sabe dónde está?

—Sí.

—Bueno, pues venga alguna vez.

—Bien... gracias.

—Gracias a usted. Por... ya sabe, lo que ha hecho. Por cierto, me llamo Laila.

—Jenna.

—Hasta la vista, Jenna.

Laila se marchó.

Dos semanas más tarde, Jenna volvió a hacer el viaje a Nueva York. Se sentía culpable por haber abordado a Laila con falsedades, pero esas falsedades parecían ser lo único de que disponía. Además, era verdad que quería asegurarse de que Laila estaba bien. ¿Cómo podía ser de otro modo?

—Me ha sorprendido verla —dijo Laila mientras paseaban echando un vistazo a los escaparates de Madison Avenue—. Pensaba que a lo mejor había, bueno... ya sabe, desaparecido. Como si me la hubiera imaginado o algo así.

Tomaron té en un pequeño restaurante sin pretensiones y charlaron libremente sobre el padre de Laila, aunque ella seguía ocultando su apellido. Cuando no estaba ocupado en sus negocios, lo que a menudo le obligaba a viajar a lugares lejanos, asistían juntos a obras de teatro, salían de compras, y a veces disfrutaban de maravillosas vacaciones a bordo de su yate.

—Pero está siempre... tan ocupado —concluyó Laila melancólicamente.

Jenna hubiera deseado llamar a Malik. O escribirle una carta anónima: «Su hija le necesita. Ahora, no más adelante, no cuando tenga tiempo, sino ahora. Dentro de dos o tres años será una mujer con vida propia.» Claro que eso era imposible. Pero ¿por qué?

—Espero que no haya venido a Nueva York sólo para verme a mí —decía Laila.

—¿Qué? Oh... no. Tengo que hacer unas investigaciones.

—Me alegro, porque tengo que irme. Una amiga me pidió que fuera a estudiar a su casa.

—¿Una amiga? ¿Del colegio?

—Sí. —Laila sonreía—. Las cosas han mejorado. Puede que tuviera razón, ¿sabe?

—Eso espero. Sería agradable tener razón de vez en cuando.

Laila se puso sus gafas de sol.

—Algunas veces la gente me reconoce —explicó—. Como los fotógrafos. Es a causa de papá.

—Ah.

—Siento tener que dejarla. Me ha gustado verla. ¿Podemos repetirlo, digamos, dentro de dos semanas? Le haré un hueco.

—¿Por qué no? —contestó Jenna alegremente.

De vuelta en Boston, en los pocos momentos libres que le dejaban los pacientes o mientras hacía algún trabajo doméstico rutinario, Jenna fantaseaba sobre su sobrina. Se imaginaba visitando museos y galerías de arte con ella, dando largos paseos por Greenwich Village y por el Soho. Imaginaba también que conseguía sonsacarle y escuchaba sus problemas, que le ofrecía ayuda y consejos (sin importarle que los aceptara o no, se advirtió a sí misma) al romper con un novio o él con ella. Se vio a sí misma alabando los méritos de Laila en el colegio y apoyando sus sueños.

Sabía que se representaba a sí misma en el papel de madre, ¿pero y qué? Laila necesitaba a alguien. Por supuesto existían riesgos, pero ¿no habría algún modo de superarlos? ¿Y si se lo contaba todo a Laila y le pedía que jurara guardar el secreto? ¿Y si lo convertían en una aventura, como espías, citándose en un lugar diferente cada vez? Laila la necesitaba y Jenna añoraba terriblemente la familia que había dejado atrás.

Pero antes de que su fantasía tuviera la oportunidad de convertirse en algo más, el pasado volvió a interponerse. Se acercaba el décimo aniversario de su desaparición. Un periodista de Reuter que hacía un seguimiento rutinario, descubrió que alguien más había estado investigando el caso casi olvidado. Era Alí, claro está, aunque las preguntas que el periodista formuló a través de la secretaría de prensa de la familia real remalí obtuvieron la respuesta oficial que ya había quedado establecida: seguía siendo un misterio qué hacía la princesa en Anatolia; quizá formara parte de un complejo plan de secuestro; se suponía que había muerto, pero el príncipe se aferraba aún a sus débiles esperanzas.

Era suficiente para un reportaje en un programa de la televisión, lleno de especulaciones y rumores sobre la posibilidad de que Amira aún estuviera viva. El autor tuvo la astucia suficiente para sospechar que el príncipe Alí Rashad no estaba tan resignado como deseaba aparecer, y expresó sus sospechas en el reportaje.

Cuando Jenna vio la versión sensacionalista (el titular «¿Ha visto a esta princesa?», junto con una vieja foto) en uno de los periódicos que leía habitualmente, el antiguo miedo resurgió como si no la hubiera abandonado nunca. Después de tanto tiempo, de tantas mentiras, no estaba segura.

Dejó de engañarse a sí misma. No podía seguir viendo a Laila; podía ponerlas en peligro a las dos. Laila tenía que andar esquivando a los paparazzi por su apellido, y desde luego Alí podía emplear medios más sutiles.

Le sería fácil desaparecer de la vida de Laila, que no tenía sus datos personales, pero no podía hacer eso, sencillamente no podía.

Jenna acudió a su cita con Laila con una dolorosa sensación de pérdida, pues no era justo, se decía, verse obligada de nuevo a separarse de alguien a quien amaba. Fueron a un restaurante barato (en la versión moderna del Upper East Side[1]) y compartieron una enorme hamburguesa con queso y una ración de patatas fritas. Jenna pensó que debían de parecerse mucho a cualquier madre e hija de aquel elegante barrio, y se le hizo aún más difícil decir lo que debía decir.

—Me temo que no podré verte muy a menudo —empezó—. De hecho, no podré verte en absoluto. He descuidado a mis pacientes y tengo contratado un libro que absorberá todo mi tiempo libre. —Nada de aquello era del todo cierto, pero tampoco mentira.

Laila la miró con reproche, luego desvió la vista.

—Está bien —dijo con forzada indiferencia—. Me extrañaba que dispusiera de tanto tiempo para mí. Y para serle sincera, hoy he tenido que escabullirme de Ronnie para verla. No sé por qué, pero últimamente papá está realmente preocupado por mí, así que tampoco a mí me resultaría fácil. No es de extrañar que ningún chico quiera salir conmigo —añadió con expresión taciturna—. Es como pasar por la seguridad israelí.

Jenna sonrió a su pesar imaginando a Malik, que antaño quebrantaba las reglas, imponiéndolas ahora. Sin embargo, no era nada divertido desde el punto de vista de la felicidad de su sobrina.

Buscó algo que decir, algo que no sonara trillado y profesional, algo que hiciera saber a su sobrina que realmente le importaba, pero no se le ocurrió nada que no delatara su secreto.

—Tal vez más adelante, cuando las dos estemos más libres... —fue lo mejor que se le ocurrió.

1. Barrio elegante de Manhattan junto a Central Park. *(N. de la T.)*

—¿Podría darme su número de teléfono? —preguntó Laila de repente—. Me gustaría charlar con usted de vez en cuando, si le parece bien.

—Por supuesto que sí —contestó Jenna sin poder resistirse—, pero tienes que prometerme que no se lo dirás a nadie.

—¿Que seamos una especie de amigas secretas?

—Sí.

—Claro. —Laila reía—. Además, no es que vaya a ir corriendo a casa para hablar de la señora que me rescató en Saks.

Jenna se echó a reír también.

—No lo había pensado. Bueno, ¿y te has decidido ya por una universidad en concreto? —Cualquier cosa le servía para prolongar el momento, la charla, la presencia de su sobrina.

—Sí, Columbia. Papá me ha sugerido que le gustaría que fuera a la Sorbona, pero yo prefiero quedarme en Nueva York. Me encanta estar aquí.

¿Tenía algo que ver la elección de Laila con ella?, se preguntó Jenna. Fue una idea agradable, un premio de consolación.

Compartieron una cosa llamada Chocolate Crisis como postre. Cuando desapareció el último pedazo, no quedó más remedio que admitir que también se había acabado su tiempo. La decisión había sido tomada, pero el corazón de Jenna pedía una prórroga, unos minutos más.

—¿Damos un paseo? —preguntó. Perdería el avión, pero le daba igual.

—Claro —dijo Laila.

Bajaron por la Quinta Avenida a lo largo de Central Park. El sol brillaba, el cielo era azul y Jenna intentó creer que aquélla no era la última vez que vería a Laila. Tal vez no lo fuera. Tal vez...

Cuando llegaron al hotel Plaza, pararon dos taxis.

—Bueno... ciao —dijo Laila, intentando sonreír.

Jenna olvidó toda precaución, echó los brazos al cuello de su sobrina y la abrazó con fuerza.

—Adiós —dijo. Adiós, mi queridísima Laila, pensó.

CAMERON

La llamada se produjo una fría noche de septiembre.

—¿Podría venir, señora Sorrel? ¿Ahora mismo?

—¿Qué ocurre, Josh? —La voz del chico había cambiado tanto que Jenna no la reconoció de inmediato.

—Es que mi padre le ha hecho daño a mi madre. Ahora se ha ido y ella me ha pedido que la llamara. Yo... ¿podría darse prisa?

Jenna se apresuró a acudir. Al llegar a la casa de los Chandler, echó un vistazo al rostro de Carolyn y se dirigió al teléfono. Al parecer Cameron había olvidado su pequeño truco de golpear donde no se veía.

—¿Qué estás haciendo?

—Llamar a la policía.

—No. —Carolyn le arrebató el auricular y colgó.

—Carolyn, por favor, intenta comprenderlo. Puede que estés gravemente herida. Desde luego corres peligro. ¿Volverá esta noche?

—Seguramente —respondió Carolyn, encogiéndose de hombros. Al menos no parecía conmocionada.

—¿Ha bebido? —preguntó Jenna, intentando razonar.

Carolyn no respondió y Jenna se volvió hacia Josh, que miró a su madre antes de contestar.

—Sí, señora.

—Muy bien. Debería irme y llamar a la policía y a una ambulancia, pero tú no quieres que lo haga y respetaré tus deseos. Tú respeta los míos. Pasaréis la noche en mi casa los dos. Coged lo que necesitéis ahora mismo y marchémonos. Por la mañana lo veremos todo más claro.

—Muy bien —dijo Carolyn, asintiendo, para sorpresa de Jenna—. No es mala idea.

Al llegar a su apartamento, Jenna curó a su amiga lo mejor que pudo. Sobre todo tenía contusiones y ronchas. No parecía haber huesos rotos ni cortes que requirieran puntos.

Carolyn hablaba sobre Cameron de un modo práctico y extraño que inquietó a Jenna.

—Sencillamente necesita algo que pueda controlar, que pueda dominar. Desgraciadamente, ese algo resultó ser yo.

Josh y Karim estaban sentados en la cocina intercambiando alguna que otra frase en voz baja. Su forma de expresar la amistad más por el silencio que por las palabras les hacía parecer más adultos.

Eran las dos de la madrugada cuando por fin se fueron a dormir. Carolyn compartió la cama con Jenna; Karim cedió la suya a Josh y se fue a dormir al sofá.

Media hora más tarde sonó el timbre de la puerta.

—Sé que mi mujer está aquí, Jenna. Déjame hablar con ella.

—Vete a casa, Cameron. —Ella no quitó la cadena de la puerta.

—Jenna, por favor. Sé que todo es culpa mía, lo admito. Sólo quiero hablar con ella.

—Es muy tarde, Cameron. Vete a casa. Mañana podréis hablar.

—Jenna, te lo pido de rodillas. —Horrorizada, ella lo vio arrodillarse—. Sólo quiero hablar con ella.

—Cameron, si no te vas ahora mismo llamaré a la policía.

Él se levantó. Algo que vio en él hizo que Jenna cerrara la puerta con llave.

—Adelante —gritó—. Llama a la policía. Yo llamaré a mis abogados, y te pondrán un pleito tan deprisa que la cabeza te dará vueltas. ¿Qué tal te suena enajenación del afecto?

—¿De qué estás hablando?

—De usted y de mi mujer, señora.

—Cameron, no seas ridículo.

—Esto no es Francia, ni Egipto, o de donde demonios vengas. Ésta es mi ciudad. Si te entrometes en mi vida, lo lamentarás.

Llama a la policía, se dijo Jenna, pero vaciló, avergonzada del miedo que sentía. Aquélla, ciertamente, era la ciudad de Cameron, y ella no era francesa ni egipcia. ¿Qué ocurriría si él cumplía con su amenaza?

En ese momento apareció Carolyn seguida de Josh.

—Gracias, Jenna, pero será mejor que te quedes al margen.

—¿Qué estás haciendo?

—Me voy a casa con mi marido y mi hijo.

—Carolyn...

—Jenna, aprecio tu bondad y tus buenas intenciones, pero esto es entre Cameron y yo. Realmente no es asunto tuyo.

Carolyn abrió la puerta, retiró la cadena con dificultad y salió al rellano.

—Oh, nena, lo siento mucho —dijo Cameron con voz melosa—. ¿Estás bien? ¿Estás bien? Mi amor, lo siento.

Josh volvió el rostro y miró desesperanzado a Jenna y a Karim, luego se fue en pos de sus padres.

Fue el final de la primera amistad auténtica de Jenna en su nueva vida. Jenna permaneció de pie, muda, contemplando a Carolyn alejarse. Carolyn había levantado un muro entre ellas en el que jamás podría abrir brecha, como el cristal que separa al visitante del preso en una cárcel.

Aquello supuso un cambio para Jenna, aunque tardó meses en darse cuenta. El cambio dio un nuevo rumbo a su trabajo. Le había fallado a su mejor amiga, pero si trabajaba, estudiaba y aprendía con el suficiente empeño, tal vez podría ayudar a otras mujeres que padecieran el mismo sufrimiento.

Una mañana se despertó con el tema y el título de su siguiente libro: *Prisiones del corazón: la negación de las mujeres.*

Incluso pensó en la dedicatoria, aunque jamás podría usarla: «Para Alí R. y Cameron C., que lo hicieron posible.»

Mientras tanto, sin que ella lo supiera y en un rincón del mundo que hubiera preferido olvidar, un hombre por el que sentía un profundo agradecimiento estaba a punto de influir nuevamente en su vida, por última vez pero con un efecto decisivo.

MUSTAFÁ

El hermano Peter agonizaba. Se había ido al Zaire para tantear la posibilidad de establecer una misión allí, pero se había declarado una epidemia y no le habían permitido visitar la población en la que los hermanos esperaban poder trabajar. De vuelta en Van, había empezado a padecer de repente un dolor de cabeza cegador, seguido de náuseas, fiebre y una espantosa sed.

Un médico local, incapaz de realizar un diagnóstico, había atiborrado a Peter de antibióticos y le había recomendado que se envolviera en paños húmedos cuando le subiera la fiebre, pero era evidente que no tenía esperanzas de que el paciente sobreviviera. El hermano Peter no sabía nada de todo aquello; cuando llamaron al médico, se había sumido ya en el delirio.

La misión estaba prácticamente desierta. Se había producido un nuevo terremoto en el norte y la mayor parte de los frailes se había ido a continuar allí su labor de fe y misericordia. La tarea de velar al hermano Peter recayó sobre todo en Mustafá, un nativo de Van que trabajaba en el mantenimiento de la misión y como hombre de confianza. Llevaba mascarilla y una bata de cirujano que le había dado el médico junto con instrucciones precisas sobre las medidas sanitarias. Imposible saber qué enfermedad africana podía haber contraído el religioso.

Eran las diez de la noche. Mustafá llevaba horas vigilando y escuchando al hermano Peter, que alternaba momentos lúcidos con divagaciones. En aquel momento, el agonizante volvía a delirar. Decía algo sobre la huida de José, María y Jesús a Egipto. Era difícil entenderle, pese a que el nombre de Jesús, antiguo profeta de la religión musulmana, era familiar para Mustafá.

—Herodes, Herodes envió a sus hombres tras ellos. ¿No lo recuerdas? ¿No lo recuerdas? Pero Herodes era judío, ¿no? Aquéllos eran árabes. ¿Los recuerdas, amigo? Árabes ricos, muy ricos.

Mustafá se acercó más. Recordaba que tiempo atrás habían llegado unos árabes ricos a Van haciendo preguntas.

—Huyendo de ellos. María y el niño Jesús. José ya no estaba. José murió en el monte Ararat buscando el arca. —El hermano Peter sacudió la cabeza con fuerza—. José no. Nombre francés. ¡Philippe! Sí, gran hombre. Mi salvador. ¿Dónde está?

Mustafá permaneció sentado muy quieto. Recordó que los árabes habían ofrecido grandes sumas de dinero a cambio de información sobre una mujer y un niño que estaban con un hombre llamado Philippe.

—Luego José murió —continuó Peter—, así que Peter tuvo que hacerse cargo de ellos. Pedro, sobre esta piedra edificaré mi iglesia. Los llevé en la furgoneta, ¿recuerdas la furgoneta que teníamos? La furgoneta de Van.[1]

—¿Adónde los llevó? —se aventuró a preguntar Mustafá.

—¡A Egipto! Los hombres de Herodes nos perseguían de cerca. ¿Fue a Egipto? Una maldita y sucia ciudad era.

Durante un rato, Mustafá interpuso sus preguntas, intentando canalizar las divagaciones de Peter. Era como conversar con un sonámbulo, pero por fin consiguió sonsacarle lo más importante de la historia. Fue el hermano Peter quien años atrás sacó subrepticiamente de Van a la esposa y al hijo del hombre rico y los llevó a Erzurum, o quizá a Ankara, en la vieja furgoneta de la misión. Nadie en los alrededores de Van sospecharía nada al verla en la carretera; era tan familiar como el polvo. Al aeropuerto de Erzurum o a Ankara. Algo sobre documentos, documentos nuevos.

Eso era todo lo que tenía que contar Peter en ese momento y en cualquier otro. Hacia la medianoche con un último grito para Jesús, calló para siempre y expiró.

Mustafá hizo lo que le habían dicho. No tocó el cuerpo, se limitó a encerrarlo en una habitación, se quitó la mascarilla y la bata, se untó de un líquido que olía a alcohol y llamó al hospital. Le dijeron que esperara. Horas más tarde, con gran asombro y miedo por su parte, vio llegar a dos extranjeros, médicos europeos que trabajaban para algo llamado la U.N. Le elogiaron por seguir las órdenes y le aseguraron que quizá había salvado muchas vidas. Luego lo encerraron en un cuarto de la misión.

Permaneció allí por espacio de un mes, preguntándose a menudo si moriría en aquel lugar infiel. Cuando por fin lo enviaron de vuelta

1. Juego de palabras intraducible: *The van from Van.* Van es el nombre de la localidad, pero también significa furgoneta en inglés. *(N. de la T.)*

a casa, intentó no hacer caso de las aclamaciones de gratitud de su mujer hacia Dios y se fue en busca de la tarjeta que le había dado uno de los árabes ricos; «por si recuerda algo más adelante». Gracias a Dios, allí estaba. Nunca tires nada que te dé un hombre rico. En un lado de la tarjeta leyó el nombre de un hotel local; en el otro, un número de teléfono de Al-Remal. Mustafá miró el número durante largo rato. La llamada le costaría un mes de salario. Esperaba que lo que había dicho el hermano Peter siguiera teniendo algún valor.

ALÍ

Abdallah Rashad, jefe del organismo que la mayoría de remalíes llamaban simplemente Halcón, y que combinaba las funciones de la CIA, el FBI y el Servicio Secreto juntos, cerró el expediente sobre su mesa y aguardó la reacción de su sobrino.

—¿Tú te crees lo que dice ese campesino, ese turco? —preguntó Alí.

—Podría mentir con la esperanza de ser recompensado, pero hasta donde ha podido ser comprobada, su historia se sostiene.

—Así que la muy zorra está viva —dijo Alí.

—Parece probable —replicó Abdallah tranquilamente.

—Y mi hijo también.

—Si Dios quiere.

—¿Dónde están?

Abdallah decidió pasar por alto el tono autoritario.

—Ésa, claro está, es la cuestión, sobrino. He repasado todo el expediente a la luz de la nueva información. También he iniciado nuevas pesquisas. Lo más probable es que ella y el niño se fueran a París. Seguramente se alojaron en cierto hotel. Puede que viera a un abogado llamado Cheverny, pero hace dos años que éste murió. Ahí acaba el rastro. Ahora podría estar en cualquier parte del mundo, bajo cualquier identidad.

—Encuéntrala.

Abdallah apartó la vista, molesto; la brusquedad de Alí rayaba en la falta de respeto.

—Si comete un error, la encontraremos —replicó con mayor serenidad que nunca—. Si no... El tiempo es como la arena, sobrino. Al final lo cubre todo.

—No necesito... —Alí se controló con visibles esfuerzos—. Gracias, tío. Dios mediante, cometerá ese error y tú encontrarás a mi hijo. Si alguien puede hacerlo, ése eres tú.

—Si Dios quiere, lo conseguiremos.

—Gracias otra vez, tío —repitió Alí, levantándose—. Ha sido agradable volver a verte. Desgraciadamente tengo prisa. Otra cita...

—Claro, claro. Sé que tienes una agenda muy apretada, pero quizá puedas atenderme un minuto más, mientras disfruto el placer de tu compañía.

—Desde luego. —Alí no se sentó—. ¿Qué es?

—Sólo una cosa, sobrino. Es mi más ferviente deseo que puedas reunirte con tu hijo; al mismo tiempo, si lo encontramos a él y a su madre, sería un desprestigio para Al-Remal, y para la propia familia real, que ocurriera algo... inconveniente.

—¿Qué quieres decir, tío?

—Apariencias, sobrino. Algunas veces da la impresión de que es lo único que le importa al gran mundo. Imagina los rumores si le ocurriera algo a la mujer después de que nosotros la localizáramos. Algo tan inocente como, digamos, un accidente de coche.

—Bueno, eso parece obvio, ¿pero qué tiene que ver conmigo? —El rostro de Alí era la viva imagen de la inocencia sorprendida; como en tantos culpables, se dijo su tío.

—Nada en absoluto —dijo Abdallah—. Era sólo una idea que se me ha ocurrido mientras hablábamos. Por favor, ya te he robado demasiado tiempo. La paz sea contigo, sobrino. Espero que nos veamos más a menudo.

—Dios mediante. La paz sea contigo, tío. Ah, a propósito, ¿lo sabe alguien más?

—No.

—¿Ni siquiera el rey?

—Nadie.

—Bien. Seguramente es mejor no preocuparle en su estado actual.

—Desde luego. —El rey, tras un período de abandono a los placeres, se hallaba al borde de la muerte; corazón, riñones e hígado se hacían pedazos al unísono como si formaran parte de una conspiración.

Abdallah acompañó a su sobrino a la puerta. Le desagradaba el genio vivo de Alí, su duplicidad y cosas que sabía sobre él, y lo sabía casi todo. Al mismo tiempo, no lo quería tener por enemigo.

Muchas eran las cosas en las que debía reflexionar y muchas las decisiones que tomar. Abdallah regresó a su despacho y abrió la caja fuerte que contenía sus expedientes más secretos.

En el pasillo, Alí juró por lo bajo. Aquella extraña advertencia al final de la conversación... ¿había querido decir el viejo chivo lo que parecía? Y si era así, ¿de dónde procedía su información?

Oh, bueno, ¿importaba en realidad? Qué más daba que lo supiera el viejo, mientras hiciera su trabajo y encontrara a Karim... y a la zorra. Una vez conseguido, ¿a quién le importaba su opinión? Toda su generación estaba llegando al final.

Alí se regodeó en la idea de encontrar a Karim. Aunque había acabado por detestarla, su segunda esposa le había dado dos hijos, además de una hija. Sin embargo, la pérdida de su primogénito era la más grande de su vida, y ahora tenía la oportunidad de recuperarlo. ¿Cómo sería, casi un hombre? Alí no conseguía imaginar más que una versión más joven de sí mismo.

En cuanto a Amira, sí, que la encontrara Abdallah, y luego que se tragara sus advertencias. Alí tenía derecho a castigar a la zorra. Empezó a planear los detalles de su venganza con gran deleite.

Abdallah presionó el botón del magnetófono. Hacía muchos meses que no oía la cinta, pero su charla con Alí le había movido a escucharla de nuevo.

«—La paz de Dios, alteza.

»—La paz de Dios, Tamer. Me alegro de volver a verte.

»—Y yo de verle a usted, alteza.»

Eran las voces de Alí y de Tamer Sibai, que parecía nervioso incluso en aquellos saludos rutinarios. Un tipo interesante, pensó Abdallah. Todo el mundo lo conocía, por supuesto, como hermano de una mujer, Laila Sibai, ejecutada por adulterio. Tamer, el hermano mayor, había arrojado la primera piedra.

Abdallah apretó los labios en un gesto de simpatía y respeto por un hombre que era capaz de cumplir con tal deber.

«Por favor, no son necesarias las formalidades cuando estemos solos los dos. Llámame Alí.

»—Como desee, altez... Alí.»

Abdallah sabía que Tamer tenía motivos para estar nervioso. Su presente era mucho más oscuro que el pasado. Era dueño de varios negocios (su tarjeta de visita lo describía como inversor, pero el que le procuraba mayores beneficios había llamado la atención de Abdallah debido a que varios organismos de lucha contra la droga de Europa y de Estados Unidos le habían solicitado información sobre él).

«—¿Me harás el honor de tomar café conmigo?

»—El honor es mío.

»—Llamaré para que lo traigan. ¿Sabes?, el otro día estaba pensando en ti, en cuando jugábamos de niños.

»—No imaginaba que lo recordarías. Yo lo recuerdo.

»—Y me he dicho, ¿cómo es que ya no veo a mi viejo amigo Tamer? Ah, el café.»

Abdallah hizo avanzar la cinta para pasar por alto la charla mientras se tomaban el café que requería la costumbre remalí antes de iniciar una conversación sobre asuntos serios.

«... y sin embargo, a pesar del inmenso placer que me da verte, amigo Tamer, temo que habré de estropearlo con malas noticias.

»—¿Malas noticias?

»—Espero que no culpes al mensajero por el mensaje.

»—No, por supuesto que no.

»—Muy bien, amigo mío, ahí va. Sin desearlo yo, he tenido la desgracia de enterarme de quién deshonró a tu hermana.

»—Nómbralo y es hombre muerto, incluso ahora.»

Abdallah asintió para aprobar estas palabras. Tamer Sibai podía ser muchas cosas, pero sobre todo era un hombre de honor. El nerviosismo y la servilidad habían desaparecido por completo de su voz.

«—Ah, amigo mío, hablas como un hombre, como cualquiera que te conozca esperaría de ti. Sin embargo, perdóname por decirte que incluso el valor honorable debe ser atemperado, como una hoja al fuego. De lo contrario podría traicionarte. Uno no debe olvidar la precaución, incluso en asuntos de esta índole. Un hombre como tú no debe exponerse innecesariamente, ni tampoco a su país, a los prejuicios del gran mundo que no comprende el sentido del honor remalí.

»—Te agradezco tu preocupación. ¿Quién es él?

»—Malik Badir.»

Una pausa en la cinta antes de que Tamer hablara de nuevo.

«—Siempre creí que había sido él.

»—¿En serio?»

La sorpresa de Alí era palpable incluso a través de una cinta. Abdallah sintió deseos de reír al comprender lo ocurrido; Alí se había inventado la historia sobre Badir, seguramente esperando tener que convencer a Tamer que, en cambio, había mordido el anzuelo. Abdallah lo había visto otras veces en interrogatorios.

«—Sí, y ahora lo sé. Te doy las gracias de nuevo.

»—No me des las gracias por hacer lo que exigen la amistad y el respeto. Pero espero que comprendas lo que acabo de decirte. Badir es ahora un ciudadano del mundo. Te pido que no... abordes este asunto de un modo que comprometa a nuestro país.

»—Sólo conozco un modo de abordar este asunto. ¿Qué has pensado tú?

»—Ah. Has puesto el dedo en la llaga. Pensaba que quizá podría intervenir un tercero, un profesional independiente. Perdóname por mencionarlo, pero tengo entendido que tienes ciertos... contactos en Córcega.

»—Mis negocios me llevan a muchos lugares.

»—Por supuesto. Te pido perdón nuevamente. Sé que te estoy pidiendo que renuncies a un derecho que podría parecer puramente personal, pero lo hago por Al-Remal, y por esa razón, estaría encantado de pagar cualquier suma que fuera precisa para... contratar a alguien.

»—Te lo agradezco, pero es innecesario. Puedo ocuparme de eso yo mismo.

»—Como desees, pero si surgiera algún gasto extra, por favor, permíteme que contribuya a pagarlo. Mientras tanto, me he tomado la libertad de hacer ciertas averiguaciones que pueden ahorrarte tiempo y esfuerzo. Por ejemplo, me he enterado de que en esta época del año, Badir y su mujer veranean en una villa del sur de Francia, y que dos veces por semana van a comer a un restaurante de un pueblo cercano. Su coche es fácilmente reconocible, te daré todos los detalles, y la carretera es poco transitada. Si se produjera un accidente... una pena, por supuesto, ya que un acto de honor exige ser conocido, pero hay que pensar en el país.

»—Lo comprendo. Te doy las gracias una tercera vez, Alí Rashad. Nunca olvidaré lo que has hecho por mí.»

Abdallah paró la cinta. Podía imaginar fácilmente cómo debían de haberse desarrollado los hechos: Un asesino que se ganaba la confianza de un pobre camionero, lo emborrachaba, estrellaba su pesado vehículo contra el Mercedes que llegaba, le rompía el cuello al camionero desvanecido con pericia, y se alejaba tranquilamente campo a través.

La ocupación de Abdallah Rashad eran los secretos, algunas veces para desentrañarlos, otras para guardarlos. Allí tenía un secreto que sólo conocía él y quizá otros tres hombres: Geneviève Badir no había muerto de accidente sino asesinada. Había guardado el secreto porque convenía a los intereses de Al-Remal, pero eso podía cambiar pronto. El rey se estaba muriendo y Ahmad, el hermano de Alí, le sucedería en el trono.

Ahmad era un hombre tan práctico como Abdallah, tanto como Alí impetuoso. A Ahmad no le gustaba ni le disgustaba Malik Badir, pero lo consideraba un factor potencialmente valioso para el reino.

Quizá debería enterarse de que la enemistad personal de su hermano había puesto en peligro ese factor y que podría volver a ponerlo. Ahmad agradecería la información.

En cuanto a Alí, tampoco había necesidad alguna de perder su favor, siempre que se le convenciera de que se refrenara. Todo lo que Abdallah necesitaba hacer era desvelar un secreto más: el paradero de Amira y de Karim Rashad.

KARIM

—Los americanos no comprenden el mundo árabe. Su política en Oriente Medio es la bancarrota. Su arrogancia al dar por supuesto que saben lo que es mejor para nosotros es hipócrita y destructiva, y sus supuestas iniciativas de paz acabarán siendo temporales como mal menor.

Dios mío, pensó Jenna. Jamás había oído un discurso de orador callejero como aquél, al menos en su sala de estar y pronunciado por una adolescente.

La que hablaba era Jacqueline Hamid, hija del profesor Nasser Jamid, un famoso novelista egipcio que daba clases en la Universidad de Boston. Era una compañera de clase y, al parecer, una amiga muy especial de Karim, que estaba sentado a su lado, pendiente de sus palabras.

Ahora Karim asentía vigorosamente con los ojos brillantes de admiración.

—Exacto. Ni siquiera tú puedes rebatir eso, ¿no es cierto, mamá?

Era un desafío. ¿Cómo responder? Jenna, no sólo no estaba de acuerdo con ella, sino que Jacqueline le parecía una joven pomposa y pedante, en suma, inaguantable. Pero no podía expresar esa opinión sin distanciarse de su hijo, que estaba absolutamente extasiado por la menuda belleza de cabellos negros, rojos labios carnosos y unos enormes ojos negros como el azabache.

—Oí la conferencia de tu padre sobre feminismo egipcio —dijo Jenna, eludiendo responder a la pregunta de Karim—. Fue muy informativa, pero me pregunto por qué no se siente alarmado por el resurgir del velo en una gran ciudad como El Cairo, incluso entre las estudiantes universitarias.

—Quizá usted no comprende las implicaciones de los movimientos sociorreligiosos actuales en Egipto —dijo Jacqueline con tono forzado—. Lleva demasiado tiempo en este país y Karim me ha dicho que se crió sobre todo en Europa. Se ha occidentalizado. Ha perdido el contacto con su identidad egipcia.

Jenna estaba escandalizada. Pese a que Karim pasaba gran parte de su tiempo libre en casa de los Hamid y citaba constantemente a padre o a hija, no se le había ocurrido que su hijo y Jacqueline hablaran sobre ella, y la encontraran deficiente.

Tomando el silencio de Jenna por la admisión tácita de que había visto el error de su comentario, Jacqueline se lanzó a una defensa de las costumbres árabes en general y del velo en particular.

—En países conservadores, Al-Remal, por ejemplo, las mujeres disfrutan de un nivel de protección y de respeto que las mujeres occidentales jamás han conocido. Todo lo que el llamado movimiento feminista ha hecho en Occidente es convertir a las mujeres en hombres de segunda clase. No estoy muy convencida de preferir eso.

A Jenna se le heló la sangre. Qué estúpidos llegaban a ser los jóvenes, y qué peligrosos, sobre todo cuando estaban tan seguros de que conocían todas las respuestas. ¿No se daba cuenta aquella chica privilegiada de lo afortunada que era? ¿No comprendía que era una suerte poder abrir la boca y decir lo que le diera la gana? ¿No sabía que podía ser castigada o que incluso podían matarla por hacer eso mismo en el país árabe conservador que tanto admiraba?

—Creo que la vida en lugares como Al-Remal no es tan romántica como te la imaginas —dijo con tono neutro—. A las mujeres no se les permite conducir ni viajar sin un hermano o el marido. No tienen derechos civiles, y necesitan del permiso de un hombre para hacer prácticamente todo lo más importante.

Jacqueline no se dejó impresionar.

—Creo que algunos de esos supuestos derechos que menciona no son especialmente importantes en un lugar como Al-Remal —dijo con tono despreciativo.

—Bueno, ¿y qué me dices del derecho a vivir? —preguntó Jenna, elevando un poco la voz a pesar de sus esfuerzos por controlarse—. ¿Qué me dices de la mujer a la que su hermano disparó, quince veces, porque no le parecía lo suficientemente modesta? ¿O de la esposa a la que su marido mató a puñaladas sencillamente porque quería divorciarse de él? ¿Te parecen lo bastante importantes?

Karim y Jacqueline se quedaron mirándola fijamente. Karim parecía especialmente sorprendido y horrorizado por la respuesta vehemente de su madre, sin duda provocada por la ignorancia.

—Al parecer ha oído algunas historias sensacionalistas sobre Al-Remal —dijo Jacqueline—. ¿Ha estado alguna vez allí?

—Yo... he leído mucho sobre el mundo árabe durante los años

que he vivido aquí —contestó Jenna con escasa convicción, eludiendo una nueva pregunta directa.

—Leer y vivir son cosas diferentes —dijo Jacqueline con desdén, de nuevo segura de sí—. La mayoría de libros y artículos sobre el Oriente Medio están escritos por occidentales. No comprenden nuestros valores, nuestra alma oriental.

—Estoy de acuerdo en que hay cierta ceguera hacia otras culturas... por ambas partes. ¿Quieres tomar un té, Jacqueline? ¿O café?

—Lo más prudente sería evitar la polémica. Jenna temía haber hablado demasiado y, en cualquier caso, Jacqueline no iba a dejarse persuadir por una mujer cuya «alma oriental» se había atrofiado. En cuanto a Karim, era obvio que estaba tan enamorado de la chica que se uniría alegremente a cualquier *jihad*[1] que ella tuviera a bien declarar.

—¿No es fantástica, mamá? —preguntó Karim cuando regresó tras acompañar a Jacqueline a su casa.

—Es... es una joven muy interesante.

—Y su padre es un genio. Lo sabe todo sobre Egipto. Me hizo todo tipo de preguntas sobre ti. Le dije que pronto nos reuniríamos todos. Apuesto a que conoce a algunas de las personas con las que creciste. ¿No sería fantástico descubrir qué tal están ahora y lo que hacen?

Jenna hizo una mueca involuntaria. No imaginaba nada que desecara menos que una charla con el profesor Hamid para conocerse. ¿Cuántas mentiras más tendría que contar? ¿Podía inventarse parientes y amigos inexistentes, y que resultara lo bastante verosímil como para satisfacer a una persona que conocía a fondo su supuesto país natal? ¿Y si metía la pata y la pillaban en una mentira?

Jenna maldijo para sus adentros el día en que Karim conociera a Jacqueline. Sin embargo, para ser justos, comprendía que su enamoramiento no era tan sólo un síntoma de las desenfrenadas hormonas adolescentes. Parecían muy unidos, no sólo por una identidad árabe común, sino por un sentimiento mutuo de pérdida. Karim creía que su padre había muerto. Hacía años que Jacqueline no veía a su madre, una estudiante americana licenciada que conoció al profesor Hamid, acabó cansándose con él y un día se fue sin más. Según Karim, lo último que Jacqueline sabía de ella era que vivía con un productor de televisión en Australia.

1. Guerra santa musulmana contra los infieles. *(N. de la T.)*

Sin duda eso explicaba en parte la amargura hacia las costumbres «occidentales» y la liberación de la mujer. En terapia hubiera sido como una luz roja encendiéndose, pero Jacqueline no era una de sus pacientes, sino la nueva y constante compañera de Karim, y en ese contexto era un auténtico fastidio.

La fascinación de Karim por Jacqueline no fue el único síntoma de su lucha en la frontera entre la infancia y la edad adulta. Al tiempo que su voz se hacía más grave y que sus músculos y huesos se desarrollaban, empezó a ponerlo todo en tela de juicio, a discutir, a responder con malos modos, a rebelarse. Era el típico comportamiento adolescente, pero fastidiaba tanto como Jacqueline.

Una noche llamaron del Sanctuary, el centro para mujeres maltratadas en que trabajaba Jenna como voluntaria.

—Es Tabetha Coleman —dijo Liz Ohlenberg, la telefonista del centro, también voluntaria—. La han arrestado, o al menos está detenida. La historia es un poco confusa.

Jenna reconoció el nombre de una antigua habitual del centro, una mujer joven que llevaba varios meses sin aparecer por allí.

—¿Qué ha ocurrido?

—Disparó a su marido.

—¿Está muerto?

—No. Le dio en la pierna. Parece ser que se pondrá bien.

—¿Por qué le ha disparado? Es decir, ¿cuáles han sido las circunstancias? Lo último que supe fue que ella había dejado su casa.

—Dice que su marido apareció de repente en su nuevo apartamento, borracho y exigiendo que le dejara entrar. Ella llamó a la policía, pero él trató de derribar la puerta antes de que llegaran. Tabetha había conseguido una pistola en alguna parte (no dijo dónde), y le disparó a través de la puerta. Dice que sólo quería asustarle.

—Eso parece defensa propia.

—No sé. Como te decía, no se ha explicado bien. Tengo la impresión de que la pistola es un problema. Es ilegal, naturalmente.

—¿Tiene abogado?

—He dejado un mensaje en el contestador de Lou Leahy. Si no me llama pronto, probaré con Angela Trosclair. Pero Tabetha ha preguntado por ti. Ya sé que esta noche no te toca, ¿pero crees que podrías acercarte un momento a verla?

—Sí, sí, por supuesto. ¿En qué comisaría está?

Cuando Jenna colgó, Karim estaba de pie a su lado. Al parecer había escuchado el final de su conversación.

—¿De qué iba todo eso?

Jenna resumió la historia.

—Mamá, ¿tú crees en el bien y el mal?

—Sí, claro. ¿Por qué?

—Bueno, entonces, ¿cómo es que ayudas a personas que violan la ley?

En los comienzos de su ejercicio profesional, Jenna se había hecho la misma pregunta a menudo. Su respuesta había llegado a través del recuerdo de Philippe, quien le había enseñado que aquel que sana ha de ser humano y tolerante, y no juzgar sino simplemente ayudar.

—¿Mamá?

—Lo siento, estaba pensando en lo que me has dicho. Creo que mi trabajo no tiene que ver con el bien y el mal, sino con aliviar el sufrimiento humano.

Karim frunció el entrecejo como si su madre fuera una colegiala que había equivocado la respuesta.

—Bueno, y entonces, ¿qué hay de la madre de Josh? Se supone que es amiga tuya. Dijiste que querías ayudarla, pero ya casi no la ves.

La crítica le dolió, sobre todo porque ella se la había hecho a sí misma en más de una ocasión.

—No es tan sencillo, Karim —replicó al fin, intentando hacerle comprender—. El padre de Josh tiene un problema muy grave. A menos que le ayuden, no hará más que empeorar. Sabes que hizo daño a Carolyn... bueno, pues ella se niega a admitir que necesita ayuda.

—¿Así que piensas que debería abandonarle? —La expresión de Karim era una extraña mezcla de curiosidad y desprecio.

—Ya te lo he dicho, no es tan sencillo —replicó Jenna, preguntándose por qué últimamente su hijo parecía malinterpretar todo lo que hacía o decía, y por qué ella estaba siempre a la defensiva—. Creo que necesita protegerse, recuperar el respeto hacia sí misma. No se haría ningún bien a sí misma ni a su hijo si se dejara matar, ¿no crees?

Su voz se había vuelto aguda. La expresión de repugnancia de Karim podía haber sido de su padre.

—No tardaré —prometió Jenna, cogiendo bolso y abrigo—. Toma dinero para una pizza.

Karim miró los billetes y dio media vuelta.

Mientras se apresuraba a llegar a la esquina en busca de un taxi, Jenna sintió una frustración demasiado familiar. Una vez más había metido la pata sin saber muy bien cómo ni por qué. Era como si su niño estuviera desapareciendo en el interior de un extraño polémico y desdeñoso. «Piensa en lo bueno», se dijo. Karim era un excelente estudiante y una estrella del fútbol. Comparada con muchos otros padres a los que conocía, era afortunada. Sin embargo, añoraba la época en la que su hijo creía que ella no podía hacer nada mal.

—¡Así que usted es Jenna Sorrel! ¡Qué placer conocerla al fin!

—El placer es mío, profesor Hamid.

—Por favor, llámeme Nasser.

Era fácil distinguir a Jacqueline Hamid en su padre.

Físicamente, el hombre no carecía de atractivos, con unos enormes ojos negros que algunas mujeres hubieran considerado «llenos de sentimiento». Al mismo tiempo, sus modales eran demasiado zalameros, casi serviles, y convenían mejor a un vendedor del zoco que a un distinguido académico.

—Me temo que tengo muy poco que contar.

—No la creo. Mi amigo Naguib Mahfuz me dijo una vez que tras el rostro de una mujer hermosa siempre hay una historia interesante. La suya debe de serlo mucho realmente.

—Es usted muy amable. —Conocer a Naguib Mahfuz, el premio Nobel de literatura nacido en El Cairo era ciertamente algo de lo que sentirse orgulloso, pero el cumplido de Hamid hubiera tenido más encanto si no hubiera estado tan ansioso por dejar caer el nombre.

—¿Está disfrutando de nuestro pequeño *mahrajan*?

—Es maravilloso —respondió Jenna con sinceridad. El *mahrajan* (festival folklórico) se celebraba en una sede de los Veteranos de Guerra cerca del North End. Pese al extraño lugar elegido, Jenna se había sentido invadida por una nostalgia cercana al trance en el momento mismo en que entró acompañada de Karim. El sonido de su idioma materno la envolvió con calidez, y las penetrantes fragancias del cordero, la pimienta de Jamaica y la canela impregnaban la abarrotada sala. Dios mío, ¿cuánto tiempo hacía desde que había saboreado por última vez aquellas sensaciones familiares?

Incluso las atenciones del profesor Hamid le habían parecido bastante agradables... hasta cierto punto.

—Tengo entendido que es usted una magnífica cocinera —decía el profesor—. *Adas biz-ruz* y *ruz bel shaghia*; todo lo bueno de la patria.

—Mi hijo ha estado contándole historias —dijo Jenna, lanzando una breve mirada acusadora a Karim. Era cierto que había intentado hacer algunos de los platos populares egipcios que supuestamente habían sido su alimento en la infancia. Lo había hecho como un modo de acercarse a Karim en su nuevo interés por todo lo árabe. La misma razón por la que había comprado unas cintas de viejas canciones de Asmahan y de Abdul Wahab en una pequeña tienda del centro de la ciudad y se las había puesto a su hijo.

Estos gestos agradaron a Karim, y cuando el profesor Hamid los invitó a ambos al *mahrajan* (él era uno de los organizadores), Jenna no había hallado el modo de excusarse.

—Es bueno que el muchacho conozca su herencia —dijo Hamid—. Por cierto, tiene que contarme más cosas de usted. Tal vez tengamos amigos mutuos.

—Mmm —murmuró Jenna, abalanzándose sobre el plato de comida que tenía delante, usando el pan de pita para coger *kummus* y *tabbouleh* como le habían enseñado de niña.

Se dio cuenta de que Karim la estaba mirando.

—¿Qué? —dijo—. ¿Qué pasa?

—Nada —replicó él—. Es que nunca te había visto comer sin cubiertos.

—¿Nunca me has visto comer una pizza o una hamburguesa?

—Me refiero...

—Ya sé a lo que te refieres. Allá donde fueres, haz lo que vieres.

—Me parece encantadora su manera de comer —interpuso Hamid—. Absolutamente encantadora.

Jenna alzó la vista y vio de reojo a Jacqueline y a Karim que intercambiaban sonrisas de complicidad, como viejas casamenteras. «Oh, no», pensó, a punto de echarse a reír. El profesor Hamid iba a ser peligroso, pero no por lo que había imaginado.

Afortunadamente, la conversación se interrumpió cuando apareció un popular cantante sirio en el improvisado escenario. Su voz era clara y pura mientras cantaba una *casida* clásica, un género complejo con vocales sostenidas flotantes e improvisaciones instrumentales que se remontaban a un millar de años. La multitud pateaba el suelo y vitoreaba. Jenna sonrió al pensar en la ecléctica herencia musical de Oriente: era como si los Rolling Stones maravillaran a una multitud con una canción medieval.

El siguiente intérprete fue Hanan, un cantante que había protagonizado algunas de las primeras películas libanesas y que ahora cantaba a grito pelado una mezcolanza de canciones tradicionales con una voz cascada que sugería años de pesares y penurias. Hakki

Obadia, de Iraq, interpretó una improvisación *taksim* corta y de estilo clásico al violín, y Abdul Wahab Kawkabani cantó acompañándose de un *ud*[1] de bello taraceado.

Cuando se produjo un descanso en la música, Hamid retomó sus intentos por conquistar a Jenna. Ésta procuró mostrarse simpática, pero no demasiado; cortés, pero sin darle pie a más. Por suerte, el profesor parecía haber olvidado que quería saberlo todo sobre ella. Tal vez no era más que una manera de empezar muy ensayada. Por el contrario, quería hablar de la gente y los lugares que conocían en Egipto. Jenna intentó no inmutarse cuando él habló con elocuencia del «decadente encanto» de Alejandría, de la «grandeza mística» de Sakkara. ¿Por qué demonios, se preguntó, se había pasado la mayor parte de los últimos doce años en Estados Unidos?

—¿No es genial, mamá? —susurró Karim, cuando el profesor se interrumpió para hacer un segundo viaje al bufé. Estoy seguro de que le gustas.

—Mmm. —«Ten cuidado, mucho cuidado. A Karim le gustan estas personas», se dijo Jenna.

Los músicos empezaron a tocar una rítmica canción tradicional de baile. Karim cogió a Jacqueline de la mano y la sacó a bailar. Jenna contempló asombrada cómo encabezaban un grupo creciente de personas que bailaban la *dabka*, una danza popular en círculo.

—Nabila, ¿eres tú? —Era la voz de una mujer y procedía de la mesa contigua.

—¿Perdón? —dijo Jenna, presa del pánico, aunque no tenía la menor idea de quién podía ser Nabila.

—Nabila Ajami —dijo la mujer, que parecía de la misma edad que Jenna—. De Homs. Me llamo Fadwa Kabbash. Crecimos en el mismo barrio, ¿no lo recuerdas?

—No —protestó Jenna—, se equivoca. Mi familia es egipcia. No he estado nunca en Siria. Lo siento mucho.

La mujer no parecía convencida, como si se tomara como un agravio personal el hecho de que Jenna no fuera su antigua vecina. Se alejó en dirección a un grupo de gente que reía y comía, y se puso a hablar con gran animación, señalando hacia Jenna.

El viejo miedo volvió a surgir de su escondite como un animal nocturno. La sala estaba demasiado llena, la gente demasiado apretada. Necesitaba respirar. Salió afuera y se refugió en un portal. En-

1. Instrumento musical del norte de África y del sudoeste de Asia semejante a un laúd. *(N. de la T.)*

tonces se echó a llorar. Una fugitiva, eso sería para siempre. Temía incluso las preguntas más inocentes, porque no era Nabila, pero tampoco Jenna Sorrel. No fue la primera que se preguntó si tal vez debería haber permanecido en Al-Remal y rendirse al destino que se hubiera escrito para ella desde el día de su nacimiento. ¿Y Karim? ¿Estaría mejor viviendo la vida para la que había nacido?

—Déjalo ya —musitó con tono de reproche. A un paciente no le toleraría aquellos gimoteos, aquella autocompasión. ¿Por qué habría de permitírsela a sí misma? Limítate a hacerlo lo mejor que puedas, Jenna, y espera que sea suficiente.

TRAVIS

Las personas que buscaban refugio en Sanctuary, donde Jenna ofrecía gratis sus consejos profesionales dos veces por semana, eran tan diversas como la propia América. Ricas, pobres, blancas, negras, jóvenes, viejas; sólo tenían una cosa en común: los maridos y amantes que usaban los puños para intimidarlas y maltratarlas. Jenna se encontraba en aquel momento moderando la sesión de grupo de la noche del martes, y animaba a Pamela Shields a continuar con su historia. Pamela, que tanto le recordaba a Carolyn, era una próspera matrona que poco antes vivía en una lujosa casa, pero cuando por fin decidió no seguir soportando las agresiones de su marido, éste le privó de todo dinero, dejándola prácticamente en la miseria.

—Nunca me di cuenta de que no tenía nada a mi nombre —dijo Pamela—. Mientras hice lo que quiso Burke nunca tuve problemas de dinero. Si quería ropa nueva o joyas, se lo decía a él y me daba dinero. Fue sólo... sólo cuando no pude continuar con nuestra vida cuando comprendí que él lo controlaba todo. —Se enjugó las lágrimas con un pañuelo de papel desgarrado, suspiró entrecortadamente y prosiguió—: Dice que no tendré nada si intento divorciarme de él. Dice que se quedará con nuestros hijos y se asegurará de que me vean como la mala madre que soy.

—¡Es un farol! —exclamó Polly Shannon, una menuda rubia de cincuenta años—. No es verdad sólo porque él lo diga. ¿Que tiene dinero? ¡Bien! La ley hará que lo comparta contigo. Y no hay modo humano de que la ley le dé a tus hijos, sobre todo si aparece en su historial que te pega.

—No sé...

—Mírame —insistió Polly—. Yo despellejé a Kevin en los tribunales. Él me arrebató muchas cosas, pero al final dije basta. Ahora él está en la cárcel y yo voy a empezar una nueva vida.

—Todo el mundo no es tan fuerte como tú —musitó Pamela.

—No se trata de fortaleza —dijo Jenna amablemente—. No estamos en un concurso de levantamiento de pesas. Se trata de ver qué se puede hacer y cómo podemos ayudarnos a hacerlo unas a otras.

—¿Por qué no lo comprendían? ¿Por qué tenía que repetirlo a cada momento? A Jenna le encantaba su trabajo, pero en ocasiones le cansaba, le hacía sentir como si estuviera luchando en una batalla perdida. Aquélla era una de esas veces. Además, tenía otra razón para desear que la sesión acabara. Esa noche vería el rostro de su hermano y oiría su voz, igual que varios millones de estadounidenses. Malik salía en televisión para ser entrevistado por Sandra Waters en su programa de variedades.

Connie Jenks, una joven ingeniero de sonido que vestía con un estilo absolutamente *grunge*, alzó la mano como una colegiala.

—¿Sí, Connie? —dijo Jenna, aunque imaginaba ya lo que se avecinaba.

—Quiero decir algo —empezó Connie—. Es que... no dejo de oír, bueno, quiero decir, ninguna de vosotras me hace caso porque intento conseguir que mi matrimonio funcione. Actuáis como si el divorcio o la cárcel fueran el único modo de tratar a un hombre que... tiene problemas. Bueno, Steve está intentando solucionar sus problemas igual que nosotras, y espero volver con él en cuanto consiga resolverlos, y lo conseguirá. ¿Sabéis lo que hace? Me manda flores. Dos veces por semana. ¿Qué os parece? ¿Por qué no hablamos de eso, es decir, sobre cosas positivas, para variar?

Jenna consiguió echar una ojeada a su reloj sin que la vieran.

—Nadie dice que los problemas no puedan resolverse —dijo a Connie—, pero las flores y las disculpas no lo harán, te lo aseguro. En primer lugar, él ha de admitir que tiene un problema, ojo, su problema, no algo que hiciste tú o que tú le obligaste a hacer. Luego necesita ayuda profesional. Steve ha dado esos primeros pasos, y espero que tenga éxito, pero hasta que veas y oigas algo muy diferente de lo que ha estado sucediendo en los últimos tres años, será mejor que te lo tomes con mucha tranquilidad.

—Siempre que hablas parece que sepas mucho sobre todo esto —dijo Polly—. Quiero decir que lo sepas por experiencia propia. ¿Has estado tú alguna vez con un hombre así?

—Yo no, pero sí una persona muy querida —contestó Jenna, eligiendo con cuidado sus palabras—. Sentía lo mismo que Pamela, que su marido tenía todo el poder y ella ninguno.

—¿Y qué hizo ella?

—Le dejó. Fue muy duro. Se llevó a su hijo a otro... estado, y se cambió el nombre para que su marido no la encontrara.

—¿Y qué tal le ha ido? —quiso saber Polly—. ¿Le va bien?

—Muy bien. Tiene trabajo y sus problemas se han solucionado.

—¿Algún otro hombre en su vida?

—No —contestó Jenna, sintiendo una leve punzada de pesar—. Pero sigamos. —No se encontraba cómoda hablando de sí misma aunque fuera fingiendo que hablaba de otra persona.

Jenna compró su ración de periódicos sensacionalistas en un quiosco, aunque últimamente le era más fácil encontrar noticias de Malik en las páginas financieras de periódicos y revistas respetables, por las que se había enterado de que su hermano se había hecho con todas las acciones de una empresa automovilística británica y había comprado una gran empresa alemana de cines y teatros.

Pero fue otra noticia la que llamó su atención. Un sirio en paro había matado a su esposa, de la que estaba separado, y había huido con sus hijos, al parecer de vuelta a Oriente Medio. Fue una manera terrible de recordarle hasta qué punto podía llegar la resolución de un hombre, aunque fuera un hombre corriente sin el poder que tenía Alí. Jenna no quería pensar en ello. Se apresuró a volver a casa, metió una cinta virgen en el vídeo y se instaló en su sillón favorito.

Sonó el teléfono. Jenna vaciló un instante, luego descolgó con un suspiro. Era Toni Ferrante, que tras varios años de terapia intermitente y de un conflicto emocional se había divorciado.

—Perdona por llamarte a casa —dijo—. Sé que este número es sólo para las emergencias, pero, Jenna, no sé cuánto tiempo podré continuar así. —Se le quebró la voz y Jenna la oyó sollozar—: Me decía a mí misma: «Quizá este fin de semana les diré por fin a los chicos que soy lesbiana. Y quizá ellos intentarán entenderlo porque me quieren.» Pero hoy han vuelto a casa del colegio hablando sobre maricones y tortilleras del modo más cruel y sucio. Y he comprendido que me engañaba a mí misma. No lo comprenderán si les digo que yo soy una de esas tortilleras. Me odiarán. Jenna no dijo nada.

—Dime que me equivoco, Jenna, por favor.

—No puedo, Toni —replicó Jenna tras suspirar—. Eres una mujer inteligente. Sabes que los chicos se pondrán furiosos. Quizá lleguen a creer incluso que te odian durante una temporada, pero...

—Pero ¿qué? ¿Se les pasará? ¿Volverán a quererme igual que ahora?

—Sabes muy bien la respuesta. Nada será igual, ¿pero cuál es la alternativa? Ahora eres desgraciada.

—Sé que te he decepcionado, Jenna.

—No se trata de complacerme a mí. Es tu vida, Toni. Sólo quiero ayudarte a vivirla del mejor modo posible.

—Y la sinceridad es ese modo.

—Tú lo has dicho.

—Entiendo —dijo Toni con tono cansado, tras un largo silencio—. Sencillamente falta saber si tendré el valor necesario.

—Me encantaría ayudaros con una sesión de terapia familiar si es necesario —ofreció Jenna, pero colgó sintiéndose hipócrita. ¿Cómo podía animar a Toni a ser sincera cuando llevaba años mintiendo a su hijo?

Incluso Sandra Waters parecía impresionada mientras se paseaba, seguida por la cámara, por la cubierta del *Jihan*. «Mide noventa metros de proa a popa —decía—. ¿El precio? Cuarenta millones de dólares, más otros treinta para decorarlo. Sumen y tendrán lo que quizá sea la nave privada más lujosa que ha visto el mundo, un palacio de placer flotante que tiene su propia sala de proyección y filmoteca, salón de belleza y helipuerto.» Una imagen de archivo mostró el yate navegando. «Con cincuenta lujosos camarotes y sesenta tripulantes, el *Jihan* es capaz de navegar ocho mil quinientas millas (lo que supondría cruzar una vez el Pacífico y dos veces el Atlántico), sin repostar. Sus desalinizadoras producen casi cuarenta mil litros de agua potable al día del agua del mar, y sus seis cámaras frigoríficas contienen alimentos para tres meses.»

La imagen de vídeo regresó a Sandra entrando en un camarote. «Pero quizá la característica más espectacular de esta nave —decía, con el entusiasmo de un agente inmobiliario—, sean sus cuartos de baño. Éste —señaló— tiene una bañera en forma de concha, tallada y pulida en un solo bloque de ónice. Los accesorios son de oro de veinticuatro quilates. Y en éste —continuó tras un corte— destaca la enorme bañera de ónice blanco, los accesorios de jade chino y sus dos cascadas gemelas.»

Waters abrió la puerta a una suite aún más extravagante. «Aquí tenemos un techo con artesonados en madera de olmo y puertas secretas que se accionan electrónicamente, enorme bañera de madera. Cama redonda de dos metros y medio. Un salón que es una réplica de una suite del Plaza Athenée. Y etcétera, etcétera. Todo esto pertenece a este hombre, el propietario de este humilde barquito... Malik Badir.»

«Buenas noches, Sandra —dijo Malik, un poco cohibido, levantándose para saludar a la entrevistadora—. Bienvenida a bordo del *Jihan*.»

Quizá fuera la iluminación, pero a Jenna le pareció cansado, con grandes ojeras.

Sin embargo, aún mostraba la sonrisa familiar y el aire fanfarrón que ella tan bien recordaba, mientras respondía a las preguntas de Waters.

«—Hace un año que se botó el *Jihan*. Tengo entendido que la fiesta para celebrarlo duró una semana entera. ¿Es cierto?

»—Oh, sí. De hecho no estoy muy seguro de que algunos de los invitados no sigan aquí.

»—Y su acompañante en la fiesta fue...

»—Sí. —No había necesidad de mencionar el nombre de la famosísima estrella de cine recién divorciada con la que Malik salía entonces; todos los que estaban viendo el programa conocían la historia.

»—Y ustedes dos todavía...

»—Oh, nos vemos a menudo. Somos amigos... quizá los mejores amigos.

»—Pero usted tiene otras... amigas.

»—Gracias a Dios —replicó Malik con una sonrisa—, no va contra la ley disfrutar de la compañía de mujeres hermosas. De lo contrario podrían arrestarme por esta visita suya, Sandra.»

Sandra Waters sonrió como una boba antes de darse cuenta y continuar.

«—Pero, ¿no hay nadie especial en su vida?

»—Hay mucha gente especial. Pero creo que lo que quiere saber, Sandra, es si estoy a punto de casarme con alguien. Lamento decir que no. —Parecía realmente triste—. No tengo planes en ese sentido. En realidad, nadie podría reemplazar a mi amada esposa.»

La entrevistadora volvió a contar respetuosamente la historia del accidente de Geneviève. «Después padeció una nueva tragedia —dijo a Malik—. Le dispararon en un intento de secuestro de su hija y perdió un brazo.»

Jenna emitió un gemido ahogado. No se había dado cuenta del modo extraño en que caía la chaqueta de Malik, que parecía echada sobre sus hombros descuidadamente. Ahora vio que la manga izquierda estaba vacía.

«—... me dijeron que la herida no era peligrosa —decía su hermano—, aunque el hueso estaba destrozado. Pero luego hubo complicaciones, se infectó. No hubo nada que hacer más que amputar.»

«Dios mío —pensó Jenna—, ¿cómo pudo ocurrir semejante cosa? ¿Cómo es que no me enteré?»

«—¿Diría usted que su éxito, su enorme fortuna, ha sido una suerte y una desgracia a la vez? —preguntó Sandra Waters, rozando el brazo de Malik. Jenna hubiera dado uno de sus brazos por estar en el lugar de la entrevistadora en aquel momento. Malik se limitó a encogerse de hombros.

«—Y ahora surge una nueva dificultad en su vida —continuó Waters—. Estoy segura de que sabe a qué me refiero. Corren rumores de que está a punto de ser acusado de violar las leyes de espionaje francesas por su participación en la venta de reactores Mirage a una nación del Tercer Mundo, que después los revendió al reino de Al-Remal. —Jenna tampoco sabía nada de aquello.

»—Un malentendido —dijo Malik—, que pronto se aclarará.

»—¿Sólo un malentendido?

»—Por supuesto.

»—¿Podría ampliar la respuesta?

»—No, pero créame, pronto se aclarará todo.»

Jenna estaba tan concentrada en la entrevista que no se había dado cuenta de que había llegado Karim.

—¿Lo conoces? —preguntó Karim con un tono que era demasiado casual—. A Malik Badir, quiero decir.

—¿Por qué lo preguntas?

—No sé. Por el modo en que lo mirabas. Me ha parecido que quizá lo conocías.

—¿Tiene aspecto de ser alguien a quien yo quisiera conocer?

—No lo sé. Sólo preguntaba.

Durante dos días Jenna no dejó de preocuparse por los problemas legales de su hermano. Necesitaba saber más, más de lo que él estaba dispuesto a contar en televisión. Finalmente, decidió llamar a Laila por una vez. Su sobrina le había llamado un par de veces desde su último encuentro, y luego nada. No podía culparla después de que ella hubiera roto su amistad incipiente con blandas excusas. Además, Laila debía de tener un millón de cosas mejores que hacer que llamar a una mujer a la que apenas conocía.

Laila, que seguía en el Pierre, no pareció sorprendida por su llamada.

—¿Qué tal le va? —preguntó.

—Bien, bien. ¿Y a ti? ¿Te gusta Columbia?

—Sí, mucho.

—Veamos... ya debes de estar en el penúltimo año.

—En el último.

—Ah. ¿Y tu padre? —dijo Jenna, intentando aparentar un tono de lo más casual—. No quiero entrometerme, pero he oído historias...

—¿Se refiere a lo del programa de Sandra Waters?

—Bueno... sí.

—No hay nada de que preocuparse. Nada que él no pueda manejar. Tiene un montón de enemigos, ¿sabe? Ellos empezaron con todo eso, pero él lo aclarará todo. Él mismo me lo dijo.

Jenna creyó oír a su hermano, confiado, arrogante incluso. Qué lejos estaba aquel joven que había huido de Al-Remal para salvar su vida y la de su hija. Sin embargo, pensó, Sandra Waters tenía razón. Había muchas cosas que el dinero no podía comprar. Geneviève había muerto, y Laila... ¿no hubiera sido más feliz, no hubiera estado más segura, con una vida más sencilla, con un padre más sencillo?

La llamada concluyó con promesas mutuas de mantener el contacto, pero Jenna se dio cuenta de que Laila tenía la cabeza en otras cosas; ¿en un novio, quizá? Intentó imaginar la actitud de Malik hacia el hecho de que su hija fuera ya una mujer. ¿Aprobaría el antaño hijo rebelde las mismas tendencias en su hija? Jenna sonrió ante la idea.

Casualidad. Azar. Eso fue.

Jenna estuvo a punto de cancelar la conferencia, pese a que era uno de los ponentes. Sencillamente tenía demasiado trabajo, se dijo, para pasar un largo fin de semana en Puerto Rico.

Fue Karim quien finalmente la convenció para ir.

—Los padres de todos los chicos que conozco hacen vacaciones —dijo—. Tú no has hecho nunca. Necesitas un poco de relajación, mamá, aunque sea en una playa con otros psicólogos. —No era un argumento utilizado en beneficio propio para conseguir quedarse solo un fin de semana. Karim se iba con los Hamid a la casa de campo del profesor en el Cape.

—Quizá tengas razón —admitió Jenna. Últimamente, pese a su trabajo y a sus preocupaciones acerca de Malik, o quizá precisamente por eso, sentía que su vida se había estancado en un punto muerto. La idea de una playa tropical le pareció atractiva.

Cuando se instaló en un cómodo asiento de primera clase en el primer vuelo de la American Airlines con destino San Juan, consideró si debía revisar su ponencia. Déjalo correr, Jenna. Conoces el material como la palma de la mano. Relájate y disfruta. Sus deberes en la conferencia le llevarían, como mucho, medio día. El resto del tiempo era todo suyo.

Una voz grave y ronca interrumpió aquel instante de placer, seguida por la risa de una mujer. Jenna abrió los ojos. La azafata armaba un pequeño revuelo para acompañar al hombre que iba a sentarse junto a Jenna, y que era esbelto y muy bronceado, con unos ojos grises y cansados y cabellos rubios con algunas canas.

—¿Le traigo una revista? —preguntó la joven azafata sin resuello—. ¿Algo para beber?

—Cielo, le prometí a mi mamá que no bebería nunca antes del mediodía, pero le prometí tantas cosas. ¿Qué me dices de un Bloody Mary cuando hayamos despegado?

La azafata volvió a reír como si fuera el discurso más ingenioso que había oído en su vida.

Por favor, se dijo Jenna, ¿hasta qué punto podía ponerse en evidencia una mujer?

—Travis Haynes, señora —dijo su compañero de asiento con voz cansina, girándose hacia ella, esperando que le dijera su nombre.

—Jenna Sorrel. —Lo dijo con el menor entusiasmo posible, deseando cortarle, pero el señor Haynes no pareció darse cuenta.

—Bonito nombre.

La azafata apareció con el Bloody Mary tan pronto como se apagó el letrero que indicaba que se abrocharan los cinturones.

—¿Podría darme su autógrafo, por favor? —rogó al hombre con una caída de ojos que Jenna pensaba que sólo se daba en las telecomedias.

Travis Haynes firmó en una servilleta.

—Quizá la señora también quiera tomar algo —sugirió.

—No, gracias —dijo Jenna.

—Gracias, señor Haynes —dijo la joven efusivamente antes de marcharse.

—Una azafata de las de antes —comentó Travis a Jenna—. Es como una Harley-Davidson. Quizá no quieras conducir una, pero es agradable saber que aún las hacen.

Jenna sonrió a su pesar. Dicho por ciertos hombres, el comentario hubiera sido ofensivo. Travis Haynes lo decía como si fuera algo inocente y... bueno, divertido. ¿Quién era aquel hombre con un encanto del tipo más obvio y un acento sureño tan acusado que al principio apenas podía entenderle?

—Desde luego parece tener una gran opinión sobre usted —señaló.

—Gajes de la profesión —replicó Travis.

—¿Y qué profesión es ésa? —¿Realmente quería saberlo?

—Oh, me subo a un escenario y gruño y gimo, y alguna gente lo llama cantar country. Admito que no me conoce todo el mundo. No pasa nada —le aseguró, aunque ella no se había disculpado por su ignorancia—. Tengo la costumbre de desaparecer de la vista del público justo cuando tengo la oportunidad de hacerme popular.

—¿En serio? ¿A qué cree que se debe? —Jenna sentía una curiosidad profesional. Además, por extraño que pareciera, le atraía la actitud crítica que mantenía hacia sí mismo y que suponía un agradable cambio con respecto a la mayoría de bostonianos. A su lado tenía, sin duda, un espécimen de lo que los americanos llamaban «un buen tipo».

—Maldito si lo sé, pero desde luego mi agente tiene algunas ideas, y ninguna demasiado halagüeña.

—¿Por ejemplo?

—Oh, antes solía decir que era un maldito estúpido y no iba más allá. Ahora está metida en no sé qué «terapia» —pronunció la palabra como si tuviera algo que ver con brujerías—, y dice que tengo miedo al éxito.

—¿Y usted la cree? —quiso saber Jenna, preguntándose si la agente sería sólo eso o quizá algo más.

—No puedo decir que sí. De lo contrario no estaría en mi novena o décima reaparición.

—¿No? —Jenna volvió a comportarse como la profesional que era, y Travis se dio cuenta.

—Hace muchas preguntas. ¿A qué se dedica?

—Soy psicóloga —respondió ella, preguntándose por qué parecía que se estaba disculpando.

El sonrió y en sus ojos brilló una chispa de diversión.

—Bueno, que me aspen si no soy un bocazas. ¿Así que me ha estado psicoanalizando, doc?

Jenna sonrió y no dijo nada.

—Bueno, vale, si no quiere responder a esa pregunta, probaré con otra. ¿Qué le parece si viene a ver mi actuación en el Hilton esta noche? Asiento en primera fila, champán, y toda la parafernalia.

Jenna se sobresaltó. Hacía tiempo que nadie le pedía una cita. Su actitud y sus modales no solían animar al coqueteo ni a las bromas.

—Voy a estar muy ocupada —dijo con una sonrisa cortés—. No creo que tenga tiempo para ver ninguna actuación.

Jenna había subestimado la persistencia de Travis. Antes de que sirvieran la comida, la había engatusado para que aceptara ir a ver su «novena o décima reaparición», y cuando aterrizaron, Jenna conocía ya los datos más importantes de su vida. Travis tenía cuarenta y un años, es decir, era más joven de lo que parecía. Cantaba desde los doce, «por dinero, quiero decir, por diversión hace mucho más». Aunque no había sido nunca una estrella de primera magnitud, había ganado montones de dinero, pero lo gastaba todo; ganaba más, y lo volvía a gastar. «Creo que es porque así he de seguir trabajando», explicó, y Jenna admitió que podía estar en lo cierto.

¿Soy yo realmente?, se preguntó Jenna mientras cantaba *You are my sunshine* con Travis en el karaoke del salón del Hilton. Desde luego no era Amira Badir, y en cuanto a Jenna Sorrel, ¿había sido alguna vez tan tonta, tan frívola? No, pero lo estaba disfrutando a conciencia.

El espectáculo había sido muy divertido; las bailarinas con lentejuelas, el mago mediocre, e incluso el ventrílocuo de los chistes archisabidos. Le habían gustado las sonrisas de complicidad que Travis enviaba en su dirección mientras cantaba, y los gritos de deleite de sus fans femeninas. Y no podía negar que le había halagado que Travis la presentara al final de su actuación como «mi hermosa amiga de Boston».

El genuino y contagioso entusiasmo de Travis la arrastró a una fiesta improvisada en el salón, donde Travis cantó sus canciones favoritas para la multitud que se congregó allí, feliz de escucharle. Cuando se cansó de cantar, cogió a Jenna de la mano y la llevó por todo el casino, animándola a probar suerte en la ruleta, el blackjack y los dados.

Fue muy diferente a sus experiencias en Londres y en Montecarlo con Alí. Travis hacía que pareciera un alegre juego para niños crecidítos. Cuando perdía, gemía y se quejaba dramáticamente, y cuando ganaba, lanzaba gritos y hurras e invitaba a beber a toda la mesa.

¿Soy yo realmente?, volvió a preguntarse más tarde, en los brazos de Travis. ¿Podía haber una pareja que tuviera menos cosas en común? No obstante, las diferencias no parecieron importar cuando pasearon por la playa al amanecer, cuando nadaron con la salida del sol y se besaron justo antes de dormirse en la enorme cama de Travis.

Travis cortejó a Jenna durante el resto de su, lamentablemente breve, estancia en Puerto Rico, de un modo que ella no conocía, con flores, cumplidos y risas. El tipo de diversión que le ofrecía de día era el que podría haber conocido como adolescente de haberse criado en Estados Unidos; por la noche le ofrecía ternura, y aunque dormía muy poco, Jenna se sentía fresca y renovada.

Cuando llegó el momento de partir, se sintió incómoda. ¿Había sido aquello el inicio de una relación, un interludio? ¿Qué prefería ella?

Se despidieron en el aeropuerto. Travis tenía que quedarse una semana más en San Juan, y luego tenía un contrato en Los Ángeles.

—Quiero volver a verte —dijo él con tono solemne.

Jenna asintió y le dio su tarjeta.

Se dieron un beso de despedida.

En el avión de vuelta a casa, todo el fin de semana le pareció un sueño muy lejos de la realidad a la que regresaba. ¿Cómo iba a explicarle lo de Travis a Karim? ¿O a sí misma, en realidad? Todo lo que podía decir era que había sido como una bocanada de aire fresco, que había dado una nueva dimensión a su vida monástica.

Intentó hallar el modo de preparar a su hijo.

—Me lo he pasado muy bien —le dijo—. Puerto Rico es muy bonito.

—Ajá —replicó él.

—He conocido a mucha gente. Gente agradable.

—Eso está bien.

No tenía por qué haberse molestado. Pasaron más de seis semanas antes de que supiera algo de Travis.

—Voy a actuar dos noches en Toronto —anunció sin más preámbulos y sin disculparse, como si se hubieran separado uno o dos días atrás—, y luego dos noches en Boston. Me gustaría ir a verte, si te parece bien.

—De acuerdo —contestó Jenna, aunque no estaba segura del todo. Una vez más intentó allanar el camino explicándole a Karim que ese fin de semana iría a verla un amigo para llevarla a cenar—. Se llama Travis Haynes.

—¿Un hombre? ¿Vas a salir a cenar con un hombre? ¿Cuándo ha empezado todo esto?

—No hay nada de «esto» —dijo ella, intentando conservar la calma. Tal vez su hijo bromeaba, pero su actitud posesiva le recordaba demasiado a su padre.

Travis llegó el viernes por la noche, ataviado aún con su traje de actuar: un traje de *cowboy* de raso blanco adornado con cuentas de vidrio. Karim y Jacqueline estaban en la cocina haciendo palomitas. Karim frunció el entrecejo cuando los presentaron. Jacqueline sonrió afectadamente.

—Tengo un regalo para ti, cielo —dijo Travis, tendiéndole un paquete grande con un llamativo envoltorio.

—Oh, no deberías haberlo hecho —exclamó Jenna. Cuando resultó ser un traje a juego con el de él, repitió la frase sin atreverse a mirar a su hijo ni a Jacqueline.

Tan pronto como lo permitió la buena educación, sacó a Travis del apartamento. Una vez lejos de miradas de desaprobación, se relajó lo bastante como para disfrutar de mejillones y pasta en el North End y de café y postre en el Copley Plaza, donde se alojaba Travis. Sin embargo, no pudo ir más allá.

—No puedo —dijo, y no lo sentía del todo, pues lo que en Puerto Rico parecía bien, no lo era tanto en Boston—. Karim no lo entendería.

—Bueno, si no lo entiende él, supongo que habré de entenderlo yo —dijo Travis con su hablar cansino, y Jenna le dio un beso, agradecida.

—No te conviene —declaró Karim a la mañana siguiente, y tenía una actitud tan paternal que Jenna se hubiera reído de no ser porque estaba molesta.

La reacción de su hijo era muy normal. Karim no había tenido que enfrentarse jamás con la perspectiva de compartirla con otra persona. No se necesitaba un título de psicología para comprenderlo.

Pero cuando Travis la llamó varias veces en los meses siguientes, las objeciones de Karim se hicieron más concretas.

—Si tienes que salir con alguien, ¿por qué no lo haces con un árabe? ¿Te avergüenzas de lo que eres?

—No pretendía salir con nadie —explicó ella pacientemente—. Sencillamente conocí a un hombre muy agradable en un avión. ¿No crees que tengo derecho a una vida propia?

Karim le lanzó una mirada furiosa. Una vez más, durante unos terribles instantes, Jenna tuvo la impresión de haber vislumbrado a Alí.

Las actuaciones de Travis, y su inclinación natural a no permanecer mucho tiempo en el mismo lugar, no le permitieron convertirse en una presencia constante en la vida de Jenna. Lo cierto era que a ella le convenía. Aunque no era el tipo de vínculo emocional que había tenido con Philippe, Travis la había sacado de su aislamiento autoimpuesto. Le había dado la oportunidad de disfrutar de la vida, de ser menos seria, menos profunda, de reírse de sí misma y de la vida de vez en cuando, de ser joven. Después de que ella comentara bromeando que su relación era una aventura a tiempo parcial, Travis escribió una canción llamada *Amante a tiempo parcial* y se la dedicó.

«Multa a Badir cierra el caso Mirage», rezaba el titular del *Wall Street Journal*. Tras varios meses de oscuras revelaciones sobre prácticas bancarias internacionales dudosas, y sobre los negocios y hábitos personales de varios altos funcionarios europeos, la investigación en los negocios de Malik concluyó con consecuencias de tipo menor. Se obligó a varios burócratas de poca categoría a dimitir. Excepto por la multa, que fue elevada, Malik salió indemne.

Alegre y aliviada por la resolución del caso, Jenna estaba en un estado de ánimo propicio para la celebración. Desgraciadamente, no podía contarle a nadie el porqué. Seguramente fue aquella felicidad reprimida la que le hizo contestar «¿Por qué no?» cuando Travis la llamó esa misma noche y la invitó a acompañarle durante parte de su gira estival. Podía tomarse dos semanas de vacaciones en agosto fácilmente, sobre todo porque Karim había decidido ya pasar la mayor parte del mes en la casa de los Chandler en Newport.

Sin embargo, tan pronto como aceptó, Jenna empezó a arrepentirse. Nunca había pasado más de un fin de semana en compañía de Travis. ¿Qué harían durante tantos días? ¿Y cómo se adaptaría ella al estilo de vida nómada de Travis?

No seas ridícula, se dijo. Nos lo pasaremos en grande. Me hará bien romper con la rutina.

Sin embargo, sus inquietudes resultaron bien fundadas. La gira no fue el divertido interludio que esperaba, sino más bien una locura constante. Peor aún, el modo de beber, jugar y divertirse de Travis no resultaron tan encantadores día tras día como lo habían sido una noche o dos de vez en cuando, y el interés de Jenna por los temas intelectuales no fascinaba a Travis diariamente como lo había hecho a pequeñas dosis.

A finales del mes de agosto, ambos comprendieron claramente que su aventura ambulante había terminado también.

Su despedida no fue amarga ni colérica.

—¿Amigos? —preguntó Travis con su sonrisa de siempre.

—Para siempre —prometió Jenna, sintiendo tristeza y alivio a la vez. La habían educado en la creencia de que las relaciones eran un asunto serio, y jamás se había sentido totalmente cómoda con la idea de que el sexo, o un hombre, pudieran servir simplemente como diversión. Sin embargo... todo se resumía en que, antes de conocer a Travis, no sabía realmente lo sola que estaba y se sentía, y ahora sí.

Por ironías del destino, su ruptura sirvió de trampolín para la carrera de Travis, que escribió una agridulce canción sobre su despedida titulada *Tú y yo para siempre*. Fue número uno en las listas, la primera vez que lo conseguía con una de sus canciones. Después de nueve o diez reapariciones, era por fin una estrella.

Aquel mismo mes de agosto trajo consigo la invasión iraquí de Kuwait, y el invierno siguiente, con la, operación Tormenta del Desierto, fue el invierno del mayor descontento de Karim. No estaba a favor de Iraq ni de Saddam Hussein, pero creía fervientemente que Egipto había entrado en la guerra coaccionado por los americanos, y que éstos no comprendían ni simpatizaban con el mundo árabe.

Resultaba extraño oír hablar de todo aquello a un joven que aún tenía un póster del tercer base de los Rex Sox, Wade Boggs, en la pared de su cuarto, y que hablaba con un puro acento bostoniano, pero lo cierto era que Jenna estaba de acuerdo con él hasta cierto punto. El problema estribaba en que ella había conocido los entresijos de la política del Oriente Medio y estaba mucho menos dispuesta que Karim a sentar unas bases morales inamovibles.

Por desgracia, toda palabra de moderación de su parte provocaba un torrente de argumentos idealistas en su hijo. Jenna estaba segura de que una parte del problema residía en la adoración que Karim dispensaba a su héroe, Nasser Hamid. Bajo la influencia del padre de Jacqueline, Karim había leído con avidez sobre Oriente Medio en general y sobre Egipto en particular, y había decidido que se especializaría en historia y política de esa zona en la universidad. Tal vez estudiara para diplomático, carrera que le proporcionaría una sensación de vínculo con lo que creía eran sus raíces.

—¿Los diplomáticos no tienen que aprender a ver las dos caras de la moneda? —preguntó Jenna.

—No todos los diplomáticos son unos cobardes —replicó él.

Los planes de Karim, igual que su irá, hicieron que Jenna se sintiera más culpablc que nunca. Su hijo estaba construyendo un edificio con unos falsos cimientos. Bueno, su abuela cra egipcia; al menos esa parte era cierta.

Pero no basta, respondió su conciencia. Le has engañado. Le has llenado la cabeza de cuentos de hadas cuando él es un príncipe auténtico.

No se podía evitar. Sencillamente, no se podía evitar.

EVASIONES

En Al-Remal, el tiempo no cambiaba con facilidad y siempre lo hacía con lentitud y paulatinamente. En Boston podía pasar de un día radiante a una tormenta de hielo en cuestión de minutos. Vivir con Karim era un poco como padecer el clima de Boston.

Por ejemplo, la mañana en que llegó el coche. Era domingo, y Jenna había preparado un copioso desayuno tardío para Karim. Habían comido en relativa paz, intercambiando comentarios inocuos sobre las universidades que Karim estaba considerando: Harvard, Yale, Dartmouth y Brown.

La bocina de un coche quebró el silencio de su tranquila calle. No parecía la señal furiosa habitual de quien se había encontrado el coche bloqueado por otro aparcado en doble fila. El bocinazo era entusiasta, exultante. Jenna se asomó a la ventana. Junto a la acera había un Corvette rojo brillante. Un joven con chaqueta deportiva y corbata buscaba a alguien; en el edificio había cuatro apartamentos más. Pero entonces sonaron tres fuertes timbrazos.

—Entrega para la doctora Jenna Sorrel —dijo la voz por el interfono—. Pero tendrá que bajar para aceptarla.

—¿Qué ocurre? —preguntó Karim desde la mesa.

—Un error, supongo. Baja conmigo, ¿quieres?

Karim echó un vistazo al Corvette y exclamó «Increíble», con auténtica expresión de asombro.

Con un ampuloso ademán, el extraño de la chaqueta deportiva condujo a Jenna hasta el coche y le dio las llaves y el documento de propiedad. En el parabrisas había una nota: «También están pagados los impuestos. No podría haberlo conseguido sin ti. Con todo mi amor, Trav.»

Cuando Karim vio la nota, se produjo el cambio de sol a hielo. Miró a su madre y el coche con ira y con la expresión de un verdugo.

—¿Qué has hecho para ganártelo? —inquirió, y se metió dentro sin mirar hacia atrás.

Por un momento, Jenna sopesó la posibilidad de devolver el coche. Podía llamar a Travis y explicárselo de modo que no hiriera sus sentimientos. Pero, maldita sea, era su regalo, y no iba a permitir que su hijo se lo estropeara. Si empezaba a vivir de acuerdo con los cambios de humor de Karim, acabaría metida en una institución en menos de una semana.

—Suba —dijo al extraño—. Le llevaré de vuelta a su tienda.

Cuando regresó, Karim estaba en su cuarto con la puerta cerrada.

Fue un episodio entre muchos. Jenna echaba de menos la intimidad que había disfrutado con su hijo. ¿Adónde se había ido el niño afable para el que su madre lo hacía todo bien? ¿Y cuánto tiempo tendría que soportar al nuevo, al que discutía, criticaba y desaprobaba?

Jenna comprendía que se trataba del comportamiento normal de un adolescente. Karim estaba tanteando sus límites, expandiendo sus fronteras, buscando alcanzar la categoría de adulto. La ira contra los padres, la desaprobación, formaba parte del proceso de crecer, de crear los caminos que conducían a la independencia. Era natural.

Todo eso estaba muy bien, pero, como madre, Jenna sencillamente deseaba que su hijo se comportara como si la quisiera.

Ah, bueno, si bien el cambio era inevitable, seguramente también era temporal. Algún día, cuando Karim estuviera seguro de su madurez, volverían a estar juntos sobre una base nueva y más igualitaria. ¿No? Sí, claro que sí.

Se consoló con esta convicción. ¿Cómo podía saber que en poco tiempo ese pensamiento volaría como paja movida por la brisa?

Otra súbita tormenta, esta vez a causa de los Hamid, *père et fille*, porque Jenna los esquivaba. El profesor Hamid celebraba una pequeña fiesta, sobre todo para sus amigos de la facultad a los que iba a mostrar diapositivas de su último viaje a Luxor. Jenna, subrayó Karim, estaba especialmente invitada.

Jenna se excusó, alegando que tenía mucho trabajo, y Karim se fue solo y enojado.

¿Qué podía hacer?, se preguntó Jenna con la conciencia intranquila. No podía decirle a su hijo que si había algo que temía era estar en una habitación llena de especialistas sobre su pretendido país de origen. No podía contarle que las melifluas insinuaciones del profesor le ponían la piel de gallina, y desde luego no podía decirle que le disgustaba profundamente el aire de superioridad y casi todo lo demás de Jacqueline. Casi todo. Al menos la chica no se drogaba ni parecía ser sexualmente precoz. Muy al contrario, Jenna había observado que parecía tener una fanática aversión a los placeres de la carne. Dios sabía, además, que era políticamente correcta.

Para mitigar el sentimiento de culpabilidad por haber mentido, Jenna llamó a Toni Ferrante para preguntarle qué tal estaba.

—Hice un desayuno almuerzo con los niños el domingo —le contó Toni—. Aún viven con su padre, pero dicen que pasarán el fin de semana conmigo.

Un tanto para los buenos chicos, pensó Jenna. Tal vez los años de sufrimiento y de duda de Toni acabarían teniendo un final feliz. Jenna sintió una satisfacción personal y profesional a la vez, pues había llegado a tomar gran afecto a Toni.

Por otro lado, tenía realmente una tarea que realizar: mecanografiar e imprimir una propuesta para el Sanctuary. Jenna había trabajado con gran ahínco en una petición de fondos. Consideraba que su trabajo en el centro era tan importante como todo lo que hubiera realizado fuera de él.

Jamás había dejado de preguntarse cómo era posible que tantas mujeres americanas, a menudo capaces, inteligentes e independientes en los demás aspectos, soportaran malos tratos en su vida privada. Sentía una dolorosa frustración ante aquel oscuro y sucio secreto que tantas mujeres ocultaban durante tanto tiempo por vergüenza, por creer que era culpa suya o que, incluso, se lo merecían. Lo que hacía más duro el trabajo de Jenna era la falta de simpatía y de compasión. Incluso los profesionales de otros campos solían preguntar: «¿Por qué esas mujeres no se van, sencillamente? ¿Qué les ocurre? ¿Por qué se quedan con hombres que les pegan?»

Jenna intentaba explicarles que había muchas respuestas. Miedo a lo desconocido. Miedo a enfurecer al marido inclinado a la violencia. Nulo amor propio. La sensación de que no había otro sitio al que ir. Y, finalmente, en ocasiones no había ninguna respuesta, porque aunque había mujeres que resistían y resistían los malos tratos diarios hasta la muerte, otras se marchaban. Algunas acudían al Sanctuary o a un millar de lugares como aquél. Otras sencillamente huían, como había hecho Jenna, sin saber cómo acabaría su historia.

Cuando sonó el timbre de la puerta, Jenna supuso que sería Karim, que solía olvidarse las llaves.

Era Laila.

—Hola —dijo la chica, la joven mujer, como si se hubieran separado frente al Plaza apenas un día antes.

Jenna se la quedó mirando durante un buen rato, abrumada por un arrebato de ternura, hasta que consiguió hablar, intentando mantener la compostura.

—¡Laila! Qué sorpresa. ¡Qué alegría me da verte! ¿Qué te trae por aquí?

—Bueno, yo... en realidad he venido para despedirme. No para despedirme para siempre, exactamente, pero me voy.

—¿A Francia? —A Jenna le dio un vuelco el corazón. Aunque no había visto a su sobrina en... Dios, ¿cuánto tiempo hacía?, era un consuelo saber que estaba en Nueva York, cerca de ella. Un par de charlas por teléfono habían sido todo, y Jenna había intentado creer que eran suficientes.

—No. Nada de eso. He pedido el traslado a UCLA. Voy a estudiar dirección cinematográfica. Es el mejor sitio, ¿sabes?

—Eso he oído. ¿Pero qué hay de Nueva York? Creía que te encantaba esa ciudad. Entra, Laila, no te quedes en la puerta. Dentro hablaremos mejor.

Laila dio unos cuantos pasos, luego se detuvo.

—Sólo puedo quedarme unos minutos. Estoy esperando a que vengan a buscarme en coche unos amigos que me han dejado al pasar. Se han ido a la tienda de delicatessen. Volverán en cualquier momento.

—¿Has venido a Boston sólo para quedarte unos minutos? —Jenna no comprendía nada.

—Estoy de visita, en casa de estos amigos, del colegio. —Laila miró en derredor sin ver nada, esquivando la mirada de Jenna. Tragó saliva—. Me violaron, ¿sabes? —dijo con una voz tan fina que apenas era audible—. Hace cuatro meses. No, no pongas esa cara. Estoy bien, de verdad.

No, por favor, no, rogó Jenna a un Dios distante y remoto. Mi hermosa sobrina no.

—Lo siento muchísimo —dijo, esforzándose por mantener el control de sí misma—. ¿Cómo ocurrió?

Laila se encogió de hombros, gesto que contradecía el dolor que mostraba su rostro.

—Fue un chico al que conocía. Incluso me gustaba. —Volvió a encogerse de hombros—. No vale la pena volver a recordarlo. Hablar de ello no puede cambiar lo que sucedió.

Jenna ansiaba abrazarla y consolarla, pero todo en Laila proclamaba que deseaba mantener las distancias. Mala señal, pensó Jenna, haciendo una observación profesional. Y las emociones contenidas tampoco son buenas.

—¿Has visto a alguien? ¿A un terapeuta?

—Sí, claro. Me ayudó algo. Supongo. —Laila parecía examinarse los zapatos—. ¿Sabes?, pensé en venir a verte, pero hubiera sido como, no sé, como ir a ver a mi madre. Quizá parezca una tontería, pero...

—No, no lo es. —Apenas podía contener las lágrimas.

—Pero ahora estoy bien. Es sólo una de las razones por las que pedí el traslado de universidad. Quería alejarme.

Aunque Jenna comprendía muy bien las necesidades que impelían a una mujer a huir, quería decir a Laila que huir no era siempre la solución.

—¿Estás segura...? —empezó, pero en ese momento apareció Karim.

Karim miró a Jenna, luego a Laila. Su expresión decía «¿Qué pasa aquí?», pero jamás se hubiera permitido ser tan descortés con una extraña. Se limitó a sonreír y esperó a que su madre hablara.

Jenna los presentó sin saber qué otra cosa podía hacer.

—¿Laila Badir? —repitió Karim—. ¿Estás emparentada con Malik Badir?

—Es mi padre.

—Caramba, bueno, quiero decir...

—Lo sé —dijo Laila tranquilamente. Era obvio que había tenido ocasión de presenciar una reacción parecida muchas veces.

Pero la reacción de Karim fue mucho más profunda de lo que sospechaba Laila. «¿Qué haces tú aquí?», quería preguntar, frustrado porque su madre no le había dado ninguna explicación. Tenía la extraña sensación de que conocía a Laila Badir, no sólo quién era, sino a ella. No sabía cómo explicarlo.

Me he quedado mirándola embobado, se dijo Karim, pero justo cuando lo pensaba, Laila le dedicó una breve y dulce sonrisa. Por un momento, fue como si no hubiera nadie más en la habitación.

—¿Quieres tomar algo? —preguntó Karim, turbado. ¿Cómo podía haberse olvidado su madre de ofrecer algo a una invitada? ¿Es que había olvidado sus buenos modales? ¿Y por qué parecía tan incómoda?

—Pues me apetecería beber un poco de agua, gracias.

Karim se apresuró a ir a la cocina y sirvió un Perrier con lima en una bandeja.

—Gracias —repitió Laila. De pie aún, tomó unos cuantos sorbos por cortesía, luego dijo a Jenna—: Tengo que marcharme, en serio, pero como te decía, no es una despedida. Escribiré, llamaré. Seguramente volveré a Nueva York de vez en cuando. Y tú también viajas, ¿no? Vendrás a la costa alguna vez, ¿de acuerdo?

—Laila, llámame si necesitas... cualquier cosa. Cualquier cosa.

—Claro. Bueno, *au'voir*.

De repente se abrazaron estrechamente. Karim vio lágrimas en los ojos de su madre. ¿Cuándo había conocido a aquella chica? ¿Por qué no se lo había contado a él? ¿Y por qué le había dicho que no conocía a Malik Badir?

—Te acompaño hasta abajo —dijo de pronto cuando Laila se volvió hacia la puerta.

De nuevo Laila le sonrió. Era más mayor que él, varios años en realidad, pero la sonrisa consiguió que pareciese más joven.

Sus amigos no habían llegado todavía. Karim se alegró.

—¿Te marchas a California? —preguntó a falta de algo mejor.

—Sí, dentro de unos días.

—¿De dónde eres?

—De Francia.

—Tu padre es de Al-Remal, ¿verdad? ¿Has vivido alguna vez allí?

—No, no he vivido jamás en ningún país de Oriente Medio. Sé un poco por papá y hablo el suficiente árabe para hacerme entender, pero eso es todo.

—Oh. —Karim no sabía por qué había esperado otra cosa. Tal vez por el aspecto de Laila.

—Últimamente me siento más americana que otra cosa.

Se acercaba un coche. ¿El de sus amigos? No, pasó de largo. Laila no parecía inclinada a hablar.

—¿Cómo es tu padre? —preguntó Karim por romper el silencio.

—Es... le echo de menos. Viaja mucho.

—¿Cómo conociste a mi madre?

Por un momento Karim temió haber metido la pata, pero Laila acabó encogiéndose de hombros.

—La conocí en Saks, en Nueva York.

—¿En Saks de la Quinta Avenida? ¿La tienda? —No recordaba que su madre hubiera ido a Nueva York de compras. De hecho, incluso en Boston se quejaba de que nunca tenía tiempo para ir de compras.

Silencio. Era como si Laila se hubiera distanciado un poco de él.

—¿Estabas comprando? —insistió Karim.

—¿Qué? Oh. —Laila lo miró a los ojos. Karim tuvo de nuevo la sensación de reconocerla. ¿La tenía ella también?—. En realidad —dijo Laila—, estaba robando.

¿Robando? ¿La hija de uno de los hombres más ricos del mundo?

—¿Por qué?

—Es una larga historia. Pero ella me rescató. —Laila contó los detalles a grandes rasgos.

Nada de todo aquello le pareció propio de su madre, que tanto insistía siempre en la diferencia entre el bien y el mal. Karim estaba seguro de que algo estaba pasando, algo que le ocultaban.

—Entonces no eres una de sus...

—¿Una de sus pacientes? No.

Un coche se detuvo frente a ellos.

—Mis amigos —anunció Laila—. Gracias por esperar conmigo.

—Me gustaría volver a verte —le espetó Karim.

Ella pareció sobresaltarse.

—No es un buen momento.

—No me refería en ese sentido.

—Lo sé. —La expresión de Laila se suavizó—. Pero me marcho.

Karim pensó por un momento que Laila iba a tocarle el brazo, quizá el rostro, pero no lo hizo.

—Os enviaré mi dirección en California —dijo ella, y se fue.

En el apartamento, Jenna había conseguido tranquilizarse un tanto tras las amargas e inesperadas noticias de Laila.

¿Qué había pensado Karim de la visita? Con un poco de suerte no sería difícil de explicar. En todo caso, más bien se había quedado embobado con ella.

Karim volvió con una expresión nueva para ella, una mezcla de asombro y... ¿qué? ¿Esperanza?

—¿Cómo es que conoces a Laila Badir, mamá?

—Fue paciente mía. No por mucho tiempo.

—¿Siempre lloras por tus pacientes?

—A veces.

La expresión de Karim cambió. Ésta la conocía muy bien; la había visto cientos de veces en el rostro de su padre.

Con los ojos inexpresivos, tan frío y distante con ella como si fuera de otro planeta, Karim meneó lentamente la cabeza y se metió en su cuarto.

Tras una noche de sueño irregular y un brusco «Hasta luego» de su hijo antes de marcharse por la mañana, Jenna intentaba concentrarse en los problemas de su primer paciente cuando Barbara, su nueva secretaria, la llamó por el interfono.

La política de Jenna, como de la mayoría de sus colegas, era que las sesiones sólo podían interrumpirse en caso de emergencia.

—¿Sí?

—Jenna, aquí fuera hay una agente de policía. Dice que es importante.

Su primer pensamiento fue para Karim. Luego, sin saber por qué, pensó en Laila.

La mujer policía vestía de paisano.

—Detective Sue Keller —dijo, enseñándole la placa—. ¿Es usted la doctora Jenna Sorrel?

—Sí. ¿Qué ocurre?

—¿Conoce al señor y la señora Chandler?

—Sí. Oh, Dios mío. ¿Qué pasa ahora?

—¿Alguno de los dos es paciente suyo?

—No.

—Entonces puede que le pida una declaración más tarde. Sólo necesito información.

—Dígame qué ha ocurrido.

—La señora Chandler está en el Mass General.

—¿Es muy grave?

—¿Es amiga suya, señora?

—Sí.

—Entonces quizá quiera ir a verla. Está muy grave.

BRAD

Carolyn estaba en coma, con graves daños en órganos y cerebro. Cameron estaba en la cárcel, acusado de intento de asesinato. Era todo cuanto Sue Keller podía decirle.

Josh Chandler estaba en la sala de espera y parecía al borde de un colapso, como si acabara de salir de un terrible accidente.

—Iba a llamarla —dijo distraídamente—, pero después de dar su nombre a la policía ya no sabía qué hacer.

—No pasa nada, Josh. Tu madre... ¿te han dicho algo?

—No, no sé, señora Sorrel. Oh, Dios mío. No... no creo que salga de ésta. —Ahogó un sollozo.

—¿La has visto?

—Desde que la han metido en quirófano no.

—Josh, ¿qué ha ocurrido?

—Como le he contado a la policía, les he oído discutir, pelearse, esta mañana temprano. Supongo que papá... acababa de llegar. Ha sido peor que... Debería haber hecho algo, pero... ¿comprende?

—Comprendo, comprendo. No has hecho nada malo.

—Luego se han callado y me he vuelto a dormir. Es que ya ha ocurrido otras veces, no tanto, pero...

—No ha sido culpa tuya, Josh. ¿Qué ha pasado después?

—Nada. Quiero decir que he despertado y me estaba preparando para ir al colegio. La puerta de mis padres estaba abierta y me he asomado y he visto a mamá en el suelo... —A Josh se le quebró la voz—, y papá, papá había tirado todas las corbatas sobre la cama. Se las estaba probando, creo. Me ha dicho, «Será mejor que hagas algo, Josh», y he llamado a la policía.

—¿Tienes a alguien, Josh? ¿Algún pariente?

—Mi abuela, la madre de mi madre. Viene de camino desde Connecticut. Creo que se quedará en casa hasta que... pase lo que haya de pasar.

—Eso está bien, pero si quieres venirte a casa con Karim y conmigo, serás bienvenido. No tienes más que hacer la maleta y venir.

—Gracias, señora Sorrel. Quizá lo haga, pero esta noche no. Esta noche quiero quedarme con mamá.

—Muy bien —dijo Jenna—. Voy a ver qué puedo averiguar.

Todo lo que consiguió saber, tras identificarse engañosamente como la «doctora Sorrel», fue que Carolyn seguía en el quirófano. Pasaron horas antes de que la enfermera la avisara.

—Ahora está en Cuidados Intensivos, doctora, si es que quiere verla un minuto. Habitación dos seis dos tres.

Entre las blancas y crujientes sábanas de la estrecha cama, Carolyn tenía un aspecto increíblemente frágil, y su rostro hinchado ofrecía la textura y el color de la fruta podrida. Le habían metido tubos de plástico por todas partes. Así estaba yo en Al-Remal, pensó Jenna. Philippe vino a salvarme. Tuve suerte. Sobreviví. Si Dios quiere, si Dios quiere, Carolyn también tendrá suerte.

—¿Doctora Sorrel? —dijo un hombre de tez cetrina y aspecto cansado con el atuendo verde de cirujano.

—Sí.

—Stan Morgan. ¿Es usted su médico de cabecera?

—No, sólo una amiga de la familia.

—Oh. Bueno, doctora, no sé qué quiere saber exactamente.

—Sólo el diagnóstico.

—No es bueno —respondió Morgan con una mueca—, aunque todavía es pronto. Podríamos perderla, y aunque no sea así, tal vez nos enfrentemos con una situación irreversible

—¿Coma irreversible?

Morgan enumeró algunos detalles técnicos sobre traumas, hemorragias y falta de oxígeno. En resumidas cuentas, si Carolyn sobrevivía, sería en estado vegetativo.

Una sentencia de muerte, pensó Jenna, y todo porque Carolyn había amado a Cameron Chandler.

Josh tenía ahora la compañía de la madre de Carolyn, una mujer menuda, delicada y encantadora como una muñeca de porcelana. Jenna abrazó al chico con la sensación de que le había fallado y murmuró unas cuantas palabras vacías de consuelo a su abuela.

—Usted y Carolyn debían de ser buenas amigas —dijo Margaret Porter.

—Yo... sí, éramos buenas amigas. —Lo dijo más por consolar a la señora Porter que para tranquilizar su propia conciencia. Sabía demasiado bien que Cameron había aislado a Carolyn de cuantos quisieran ser amigos suyos, de cualquier persona que pudiera estorbar su control sobre ella.

—Me alegro. —La señora Porter suspiró—. Necesitará amigos si... cuando...

—Lo sé —dijo Jenna serenamente—, y los tendrá a su lado, se lo prometo.

—Era tan buena chica... —musitó la señora Porter—. Nunca dio ningún problema.

«No hable así —quiso decirle Jenna—. Parece como si ya se hubiera muerto.» Pero se limitó a asentir.

—Creo que ahora le dejarán verla. Prepárese. Está muy malherida, pero a veces estas cosas parecen peor de lo que son.

Palabras, palabras vacías.

La noche. Las luces de la ciudad parecían estrellas próximas unas a otras, pero intensamente solitarias.

Las horas de visita habían concluido. Al final Josh y su abuela se iban a la casa de los Chandler; el hospital no animaba a los parientes de los enfermos a quedarse de noche, y era evidente que nada podían hacer allí. Karim había llegado después de clase y pasaría la noche con su amigo.

Exhausta mental y físicamente, Jenna se detuvo en la cafetería del hospital con la urgente necesidad de tomarse un té, pero el líquido humeante no la ayudó a tranquilizar su espíritu turbado ni a sentirse menos culpable.

Cuando se levantaba para marcharse, se fijó en un hombre que sostenía una taza de café con ambas manos unas mesas más allá. Tenía un hermoso rostro patricio, con los cabellos negros y muy cortos y los ojos muy azules, y su rostro mostraba la expresión más triste que ella hubiera visto. ¿Cuál era su historia?, se preguntó Jenna. ¿Una persona amada se debatía entre la vida y la muerte? ¿Había aún esperanzas, o se había perdido la batalla? Aquellos ojos azules eran tan expresivos... tan parecidos a los de Philippe.

Al día siguiente, Jenna pasó por el hospital a la hora de comer, y volvió apresuradamente en cuanto terminó con su último paciente. El marido de la señora Porter también había llegado, y la pareja se sentaba con aire fúnebre en un rincón. Karim se encontraba allí para apoyar y acompañar a Josh, que tenía los ojos enrojecidos e hinchados.

El estado de Carolyn seguía invariable, pero el diagnóstico era más seguro: coma irreversible.

Jenna acompañó durante horas el cuerpo inerte de lo que había sido su amiga. Los chicos abandonaron el hospital a la hora de cenar y los Porter se retiraron a la sala de espera. Jenna se quedó junto al lecho de Carolyn como si su mera presencia y su devoción pudieran remedar el pasado y devolver el futuro. Frotó las manos de Carolyn e incluso le habló, comentando noticias y dándole ánimos. Quizá, sólo quizá, eso la ayudaría.

Una vez más concluyó su vigilia con una visita a la cafetería del hospital, y de nuevo encontró allí al hombre de expresión triste. Vestía pantalones caqui y suéter de cuello redondo sobre una camisa blanca de algodón; como un universitario ya mayor, se dijo Jenna, a quien le pareció que daba una imagen dulce y en cierto sentido vulnerable. Siguiendo un impulso, puso la taza de té sobre la mesa junto al café de él.

—Espero que no le importe —dijo—, pero parece usted tan triste como yo. Tal vez nos ayudaría hablar de ello.

El hombre intentó sonreír, pero no lo consiguió.

—Mi mujer está arriba —explicó con una suave voz de barítono, algo enronquecida—. Tiene cáncer.

—Lo siento mucho —musitó Jenna—. Pero éste es un buen hospital, uno de los mejores. Espero que...

—No —dijo el hombre pesadamente, meneando la cabeza—. Me temo que no. Es sólo cuestión de esperar, y de despedirse.

Jenna no se sintió con ánimos para expresar más tópicos. Tras unos cuantos sorbos de té, se marchó con un «Buenas noches» apenas audible.

La noche siguiente tomaron juntos el té y el café, como por un acuerdo mutuo. Ella le habló de Carolyn. Él sacudió la cabeza con pesar y rabia al oír que se trataba de una paliza del marido.

—¿Y su mujer? —preguntó Jenna—. ¿Alguna novedad?

—Nada bueno, pero ya no durará mucho. —Por unos instantes pareció ensimismado—. Lo siento —dijo al fin—. He olvidado mis buenos modales. Me llamo Brad Pierce.

—Jenna Sorrel. ¿Trabaja por aquí cerca?

—Soy propietario de una empresa farmacéutica, en las afueras, en la carretera ciento veintiocho.

Aunque no dio más detalles, Jenna lo relacionó inmediatamente: Pierce Pharmaceuticals era una de las más importantes empresas del mundo en su campo.

—Es irónico —decía él—. No, es... cruel. Ahora estamos investigando el ADN, recombinándolo, aprendiendo algo nuevo sobre el sistema inmunológico cada día. Creo que dentro de cinco años, quizá menos, tendremos algo que hubiera podido salvarla.

Después le llegó el turno a Jenna de hablar de sí misma. Cuando mencionó el centro Sanctuary, vio brillar una chispa de interés en los ojos azules.

—Tal vez le convenga ponerse en contacto con la Fundación Pierce —dijo Brad—. Financiamos muchas obras de beneficencia y otras causas.

—Gracias. Dependemos de donativos y subvenciones para mantenernos a flote, pero nunca hay bastante para ayudar a todos los que nos necesitan.

Él asintió, como si ya hubiera oído esa historia antes.

—En realidad la fundación fue idea de Pat —explicó—. Ella ha tenido una participación mucho mayor que la mía. Ésta es una de las cosas que ella apoyaría al cien por cien. —Suspiró cansinamente—. Tengo que volver arriba. Ha sido un placer conocerla. Hablaba en serio al decirle que se ponga en contacto con la fundación.

—Gracias, para mí también ha sido un placer conocerle.

El interés de Brad parecía tan sincero que la noche siguiente Jenna llevó consigo material informativo sobre el Sanctuary, así como unos cuantos artículos de periódicos sobre el trabajo que desempeñaban, pero sufrió una decepción al ver que Brad Pierce no ocupaba su puesto habitual en la cafetería. Era extraño que hubiera esperado encontrarlo allí, casi como si tuvieran una cita. Algo debía de haber ocurrido, se dijo, pero le pareció que sería una intromisión preguntar y se marchó a casa.

El *Boston Globe* dedicó media página al fallecimiento de Patricia Bowman Pierce, enumerando sus obras de caridad y sus muchos premios por sus organizaciones filantrópicas. La fotografía que acompañaba el texto mostraba a una mujer atractiva con una expresión franca y amistosa y una sonrisa confiada. «La señora Pierce deja a su marido, Bradford —concluía la noticia necrológica—, sus padres, el señor y la señora Colin Bowman, una hermana, Karen, y un hermano, Dexter.» Jenna observó que no tenía hijos. Qué triste para Brad. Pese a que tenía una agenda repleta, Jenna hizo un hueco para escribirle una nota. «En realidad no nos conocemos —empezó—, pero hoy mis pensamientos y mi simpatía están con usted. Sé lo que es perder a alguien muy querido. Si hay algo que pueda hacer para mitigar su dolor, no dude en hacérmelo saber. Suya...»

En los días que siguieron, Jenna pensó en Brad a menudo, preguntándose cómo sobrellevaba la pena, recordando el cariño con que hablaba de su mujer y el amor que dejaba traslucir su expresión abiertamente. Cuando llegó un sobre blanco de «B. Pierce», Jenna se sintió extrañamente decepcionada al comprobar que sólo contenía la típica nota de agradecimiento, cortés pero breve, del tipo que Brad debía de haber enviado a centenares de personas.

Bueno, ¿y qué esperabas?, se recriminó a sí misma. ¿Por qué habría de recordar unas cuantas conversaciones breves en la cafetería de un hospital? No es propia de mí esta sensación de algo inacabado, de palabras no dichas, de actos por realizar, con un hombre que es casi un extraño y que acaba de perder a su esposa.

La sensación se desvaneció paulatinamente en el torbellino de su propia vida. Tenía a Karim, que pronto empezaría el primer curso en Harvard. Pese a que le había convencido de que siguiera viviendo en casa durante el primer año, pronto iniciaría una vida por su cuenta, lejos de ella. Entonces estaría sola.

Perdió las esperanzas por Carolyn. Cada semana que pasaba eran menores las posibilidades de recuperación, hasta que finalmente no quedó la más leve duda. Sus padres, católicos devotos que se veían incapaces de solicitar que le retiraran la respiración artificial, iban a trasladar a Carolyn a un centro privado de asistencia en Connecticut.

—No podemos continuar así —dijo Helen Schrieber, una de las nuevas asesoras del Sanctuary—. Nos estamos quedando sin sitio. Estamos doblando el número de ocupantes de mujeres y niños en habitaciones pensadas para una sola persona.

—Lo sé, lo sé —replicó Jenna—. Estoy intentando solucionarlo, y espero tener noticias pronto. —Delante de ella tenía una copia de la propuesta que había enviado a la Fundación Pierce, describiendo el servicio que prestaba el Sanctuary a las necesidades de mujeres y niños que no tenían otro sitio adonde ir. En la vecindad estaba a punto de quedar libre un local que les iría de perlas. El Sanctuary tenía una opción de compra de noventa días. ¿Les ayudaría la Fundación Pierce?

Jenna esperaba una llamada telefónica como respuesta a su petición, pero no se produjo. Recibió en cambio una carta formal de alguien que se decía secretario ejecutivo de la fundación y que solicitaba información detallada sobre el coste de adquirir y reformar el local.

Jenna envió toda la documentación, el dinero llegó y se inició la construcción del Anexo Patricia Bowman. Eso fue todo.

Podría llamarle, se dijo Jenna. Podría darle las gracias personalmente. Sin embargo, era obvio que él no deseaba ese tipo de contacto. Lo dejó correr.

Fue Brad quien llamó, cinco meses más tarde, y Jenna supo quién era en cuanto le oyó decir hola. La cogió tan desprevenida que empezó a parlotear sobre la subvención.

—Estamos todos tan agradecidos. Abriremos el Anexo Bowman en cuestión de semanas. Usted será el invitado de honor, por supuesto, y...

—Es usted bienvenida —le interrumpió él—, y yo estaré en la inauguración, pero yo llamo para preguntarle si le gustaría cenar conmigo. El viernes por la noche, o cuando más le convenga.

—¿Una cita? —espetó Jenna, deseando poder recuperar esas palabras en el momento mismo en que las pronunciaba.

Él se echó a reír. Era un sonido agradable.

—Sí —dijo—. Supongo que es eso.

Era como si no hubiera salido jamás con un hombre, ni se hubiera vestido de veintiún botones, ni le hubiera dicho que era muy hermosa. Jenna esparció el contenido de su armario por el suelo, encontró defectos a todo y volvió a empezar. Acabó en la tienda de modas más cara de Newbury Street gastando una suma escandalosa en el tipo de ropa que no se había comprado en años: un traje de gabardina de color crema que acariciaba levemente el contorno de su cuerpo. No era demasiado adecuado para el trabajo, pero esperaba que lo fuera para su primera cita con Brad Pierce.

Se encontraron en el Locke-Ober's en Winter Place. Brad se disculpó por no haber ido a recogerla y Jenna le aseguró que no le importaba haber ido hasta allí sola.

—Pero a mí sí. Soy un hombre anticuado, como este lugar —dijo, señalando los revestimientos de oscura madera y la elegancia tradicional de la sala privada que había reservado—. Quería presentarme en tu puerta con un ramo de flores en la mano, pero la reunión se ha prolongado y no quería tenerte esperando, así que...

—No importa —repitió ella—. La intención es lo que cuenta. Al menos esta vez —añadió con osadía, preguntándose de dónde la había sacado.

Un camarero vestido de esmoquin y con aspecto tan venerable como el propio establecimiento apareció discretamente junto a Brad.

—¿Sirvo el vino, señor?

Brad asintió.

—Me he tomado la libertad de pedir por anticipado —dijo a Jenna—, pero si prefieres...

—No —dijo ella—, me gustan las sorpresas.

Diestramente y sin aspavientos, el camarero sirvió la comida: consomé, ensalada verde y gallina salvaje asada a la parrilla, acompañada por un buen Côte de Beaune.

—He pasado por este lugar docenas de veces —dijo Jenna—, y nunca me había dado cuenta de que era tan... tan singular.

—Era el restaurante favorito de mi padre. Aquí traje a mi primera cita importante.

—¿Tu esposa? —preguntó Jenna, complacida de seguir la tradición de «la primera cita importante» de Brad.

Brad asintió.

—Nos conocimos en el instituto, y no hubo necesidad de buscar más. Lo supe enseguida, y Pat también.

—Eso suena muy... tradicional.

—Ya te he dicho...

—De acuerdo —dijo ella entre risas—, eres un hombre chapado a la antigua. —Continuaron charlando con el café; él, recordando su matrimonio y disculpándose por aburrirla, y ella, disfrutando con sus recuerdos y asegurándole que no se aburría en absoluto.

—No tuvisteis hijos.

—No.

—Y no te importó. —Pese a los años que llevaba en Estados Unidos, Jenna seguía reaccionando como una remalí, y le parecía extraordinario que un hombre tan deseable siguiera amando a una mujer que no le daba hijos.

—Nos importaba a los dos muchísimo, pero... Pat no podía. Supongo que lo sublimamos. Luego empezamos a hablar sobre todos los niños necesitados y no deseados del mundo, y entonces pusimos en marcha la fundación. Pat viajó a África, a India, a cualquier lugar donde hubiera niños hambrientos y que necesitaran de cuidados médicos. Estableció hogares colectivos en lugares donde había niños viviendo en las calles. Y en los últimos diez años más o menos, trabajó como voluntaria con bebés que tenían el sida, ¿sabes?, abrazándoles, acunándoles, ayudándoles a sentirse queridos. De hecho, organizó todo un ejército de voluntarios que cubriera todos los hospitales de Boston.

—Debió de ser una mujer extraordinaria, por lo que cuentas.

—Oh, sí. —Los ojos de Brad centellearon al ensimismarse un

instante en sus recuerdos. Jenna estiró el brazo por encima de la mesa y puso su mano sobre la de él. Le pareció que era un gesto adecuado. Era extraño, pensó, que se sintiera atraída por un hombre porque había amado a su esposa. Sin embargo, no era tan extraño; como psicóloga, sabía muy bien que la devoción de Brad por Pat daba fe de su capacidad para amar.

Cuando se dio cuenta de que el camarero septuagenario miraba de reojo su reloj, Jenna hizo lo mismo.

—Es muy tarde —dijo con desgana—. Creo que el anciano caballero desearía que nos marcháramos.

—¿Puedo besarte? —preguntó Brad en la puerta de Jenna.

—¿Qué?

—Primera cita —musitó él.

—Dios mío, desde luego estás anticuado. —En realidad Jenna se sentía encantada—. Creo —añadió—, que yo también.

Los labios de Brad rozaron los suyos; con la mano acarició suavemente su mejilla. Era una caricia sin exigencias, pero llena de promesas, que evocó recuerdos lejanos de lo que era ser amada. Jenna deseó que pudiera continuar así para siempre.

Jenna descubrió que tenían más cosas en común aparte de la pérdida de un ser querido y de la soledad. Ambos amaban el North End y el museo Isabella Gardner; detestaban las dietas y gran parte de lo que pasaba por ser arte moderno. Y lo que era más importante, descubrieron que se sentían a gusto el uno en compañía del otro. Tanto si estaban en un partido de los Red Sox como paseando junto a la orilla del Charles, la conversación surgía con fluidez, y los silencios eran cómodos, ni mucho menos como espacios vacíos que hubiera que llenar.

Un sábado por la tarde, después de haber echado un vistazo a los libros de cocina de Waterstone's y de haber comido un sándwich vegetal con pollo y beicon en la terraza de un café, Brad dijo:

—Me gustaría que vinieras a tomar el té. Mañana. En casa de mi madre.

—¿Tu madre?

—Claro. Ha de ser un día u otro. Creo que vas a ser una parte importante de mi vida, así que será mejor que conozcas a mi madre lo antes posible. Además, podría ser divertido.

Jenna se sintió conmovida y halagada, pero recordando a su suegra, la formidable Faiza, dudó mucho de que semejante encuentro fuera «divertido».

Tenía razón.

Abigail Whitman Pierce resultaba tan impresionante como su nombre. Esbelta, envarada, con crespos cabellos grises y ojos de un gris acerado, gobernaba una casa de Beacon Hill llena de antigüedades que muy bien podría haberse convertido en museo.

Cuando besó a su hijo en ambas mejillas a la manera europea, los ojos grises de Abigail se suavizaron. Segundos después, al volverse hacia Jenna, aquella ternura había desaparecido.

—¿Conoció a Patricia, querida? —preguntó Abigail mientras comían sándwiches de berro sin corteza y bebían té Darjeeling.

—No —replicó Jenna—, pero sé que era una mujer muy especial.

—Sin duda. Era de una raza especial. Una esposa perfecta para Bradford. Irremplazable, diría yo.

Jenna sonrió cortésmente, comprendiendo exactamente lo que Abigail quería decir.

—¿Y de dónde es usted, querida?

—De Egipto, de El Cairo. Me crié sobre todo en Francia.

—Mi difunto marido y yo viajamos por todo Egipto, veamos, fue hace unos treinta años. Un lugar colorista, con una historia fascinante, y los nativos... tan pintorescos.

A Jenna le ofendieron las maneras condescendientes de Abigail. Muy bien, pensó, es la madre típica, como Faiza. Ninguna mujer es lo bastante buena para su amado hijo. Sin embargo, Patricia Bowman sí lo había sido.

—Catastrófico —dijo a Brad cuando abandonaron la casa de Beacon Hill—. Una destrucción planetaria total.

—No tanto —protestó él—. Mi madre puede intimidar, pero un poco de sentido del humor ayuda. ¿Cómo crees que aguanto yo todos sus sutiles esfuerzos por emparejarme con lo que ella considera una mujer adecuada?

A Jenna no le hizo gracia. Así pues, Abigail estaba dispuesta a aceptar a una mujer «adecuada». Era Jenna Sorrel quien no le gustaba. De acuerdo, se dijo, a Abigail no le gustas, pues tendréis que aguantaros las dos. A ti no te gusta Jacqueline, pero la toleras porque Karim está enamorado de ella.

Así pues, intentó no enfadarse cuando Abigail apareció en la inauguración del Anexo Bowman y se pasó media hora entera contándole al periodista del *Globe* que Patricia había sido una santa, sin mencionar en absoluto a Jenna y su trabajo.

Cuando Brad comentó que esa noche había una «pequeña reunión» en casa de su madre, Jenna se excusó. Tenía bastante de Abigail Pierce por un día.

—Oh, vamos, no seas aguafiestas —insistió Brad con tono persuasivo—. La venceremos si trabajamos juntos, Jenna. Ya verás.

—¿Por qué será que no me lo acabo de creer?

—¿No crees que merezco una pequeña molestia? —bromeó él.

Sí, lo creía.

La expresión de Abigail al verla dijo a Jenna que no había sido invitada ni la esperaban. Pero Abigail se recuperó pronto de la sorpresa y con un gesto autoritario del brazo apartó a Brad de Jenna y lo condujo hacia una atractiva pelirroja.

—Winky te estaba esperando, Bradford —dijo con voz meliflua, como si Jenna no estuviera allí—. Ha sido muy paciente y ahora creo que deberías hacerle un martini. Estoy segura de que sabes cómo le gustan a ella.

Jenna pasó un rato embarazoso sin saber qué hacer, sobre todo después de que la pelirroja se lanzara en brazos de Brad y empezara a besarlo con ruidosas exclamaciones de alegría. Muy bien, Jenna, mantén la calma. Con una sonrisa forzada, se fue paseando hacia la salita e intentó mezclarse con el resto de invitados. Al divisar a un hombre mayor de pie, solo en un rincón, se presentó a sí misma.

—¿Cómo dice? —gritó él, tocándose la oreja para indicar que era duro de oído.

—Jenna Sorrel —repitió ella, alzando la voz.

—¿Jenny qué?

—Sorrel, Sorrel, ¡Jenna Sorrel!

—Veo que has conocido a Eldon —dijo Brad, apareciendo de repente a su lado.

—No exactamente —dijo ella con irritación—. Aún no hemos pasado de mi nombre.

—Ah. Bueno, entonces, Jenna Sorrel, te presento a Eldon Baker. Eldon se retiró del senado del estado hace quince años. Creo que desde entonces ha mantenido bajo el volumen de su audífono. —Brad guiñó un ojo al anciano—. Creo que Eldon oyó tonterías más que suficientes para el resto de su vida.

Eldon sonrió de oreja a oreja como si hubiera oído cada palabra.

«¿Quién era esa pelirroja?», hubiera querido preguntar Jenna, pero no lo hizo.

—¿Aún no nos divertimos? —le susurró Brad al oído.

—Aún no.

—Muy bien, deja que te presente a algunas de las simpáticas

personas que hay aquí. —Tomándola del codo, Brad se movió por la salita, haciendo las presentaciones e intercambiando frases corteses con gente a la que evidentemente conocía de muchos años. Jenna intentó seguir sonriendo ante la mención de nombres y lugares que no había oído en su vida. La sonrisa se hizo muy forzada cuando la pelirroja se unió a ellos, enlazando el brazo en el de Brad y lanzándose a recordar viejas anécdotas que él parecía hallar hilarantes.

Por si no se sentía ya fuera de lugar, Jenna tuvo ocasión de comprobar que no era bienvenida cuando se anunció la cena. Según las tarjetas realizadas por un experto calígrafo, Brad se sentaba junto a Winky Farrell. La tarjeta de Jenna, improvisada de cualquier manera a *lápiz*, se hallaba junto a la de Eldon Baker, el anciano con problemas de sordera.

La ira se apoderó de Jenna, barriendo todas sus buenas intenciones. Cogió a Brad por la manga y lo arrastró hasta el vestíbulo.

—Ya es suficiente —siseó—. He recibido el mensaje de tu madre con toda claridad. Nunca seré como Patricia, ¡ni tampoco como Winky! Bueno, pues no quiero ser como ninguna de esas que le gustan a tu madre. Sólo puedo ser yo misma, y si eso no basta, será mejor que no volvamos a vernos.

Aquel estallido le hizo sentirse mejor, resultó incluso purificador. En Al-Remal, pertenecía a una familia de la élite, e incluso en Estados Unidos era una profesional respetada. Así que, ¡cómo se atrevía la madre de Brad a tratarla con semejante desprecio!

Pero después de haber cerrado la puerta de su apartamento con un golpe y de haber lanzado el bolso contra la pared, su sentido de la justicia empezó a evaporarse. El temperamento de los Badir era vivo, pero se enfriaba rápidamente. Cuando se recobraba la sensatez, a veces había motivos para arrepentirse. Sí, era cierto, la madre de Brad se había comportado muy mal, ¿pero era el comportamiento de Brad tan malo como para salir echando pestes de la casa de Abigail, sin ni siquiera haber dado un bocado? Jenna estuvo a punto de echarse a reír, pues se dio cuenta de repente de que tenía un hambre canina.

La nevera tenía poca cosa que ofrecer, y tras hurgar en ella, sólo obtuvo un poco de lechuga marchita, un tomate pequeño y un trozo de queso. No era demasiado apetitoso.

Sonó el timbre de la puerta. Jenna contestó por el interfono. «Entrega de pizza», dijo una voz ronca.

¿Había conjurado un genio una cena para ella? Tenía que ser un error.

—Yo no he pedido ninguna pizza.

—Tengo una pizza para esta dirección, señora.

Algo en la voz... Jenna bajó las escaleras y echó un vistazo por la mirilla. Era Brad... con una enorme pizza.

Jenna abrió la puerta.

—Tienes suerte, estoy hambrienta —dijo, poco dispuesta a dejar traslucir el alivio que sentía al verlo, y la alegría de saber que no la dejaba marchar así como así.

Una vez en la cocina, Jenna devoró la pizza, que llevaba de todo menos anchoas, y dejó que hablara él.

—Jenna, en realidad no nos conocemos mucho. ¿Vive todavía tu madre?

—No, murió siendo yo adolescente.

—Ah. Eso debió de ser duro. Lo siento. —Brad le acarició una mano—. Entonces déjame preguntarte otra cosa. Si siguiera viva, ¿no aguantarías todo tipo de tonterías de su parte, sólo porque es tu madre y la quieres?

Jenna tuvo que admitir que sí.

—Muy bien. Pues lo mismo me ocurre a mí. Mira, la dama a la que tan sutilmente quería emparejarme esta noche...

—Winky —apuntó Jenna agriamente.

—Sí. Winky, Dios nos asista. En realidad se llama Gwendolyn. Somos amigos desde que teníamos seis años.

—¿Sí? —dijo Jenna, adoptando su actitud más profesional.

—Y eso es todo. Nos lo pasábamos tan bien hoy porque... bueno, porque nos conocemos de toda la vida. Escucha, a ella no le importaría que te lo dijera, todo el mundo en Boston lo sabe, de todas maneras, todos menos Abigail. Winky está enamorada de su pareja de dobles.

—Entiendo.

—No estoy seguro. No hablo de dobles mixtos.

De repente los dos se echaron a reír.

—Por cierto —dijo Brad—, quizá deberíamos juntar a Abigail y a Karim. Al parecer los dos tienen la misma opinión con respecto a que tú y yo salgamos juntos.

Jenna rió con más fuerza. Era cierto. Su hijo, estudiante de Harvard, sumergido ya en la egiptología, se limitaba a mostrar a Brad una cortesía fría como el hielo. Pero lo que pensara Karim ya no molestaba a Jenna. No era que no le importara, no, sencillamente sentía como nunca antes que aquella relación era correcta.

Brad la besó, sin pedir permiso esta vez, y sus labios se demoraron para saborear y explorar.

—¿Significa esto que podemos salir en firme? —preguntó Brad con expresión seria.

—¿En firme?

—No más Winkys, ni ninguna otra.

—Sí —replicó Jenna, apartando de sí miedo y conciencia, haciendo caso omiso de la voz que persistía en recordarle que sus derechos a una relación según las leyes de Estados Unidos y de Al-Remal eran limitados en el primer caso, e inexistentes en el segundo.

Salir en firme significaba tener a alguien con quien hablar, con quien compartir. Alguien que estaba a su lado, que le frotaría la espalda cuando estuviera tensa, que le haría una tortilla cuando estuviera demasiado cansada para comer. Alguien que la quisiera.

¿Cómo podía vivir sin él?, se preguntaba casi siempre al mirarse en sus ojos tan azules.

—Tengo una casita en Marblehead —dijo él un miércoles por la noche mientras tecleaba en el ordenador de Jenna, intentando recuperar un fichero que aparentemente había desaparecido—. Creo que te gustará. ¿Por qué no vienes conmigo a pasar el fin de semana?

—De acuerdo —contestó Jenna, aunque sabía que se trataba de algo más importante que un fin de semana estival en la playa.

—¿Casita? —exclamó Jenna, maravillada ante la casa victoriana en primera línea de playa, con recargados motivos en madera, techos ornamentales de yeso y accesorios de latón hechos a mano—. Desde luego en Nueva Inglaterra sabéis lo que es la modestia.

—Influencia puritana. Nos sentimos culpables por poseer tanto y fingimos no poseerlo.

Recorrieron las dieciocho habitaciones de la casa; Brad señalaba los retratos de sus antepasados, los santos y pecadores y los que habían caído en algún lugar intermedio.

—Incluso tenemos un pirata en el lote, pero mi abuelo Benjamin, que fue el que construyó la casa, se negó a exhibir el retrato del muy tunante. Decía que a Kincaid Pierce lo ahorcaron una vez y que eso debería bastarle a cualquier hombre.

Jenna soltó una carcajada.

—Me encanta este lugar —dijo—. Tiene mucha personalidad. Como tú.

—Me siento halagado. ¿Es una valoración personal o un juicio profesional?

—Ambos. —Era cierto. Si de algo había estado segura en su vida era de que Brad era una de esas raras personas de las que se podía afirmar que era realmente buena, lo que le hacía sentir aún más desdichada por mentirle.

Pese a que el guarda había llenado de provisiones la nevera y el congelador de la casa, Brad insistió en que debían comer langosta.

—Pero no en un restaurante, sino cocinadas con nuestras propias manos sobre una hoguera, como Dios había dispuesto.

Todos los habitantes del pintoresco pueblecito costero parecían conocer y apreciar a Brad; el policía que patrullaba las calles a pie; el tendero que les vendió maíz recién cosechado; el propietario del estanque de langostas, que tardó un buen rato en elegir dos ejemplares de primera calidad.

—Las mejores —aseguró a Brad, como si el señor Pierce no mereciera más que lo mejor.

Así sería la vida con él, pensó Jenna. Relajada, fácil y familiar. Basta —se recriminó a sí misma—. No tienes derecho a ese sueño.

—Aquí pareces sentirte como en tu casa —comentó—. Más incluso que en Boston.

—De pequeño pasábamos el verano aquí, y algún que otro fin de semana. Siempre tuve la impresión de que aquí sólo ocurren cosas buenas. —Hizo una pausa y oprimió su mano—. He pensado que quizá también tú te sentirías así.

«Ojalá. Ojalá fuera tan sencillo», pensó Jenna.

—¿Por qué has esperado tanto? —preguntó, mientras asaban las langostas y tostaban el maíz sobre una hoguera atizada por el viento en una escondida cala de la costa rocosa—. Para pedirme que saliera contigo, quiero decir.

Por un momento, Brad pareció distanciarse un poco.

—Supongo que soy muy tradicional —contestó—. Un período de luto por alguien a quien amas es una tradición que me parece correcta.

A Jenna le gustó su respuesta.

—Donde yo nací no se guarda luto a los muertos, al menos formalmente. Se consideraba impío. Pero, conociéndote, creo que es una bonita costumbre. —Vaciló un momento—. Pero ¿por qué yo? ¿Por qué no una de esas mujeres adecuadas de las que Boston parece estar llena?

A Brad le brillaron los ojos.

—Porque sabes escuchar. Porque eres hermosa espiritualmente y físicamente. Porque me pareció que te preocupabas por mí cuando no éramos más que extraños. Porque —se interrumpió, sonriendo con picardía—, a Pat le hubieras gustado.

Esa noche hicieron el amor en el gran lecho de plumas, con una vela encendida en la mesilla que arrojaba sombras danzantes sobre las paredes. Jenna se entregó a Brad sin miedo ni vacilaciones mientras él la acariciaba, murmurando ternuras y jurándole amor eterno. Tal vez fuera la primera vez. Era como llegar a casa.

—Quiero casarme contigo —dijo Brad cuando estaban acurrucados en la cama, con los miembros aún entrelazados—. Ocurrirá tarde o temprano, así que, ¿para qué perder más tiempo?

Jenna se quedó muda, abrumada por la alegría y el miedo mezclados. Alegría porque la amaba. Miedo por lo que tenía que contestar.

—He aprendido a valorar la vida —prosiguió él—. Al perder a Pat me di cuenta de la rapidez con que todo puede acabarse.

—Pero nosotros no... en realidad no nos conocemos muy bien —protestó ella con poca convicción.

—Para eso son los próximos cincuenta años. Porque quiero saberlo todo de ti. Quiero saber dónde estás cuando te quedas tan silenciosa. Quiero saber por qué no confías en nuestro amor...

—Pero yo...

—Silencio —dijo él, colocando un dedo suavemente sobre los labios de Jenna—. No tienes que explicarme nada hasta que tú quieras. Pero quiero estar contigo, Jenna, cuando consigas superar lo que sea que se interpone entre nosotros. No quiero ser sólo alguien que espera...

Brad habló con elocuencia, como un padre consolando a un hijo que ha tenido pesadillas. Pero al final, no importó. Su proposición le había llegado al corazón... y lo había roto en mil pedazos.

Porque Jenna tenía que decirle que no.

MIRAGES[1]

La pequeña habitación del vestíbulo principal del aeropuerto internacional de Al-Remal estaba limpia y no era incómoda, pero su función era inconfundible: era una celda. Mientras aguardaba a que regresara el hombre vanidoso de nombre familiar, Laila, como muchos presos, apenas podía creer que aquello le estuviera ocurriendo a ella. Todo había empezado por una llamada de teléfono.

David Christiansen era una fuerza nueva en la vida de Laila, una fuerza y un ancla. Empezaba a creer que era el único hombre, aparte de su padre, en quien podía confiar.

Laila llevaba mucho tiempo bordeando el límite cuando conoció a David. La recuperación tras el trauma de la violación, la ira, el sentimiento de culpabilidad y finalmente la parálisis psicológica había sido como un largo viaje a través de un lóbrego túnel, y cuando emergió del otro lado, le resultó difícil tomarse en serio las cosas.

Vivía un día y una noche al mismo tiempo. Fiestas y caras nuevas la llevaban a más fiestas y más caras nuevas. Sólo en una ocasión volvió a ser vulnerable, cuando se enamoró de un joven actor con talento, sumamente atractivo y tan egocéntrico como un tiburón. Durante seis meses, el mundo de Laila giró en torno a él, pero un día, le oyó conversar por casualidad con sus colegas. Lo que dijo de ella le hizo enfermar de vergüenza, lo que dijo sobre el dinero de Malik, por otra parte, fue muy encomiástico. Laila lo dejó sin decirle una palabra.

Tras esto, Laila empezó a distanciarse del mundo de oropel de Hollywood, Topanga y Malibú, pero no por completo; aún podía presentarse en el lugar más de moda y ser bien recibida en la fiesta, pero ya no era lo que quería.

1. El título del capítulo alude a los aviones franceses llamados Mirage, pero recuérdese que en inglés *mirage* significa «espejismo». *(N. de la T.)*

Un día, sin ningún motivo en particular, bajó a la playa, lugar que no había visitado nunca. Un bote llamó su atención: aparejos de goleta, de unos veinte metros de eslora y líneas como una gaviota en vuelo. El *North Star*. Mientras admiraba la cubierta de madera de teca y los accesorios relucientes, emergió un hombre por una escotilla y hurgó en una caja de herramientas. El hombre se dio cuenta de que Laila lo miraba, le sonrió, y el rostro curtido por el sol se llenó de arrugas, y volvió a su trabajo.

—Es precioso —dijo Laila.

—Gracias. ¿Navegas?

—Un poco. No soy Cristóbal Colón.

—¿Quién es? Sube a bordo si quieres. Dave Christiansen.

—Laila Sorrel. —Era el nombre que daba (por la mujer que en una ocasión la rescatara), cuando no quería que un extraño supiera quién era su padre.

David le mostró el *North Star*. El barco era suyo (y del banco, claro). Lo alquilaba para excursiones y viajes más largos.

—A Catalina y otras islas del Canal, de vez en cuando. A Hawai dos veces.

Navegar era su vida.

—Crecí en Madison, Wisconsin. Cuando tenía catorce años, un chico que conocía me llevó al lago Mendota en un pequeño Sunfish. Desde entonces, no pensé hacer otra cosa.

Cuando llegó el momento de despedirse, Laila le dio las gracias por la visita.

—Escucha —dijo él—. Tengo un grupo mañana, un viaje a Catalina hasta el día siguiente, suponiendo que pueda arreglar la bomba de agua del motor auxiliar para entonces. ¿Quieres venir? Como tripulante honoraria, quiero decir. Sin gastos, ni tampoco paga.

—Vale —replicó Laila, pensando, ¿por qué no?—. Suena divertido.

—También habrá algo de trabajo. ¿A las ocho de la mañana?

—Hasta entonces.

Tenían que llevar a veinte pasajeros de pago al pequeño y bonito puerto de Avalen, rodeado de colinas. Laila durmió en cubierta bajo las estrellas. A la mañana siguiente, navegaron viento en popa de vuelta al continente, donde Laila, David y el primer piloto, un joven negro de aspecto serio llamado Roy, brindaron por un fructífero viaje con unas cervezas heladas.

Bronceada por el sol, exhausta, con los músculos doloridos, Laila no recordaba cuándo se había sentido tan bien por última vez.

Después de aquello, Laila viajó en el *North Star* a menudo. Llegó un momento en que todos pensaron que ella y David eran pareja, y llegó el día en que lo fueron. David no era como los hombres de su clase social que había conocido en Francia, Nueva York o Los Ángeles. Era tan tranquilo, seguro y fuerte durante una tormenta en el mar como cuando la abrazaba. No era brillante ni ingenioso, pero su afable e irónico sentido del humor no se hacía pesado.

La noche en que David le dijo que la amaba, ella le contó quién era en realidad.

—Bromeas —fue su primera reacción. Cuando ella le convenció de que no bromeaba, se echó a reír—. Bueno, eso no va a cambiar mis sentimientos, pero ha complicado los tuyos.

—¿Qué quieres decir?

—Bueno, yo digo «Te amo», y tú me contestas «Pero mi padre es multimillonario». —Volvió a soltar una carcajada—. Oye, que no soy tonto del todo; sé qué pensará todo el mundo. ¿A quién le importa? Lo que importa es lo que pienses tú.

—No creo que estés conmigo por mi dinero, si es a eso a lo que te refieres.

—Bueno, eso sí que es toda una declaración de amor —dijo él con una sonrisa.

—Lo siento. Es que tienes razón. Mis sentimientos son complicados, por muchos motivos. —Era cierto. No estaba segura de lo que sentía por David. Era como un puerto seguro tras una tormenta, y muy estimado por ello. Le gustaba, sentía admiración por él, y lo necesitaba en un sentido muy real pero ¿lo amaba? ¿Podía amar a alguien? ¿Tendría el valor suficiente? Sus sentimientos hacia aquel hombre evocaban muchas señales de peligro de su pasado, pequeñas y astutas advertencias que revoloteaban en alas de la emoción.

—Está bien, Laila —decía él, muy serio—. Tómate tu tiempo. No me voy a ninguna parte.

Unos meses más tarde, durante un viaje a Santa Rosa a mitad de semana, cuando estaban ellos solos en un fondeadero que David conocía, le pidió que se casara con él.

—No tienes que contestarme ahora —añadió—. Sólo quiero que sepas lo que siento.

Dos días después, Laila inventó una excusa para ir a Francia. Necesitaba alejarse de David durante una temporada, se dijo, un par de semanas, un mes, para aclarar las ideas. Necesitaba recordar cómo había sido la vida sin él.

Lo que descubrió fue que la vida sin él ya no existía. En el Louvre, una marina de Monet le recordó *el North Star*. Durante una cena en Le Carré des Feuillants, se dio cuenta de que estaba pensando en si sabría preparar una versión casera de lo que estaba comiendo para David. En una fiesta, deseó que estuviera allí para poder reírse más tarde de la idiosincrasia de tal o cual artista de vídeo parisino, o de un diseñador de modas, o de la amante de un ministro.

Cuando David llamó por teléfono, fue reconfortante, como si estuviera al otro lado de la ciudad y fuera a verle al día siguiente. Luego, durante una conversación, David preguntó como de pasada si tenía la partida de nacimiento en California.

—No. ¿Por qué?

—Sólo era una idea. Deberías cogerla, o pedirla mientras estás ahí. Nunca se sabe cuándo podría hacerte falta. ¿Quién sabe?, a lo mejor un día quieres casarte.

Pese a este último comentario, la partida de nacimiento no le pareció un asunto urgente y Laila lo olvidó durante varios días. Después, una tarde, lo recordó y decidió que valía la pena buscarla. Tenía que estar allí, en su casa de París en la caja fuerte donde Malik guardaba sus papeles personales. Él se encontraba en Marsella en aquel momento, pero hacía años que Laila se sabía la combinación de tanto verle abrir la caja.

No tenía intención de curiosear; la partida de nacimiento sería fácil de encontrar. Pero cuando repasó el pliego de papeles, lo más natural fue que algunas cosas llamaran su atención.

Las fotografías de Geneviève hicieron que acudieran las lágrimas a sus ojos. Y había una foto de su padre de niño; qué travieso parecía. ¿Quién era la niña pequeña que había a su lado? Qué raro, se parecía un poco a Jenna Sorrel. Unas cartas que no significaban nada para Laila, y otra más extraña de una tal Amira en la que expresaba sus condolencias por la muerte de Geneviève y añadía que se encontraba bien y hacía el trabajo que le gustaba, además de unas vagas explicaciones de por qué no había escrito antes. Karim también estaba bien. ¿Karim? Bueno, era un nombre común en el mundo árabe. Seguramente era un antiguo amor de su padre que esperaba volver a su vida tras la muerte de Geneviève. Otra fotografía, un retrato pequeño, para llevar en una cartera. Una atractiva mujer joven con el vestido tradicional remalí, que tenía un aire extrañamente familiar. ¿Dónde había visto ese rostro? De repente un escalofrío le recorrió la espina dorsal. ¡Dios mío, era como mirarse en un espejo!

Laila extendió los papeles sobre la mesa de su padre y los revisó con mayor cuidado. No encontró ninguna partida de nacimiento, pero sí el certificado de matrimonio de sus padres. Se habían casado cuando Laila tenía cuatro años de edad, casi cinco. Y había un pequeño libro de cuentas con el registro de unos pagos mensuales en metálico a alguien de Al-Remal, un nombre que Laila no reconoció, de una ciudad, si eso era, de la que no había oído hablar jamás. Los primeros pagos se habían realizado el mes en que ella nació.

Laila alzó la vista. En la pared de enfrente había un retrato al óleo de su abuela Jihan, que había posado para él contra los deseos de su marido y se lo había dado a Malik para que la recordara en Francia. Laila había estudiado siempre el rostro buscando indicios del trágico destino de Jihan, pero ahora se fijó en las manos, y en un anillo, una estrella de zafiro con un engarce poco habitual. Había visto ese anillo antes. Lo llevaba Jenna Sorrel.

De repente todo adquirió sentido, y sin embargo, no tenía ninguno. No podía ser. No podía significar que su identidad era una especie de engaño, que no era quien pensaba ser. Su padre le había mentido, y también su madre, si es que Geneviève era en realidad su madre, y Jenna, fuera cual fuese su auténtico nombre.

Sin embargo, fue a Jenna a quien decidió llamar. No respondieron en el apartamento de Boston. Laila probó en su despacho. La doctora Sorrel estaba fuera de la ciudad, le informaron. No, no podía ponerse en contacto con ella. ¿Era una paciente? ¿No? Bueno, ¿se trataba de una emergencia? En caso afirmativo, podía darle el nombre de otros terapeutas.

Laila colgó. No podía llamar a Malik y a David no quería llamarle; pensaría que estaba loca. Quizá lo estuviera.

Entre los documentos de la caja fuerte encontró su pasaporte remalí. Como hija de un ciudadano remalí, también ella lo era, y su padre, gran creyente en la ciudadanía doble, o incluso múltiple, había insistido en que tuviera el pasaporte. Ahora Laila se alegraba de tenerlo. Reservó un asiento en el primer vuelo a Al-Remal.

El hombre de la agencia de alquiler de coches la miró con ira y repugnancia. ¿No sabía acaso que era ilegal que las mujeres condujeran en Al-Remal?

Laila vagó por la terminal del aeropuerto. Los hombres la miraban. Uno de ellos le gritó en inglés con fuerte acento: «¡Cúbrete, mujer!»

Encontró un taxi y dio al taxista el nombre de la población del libro de contabilidad.

—Es una pequeña aldea de las afueras, al sur de la ciudad —dijo él—. La llevaré, pero no vestida así. Así sólo la llevaré al Hilton.

—Lléveme al Hilton.

Al llegar al hotel pidió al taxista que la esperara.

—Para siempre, si lo desea y me paga.

Laila cogió una habitación y envió a comprar ropas adecuadas. Una camarera le llevó dos horribles túnicas negras a un precio que debía de ser diez veces mayor que su auténtico valor. Daba igual.

—Enséñeme a ponérmelo —ordenó.

El taxista seguía esperándola. Asintió con aire aprobatorio cuando vio su nueva vestimenta, pero pareció ofenderse cuando ella aceptó inmediatamente el precio que le pedía por sus servicios. Laila recordó demasiado tarde que un remalí disfrutaba más regateando que viendo aceptada su primera oferta. Bueno, era una pena, pero tenía prisa.

La aldea era un lugar feo de pobres casas de ladrillos de barro cociéndose al sol. Le fue útil el poco árabe que había aprendido de su padre, pero le costó grandes esfuerzos, con ayuda del taxista, encontrar la casa de la persona mencionada en el libro de cuentas.

En su interior halló una mujer muy anciana y otra que parecía sólo vieja. La habitación era demasiado oscura para quien había estado a la cegadora luz del desierto, e instintivamente Laila apartó el velo. La mujer más anciana dio un grito y se balanceó hacia atrás como si estuviera a punto de desmayarse. Luego hizo el signo para alejar el mal, el mismo que hacía su padre supersticiosamente, y salió por la puerta. La otra mujer la miró fijamente, se acercó más a ella y la miró con detenimiento.

—¿Es usted quien creo que es, señorita? —preguntó en árabe.

—Dígamelo usted. ¿Quién soy?

—Si es quien parece ser, es la niña a la que amamanté durante el primer año de su vida.

Laila la miró con ojos desorbitados por el horror.

—¿Mi madre? —preguntó, atragantándose casi con las palabras.

La mujer pareció escandalizarse.

—¿Es usted a quien mi padre ha estado pagándole dinero?

—No. Ésa era Um Salih, que se fue al paraíso hace cinco años, por voluntad de Dios. Desde entonces el dinero ha ido a parar a otra tía mía, la mujer que acaba de ver.

—¿Por qué tenía miedo de mí?

—Pensaba que era usted su madre que había regresado de la tumba. —Sacudió la cabeza—. Un fastidio. Toda la aldea lo sabrá ya.

—¿Um Salih era mi madre?

—No.

—¿Quién era mi madre?

—Hace demasiadas preguntas, señorita.

—Sé que estoy siendo grosera. Lo siento, pero necesito saberlo.

—Entonces se lo diré.

Le contó la historia en pocas palabras directas. Cuando terminó, Laila estaba casi tan conmocionada como la vieja tía.

—¿A mi madre la mataron a pedradas por mi causa?

—Porque lo decía la ley y era la voluntad de Dios, no por su causa. —La vieja nodriza estaba más nerviosa cada minuto que pasaba. Se notaba que estaba ansiosa por que se fuera aquella visitante inesperada—. Señorita, su padre ha sido muy generoso todos estos años. ¿Tiene usted dinero para mí?

—¿Dinero?

—Señorita, su visita puede significar la muerte para mí. Tengo que irme a alguna parte, a un lugar lejano. ¿Trae dinero para mí?

Laila le dio hasta el último rial que llevaba encima.

—No sabía que la estaba poniendo en peligro.

—Tenga cuidado usted también, señorita. Le aseguro que éste no es un buen lugar para usted. No sólo esta pobre aldea, sino todo Al-Remal.

Una pequeña multitud se había congregado en el exterior de la casa. Laila se tapó con el velo. El taxista le abrió paso. De vuelta en el hotel, Laila usó una tarjeta de crédito para obtener más dinero y dio una propina exorbitante al taxista.

Telefoneó a California desde su habitación. Necesitaba oír la voz de David, su serenidad, su amor. El gerente de la dársena le informó que David se hallaba en un crucero de una semana.

Laila reservó un asiento en el vuelo de la mañana a París, se acostó temprano, durmió de forma irregular, y llegó al aeropuerto dos horas antes de la hora de salida del avión. Mientras esperaba, se acercaron dos hombres que tenían todo el aspecto de policías.

—¿Laila Badir?

—Sí.

—Acompáñenos, por favor.

La llevaron a la pequeña habitación, donde conoció al hombre con el nombre extrañamente familiar: príncipe Alí al-Rashad.

—¿Es usted Laila Badir y su padre es Malik Badir?

—Sí. ¿A qué viene todo esto?

—A la violación de nuestra ley, señorita Badir. —El príncipe, un hombre bajo, delgado y distinguido de la edad de su padre más o menos, parecía complacido consigo mismo.

—¿Qué violación? ¿Qué ley?

—Eso se aclarará más adelante.

No quiso decir nada más, y tras cogerle el pasaporte la dejó sola en la habitación.

¿Qué había hecho?, se preguntó Laila. ¿Era el código en el vestir lo que había violado? No, no enviarían a un príncipe para eso. Tenía que ser algo gordo, algo sobre su visita a la aldea. ¿Pero por qué habría eso de molestar a nadie? Recordó que era la hija de una criminal ejecutada, si aquella mujer le había dicho la verdad. Quizá a eso se reducía todo; la detenían mientras comprobaban su identidad.

Nada de todo aquello sonaba bien. Dio unos golpes en la puerta. Un guardia la abrió.

—Necesito ir al lavabo.

El hombre se lo pensó, luego la acompañó hasta los servicios y se apostó fuera mientras Laila entraba.

Gracias a Dios allí había otra mujer. Laila garabateó su nombre y el número de la oficina de Malik en Marsella en un billete de mil riales, y tendió el billete a la mujer.

—Le darán mucho más si llama a este número y le dice a cualquiera que conteste que estoy metida en un apuro aquí —dijo.

La mujer cogió el billete sin pronunciar una palabra.

De vuelta en la habitación, Laila aguardó lo que a ella le parecieron horas. El guardia le llevó té, pero no comida.

Por fin el príncipe Alí volvió a aparecer. Sonrió y arrojó el billete de mil riales sobre la mesa.

—Puede quedarse su dinero. Y no se preocupe por su padre. Viene de camino. Es muy suyo venir en persona.

—¿Conoce a mi padre?

—Somos viejos... conocidos.

Al fin Laila recordó dónde había oído antes su nombre. Malik lo había pronunciado con ira y desprecio. Así pues, aquél era el enemigo de su padre.

—Quiero ver a un abogado —pidió—. Exijo saber por qué me retienen aquí.

—¿Para qué quiere un abogado? No está acusada de ningún delito. Se la retiene más bien como... prueba.

—¿Prueba de qué?

—De varios delitos. De secuestro, por ejemplo.

—¿Qué secuestro?

—El suyo. —El príncipe volvió a sonreír—. Veo que está confusa. Déjeme que se lo explique. Hace mucho tiempo se cometió un delito en nuestro país. Era un delito que requería dos delincuentes, un hombre y una mujer. La mujer fue arrestada y ejecutada. Al hombre no lo descubrieron nunca. Durante años sospeché quién podía ser el culpable, y al venir aquí e ir a donde ha ido, ha confirmado mis sospechas. Así que ahora estamos esperando la llegada del otro delincuente.

Así que era eso; la usaban como cebo para atraer a su padre.

—Soy ciudadana francesa, además de remalí —dijo con la mayor altanería de que fue capaz—. Tengo derecho a ponerme en contacto con la embajada francesa.

—Todo a su tiempo —dijo el príncipe, agitando una mano.

Uno de los guardias entró.

—La torre de control dice que va a aterrizar, alteza.

—Bien. Venga conmigo, señorita Badir. No querrá perderse este acontecimiento.

Se dirigieron a un ventanal que daba a las pistas. Varios ayudantes se unieron al príncipe. Sobre la pista aguardaban una docena de hombres que parecían ser policías de paisano en un grupo disperso.

—Allí —señaló uno de los ayudantes. Laila reconoció los llamativos distintivos del 747 privado de su padre cuando tocó tierra.

—Siempre espectáculo, siempre extravagancia —dijo Alí al ayudante—. Confiscaremos el avión, por supuesto.

El reactor rodaba por la pista en dirección a la terminal. Los policías de paisano se desplegaron en semicírculo.

Laila nada podía hacer.

Una camioneta rodó por la pista y se detuvo justo cuando lo hacía el gran reactor.

De la camioneta salieron unos soldados en tromba y formaron una línea frente a los policías de paisano.

—¿Qué es eso? —preguntó Alí.

—No lo sé, alteza.

Tras ellos se produjo un alboroto. Un grupo de hombres con uniforme militar se acercó a ellos.

—General, ¿qué significa esto? —exigió saber Alí al que mandaba la tropa.

—Alteza, tengo órdenes de escoltar a esta mujer hasta ese avión.

—¡Órdenes! ¿De quién?

—Del rey, alteza.

—¡El rey! —Laila vio que el príncipe apretaba los dientes con rabia, pero no decía nada más.

—Por aquí, señorita —dijo el general y condujo a Laila por una rampa hacia el 747. Un asistente cerró la puerta tras ella cuando entró. El piloto no había parado los motores en ningún momento, y el avión se puso en movimiento inmediatamente.

Laila vio a Malik dirigirse hacia ella con la preocupación pintada en el rostro. Cuando intentó abrazarla, respondió abrazándole a medias y rechazándole.

—¡Oh, papá! —se oyó exclamar Laila—. ¡Oh, papá, te odio!

Alí hablaba con palacio por la línea secreta desde la terminal del aeropuerto. Su hermano Ahmad (el rey desde la muerte de su padre) respondió de inmediato.

—Exijo una explicación, hermano —bramó Alí—. He sido humillado, absolutamente humillado, y se ha permitido a un delincuente que escapara.

—Algunas veces eres demasiado impetuoso en el cumplimiento de tu deber, hermano —dijo Ahmad con tono seco—. Deberías haberme informado, en lugar de tener que enterarme por otros.

—¿Y qué hubieras hecho?

—Lo que acabo de hacer ahora. ¿Recuerdas los Mirage, hermano? Queríamos esos aviones a toda costa y cierto individuo nos ayudó a conseguirlos, en contra de tu consejo, si no recuerdo mal. Y en un año o dos, Dios mediante, nos ayudará a comprar unos F-14 americanos. Así que no deseo que nadie le moleste.

—Pero...

—Ven a cenar esta noche, hermano. Hablaremos. Hace demasiado tiempo que no hablamos a solas tú y yo.

El rey colgó. Alí oyó en la distancia el rugido del 747 que iniciaba el despegue.

SÉPTIMA PARTE

LA VERDAD

El ruido sordo del tren de aterrizaje sobre la pista despertó a Jenna. El hombre pelirrojo estaba sentado al otro lado del pasillo, mirándola.

—¿Ha dormido bien, princesa? ¿Quiere alguna cosa? ¿Una taza de café?

—No, gracias.

—¿Un zumo de naranja, quizá?

—No.

El reactor rodó por la pista y se detuvo.

—Bueno, ya hemos llegado. Fin del trayecto. Apóyese en mí; aún no se le han despertado las piernas, ¿eh? No querríamos que nos pusiera un pleito.

Jenna rechazó su ofrecimiento, pero le siguió hasta la puerta. ¿Qué otra cosa podía hacer?

El sol la cegó cuando salieron del avión. Los alrededores confirmaron los temores de Jenna: una pista de aterrizaje privada en el desierto. Una limusina aguardaba. El hombre pelirrojo abrió la puerta de atrás del coche para que entrara. Un vistazo al conductor le dijo que era árabe. Por supuesto.

El pelirrojo se instaló en el asiento del copiloto.

—Vamos —dijo alegremente.

—¿Cuánto le paga por esto? —preguntó Jenna. Podía habérselo ahorrado. Ella no podía competir con Alí en cuestión de dinero. De todas formas ya no importaba.

El hombre soltó una carcajada.

—Suficiente. Nunca pensé que diría una cosa así, pero este cliente me paga lo suficiente.

¿Estaba a salvo Karim? Pues claro que sí. Nadie iba a hacerle daño a él. ¿Qué le dirían, qué sabía? ¿Le habían dicho algo?

Circulaban por una carretera de dos carriles. No la reconocía, ni tampoco el paisaje. De hecho, había algo que no encajaba. El desierto en sí no era como debía ser, ni la arena ni las plantas ralas. Y más adelante vio casas. Grandes casas del estilo de los ranchos americanos. Ni siquiera en el enclave petrolífero había habido tales casas en Al-Remal. ¿Tanto podía haber cambiado?

Se encontró con la mirada del chófer en el espejo retrovisor. Una sonrisa esbozada. Algo familiar... No podía ser, pero desde luego sería más viejo, y...

—¿Jabr? ¡Jabr!

—A su servicio, alteza.

—¿Qué estás...? —Jenna se volvió hacia el pelirrojo—. ¿Qué es esto? ¿Dónde estamos?

—En el buen camino, princesa. En Palm Springs, California. Volvemos a reunimos.

—Jabr, por favor, dime qué hacemos aquí. Tengo miedo.

El regocijo de los ojos de Jabr se convirtió al instante en inquietud.

—¿Pero no lo sabe, alteza? La llevamos a casa de su hermano.

—¿Malik? ¿Está aquí?

—¿No se lo has dicho? —preguntó Jabr al pelirrojo.

—Oye, tenía órdenes. Yo también trabajo para él.

Jabr masculló unas cuantas palabras en árabe que Jenna no tenía la menor intención de traducir. Era obvio que los dos hombres no se tenían la menor simpatía, pero no era algo que la preocupara en aquel momento.

—¿Malik está aquí? —repitió. Sentía vértigo. Todo aquello tenía el aire surrealista de un sueño.

—Aquella de allí es su humilde morada —anunció el pelirrojo, señalando con la cabeza en dirección a una inmensa casa de madera y cristal de estilo moderno. Traspasaron una verja y continuaron por un largo sendero.

Un hombre bajo y rechoncho de evidente aspecto remalí bajó presuroso las escaleras para salir a su encuentro.

—Oh, esto es una locura —dijo Jenna—. ¿Farid? ¿Eres tú, Farid? —Jenna salió del coche y abrazó a su primo con fuerza.

—Te has equivocado de mujer —reprendió Farid a Jabr y al pelirrojo—. Demasiado joven. Además, Amira era hermosa, pero no era nada comparada con ésta.

—¡Mentiroso! Dios mío, esto es demasiado. ¿Dónde está Malik?

—¿Tan pronto deseas abandonarme por el pesado de tu hermano? Muy bien. Por aquí.

Farid la condujo al interior de la casa.

—Por aquí, prima. Dale una sorpresa. Aún no sabe que has llegado.

La puerta que señalaba conducía a una gran habitación que se abría a un vasto jardín con piscina.

Malik estaba de pie junto a las ventanas correderas, de espaldas a la puerta, mirando hacia el horizonte, ensimismado. Tenía que ser Malik, pese a los cabellos canosos.

—¿Hermano?

—¡Hermanita! —exclamó él, volviéndose. Malik corrió hacia ella y la abrazó. De repente Jenna estaba llorando y también él.

—Cuando dude de que Dios es misericordioso, recuérdame este momento —dijo Malik con vehemencia—. ¡Ah, Amira!

Jenna se echó hacia atrás.

—Pero espera, espera. ¿Por qué me has arrastrado hasta aquí de esa manera? ¡Me has dado un susto de muerte! Hace diez minutos creía que Alí me había atrapado.

—Tenía mis razones. ¿Hace diez minutos, dices?

—Sí. Hasta que he reconocido a Jabr pensaba...

—Bueno, eso no está bien. Debían decírtelo en el avión.

—No me han dicho nada. He estado dormida casi todo el tiempo. Creo que me han dado algún sedante.

—Ryan tenía que decírtelo —insistió Malik, ceñudo—. Quizá debería haber dado órdenes más concretas. A esos tipos les encanta actuar como si estuvieran en una película. Por otro lado, no quería que te lo dijera enseguida. Quería demostrarte algo, darte una lección.

—¿Quieres decir que me has aterrorizado a propósito? Debería darte una bofetada, hermano. —Casi hablaba en serio.

—La lección —explicó él, muy serio— es que si yo puedo hacerlo tan fácilmente, otros también pueden.

Jenna meditó estas palabras.

—¿Y cómo me has encontrado exactamente?

—No ha sido fácil. Tu carta... Mandarla desde Toronto fue un golpe maestro. Muchos expatriados árabes acaban allí. Nos pasamos meses, años, peinando Canadá sin encontrar nada, por supuesto. Entonces, un día, Ryan, que es detective privado, por si no lo habías adivinado, dijo que quizá deberíamos probar en Estados Unidos. Yo le dije: «Canadá ha sido una mina de plata para ti. Ahora también quieres una mina de oro.» Quizá por eso te lo ha hecho pasar mal. Ha ganado una fortuna buscándote y ahora que te ha encontrado... —Malik rió con cierto pesar.

—Pero ¿cómo me encontró?

—Teníamos dos puntos de partida. Uno, claro está, es que tienes un hijo. Aunque nunca se nos ocurrió que siguiera llevando el mismo nombre. El otro era lo que me decías en la carta sobre tu éxito en un trabajo que te gustaba. Sabía que tenía que ser algo que exigiera una educación por todos los libros que siempre estabas leyendo, incluso cuando eras niña. Así que Ryan empezó por las universidades, publicaciones de estudiantes, anuarios y cosas así. Él y toda la agencia de detectives. Tiene su mérito. Fue un trabajo impresionante aun con ordenadores. He debido mirar más de un millar de fotos. No hubo suerte. Luego, cuando estábamos a punto de abandonar los dos, tuvo la idea de averiguar qué convenciones se celebraron en Toronto cuando me enviaste la carta. Hubo una docena, pero la de psicólogos parecía la más probable. Y... *voilà!* —Malik rió—. Cuando me mostró fotografías tuyas, le dije que estaba loco. Tuvo que hablarme de la cirugía plástica. Supongo que era un poco ingenuo. Fuimos a Boston y allí te espié desde lejos. Supe enseguida que eras tú, por tu modo de caminar más que nada. Eso fue hace dos años.

—¡Dos años! ¿Y por qué has esperado tanto... y has montado todo esto, por lo que aún podría abofetearte? ¿Por qué no me dijiste nada, ni te pusiste en contacto conmigo?

—Estuve a punto de echar a correr hacia ti allí mismo, en la calle. Pero algo me dijo que esperara. Se ha estado ocultando durante mucho tiempo, pensé, debe de tener sus razones. No sabía cuáles podían ser. Para serte sincero, pensé que tenía algo que ver con la muerte de Philippe. Así que esperé.

—¿Y por qué ahora sí?

—En parte porque no podía esperar más, pero también porque las cosas han cambiado.

—¿Qué quieres decir? ¿Qué ha ocurrido?

—Luego —dijo Malik, agitando una mano—. Dejémoslo por el momento. Ahora que estás aquí, relájate. Debes de estar cansada.

—He dormido muy bien, gracias a ese Ryan. —Jenna se dio cuenta de que estaba mirando la manga vacía de su hermano—. Tu pobre brazo, Malik. Vi la entrevista de Sandra Waters. Me sentí tan... no sé. Sentí deseos de cuidarte.

—La reacción habitual —dijo él, y sus ojos negros sonreían—. No te preocupes, hermanita, no ha malogrado mi estilo. El ilustre doctor Kissinger tenía razón; el poder no es el afrodisíaco definitivo, es la compasión, el instinto maternal. Jamás había sido capaz de excitarlo hasta que perdí el brazo. Desde entonces no me las quito de encima.

—Idiota —dijo ella, volviendo a abrazarle—. Queridísimo idiota.

—Una mala noticia —dijo él en voz baja—. Será mejor que te la diga ya. Padre murió.

—¡No! ¡Oh, Dios mío!

—Sí, un ataque y luego, lentamente... fue decayendo.

Un intenso sentimiento de culpabilidad se apoderó de Jenna.

—Oh, Malik, nunca supo que Karim y yo seguíamos vivos.

—Sí, sí lo supo. Nos habíamos reconciliado, al menos en parte. Cuando estaba a punto de morir le dije... lo que pude. No estoy seguro de que lo entendiera todo, pero sí que su hija y su nieto estaban vivos y bien. Ah, pero Amira, ojalá hubieras acudido a mí entonces. ¿Por qué le pediste ayuda a aquel francés? ¿Y qué salió mal?

Jenna le dijo todo cuanto se atrevió a contar. Pese al tiempo transcurrido, temió azuzar una vendetta contra Alí, una lucha que Malik no podía sino perder. Describió el asesinato de Alejandría, incluyendo las circunstancias que habían conducido hasta él.

—No podía vivir con él después de aquello, pero tampoco podía dejarlo sin más; me hubiera perseguido. Entonces Philippe tuvo una idea.

—Pues sí que era brillante que acabó muerto.

—Por favor, hermano, no seas sarcástico. Escúchame primero.

Jenna le habló de la ayuda prestada por Philippe y de su heroísmo. Cuando terminó, Malik se quedó sentado en silencio durante un rato, frotándose la manga vacía, sumido en reflexiones.

—Eso es diferente, muy diferente —dijo al fin—. Había acabado por odiarle. Ahora comprendo que... bueno, ¿qué puedo decir?

—No hace falta que digas nada, hermano. ¿Cómo podías saberlo?

—En cuanto a Alí, conocía sus gustos, por supuesto. Tales cosas no pueden mantenerse completamente en secreto. Pero de ese asesinato... nada, ni el más leve susurro. Me alegro de saberlo. Puede que me sea útil algún día, pero ahora tenemos que pensar en el presente. —Se inclinó hacia Jenna—. Escucha bien, hermanita: No podrás seguir ocultándote por mucho tiempo. Alí sabe que tú y Karim estáis vivos. Hace algún tiempo que lo sabe, y todo ese tiempo ha estado buscándote, con sigilo pero sin pausa. —Malik sonrió torvamente—. Me temo que no le he ayudado mucho. Tengo ciertos... contactos en su campo. Jabr era uno de ellos hasta que empezaron a recelar de él y tuve que sacarle de allí. Y también he podido dar falsas pistas a Alí de vez en cuando. Pero sólo es cuestión de tiempo que te encuentre, igual que yo. La pregunta es: ¿qué hará entonces?

—¿Me lo preguntas a mí?

—Sí.

—No lo sé. Durante años supuse que se llevaría a Karim y haría que me mataran. O quizá me arrastraría hasta Al-Remal para que me juzgaran por haberle robado a su hijo. En realidad pensaba que era eso lo que hacía Ryan. Pero a decir verdad no lo sé. Hace tanto tiempo que dura esto.

—¿Crees que aceptaría un acuerdo a cambio de devolverle a Karim?

—No se lo devolveré jamás. Jamás.

—Karim es casi un adulto, hermanita —dijo Malik con tono afable—. Dentro de poco irá a donde quiera.

—Entonces podrá irse, pero no antes. —Se dio cuenta de que era una respuesta infantil. Jenna, la psicóloga, sabía muy bien que Jenna, la madre, se negaba a aceptar la independencia de su hijo.

—Muy bien. Deja que te exponga mis ideas. Primera, tú y Karim podríais vivir conmigo bajo mi protección. Me he hecho muy rico, hermanita, diez veces más rico de lo que fue Onassis. Puedo contratar toda la seguridad que necesites y darte todo cuanto quieras sin echar en falta el dinero.

—Lo sé, hermano, pero tengo mi propia vida. No quiero dejarla, ni tampoco creo que Karim quisiera.

—Eso nos lleva a la segunda opción. Sigues como hasta ahora, pero te doy protección. Puedo instalar hombres tanto en el edificio donde vives como en el que trabajas. Lo mismo con Karim. Sería algo parecido al Servicio Secreto.

—No puedo tratar a mis pacientes con un ejército privado rondando por mi puerta —replicó Jenna, mirándolo fijamente.

—Sería algo más sutil, pero... lo comprendo. Déjame que te haga otra sugerencia. ¿Qué te parece si hacemos pública la historia, en los periódicos, en la televisión? Podría ser la mejor protección de todas. Nuestro amigo Alí tiene ambiciones políticas muy serias. Cuando la verdad saliera a la luz, ¿podría permitirse el lujo de dejar que te ocurriera algo?

—Malik, estamos hablando de Alí. ¿Quién sabe lo que podría hacer?

—Desde luego no tenemos la certeza —dijo él con una mueca—. Quizá deberíamos hacer las dos cosas: Dejar que se sepa la verdad y protegeros a los dos como si fuerais las joyas de la corona. Pero, créeme, Amira, o Jenna, tendrás que tomar la decisión pronto. Tú prométeme que no volverás a desaparecer. Siempre supe que no estabas muerta. Sencillamente, lo sabía. Pero, lo que he tenido que sufrir preguntándome dónde estabas, si estabas enferma, si te las arreglabas sola con un niño.

—No te preocupes. Yo tampoco podría volver a pasar por eso.

Malik asintió, luego esbozó una sonrisa.

—Seguramente te gustaría darte una ducha, quizá incluso te apetezca nadar un poco. Encontrarás ropa para cambiarte en tu habitación. Procuro tener unas cuantas cosas agradables a disposición de mis invitados. Necesitarás más cosas. Tengo en nómina una persona que se encarga de las compras personales.

—¡Malik! ¿Cuánto tiempo piensas que me voy a quedar?

—Ya hablaremos de eso.

—Tengo pacientes, hermano, una consulta que atender.

—Es sábado. Tenemos mucho tiempo para hablar.

Cuando la acompañaba fuera de la habitación, Jenna se fijó en un mueble que al instante la transportó de vuelta a su niñez.

—La mesa de ajedrez de padre —dijo.

—Sí.

—No es tan grande como la recordaba, pero sí hermosa. —La mesa era una obra de arte de madera taraceada con intrincados dibujos geométricos.

Jenna recordó el día en que Malik derribó a Alí entre los peones, alfiles y torres esparcidos por el suelo.

—¿Aún juegas? —preguntó. Al tiempo que lo decía, abrió distraídamente el cajón de la mesa. En lugar de piezas de ajedrez, contenía un revólver negro.

Jenna miró a su hermano alarmada. Él cerró el cajón con suavidad.

—Desgraciadamente —dijo con su sonrisa más encantadora—, los juegos en los que estoy metido ahora pueden ser peligrosos.

La comida tuvo un sabor muy californiano: ensalada de brotes de cactos y caquis, conejo a la parrilla y sorbete de kiwi. Después Jenna, Farid y Malik se tumbaron junto a la piscina, o al menos lo hizo Jenna; Farid saltaba de su silla cada dos por tres para contestar al teléfono. Algunas veces se lo tendía a Malik, pero con frecuencia hacía preguntas y daba órdenes. Evidentemente, era la mano derecha de su hermano.

Jenna se sentía aún como si todo fuera un sueño. Tras largos años sola, habiendo enterrado profundamente su vida anterior, era muy extraño pero también familiar, estar de nuevo con sus compañeros de la infancia, sus parientes más próximos ahora que su padre había muerto. Deseó que Karim estuviera allí. ¿Y dónde estaba Laila?

—Necesito que me aconsejes sobre Laila —dijo Malik, como si fuera clarividente.

—¿Sabías que la he visto? —preguntó Jenna, haciendo acopio de valor para confesarse.

—En su momento no me enteré. Lo descubrí más tarde. Me burlé de Ryan a costa de eso. El gran detective te estaba buscando por todo el continente, y mi pequeña ya te había encontrado.

—Sabía que no debía hacerlo. Sabía que debía mantenerme alejada, no sólo por mi seguridad, sino también por la suya, pero cuando la vi, no pude evitarlo.

—Claro, claro. —La leve sonrisa de Malik parecía decir: «¿Cómo podría alguien no querer a mi Laila?» Sin duda Laila seguía siendo el sol, la luna y las estrellas para él. Pero luego la sonrisa se esfumó—. ¿Sabes lo que... le ocurrió?

—Sé que la violaron.

Malik parpadeó levemente al oír la palabra.

—Sí. Ése fue el principio. No hacía mucho, en realidad, que habían matado a Geneviève. Creo que eso lo superó, pero... lo otro. No ha vuelto a ser la misma desde entonces.

—Debería haber hecho algo, pero cuando se fue de Nueva York para venir aquí...

—No es culpa tuya, sino mía. De todo. Debería haber tenido guardaespaldas las veinticuatro horas del día. En realidad los tuvo durante un tiempo. Pero no dejaba de pedirme que le permitiera llevar una vida normal, y —su voz se quebró— me resulta tan difícil negarle nada.

Malik miró por encima de la piscina hacia el paisaje desértico.

—Aquel chico, por ejemplo. Yo creí que era un buen chico. Me miró a los ojos y me llamó «señor». Era de buena familia. Y luego... —Apretó el puño, lo abrió, volvió a apretarlo y se relajó—. Ella ni siquiera pensaba decírmelo. Temía que la juzgara.

—Es una reacción común a la violación. La víctima tiene la impresión de que el ataque la ha rebajado, la ha hecho indigna, y que los demás también lo creerán.

—Estoy seguro de que tienes razón.

—¿Qué pasó con el chico?

—Ah, el chico. Yo quería matarlo, por supuesto, pero... bueno, esto no es Al-Remal. Pensé en presentar cargos contra él, como sugirió la terapeuta de Laila. Fue entonces cuando descubrí cómo funciona la ley en este país. Desde un principio, el fiscal me explicó lo difícil que sería demostrar la violación. Me dijo que los abogados de la otra parte harían recaer la culpa sobre la víctima, haciendo que Laila pareciera una especie de... bueno, de puta. Luego descubrí por mi cuenta que conocían algunas de las lagunas del origen de Laila, y que pensaban sugerir que nuestra relación no era... como debía ser. No podía exponerla a eso. Retiramos los cargos.

—Así pues, ¿quedó libre?

Malik guardó silencio durante largo rato.

—Es interesante —dijo por fin—. Unos meses más tarde, estuvo involucrado en un pequeño accidente y encontraron drogas en su coche. No era mucho, así que le dieron una colleja (era de buena familia, como te decía, y no tenía antecedentes) y lo soltaron. Pero poco después, alguien dio el soplo a la policía y lo pillaron con cuatro kilos de cocaína y una suma considerable de dinero para la que no tenía explicación. Ahora está cumpliendo más o menos la misma condena de cárcel que le hubieran echado por lo que le hizo a Laila. Es justo, ¿no crees?

Jenna no estaba muy segura de lo que oía, y decidió no preguntar.

—Pero eso no ayudó a Laila —continuó Malik—. Sus ojos... se apagó la luz de sus ojos. Lo intenté todo para que la recuperara. Todo. Dejé mi trabajo, así, indefinidamente, y la llevé de crucero. Antes le encantaban los barcos, el mar. Pero apenas hablaba y al final di por terminado el viaje porque parecía sentirse muy desdichada. Fue entonces cuando se vino aquí. Construí este lugar —indicó la casa con el brazo— para poder estar cerca de ella si me necesitaba.

¿Por qué creía su hermano, se preguntó Jenna, que necesitaba una mansión para estar cerca de su hija?

—¿No le buscaste ayuda profesional? —Su tono fue más crítico de lo que pretendía, pero él no pareció notarlo.

—Oh, sí. Tres psiquiatras diferentes. Laila los dejó uno detrás de otro. Luego volvió a cambiar. Se convirtió en uno de esos mocosos salvajes de California, de fiesta en fiesta sin que pudiera hacer nada para detenerla, y con supuestos amigos que no eran dignos de ella. —Alzó una mano—. No lo digas; sé que mi vida no ha sido siempre ejemplar, pero al menos he aprendido a valorar a las personas. Aquella gente no tenía el más mínimo interés por ella.

Jenna asintió.

—Pero entonces —prosiguió Malik—, conoció a un chico, y todo volvió a cambiar. —Malik explicó que Laila había encontrado a alguien por fin, que se había enamorado, por primera vez en realidad. Era un joven que capitaneaba una goleta con la que transportaba pasajeros a Catalina, México *e* incluso Hawai. Y lentamente, el amor la había devuelto a su antiguo ser.

Jenna tenía la terrible sensación de que sabía lo que vendría después.

—No me digas que la ha dejado.

—¿Qué? Oh, no. En absoluto. Lo que ha pasado es que ha descubierto la verdad.

—¿La verdad sobre qué?

—Sobre mí. Sobre ti. Sobre su verdadera madre. Sobre sí misma. —Malik relató los hallazgos de Laila en París y su viaje a Al-Remal.

—Dios mío —exclamó Jenna cuando asimiló lo que acababa de oír. Era una situación grave. Saber que la madre de uno no es tu madre puede traumatizar a cualquiera, pero dada la inestabilidad de Laila, sería catastrófico.

—No me molestan las intromisiones de Alí en mis negocios —decía Malik airadamente, pensando aún en la escena del aeropuerto—. Un hombre es libre de actuar como quiera en tales asuntos. Pero el trato que dio a mi hija. Pagará por eso, lo juro. —Guardó silencio un momento, esforzándose visiblemente por serenarse—. Cuando la saqué de allí, tuvimos una escena terrible. En el mismo avión. Dijo cosas sobre mí, sobre ti, incluso sobre Geneviève. Al final tuve que admitir la verdad, o la mayor parte, sobre su verdadera madre. Pero parece ser que decir la verdad también fue un error. Yo pensaba que se iría furiosa con su prometido. Pero también ha cortado con él; afirma que es un mentiroso como todos nosotros. Y en lugar de huir como yo temía, se encierra en su habitación como una ermitaña.

—¿Aquí?

—Sí, aquí mismo.

—¿Ella está aquí? ¿En esta casa?

—Oh, sí. Así son las cosas ahora. Se encierra en su habitación, no sale casi nunca y se pasa el día durmiendo y la noche despierta.

Jenna se estremeció. Era un comportamiento demasiado familiar, terriblemente parecido al de Jihan.

—Espero —concluyó Malik— que tú puedas hacer algo.

Jenna respiró hondo.

—¿Qué le has contado de mí?

—Sólo que eres mi hermana, que desapareciste hace mucho tiempo haciendo creer a todos que habías muerto, por razones que no conozco demasiado bien. Lo que en esencia es verdad. Claro que para ella, eso te convierte en una mentirosa a ti también.

«Y tiene razón», pensó Jenna. Difícilmente podía considerarse la situación ideal para iniciar una relación terapéutica.

—Haré lo que pueda —dijo—. No esperes milagros.

—Dejé de esperar milagros hace mucho tiempo. En Al-Remal. Seguro que recuerdas la ocasión.

—¿Puedo ir a verla ahora?

—¿Por qué no?

La mujer que abrió la puerta del dormitorio se parecía muy poco a la chica de rostro ingenuo que Jenna había rescatado en Saks. Laila tenía tan sólo veintitantos años, pero parecía envejecida, cansada, distante... casi igual que Jihan en sus últimos días.

—Vaya, mira quién está aquí. Mi amiga secreta.

Aquel pequeño estallido de amargura alentó a Jenna. Donde había emociones vivas, aunque fueran negativas, había esperanza.

—Sí, soy yo, y soy tu amiga, además de tu tía. Siento no habértelo dicho antes. Pensaba que no podía hacerlo. Tal vez algún día me dejes contarte el porqué.

—No quiero saberlo.

Una respuesta mecánica, pero la elección de las palabras era significativa. Jenna tomaría notas tan pronto como le fuera posible. Había decidido ya quedarse al menos hasta que encontrara un psiquiatra adecuado para su sobrina. No podía tratar a Laila ella misma; estaba demasiado involucrada en su historia, pero quizá podía ser de ayuda como una amiga y pariente que no la juzgaría, alguien que la escuchara y comprendiera.

—Volveré mañana, Laila. A esta hora más o menos. ¿Por qué no piensas en lo que te gustaría comentar? Te diré todo lo que quieras saber.

—No quiero hablar.

—Tú piénsalo. Te veré mañana, o siempre que te apetezca.

Jenna tenía pacientes en los que pensar. Llamó al Sanctuary e informó a Liz Ohlenberg de que no iría en una semana como mínimo. Dejó el mismo mensaje en su contestador automático.

A lo largo del día siguiente, Jenna llamó a sus pacientes, citó a unos para otros días y a otros los remitió a colegas.

Una y otra vez, al marcar el prefijo 617, Jenna pensó en Brad. ¿Llamarle? Pero ¿para decirle qué? No tenía respuesta a su pregunta. Si le decía la verdad... bueno, no podía decírsela.

Esa tarde, Laila se había encerrado aún más en su concha y sus respuestas fueron más esquivas.

—Muy bien —dijo Jenna—. Hablaré yo. Te lo contaré todo sobre Amira Badir. —Y así lo hizo.

El lunes, Jenna se puso en contacto con un psiquiatra de Los Ángeles que le recomendaron sus colegas de Boston. Le explicó la situación y le gustó el análisis que él hizo de la misma. Ambos se mostraron de acuerdo en que lo mejor era conseguir la aprobación de Laila para iniciar la terapia, pese a que existía cierto riesgo en su situación.

Esa tarde, Laila seguía sin querer comunicarse, pero parecía aguardar a que Jenna empezara y ésta aprovechó la oportunidad.

—¿Te gustaría que te hablara de la mujer que te dio a luz? Era mi mejor amiga, la mejor amiga de Amira. —Se lo contó todo, incluyendo, con el mayor tacto posible, la última noche y el último día en la vida de su madre.

Cuando terminó, Laila se metió en el cuarto de baño y vomitó. Regresó pálida y temblorosa.

—¿Sabes que fui allí, a Al-Remal? —dijo—. Encontré a una mujer que me había amamantado, o eso dijo ella. Una pobre mujer. Envejecida prematuramente, como tantos otros en aquella aldea. ¡Dios, cómo odio aquel lugar! ¿Y sabes lo que estaba pensando? Pensaba: «¿Es ésta mi verdadera madre? ¿Mi padre...?» —No terminó la frase. Después de un rato, se tumbó en la cama y se durmió.

El tercer día, Laila se negó a abrir la puerta durante largo rato. Cuando por fin la abrió, Jenna entró saludando, pero luego se sentó en silencio.

—¿No más historias? —preguntó Laila al fin, y sorprendentemente su tono era como el de una niña a la que acaban de acostar.

—He hablado por los codos dos días —dijo Jenna—. Poco ortodoxo por mi parte. Quizá quieras contarme cómo te sientes.

—Ya habla la psicóloga —comentó Laila con amargura—. «¿Cómo te sientes?» —Hizo una mueca—. ¿Cómo crees que me siento? Me siento como uno de esos estúpidos juguetes que rebotan y vuelven a levantarse cuando los golpeas. «Tu madre murió, Laila, sólo que no era tu madre auténtica, claro que ésa también está muerta. Oh, por cierto, la mujer a la que conociste, la que se decía tu amiga, en realidad es tu tía.» ¡Maldita seas! ¡Maldita seas! ¡Malditos todos! —Laila daba puñetazos sobre la cama—. Golpeadme, ¡pero esta vez no me voy a levantar!

Ya te has levantado, pensó Jenna con alivio. Ahora la cuestión está en mantenerte de pie.

En los días siguientes, Laila abandonó su reclusión paulatinamente. Una noche apareció en la cena. A la siguiente se maquilló.

Insinuó que estaría dispuesta a hablar con alguien más, si Jenna consideraba que valía la pena. Incluso llegó un momento en que Laila adoptó el papel de terapeuta.

—¿Vas a contarle la verdad a tu hijo?

Le tocaba el turno a Jenna de mostrarse evasiva.

—No estoy segura de que sea el momento. Tú conoces mi historia, quién era yo, con quién sigo casada. Sencillamente, no creo que sea el momento adecuado.

—¿Crees que Karim no sabrá digerirlo? ¿O temes que seas tú la que no digiera el modo en que se lo tome él?

Era una buena pregunta, demasiado buena.

—Aún no estoy segura. Algún día...

—Díselo ahora. En cuanto puedas. Tiene que haber un modo; es tu hijo. No puedes seguir mintiéndole para siempre.

Jenna no había pensado a tan largo plazo; era un lujo que había dejado atrás hacía mucho tiempo.

Sombreros. Docenas de sombreros, cada uno más extravagante que el anterior.

—Escoged uno cada una —dijo Malik a hermana e hija—, y luego buscáis un atuendo a juego. Vamos a las carreras. Es el día de apertura en Del-Mar. Los sombreros son de rigor.

Era una celebración, una especie de fiesta para la recuperada Laila, pero también un gran día para Malik, que había enviado a unos cuantos de sus pura sangre al hipódromo de California para la temporada de carreras.

Viajaron en helicóptero con Farid, Jabr y uno de los guardaespaldas de Malik. La escena en el hipódromo era como una versión californiana de Ascot. Mujeres vestidas como para el desfile de Pascua se paseaban con hombres embutidos en ropas deportivas de diseño. Jenna reconoció a media docena de estrellas de cine, la mayoría de la vieja guardia.

La cuadra privada de Malik les permitió refugiarse de la multitud, pero incluso hasta allí acudieron varios hombres con aspecto de no estar acostumbrados a tales deferencias para estrecharle la mano. Un excesivo número de ellos parecían ser tejanos que tenían caballos en la competición.

En la quinta carrera, Jenna y Malik apoyaron por sentimentalismo a un caballo llamado *Exilio del Desierto*, que estaba muy bajo en las apuestas, y cuando el caballo escasamente valorado se adelantó a los demás, saltaron y se abrazaron como niños.

—Telefoto, jefe —dijo el guardaespaldas.

Jenna vio a un fotógrafo que les apuntaba con un teleobjetivo desde veinte filas más abajo en las gradas.

—No te preocupes —dijo Malik al guardaespaldas—. Me han dicho que éste es un país libre.

Sin embargo, Jenna se sentó y se bajó el ala de la pamela.

Al día siguiente, durante el desayuno, un sonriente Malik dejó caer un popular periódico sensacionalista sobre la mesa. Una foto en primera plana mostraba a Jenna mirando temerosa a la cámara con el brazo alrededor del cuello de Malik. El titular rezaba: «¿Misteriosa mujer nuevo amor de multimillonario?» Veinticuatro horas más tarde, el misterio se había resuelto: «Doctora feminista compañera de juegos del megamillonario Malik en Palm Springs», proclamaba el titular en negrita sobre una foto de Jenna tirando furtivamente del ala de su pamela.

Jenna sintió violada su intimidad, pero al mismo tiempo no tuvo más remedio que echarse a reír. Tras innumerables excusas para evitar fotografías en las solapas de los libros y entrevistas en televisión, ¡había llegado a eso! ¿Pero qué importaba en realidad? Si Malik estaba en lo cierto, una foto o dos no influirían demasiado en que Alí la encontrara o no. Aquella noche, hizo su llamada habitual a su contestador automático esperando encontrar noticias de Karim. Para su sorpresa, halló un mensaje de Brad. Era breve: «Veo que te había juzgado mal. Adiós, Jenna.» Al principio pensó que se refería a la fecha límite para su propuesta de matrimonio. Luego comprendió que debía de haber leído los periódicos.

¡Bueno, por Dios! Jenna sintió deseos de tomar el primer avión hacia Boston para romper el contestador y arrojarlo a la chimenea, junto con Brad, si conseguía encontrarlo. ¡Cómo se atrevía a sacar semejantes conclusiones! ¡Cabrón pomposo e hipócrita!

Su ira tardó varias horas en enfriarse, pero cuando lo hizo, el frío caló hondo. No quería perder a Brad, así de sencillo. Llamó a su casa. Tras preguntar su nombre, un criado le informó que el señor Pierce no estaba disponible. Su recepcionista le dijo lo mismo seis veces a la mañana siguiente.

La ira de Jenna volvió a asentarse. Muy bien, si era eso lo que quería, podía pasar sin él, ¿no?

Necesitaba volver a casa. Laila se hallaba en manos competentes. Poca cosa más podía hacer Jenna salvo ser una buena tía. Además, estaba cansada del calor perezoso del sur de California. Apenas unas semanas más, y el aire se volvería frío en Boston.

—Para ti, prima —anunció Farid, llevándole un teléfono.

Tenía que ser Brad.

—¿Hola?

—¡Caramba, mamá! ¡Qué lejos estás!

—¡Karim! ¿Dónde estás?

—En Atenas. Sales en todos los periódicos de aquí, mamá. Malik Badir es una especie de dios local. Creo que la mitad de El Pireo es suya.

—No salgo con él, Karim. Estoy de visita. —La explicación no sonaba convincente.

—Ajá. Me habías dicho que no lo conocías.

—Es... es una larga historia. Lo conocí hace mucho tiempo, pero no lo había vuelto a ver en años, desde que tú eras un bebé. —Tampoco eso le sonó demasiado bien.

—¿Por qué no me lo dijiste?

—No... no pensaba que fuera importante en ese momento.

—¿Y cómo es?

—Karim, escucha. No creas todo lo que pone en los periódicos. Las cosas... no son lo que parecen.

—Ajá. —Karim parecía vagamente decepcionado—. Bueno, parece un tipo impresionante. Me gustaría conocerlo. Oye, mamá, tengo que irme. Hay un montón de gente esperando para llamar.

—¡Karim! ¿Estás bien? ¿Todo va bien?

—Claro, ¿por qué iba a ir algo mal? —El infinito optimismo de la juventud—. Tengo que pirarme, mamá. Te quiero.

Qué ironía. Por fin su hijo aprobaba a un hombre en su vida, y resultaba ser su hermano. Era como una farsa francesa. Tenía que contárselo a Malik.

Su hermano soltó estruendosas carcajadas.

—¡Dios mío! ¿Imaginas lo que dirían los periódicos si supieran la verdad? «Multimillonario Badir en nido de amor con hermana perdida.» Meterían a Elvis por medio antes de acabar. Un *ménage à trois*.

Jenna también rió, pero esa noche se fue a dormir echando de menos a Brad.

Resultaba fácil perder la noción del tiempo en el eterno bálsamo del sur de California. ¿Había pasado otra semana?

Jenna estaba nerviosa. Había llegado el momento de volver a casa. Allí ya no la necesitaban. Laila seguía bien; aunque tendía a esquivar a los demás y a dormir demasiado, no faltaba jamás a su cita con el psiquiatra de Los Ángeles. Jabr la llevaba en el coche. Incluso había pedido a Jenna su opinión sobre si debía escribir una nota de disculpa al novio abandonado.

—No te disculpes —dijo Jenna—. Explica. Dile cómo te sentías y cómo te sientes ahora. Si es el hombre que crees, lo comprenderá.

También el reencuentro con Malik tocaba a su fin. Los negocios reclamaban la atención de su hermano, que tenía reuniones, llamadas internacionales y faxes, además de charlas con Farid hasta altas horas de la noche. Y tenía también sus carreras de caballos.

Además, Karim pronto volvería a casa, pues empezaba el nuevo curso en la universidad.

Y Brad. Sin duda hallaría el modo de hacerle comprender. El consejo dado a Laila resonaba en su cabeza.

Por fin, en una nebulosa tarde azul y oro en el desierto, una de tantas, tras comentar sus planes con Malik y con Laila, reservó billete para el avión del día siguiente con destino a Logan.

Malik se fue al hipódromo, donde había inscrito a su caballo favorito, de tres años, en una carrera con un premio importante.

—Ven conmigo —invitó a Jenna—. Daremos una pequeña fiesta de despedida en tu último día.

—No, gracias, hermano. No quiero acabar de nuevo en primera página. Ve y diviértete. Yo voy a relajarme junto a la piscina. ¿Quién sabe cuándo volveré a tener una oportunidad así cuando vuelva al Este?

—¿Estás segura?

—¿Quieres marcharte, por favor?

Malik se fue con Farid. Ambos la invitaron de nuevo cuando se marchaban ya.

Jenna eligió un bañador de la docena que Malik había insistido en comprarle. Desde luego tendría la mejor colección de Boston. Una llamada a la cocina le proporcionó limonada y algo para picar. Para colmo, encontró una novela sin el menor atisbo de moraleja. Así pertrechada, se tumbó al sol.

Durante un rato fue exactamente el placer puro e inconsciente que necesitaba, pero luego la heroína de la novela tuvo un terrible desacuerdo con el hombre que obviamente estaba destinado a ser el amor de su vida. Todo era un malentendido, absolutamente inventado, pensó Jenna, disgustada, ¿pero no era eso precisamente lo que le había pasado con Brad?

Quizá debería escribirle, como había aconsejado a Laila que hiciera con su novio. «No te disculpes. Explica. Dile la verdad.» La verdad sobre Malik, al menos. Pero eso, claro está, provocaría nuevas preguntas, y más, hasta llegar finalmente a otras que tendría que negarse a contestar, o que contestaría con mentiras. Dios, estaba harta de las mentiras.

La casa estaba silenciosa con Malik fuera y Laila arriba. El personal no era visible. Algunos de los guardaespaldas debían de haberse ido con Malik y Farid, claro. Sin embargo, quedaban media docena más, y aunque no eran entrometidos, lo normal hubiera sido divisar a uno o más comprobando que estaba bien.

Ah, ahí había uno de ellos, junto a la puerta corredera. A la luz del sol no distinguía cuál era. Se acercaba. ¿Un mensaje? ¿Una llamada de Brad, o de Karim? Malik debía de pagar muy bien a sus hombres. Menudo traje. ¿Un hombre nuevo? Seguía sin reconocerlo. Era más bajo que los otros. También más mayor, con las sienes plateadas. Oh, no. No podía ser. Por favor, Dios, no.

—Hola, Amira. No te quedes paralizada como un conejo frente a una serpiente. Di algo.

—¿Qué quieres, Alí? No tienes nada que hacer aquí. Cuando vuelva Malik...

—No me quedaré tanto tiempo, paloma mía, cariño. Y nadie más interrumpirá nuestra charla; me he encargado de eso. Pero no te asustes, no voy a hacerte daño. Aquí no, ahora no. Pero sí otro día, Amira, zorra, quizá cuando vayas caminando por la calle. Piensa en ello. Piénsalo a menudo. ¿Serás capaz se huir de nuevo y ocultarte?

—Vete, por favor.

—Ah, sí, suplícame. Me gusta. Y mi hijo vendrá conmigo.

—¡No te atrevas a tocarlo!

—No tendré que hacerlo. ¿Crees que querrá quedarse contigo, puta, cuando descubra que le has mentido?

—Sí. —Fue todo lo que pudo decir.

—¿Sabes cómo te he descubierto? Por tu foto en esa basura de periódico. Pareces diferente aquí, pero el pelo castaño es negro en una foto en blanco y negro, y... los ojos... verdes... sólo son ojos oscuros. Y por supuesto estabas con ese ladrón de tu hermano. Tuve una inspiración.

De repente se oyó la voz de Malik desde la casa hablando con alguien.

—No, el caballo tiene una inflamación. He tenido que retirarlo de la carrera. Me han localizado en el teléfono del coche. —Instantes después salía al jardín—. ¿Quién es éste, hermanita? ¡Tú! —Malik se acercó a Alí a grandes zancadas y le abofeteó con el dorso de la mano—. ¡Cómo te atreves a entrar en mi casa! ¡Fuera!

Ocurrió muy deprisa. Alí se tambaleó por el golpe. Luego, con un gruñido, se abalanzó sobre Malik como un animal, igual que cuando pegó y violó a Amira. De repente, Malik, con un solo brazo, estaba en el suelo, respirando con dificultad porque Alí le apretaba el cuello con las manos.

Incluso en aquel momento, y siempre a partir de entonces, Jenna supo que podía llamar pidiendo auxilio. Alguien hubiera llegado en unos segundos, Farid, Jabr, alguien. Pero por su mente pasaban las imágenes rápidamente, como en teoría ocurría cuando alguien se ahogaba: Alejandría, el hospital de Al-Remal, la mueca desdeñosa de Alí allí mismo mientras la amenazaba.

No gritó. Corrió al interior de la casa, cogió el pequeño y pesado revólver negro azulado de la mesa de ajedrez, quitó el seguro, volvió a donde Alí intentaba ahogar a Malik, apuntó a la espalda de su marido y disparó tres veces.

Después, todo fue confusión. Malik sostenía el revólver y la gente acudía en tropel: Farid, guardaespaldas, el chef, y dos extraños que resultaron ser hombres de Alí y tuvieron que ser desarmados. Y Laila.

—Ha intentado matarme —decía Malik a todo el mundo con la voz ronca—. He tenido que dispararle.

Luego, cuando alguien fue a llamar a la policía y un guardaespaldas intentaba reanimar a Alí sin esperanzas, Malik llevó aparte a su hermana.

—Yo me encargo de esto, ¿entiendes? No, ni una palabra. ¿Recuerdas que juré proteger a los que amaba? Le he fallado a todo el mundo menos a ti. Me debes esta oportunidad.

Jenna estaba demasiado aturdida para responder. Dos preguntas martilleaban su cerebro: ¿Qué efecto tendría aquello en Laila? ¿Y qué le diría ella a Karim?

JUSTO CASTIGO

Arresto. Procesamiento. Escándalo. Desde un principio, las cosas pintaron mal para Malik. Se le negó la fianza en la vista preliminar, basándose en que podría abandonar el país fácilmente gracias a sus recursos. Mientras tanto, la publicidad del caso se convirtió en una nube ponzoñosa. Casi diariamente, los medios de comunicación anunciaban a bombo y platillo algún aspecto negativo del pasado de Malik: el caso de espionaje, el trágico destino de la auténtica madre de Laila, e incluso dudas sobre las circunstancias que rodearon la muerte de Geneviève. Siempre se mencionaba su enorme riqueza; el mensaje sugería un hombre que se consideraba por encima de la ley. Unas oportunas filtraciones de la oficina del fiscal de distrito, que se hallaba en dura pugna por la reelección, alimentaron el fuego.

Por el contrario, Alí fue descrito como un héroe nacional remalí y amigo de América, un príncipe real con ideas progresistas que tal vez hubiera podido llegar a ser rey. Mientras que las fotografías de Malik que usaban periódicos y cadenas de televisión debían haber sido extraídas de un fichero de las peores imágenes posibles, las de Alí mostraban siempre a un atractivo y deslumbrante piloto con uniforme de las fuerzas aéreas. Entrevistaron también a su afligida viuda y a sus hijos.

Volvió a contarse la historia de la desaparición de Amira y su presunta muerte con un toque de simpatía hacia Alí, que había conocido la tragedia en una vida prematuramente segada. El hecho de que el asesino fuera el hermano de la princesa perdida se trató como el tipo de extrañas interrelaciones que se daban a menudo en el remoto y bizantino Oriente Medio.

La defensa de Malik fue sencilla. Había vuelto a casa inesperadamente y se había encontrado con su viejo enemigo en los negocios, Alí. Intercambiaron unas frases y Alí le atacó. Cuando intentaba estrangularle, Malik consiguió soltarse. Alí cayó de rodillas, de espaldas a Malik, pero sus movimientos le hicieron sospechar que iba a sacar un arma. Malik empuñó la suya y disparó.

Su versión de los hechos tenía en qué apoyarse. En primer lugar, era evidente que Alí se hallaba en su casa, sin haber sido invitado al parecer. En segundo lugar, las pruebas médicas demostraban que alguien había intentado estrangular a Malik. Por otro lado, no se había hallado arma alguna en el cadáver de Alí, pero lo peor de todo era que los tres tiros en la espalda no encajaban con la teoría de la defensa propia, aun tratándose de un hombre con un solo brazo.

El fiscal de distrito anunció en una rueda de prensa televisiva, con gran alarde de su sentido de la justicia, que no presentaría acusación por homicidio en primer grado, sino sólo en segundo grado.

Ésa fue la acusación que formuló el gran jurado.

Al contrario que algunos de los juicios más famosos de la reciente historia californiana (el de los hermanos Menéndez o el de O. J. Simpson), el pueblo contra Malik Badir no iba a ser un proceso largo. No sólo admitió el acusado que había disparado, sino que ordenó a sus famosos y caros abogados que no usaran tácticas dilatorias. El interrogatorio a los testigos sería breve. De hecho, ninguno afirmó haber visto la pelea ni el homicidio.

Cierto, uno de los guardaespaldas de Malik había desaparecido y se rumoreaba que estaba en Al-Remal, igual que los dos hombres de Alí que, de todas formas, resultaron tener inmunidad diplomática; pero nada de aquello podía considerarse como prueba admisible.

El resto de empleados de Malik no se hallaba cerca de la piscina.

Su hija dormía.

Su invitada, la doctora Jenna Sorrel, se hallaba en la biblioteca en busca de un libro cuando oyó los disparos. No sabía nada más.

Tal era la historia que Malik había susurrado a su hermana minutos antes de que llegara la policía.

—Prométeme que dirás eso, hermanita. Esto no me afectará. Es sólo una molestia. Pero podría arruinar tu vida, y la de Karim.

Parecía tan sencillo, y ella estaba aterrorizada, conmocionada. Luego, cuando hubo contado la mentira por primera vez, sintió que no podía dar marcha atrás, y no vaciló en ningún momento durante las horas de interrogatorio por parte de los detectives de homicidios.

Pero ahora sí vacilaba.

Había matado a Alí, y por fin era libre del miedo que la había perseguido durante años. Pero ¿por qué había de arriesgar Malik su vida con esa obsesiva idea de que había de proteger a sus seres queridos? Malik confiaba en que sería absuelto, pero ¿y si estaba en un error? Di la verdad, toda la verdad. Que salga todo a la luz. Termina con todo de una vez para siempre. Pero ¿y Karim? La verdad lo marcaría como el hombre cuya madre había matado a su padre en un caso que se recordaría durante décadas.

Así que tal vez Malik tuviera razón, al fin y al cabo.

Jenna estaba destrozada. Jamás había tomado tranquilizantes, pero ahora tomaba más Valium que alimento. El sueño le era ajeno.

No podía volver a la casa de Palm Springs. Vería las manchas de sangre junto a la piscina, aunque las hubieran limpiado. Se instaló en un hotel mientras durara el proceso judicial. El personal estaba acostumbrado a los clientes célebres que esperaban un poco de intimidad, y mantenían a los periodistas a distancia.

Fuera del hotel, Jabr se hacía cargo de los periodistas. Su expresión y sus amplios hombros desanimaban al más resuelto de los cámaras o los periodistas que empuñaban sus micrófonos para las telenoticias. Chacales. Jenna había acabado por odiarlos a todos. No había más que ver el modo en que habían despedazado a Malik.

La clientela de Jenna prácticamente se había evaporado. Por ironías del destino, ahora los pacientes que le quedaban la ayudaban más de lo que ella les ayudaba a ellos. Colleen Dowd se ofreció a ir hasta allí en avión y ayudarla en lo que pudiera; la oferta era sincera y, para una persona que padecía agorafobia, increíblemente valiente. Toni Ferrante sí fue a verla, y superó la barrera de la desconfianza inicial de Jabr. Al cabo de veinticuatro horas eran todos amigos, un insólito pero efectivo cuerpo de seguridad.

Jenna visitaba a Malik diariamente. Su hermano se mostraba siempre alegre y optimista. También visitaba a Laila, a quien Malik había prohibido ir al tribunal o a la cárcel. Jenna transmitía mensajes a Farid y a los abogados y hacía cuanto estaba en su mano. Durante la elección del jurado, estudió a los candidatos detenidamente cuando respondían a las preguntas del fiscal y del defensor. Lenguaje corporal. Vacilaciones en el habla. Un rubor. Un parpadeo. Después de cada sesión, informaba a los abogados.

Éstos eran: Rosalie Silber, una neoyorquina diminuta pero dura, vestida con trajes de Donna Karan; y J. T. Quarles, un tejano alto, bronceado y de blanca cabellera, dado a llevar lazo en lugar de corbata y botas de *cowboy* de piel de serpiente. Los dos eran unas estrellas en su profesión. Pese a unos celos cordiales, trabajaban juntos como un equipo de dobles.

La actitud de los abogados hacia Jenna fue de amable condescendencia en un principio. Tenían sus propios expertos para analizar posibles jurados, y su propia intuición largamente entrenada. Pero llegó un momento en que el tejano se volvió hacia la neoyorquina y dijo:

—¿Sabes, Rose? La doctora Jenna tiene razón en lo que dice. Quizá deberíamos echarle otro vistazo al número cincuenta y cuatro.

—Coincido con ambas conclusiones —replicó Rosalie.

A partir de entonces, Jenna se convirtió en ayudante oficiosa de la defensa. Se sentía mejor aportando su contribución. Al mismo tiempo, jamás se había sentido peor. ¿Qué importaba que ayudara a preparar la defensa de Malik, cuando unas pocas palabras suyas bastarían para que quedara libre? Era como si existieran dos Jennas: una la hermana afectuosa y dedicada profesional; la otra, una hipócrita que mentía cada vez que abría la boca.

—No es demasiado tarde —dijo a Malik en la sala de visitas de la cárcel—. ¿Por qué no me dejas que...? —Dejó la pregunta suspendida.

—Rotundamente no. Escucha. Voy a ganar, y luego todo habrá terminado.

No, no es cierto, pensó ella. Seguirá... para siempre.

—Laila ha vuelto a preguntarme si podía visitarte.

—Dile que lo siento, pero no. No quiero que me vea así. —Indicó el mono naranja y luego amplió el gesto hacia la habitación, la cárcel, el tribunal de justicia—. No quiero que se mezcle en nada de esto. No olvides que su experiencia con la ley fue... muy dura para ella.

Jenna se marchó sintiéndose como si pisara agua en un mar infinito y vacío de ambivalencia moral.

Los primeros días del juicio no sirvieron para tranquilizarla. Las pruebas forenses fueron repugnantes en su sentido literal. Fotografías del cuerpo ensangrentado de Alí. Primeros planos de las heridas. La expresión horrorizada de los miembros del jurado le dijeron qué pensaban.

Testificaron varios policías, desde los agentes de Palm Springs que habían respondido a las preguntas de un reputado detective de homicidios traído desde Los Ángeles.

Llevaba el caso el fiscal del distrito en persona, Jordan Chiles. Era una táctica arriesgada, pues era más un político que un abogado, pero le proporcionaría una valiosa publicidad para la campaña de reelección. Bronceado y atlético, fácilmente podría pasar por uno de esos actores un poco pasados ya que seguían apareciendo llenos de esperanza en todos los *castings*.

—En su opinión, su experta opinión —preguntó al detective de Los Ángeles—, ¿qué características presenta este homicidio?

—Lo vemos a menudo en casos de drogas —replicó el hombre. Tras una lluvia de protestas de la defensa, se ordenó al jurado que no tuviera en cuenta la referencia a las drogas, pero se permitió continuar al testigo—. Por su estilo, yo diría que era una ejecución —añadió.

¡No!, quería gritar Jenna. ¡No sabéis de lo que habláis! Sin embargo, ¿no había sido una ejecución en cierto sentido? Jenna intentó contestarse a sí misma, pero no pudo.

Tras unos cuantos testigos poco importantes, el fiscal había terminado su presentación, que no se basaba en el hecho de que Malik hubiera cometido el crimen (eso ya lo había estipulado la defensa desde el principio), sino en que lo había hecho de un modo que imposibilitaba considerarlo un caso de defensa propia.

Tres tiros por la espalda. Algunas veces Jenna tenía la impresión de que oía al jurado contándolos.

Entonces llegó el turno de Rosalie Silber, de Manhattan, y de J. T. Quarles, de Houston. Llamaron a declarar a unos cuantos empleados de Malik (Farid, Jabr, una doncella, un entrenador de caballos, un piloto) para establecer que Malik no esperaba a Alí, que en realidad ni siquiera debía de estar en casa aquella fatídica tarde.

El contrainterrogatorio de Jordan Chiles podría haber salido de los periódicos. A cada momento insistía en la cantinela de que Malik era un granuja internacional obscenamente rico que tomaba cuanto quería, incluyendo las vidas ajenas. Las sucesivas protestas de la defensa fueron aceptadas, pero la semilla ya se había plantado en el jurado.

Jenna no subió al estrado, ni pensaban llamarla a declarar. Malik había ordenado a Rosalie y a J. T. que no lo hicieran, y la oficina del fiscal de distrito había decidido que era peor que inútil, puesto que no había visto nada y sólo podía aportar simpatías al acusado.

El testigo clave de la defensa, el único testigo realmente importante era el propio Malik. Era necesario que testificara, puesto que nadie más podía registrar en acta su versión de los hechos.

Su actuación fue impresionante. La manga vacía era elocuente por sí misma, y cuando Malik explicó cómo había perdido el brazo y por qué iba armado, dos miembros masculinos del jurado asintieron inconscientemente. Después, en el contrainterrogatorio del fiscal,

Malik no perdió los nervios en ningún momento ni se dejó arrastrar a discusiones sobre su pasado, sencillamente esperó a que se aceptaran las protestas de sus abogados.

Sin embargo, algo iba mal, Jenna lo percibía. En un negocio o un acto social, Malik podía levantar una pantalla de humo con su encanto, sus bromas, su ira fingida, incluso sus lágrimas, cualquier cosa con la que pudiera conseguir su objetivo. Pero se hallaba en un tribunal de justicia, y por muy bueno que fuera Malik en el arte del engaño, no era bueno mintiendo descaradamente. Jenna conocía los signos. Los veía en su rostro, los oía en su voz. ¿Podía reconocerlos también el jurado?

Esa noche, durante el análisis de la jornada, J. T. y Rosalie parecían preocupados, e intercambiaron señas que Jenna no supo descifrar.

—Habrán terminado con nuestro cliente mañana por la mañana —dijo J. T. a Jenna—. Volverá a declarar brevemente y concluiremos la presentación de pruebas. Seguramente el juez pospondrá la sesión hasta el día siguiente. Luego, el resumen no debería durar más de un día, ¿no crees, Rose?

—Mejor pon dos —replicó Rosalie—. Chiles va a emplearse a fondo en su discurso.

—Sí, pongamos que son dos. Después todo estará en manos de doce ciudadanos corrientes, buenos y honrados.

—¿Y si...? —empezó Jenna, pero no continuó.

—¿Qué? —preguntó Rosalie.

—¿Y si testificara yo?

Los dos abogados se miraron de reojo.

—¿Testificar sobre qué? —preguntó Rosalie de nuevo.

—Sobre mi... sobre Malik.

—Bueno, no sé cómo —dijo J. T. finalmente—. Ya le dije que no vamos a llamarla, y los chicos malos tampoco la llamarán.

—En cualquier caso, no podríamos hacerlo —dijo Rosalie—. Prácticamente es un miembro del equipo.

—Comprendo.

Otro intercambio de miradas entre los abogados.

—¿Hay algo que debiéramos saber, Jenna? —inquirió Rosalie.

Era como estar al borde de un precipicio preguntándose qué se sentiría si...

—No —dijo—. Era sólo una idea tonta.

De vuelta en el hotel, Jenna abrió el frasco de Valium y lo cerró. Quería tranquilidad, la necesitaba desesperadamente, pero también quería pensar con claridad. En otra ocasión se había salvado por medio de un engaño, y le había costado la vida a alguien a quien amaba. ¿Podía volver a pasar por lo mismo? Aún estaba a tiempo. Sencillamente podía levantarse en el tribunal y decirlo. Pero no, la harían callar, y de todas formas nadie creería lo que llegara a decir. Al fin y al cabo, el mundo entero creía que era la amante de Malik. Dios, Jenna, ¿cómo te has metido en este circo de tres pistas?

Podía convocar una rueda de prensa. Los periodistas no le harían callar, desde luego que no, los chacales querrían sus despojos. Pero no podía, sencillamente no podía. Además, Malik creía que obtendría la absolución, y también Rosalie y J. T., ¿o no?

También había de pensar en Karim.

Tanto si hablaba como si no, haría daño a alguien, y ya había causado demasiado daño. Pensó en el Valium con ganas. Quizá también se tomara una copa. Quería dormir.

Llamaron a su puerta. Eran Toni y Jabr.

—Alguien quiere verla, jefa —dijo Jabr, que había conseguido olvidar el alteza con no pocos sudores—. Creo que no es un periodista.

—Es de Boston —apuntó Toni—. Dice que lo conoces. Aquí tienes su tarjeta.

Pero Brad se encontraba ya detrás de Toni en el pasillo.

—Sí, está bien —se oyó decir Jenna—. Sí, lo conozco. Está bien. ¡Entra, entra!

Toni y Jabr vacilaron unos segundos apenas antes de hacerse a un lado y cerrar la puerta después de que entrara Brad, que no había apartado los ojos de Jenna.

—Tenía que verte —dijo—. No podía dejar las cosas como estaban. Tenía que decirte que me equivocaba al intentar obligarte. No me importa qué haya podido ocurrir. Jenna, Jenna.

—Calla —dijo ella—. Abrázame. ¡Dios, abrázame!

El mundo se convirtió en los brazos que la rodeaban, todo lo que quería, todo lo que necesitaba.

—Te quiero, Jenna. Siempre te querré. Siempre, siempre.

—Yo también te quiero.

Jenna había echado una cabezada, pero ahora estaba despierta. ¿Qué hora era? Tenían que ser las doce de la noche pasadas. Se acurrucó contra el cuerpo cálido y fuerte de Brad y recorrió su pecho suavemente con el dedo. Brad se agitó y le dio un beso en la frente.

—¿Qué quieres, amor mío? —susurró.

—Tengo que contarte algo.

—Cuenta.

Se lo dijo todo.

De vez en cuando Brad interrumpía para hacer una pregunta, otras veces para intercalar una palabra de ira o de asombro.

—Dios mío —exclamó cuando Jenna hubo terminado—. ¡Lo que has tenido que pasar, amor mío! ¡Lo que has tenido que pasar!

Jenna reprimió los sollozos.

—Aún no ha terminado. Tengo algo que hacer.

—Sí.

—No sé qué. ¿Tú qué harías?

—¿Qué importa lo que haría yo?

—¡No me digas eso! Dime qué harías tú en mi lugar.

Brad le acarició la cabeza, pensativamente.

—¿Quién más sabe todo esto?

—Nadie. Malik sabe una parte, y su hija y Jabr un poco. Tú eres el único que conoce toda la historia.

—¿Y Karim?

—No. Él no sabe nada en absoluto.

—No sé qué haría —dijo Brad tras unos instantes—, y menos qué deberías hacer tú. Me gustaría pensar que se lo contaría todo a él y luego al mundo entero.

Brad abandonó el lecho para acercarse a la ventana, apartó la cortina y se asomó a la noche.

—Pero hay que pensar en las consecuencias. Tu vida cambiará, y también la de Karim. Al principio, al menos, los cambios no serán para mejor. Eso no puede evitarse. —Cerró la cortina—. No puedo decidir por ti, ya lo sabes. Todo lo que puedo hacer es asegurarte que te apoyaré sea cual sea tu decisión. Si quieres mantener el secreto para siempre, te ayudaré. Si quieres hacerlo público, estaré siempre a tu lado.

—Crees que debería contarlo todo, ¿verdad?

—Sí —respondió él al fin—. Por tu hermano y por ti misma.

Jenna volvió a tener la sensación de hallarse en el borde de un precipicio, y comprendió con toda lucidez que era el momento decisivo.

—¿Qué hora es en Boston?

Brad entrecerró los ojos para mirar el reloj en la oscuridad.

—Las seis pasadas.

Jenna encendió una lámpara y cogió el teléfono. Tenía las manos heladas, pensó distraídamente.

Karim contestó a la séptima llamada con voz somnolienta.

—¿Mamá? ¿Dónde estás?

—Sigo en California.

—Aquí es de noche. ¿Ocurre algo?

—No. Bueno, sí. Karim, cariño, ¿puedes venir aquí? Sólo serán un par de días.

—Bueno, caray, mamá. ¿Para qué?

—Tengo... tengo que decirte algo. Es muy importante.

—Pues dímelo ahora.

—Preferiría decírtelo en persona, no por teléfono.

—¿Qué, estás de broma, mamá? ¿Quieres decir que han pinchado el teléfono o algo por el estilo?

—No, no. Es que...

—Entonces dímelo ahora. Para eso está el teléfono.

—Muy bien —aceptó Jenna—. Pero será mejor que te sientes. No va a ser fácil para ninguno de los dos.

—No puedo sentarme, mamá. Estoy en la cama.

—Muy bien. —Jenna respiró profundamente—. Karim, cariño, soy tu madre, pero no soy quien tú crees ni quien creen los demás. Yo no quería que fuera así. Tuve que hacerlo. Pero ha llegado el momento de decir la verdad.

Por segunda vez aquella noche, Jenna contó su historia.

A medida que empezaba a comprender, Karim empezó también a interrumpir. Su dolor y su confusión eran palpables, y se impregnaban de una ira creciente.

—¿Me estás diciendo que ese tipo, ese príncipe, ese desgraciado que mató Malik... era mi padre?

—Sí, pero...

—¿Qué hay de Jacques entonces? ¿Qué pasa con Jacques?

—Lo inventé. Por favor, créeme, lo hice por ti.

—¿Creerte? ¿Cómo quieres que te crea? Nada de todo esto es real... Es... ¡es una locura!

—Es real, Karim, y aún hay más. —Jenna cerró los ojos—. Por favor, ven aquí, cariño. O yo iré allí, me da igual el juicio.

—Mamá, sea lo que sea, dímelo ahora.

—Lo maté yo, hijo. No fue Malik, fui yo.

En los minutos siguientes, Jenna descubrió exactamente cómo se sintió su hermano en el avión tras sacar a Laila de Al-Remal. Jamás olvidaría las palabras de su hijo, ni el odio que expresaban. No fueron más fáciles de oír aunque supiera que la suya era una reacción de defensa. Y no consiguió que la escuchara.

—¿Cómo has podido hacerme esto? ¡Piénsalo! ¿Cómo has podido? ¿Cómo?

Karim colgó el teléfono violentamente.

Cuando por fin brotaron las lágrimas, parecía que no iban a parar jamás. Jenna sintió el brazo de Brad sobre sus hombros y se desasió; nadie podía ayudarla, nadie podía ofrecerle consuelo. Sin embargo, pese al dolor, sentía algo más, un sentimiento casi olvidado, una mezcla de júbilo y miedo que se acercaba a la más pura alegría.

Había saltado al vacío. ¿Caía o volaba?

La mañana desplegaba sus colores lentamente por el desierto. Jenna pidió desayuno para dos. Brad había ido a buscar su única bolsa de viaje a su habitación, dos pisos más abajo.

Karim había descolgado el teléfono. Jenna, todavía con los ojos rojos e hinchados, quería irse a Boston.

—No lo hagas —le aconsejó Brad—. Ahora no serviría de nada. Deja que se calme un poco.

No añadió que aún le quedaba algo por hacer allí, pero ambos lo pensaron.

Jenna sorbió su café y mordisqueó un bollo de canela. Por primera vez en varias semanas, la comida sabía bien.

—Los abogados dicen que acabarán de presentar el caso hoy y que el juez aplazará el juicio hasta mañana. Había pensado en convocar una rueda de prensa después del aplazamiento, pero no quiero hacerlo. —Se estremeció—. No quiero tenerlos a todos... gritándome.

Brad la miró con aire burlón.

—¿Bromeas, Jenna? Quizá te falta perspectiva, no comprendes lo importante que es todo esto, y no sólo aquí, en todas partes. Si no quieres tener que enfrentarte con una turba de periodistas, si prefieres charlar tranquilamente con Dan Rather o con Diane Sawyer, todo lo que tienes que hacer es coger el teléfono.

—No había pensado en eso. ¿Estás seguro?

—Totalmente.

—¿Conoces a alguna de esas personas?

—¿A Sawyer y Rather? Me los han presentado, pero en realidad no los conozco.

—No importa. Lo he comprendido. Pensarás que estoy loca, pero... —Se dirigió al teléfono y llamó a información. Luego, respirando hondo, marcó el número.

—El señor Manning está reunido —dijo la voz en Boston—. ¿Quiere dejarle un mensaje?

—Dígale que soy Jenna Sorrel.

Barry Manning se puso al teléfono en cuatro segundos.

—¡Doctora! ¡Qué agradable sorpresa! Vaya si no ha estado ocupada desde la última vez que nos vimos.

Jenna le explicó lo que quería.

—¿Una hora hoy, doctora? Es suya. —Barry gritó instrucciones a alguien—. Cancela lo de Moynihan. ¡Has oído bien, he dicho que lo canceles! —Luego volvió con Jenna—. Espere un momento, doctora. ¿No está en California?

—Sí. Quiero hacerlo desde aquí. Hoy.

—¡Jolín! Doctora, tengo que preguntarle algo. Esto es algo grande, ¿verdad? Quiero decir que no habrá decidido de repente darle publicidad a un libro o algo así.

—Es algo grande, según me han dicho.

—Entonces lo tiene. —Más gritos de fondo: «Reserva plaza en el primer vuelo a Los Ángeles. Borra eso. Alquila un vuelo chárter. Media hora. Yo y todo el equipo. —Cuando volvió con Jenna, parecía un poco jadeante—. No mueva un solo músculo, doctora. Voy para allá.

—Tengo que ir al juicio. No le costará encontrarme. —La encontraré. ¿Doctora? Gracias. Jenna colgó y dejó escapar un largo suspiro. Luego se echó a reír.

—¿Qué? —dijo Brad.

—¡Mis más recónditos y oscuros secretos! —dijo ella, y rió con más ganas—. Me he pasado media vida ocultándolos, y de repente ahora los suelto una y otra vez como si fuera un... ¡un loro enloquecido! ¿Quién dice que Dios no tiene sentido del humor?

La defensa terminó su presentación a las doce menos cinco y el juicio se aplazó hasta la mañana siguiente.

Jenna pudo pasar unos minutos con Malik antes de que se lo llevaran de vuelta a su celda. Por primera vez parecía desanimado, sin su acostumbrado optimismo.

—No me ha gustado el aspecto que tenían hoy —dijo a su hermana, refiriéndose al jurado—. Podría tener problemas.

—No te preocupes, hermano. Todo va a salir bien.

—¿Eso crees? —preguntó él, animándose—. Por supuesto, tienes razón. Empiezo a volverme aprensivo.

Tres horas más tarde, Jenna estaba en el aire con Barry Manning, que se había presentado con equipo de vídeo además de audio.

La presentó sin su acostumbrada insolencia. Era evidente que consideraba aquello como una oportunidad para ascender a lo más alto.

—La doctora Sorrel me ha dicho que tiene algo importante que contarles, pero no sé qué es. Lo más sensato será que me calle y les deje escucharla. Así pues, les dejo con Jenna Sorrel.

Una hora más tarde, Jenna, Brad, Toni y Jabr tuvieron que luchar a brazo partido para salir del estudio alquilado. La entrada del hotel estaba rodeada por la policía. Jenna miró a Brad.

—No pasa nada —dijo él—. Están aquí para protegerte... por ahora.

REDENCIÓN

Esa noche, el hotel se convirtió en un castillo sitiado. Docenas de periodistas y cientos de ciudadanos ociosos o presas de una curiosidad morbosa se apiñaban en el exterior. En un momento dado, un helicóptero sobrevoló el hotel a pocos metros de la ventana de Jenna con un cámara inclinado sobre la puerta. La toma de Jabr cerrando las cortinas salió en directo en la CNN.

Completamente exhausta, Jenna apenas podía concentrarse en la pantalla del televisor mientras repetían la historia con todos los detalles. De vez en cuando, intentaba hablar con Karim, sin éxito. Brad se hizo cargo de la situación con un aire de discreta autoridad. Su primera tarea fue la de encontrar abogado para Jenna.

—¿Qué hay de Rosalie y de J. T.? —preguntó ella. Se sentía cómoda con ellos.

—Son los abogados de Malik. No creo que sea ético que también trabajen para nosotros, pero lo intentaré. ¿Tienes algún número de teléfono que no salga en la guía?

—Esa señora es una bomba —dijo J. T. entre risas cuando habló con Brad—. Dígale que estamos asediados como en El Álamo, gracias a ella. Dígale que la queremos de todas formas, dígale que la admiramos, pero, maldita sea, no podemos representarla. Ustedes son de Boston. ¿No han oído hablar de un tipo llamado Sam Adams Boyle? Es un magnífico abogado.

Media hora más tarde, habían contratado a Sam Adams Boyle.

—Estaba viendo tu entrevista con Barry cuando le he llamado —explicó Brad—. Era demasiado tarde para que saliera en las noticias en el Este, pero estaban pasando fragmentos en un boletín especial.

—Dios.

Delante de ella, en el televisor, Jordan Chiles afirmaba que todo aquello no era más que una maniobra desesperada y prometía seguir adelante con la acusación de asesinato contra Malik. El propio Chiles parecía un poco desesperado. Apenas faltaba una semana para las elecciones y el caso que debía servirle de trampolín le estallaba en las manos.

Instantes después llamó Malik desde la cárcel. Su nombre estaba en la brevísima lista de llamadas que podían aceptarse que Brad había entregado al hotel.

—Amira, ¿por qué lo has hecho? Un día o dos más y todo habría acabado. Estábamos ganando. Lo intuía.

—Lo siento, hermano. Sé que lo hacías por mí, pero no podía permitirlo, y algún día tenía que dejar de mentir. Por mí misma.

—¿Quién ha respondido al teléfono? —Siempre sería el hermano mayor, incluso entre rejas.

—Brad Pierce. Ya lo conocerás.

—Ah, hermanita. Me has ocultado cosas. Tráetelo contigo al tribunal mañana. —Jenna imaginó su sonrisa maliciosa. Su hermano era incorregible.

Después de la llamada de Malik, Brad habló con alguien de Washington, D.C.

—Es un amigo —explicó—. Nos conocemos desde niños. Ahora tiene un cargo bastante alto en el Departamento de Estado. Me preocupa tu situación como emigrante, y la de Karim, así que he pensado en adelantarme a los problemas antes de que surjan.

En medio de toda aquella locura, Jenna había olvidado completamente que había entrado en Estados Unidos por medios fraudulentos.

—¿Quieres decir que podrían deportarme?

—No lo harán. En el peor de los casos, conozco a un par de congresistas que estarían encantados de hacerme un favor.

Jenna no pensó más en ello. En cualquier caso, todo empezaba a parecer muy lejano. Estaba agotada. Cerró los ojos.

Alguien tiraba de ella.

—... a la cama —decía Brad.

—¿Y tú?

—Tengo que hacer unas cuantas llamadas más. Quiero tener aquí a unos cuantos guardias jurados de nuestra filial de California. Toni y Jabr también necesitan descanso.

Jenna le besó, se metió en la cama sin tan siquiera lavarse la cara y cayó en un profundo sueño sin sueños.

Un cordón policial impedía el acceso a la escalinata del tribunal de justicia. Cuando Brad la conducía apresuradamente en dirección al edificio, Jenna se asombró al oír gritos de aliento de la multitud. Un grupo de mujeres alzaron sus pancartas en la acera; algunas rezaban ESTAMOS CON JENNA, el resto, ESTAMOS CON AMIRA.

Malik estaba sentado con Rosalie y J. T. Se volvió para sonreír a su hermana, observó a Brad un buen rato y asintió. El juez apareció tras una prolongada demora, e inmediatamente convocó a los abogados defensores y a Jordan Chiles a su despacho. Cuando salieron media hora después, J. T. sonreía de oreja a oreja y Rosalie tenía la expresión más feliz que alcanzaría jamás. Chiles lanzó una mirada furiosa a Jenna.

El juez explicó que el desarrollo de acontecimientos oficiosos fuera de la sala del tribunal no tenía normalmente incidencia sobre el caso en proceso. Sin embargo, sabía que dos miembros del jurado como mínimo se habían enterado del contenido de la entrevista de Jenna con Manning. A su juicio, este conocimiento había de considerarse perjudicial. Por lo tanto, tenía que declarar juicio nulo y otorgaba setenta y dos horas a la fiscalía para que decidiera si quería presentar nuevos cargos.

Malik no era libre, pero la gente le estrechaba la mano.

—No los presentará —decía J. T.—. Ni hablar.

—Duda razonable, ¿qué puede decir? —convino Rosalie.

Brad y Jenna abandonaron la sala por una puerta lateral. En una tribuna improvisada en el vestíbulo, Jordan Chiles celebraba una rueda de prensa.

No volvieron al hotel. Tras asegurarse primero de que no los seguían, Jabr se dirigió hacia el oeste por la 1-10 y luego hacia el sur por un laberinto de autovías hasta la carretera de la costa. La casa, en Laguna Beach, pertenecía a un amigo de Brad. Jenna empezaba a descubrir que, para ser un hombre tranquilo y reservado, tenía muchos amigos.

Después de haber estado en el desierto, la fría humedad del aire marino resultó tan refrescante como una cascada. El eterno vaivén de las olas contra la orilla era mejor que cualquier tranquilizante. Jenna podía casi imaginar que estaba de vuelta con Brad en Marblehead, y que nada de todo lo demás había sucedido.

Casi. Allí estaban también Toni y Jabr, y los guardias jurados de Brad, haciendo guardia. Estaba el hecho de que su hermano seguía encarcelado, y la posibilidad de que al cabo de uno o dos días también ella acabara en la cárcel. (Jordan Chiles había contestado con evasivas durante la rueda de prensa. Estaba seguro, dijo, de que Malik Badir era el asesino de Alí Rashad, pero se había arrojado una carta sobre la mesa y la fiscalía investigaba activamente las afirmaciones efectuadas por la doctora Sorrel.)

Por último, estaba la preocupación constante por Karim. Jenna llamó a todas las personas que pensó que podrían saber dónde estaba. Llamó repetidas veces a sus más íntimos compañeros, Josh y Jacqueline. Estaba casi segura de que le mentían cuando aseguraban no saber nada de él, pero nada podía hacer. Por favor, Dios, que esto termine pronto para que pueda volver a Boston y encontrar a mi hijo.

Sam Adams Boyle llegó durante su segundo día en Laguna Beach. Era un sureño de los de toda la vida, con el rostro colorado, cabellos plateados y la expresión agria de un capitán de policía de Boston que se hubiera enterado de que recortaban el presupuesto de la división. Llegó a tiempo para ver a Chiles entonando una nueva canción para la prensa. El fiscal de distrito admitía que, debido a que «nuevos acontecimientos» hacían improbable que la acusación contra Malik Badir tuviera éxito, «a pesar de sus méritos», el estado no volvería a presentarla. En cuanto a Jenna Sorrel, alias Amira Badir y Amira Rashad, la investigación seguía su curso y no haría comentarios sobre ella.

—¿Qué significa todo eso? —preguntó Jenna.

—Significa que su hermano es un hombre libre —contestó Boyle—. O lo será tan pronto como terminen con el papeleo. Supongo que no tardarán más que unas horas.

—¿Qué hay de mí?

—Bien, ahí está la cuestión. Me he reunido con el señor Chiles esta mañana, y no estaba muy contento de verme, se lo aseguro. Se ha pasado un buen rato contándome cuentos, las mismas tonterías que acabamos de oír sobre la «investigación en curso». Estoy seguro de que piensa presentar cargos contra usted.

Jenna aferró la mano de Brad. Boyle se percató del gesto.

—No tema. Tiene tantas posibilidades de que la condenen como yo de ganar la maratón. Pero tiene que hacer algo si no quiere perder las elecciones. En mi opinión las perderá de todas formas, pero creo que intentará disparar un último cartucho. Además, es un hijo de puta vengativo, y perdone la expresión.

—Digamos que presenta cargos —dijo Brad—. ¿Qué ocurrirá después?

—Vamos y nos rendimos. Intentaré que la suelten inmediatamente bajo palabra o fianza. —Frunció el entrecejo—. Tengo que advertirles de que esa parte me preocupa un poco. Nuestro amigo, el señor Chiles, pedirá que se niegue la fianza basándose en los recursos del hermano de la señora Sorrel y en que no es la primera vez que viaja con documentos falsos, por lo que se corre el riesgo de que huya para evitar ser procesada. Es muy posible que un juez se lo trague.

—¿Eso significa que iría a la cárcel? —preguntó Jenna.

—Por un tiempo. Sería una injusticia, y haré todo lo que esté en mi mano para impedirlo, pero es posible.

—¿Cuánto tiempo? ¿Hasta el juicio?

—Lo dudo. Como les decía, el señor Chiles va a perder las elecciones, y he tomado la precaución de hablar con su oponente. De un modo general, por supuesto, pero tengo la impresión de que ella será más razonable que Chiles.

—¿Hasta qué punto? —quiso saber Brad.

—Nuestra conversación ha sido muy general, pero no me sorprendería que me llegara la propuesta de libertad condicional a cambio de aceptar, digamos, homicidio involuntario.

—¿Y si llegamos a juicio? —preguntó Brad—. ¿Cuál sería nuestra defensa?

—Lo sabré mejor cuando tenga una larga charla con mi cliente, pero basándome en lo que he oído, tenemos la clásica defensa propia o de la vida de otro. También está la visión de la mujer maltratada, que es muy efectiva últimamente. —Miró a Jenna—. No sé si es consciente de ello, señora Sorrel, pero para mucha gente usted es ahora una heroína. Sobre todo para las mujeres, pero también para los hombres. Y ésa es otra de nuestras ventajas: cuando termine con Alí Rashad, parecerá el demonio en persona.

—Preferiría que no hiciera eso, señor Boyle. Tengo un hijo, esté donde esté, y Alí era su padre.

—Bien, eso es cierto. Comprendo su punto de vista. No más de lo necesario, pues. Nada más que la verdad.

Al anochecer, Jenna y Brad se fueron a pasear por la playa. Sobre ellos pendía lo que había dicho Boyle sobre la posibilidad de una separación. Tenían tantas cosas que decir que les costaba hablar.

Empezaban a brillar las primeras estrellas cuando por fin Brad rompió el silencio.

—Jenna, pronto acabará todo esto, antes de lo que pensamos, gracias a Dios. Cuando termine, vayámonos a alguna parte. Un mes, quizá dos. A las islas. A una casita de campo en Irlanda. Donde tú quieras.

—Es tentador, pero aún no ha terminado, y no puedo irme a ningún sitio hasta que sepa qué ha ocurrido con Karim.

—Bueno, eso se resolverá solo. Ahora está trastornado, es natural, pero no le durará para siempre.

—Es más que eso. No conoces a Karim. Además, sabes muy bien que tarde o temprano tendré que volver al trabajo. Ha pasado ya mucho tiempo. Será como volver a empezar.

—Será igual vuelvas cuando vuelvas. Tómate tu tiempo antes de volverte a enfrascar en el trabajo. —Brad alzó la vista hacia el lucero vespertino, que brillaba con increíble intensidad en el oeste, en un cielo que había adquirido un tono azul cobalto—. Podría ser nuestra luna de miel —dijo—. Nadie nos culparía por eso.

Jenna deseaba decir que sí con todo su corazón, pero trazó un dibujo en la arena con los dedos de los pies y no dijo nada.

—No es un ultimátum —añadió Brad—. Tiene validez hasta que esa estrella deje de brillar. Te quiero, Jenna. Eso no va a cambiar jamás.

—Yo también te quiero. Es que... son tantas cosas juntas.

¿Cómo podía explicarlo? No era sólo por Karim, ni por Malik o Laila, ni por nadie más. Tampoco se trataba de la vuelta al trabajo, ni del matrimonio. La cuestión era que había matado a un hombre. Desde que Sam Adams Boyle había mencionado la posibilidad de llegar a un acuerdo, la mente de Jenna era un torbellino de pensamientos. No se sentía culpable, pero sabía que lo era. Podría haber gritado aquel día junto a la piscina; podía haber salido corriendo en busca de ayuda, pero había hecho algo completamente diferente. Había dedicado la mayor parte de su vida a paliar los efectos de la violencia. Sin embargo, en el momento de la verdad, ella misma había elegido la violencia.

—Decidas lo que decidas —dijo Brad, oyendo lo que no había sido expresado—, recuerda siempre que Jordan Chiles no es un hombre que sepa hacer sutiles distinciones morales. No le des más municiones. Las usaría para hacerte parecer una asesina.

Era noche cerrada ya, y hacía frío. Volvieron a la casa.

Las luces estaban encendidas. Delante había un Rolls-Royce y un Lincoln Town Car aparcados con aspecto de suficiencia. En la terraza que daba al mar, Malik, Farid, J. T. y Rosalie elevaban sus copas.

—Y nosotros que queríamos discreción —comentó Brad.

Jenna corrió a abrazar a su hermano. Farid se unió al abrazo. Los dos abogados ostentaban la sonrisa de los ganadores.

En un rincón se hallaba Laila en silencio, acompañada por un joven atractivo y curtido por el sol.

—Mi amigo David Christiansen —dijo a Jenna—. Sólo hemos pasado para darte las gracias.

—¿Por qué?

—Por contar la verdad.

Al mediodía del día siguiente, Jordan Chiles apareció ante las cámaras para anunciar que un gran jurado había acusado a Amira Badir Rashad, alias Jenna Sorrel, de homicidio en segundo grado, y que un juez había dictado orden de arresto contra ella.

Llamó Boyle.

—Ya está. Vamos a entregarnos. De lo contrario, es probable que Chiles se presente con un equipo de la televisión y unas esposas. —Les dio instrucciones para que se encontraran con él en una área de servicio de la Interestatal. Mencionó que Jenna debía llevar consigo los artículos personales más imprescindibles—. Póngase varias prendas —fue su último consejo—. En las cárceles siempre hace o demasiado calor o demasiado frío.

Desde el área de servicio se dirigieron al tribunal en el coche de Boyle. Allí encontraron una multitud: policías, camionetas con antenas parabólicas, pancartas de apoyo a Jenna. Cánticos. Vítores.

—Me he tomado la libertad de informar a unas cuantas personas de que veníamos —explicó Boyle—. No nos hará ningún daño que se oiga la opinión del público. Muy bien, ahora vamos a entrar como si fuéramos los amos.

Alguien, Jabr, abrió la puerta del coche, y Jenna salió para recibir una andanada de vítores de la multitud. La gente la llamaba por sus dos nombres. Pronto se dirigía a toda prisa hacia la puerta cogida de la mano de Brad, siguiendo a Sam Adams Boyle, que les abría paso como el antiguo defensa de fútbol americano que sin duda era.

EPÍLOGO

Secuelas

La última hazaña pública de Jordan Chiles fue convencer a un juez de que no debía concederse la libertad bajo fianza a la acusada en el caso del pueblo contra Rashad. Dos días más tarde, perdía las elecciones de manera aplastante ante una abogada corporativa y antigua letrada de oficio de treinta y tres años, llamada Jennifer Faye Edmondson.

Sam Adams Boyle atacó a Chiles en el tribunal y en los medios de comunicación por emprender una vendetta contra los hermanos Badir.

Apeló la negación de la fianza, y con mucho menos ruido e indignación, inició negociaciones con Jennifer Edmondson.

—Nos llevará algo de tiempo —explicó a Jenna—, pero es el único camino, y el mejor.

—¿Cuánto tiempo?

—En el peor de los casos, tres meses, que será cuando Edmondson entrará oficialmente en funciones. En el mejor de los casos, si conseguimos aplastar a Chiles, tres o cuatro semanas. Sé que no te gusta oírlo, estando encerrada aquí, pero eso es lo que hay.

—Luego, ¿qué?

—Estoy trabajando en ello. Llegaremos a un acuerdo, como ya te comenté. Con suerte, no tendrás que ir a la cárcel, pero aunque tuvieras que ir, te garantizo que será por poco tiempo.

—Eso está bien. Gracias, Sam.

—No me las des. Me limito a hacer mi trabajo. Bueno, ¿y qué tal lo llevas, nena?

Jenna sonrió al oír lo de «nena». Sam se había vuelto muy paternal a medida que se iban conociendo.

—Estoy bien, Sam. De verdad, estoy bien.

Lo gracioso era que no mentía. Al contrario que la mayoría de presas nuevas, Jenna no necesitó aprender a vivir cada día por separado. Ya había vivido así antes, en los aposentos de las mujeres en el palacio real de Al-Remal. Cierto, en palacio ella y las demás mujeres tenían acceso a todos los lujos y caprichos imaginables, mientras que en la cárcel el lujo consistía en una ración extra de *bologna*[1] en el sándwich del mediodía, pero psicológicamente la similitud era extraordinaria; pensándolo bien, las mujeres de palacio también estaban presas.

La cárcel, al menos el ala de las mujeres, no era especialmente sombría. Constituida en su mayor parte por un pequeño dormitorio colectivo, ni siquiera estaba demasiado llena; Palm Springs no era una zona con un alto índice de criminalidad. La mayor parte de sus escasas compañeras eran madres solteras que vivían en trabajos con un salario mínimo o de la asistencia social, en situaciones muy parecidas a las que Jenna había visto en el centro de Boston. Los delitos típicos eran robar en tiendas o extender cheques sin fondos. Al principio, trataron a Jenna como a una celebridad, incluso una heroína. Una criada llamada Latronia Parrish rompió el hielo.

—¿Tú eres esa princesa que mató a su marido?

—Sí.

—¿Por qué lo hiciste?

—Porque él intentaba matar a mi hermano.

Latronia asintió como si aquello no fuera nada fuera de lo normal.

—¿Cómo vive una princesa?

Todas lo querían saber. Después de que apagaran las luces, azuzada por una docena de preguntas, Jenna les contó la historia de su vida, que duró varias noches. Empezaba a sentirse como la protagonista de *Las mil y una noches*. Las otras lloraron cuando describió lo sucedido en Al-Masagin, la miraron con incredulidad cuando habló de Alejandría, maldijeron la paliza que había provocado la hospitalización de Amira. Cuando terminó de contarlo todo, las otras la trataron menos como a una celebridad y más con el respeto a una superviviente.

Pese a todo, la pérdida de libertad fue dura, y más dura aún fue la imposibilidad de reunirse con su hijo. Karim se alejaba más de ella cada día que pasaba, lo intuía, y no podía hacer nada al respecto. Ni siquiera sabía dónde estaba. Lo único que deseaba era verlo y hablar con él aunque fuera un momento. ¿No bastarían una palabra, un roce para hacerle recordar, para que cambiara su corazón? Durmien-

1. Embutido condimentado y ahumado, hecho de diferentes carnes. *(N. de la T.)*

do sobre el duro jergón de la cárcel, soñó que los barrotes de acero eran de arcilla del mismo tipo que la que usaban ella y Karim para jugar cuando era un niño. Podía separarlas y deslizarse por la abertura para volver al cómodo apartamento de Boston, al pasado. Detestaba despertar y descubrir que los sueños sólo eran sueños.

Fue durante una visita de Toni cuando Jenna tuvo una inspiración.

—Esto te va a encantar —comentó Toni—. ¿Dirías que Jabr y yo trabajamos bien juntos?

—Muy bien. —Era cierto.

—Me alegro de que lo creas, porque hemos tenido una idea. Ya sabes que estaba buscando algo a lo que dedicarme en la vida, una carrera, y también Jabr quiere establecerse por su cuenta, así que se nos ha ocurrido montar un servicio de protección, investigaciones, cosas de ésas, los dos, como socios. ¿Qué te parece?

—No sé. No sé mucho de eso. ¿Se lo habéis comentado a Malik?

—Él cree que es una gran idea. De hecho, va a financiarnos, para ayudarnos a empezar.

—¡Toni, eso es fantástico!

—Sí, estoy muy contenta.

En ese momento, se le ocurrió la idea a Jenna.

—¿Y si te diera tu primer trabajo?

—Lo que sea —dijo Toni, sorprendida—. Somos tuyos.

—Encuentra a Karim. Encuéntralo y... habla con él. Eso es todo. Sólo habla con él, descubre qué hace, qué tal le va.

Toni asintió.

—De acuerdo. Estoy segura de que mi socio lo aprobará.

—Llévalo contigo. Karim está loco por todo lo relacionado con el Oriente Medio y Jabr lo representa, sin duda. Además, él conocía... al padre de Karim.

Toni sacó un bloc de notas y un lápiz.

—Dame los nombres de sus amigos, sobre todo de las chicas. Direcciones y teléfonos si puedes. Dime qué asignaturas está estudiando y qué lugares suele frecuentar.

Jenna le dio toda la información de que disponía.

—Iremos mañana —le aseguró Toni, y sonrió—. Por cierto, invita la casa.

Malik se hallaba en su estado de ánimo más optimista.

—Todo se arreglará, hermanita, ya lo verás. También con Karim. —Malik aprobaba la misión de Toni y Jabr—. Cuando lo hayan localizado, quizá haga que me lo traigan. Me dijiste que yo le gustaba.

Jenna no estaba tan segura.

—Las cosas han cambiado mucho para Karim, hermano. Invítale si quieres, pero no salgas con un truco como el que usaste conmigo. Sólo empeorarías las cosas.

Malik sonrió con aire culpable.

—¿Cómo está Laila? —preguntó Jenna.

—Bien. —Su sombría expresión desmentía sus palabras—. Dice que le gustaría verte, ¿sabes?, pero creo que está... nerviosa. Y para serte sincero, la he disuadido. Ya ves que todo esto se ha convertido en un circo. No necesita formar parte de él.

—Estoy de acuerdo. Dile por favor que no pasa nada.

—La verdad es que le he sugerido que vuelva a Francia uno o dos meses, hasta que esto haya terminado. He hablado con David sobre eso. Se iría con ella, al menos una parte de ese tiempo. —Volvió a sonreír—. Detesto admitirlo, pero me gusta ese joven. Creo que es bueno para Laila, aunque no tiene el más mínimo sentido comercial. ¿Sabes qué?, el capitán de mi yate se jubilará pronto y le ofrecí el puesto a David con un salario absurdo. ¿Sabes lo que me contestó?

—¿Qué?

—Dijo: «He visto fotos del *Jihan*, señor, y no parece tener velas.» —Malik se echó a reír y añadió—: Le gusta lo que hace. Lo respeto por eso.

Jenna se sintió un poco mejor. Una cosa al menos se estaba resolviendo, y también era un síntoma esperanzador que Malik y Laila volvieran a comportarse como padre e hija. No hacía tanto que Laila odiaba a Malik, como Karim parecía odiar ahora a su madre.

Brad acudió el fin de semana, como siempre, en un vuelo del viernes por la noche, para regresar el domingo a la noche. A su manera tranquila había trabado conocimiento con algunos guardianes y policías, y hacía pequeñas cosas que mitigaban el encierro para Jenna y las demás; por ejemplo, el pastel de chocolate que se materializó misteriosamente el día del cumpleaños de Latronia.

Como era de esperar en él, se mostró más prudente al analizar la situación de Karim.

—Sabíamos que sería duro cuando emprendimos este camino. Para empezar, Karim se hallaba en una fase delicada de rebeldía. Podría empeorar antes de mejorar, pero acabará mejorando. Lo que ocurre es que llevará tiempo. Lo que debemos hacer es prepararnos para la posibilidad de que sea mucho tiempo.

Era cierto y Jenna lo sabía, pero no le bastaba. Ni siquiera el «te quiero» de Brad al levantarse para partir era suficiente; allí no, no sentados a una mesa en aquel lugar duro y estéril, bajo las frías luces fluorescentes y las miradas de los guardianes. Lo que necesitaba era su contacto firme y suave, sus brazos alrededor de ella, sus palabras susurradas al oído.

Y necesitaba a su hijo.

Confiaba en Toni. Toni sabría cómo manejar a Karim. ¿No había pasado ella por una experiencia tan dura o quizá más que la suya con sus propios hijos? Y Jabr. Jabr era como una fuerza de la naturaleza. Juntos le devolverían a Karim.

Con una mirada al rostro de Toni, Jenna comprendió que había vuelto a engañarse como una tonta.

—¿Qué ha ocurrido?

—Lo encontramos. Ésas son las buenas noticias. No fue difícil. Estaba en el apartamento de Josh Chandler, durmiendo en el sofá y ese tipo de cosas. Sólo temporalmente.

Obviamente Josh se había ido de la casa de los Chandler, pero Jenna no podía pensar en eso.

—¿Lo has visto? ¿Has hablado con él?

—Oh, claro. Ésas son las malas noticias. Nos dejó entrar, muy cortés, pero no quiso oír lo que teníamos que decirle. Nos dijo que tenía sus planes hechos y que no pensaba cambiarlos.

—¿Qué planes?

Toni la miró a los ojos al darle la noticia.

—Jenna, dice que se va a Al-Remal para siempre. Sólo está esperando que le arreglen los papeles, por una confusión sobre su auténtica identidad. Al parecer unos parientes de su padre se ocupaban de ello. Me dijo que no tardarían más que unos días.

Unos días. Perdería a su hijo para siempre en unos días.

—¿Cómo estaba? ¿Qué dijo? —«¿Qué dijo sobre mí?», quería decir.

—Es curioso —comentó Toni—. Sobre todo habló con Jabr. Le hizo muchas preguntas sobre Al-Remal, sus costumbres, el Islam; estaba muy interesado en el Islam. Jabr se puso muy serio y citó unos versículos del Corán sobre honrar a la madre, pero quizá no fuera ése el modo de enfocarlo.

—¿Por qué?

—Porque Karim se cerró como una ostra. Bueno, más bien se puso pomposo.

—¿Qué quieres decir?

—No sé si querrás oírlo.

—Pues claro que quiero.

—Muy bien. Tomé notas en cuanto salí de allí. —Toni sacó su cuaderno—. No es literal, pero se acerca bastante: «Mi madre me ha mentido durante toda mi vida. Me ocultó a propósito mis derechos de nacimiento. Jamás conocí a mi padre y ya no lo conoceré porque ella lo mató. No quiero verla ni hablar con ella. Es definitivo.»

Durante la infancia, adolescencia y primera juventud de Malik, Jenna había usado esas mismas palabras para acusarse a sí misma, temiendo el día en que su hijo las usara tal vez contra ella, y ese día había llegado.

—¿Eso es todo? —preguntó—. ¿Nada más?

—Nos acompañó hasta la puerta —contestó Toni, negando con la cabeza—. Cortésmente, pero no cabía la menor duda de que nos echaba. Le pedí que reflexionara. Ni siquiera me contestó. Lo siento, Jenna. Lo hemos estropeado todo.

—No, no. Vosotros hicisteis lo que os pedí. Lo encontrasteis y hablasteis con él. Fui yo la que lo estropeó.

—No, eso no es cierto, Jenna. Te conozco. Conozco tu historia. Hiciste lo correcto, lo único que podías hacer. No te culpes a ti misma. Ha sido... sólo mala suerte. Sé cómo te sientes, pero no es el fin del mundo. Tú deberías saberlo. Fuiste tú la que me lo enseñó.

Tras el informe de Toni, la esperanza de Jenna se convirtió en desesperación, y lo que había sido preocupación por Karim se convirtió en tortura. Su hijo estaba a punto de desaparecer de su vida, quizá para siempre. Jenna intentó hallar una solución. ¿Y si cambiaba su historia y negaba que era Amira Badir? A lo largo de los años más de una impostora había pretendido ser la princesa perdida. ¿Seguirían queriendo a Karim los remalíes si creían que era una más de tantas? Tal vez debería decirle a Malik que olvidara sus anteriores palabras y enviara al pelirrojo Ryan a secuestrar a Karim.

Era una tontería, por supuesto. Ya no había tiempo para nada. Y de repente, una noche supo que era demasiado tarde; el pequeño televisor de la sección de mujeres le llevó la noticia de que Karim Rashad, hijo de la víctima y de la presunta asesina en el caso de Alí Rashad, había regresado a su país natal como honrado miembro de la familia real.

Era casi como si hubiera muerto. Jenna sabía que ella no podría regresar jamás a Al-Remal. Adivinando su tormento, las otras reclusas intentaron consolarla, pero su dolor era demasiado intenso.

Ni siquiera la promesa de libertad consiguió animarla.

—Creo que conseguiremos sacarla bajo fianza el lunes o el martes —dijo Boyle con franca satisfacción—. La señora Edmondson ha aceptado adjuntar una carta *amicus curiae* a nuestra apelación. En ella le dirá al juez que la fiscalía tiene la intención de reducir los cargos a homicidio involuntario. Si aceptas declararte culpable, recomendará una sentencia de libertad condicional y unas doscientas horas de servicios a la comunidad, terapia gratuita o algo parecido. Te recomiendo que consideres la oferta muy seriamente. Por otro lado resulta que estoy convencido de que eres inocente y de que puedo demostrarlo ante el tribunal. Pero sería un proceso brutal y caro. La decisión es tuya.

—Me declararé culpable —dijo Jenna—. Yo lo maté. No tenía por qué hacerlo.

—Piénsatelo un par de días.

—No. Estoy segura. Díselo hoy.

—El martes a esta hora ya estarás fuera —dijo Boyle tras asentir, cerrando su maletín.

Los siguientes días fueron más largos que nunca. Jenna no conseguía apartar el pasado de su mente, ni separarlo del presente. La huida de Tabriz. La muerte de Philippe. Años de ocultación, mentira, miedo. Todo ello para conservar a su hijo, para protegerlo; y después de todo eso había acabado perdiéndolo, pues él se había marchado al lugar de donde ella lo había sacado con riesgo de su vida.

Sábado. Hora de visitas. Un guardián gritó el nombre de Jenna. Sería Brad. En realidad no le apetecía verlo. No haría más que charlar sobre el día que la soltaran y sus planes para irse juntos, y Jenna no tenía ánimos para oírlo.

Sin embargo, la persona que la esperaba en la sala de visitas era Laila.

—Hola, tía Jenna. Yo... siento no haber venido antes.

—Por favor, no hay nada que sentir. ¡Dios mío, qué alegría me da verte!

—Me puse a pensar... sobre mi madre, ya sabes, mi madre verdadera, y lo que tú hiciste por ella y por mí. Yo ni siquiera estaría aquí de no ser por ti. Tenía que venir. No es nada, claro. Comparado con lo que hiciste tú, quiero decir.

—Sé que ha sido difícil para ti, Laila, pero lo has hecho. Eso es lo que cuenta. Pero Laila, un momento, yo creía que te ibas a Francia.

—Sí, es cierto, pero fui a otro sitio, tía Jenna. Fui a ver a Karim.

—¿En serio? —Jenna sintió renacer una vaga esperanza—. ¿Qué ocurrió, qué te dijo?

—No puedo decirte lo que te gustaría oír —replicó Laila meneando la cabeza—. Se ha ido. No hubieras podido hacer nada para retenerlo. Seguramente ya lo sabías. Pero quizá no sea todo tan malo como parece.

Jenna esperó a que continuara.

—Fue idea de David —explicó Laila—. Siempre estaba hablando de ti y de Karim, y decía, bueno, ya sabes, *quel dommage*. Y una noche, David me dijo: «Mira, ninguna otra persona va a entender el problema de ese chaval como tú. Ahí tienes el teléfono. ¿Por qué no le llamas?» Y eso hice. Jabr me dio el número.

Laila miró en derredor con curiosidad manifiesta, preguntándose quizá, pensó Jenna, qué había tras la puerta que conducía a las celdas.

—Al principio no quería hablar. Luego sí, pero fue todo... amargura, ira. No conseguía romper esa barrera. Así que al día siguiente me fui a Boston. David me acompañó. Karim estaba haciendo las maletas. Acababa de recibir el visado. El consulado remalí le había enviado un billete y algo de dinero, pero conseguí hablar con él un rato más. Varias horas, en realidad. —Laila se encogió de hombros en un gesto de impotencia—. Intenté hacerle comprender lo que yo había aprendido por mí misma de mi padre. Que no era culpa suya, ni tampoco tuya. Que los dos habíais hecho lo que considerabais mejor. Karim no quiso oírme. Yo tampoco hubiera escuchado en la fase en la que él está ahora, pero al final conseguí plantar una semilla. Creo que lo recordará. Es un comienzo.

—Laila, por poco que fuera, nunca te lo agradeceré lo bastante.

—No me lo agradezcas. No conseguí gran cosa. —Laila miró a Jenna con profunda tristeza, pero de repente se animó—. ¿Pero sabes una cosa, tía Jenna? Creo que todo se arreglará. Karim volverá. No detestará Al-Remal como me pasó a mí, e incluso yo pude ver que aquel lugar tiene una especie de... fuerza, y belleza. Pero él es tan remalí como yo. Llegará un momento en que echará de menos su casa, su auténtico hogar, y entonces será más sensato. Empezará a comprender por qué hiciste lo que hiciste. Estoy segura. Lo sé. Lo que quiero decir es que no pierdas las esperanzas.

—Laila... —Jenna no pudo reprimir las lágrimas. No pudo evitar ver en la imaginación a la otra Laila de aquella noche en Al-Masagin. Y por fin el círculo se había cerrado.

—No llores, tía Jenna —dijo Laila con una sonrisa—, o tendré que enviarte un psiquiatra. Escucha, tengo una buena noticia: obligué a Karim a que me prometiera que se mantendría en contacto conmigo. Yo le llamaré, no sé, tantas veces como él me soporte. Así no será como si hubiera desaparecido totalmente. —Aplastó la mano contra el tabique de cristal para que Jenna colocara también la suya—. Todo saldrá bien, ya lo verás. Ahora tengo que irme.

—¡Pero si acabas de llegar!

—Hay alguien más esperando para verte. Adiós. Nos veremos pronto en un mejor entorno.

Laila se apresuró a salir, deteniéndose lo justo para sonreír a Brad cuando éste entraba.

Brad se sentó junto al cristal y miró largo rato a Jenna con añoranza.

—Acabo de hablar con Boyle —dijo—. Ya está. Saldrás el martes. Sólo faltan tres días.

—Bien. Gracias a Dios.

—También he hablado con Laila. Es una joven extraordinaria. No me sorprende, considerando la familia que tiene. Escucha, tendremos mucho tiempo para todos esos viajes de los que hemos hablado. Al final, me he dado cuenta de que quizá no sea lo que tú quieres ahora mismo. ¿Qué te parecería un largo fin de semana en Marblehead? Podríamos seguir donde lo dejamos. Quizá lo consiga esta vez.

—Sí —contestó Jenna—. Sí. Me gustaría.

Era una buena idea, una gran idea.

GLOSARIO

abayya: manto flojo de lana empleado por hombres y mujeres en Oriente Medio.
abgusht: caldo de carne.
adas biz-ruz: lentejas con arroz.
agal: ¡sí, ciertamente!
ahlan wa sahlan: bienvenido.
beledi: nativo, paisano, popular.
dabka: baile popular de Oriente Medio en que los participantes, alineados y cogidos de la mano o del brazo, marcan el ritmo con los pies.
galabaya: vestimenta masculina común en Egipto.
ghadab: enfado.
ghutra: kufiya que emplean los beduinos del Golfo, Jordania, Líbano y Siria.
hab hilu: cardamomo.
hammam: baño.
hummus: salsa espesa de garbanzos molidos, limón, ajo y aceite de sésamo.
inshallah: si Dios quiere.
itfuddal: por favor (dialectal).
jinns: genios.
kibbe: pasta de carne de cordero picada con trigo triturado, cebolla, canela y piñones o nueces, servida cruda o cocida.
ma ku: no hay.
mahrajan: festival.
mahram: cosa sagrada, inviolable/cosa prohibida.
majlis: asamblea, consejo, sesión, reunión.
maktub: destinado (por Dios).
mashribaha: celosía.
mistika: esencia destilada de almáciga.

mutaharati: purificado, circunciso.
nushkorallah: doy/damos gracias a Dios.
qadi: juez.
qasidah: poema.
quismah: destino.
ruz bel shaghia: arroz con salsa.
saleeq: hervido, cocido.
shaiba: canosa/anciana.
shaikha: anciana.
soubia: ¡basura!
tabboula: ensalada de cebolla, perejil, hierbabuena, tomate, sal, aceite de oliva, zumo de limón y especias.
tahini: salsa espesa hecha con aceite de sésamo.
taksim: modelado.
yallah: ¡vamos!